W. C. Wittwer

Alexander von Humboldt

Sein wissenschaftliches Leben und Wirken

W. C. Wittwer

Alexander von Humboldt
Sein wissenschaftliches Leben und Wirken

ISBN/EAN: 9783741158919

Hergestellt in Europa, USA, Kanada, Australien, Japan

Cover: Foto ©Raphael Reischuk / pixelio.de

Manufactured and distributed by brebook publishing software
(www.brebook.com)

W. C. Wittwer

Alexander von Humboldt

Alexander von Humboldt.

Sein wissenschaftliches Leben und Wirken

den Freunden der Naturwissenschaften dargestellt

von

W. G. Wittwer.

Mit Bildniß und Facsimile.

Leipzig,
F. D. Weigel.
1861.

Berlin, ~ Nov 1858

Alexander v. Humboldt.

Vorrede.

Unter den vielen Männern, die seit der grauen Vorzeit sich die Erforschung der Naturerscheinungen zur Lebensaufgabe machten, hat, man
darf dieses wohl sagen, keiner eine solche Anerkennung erfahren, als A l e x -
a n d e r v o n H u m b o l d t. Sein Name wird auf der alten Welt wie auf
dem neuen Continente, auf der nördlichen Halbkugel wie auf der südlichen,
soweit die Leuchte der Wissenschaft das Leben des Menschen erhellt, nur mit
Verehrung ausgesprochen.

Der geistige Erfolg, den ein Gelehrter durch seine Thätigkeit erringt,
ist je nach dem Gegenstande seines Strebens nicht immer von derselben Art;
es ergibt sich ein Unterschied, je nachdem man den Eindruck untersucht, den
seine Arbeiten bei dem sogenannten größeren Publicum, den Gebildeten aller
Stände, oder bei den eigentlichen Fachgelehrten hervorbringen. Beide Arten
von Anerkennung schließen sich zwar nicht aus, halten aber doch nicht immer
gleichen Schritt. Man kann die Werke der Naturforscher in gewissem
Sinne mit den Bildern einer Gemäldesammlung vergleichen, und wie es in
dieser einzelne Kunstwerke gibt, welche, sei es wegen ihrer Anlage oder um
des behandelten Gegenstandes willen, alsbald den Blick der besuchenden
Laien auf sich ziehen, sind es wieder andere, welche nach ihrem vollen Werthe
zu schätzen, nur dem praktischen Künstler gelingt. So finden sich auch unter
den Arbeiten der Naturforscher solche, die dem Laien zunächst auffallen,
während andere nur dem Gelehrten von Fach von Wichtigkeit sind. Von
letzterer Art sind vorzugsweise jene Schriften, die nicht ein ganzes Fach in
seinen Grundzügen behandeln, sondern irgend einen ganz speciellen Gegenstand besprechen, der nur dem ein Interesse gewährt, welcher den Zusammenhang des bearbeiteten Objectes mit dem großen Ganzen kennt.

Alexander von Humboldt war einer jener merkwürdigen Männer, denen es gegeben ist, durch ihre Werke Laien und Fachmänner in Erstaunen zu setzen, und dieser Eigenschaft, die er in so hohem Grade besaß, hat
er vorzugsweise seinen Ruhm zu danken. Hierzu kommt noch, daß der große
Mann die verschiedensten Fächer der Naturwissenschaften kannte, während
andere Forscher, wenn auch in dem einen Zweige Meister, in allen übrigen
nur wenig bewandert sind.

Wir sind bereits in dem Besitze der Biographien vieler großer Krieger,
Staatsmänner u. s. w., doch hat die Schilderung des Lebens und Wirkens
eines Mannes der Wissenschaft wohl eben so viel Berechtigung als die eines
andern großen Mannes, und es möge mir daher verziehen werden, wenn
ich unternommen habe, die Forschungen Alexander von Humboldt's
darzustellen.

Eine Lebensbeschreibung Humboldt's kann, soll sogar, wenn sie Anspruch auf Vollständigkeit machen will, außer auf seine wissenschaftliche Thätigkeit auch auf seine persönlichen Verhältnisse, auf seine Stellung zum preu
ßischen Hofe, zu den verschiedenen Staatsmännern u. s. w. ausgedehnt
werden. Soll dieses geschehen, so ist es unbedingt nothwendig, daß der Verfasser selbst mit dem Verstorbenen in sehr vertrauten Beziehungen gestanden
sei, was bei mir nicht der Fall war, und noch dazu würde eine derartige,
genaue Bearbeitung, da sie nothwendigerweise mit Veröffentlichung von
Humboldt'schen Briefen verknüpft wäre, gegen die der große Gelehrte sich so
entschieden verwahrt hat, zu gleicher Zeit ein Act der Impietät sein. Was
unter Umgehung dieser Klippe geschehen konnte, findet sich bereits in den
Werken Klette's, Ewald's u. s. w.

Wer in meinem Buche eine in dem vorstehenden Sinne abgefaßte Biographie Humboldt's suchen sollte, möge dasselbe ganz ruhig aus der Hand
legen, da er darin nichts von dem finden wird, was er zu wissen wünscht.
Ich werde mich einzig und allein an das halten, was Humboldt selbst zu
Nutz und Frommen der Wissenschaft zu veröffentlichen für gut gefunden hat.

Hält man sich, wie es im Nachstehenden geschehen soll, nur an das,
was als gegeben in den Büchern zu finden ist, so gewinnt bei der Biographie
des Mannes irgend einer Wissenschaft der jeweilige Zustand der letzteren
die Rolle der Zeitumstände in den Biographien anderer großer Männer
und die einzelnen Arbeiten werden zu historischen Begebenheiten.

Hat man es nur mit dem Manne eines einzigen Faches zu thun, so muß
der jeweilige Zustand des letzteren für die verschiedenen Lebensabschnitte des
Helden der Geschichte festgestellt werden und die ganze Biographie läßt sich

in einem ziemlich ununterbrochen fortlaufenden Faden fortführen. Schwie=
riger wird die Arbeit, wenn man mit mehreren bis zu einem gewissen Grade
von einander unabhängigen Fächern zu thun hat. In diesem Falle muß
ähnlich wie bei den Lehrbüchern der Weltgeschichte üblich ist, daß man die
Ereignisse der einzelnen Völker stückweise gesondert betrachtet, hier die Ge=
schichte der einzelnen Zweige für sich behandelt werden. Der eben geschilderte
Fall ist der unsrige, und ich sehe mich daher genöthigt, die Besprechungen
von Humboldt's Wirken in den einzelnen Abschnitten seines Lebens in zwei
Theile zu sondern, wovon der erstere die Thätigkeit des berühmten Gelehrten
im Allgemeinen, sowie seine Expeditionen umfassen soll, während der andere
sich mit seinen Leistungen in den einzelnen Wissenschaftszweigen beschäftigen
und seine Stellung zu denselben in gesonderten Kapiteln darstellen soll.

Eine andere, etwa chronologische Anordnung würde zu lästigen Wieder=
holungen führen; meine Eintheilung trennt mitunter nahe verwandte Gegen=
stände, macht überhaupt den Zusammenhang etwas zu locker. Um diese
Mängel möglichst zu vermeiden, werde ich mir bisweilen kleine Abweichungen
von der Theilung erlauben, denn ich habe mir nicht vorgenommen, über
Humboldt's Werke ein Schema zu entwerfen, und werde am Schlusse
durch einen allgemeinen Ueberblick die nöthige Verbindung herzustellen suchen.

Ich glaube übrigens kaum bemerken zu müssen, daß die Geschichte fast
jedes der in den nachfolgenden Kapiteln dargestellten Gegenstände allein
ein Buch ausfüllen würde, und daß Humboldt's Werke für sich eine
kleine Bibliothek ausmachen; es ist mir daher unmöglich gewesen, sehr weit
in's Detail einzugehen.

Zum Schluß möge mir noch gestattet sein, auf einen Punkt aufmerksam
zu machen.

Humboldt hat außer vor einer Veröffentlichung seiner Briefe auch
vor Wiederholung seiner Jugendarbeiten sich verwahrt. Es war mir nicht mög=
lich, diese Schriften ganz zu umgehen; doch dürfte es wohl dem strengsten
Kritiker schwer werden, mich einer Indiscretion zu beschuldigen. Was Hum=
boldt vermieden zu wissen wünschte, war, wie man aus der Vorrede zu seinen
kleineren Schriften leicht erkennen kann, eine wiederholte Herausgabe
seiner Arbeiten, etwa so, wie man sie in den Gesammelten Werken verschie=
dener Schriftsteller findet, und er wünschte dieses darum nicht, weil sich seit
dem Erscheinen der ersten Arbeiten der ganze Zustand der Naturwissenschaf=
ten geändert hat. Unmöglich kann Humboldt darunter verstanden haben,
daß in einer etwaigen Darstellung der Ansichten jener Zeiten der seinigen
gar nicht gedacht werde. Nur wenn seine Arbeiten gänzlich verfehlt gewesen

wären, hätte er wünschen können, daß man den Schleier des Vergessens
darüber breite, allein, wie die allgemeine Anerkennung, die ihm schon frühe
zu Theil wurde, zeigt, war dieses nicht der Fall. Allerdings würde ein
Abdruck jener Arbeiten unter den jetzigen Umständen wenig Nutzen bieten:
allein mein Buch ist auch kein Abdruck, ich werde zwar, wo ich es nothwendig
finde, Stellen aus Humboldt's Werken citiren — und wo findet man
das nicht?

Es würde wohl schwer halten, bei einer nur etwas detaillirten Schilderung der Geschichte der einzelnen Gegenstände sich bei den Ansichten und
Arbeiten Humboldt's aus jener Zeit weniger aufzuhalten, als ich gethan
habe, da ich mich nur auf das Nothwendigste beschränkte und lieber zu wenig
als zu viel anführte. Verhältnißmäßig am meisten findet sich in dem Kapitel
Lebenskraft von dem Rhodischen Genius wiedergegeben; allein daß
Humboldt diesen Aufsatz noch später anerkannte, beweist der Umstand, daß
er ihn noch im Jahre 1849 in den Ansichten der Natur abdrucken ließ.

München, den 1. Mai 1900.

B. C. Wittwer.

Inhaltsverzeichniß.

Berichtigungen.

Seite 151, Zeile 6 v. u. osten statt westen.

» 161, » 12 v. u. Centstionen der Atmosphäre statt Constitution.

» 202, » 6 v. u. Pouci statt Pouri.

» 277, » 11 v. u. Absenteise statt Ansentreise.

Einleitung.

Wie es in der Geschichte der Menschheit Ereignisse von solcher Bedeutung gibt, daß wir die darauf folgenden Begebenheiten zum großen Theile als deren Folge betrachten können, und sich daraus eine natürliche Eintheilung der Gesammtgeschichte ergibt, nach der wir eine größere oder kleinere Anzahl von Epochen erhalten, so finden wir dieses im Kleinen wiederholt in dem Leben des einzelnen Menschen.

In der wissenschaftlichen Thätigkeit Alexanders von Humboldt lassen sich drei verschiedene Abschnitte bestimmen.

Der erste Abschnitt beginnt mit der im Jahre 1790 erfolgten Eröffnung der literarischen Thätigkeit des großen Gelehrten. Von dieser Zeit an war er zuerst als Studirender in Freiberg, dann in rascher Aufeinanderfolge als Assessor bei dem Bergwerks- und Hüttendepartment in Berlin, hierauf als Oberbergmeister in Bayreuth (doch scheint er sich viel in Steben aufgehalten zu haben). Letztere Stelle bekleidete er nur bis 1795, in welchem Jahre er den Staatsdienst verließ, um sich einzig und allein seinem Lieblingsfache, dem Studium der Natur, widmen zu können. Die Jahre von 1795 — 1799 verbrachte er an verschiedenen Orten Deutschlands, das er nur verließ, um kleinere Reisen nach Frankreich und England zu machen.

Schon seit längerer Zeit hatte er beschlossen, eine größere Entdeckungsreise in noch undurchforschte Länder zu machen und hatte dabei bald diesen, bald jenen Theil der Erde in's Auge gefaßt; doch die unruhigen Zeiten, in welche seine Jugend fiel, zertrümmerten jedesmal den Reiseplan. Endlich erhielt er von dem Könige von Spanien die Erlaubniß, die damals noch der spanischen Krone unterworfenen Länder Süd- und Mittelamerika's bereisen zu dürfen. Von dieser Expedition kehrte er 1804 zurück.

1

Die Reise Humboldt's nach Amerika war nicht nur für dessen späteres Wirken, sondern für die gesammte Wissenschaft von so großer Bedeutung, daß wir sie füglich als den Beginn eines zweiten Abschnittes im Leben unseres Gelehrten betrachten können. Zu diesem zweiten Abschnitte rechnen wir auch die Zeit von 1804—1827, während welcher sich Humboldt vorzugsweise in Paris aufhielt, theils um die Welt mit den Früchten seiner Reise bekannt zu machen, theils um durch Wiederholung früherer Arbeiten oder durch Unternehmen von neuen die Wissenschaft zu fördern.

Den dritten Abschnitt beginnen wir mit der im Jahre 1827 erfolgten Uebersiedelung v. Humboldt's nach Berlin; wir können dieses um so mehr thun, als wie in den Beginn des zweiten Abschnittes eine Weltreise fällt, so auch von der ersten Zeit des dritten eine abermalige große Tour, die nach Sibirien, zu berichten ist. Zurückgekehrt aus Asien lebte der berühmte Naturforscher größtentheils zu Berlin, beschäftigt mit Veröffentlichung der Resultate seiner zweiten großen Reise, und als einer der größten Geister anerkannt, erregend und in allen Fächern der Naturwissenschaft anfeuernd. Seine letzte größere Arbeit war der Kosmos.

Der erste dieser drei Abschnitte reicht bis zum 30. Lebensjahre Humboldt's, der zweite bis nahe zum 60., der dritte zum nicht ganz vollendeten 90., und die Epochen lassen sich daher auch als die Zeit des Jünglings, des Mannes und der vorgerückten Jahre bezeichnen. Ich nehme Anstand, die letzte Periode die des Greisenalters zu nennen, da mit letzterem Namen gewöhnlich Begriffe von körperlicher und geistiger Hinfälligkeit verbunden sind, und ein Abnehmen der Geisteskräfte bei Humboldt sicherlich nicht eintrat.

Die Thätigkeit des großen Gelehrten, die jedem der drei Abschnitte entspricht, läßt eine zweifache Darstellung zu, je nachdem wir uns darauf beschränken, die Resultate derselben im Allgemeinen anzugeben, oder näher ins Detail eingehend untersuchen, in welcher Weise er in den einzelnen Gegenständen in den Gang der Wissenschaft eingriff.

Es soll daher im Nachstehenden auf eine allgemeine Uebersicht der Thätigkeit Humboldt's eine Besprechung der einzelnen Disciplinen folgen.

Erster Abschnitt.

Humboldt als Jüngling.

1790 — 1799.

A. Seine Thätigkeit im Allgemeinen.

Unter der Gesammtheit der Richtungen, nach denen der Forschungstrieb des Menschengeistes sich bewegt, spielt wohl die Untersuchung der Erscheinungen des uns umgebenden Alls, von dessen Dasein uns die Sinne Kunde bringen, die man allgemein mit dem Namen der Naturwissenschaften bezeichnet, eine hervorragende Rolle, und Gegenstände aus denselben sind es ausschließlich, welche Alexander v. Humboldt in den von ihm während des ersten Abschnittes seiner wissenschaftlichen Thätigkeit veröffentlichten Schriften bearbeitete.

Da die Naturwissenschaften auf die sinnliche Wahrnehmung gegründet sind, und es nicht möglich ist, daß eines Menschen Auge Alles beobachten kann, so hat eine lange Zeit dazu gehört, um dieselben auf den Standpunkt zu heben, auf dem wir sie jetzt sehen; aber die Stelle des Vorgängers nahm der Nachfolger ein, und indem er seine Erfahrungen denen des Lehrers hinzufügte, hat sich das ganze ursprünglich kleine Gebiet mehr und mehr ausgedehnt.

In den ersten Zeiten war es keine Seltenheit, daß ein Gelehrter nicht nur den ganzen von den Naturwissenschaften gebotenen Stoff beherrschen konnte, sondern auch Zeit fand, seine Aufmerksamkeit noch anderen Zweigen des menschlichen Wissens zu widmen; allein als der Reichthum an Thatsachen mehr und mehr zunahm, ergab sich die Nothwendigkeit, die Gesammtnaturlehre in eine Reihe von gesonderten Gebieten zu zerfallen, und da das Material fort und fort im Wachsen begriffen ist, muß auch wie der Stamm in Aeste, der Ast in Zweige sich theilt, die Parzellirung der Naturwissenschaften fortwährend wachsen.

1 *

Diese Eintheilung ist zwar in der Natur selbst durchaus nicht begründet, und der Umstand, daß kein Gebiet von dem andern streng getrennt ist und alle so in einander übergehen, daß es gar nicht möglich ist, sich mit einem einzigen Fache ausschließlich zu beschäftigen, ohne von den andern Notiz zu nehmen, erinnert nur zu häufig an das Widernatürliche und Gezwungene der Trennung, diese findet aber ihre Rechtfertigung in der Unzulänglichkeit des menschlichen Lebens und Geistes. Ein unausbleiblicher Nachtheil der Specialistrung ist der, daß über den Untersuchungen des Antheils nur zu leicht der Ueberblick über die Gesammtheit verloren geht, woraus sich die Nothwendigkeit ergibt, daß ein genialer Mann die Bruchstücke von Zeit zu Zeit zusammenfügt, und als solchen haben wir Alexander v. Humboldt zu bewundern.

Zwar hat es zu keiner Zeit an Versuchen gefehlt, die Gesammtheit der Naturerscheinungen von einem einzigen Standpunkte aus darzustellen, und wir sind dadurch in den Besitz einer erklecklichen Anzahl von naturphiloso-phischen Systemen u. s. w. gesetzt, welche alle dem vorstehenden Zwecke ge-nügen sollen. Aufmerksame Betrachtung jedoch zeigt, daß alle diese aus der Vogelperspective aufgenommenen Naturdarstellungen von der Wirklich-keit weit abweichen, da die persönlichen Anschauungen der Verfasser in der Regel weit entfernt sind, durch die wirklich aufgefundenen Thatsachen unter-stützt zu werden, denn es ist viel leichter, eine ideale Welt aufzubauen, unbekümmert darum, ob sie mit der wirklichen zusammenstimme, als das Gebäude mit Rücksicht auf die Erfahrung herzustellen. Was an derartigen Versuchen in der Regel fehlt, ist der Mangel an der Erfahrung selbst, und erst wenn diese sich mit der Fähigkeit, das Ganze mit geistigem Auge zu überblicken und sich nicht in's Detail zu verlieren, in einem Manne verbindet, können wir erwarten, einen soliden Bau erstehen zu sehen.

Solche Männer sind keine alltägliche Erscheinung, denn es gehört ein Zusammenwirken verschiedener günstiger Umstände dazu, um einen Menschen auf diese hohe Stufe zu erheben. Unter diesen Umständen ist nicht der ge-ringste das Erreichen eines hohen Lebensalters, und in der That sehen wir auch bei Humboldt, daß er erst in seinen späteren Jahren zu der Univer-salität gelangte. Nichts desto weniger zeigen schon seine aus den ersten Jah-ren datirenden wissenschaftlichen Arbeiten, was von ihm zu erwarten sei, und wir finden darum bei ihm eine Zahl von Gegenständen bearbeitet, wie es nicht leicht bei einem Manne von seinen Jahren wahrgenommen wird.

Der Eifer, mit dem man sich dem Studium der einzelnen Gegenstände der verschiedenen Naturwissenschaftszweige widmet, ist nicht immer derselbe,

so daß man bei manchen sagen möchte, sie seien einer Art Mode unterworfen worden, wenigstens kommt es sehr häufig vor, daß ein einzelner
Gegenstand für einige Zeit das Interesse einer große Zahl von Fachmännern
in einer Weise auf sich zieht, daß die übrigen Punkte gegen ihn fast als vernachlässigt erscheinen, um dann einem andern bevorzugten Stoffe Platz zu
machen. Im gewöhnlichen Falle geht die Beobachtung einer bisher unbekannten Erscheinung oder eines bisher ungeahnten Zusammenhanges bekannter Thatsachen, eine Entdeckung voraus. Wird der Versuch, welcher das
Eintreten der Erscheinung bedingt, unter verschiedenen Modificationen wie-
derholl, so ändert sich im Allgemeinen auch das Resultat, und je größer die
Anzahl der Erscheinungen ist, die man aus dem Fundamentalversuche durch
Abänderung der Voraussetzungen ableiten kann, oder die durch ihn in ihrem
Zusammenhange erkannt werden, als um so wichtiger gilt die Entdeckung,
um so mehr wendet sich ihr die allgemeine Aufmerksamkeit zu, denn wenn
auch nicht alle künstlich hervorgerufenen Modificationen des Versuchs in der
Natur vorkommen, so läßt sich doch schließen, daß einer großen Mannichfaltigkeit der erstern Erscheinungen eine größere Anzahl natürlicher entspreche.
Hat man einmal den Zusammenhang einer Reihe von Thatsachen erkannt,
so folgt alsbald der Versuch, einen Ausgangspunkt zu suchen, von dem aus
alle zusammengehörenden Erscheinungen abgeleitet d. i. erklärt werden können, eine Theorie aufzustellen.

Bei bedeutenderen Thatsachen ist es, wenn auch nicht immer, so doch
fast regelmäßig der Fall, daß die aufgestellte Theorie sich der allseitigen Bei-
stimmung wenigstens nicht auf die Dauer erfreut. Sehr häufig folgt einer
fast allgemeinen Anerkennung eine ebenso heftige Reaction (oder auch auf
eine Mißachtung eine übertriebene Anerkennung). Jede herrschende Theorie
macht Uebergriffe und darauf folgt, daß sie ihr usurpirtes Gebiet wieder
verliert und gestützt auf neue Thatsachen die Gegenpartei wieder Vortheile
erringt. Es wird sich im Folgenden öfters Gelegenheit bieten, solche Fälle
vorzuführen.

So schwankt die herrschende Ansicht wie ein Pendel öfters hin und her,
doch immer weniger entfernt sie sich von einem gewissen Ruhepunkte, an
dem angelangt sie eine neue Provinz der Wissenschaft ausmacht und endlich
kommt ein neuer Gegenstand, der die allgemeine Aufmerksamkeit fesselt, oder
es stellt sich auch mit der Zeit heraus, daß die gemachte Entdeckung den auf
sie gegründeten Erörterungen nicht entspricht und sie wird verlassen, um
vielleicht später, wenn neue Thatsachen bekannt geworden sind, wieder in
Angriff genommen zu werden.

Hieraus ergibt sich, daß die Aufgabe der Naturforscher eine zweifache ist, indem sie theils die durch fortgesetzte Beobachtung zu erlangende Herbei= schaffung von Material verlangt, mit dessen Hülfe erst der zweite Theil, die Ergründung von Gesetzen, d. i. von Normen, mit deren Hülfe sich eine grö= ßere Reihe von Erscheinungen, die eine aus der andern, ableiten läßt, in An= griff genommen werden kann. Hiemit ist der theoretischen Wissenschaft Ge= nüge geleistet und es bleibt dem Praktiker überlassen, zu Nutz und Frommen der Menschheit von den Eroberungen der Theorie so viele Anwendungen zu machen, als möglich ist.

Fragen wir nach dem Standpunkte, den Humboldt in der ersten Zeit seiner literarischen Thätigkeit eingenommen, so finden wir, daß diese erste Periode zwar nicht ausschließlich, doch vorzugsweise der Beobachtung gewid= met war: er war zunächst bestrebt, Material herbeizuschaffen, Material, dazu bestimmt, zur Aufklärung der damaligen Streitfragen zu dienen; doch war er, wie z. B. seine Grubenlampe zeigt, auch darauf bedacht, seine Entdeckun= gen zugleich nutzbar zu machen.

Seine erste selbstständige Schrift veröffentlichte Humboldt als zwanzig= jähriger Jüngling, jedoch ohne ihr seinen Namen beizusetzen. Sie führt den Titel:

Mineralogische Beobachtungen über einige Basalte am Rhein mit vorangeschickten, zerstreuten Bemerkungen über den Basalt der älteren und neueren Schriftsteller. Braunschw. 1790.

Das Werkchen ist die Frucht einer Reise, welche Humboldt mit Georg Forster, dem Begleiter Cool's auf seiner zweiten Weltreise, an den Rhein machte.

Unter den Geologen der damaligen Zeit hatte sich ein bis an's Leiden= schaftliche streifender Streit darüber entsponnen, ob die Erde früher eine feuerflüssige Masse gewesen sei und später erstarrte, oder ob sie ehemals ein Durcheinander von fester und flüssiger Substanz war, aus dem sich erst in der Folge die beiden Theile absonderten. Ein vorzügliches Streitobject war der Basalt, denn jede Partei beanspruchte ihn nicht nur für sich, sondern gründete sogar in gewissem Grade ihre Existenz darauf. Da nun Alles dar= auf ankam, durch Beobachtung des Thatbestandes den Streit zur Entscheidung zu bringen, wurden die Basaltbildungen allenthalben eifrigst untersucht. Schon vor Humboldt hatte de Luc die rheinischen Basalte bereist und war zu dem Schlusse gekommen, daß dieselben vulkanischen Ursprungs seien. Humboldt spricht seine Ansicht nicht direct aus, er hält sich streng an die Beschreibung des von ihm gefundenen Thatbestandes, doch läßt sich leicht bemerten, daß er de Luc's Ansichten nicht theilte und der Erklärung der Entstehung des Basaltes aus dem Wasser beistimmte. Er hat zwar den Streit durch seine Erstlingsarbeit nicht entschieden, aber seine spätern Schriften waren für die Entwickelung unserer Kenntniß über die Geschichte der Erdbildung von so hoher Bedeutung, daß es wohl seine Entschuldigung finden dürfte, in einem gesonderten Kapitel auf den Basalt und die darüber geführten Streitigkeiten zurückzukommen und Humboldt's Standpunkt näher zu erörtern.

Auf die „Mineralogischen Beobachtungen" folgten:

Florae Fribergensis specimen plantas cryptogamicas praesertim subterraneas exhibens. Accedunt Aphorismi ex doctrina physiologiae chemicae plantarum.[1] Berolini 1793.

Versuche über die gereizte Muskel- und Nervenfaser nebst Vermuthungen über den chemischen Proceß des Lebens in der Thier- und Pflanzenwelt. 2. Bd. Posen und Berlin 1797 und 1799.

Die erste dieser beiden Schriften behandelt Gegenstände von zwei verschiedenen Zweigen der Lehre von den Pflanzen, der systematischen Botanik nämlich und der Pflanzenphysiologie.

Bereits oben habe ich angedeutet, daß die einzelnen Theile der Natur wieder zerfällt werden; bei der Botanik kommen wir auf einen solchen Fall.

Die Untersuchung der Pflanzenwelt kann sich darauf beschränken, einfach die Thatsache zu constatiren, daß diese oder jene Form existirt und kann gewissermaßen protokollarisch eine Beschreibung der gegebenen Pflanze aufnehmen. Wir haben also hier reine Beobachtung, vermittelst deren wir nach und nach von dem Vorhandensein einer größeren Menge von Gewächsen sowie (mit Hülfe der Beschreibung) von deren Aussehen erhalten. Je größer die Menge wird, um so größer wird das Bedürfniß sein, die Beschreibungen in einer Art und Weise anzuordnen, daß nicht nur jede Form ohne viele Mühe gefunden, sondern auch kein Zweifel darüber bestehen kann, wo allenfalls aufzufindende neue Gestalten untergebracht werden sollen.

Das Nächste wird bei Lösung der Aufgabe sein, daß man diejenigen Formen, die unter einander eine größere Aehnlichkeit haben, von den mehr verschiedenen trennt, und das Resultat wird eine größere oder kleinere Anzahl von Gruppen sein, welche die verwandten Formen umschließen, und je nachdem man die Begriffe dessen, was zusammen gehören soll, mehr oder weniger

---

1) Die Aphorismen wurden von Gotthelf Fischer ins Deutsche übersetzt und mit Zusätzen von Hedwig nebst einer Vorrede von Ludwig (Leipzig 1794) herausgegeben.

weit ausdehnt, wird man von den kleineren zu den größeren Gruppen übergehen und Arten, Gattungen, Familien, Ordnungen und Klassen bekommen.
Wären die einzelnen Formen und Formengruppen strenge von einander getrennt, so würde es nicht schwer halten, eine der Natur entsprechende Eintheilung zu machen; da aber die Natur nirgends einen Sprung macht, und alle
Gestalten unvermerkt in einander übergehen, so daß jede Pflanzenart mit zwei
oder mehreren andern unter sich ganz verschiedenen Aehnlichkeiten besitzt, so
hat die Aufstellung einer solchen Norm sehr viele Schwierigkeiten, und wir
begegnen in der Geschichte der Botanik des 16. und 17. Jahrhunderts so
manchem verunglückten Versuche, eine passende Norm festzusetzen. Den glücklichsten Erfolg hatte Karl Linné mit seinem 1734 aufgestellten Systeme,
nach welchem je nach der Zahl und Anheftung der Staubfäden das ganze
Pflanzenreich in 24 Klassen getheilt wird. Das Linnésche System richtet sich
in der Klassenbestimmung einzig nach den Staubfäden, und es konnte daher
nicht fehlen, daß einzelne in ihrem sonstigen Verhalten nahe verwandte Gewächse in verschiedenen Klassen stehen. Diesem und allen derartigen sogenannten künstlichen Systemen stehen die natürlichen gegenüber, welche zum
Zwecke haben, den ganzen Pflanzenschatz nicht nach einem einzigen Merkmale
in künstliche Abtheilungen zu bringen, sondern durch gleichmäßiges Auffassen
aller Kennzeichen immer die unter sich am meisten verwandten Gewächse in
Familien oder Gruppen zusammenzufassen und diese sodann erst weitern allgemeinen Eintheilungsgründen zu unterwerfen. Zwar hat schon Ray am
Anfange des vorigen Jahrhunderts eine solche Eintheilung versucht, doch
brachte sie eigentlich erst Jussieu zu größerer Geltung. Jussieu theilt
das ganze Pflanzenreich in 3 Klassen, Dicotyledonen, Monocotyledonen und
Acotyledonen, oder Pflanzen mit zwei, einem oder gar keinem Keimlappen.[1]
Die Beschaffenheit des Samens hat nämlich auf den ganzen Bau der daraus
hervorkommenden Pflanze einen sehr bedeutenden Einfluß. So hat keine bei
uns wachsende Monocotyledone einen Zweig, der selbständig mit Blättern
und Blüthen versehen wäre, oder deutlich geschiedenen Holz- und Rinden-
körper, und die Stämme fangen erst dann an in die Höhe zu gehen, wenn
sie nahezu oder ganz ihre volle Dicke erreicht haben, während die Dicotyledonen gleichzeitig in Länge und Dicke wachsen. Keine Acotyledone hat eine

---

1) Keimlappen sind die zwei Körper, in welche die Bohne, der Apfelkern u. s. w.
sich theilen lassen; unsere Getreidearten, die Zwiebelgewächse u. s. w. haben nur
einen einzigen Keimlappen, sind also Monocotyledonen; die die Stelle der Samen
vertretenden Organe (Keimkörner) der Pilze, Schachtelhalme u. s. w. haben keine
Keimlappen.

Blüthe, und letztere gehören darum auch zu der 24. Klasse Linné's, den Kryptogamen oder verborgen blühenden Gewächsen, die zugleich auf der untersten Stufe der Entwickelung stehen.

Jussieu theilte das ganze Gewächsreich außerdem in 100 Familien oder Pflanzengruppen, z. B. Ranunculaceen, Lippenblüthige oder Labiaten, Palmen, Gräser, Farrenkräuter u. s. w.

Die natürliche Eintheilung ist der vielen Uebergänge wegen keine so feste und sichere, als die künstliche Linné's, und darum, sowie auch aus dem Grunde, daß Jussieu nicht alle Pflanzenformen kannte, sind noch manche Aenderungen in seinem Systeme gemacht worden, die vorzugsweise auf eine Vermehrung der Familienzahl hinausliefen.

Beschäftigen wir uns damit, die einzelnen Pflanzen aufzusuchen, zu beschreiben und sie dann in das durch eines der vorerwähnten Systeme angewiesene Fach einzureihen, so treiben wir einen Zweig der Pflanzenlehre, die systematische Botanik.

Die systematische Botanik ist vorzugsweise dasjenige Gebiet, in dem die Botaniker des vorigen Jahrhunderts sich bewegten. Man liebte es, die Pflanzen dieses oder jenes Gebietes zu beschreiben und gelangte so in den Besitz einer größeren Anzahl von Floren.

. Diesem Geiste seiner Zeit huldigend, verfaßte auch Humboldt eine Flora, das Verzeichniß der um Freiberg wachsenden Kryptogamen, welches den ersten Theil der ersten der beiden obengenannten Schriften bildet und in welcher er 258 Arten dieser Gewächse beschreibt, unter denen mehrere früher nicht beobachtete sich befinden.

Es bedarf wohl wenig Nachdenkens, um zu finden, daß mit der systematischen Botanik nicht allen Ansprüchen Genüge geleistet ist, welche die Wissenschaft stellt, und es muß sich hier zunächst um die Gesetze handeln, nach denen die einzelnen Pflanzenformen über die Erde vertheilt sind. Auf die Beschreibung der einzelnen Floren muß die Untersuchung der Art und Weise folgen, wie sich diese Floren zu einander verhalten, und die Aufsuchung dieser Gesetze beschäftigt die Pflanzengeographie. Dieser neue Zweig setzt offenbar die systematische Botanik voraus, und da man im vorigen Jahrhundert zunächst mit der Ausbildung der letzteren zu thun hatte, mußte die Pflanzengeographie vernachlässigt werden, deßwegen nur die Rudimente derselben aus jener Zeit stammen. Man kann wohl sagen, daß die Pflanzengeographie eine Schöpfung Alexanders v. Humboldt sei, und deshalb muß ich mir vorbehalten, in der zweiten Abtheilung hierauf zurückzukommen. Noch einen Schritt weiter als die Pflanzengeographie geht die Geschichte

der Pflanzenwelt, welche die Vertheilung der Gewächse in den ver=
schiedenen Zeiten darstellt; auch diese ist das Werk des 19. Jahrhunderts,
auch bei ihr begegnen wir unter den Ersten Humboldt.

Während die vorstehenden Zweige der Botanik fast ausschließlich auf
der Außenseite der Pflanzen bleiben, bewegt sich die Pflanzenanatomie
mehr im Innern der Gewächse, indem sie die verschiedenen Gebilde unter=
sucht, aus denen die Pflanzen zusammengesetzt sind. Im vorigen Jahrhundert
ziemlich vernachlässigt, wird die Anatomie der Pflanzen mit Hülfe der
Mikroskope jetzt fast ebenso gepflegt, wie früher die systematische Botanik, die
gegenwärtig weniger bearbeitet wird.

Wie man verschiedene Floren in Beziehung auf die sie zusammensetzen=
den Gewächse unter einander vergleichen kann, und wie die so gefundenen
Gesetzmäßigkeiten auf die Pflanzengeographie führen, so kann man auch die
einzelnen Organe an den verschiedenen Gewächsen verfolgen, kann unter=
suchen, in welchen Beziehungen Zellen und Gefäße bei der einen Pflanze im
Vergleiche mit einer andern stehen, in welcher Weise sich die chemischen Be=
standtheile verhalten u. s. w., und erhält so die vergleichende Anato=
mie der Pflanzen. Wenn man endlich den Zustand eines Gewächses oder
seiner einzelnen Organe als mit der Zeit veränderlich betrachtet, so kommt
man auf die Vorgänge, die in dem Pflanzenkörper stattfinden, was auf die
Pflanzenphysiologie führt, die man in gewissem wenn auch beschränk=
tem Grade als ein Analogon zur Pflanzengeschichte betrachten kann.

Sowohl die vergleichende Anatomie der Pflanzen, als auch die Physio=
logie derselben hängen in ihren Fortschritten großentheils von denen der
Anatomie, sowie auch von den Hülfswissenschaften namentlich der Chemie
ab, und wir werden daher ihren Hauptzuwachs unter den Arbeiten dieses
Jahrhunderts suchen müssen; allein man bestrebte sich schon seit langer Zeit,
die Kenntnisse, die man sich in letzterem Zweige erworben hatte, auf die bei=
den ersteren anzuwenden, und daher kommt es, daß ihre Anfänge schon in
sehr lange vergangene Zeiten zurückzuführen sind.

In gleicher Weise wie die Botanik läßt sich auch die Zoologie, oder die
Lehre von den Thieren in besondere Zweige sondern.

Da die Pflanzen sowohl als auch die Thiere unter die sogenannten or=
ganisirten Körper gehören, muß es wieder zwischen beiden Reihen eine Menge
von Berührungs = und Vergleichungspunkten geben, deren Studium natür=
licher Weise von dem Stande der beiden zu Grunde liegenden Wissenschaften
abhängen muß. Schon Aristoteles hat derartige Vergleichungen angestellt
und ist zu dem Resultate gekommen, daß die Pflanzen als niedrig organisirte

Thiere anzusehen seien. Wie die Aristotelischen Lehren im Allgemeinen sich lange Zeit erhielten, so war es auch mit dem vorstehenden Satze im Besondern, daß man bis in fast neue Zeit kaum wagte, an seiner Richtigkeit zu zweifeln. In Folge davon war man bestrebt, den bei den Thieren aufgefundenen Organen analog wirkende Theile in den Pflanzen aufzusuchen. So glaubte der Jesuit Sarrabat de la Baisse (in seiner Dissertation sur la circulation de la sève des plantes. Bordeaux 1733) nicht nur Herz und Lungen, sondern auch Gebärme und Magen in den Pflanzen nachweisen zu können.

In den Aphorismen, welche den zweiten Abschnitt des vorerwähnten botanischen Werkes Humboldt's bilden, scheint dem Verfasser das Bild einer vergleichenden Anatomie für Thiere und Pflanzen vorgeschwebt zu haben, und wir sehen darum, wie weiter unten gezeigt werden soll, die Analogien zwischen Knochen und Holz, Blut und Pflanzensaft besprochen. Strenge genommen gehören jedoch die „Aphorismen" zur Pflanzenphysiologie, wie auch die „Versuche über die gereizte Muskel- und Nervenfaser" zur Physiologie der Thiere. Beschränkt man sich auf die Grundgedanken beider Werke, so ergibt sich, daß sich die Fundamente auf 3, die Reizbarkeit, die Lebenskraft und die Ernährung und Respiration der Pflanzen reduciren lassen, und diese sollen in gesonderten Kapiteln besprochen werden.

Humboldt hat sich übrigens nicht auf die vorerwähnten drei selbständigen Werke beschränkt; er hat außerdem noch eine große Menge kleinerer Abhandlungen geschrieben, und fast gibt es keine deutsche oder französische gelehrte Zeitschrift aus dem letzten Decennium des vorigen Jahrhunderts, die nicht eine Reihe von Humboldtschen Artikeln enthielte. Viele dieser Abhandlungen sind aus der einen Zeitschrift in die andere übergegangen, so daß man sie mannichfach wiederholt finden kann. Darum ist es keine leichte Sache, die so zerstreuten Arbeiten zu sammeln, doch hat glücklicherweise Humboldt dieses vor seiner Abreise selbst gethan und zwei solcher Sammlungen selbständig veröffentlicht.

Diese Sammlungen sind:

Versuche über die Zerlegung des Luftkreises und über einige andere Gegenstände der Naturlehre. Braunschweig 1799.

Ueber die unterirdischen Gasarten und die Mittel, ihren Nachtheil zu vermeiden. Ein Beitrag zur Physik der praktischen Bergbaukunde.[1]

---

[1] Nach der Abreise Alexanders von Wilhelm v. Humboldt herausgegeben.

. Jedes der beiden Werke soll der Gegenstand eines gesonderten Kapitels werden.

Die zwei Sammlungen sind nicht vollständig, es fehlt die erste Arbeit, welche Humboldt (wie die „Mineralogischen Beobachtungen" anonym) veröffentlichte; sie führt den Titel:

Abhandlung vom Wasser im Basalte
und findet sich in Crell, Chem. Annalen 1790, I. 414. Außerdem ist noch ein Aufsatz über die Lebenskraft vorhanden, der unter dem Titel: „Die Lebenskraft oder der Rhodische Genius" zuerst im 2. Bande der von Schiller herausgegebenen Horen veröffentlicht, aber in den später von Humboldt selbst publicirten Ansichten der Natur abgedruckt ist, und seine Stelle in dem Kapitel über die Lebenskraft finden soll. Einige andere Aufsätze sind in den Versuchen über die gereizte Muskel- und Nerven-faser wiederholt. Einen Bericht über die Auffindung eines magnetischen Serpentinfelsens und darauf bezügliche kleinere Artikel in Gren, „Neues Journal der Physik" möge mir gestattet sein, auf die zweite Abtheilung zu verschieben. Ein paar kleinere Aufsätze, wie z. B. Versuche über einige physikalische und chemische Grundsätze der Salzwerkskunde (Bergmänn. Journal 1792, S. 1), die für die Jetztzeit wenig Interesse mehr bieten, will ich übergehen, sowie auch einen kleinen Streit mit Wille, dessen Ansichten in dem Kapitel Basalt erwähnt werden sollen, und mit Berol-dingen, welcher sich darüber aufhielt, daß Humboldt in den minera-logischen Beobachtungen seiner Theorie, daß das Quecksilber in einigen pfälzischen Bergwerken durch das unterirdische Feuer in die Höhe getrieben worden sei, nicht beistimmte, und daß er Beroldingen's Ansicht über den Basalt falsch aufgefaßt habe, welche Streitigkeiten Humboldt veranlaßten, sich als den Verfasser der Schrift, sowie der Abhandlung vom Wasser im Basalte zu nennen.

B. Humboldt's Arbeiten über einzelne Gegenstände.

Der Basalt.

Unter allen Gebilden, welche das Mineralreich hervorgebracht hat, seien sie einfache oder zusammengesetzte, ist nicht eines, über welches unter den Fachmännern ein so lebhafter Streit geführt worden wäre, als über den Basalt. Die Fehde begann um die Mitte des vergangenen Jahrhunderts und war im letzten Decennium des vorigen Jahrhunderts, als Humboldt seine literarische Thätigkeit eröffnete, in der schönsten Blüthe. Sie drehte sich um zweierlei Punkte, um die Frage, ob der Basalt der neueren Zeit dasselbe Gestein sei, das auch die Alten darunter verstanden, und um die Frage, welcher Weise der Basalt seine Entstehung zu verdanken habe.

Die sämmtlichen Naturwissenschaften wurden bekanntlich im Mittelalter auf's Aeußerste vernachlässigt und mußten daher erst in den letzten drei Jahrhunderten durch einzelne große Männer zum Theil wieder belebt, zum Theil auch wirklich erst ins Leben gerufen werden. Der Mineralogie leistete diesen Dienst und ist daher als ihr Stammvater zu betrachten Georg Agricola (Bauer), der als Arzt zu Joachimsthal in Sachsen lebend 1546 die erste Mineralogie unter dem Titel: De natura fossilium schrieb, und darin den Basalt als eine bestimmte Gesteinart anführte. Er fand bei Plinius das Wort Basaltes als Benennung eines Steines und die Angaben des Römers, daß der Basalt schwarz und sehr hart sei, schienen ihm mit den Eigenschaften des Gesteines zusammen zu stimmen, auf dem das Schloß Stolpen in Sachsen erbaut ist, weßhalb er diesem auch den Namen Basalt gab, der noch heutzutage für alle Gebirgsarten gilt, welche die wesentlichen Eigenschaften des Stolpener Gesteines theilen. Agricola bespricht die Härte und Schwärze sowie den Fundort des Steines und sagt von ihm, daß die Natur ihn zuweilen in Säulen theile, die bald rundlich bald mehrseitig seien.

Die Seitenzahl der Säulen schwankt zwischen 7 und 4, meistens sind Quertheilungen der einzelnen Säulen vorhanden, bisweilen zeigen die Stücke Kugelform. Als ausgezeichnete Beispiele dieser Bildung kennt man die Säulen des Riesenweges in Irland, die der Fingalshöhle auf Staffa. Die Basalte sind unter einander so verschieden, die Uebergänge in andere Steinarten sind so mannichfacher Natur, daß es unmöglich ist, eine kurze Beschreibung ihrer Eigenschaften zu geben, die geeignet wäre, jeden Basalt alsbald von jeder andern Steinart zu unterscheiden. Bei allem Schwankenden, dem man hier begegnet, gibt es aber immer einen Anhaltspunkt, genau bestimmen zu können, was Agricola als Basalt bezeichnete, den Felsen zu Stolpen. Nicht so gut sind wir mit dem Basalte der Alten daran. Das Wort Basaltes kommt nämlich in der ganzen alten Literatur nur ein einzigesmal vor und zwar bei Plinius XXXVI, 11. An dieser Stelle wird erwähnt, daß der Basalt Farbe und Härte des Eisens habe und in Aegypten und Aethiopien gefunden werde. Das größte Stück dieses Gesteines befinde sich im Tempel der Pax, sei von dem Imperator Vespasian dem Augustus geweiht und stelle den Nil mit 16 um ihn spielenden Kindern dar, worunter man sich eben soviele Cubitus als der Strom beim höchsten Stande erreicht zu denken habe. Ein anderes Stück dieses Steines solle (Plinius sagt es also nicht mit Gewißheit) in Theben sein, den Memnon vorstellen und jeden Tag, sowie es von den Sonnenstrahlen getroffen werde, einen Ton von sich geben.

Will man diesen Stein des Plinius mit dem des Agricola vergleichen, so zeigt sich alsbald, daß es gar viele harte und schwarze Steine geben kann, die darum nicht dieselbe Zusammensetzung haben müssen: ferner sind Aegypten und Aethiopien zu groß, und die Steine, die man daselbst findet, sind zu verschieden, als daß man von einer Art derselben sagen könnte, sie sei der Plinius'sche Stein, und was endlich das Nildenkmal anbelangt, so ist es aller Wahrscheinlichkeit nach gar nicht mehr vorhanden. Man hielt einige Zeit eine kolossale, eine Sphinx vorstellende Statue dafür, welche ein Füllhorn führt, um die herum 16 Kinder sich befinden und die Papst Clemens XIV. 1799 restauriren ließ; allein diese besteht aus weißem Marmor. Von der Memnonsstatue weiß Plinius selbst nicht gewiß, ob sie aus Basalt sei, und dann kann man in der Jetztzeit auch nicht mit vollkommener Bestimmtheit angeben, welcher unter den vielen Kolossen in Theben eben diese Memnonsstatue sei. Man findet zwar einen Koloß mit Inschriften aus den ersten Jahrhunderten unserer Zeitrechnung, welche angeben, daß dieser oder jener Ich den Ton des Memnon gehört habe, obwohl Verwüster (Cambyses) ihn verstümmelt hätten. Aber gerade die

Statue, welche die Inschriften enthält, ist noch wohl erhalten und besteht aus Sandstein.

Aus diesem ergibt sich leicht, daß hier ein weites Feld für Muthmaßungen und Streitigkeiten ist, allein daran ist noch nicht genug. Das Wort Basalt kommt, wie bereits erwähnt, bei Plinius nur einmal vor. Außerdem findet man bei ihm wie auch bei verschiedenen andern Schriftstellern öfters einen Stein Basanit erwähnt, dessen Beschreibung, wenngleich eben so unvollständig als die des Basaltes, jedenfalls ein von diesem wenig verschiedenes Gebilde anzeigt und daneben führen die alten Classiker noch andere Steine, wie lapis lydius, lapis aethiopicus auf. Alle diese wurden mit dem Basalte und Basanite darum für synonym gehalten, weil sie theils ebenfalls als Probirsteine benutzt werden können wie der Basalt des Agricola, theils wie der Basalt des Plinius aus Aethiopien stammten. Der harte Stein wurde auch zur Herstellung von Mörsern benutzt und dieses gab wieder Veranlassung zu einer neuen Verwechselung, mit einem Steine, den Strabo (ed. Amst. 1707 II. p. 818.) zwischen Syene und Philä fand.

Dieses Gewirre von verschiedenen Ansichten prüfte Humboldt in seinen „Mineralogischen Beobachtungen" näher und kam dadurch zu folgendem Resultate. 1) Es ist kein Grund in den Classikern vorhanden, den Basaltes Pl. mit dem Syenites, basanites, lapis lydius und lapis aethiopicus zu vermengen.[1] 2) Man darf nicht, wie bisher, apodiktisch behaupten, daß unser Basalt der Basaltes Pl. sei. 3) Es ist jetzt unmöglich, bestimmt zu entscheiden, welchen Stein Plinius Basalt nenne. 4) Der vermeintliche Basalt des Strabo ist Granit. 5) Es ist völlig ungewiß, ob der loc. classic. Plin. XXXVI, 11 und der beim Strabo S. 818 Bezug auf einander haben.

Zugleich sagt Humboldt p. 65: „Sollten Plinius und Strabo einerlei Steinart bezeichnen, was die Philologie nicht entscheiden kann, so wäre der weite Abstand zwischen unserm Basalte und dem Basalte der Alten erwiesen. Mir wenigstens ist dieser Abstand auch aus andern Gründen wahrscheinlich. 1) Unser Basalt scheint gar nicht dazu geschickt zu sein, um vom Meißel bearbeitet zu werden, und doch rechnet Plinius den Basalt unter die Marmorarten. Zu einem unförmlichen Klotze, zu einer Memnonsstatue kann man unsern Basalt allerdings behauen, welche Schwierig-

---

1) Später (1808) hat Buttmann (Museum der Altertumswissenschaften von Wolf und Buttmann, II. 1808, 87.) es wahrscheinlich gemacht, daß das Wort Basaltes ein Schreibfehler ist und Basanites heißen sollte, da in früherer Zeit häufig das n durch einen Strich auf dem vorhergehenden Vocale bezeichnet wurde, und eine Verwechselung von Basaltes mit Basaltes sehr leicht möglich ist.

leiten aber müßte jener Künstler zu überwinden gehabt haben, der es wagte, den verschleierten Nil mit 16 auf ihm spielenden Kindern darin vorzustellen? 2) Aegypten war das Vaterland des Plinischen Basalts. Ist es nicht auf= fallend, daß bei so vielen wiedergefundenen Steinbrüchen in Aegypten noch immer keine Spur von einem Basaltbruche entdeckt worden ist? Mit eben dem Rechte, mit welchem Winkelmann die Existenz des ägyptischen Por= phyrs läugnet, kann man auch die Existenz des ächten Basalts in Ober= ägypten bezweifeln.' 3) Plinius gibt den Basalt als ein bloß ägyptisches Product an. Wäre sein Basalt und der unsrige einerlei Steinart, so hätte er gewiß auch seine Lagerstätten in Italien und dem südlichen Frankreich ge= kannt. Zu den Zeiten der Despotie, da die Römer so aufmerksam auf die Erzeugnisse ihres Vaterlandes waren, konnten jene europäischen Basalte nicht unbenutzt, geschweige denn ganz verborgen bleiben. Sie mußten überdies durch ihre regelmäßige, säulenförmige Gestalt das Auge des Naturforschers auf sich ziehen.. Plinius, der die Steine so gern nach ihrer Figur unter= scheidet, erwähnt bei seinem Basalte dieses Kennzeichen gar nicht." In S. 70 sehen wir von Humboldt einen Satz ausgesprochen, der leider nicht so viel berücksichtigt wird, als er verdient. Er sagt: „Viele Irrthümer in der Naturgeschichte der Alten entstehen daraus, daß wir den Classikern eben die Genauigkeit und Bestimmtheit der Sprache zutrauen, an die uns der systema= tische Geist der letzteren Jahrhunderte gewöhnt hat. Die Botanik und Mi= neralogie waren zu den Zeiten des Dioscorides und Theophrastus auf der untersten Stufe ihrer Ausbildung. Pflanzen und Fossilien wurden nach ihrer habituellen Gestalt, nach ihrem zufälligen Gebrauche, nicht nach ihren wesentlichen Kennzeichen beschrieben. Die Terminologie war damals bei den Gelehrten eben so schwankend, als sie es jetzt bei der ungelehrten Volks= klasse ist." Würden diese Worte, wie sie es verdienen, beherzigt, wie viele un= fruchtbare Streitigkeiten würden dadurch vermieden!

Der Basalt war nicht nur das Object eines philologischen Streites, sondern auch, und zwar noch viel mehr, eines geologischen, und die Frage, auf welche Weise der Basalt entstanden sei, war lange Zeit hindurch ein Thema, mit dem sich die Naturforscher beschäftigten.

Agricola rechnete den Basalt unter die Marmorarien. Walch hält (1764) die Prismen des Basaltes für große Krystalle: er findet es für wahr=

---

1) Nach den spätern Erforschungen von Rüppel besteht das im Westen von Aegypten gelegene Gebirge Harusch, der Mons oder des Plinius, aus Basalthügeln (v. Humboldt, Ansichten der Natur. 2. Aufl. 301.

scheinlich, daß an den Orten, wo sich jetzt Basaltsäulen finden, früher Seeen gewesen seien, aus deren Wasser die Säulen herauskrystallisirten. Damals galt es als ausgemacht, die Basalte haben sich aus dem Wasser gebildet, und dem französischen Naturforscher Desmarest[1] war es vorbehalten, diese Ansicht zu erschüttern. Er hatte in den Jahren 1763 — 1766 Italien und Süd-Frankreich bereist und in der Auvergne, besonders in der Gegend von Clermont, an den dortigen Puys und dem Gebirge des Mont'd'or die ausgezeichnetsten Basalte gefunden. Die ganze Gegend stellte das lebendigste Bild von Vulkanen dar. Auf einer Ebene erhoben sich eine Menge von kegelförmigen Granitbergen, und auf deren Gipfel meistens Krater mit Schlacken, Asche, Bimsstein und Lava, und aus diesen Kratern hatten sich flüssige Ströme ergossen, welche nach ihrer Erstarrung ihren Weg deutlich durch verschieden modificirte Lava bezeichneten, die sich bald als basaltisch, bald porphyrartig, bald der neueren vesuvianischen Lava ähnlich charakterisirte. Desmarest fand wirkliche Basalte bald auf vulkanischen Schlacken und auf Asche, bald mitten in ehemaligen Lavaströmen oder in Schlacke, Bimsstein u. s. w. eingehüllt, oder als ganz geflossene Masse davon überdeckt, und zog daraus den Schluß, daß der Basalt der Auvergne sich nicht aus dem Wasser gebildet habe, sondern eine vorher flüssige Masse gewesen sei, die sich wie die Lava der jetzigen Vulkane aus Kratern ergossen und, bei dem Erkalten aus dem flüssigen in den festen Zustand übergegangen, die verschiedenen Formen angenommen habe, in denen sie sich jetzt findet. Die Zerreißung in die Prismen erklärte er aus der ungleichen Abkühlung der Oberfläche und der innern Masse und der damit verbundenen ungleichen Zusammenziehung der einzelnen Schichten.[2]

Diese neue Ansicht verfehlte nicht, großes Aufsehen zu machen, und wenn auch da und dort einige Aenderungen vorgenommen wurden, fand sie doch bald viele Anhänger, sie wurde sogar auf eine sehr possirliche Weise übertrieben. So sprach Witte die Ansicht aus, die ägyptischen Pyramiden seien

---

1) Histoire de l'Académie royale des sciences 1771 p. 705, 1772 p. 509, 1773 p. 590.

2) Diese Theorie des Zerspringens der Basalte wurde später namentlich von Poulett Scrope ausgebildet. Das Zerspringen fester Körper bei ungleicher Erwärmung oder Erkältung ist eine ganz allgemeine Erscheinung, die man leicht im Experimente zeigen kann, wenn man heißes Glas in kaltes Wasser steckt. Dicke Glasstücke springen bei der Erwärmung in dem Basalte ähnliche Gestalten. Haben sich die Säulen gebildet, so kommt durch Fortsetzung der Erscheinung, da jetzt die Prismenseiten ebenfalls abgekühlt werden, ein Zerspringen der Säulen senkrecht auf ihrer Are zum Vorschein.

2

nichts als Basaltauswürfe und hätten sich in ihrer jetzigen Gestalt aus der Erde gehoben. Das Labyrinth ist nach derselben Theorie ein Ausguß von Lava über der Erde, der See Möris ein eingesunkener Krater. Der vermeintliche Sarkophag des Cheops in der großen Pyramide, über den die Alterthumsforscher so viel gestritten haben, ist nach Wilke¹ aus der glühenden Lava entstanden. Zwei Quaderstücke von Basalt lagen wie ein paar Zwieback über einander. Als das untere größere noch weich war, drang das obere hinein und so erhielten beide ihre jetzige sargartige Gestalt.² Der Brunnen in der großen Pyramide ist ein Luftloch des Sultans. Die Inschriften, die Sphyngen, selbst die Reste von Persepolis, Balbeck und Palmyra, der Riesenbrunnen auf Ceylon, der Tempel des Jupiter zu Girgenti in Sicilien und die zwei Paläste der Incas von Peru bei Lacatagua und Atuncanjar sind natürliche Basaltgruppen und Lavaflüsse, die Inschriften sind Schörl, Zeolith und Kalkspath, die Aufgedunsenheit der Figuren ist ein sichtbares Zeichen der aufgeblähten Lava.

Trotz dieser schwärmerischen Bestimmung blieb der Theorie Desmarest's die Opposition nicht aus. An den deutschen Basaltfelsen fand man keine Spur von Schlacken und Lavaströmen; hier treten die Basalte als vereinzelte Kuppen auf, die auf Sandsteinen und andern offenbar aus dem Wasser gebildeten Felsarten lagern, und die vulkanische Theorie wurde daher von den meisten deutschen Geologen nicht angenommen, sondern die neptunische, die die Entstehung der Gebirge und namentlich des Basaltes von Niederschlägen aus dem Wasser ableitet, beibehalten. Diese Theorie, an deren Ausbildung Werner, Professor zu Freiberg, der nachmalige Lehrer Humboldts, den größten Antheil hatte, lehrte, daß in verschiedenen Perioden das Meer, dessen Wasser eine große Menge Schlamm u. dgl. mit sich führte, die Erde überflutete und daß aus der Verhärtung der nach dem Zurücktreten des Wassers liegen gebliebenen Stoffe die (Flöz=) Gebirge sich gebildet hätten, welche sich auf den primitiven Felsen, die nach der Schöpfung aus dem allgemeinen Gewässer herauskrystallisirten, nämlich Granit, Gneiß, Syenit u. s. w. auflagerten. Bei der letzten dieser Ueberfluthungen sollte der Basalt geblieben sein, der früher ein einziges, ungeheuer verbreitetes, verschiedene primitive und Flöz=Gebirge bedeckendes Lager ausmachte, welches im Laufe der Zeiten zwar meistens zerstört wurde, dessen Ueberbleibsel aber

---

1) Ueber den Ursprung der Pyramiden in Aegypten.

2) Humboldt sagt (Min. Beobachtungen S. 30), daß nach Maillet der Sarkophag von Porphyr, nach Savary von gelblichem Kalkstein, nach andern Mineralogen von antikem Granit also wenigstens nicht von Basalt war.

noch in den Basaltkuppen zu sehen seien. Unter dem Basalte seien gelegent=
lich Kohlenflöße, und wenn ein solches in Brand gerathe, so werde der Ba=
salt geschmolzen und erscheine als Lava.

Während also die Wernersche Theorie den Vulkanen nur eine sehr unter=
geordnete Bedeutung in dem Vorgange der Erdbildung zutheilte, wurden die
Ansprüche, welche die Partei der Vulkanisten für die Wirkung des Feuers
machten, immer größer, und es wurden bald nicht nur der Basalt, sondern
auch der Trapp, Dolerit, Porphyr, ja selbst der Granit, kurz alle Felsarten,
die keine natürliche Schichtung zeigen, und keine versteinerten Reste vor=
maliger organischer Geschöpfe enthalten, dem unterirdischen Feuer zugeschrie=
ben, eine Theorie, die namentlich in Hutton, dessen Hauptwerk (Theory
of the Earth) jedoch erst 5 Jahre nach der Humboldtschen Schrift über die
Basalte veröffentlicht wurde, ihren Vertreter fand. — Nach dieser Theorie
war die Erde früher eine im feurigen Flusse befindliche Kugel, die sich all=
mälig abkühlte, so daß jetzt die Oberfläche kalt, die große Masse des Innern
noch im flüssigen Zustande ist. Die durch Abkühlung erstarrte Oberfläche
ist nicht eben, die höheren Theile bilden Gebirge, die niedrigeren sind vom
Meere bedeckt. Die vom Wasser nicht bedeckten Theile werden durch die
Witterung, Wasser u. s. w. allmälig zerstört, und der Schutt durch die Flüsse
in's Meer geführt, wo derselbe wieder zusammenbackt. Im Laufe der Zei=
ten ändert sich das Relief der Erde, und so ist es möglich, daß früher vom
Meere bedeckte Gegenden aus demselben hervorragen und die aus dem Ab=
falle früherer Berge entstandenen Felsen neue Gebirge bilden. Die Wer=
nerschen durch Krystallisation gebildeten Steine entsprechen also hier den=
jenigen, die durch Erstarrung früher flüssigen Materials entstanden, die auf
nassem Wege gebildeten Felsen der Huttonschen Theorie sind den bei Wer=
ner durch Anschwellen des Wassers entstandenen analog, und außerdem hat
Hutton noch das durch Vulkane als Lava und dgl. ausgeworfene Gestein.

Das Gebiet der neptunistischen Partei war vorzugsweise Deutschland,
obwohl sie in dem Bergrathe Voigt zu Weimar einen entschiedenen Gegner
hatte, während die französischen Geologen fast durchaus der Theorie des Vul=
kanismus huldigten. Die Herrschaft der Neptunisten in Deutschland wurde
vorzugsweise durch Werner's Persönlichkeit selbst bedingt. Werner, als
Beobachter und Systematiker einer der größten Mineralogen aller Zeiten,
übte durch die Klarheit seines glänzenden Vortrags eine unbedingte Herrschaft
über seine Schüler aus, deren Verehrung für ihren Lehrer so weit ging, daß
die meisten, selbst nachdem sie sich von der Unhaltbarkeit seiner Theorie über
den Basalt überzeugt hatten, doch erst nach seinem Tode ihre Ansicht un=

2*

umwunden aussprachen, um nur dem Meister durch diesen Widerspruch keinen Aerger zu machen. Werner gründete sein System auf die geologischen Verhältnisse Sachsens, die allerdings dem Erkennen vulkanischer Einwirkung auf die Basaltbildung sehr ungünstig sind, denn von Kratern u. dgl. gibt es hier keine Spur. Die deutschen Basalte treten fast immer in einer Gestalt auf, welche der der Hutpilze nahe kommt, wobei jedoch nur der Hut über die Erdoberfläche ragt, während der Strunk in dem Boden steckt. Betrachtet man das Ganze von oben und außen, so findet man nur eine ringsum begrenzte Masse von Basalt, die auf irgend einem neptunisch gebildeten Gesteine aufliegt und erst wenn man durch dieses letztere durchgräbt, findet man, daß die obere Basaltmasse durch einen mit Basalt ausgefüllten Kanal mit der Tiefe in Verbindung steht. Von diesem Verhältnisse wußte man aber damals noch nichts. Da Werner keine größeren Reisen machte, hielt er die Form des sächsischen Basaltes, dessen Verbindung mit der Tiefe er aber nicht kannte, und den er für durchaus ganz oben liegend hielt, für den auf der ganzen Erde herrschenden Typus. Die Franzosen hatten den entschiedenen Vortheil, daß ihnen die Vulkane der Auvergne einen Einblick in die Lage der Sache bot, die sie alsbald von der Richtigkeit der vulkanischen Theorie überzeugte. Es ist Thatsache, daß kein Beobachter von der Auvergne als Anhänger der Werner'schen Lehre zurückkehrte.

Als A. v. Humboldt im Jahre 1790 seine Beobachtungen über die Basalte veröffentlichte, war der eben geschilderte Streit so ziemlich am lebhaftesten. Deutschlands Mineralogen standen fast sämmtlich auf der Seite Werners, und wenn auch Humboldt damals noch nicht zu dessen eigentlichen Schülern gehörte (er bezog Freiberg erst im Jahre 1791) und er sich mehr mit der Beschreibung des Auftretens der Basalte des Niederrheins, unter denen die des Steinbruches von Unkeln besonders großartig erscheinen, als mit der Frage, auf welche Art sie entstanden seien, befaßt, so läßt sich leicht erkennen, daß er auf Seite der Neptunisten stand, wenn er sich auch nicht geradezu dafür ausspricht. So z. B. neigt er sich S. 79 zur neptunistischen Erklärung der Entstehung der Basaltsäulen, indem er sagt: „Die regelmäßige Gestalt der Basalte ist zwar an sich nicht mehr unerklärbar, als die Gründe, aus denen Alaun in doppelte viereitige Pyramiden, das Kochsalz in Würfel anschießt." Er zieht hier offenbar die Ableitung der Basaltform aus dem Vorgange der Krystallisation, also die neptunistische, der Erklärung durch ungleiche Abkühlung der verschiedenen Schichten eines erstarrten Lavastromes vor. Ebenso finden wir S. 118: „In der schönen, in Deutschland einzigen Sammlung von vesuvianischen Producten zu Bonn sah ich allerdings Laven, die den Unkeler und Frankfurter Mandelsteinen sehr ähnlich sind. Diese Aehnlichkeit kann aber wenig für den vulkanischen Ursprung der letzteren entscheiden. Die Verschiedenheit der italienischen Laven ist so groß, daß man wohl kaum einen Stein in Deutschland findet, der nicht irgend eine Verwandtschaft mit ihnen zu haben schiene. Das im Ganzen nur schwache Feuer der Vulkane greift die ausgeworfenen Mineralien nicht sonderlich an. Die Grundstoffe, welche wir in den meisten Laven erkennen und die gleichsam das Charakteristische derselben ausmachen, sind unserm Vaterlande so gut, als dem untern Italien eigen. Verwitterung bringt oft eben die Porosität hervor, als das Aufblähen der erhitzten Dämpfe. Kein Wunder daher, wenn dieselben Grundstoffe, zu einer ähnlichen Masse ver= ändert, zu den sonderbarsten Täuschungen Anlaß geben können."

Diese Andeutungen mögen genügen, um zu zeigen, daß Humboldt 1790 noch Anhänger der neptunischen Theorie war, und gerade er sollte eine der Hauptstützen der entgegengesetzten Ansicht werden!

Es läßt sich nachweisen, daß A. v. Humboldt bis zum Antritte seiner amerikanischen Reise Anhänger der Werner schen Schule geblieben sei, denn in einem Aufsatze, der sich unter dem Titel „Die Entbindung des Wärmestoffs als geognostisches Phänomen betrachtet" in der Sammlung von Abhandlungen über die chemische Zerlegung des Luft= kreises befindet, vertrat er mit besonderem Nachdrucke den Satz: Die feste Erdmasse bildete sich durch Niederschläge aus Flüssig= keiten; aufgelöste Stoffe wurden aus ihren Auflösungs= mitteln abgeschieden. Wir haben hier den Gegensatz zur Lehre der Vulkanisten, die die feste Erde (der Hauptmasse nach) als Resultat der Er= starrung vormals glühend flüssiger Substanzen betrachten.

Der schwache Punkt der Werner schen Lehre war stets die Ausgabe der Art, wie es denn gekommen sein möge, daß die das nachmalige Gestein im aufgelösten Zustande enthaltenden Gewässer bald vor=, bald zurücktraten, bald Gesteine absetzten, bald nicht. Humboldt scheint eine Abhülfe dieses Uebelstandes in der genannten Abhandlung im Auge gehabt zu haben.

Als Grundlage des Ganzen dient die Thatsache, daß überall da, wo ein flüssiger Körper den festen Aggregatzustand annimmt, Wärme ent= wickelt wird.

Es seien nun eine ganze Menge fester Stoffe in Wasser gelöst! Sowie ein Theil der letzteren aus der Lösung herauskrystallisirt, wird diese heiß, ein Theil verdampft, die durch Verdampfung verminderte Wassermasse ver= mag nicht mehr das, was in ihr aufgelöst ist, alles in Lösung zu halten und es schlägt sich eine neue Quantität fester Substanz nieder. So ruft ein Niederschlag den andern hervor, und da ein Theil des Wassers bald als Dampf in der Luft bald nach der durch Wärmeabgabe an den Welten= raum erfolgten Abkühlung auf der Erde ist, folgt eine verschiedene Höhe des= selben auf der Erde.

Die durch solche Krystallisationen hervorgerufene Wärme betrachtet Humboldt als die eigentliche von der Sonne unabhängige Wärme der Erde. Seit früherer Zeit ist die Erde abgekühlt, und unser Planet ist jetzt nicht mehr wie früher im Stande, in höheren Breiten Thiere und Pflanzen hervorzubringen, die wir jetzt in der Tropenzone finden.

Die Reizbarkeit.

Unter den Ursachen, welche den mannichfaltigen Erscheinungen des Thier= und Pflanzenlebens zu Grunde liegen, spielte in der zweiten Hälfte des vo= rigen Jahrhunderts besonders die sogenannte Reizbarkeit oder Irritabilität eine große Rolle. Man betrachtete die Materie als das sinnlich Erkenn= bare, das Raumausfüllende, und nahm an, daß auf sie die an sich nicht sinnlich wahrnehmbare, nur in und an jener anschaubare Kraft wirke. Von dieser Kraft nun seien unendlich viele Abstufungen und Modificationen denkbar und unter diesen eine, die in Folge von Einwirkungen von außen (Reizen) nach außen wirke, und diese Kraft sei die Reizbarkeit.

Spuren, daß solche Erscheinungen wahrgenommen wurden, gehen weit zurück, und man findet daher viele zerstreute Bemerkungen darüber; schon Virgil kannte die Zuckungen am frischen Fleische. Der Erste, welcher die Reizbarkeit einer größeren Aufmerksamkeit würdigte, war Albert v. Hal= ler[1], der, der größte Physiologe des 18. Jahrhunderts, in der Mitte des= selben in Göttingen wirkte. Die Untersuchung der verschiedenen Theile des Menschen= und Thierkörpers führte ihn auf die Beobachtung verschiedener, namentlich auch faserig zusammengesetzter Gebilde, die bei mehr oder weniger rauher, mechanischer Berührung, Stichen, Schnitten, bei Anwendung che= mischer Agentien, wie Scheidewasser, Vitriolöl, Spießglanzbutter (jetzt An=

---

1) Die Grundzüge seiner Lehre finden sich in: Dissertation sur les parthies irritables et sensibles des animaux par M. de Haller, traduit par Tissot, Lau= sanne 1755.

timonchlorid) ein abweichendes Verhalten zeigten. Er nannte einen Theil
sensibel, wenn derselbe die Thatsache der geschehenen Berührung zum Be=
wußtsein der Seele des Menschen, deren Wohnsitz er in dessen Hirn legte,
bringen konnte, oder wenn seine Berührung bei dem Thiere, von dem er an=
nimmt, daß es ungewiß sei, ob es eine Seele habe oder nicht, die Erschei=
nungen des Schmerzes oder des Mißbehagens hervorrief. Hierher gehören
nach ihm vorzugsweise die Nervenfasern. Andere Theile ziehen sich zusam=
men, wenn sie gestochen, gebrannt, oder auf andere Weise verletzt werden,
sie verkürzen sich, ohne daß darum ein Schmerzgefühl zum Vorschein käme,
da die Empfindung sich nicht zum Hirne fortpflanzt. Diese Erscheinung zei=
gen z. B. die Muskeln eines frisch abgenommenen Gliedes, das mit dem
Geschöpfe, dem es früher angehörte, in gar keiner Verbindung mehr steht
und demselben daher auch kein Schmerzgefühl mehr mittheilen kann. Zu
diesen, den reizbaren Theilen, rechnet Haller die Muskelfasern; er läugnet
zwar nicht, daß auch andere Organe reizbar sein können, doch sagt er, dieses
sei in ganz geringem Grade der Fall, und er untersuchte sie auch nicht weiter.
Andere Stoffe, wie z. B. die Sehnen, erklärte er für weder empfindlich noch reiz=
bar. Die Hauptanwendung, die Haller von der Reizbarkeit der Muskel=
faser machte, war die Erklärung des Herzschlages; er machte so die Con=
tractionen dieses Organes unabhängig von den Functionen des Gehirns und
der Arterien und stellte den Satz auf, daß das Blut wie auch andere Flüs=
sigkeiten, selbst die Luft, als Reizmittel für die Muskelfasern des Herzens
diene, und diese veranlasse, sich zu verkürzen, wodurch das ganze Herz zu=
sammengezogen würde; dadurch werde das Blut hinausgedrängt und nach
dem Aufhören des Reizes nehme das Herz den alten Raum wieder ein. Die=
ser neue Satz, ausgesprochen von einem Manne wie Haller, konnte nicht
unbeachtet bleiben und seine Aufnahme war bei den verschiedenen Physiologen
der damaligen Zeit eine je nach deren vorherigen Ansichten verschiedene.
Man wendete vorzugsweise ein, daß, wenn die Contraction des Herzens eine
Folge des Blutreizes sei, sich nicht gut einsehen lasse, warum die Zusammen=
ziehung erst erfolge, wenn das Herz vom Blute voll sei, da es doch viel na=
türlicher wäre, daß bei dem Eintritte des Blutes auch die Zusammenziehung
erfolge, und das Herz sich demnach gar nicht damit füllen könne. Andere
Physiologen, wie Lups, Winter u.s.w., nahmen die Haller'sche Theorie
nicht nur an, sondern erweiterten sie sogar, und gründeten auf die Reizbar=
keit ein ganz neues System des thierischen Haushaltes, in welchem sie die
Functionen der Gefäße, Nerven, kurz sämmtlicher Organe auf sie zurück=
führten; de la Mettrie machte sie zur Grundlage eines Systems, in wel=

chem er den Menschen als Maschine darstellte, und die Immaterialität der
Seele läugnet.

Die erste Veröffentlichung Hallers datirt vom Jahre 1739. Wollen
wir die Ausbildung seiner Lehre kennen, welche dieselbe bis zum Jahre 1790,
in welchem Humboldt seine wissenschaftliche Thätigkeit begann, erlangt
hatte, so dürfte es zweckmäßig sein, zu untersuchen, wie sie sich in den um jene
Zeit veröffentlichten Schriften präsentirte, und ich wähle hiezu die Abhandlungen Girtanners aus, welche sich in den Observations sur la physique,
sur l'histoire naturelle et sur les arts par MM. Abbé Rozier, Monge, et de la
Metherie Tom. XXXVI. 1790 und in deutscher Uebersetzung in Grens Journal der Physik, 1791, III. finden. Girtanner wendet das Princip der Reizbarkeit nicht wie Haller nur auf Thiere, sondern auch auf die Pflanzen an,
und betrachtet die ganze organisirte Natur als aus festen und flüssigen
Theilen zusammengesetzt, von denen die ersteren aus drei Arten primitiver
Fasern, den erdigen, den sensibeln und den irritabeln bestehen. Die erdigen
Fibern sind unorganisirt, unempfindlich und unreizbar; die sensibeln oder
nervigen Fasern sind empfindlich, aber nicht reizbar; die irritabeln endlich
sind das letztere allein. Es gibt drei Arten reizbarer Fasern, die gerade,
die spirale und die cirkelförmige. Die Wirkung der geraden Faser ist eine
gleichzeitige Annäherung aller ihrer Theile gegen einander, wodurch eine Verkürzung derselben erzielt wird, worauf bei dem Aufhören des Reizes der frühere Zustand wieder eintritt. Hieher gehört die schon von Haller angeführte Contraction des Herzens, sowie auch die Zuckung, welche man an
frisch von dem Körper abgetrenntem Muskelfleische wahrnimmt, wenn man
es mechanisch zerrt oder dem Einflusse verschiedener chemischer Substanzen,
wie Schwefelsäure, aussetzt. Auch die spiralförmige Faser zieht sich zusammen, aber nicht an allen Stellen gleichzeitig, sondern zuerst da, wo der Reiz
angebracht wurde, dann allmälig an den ferner liegenden Punkten. Ihre
Wirkung ist eine vorübergehende Verengerung des innerhalb der Spirale liegenden Kanales. Durch diese Art von Wirkung erklärt Girtanner die
Bewegung der Flüssigkeiten in den Gefäßen, deren Wandungen er mit Spi-
ralfasern ausstattet, und wir sehen hierin wieder eine Erweiterung des Hal-
lerschen Satzes, der zunächst nur die Muskelfasern für irritabel erklärte.
Girtanner's Theorie ist vorzugsweise gegen die von Hales gerichtet, der
in seiner Statik der Gewächse die Bewegung der Säfte in den Pflanzen von
der Wirkung der Verdunstung und der Haarröhrchenanziehung, der Kraft,
vermöge deren manche Flüssigkeiten in engen Röhren höher stehen, als in
mit diesen communicirenden weiten, abhängig gemacht hatte. Als nämlich

Newton am Anfange des vorigen Jahrhunderts nach vorausgegangener Entdeckung der Gravitation gefunden hatte, daß die vorher für sehr complicirt gehaltenen astronomischen Erscheinungen sich als die Wirkungen einer einem sehr einfachen Gesetze unterliegenden Kraft darstellen lassen, war man einige Zeit darauf emsig damit beschäftigt, auch die übrigen Erscheinungen in der Natur, namentlich die der organischen Welt, auf einfache Ursachen zurückzuführen. Es ist das gewöhnliche Loos größerer Entdeckungen, zuerst verkannt und dann überschätzt zu werden, und so hatte auch die Newtonsche Entdeckung zuerst mancherlei Opposition zu bekämpfen, sie war aber auch großentheils die Ursache, daß man ein paar Decennien später alle Vorgänge in der Natur als mechanische Probleme betrachtete. Ganz ähnlich ging es mit der bereits oben erwähnten Huttonschen Theorie der Erdbildung und auch gewissermaßen mit der Reizbarkeit, die im letzten Jahrzehnt des vergangenen Säculums in der höchsten Blüthe stand.

Die cirkelförmige Fiber hatte nach Girtanner die Function, durch gleichzeitige Zusammenziehung an allen ihren Theilen irgend einen Kanal zeitweilig abzuschließen oder wieder zu öffnen.

Auch den flüssigen Theilen der Thiere und Pflanzen wurde Reizbarkeit zugeschrieben, aus der ihre Gerinnbarkeit abgeleitet wurde.

Der Grad der Irritabilität ändert sich nach Girtanner beständig, wechselt mit der Lebensweise, dem Alter u. s. w. des Individuums; sie häuft sich bei Abhaltung eines regelmäßigen, gleichmäßig fortwirkenden Reizes an, wird aber durch Anwachsen desselben, oder durch öfteres Wiederholen eines außergewöhnlichen vermindert, und daraus entstehen drei verschiedene Zustände der Faser.

1) Der Zustand der Gesundheit, der bei jedem Individuum verschieden ist, der Ton der Fiber.

2) Der Zustand der Anhäufung, der durch die Abhaltung der gewöhnlichen Reize hervorgebracht wird.

3) Der Zustand der Erschöpfung, bedingt durch zu starke Anwendung eines Reizes.

Der organische Körper bekommt beständig einen Zuwachs von Reizbarkeit, der ihm durch fortgesetzte Reizung wieder entzogen werden muß. Stehen Zufluß und Abgang mit einander im Gleichgewichte, so folgt die Gesundheit, das Wohlbefinden des Individuums, welche aufhören, wenn die Zustände 2 und 3 durch irgend eine Ursache eintreten. Die Krankheit ist daher von zweierlei Art, und danach muß sich auch ihre Behandlung richten. Bei gänzlichem Erlöschen der Reizbarkeit erfolgt der Tod.

Bereits oben wurde angedeutet, daß Haller mit der Schwierigkeit zu kämpfen hatte, daß das durch das Blut reizbare Herz sich gar nicht ganz damit füllen könne; Girtanner erklärt diese Erscheinung dahin, daß nach der Contraction das Herz sich in einem Zustande der Erschöpfung befinde, und unthätig sei, und erst wenn es nach einiger Zeit wieder wirke, könne es sich von Neuem zusammenziehen; dann sei es aber auch wieder mit Blut gefüllt.

Als Reize, welche regelmäßig wirken, bezeichnet er die Wärme, das Licht, die Nahrung, die Circulation der Säfte und den Nervenreiz, welcher letztere jedoch nur bei den Thieren vorkomme und auf den sich der Einfluß der Leidenschaften sowie der moralischen Eindrücke, wie der Freude, Trauer u. s. w. reduciren.

Fragen wir, worauf denn die Reizbarkeit eigentlich beruhe, ob sie irgend eine immaterielle, unsern Sinnen nicht wahrnehmbare Grundlage habe, oder ob sie an irgend einen durch chemische Mittel darzustellenden materiellen Körper gebunden sei, so finden wir diese Frage dahin beantwortet, daß der Sauerstoff der Träger aller Reizbarkeit sei, dessen Uebermaß oder Mangel im Körper den Zustand der Anhäufung oder Erschöpfung bedinge, und auf dessen Regulirung sich die gesammte Therapie schließlich reduciren müsse.

Eine solche Ausarbeitung der Therapie finden wir bei John Brown[1], dessen System sich fast in ganz Europa längere Zeit der größten Anerkennung erfreute. Brown bleibt übrigens nicht bei der Reizbarkeit (irritabilitas) stehen, sondern nimmt dafür die Erregbarkeit (excitabilitas), worunter er nicht nur eine Verkürzung irgend einer Muskelfaser, sondern allgemein eine durch irgend eine von außen kommende Wirkung hervorgebrachte Aenderung im organischen Körper versteht. Er nimmt einen Zustand der Erregbarkeit und eine Erregung an. Heben beide sich auf, so folgt Gesundheit, während eine steigende Differenz beider wachsende Krankheit und endlich den Tod herbeiführt. Samuel Lynch hat das Ganze sogar tabellarisch zusammengefaßt.[2] Man findet hier zwei in 60 Grade getheilte Scalen, Erregung und Erregbarkeit, die einander parallel laufen, aber während die eine oben mit 0 beginnt, unten mit 60 aufhört, hat die andere die entgegengesetzte Eintheilung. In der Mitte haben beide Scalen 40, dort heben Erregung und Erregbarkeit sich auf, dort ist Gesundheit; bei 0 Erregbarkeit und 60

---

1) John Browns System der Heilkunde mit einer kritischen Abhandlung über die Brown schen Grundsätze von E. H. Pfaff. Entwurf einer einfacheren Arzneikunst oder Erläuterung und Bestätigung der Brown schen Arzneilehre von M. A. Weikard.

2) Beilage zu dem Pfaff'schen Werke.

Erregung, welche zusammenfallen, stehen Pest und Tod, bei 80 Erregbarkeit und 0 Erregung sind Apoplexie und wieder Tod. Steigt die Erregung über den 40. Grad, so nimmt die Erregbarkeit ab und es gehört nun eine noch stärkere Erregung dazu, eine gegebene Aenderung hervorzurufen. Mit dem Mißverhältniß steigt die Schwäche und alle Erregungsmittel wirken daher schwächend, d. h. mindern die Erregbarkeit.

Man kann die Brown'sche Lehre als den Culminationspunkt der Theorie der Reizbarkeit betrachten, doch liegt darin bereits etwas, was der letzteren viel von ihrer Wichtigkeit raubte, so daß sie jetzt nicht mehr in dem Ansehen steht, das sie vor 80 Jahren genoß. Brown nimmt nämlich nicht nur Reizbarkeit an, sondern gibt auch Aenderungen zu, die nicht auf eine bloße Verkürzung von Fasern reducirbar sind, und gerade das genauere Studium dieser Aenderungen, auf welches man durch Brown geleitet wurde, ist eine der Ursachen, warum man, von dem Allgemeinen auf das Specielle übergehend, den Satz von der Reizbarkeit im Ganzen gegenwärtig weniger verfolgt.

Humboldt betrachtete in seinen Aphorismen die Reizbarkeit als ein charakteristisches Kennzeichen des Lebens, als einen Ausfluß einer eigenen Kraft, der Lebenskraft, und unterschied demzufolge die Bestandtheile der Thiere und Pflanzen als belebte (reizbare) und unbelebte. Unter die letztere Klasse gehören nach ihm bei den Thieren die Knochen, Haare, Nägel, der feine Bart an der Pinna[1] und dem Mytilus[2], bei den Pflanzen das Oberhäutchen, das Holz und die Samenkrone. Eine Vergleichung der Knochen mit dem Holze führt ihn auf den Schluß, daß die Pflanzen mit den meisten Thieren, welche weißes und kaltes Blut haben (den wirbellosen Thieren), das gemein haben, daß sie keine wahren Knochen besitzen, obwohl das Holz deren Stelle vertritt.

Als reizbare, also lebende Theile der Pflanzen, bezeichnet er die Saftgefäße, das Zellgewebe, die Luftgefäße, während er aus der Beweglichkeit einiger Staubfäden, Blätter und Blattstiele darauf schließt, daß die Pflanzen auch Muskelfasern (die ebenfalls reizbar sind) besitzen. Die Reizbarkeit als der Ausdruck der Reaction einer im Innern des reizbaren Körpers befindlichen Kraft muß sich durch irgend einen Vorgang zu erkennen geben und dieser Vor-

---

1) Miesmuschel, in der Nordsee zu Hause, und durch einen Haarbüschel an andere Körper befestigt.

2) Stech-, Seiden- oder Schinkenmuschel. Aus der Oeffnung hängt ein Bart hervor, der in Palermo, Messina und Smyrna zu Handschuhen verarbeitet wird. Man hält dieses Product für den Byssus der Alten.

gang zeigt sich durch Bewegung. Der Bewegungen, die man an den Pflanzen wahrnehmen kann, gibt es dreierlei Arten. In die erste Klasse gehört die stetige Bewegung wie beim Hedysarum gyrans[1], welche ohne durch irgend einen Reiz unterbrochen zu werden, sich bald langsamer, bald geschwinder zeigt, am Mittag bisweilen aufhört, in der Nacht aber desto stärker wird. Zu der zweiten Klasse gehören diejenigen eigenen und unwillkürlichen Be= wegungen, welche durch einen neuen Reiz hervorgebracht werden. Beispiele hierzu liefern Parnassia palustris[2] und Rulba chalepensis.[3]

— —

[1] Hedysarum gyrans ist eine Pflanze aus der Familie der Hülsenfrüchte, ihr Vaterland ist Bengalen. Sie hat wie der Alte dreizählige Blätter, wovon das Endblatt bedeutend größer ist, als die seitlich stehenden. Die Bewegung dieser Pflanze ist von zweierlei Art, wovon die eine, von dem Lichte abhängige, von dem Hauptstiele und dem großen Endblatte, die andere von den Seitenblättern aus= geführt wird. Die erstere besteht in einem Aufrichten und Niedersenken. In den ersten Morgenstunden und an gewöhnlichen etwas trüben Tagen stehen die gemein= samen Blattstiele in einem spitzigen Winkel vom Stamme ab; sobald aber die Sonne darauf scheint, zieht sich der Blattstiel gegen den Stamm und die Spitze des Blattes erhebt sich, ja die ganze Pflanze nimmt eine Richtung nach der Sonne an, so daß sie oft einige Stunden hindurch ganz schief steht. Kehrt die Pflanze in den Zustand des Schlafes zurück, so sinken zuerst die Blätter zurück, die Stiele ziehen sich an den Hauptstamm und dann legen sich die großen Blätter so genau an diesen, daß sie ihn wie ein Mantel umschließen. Die Bewegungen der Seitenblättchen sind diejenigen, von denen Humboldt eben spricht. Das eine derselben hebt sich langsam in die Höhe und legt sich mit der innern Fläche an den Stiel des Hauptblattes, sobald dieses geschehen, sängt das gegenüberstehende Blättchen an zu sinken, und kommt mit der obern Fläche nach außen zu liegen, bis sich die untere Fläche der Länge nach an den Stiel legt. Hierauf sinkt das zuerst emporgestiegene Blättchen, und nachdem es sich dem Blattstiele ebenfalls nach hinten angelegt hat, beginnt das andere wieder zu steigen. Je wärmer die Luft und je üppiger die Pflanze, um so schneller zeigt sich auch die Bewegung, doch kann nach A. v. Humboldt sehr große Hitze auch lähmend wirken. Die Bewegung dauert bei Tage wie bei Nacht gleichmäßig fort.

[2] Nach den Untersuchungen Humboldts (Aphori, Annal. der Botanik 1792. III. 7), bewegen sich in derselben Ordnung, in welcher der Pollen reift, die Staubfäden ruckweise zum Pistille, bei der Annäherung schnell und auf einmal, bei der Entfernung nach geschehener Befruchtung in drei Absätzen. Zählt man die Staubfäden von rechts nach links, so bewegt sich zuerst 1, dann 5, 2, 4 und end= lich 3. Der vierte und dritte Staubfaden machen die Bewegung meistens zusam= men, wenigstens erhebt sich der dritte, wenn der vierte noch nicht ausgeleert ist.

[3] Bei den Rauten stehen die Staubfäden in zwei Reihen, jede zu 4; in der einen opponiren sie den Blumenblättern, in der andern alterniren sie mit ihnen. Bei dem Eröffnen liegen jene den Blumenblättern fest an, diese sind etwas nach rückwärts gekrümmt. Wenn die Antheren reifen, biegen sich diese Staubfäden in die Höhe

Die dritte Classe bilden die Bewegungen derjenigen Pflanzen, welche durch äußerlich wirkende Ursachen zur Bewegung gereizt werden. Hieher gehören Mimosa pudica, Dionaea muscipula, Oxalis sensitiva.[1]

Soll die Reizbarkeit genauer untersucht werden, so muß es Mittel geben, dieselbe zu erhöhen oder sie zu schwächen. Als Mittel, welche die Reizbarkeit der Pflanzen erhöhen, dienen oxygenirte Kochsalzsäure (unser jetziges Chlorwasser), oxydirte Metalle, Sauerstoffgas, Wasser, kochsalzsaures Ammonium (Salmiak), salpetergefäuerte Pottasche (Salpeter), mit kohlensaurer Luft, Salpeter-, Schwefel-, Zucker-, oder einer andern Säure gemischtes Wasser, mäßige Wärme, Schwefel, mäßig angewandte Elektricität.

Sehr interessant sind die Versuche, welche Humboldt mit Chlorwasser anstellte. Er entdeckte, daß Kreßsamen in dasselbe gelegt, schon nach einer halben Stunde aufschwollen, nach 6—7 Stunden keimten, und in einer weiteren Stunde Keime von der Größe einer Pariser Linie geben, während

---

bis sie sich über die Narbe des Pistills gelegt haben. Bald gehen sie einzeln, bald mehr oder weniger gleichmäßig, alle vier zusammen. Die Staubfäden des antern Kreises bewegen sich viel langsamer und zwar einer nach dem andern. Den zu diesen Bewegungen Veranlassung gebenden Reiz sucht Humboldt, wie auch bei der Parnassia, in der Samenfruchtigkeit des Pollens.

1) Mimosa pudica ist eine in Brasilien wachsende Pflanze aus der Familie der Hülsenfrüchte. Bei Erschütterungen legen sich ihre Blättchen mit ihren Oberflächen zusammen und der mehrern Blättchen gemeinsame Stiel senkt sich, und da ein Blättchen, indem es seine Bewegung macht, die Nachbarblättchen erschüttert, pflanzt die Erscheinung sich sehr häufig fort. Nach v. Martius ist der Hufschlag eines durcheilenden Pferdes hinreichend, um ganze Massen von Mimosen in Bewegung zu setzen. In derselben Weise wirken Temperaturänderungen.

Dionaea muscipula (Venusfliegenfalle) ist ein krautartiges Gewächs aus Nordcarolina. Das Blatt besteht aus 2 gleich großen Lappen, von etwas ovaler Form, die sich auf beiden Seiten des Mittelnerven ausbreiten, so daß dadurch am oberen Ende ein tiefer Einschnitt zwischen diesen beiden Lappen entsteht. Dieses aus 2 gegenüberstehenden Lappen zusammengesetzte Blatt hat das Eigenthümliche, daß es sich nach oben zusammenfaltet, wenn es in der Mittellinie der oberen Fläche gereizt wird, und bei diesem Zusammenklappen legen sich die Borsten, welche wie Wimpern die Ränder einfassen, über Kreuz zusammen. Da diese Bewegung schon dadurch veranlaßt werden kann, daß ein Insekt von der Größe unserer Fliegen über die Mittellinie des Blattes fortläuft und dann von den sich schnell zusammenlegenden Blattlappen eingeschlossen wird, hat die Pflanze den Namen Fliegenfalle erhalten.

Bei der Oxalis sensitiva zeigt sich bei der Berührung ein Zusammenlegen der Blättchen nach unten. Um Mittagszeit geschieht dieses schon bei dem bloßen Anhauchen, und an regnerischen und stürmischen Tagen öffnen sich die Blättchen gar nicht.

in Salzsäure gebrachte Samen gar nicht, in Wasser gelegte erst nach 36—36 Stunden Keime entwickelten.¹ Ebenso fand er, daß Erbsen= und Bohnensamen in angefeuchtete Metalloxyde, wie Mennig, Bleiglätte und Massicot gebracht, schneller als in feuchter Erde keimten, und daß auch Sauerstoffgas diesen Vegetationsproceß merklich beschleunigte. Die übrigen genannten Reizmittel haben alle die Wirkung, daß sie, in mäßigem Grade mit den Pflanzen in Verbindung gebracht, sowohl das Wachsthum derselben befördern, als auch die Bewegungen der Theile sensitiver Pflanzen, wie der Blätter von Hedysarum gyrans, lebhafter machen.

Mittel, welche die Reizbarkeit der Pflanzen schwächen, sind: heftige electrische Schläge, Sonnenstrahlen, Opium, zu große Wärme, kohlensaures Gas, Stickstoffgas. Die Hauptursache der reizmindernden Eigenschaft dieser Stoffe, von denen ein großer Theil auch unter den Beförderern der Irri= tabilität angetroffen werden, ist das Allzuviel, und öftere Wiederholung eines Reizes nimmt dem Gewächse seine Irritabilität, wie dieses Girtanner von den Thieren beobachtet hat. Die Wirkung zeigt sich an dem Ermatten der Pflanzen, dem Sinken der vorher straff gerichteten Blätter, dem Auf= hören der Beweglichkeit sensitiver Pflanzentheile.

Auf die Untersuchung der Reizbarkeit der festen Pflanzentheile folgt die der Reizbarkeit der Flüssigkeiten, denn jeder organische Körper enthält Be= standtheile von beiden Aggregatzuständen, und es ist bisher so wenig eine Flüssigkeit gefunden worden, die für sich Lebensthätigkeit äußert, als ein fester Körper ohne alle Flüssigkeiten dieses vermag. Die Lebenskraft ist bei den Flüssigkeiten verschiedener Geschöpfe verschieden, ihre Eigenwärme, d. i. die Wärme, um welche sie die umgebenden Medien überragen, nimmt ab, wenn man von den Vögeln auf die Säugethiere, Fische, dann auf die Pflanzen übergeht, und ebenso verhält es sich mit den Aenderungen, welche die Flüs= sigkeiten nach dem Tode des Individuums erleiden. Der Saft der Pflanzen

1) Auf diesen Versuch kam Humboldt, als er den Einfluß des Sauer= stoffs als Reizmittel der Pflanzen untersuchen wollte, denn damals hielt man das Chlorwasser, wie schon der Name oxygenirte Kochsalzsäure andeutet, für eine sehr sauerstoffreiche Verbindung. Das Phänomen, daß die Samen in Chlorwasser so schnell keimen, machte sehr großes Aufsehen und fand seinen Weg in die verschie= densten Zeitschriften. Der Entdecker kam in seinen nachmaligen Schriften wieder= holt darauf zurück. In seinem Werke über die chemische Zerlegung des Luftkreises widmet er ihm noch einen eigenen Abschnitt, in dem er erwähnt, daß die beför= dernde Wirkung der oxygenirten Kochsalzsäure nur so lange dauert, als das Kei= men währt, da die gekeimten Pflanzen in derselben in Folge des Ueberreizes an Bleichsucht dahin sterben.

kommt dem weißen und kalten Blute der Würmer am nächsten, denn da er sich nach dem Austritte aus den Gefäßen nur wenig ändert, scheint er fast schon nach den Gesetzen der chemischen Verwandtschaft gebildet zu sein. Die Bewegung des Saftes ist in den Pflanzen viel langsamer als in den Venen der Thiere, ist jedoch je nach Klima, Witterung, Gesundheitszustand und Alter in derselben Pflanze verschieden. Aus einerlei Saft, der durch die Saftgefäße aus den Wurzeln dem Körper zugeführt wird, werden alle Flüssigkeiten desselben gebildet. Was die Wärme anbelangt, so scheint es Humboldt nicht unwahrscheinlich, daß die Pflanzen Wärmestoff aus der sie umgebenden Luft aufnehmen, den sie mit Sauerstoff verbunden unter Einwirkung des Lustreizes wieder aushauchen. Daher der kühle Schatten, den uns die Bäume geben.

Die vorstehenden Sätze sind Humboldts „Aphorismen aus der chemischen Physiologie der Pflanzen" entnommen; dieses Werk erschien im Jahr 1793. Humboldt scheint bei Abfassung des Buches die Untersuchungen Galvani's noch nicht gekannt zu haben, was allerdings, da die Forschungen beider Gelehrten ziemlich gleichzeitig waren, nicht gut möglich sein konnte; doch sehen wir aus dem Werke: „Ueber die gereizte Muskel- und Nervenfaser", das 1797 erschien und an dem er mehrere Jahre arbeitete, daß er sich sehr bald der durch Galvani's Forschungen angeregten Ideen bemächtigte.

Durch Zufall hatte im Jahr 1790 Aloysius Galvani, Professor der Anatomie zu Bologna, die Entdeckung gemacht, daß die ihrer Haut beraubten Füße frisch getödteter Frösche unter dem Einflusse der Elektricität in ein sehr bedeutendes convulsivisches Zucken gerathen. Begierig aufzufinden, welche Einwirkung die atmosphärische Elektricität auf die Frösche ausübe, durchstach er ihr Rückenmark mit einem metallenen Häkchen und hing sie an dem eisernen Geländer des Gärtchens, welches seine Wohnung umgab, auf. Die Frösche zuckten von Zeit zu Zeit, allein nicht nur, wenn es blitzte, sondern auch bei ruhigem Wetter, welch letztere Erscheinung von dem elektrischen Zustande der Luft abzuleiten Galvani nicht gelingen wollte. Im Verlaufe seiner Untersuchungen legte er in einem verschlossenen Zimmer einen Frosch auf eine eiserne Scheibe und sah, als er den in das Rückenmark gesenkten Haken an das Eisen gebracht hatte, die nämlichen Bewegungen entstehen. Bei der Anwendung anderer Metalle war der Erfolg der nämliche, außer, daß nach der Verschiedenheit derselben die Zusammenziehungen bald stärker waren, bald schwächer. Benutzte er Nichtleiter der Elektricität statt des Metalles, so blieben die Erscheinungen aus; dagegen zeigte sich, daß es nicht unumgänglich nöthig sei, daß die Musculatur und die Nerven des Frosches gleichzeitig und unmittelbar das Metall berühren, sondern daß man auch andere Körper dazwischen einschalten könne, wenn diese nur das Vermögen haben, die Electricität zu leiten. Als er nämlich mit der einen Hand einen zubereiteten Frosch an dem durchs Rückenmark gestochenen Haken so hielt, daß dessen Füße eine silberne Schale berührten, mit der andern Hand aber die Schale unmittelbar, oder vermittelst eines metallenen Gegenstandes faßte, so gerieth das Thier in heftige Bewegung. Diese Bewegung unterblieb, wenn er die Schale berührte, während ein Anderer den Frosch hielt, sie erfolgte aber, wenn beide sich anfaßten. Geschah letzteres nicht unmittelbar, sondern schalteten sie eine Glasstange zwischen sich ein, so geschah keine Zusammenziehung, wohl aber, so oft sie die Glasstange durch einen eisernen Cylinder ersetzten. Galvani erklärte diese Reihenfolge von Erscheinungen mit Zuhülfenahme einer neuen Quelle von Electricität, der thierischen. Der Nerv sollte, vermöge eines Actes der Lebenskraft positiv, der Muskel negativ electrisch, und beide Electricitäten, wie in den Leydner Flaschen in der Weise getrennt sein, daß sie an dem gegenseitigen Uebertritte zueinander gehindert wären. Dieser Uebergang finde statt, wenn man Muskel und Nerv durch ein Metall oder einen andern Electricitätsleiter verbinde, und dadurch werde die Bewegung des Froschschenkels hervorgerufen.

Es konnte nicht fehlen, daß das galvanische Experiment dem Sturme der Zeit zum Trotze häufig wiederholt wurde, denn man hoffte, wie schon so oft, daß der hier beobachtete Zusammenhang zwischen Electricität und Muskelbewegung einen tiefen Blick ins Innere der Natur gestatten werde. Die Untersuchung dieser Erscheinung beschäftigte die Naturforscher jener Zeit um so mehr darum in hohem Grade, als man sich damals überhaupt mit der Reizbarkeit viel beschäftigte, und hier ein neues Mittel, Reize hervorzubringen, geboten war. Die Erklärung Galvani's wollte bei dem anwachsenden Material der Erscheinungen nicht mehr genügen, und bald machte dieser, bald jener Beobachter seinen Anbau an das Gebäude des italienischen Naturforschers.[1] Einen vollkommenen Gegensatz zu dieser Theorie bildete bald die von Alexander Volta veröffentlichte, denn die Ursache der Erscheinung, sowie der Ort ihres Entstehens sind nach ihm ganz andere.

Steckt man in das Rückenmark eines Frosches einen Metallstift und verbindet man die Musculatur des Thieres mit dem Stifte durch ein anderes

---

1) Eine vollständige Zusammenstellung der Literatur des Galvanismus von der Entdeckung bis 1800 findet sich in der Revision der Literatur für die Jahre 1785—1800 in den Ergänzungsblättern zur allg. Lit. Zeitung II. Nr. 119 u. ff.

Metall, das beide berührt, so fängt der Frosch an, sich zusammenzuziehen, und diese Wirkung kann längere Zeit hindurch wiederholt werden. Galvani setzte die Ursache, wie bereits erwähnt, in das Thier und betrachtete das Metall als bloßen Leiter, als Weg, den die Elektricität einschlage, um vom Nerv zum Muskel und umgekehrt zu kommen. Volta dagegen legte den Ursprung der Erscheinung in die Verschiedenheit der Metalle oder auch anderer zwischen Muskel und Nerv eingeschalteter Körper, an deren Verbindungsstelle Elektricität entwickelt und dann durch das Thier als Leiter fortgepflanzt werden sollte. Von dem einen Metalle strömt nach Volta die eine Elektricität, von dem andern Metalle die andere aus und entgegengesetzte Wege gehend, begegnen sich beide im Thiere, das als ein ganz empfindliches Mittel, die Elektricität anzuzeigen, zu betrachten ist. Allenfallsige Zuckungen der Frösche bei Anwendung eines einzigen Metalles wurden nach Volta dadurch erklärt, daß diese Gleichartigkeit nur scheinbar und in der Härte sowohl als Reinheit des Metalles an den beiden Enden ein Unterschied sei. Es muß sowohl nach Galvani's als auch nach Volta's Theorie jedesmal eine leitende Verbindung zwischen den Bestandtheilen des ganzen Apparates (der Kette) Nerv, Muskel und Metall, welch letzteres die beiden ersteren berührt, oder Metall A, Metall B und Thier, das wieder mit A und B in Verbindung steht stattfinden, (die Kette geschlossen sein), wenn ein Zucken des Frosches eintreten soll, und letzteres bleibt aus, wenn das letzte Glied der Reihe mit dem ersten nicht verbunden ist.

Als in den ersten Jahren die Ansichten der Naturforscher über unsern Gegenstand getheilt waren und es fast so viele Theorien als Beobachter gab, Theorien, die bald mehr auf der einen Seite waren, bald mehr der andern sich zuneigten, oder eine Vermittlung zwischen den beiden Extremen Galvani und Volta zu Stande zu bringen suchten, war Alexander v. Humboldt's Ansicht eine Modification der Galvani's. Man findet dieses bereits auf den ersten Seiten seines Werkes, „Ueber die gereizte Muskel- und Nervenfaser", denn er weist die Benennung Metallreiz für die in Rede stehenden Erscheinungen zurück, da die Metalle (entgegen der Ansicht Volta's) nicht nur nicht die Hauptsache seien, sondern sogar ganz umgangen werden können, während nur mit Empfindungsfibern versehene Stoffe erregt werden können. Die strenge Volta'sche Theorie beruhe auf dem Nichteintreten der Zuckungen bei der Nichtanwendung zweier sich berührenden heterogenen Metalle, während Humboldt dasselbe aus zu geringer Reizbarkeit der thierischen Substanz ableitet, da er fand, daß, wenn die zwei Metalle einander nicht unmittelbar berührten, sondern etwa durch einige

3

Cubillinien Muskelfleisch getrennt waren, die Zuckungen bei sehr lebhaften Thieren eintraten, bei abnehmender Reizbarkeit aber verschwanden. Er suchte daher, wie er es früher bei den Pflanzen gethan hatte, nach Mitteln, die im Stande wären, die Reizbarkeit zu erhöhen, und fand solche in der wäßrigen Auflösung des kohlensauren Alkali's und in der oxygenirten Kochsalzsäure, während Säuren und Alkohol eine Verminderung der Thätigkeit hervorriefen. Tauchte er den Nerv des Thieres in die Reizmittel, so traten die Erscheinungen ein, auch wenn die heterogenen Metalle sich nicht unmittelbar berührten. Er beobachtete sogar, daß bei sehr reizbaren Thieren Zuckungen eintraten, wenn er unter Umgehung jeden Metalles einen Muskel mit dem entblößten Nerven in Berührung brachte.

Um die Construction der jeweiligen Apparate leicht erkenntlich zu machen, führte Humboldt eine eigene Zeichensprache ein, deren Grundzüge hier einen Platz finden mögen. Ein angewandtes Metall- oder auch kohlenhaltiges Stück, da die Kohle sich wie ein Metall verhält, führt den Buchstaben l', ein zweites, wenn es aus dem gleichen Metalle besteht, l', wenn nicht p. l'l' bezeichnet mithin 2 sich berührende Stücke von gleichem, l'p von ungleichem Material. Feuchte thierische und vegetabilische Theile, Muskelfleisch, Wasser, nasses Tuch u. s. w., die nach der Volta'schen Theorie nicht als Erreger der Elektricität, sondern als bloße Leiter dienen, führen, wenn sie gleichartig sind, die Zeichen II II, wenn nicht II h. Sind die einzelnen Theile des Apparates mit einander in Berührung, so stehen ihre Zeichen nebeneinander oder sind durch einen Strich mit einander verbunden, und geht der Strich von einem Endgliede zum andern, so ist der erste Bestandtheil des Apparates mit dem zweiten, dieser mit dem dritten u. s. w., der letzte endlich einerseits mit dem vorletzten, andererseits mit dem ersten in Berührung. Die Kette ist also geschlossen. Kommt bei einer Zusammenstellung das Zucken zum Vorschein, so wird das Zeichen +, wenn nicht, das Zeichen — vorangesetzt.

Von den verschiedenen Versuchen, die Humboldt gemacht hat, setzt er nachstehende Resultate zusammen.

1. Zustand hoher Reizempfänglichkeit.

+ Nerv und Muskel.
+ Nerv, Muskel II.
+ Nerv II h.
+ Nerv PP¹.

---

1) Hier ist also die Kette nicht geschlossen und nur der Nerv, nicht aber der Muskel, berührt das eine Metall.

+ Nerv Muskel P.
+ Nerv P'.
+ Nerv P II.
+ Nerv Muskel P p P.
+ Nerv Muskel P II p.
+ Nerr Muskel P II p II P.

2. Zustand minderer Reizempfänglichkeit.

+ Nerv Muskel P p.
+ Nerv Muskel P p P p.
+ Nerv Muskel P II P p II p.
+ Nerv Muskel P p II p.

3) Negative Resultate liefern bei geringerer Reizbarkeit die Zusammensetzungen.

— Nerv h II.
— Nerv P P.
— Nerv P.
— Nerv Muskel P p P.
— Nerv Muskel P II p.
— Nerv Muskel P II p II P.

Aus dieser Zusammenstellung folgt, daß bei minderer Reizempfänglichkeit nur diejenigen Combinationen wirken, bei denen zwei auf einander folgende Glieder einer Reihe Metalle heterogen sind. Diese Fälle sind es, die nach der stricten Theorie Volta's allein thätig sind, während Humboldt für den Fall höherer Reizbarkeit noch die unter 1) aufgestellten Schemata als von Erfolg begleitet angibt.

Nach Volta entsteht, wie bereits erwähnt, die Electricität da, wo zwei heterogene Metalle oder Kohle und Metall sich berühren, und die andern (nicht metallischen) Körper mit Einschluß von Nerv und Muskel dienen als Leiter oder doch nur in sehr untergeordnetem Grade als Erreger der Electricität; Volta machte daher den Unterschied zwischen Excitatoren der ersten und zweiten Klasse; Humboldt schlägt dafür die Benennungen Zwischenglieder erster und zweiter Klasse vor, denen als wirksamen die isolirenten oder störenden Substanzen gegenüber stehen, weil sie, in einer Kette irgendwo eingeschaltet, jeden Erfolg verhindern. Als wirksame Zwischenglieder führt er eine lange Reihe von Stoffen an, an deren Spitze die regu-

1) Zwei Puncte des Nervens werden von demselben Metallstücke berührt.

3*

linischen Metalle und die Kohle stehen, und die durchaus von Körpern gebildet wird, welche heutzutage als Leiter und Halbleiter der Elektricität in den Lehrbüchern der Physik vorkommen, während wir die heutigen Nichtleiter der Elektricität als störende Glieder aufgezählt finden. Als Humboldt seine Untersuchungen machte, mußten diese zwei Klassen von Körpern erst gesucht werden, da man damals bei der Neuheit des Gegenstandes unmöglich die Eigenschaften jedes einzelnen a priori bestimmen konnte und unsere gegenwärtige Kenntniß derselben eben aus den früheren Erfahrungen stammt, zu denen Humboldt einen wesentlichen Beitrag leistete.

Man findet in dem Humboldtschen Werke einen reichen Schatz von Beobachtungen über die Einwirkung des Galvanismus auf die Körper der organischen Welt, in deren Detail einzugehen ich vermeiden will. Nirgends findet man in den damaligen Schriften eine solche Masse von Thatsachen, und die Humboldtsche Arbeit war damals eine wirklich hervorragende. Es soll hier nur angeführt werden, daß die Pflanzen unter dem Einflusse des Galvanismus keine Erscheinungen geben, die sich nicht auf einen mechanischen Reiz reduciren ließen, daß dagegen die sämmtlichen Thierklassen Wirkungen der mannchfaltigsten Art zeigen. Je größer die Eigenwärme der einzelnen Thiere, um so schneller erlischt nach erfolgtem Tode in der Regel die Reizbarkeit, die um so länger dauert, je kleiner das Gehirn und je größer die Nerven des Thieres sind, während der Grad der Lebhaftigkeit vor dem Tode das entgegengesetzte Verhalten nach demselben zu beobachten pflegt.

Bei den Menschen äußert sich die galvanische Wirkung auf mehrere Arten, von denen die eine, eine blitzähnliche Erscheinung in den Augen, nach Humboldt auf viererlei Weisen erzielt werden kann. Man sieht eine Lichterscheinung, wenn man beide Augen mit verschiedenen Metallen, etwa einer Kupfer- und einer Silbermünze, bedeckt und dieselben mit einem Metallstücke unter sich verbindet; man kann aber auch die zwei Metalle an die Nasenhöhle und ein Auge, an Zunge und Auge oder an die Zunge und die spongiöse Substanz der Oberzähne bringen, und wird das Leuchten ebenso wahrnehmen. Der letztere Versuch ist darum interessant, weil hier das Auge gar nicht berührt wird; er erklärt sich aus den Verzweigungen der Nerven. Personen, deren eines Auge zerstört und verrodelt ist, sehen die blitzähnliche Erscheinung deutlich an dem gesunden Auge. Auch die Nase ist nicht unreizbar. Monro in Edinburg war so empfindlich, daß er aus der Nase blutete, wenn er Zink ganz leise in das Nasenloch schob, und damit die Zungenarmatur, (ein auf der Zunge liegendes von Zink verschiedenes Metall) berührte.

Ein weiteres durch Galvanismus erregbares Sinnesorgan ist der Geschmack. Der darauf bezügliche Versuch ist der unter allen galvanischen am längsten bekannte, da er älter ist als die Beobachtung Galvani's von den Zucken der Frösche, der aber vorher nicht näher untersucht wurde, denn bereits 1760 machte Sulzer die Entdeckung, daß Blei und Silber unter sich und mit der Zunge in Berührung gebracht, einen besondern Geschmack verursachen. Volta hat dabei eine Verschiedenheit des erregten Geschmackes nach Verschiedenheit der Armatur, einen säuerlich=brennenden und einen alkalisch=bittern angegeben. „Wenn dieser Unterschied in der Natur auch nicht so bestimmt ist, sagt Humboldt, als es jene Worte ausdrücken, so ist er doch immer vorhanden und nicht in bloßer Abstufung der Stärke und Schwäche begründet. Merkwürdig ist es, daß bei diesem Experimente außer den Geschmacksorganen zugleich auch wie bei dem Genusse heißer Speisen das Gefühl afficirt wird. Die brennende Empfindung, welche eine breite Silberfläche unter und Zink über der Zunge hervorbringt, ist schlechterdings eine Erscheinung des letztern Sinnes, denn man bemerkt das Brennen vollkommen in der Lippe, wenn man diese nebst der Zunge armirt. Dagegen wird Kälte erregt, wenn man die hintere obere Fläche der Zunge mit Zink, die untere vordere mit Silber armirt, ja die Empfindung der Kälte nimmt zu, wenn man mit dem Zinke tiefer gegen die Zungenwurzel fortschreitet. Setzt man das Galvanisiren an dieser Stelle lange fort, so erregt der Reiz eine Uebelkeit, welche bis zum Erbrechen vermehrt werden kann. Man glaube nicht, daß diese Uebelkeit Folge des mechanischen Reizes sei, denn homogene Metalle kann man unter ähnlichen Umständen lange Zeit appliciren, ohne dasselbe Gefühl zu erregen."

A. v. Humboldt war der Erste, der galvanische Versuche an sich selbst an eigens dazu durch Blasenpflaster hervorgerufenen Wunden machte. Als beide Blasen aufgeschnitten waren, quoll wie gewöhnlich die lymphatisch=seröse Feuchtigkeit ungefärbt herab. Wo sie den Rücken berührte und antrocknete, ließ sie nichts als einen schwachen Glanz zurück, der durch Waschen sogleich vernichtet wurde. Die eine Wunde wurde mit Silber bedeckt, und dieses mit Zink verbunden. Kaum war dieses geschehen, so wurde unter schmerzhaftem Brennen neue Flüssigkeit hervorgelockt. Diese Feuchtigkeit erschien aber zum Erstaunen aller Umstehenden nicht weiß und gutartig, sondern in wenigen Secunden rothgefärbt, und entzündete, wo sie herablief, den Rücken mit blutrothen Striemen. Die von dem Galvanisiren herrührende Empfindung, die durch die gewöhnlichen Reizmittel sich erhöhen ließ, erklärt Humboldt für einen von dem durch Elektrisiren entstandenen ganz verschiedenen, eigenthümlichen Schmerz. Er unterscheidet heftiges Pochen und einen ordentlichen Druck mit anhaltendem Brennen verbunden.

Nach der Besprechung der verschiedenen Beobachtungen wendet sich unser Gelehrter zur Erklärung der Erscheinungen. Er vergleicht die vorhandenen Theorien, als deren Ausgangspunkte die bereits besprochenen Ansichten Galvani's und Volta's zu betrachten sind mit den Erscheinungen, und findet, daß keine der erstern vollkommen genüge, die letztern zu erklären. Er widerspricht Galvani, der Nerv und Muskel mit beiden Belegen einer Leydner Flasche verglich, und die eine Elektricität dem Nerv, die andere dem Muskel zuschrieb, da man durch Berührung des Nervens an zwei gesonderten Stellen, also unter Umgehen des Muskels, die Zuckungen hervorrufen kann, aber er opponirt auch Volta, da man auch mit Umgehung der Metalle sehr reizbare Thiere zu erregen vermag, ja mitunter (und darauf legt er besonderes Gewicht) wie in dem Falle Nerv PP die Kette gar nicht zu schließen braucht, eine Maßregel, die nach Volta unbedingt nothwendig ist. Er kommt zu dem Schlusse, daß der Stimulus in dem galvanischen Phänomen in den Organen selbst liege und daß die Metalle sowohl, als auch andere Stoffe, welche bisweilen auch als Glieder der galvanischen Kette auftreten, eine secundäre Rolle dabei spielen. Er vermuthet ein Anwachsen der Wirkung einer Thätigkeit mit der Vergrößerung der Hindernisse, die sie überwinden muß. Um dieses klar zu machen, sei mir gestattet ein Beispiel anzuführen. Oberhalb einer Barriere befindt sich Wasser. Da das Hinderniß letzteres nicht abfließen läßt, sammelt dieses sich an, und erlangt dadurch einen höhern Stand. Endlich wird die Barriere überfluthet, aber je höher sie ist, eine um so stärkere Wirkung wird die Aufstauung ausüben. Humboldt beruft sich auf die Erfahrung, daß man Schießpulver vermittelst einer Leydner Flasche nur dann entzünden kann, wenn die Electricität zuerst durch (Hindernisse bietendes) feuchtes Holz gegangen ist, und er nimmt an, daß in den Nerven sich ein Fluidum (ein bewegliches Etwas) entwickle, das er für von dem der Reibungselektricität abweichend hält, weil es verschiedene Gegenstände, wie heißes Glas, die Flamme u. s. w., nicht durchdringen kann, was jedoch letzteres vermag, und daß dieses galvanische Fluidum bei seinem Ueberströmen in andere Körper Hindernisse finde, deren Größe der der Zuckungen entspricht, die daher, wenn es sich um den Uebertritt von einem Metalle zum andern handelt, am bedeutendsten ist. Er lehrte ferner, daß jede galvanische Erscheinung von chemischen Veränderungen begleitet sei, und daß das galvanische Fluidum sich mit den Elementen der Muskelfaser verbinde, wodurch Zersetzungen und Contractionen entstehen. Bei den willkürlichen Muskelbewegungen gehe zu gleicher Zeit mit dem Willen in dem Seelenorgane (dem Gehirne) ein chemischer Proceß vor, wodurch galvanisches

Fluidum abgeschieden und in den Nerv geleitet werde. Geht mithin durch einen Act des Willens galvanisches Fluidum auf die Nerven über, so findet gleichzeitig ein chemischer Proceß statt und der betreffende Muskel wird con-trahirt, so lange der Uebertritt dauert. Unser Forscher hält es für wahr-scheinlich, daß ein chemischer Proceß mit unserm Denken verbunden sei. Doch verwahrt er sich entschieden dagegen, als erkläre er das Denken selbst durch eine Consumtion grober oder feiner Stoffe, weil dieses auf einen Materialis-mus führen würde, der sich nicht verantworten ließe.

Neben den galvanischen Reizen bestehen wie bei den Pflanzen auch bei den Thieren die durch mechanische und chemische Mittel hervorgerufenen. „Erregbarkeit im weitläufigern Sinne des Ausdrucks bezeichnet (so sagt Humboldt II. 120 u. ff.) die Fähigkeit, durch äußere Einwirkungen ver-ändert zu werden. In diesem Sinne könnten unorganische Stoffe ebenfalls erregbar genannt werden. Flüssigkeiten, in denen geschwefeltes Laugensalz oder gebrannte Kalkerde aufgelöst ist, werden durch das Oxygen oder durch die Kohlensäure der Atmosphäre verändert. Sind sie sorgfältig bereitet, so werden sie von dem Zutritte der kleinsten Quantitäten afficirt."

„Wirkt ein unorganischer Stoff A durch eine äußere Beimischung B modificirt, so bringt nachmals ein ähnliches B nicht wieder dieselbe Verände-rung in A hervor; wird dagegen die belebte Thier- oder Pflanzenfaser von irgend einem Stimulus afficirt, so tritt eine ähnliche Reizung ein, wenn der-selbe Stimulus nach Verlauf einiger Zeit wieder angewandt wird. Die organische Natur hat die Fähigkeit, sich selbst erregbar zu erhalten. Diese Erhaltung ist es, auf welcher das Leben aller Thier- und Pflanzenstoffe be-ruht, zu welcher alle chemischen Lebensprocesse hinführen, und welche als das wichtigste Object aller physiologischen Untersuchungen zu betrachten ist."

„Die Erregbarkeit einer Pflanze oder eines Thieres ist nach zwei Be-ziehungen, der Quantität und Qualität, verschieden. Da beide im Ganzen aus einerlei Stoffen zusammengesetzt, so müssen beide allerdings auch einerlei Ziehkräften folgend, für einerlei Reize empfänglich sein. In der That gibt es kaum eine Substanz, welche auf Thiere oder Pflanzen allein wirkt."

„Die Fähigkeit, von Reizen afficirt zu werden, hängt von den Bestand-theilen der erregbaren Materie und ihren Ziehkräften gegen die reizenden Stoffe ab. Je weiter diese Bestandtheile von dem Zustande der Sättigung entfernt bleiben, je geringer und leicht zerstörbarer das Gleichgewicht ihrer Kräfte ist, je gespannter die Affinitätsverhältnisse sind, desto reizempfänglicher werden sie sich zeigen. Man kann ihren Zustand mit dem gewisser chemischer Auflösungen vergleichen, aus denen bei der geringsten Veränderung der

Temperatur, bei dem schwächsten Zutritte von Sauerstoff oder Kohlensäure die gelösten Salze oder Metallkalke sich ausscheiden. Nach dieser Vorstellungs= art wird erklärlich, wie jede Mischungsveränderung der belebten Materie den Irritabilitätszustand derselben modificiren muß. Wird durch Fleisch= oder Fischnahrung oder durch alkalische Solutionen die Menge des Azots, durch Genuß von Wein oder Kampher die Menge des Hydrogens in dem thierischen Körper vermehrt, so steigt seine Erregbarkeit in eben dem Maße, als Azot und Hydrogen die stärksten Ziehkräfte gegen Sauerstoff, Phosphor, Kohlen= stoff und alle andern in die thierische Schöpfung einwirkenden Substanzen äußern. Nimmt mit zunehmendem Alter die Masse der Erdarten in der Fiber und den sich ausfüllenden Gefäßen zu, so leidet die Reizempfänglichkeit des Ganzen, weil die Ziehkräfte der Erdarten gegen äußere Reize minder stark als die des Stickstoffes, des Kohlenstoffes oder des Phosphors sind. Dagegen steigt die Erregbarkeit der Organe, wenn die Menge ihrer flüssigen Bestandtheile im Verhältniß zu den festen vermehrt wird. Der Grund dieser Erscheinung liegt wieder in dem Zusammenhange zwischen Reizempfänglich= keit und chemischer Verwandtschaft. Corpora non agunt nisi fluida, und je safreicher der organische thierische und Pflanzenkörper ist, desto leichter wird er von äußern Reizen afficirt, desto schneller erfolgen die chemischen Mischungs= veränderungen, welche äußere Stoffe in ihm hervorbringen. Wenige Tropfen Alkohol sind hinlänglich, die gallertartige Pammtremelle wie die Meduse des Meeres zu vernichten. Kein Stoff in der Natur wird erregbar gefunden, welcher nicht aus festen und flüssigen Theilen zusammengesetzt ist. Ein bloß starrer Körper könnte allerdings eine organische Aneinanderreihung seiner Elemente zeigen. Aber die chemischen Lebensprocesse, durch welche ein Organ das andere beschränkt (modificirt), durch welche alle den eigentlichen Charakter des Organismus, sich wechselseitig als Zweck und Mittel zu verhalten, äußern, die Empfänglichkeit für Reize, die Fähigkeit, sich selbst erregbar zu er= halten und eine eigene Temperatur zu geben — dieses Alles müßte ihm fehlen."

„Die Stärke, mit welcher äußere Stoffe (Arznei, Speise) als Reizmittel wirken, hängt von den Affinitäten ab, welche ihren Elementen gegen die der organischen Materie eigenthümlich sind."

„Die Producte der heißen Klimate, besonders die Erzeugnisse der Tropen= vegetation, gehören zu den stärksten und wirksamsten Reizmitteln. Je heißer das Klima, je stärker die verbundenen Reize des Lichtes und der Wärme auf die Pflanzen einwirken, desto thätiger ist die Pulsation der Gefäße, desto kräftiger sind die Verrichtungen der Nutrition, Respiration und Secretion, desto lebhafter werden die Lebensprocesse überhaupt vollendet. Hängt es nun von allen diesen

Functionen ab, daß der Pflanzenkörper dem ewigen Streben der einwirkenden Reize, ihn durch Sättigung unerregbar zu machen, glücklich entgegengekämpft, so erhellet von selbst, daß die einzelnen Theile dieses Pflanzenkörpers um so reizender (ätzender) sein müssen, je energischer jene Functionen vollbracht werden. Freilich erzeugen sich eben diese wirksamen Mischungen einzeln auch in dem gemäßigten Himmelsstriche; was aber bei uns die organischen Kräfte nur in wenigen Gattungen hervorbringen, das ist in der Tropenwelt durch ganze und zahlreiche Familien verbreitet. Aehnliche Betrachtungen lassen sich über die Medicinalkräfte der Alpengewächse anstellen."

Was die Humboldtschen Arbeiten über die Reizbarkeit besonders auszeichnet, ist, wie bereits erwähnt, die außerordentliche Menge von Versuchen, die darin enthalten sind, und die Frucht davon war nicht nur die Auffindung neuer reizbarer Organe, sondern auch die Bestimmung der Einwirkung einer großen Menge von Reizmitteln, denn vor ihm waren verhältnißmäßig wenige der chemisch-reizenden Stoffe genauer untersucht. In den früheren Systemen, namentlich in dem Brown's, war angenommen, daß ein Reizmittel ein gegebenes Organ zu irgend einer Gegenwirkung veranlasse, es reize, dagegen es bei öfterer Wiederholung in einen Zustand der Unerregbarkeit oder Schwäche versetze, aus dem es entweder gar nicht mehr, oder erst nach einiger Zeit der Ruhe zurückkomme, und in dem es, wenn ja, nur durch Anwendung noch stärkerer Reizmittel noch ein Zeichen der Erregbarkeit gebe. Zwar waren schon Zweifel hiergegen erhoben worden, man hatte die Ansicht ausgesprochen, daß es wohl Mittel geben könne, welche die Reizbarkeit eines Organes herabstimmen können, ohne es vorher überreizt zu haben, doch hat erst Humboldt die Existenz solcher Mittel nachgewiesen. Ich erinnere hier an die bereits oben (S. 29 f.) erwähnte Eigenschaft der Säuren und des Alkohols. Michaelis fand bei Wiederholung der Humboldtschen Versuche, daß bei abwechselnder Anwendung von Opiumtinctur und Arsenik die Irritabilität elfmal aufgehoben und wiederhergestellt werden konnte.

Schon seit den frühesten Zeiten der Naturwissenschaften war man gewohnt, irgend einen materiellen Stoff als das Triebrad der Maschine der organischen Wesen zu betrachten; Aether, Luft, Wärme u. s. w. theilten sich abwechselnd in diese Rolle. Als nun 1770 Priestley den Sauerstoff entdeckte und man bald darauf die große Bedeutung desselben im Haushalte der organischen Körper fand, war es ganz natürlich, daß man in diesem Gase den Regulator der Hauptthätigkeit, der Reizbarkeit, zu erkennen glaubte, was auch viel dazu beigetragen haben mag, ihm den Namen Lebensluft

zu geben. Wir finden in der oben angeführten Theorie Girtanners
diese Ansicht ausgebildet; wenn dieselbe aber auch viele und gewichtige Anhänger zählte, so war sie doch darum nicht die alleinige, denn es wurden
auch Stimmen laut, welche sich weigerten, den Sauerstoff als den alleinigen
Lebenserhalter anzuerkennen. Auch Humboldt ist unter diesen, denn
er erkennt zwar an, daß der Sauerstoff als ein sehr wichtiges Reizmittel zu
betrachten sei, er verwahrt sich dagegen ausdrücklich davor, ihn als Anfang
und Ende alles Lebens hinzustellen. Die Grundlage seines Systems ist das
Zusammenwirken aller der Stoffe, welche die organischen Körper zusammen-
setzen, auf einander, zum Unterschiede von der alleinigen Wirkung des Sauerstoffs auf die gesammten übrigen. Diese Grundlagen, die wohl von keinem
andern Forscher vor Humboldt mit solcher Klarheit und Bestimmtheit
ausgesprochen wurden, wie wir es in den oben angeführten Sätzen sehen,
entspricht auch den Ansichten des größten Theiles der heutigen Naturforscher.
Auch die galvanischen Erscheinungen reducirt Humboldt auf chemische
Wirkungen, während er die Theorie Volta's, nach der dieselben aus der
Berührung abzuleiten sind, nicht annimmt. Seine Ansichten und Versuche
wurden von vielen Deutschen, sowie auch von einer, von dem National-
institut zu Paris eigens mit Untersuchung der galvanischen Erscheinungen
beauftragten Commission wiederholt und bestätigt; doch widersprach ihnen
Pfaff, ein eifriger Anhänger der Contactlehre, da sie auf zu viele Hypothesen gegründet seien. Im Jahre 1799, also nach Veröffentlichung des
Humboldt'schen Werkes, entdeckte Volta, daß man die galvanischen Erscheinungen mit aus je zwei verschiedenen Metallen bestehenden Platten-
paaren, die nur durch einen nassen Körper von einander getrennt sind, mit
dem Apparate, der unter dem Namen der Volta'schen Säule bekannt ist, in
viel stärkerem Maße erzielen könne, und daß es möglich sei, sie mit gänz-
licher Umgehung reizbarer Stoffe zu erhalten. Nun ging es von Entdeckung
zu Entdeckung, und darüber wurde die physiologische Erklärung des Phänomens, der auch Humboldt sich zugeneigt hatte, gänzlich in den Hintergrund gedrängt, denn in den Ketten war gar kein organischer Körper mehr
enthalten. Nicht so ganz ging die Theorie Humboldt's verloren, daß
die chemischen Einwirkungen bei dem Galvanismus, wie die Gesammtheit
der Erscheinungen noch immer heißt, eine hervorragende Rolle spielen. So
z. B. erklärte sich Ritter für die chemische Theorie, und in den dreißiger
Jahren des gegenwärtigen Jahrhunderts entspann sich ein lebhafter Streit
zwischen den ersten Notabilitäten der Physik, von denen die einen, wie
de la Rive, Faraday, behaupteten, es gebe keine galvanische Wirkung

ohne chemische Processe, während Pfaff, Fechner u. s. w. der Contact-
theorie treu blieben. Dieser Streit, der übrigens sehr viel zur Bereicherung
der Wissenschaft beitrug, da jede Partei, um sich den Sieg zu verschaffen,
eine Menge von Thatsachen entdeckte, hat nunmehr ziemlich geendet, und es
ist jetzt anerkannt, daß es rein durch Contact wirkende Säulen (die Zam-
benische) gibt, daß aber ohne chemische Wirkung die Thätigkeit der Säulen
nur eine äußerst unbedeutende ist.

Auch die galvanische oder physiologische Seite der Humboldtschen
Theorie, die längere Zeit ganz darnieder lag, ist wieder aufgelebt. Während
man längere Zeit nur angenommen hatte, die elektrischen Ströme bringen
physiologische Wirkungen hervor, hat sich gezeigt, daß die letzteren auch Ströme
verursachen können. Zuerst fand man dieses an den elektrischen Fischen,[1]
deren wirkendes Organ ganz den Volta'schen Säulen analog construirt ist.
Nobili hat nachgewiesen, daß auch an lebenden und an frisch getödteten
Fröschen Ströme existiren. Dubois-Reymond endlich hat gefunden,
daß der Froschstrom nur einer der unzähligen elektrischen Ströme ist, welche
in allen Theilen des Nervensystems und der Muskeln aller Thiere vorkommen; er hat ferner gezeigt, daß diese Ströme in dem Augenblicke bestimmte
Veränderungen erleiden, wo im Nerv der die Bewegung und Empfindung
vermittelnde Vorgang stattfindet, und in Folge davon der Muskel contra-
hirt wird. Er wies das Entstehen eines Stromes bei der freiwilligen Zusammenziehung des Muskels auch am ganz gesunden Körper nach.

Wir sehen hier, daß die schon längst todtgeglaubte Theorie Hum-
boldts ein halbes Jahrhundert nach ihrer Veröffentlichung eine glänzende
Bestätigung erlebte, und wenn auch der große Mann, aus Mangel an
Hülfsmitteln, welche der neueren Zeit Dank den früheren Entdeckungen zu
Gebot stehen, seine Sätze nicht beweisen konnte, so müssen wir doch den
Scherblick bewundern, der seiner Zeit um so viele Jahre vorauseilte.

Die Theorie Humboldts, nach welcher er die galvanischen Erscheinungen durch Hindernisse erklärte, welche dem galvanischen Fluidum auf
seinem Wege entgegengesetzt werden, ist jetzt verlassen; man nimmt an, daß
die galvanischen Erscheinungen bei geschlossenen Ketten dadurch hervorgerufen
werden, daß die zwei sich entgegengesetzten Elektricitäten in entgegengesetzter
Richtung die einzelnen Glieder der Kette durchziehen, Ströme bilden, wie
sie schon Volta angegeben hat. Humboldt scheint auf seine Theorie
vorzugsweise durch den oben erwähnten Versuch (Nero PP), bei welchem ohne

---

1) Humboldt hat den in Südamerika lebenden Zitteraal zu seinen Untersuchungen benutzt.

daß das letzte Metall P mit dem Nerv in Verbindung steht, ohne daß also die Kette geschlossen ist, ein Zucken des Frosches eintritt, geführt worden zu sein. Grade dieser Versuch läßt sich durch keine der gegenwärtig herrschenden Theorien erklären,denn sie alle besprechen nur die Erscheinungen der geschlos= senen Kette, und es läßt sich nicht sagen, ob nicht die Humboldtsche Theorie in irgend einer Modification wieder zu Ehren kommt.

Die Lebenskraft.

Daß zwischen organischen und nicht organischen Körpern ein sehr bedeu= tender Unterschied sei, kann wohl keinem Zweifel unterliegen; nichts desto= weniger ist es eine äußerst schwierige Aufgabe, zu bestimmen, worin denn eigentlich dieser Unterschied bestehe, was ihn verursache. Man kann wohl sagen, der Stein gebe bei seiner mechanischen Verkleinerung Bruchstücke, die sich von dem Ganzen nur dadurch unterscheiden, daß sie kleiner sind, als dieses war, was bei Pflanzen und Thieren nicht der Fall ist, und die Ver= größerung des Steines sei durchaus abhängig von der Zahl der einzelnen kleinen Theilchen, die sich von außen nach und nach an ihn anlegen, wäh= rend die Vergrößerung der organischen Geschöpfe von innen heraus in der Weise vor sich geht, daß hier Theilchen, die ursprünglich an einer ganz anderen Stelle des Körpers sich befunden hatten, endlich da oder dort abgelagert werden, und daß ein Theil des Geschöpfes, ein Organ, einem oder einer Gruppe von aufgenommenen Stoffen eine andere Gestalt, andere Eigen= schaften gebe, als sie vorher hatten, und sie in dieser neuen Form dem an= dern Organe zuführe; allein damit bleibt die Hauptfrage unerörtert, die Hauptschwierigkeit umgangen, die, was an allen diesen Vorgängen Ursache sei.

Je nach dem jeweiligen Zustande der Naturwissenschaften wurde in früheren Zeiten bald diese, bald jene Ursache angenommen, welche diesen Unterschied verursachen sollte. Aristoteles behauptete, wie Humboldt zeigt, daß aus der Luftröhre Aether oder Geist, oder Luft in das Herz komme, daß das Blut sich mit dem Pneuma verbinde, es durch den ganzen Körper verbreite und diesen ernähre und daß nicht in den Thieren allein, sondern auch in den Pflanzen, in der ganzen organischen Natur dasselbe belebende Princip verbreitet sei. Cicero nahm an, daß jedes organische Geschöpf durch die ihm inwohnende Wärme lebe.

So wechselten die Ansichten fortwährend; doch kam, so lange die Natur= wissenschaften auf einer so niedrigen Stufe standen, die ganze Frage eigent=

lich nie über die Vermuthungen hinaus, und erst, als die Chemie in der letzten Hälfte des vorigen Jahrhunderts so riesenhafte Fortschritte machte, konnte
man im Ernste an die Lösung des Problems gehen, eine Arbeit, deren Ende
jedoch zur Zeit noch immer nicht abzusehen ist, weßhalb wir auch jetzt noch
den sich widersprechendsten Ansichten begegnen. In der Mitte des vorigen
Jahrhunderts war man geneigt, den Proceß der organischen Welt als ein
rein mechanisches Problem hinzustellen, wie z. B. Hales die ganze Säfte-
bewegung der Pflanzen durch die Vereinigung von Verdunstung durch die
Blätter, und Haarröhrchenanziehung erklärte. Als am Ende des Jahrhunderts die Chemie der organischen Substanzen sich gänzlich änderte, wurden
alsbald Anwendungen der bei diesen erkannten chemischen Kräfte auf Thiere
und Pflanzen gemacht.

Girtanner, dessen Ansichten bereits oben dargestellt wurden, erklärte
sich dafür, daß der Sauerstoff und seine Wirkungen die Grundlage aller
Lebensthätigkeit, welche er nur in der Reizbarkeit suchte, sei. Humboldt
faßte die Frage zunächst vom Standpunkte der Chemie auf, und in diesem
Felde waren ihm wohl wenige der damaligen Gelehrten, die sich mit Lösung
unserer Aufgabe befaßten, gleichzustellen.

Er theilt in seinen Aphorismen die sämmtlichen Naturkörper in zwei
Klassen, in solche nämlich, die den Gesetzen der chemischen Verwandtschaft
gehorchen, und solche, die, frei von diesen Banden, auf manchfache Art mit
einander verbunden sind. Diese Verschiedenheit scheint ihm nicht sowohl in
den Elementen selbst und in ihrer natürlichen Beschaffenheit, als vielmehr
in ihrer Vertheilung zu liegen, und er nennt träge, unbelebte Materie
diejenige, deren Bestandtheile nach den Gesetzen der chemischen Verwandtschaft gemischt sind, belebte und organisirte Körper dagegen diejenigen, welche,
des ununterbrochenen Bestrebens ihre Gestalt zu ändern ungeachtet, durch
eine gewisse innere Kraft verhindert werden, ihre erste ihnen eigenthümliche
Form zu verlassen. Die innere Kraft, welche die Bande der chemischen Verwandtschaft auflöst und die freie Verbindung in den Körpern hindert, nennt
er die Lebenskraft.

Diese Sätze lassen sich leicht durch ein Beispiel klar machen. Gesetzt,
wir haben gebrannten Kalk und Kohlensäure, so verbinden sie sich zu einem
Körper, dem kohlensauren Kalke, der, einmal gebildet, sich für sich nicht mehr
ändert; wenn man ihm aber Salpetersäure zusügt, so bemächtigt sich diese
des Kalkes, bildet mit ihm salpetersauren Kalk und die Kohlensäure entweicht. Auch der salpetersaure Kalk bleibt, was und wie er ist, schüttet man
aber Schwefelsäure hinzu, so wird diese den Kalk an sich nehmen, um mit

ihm Gyps zu bilden, und nun läßt sich durch Anwendung von Wärme die Salpetersäure ausscheiden. Würde man statt des Kalkes etwa Kali, Natron u. s. w. genommen haben, so würde die Reihenfolge von Erscheinungen dieselbe gewesen sein, und es folgt daraus, daß Schwefelsäure vom Kalke stärker angezogen werde als Salpetersäure, und diese wieder stärker als die Kohlensäure, oder um es nach der chemischen Sprache zu bezeichnen, daß die Verwandtschaft der Schwefelsäure zu Kalk größer sei, als die der Salpetersäure. Die Ursache, warum diese Verwandtschaft größer sei, wissen wir allerdings nicht; aber die Erfahrung lehrt uns dieselbe kennen, und die Reihenfolge von Vorgängen bleibt dieselbe, so oft wir auch den Versuch wiederholen. Ganz anders ist es, wenn wir einen organischen Körper der Betrachtung unterziehen. Ein Stück Muskelfleisch bleibt ein solches, so lange das Thier lebt, sowie aber der Tod eingetreten ist, so bleibt das Fleisch nicht für sich bestehen, wie der kohlensaure Kalk oder der Gyps, sondern es tritt eine Aenderung in der Weise ein, daß die einzelnen Bestandtheile sich anders gruppiren: das Fleisch zersetzt sich, es fault, und erst die Producte, die aus der Fäulniß hervorgehen, sind wieder für sich bestehend und verhalten sich, wie die an den ursprünglich leblosen Körpern erkannten Verwandtschaftsgesetze es erheischen. Daß das Muskelfleisch während des Lebens als solches bestehen konnte, daran ist die Lebenskraft Schuld, und daß hier die Gesetze der chemischen Verwandtschaft nicht gelten, zeigt uns das gänzlich andere Verhalten nach dem Tode. Die Lebenskraft ist eine Thätigkeit, welche mit dem Entstehen des organischen Körpers beginnt, mit seinem Tode erlischt; sie steht über den chemischen Kräften, denen allein die Mineralien gehorchen. Sie spielt in gewissem Sinne die Rolle einer Haushälterin, die ihres Zweckes, das organische Geschöpf als ein selbständiges Ganzes der übrigen Natur gegenüber zu stellen, sich bewußt, die Materialien, welche sie zum Aufbau desselben bedarf, aus den vorhandenen Stoffen nicht nur schöpft, sondern auch auswählt, und damit nach eigenem Gutdünken, unbekümmert um die chemischen Gesetze, die nur in sehr untergeordneter Weise ihr Recht behaupten, schaltet und waltet. Sie bringt die Stoffe dahin, wo es ihr angemessen ist, läßt Wirkungen eintreten und hebt sie wieder auf. Dadurch, daß sie bald in dieser, bald in jener Weise thätig ist, unterscheidet sie sich strenge von den physikalisch-chemischen Kräften, die immer in derselben Weise wirken, und der unter ihrer Herrschaft befindliche Körper hört, so lange sie dauert, auf, ein Object der reinen Physik oder Chemie zu sein.

Die Idee der Lebenskraft, deren Wesen Humboldt in den Aphorismen als einfachen Lehrsatz hingestellt, finden wir von ihm in

poetischem Kleide wiederholt in dem Aufsatze „Der Rhodische Genius" in den
Horen.

Seit langer Zeit besaßen die Syrakufer ein Gemälde, dessen Ursprung
man nicht wußte, denn es war aus einem gestrandeten Schiffe gerettet, dessen
Waaren darauf schließen ließen, daß es aus Rhodus komme. Obwohl kein
Mensch sagen konnte, was es eigentlich vorstelle, zog das Bild dennoch die
allgemeine Aufmerksamkeit auf sich. Im Vordergrunde des Gemäldes sah
man Jünglinge und Mädchen in eine dichte Gruppe zusammengedrängt. Sie
waren ohne Gewand, wohlgebildet, ihr Gliederbau, welcher Spuren mühe-
voller Anstrengung trug, der menschliche Ausdruck ihrer Sehnsucht und ihres
Kummers, Alles schien sie des Himmlischen oder Götterähnlichen zu entklei-
den, und an ihre irdische Heimath zu fesseln. Ihr Haar war mit Laub und
Feldblumen geschmückt. Verlangend streckten sie die Arme gegen einander
aus, aber ihr ernstes Auge war nach einem Genius gerichtet, der, von lichtem
Schimmer umgeben, in ihrer Mitte schwebte. Ein Schmetterling saß auf
seiner Schulter, und in der Rechten hielt er eine lodernde Fackel.

Ein anderes Schiff brachte einst verschiedene Kunstschätze aus Griechenland und unter diesen ein Bild, das nach Größe und Ausführung ein offen-
bares Gegenstück zu dem vorerwähnten war. Der Genius stand ebenfalls
in der Mitte, aber ohne Schmetterling, mit gesenktem Haupte, die erloschene
Fackel zur Erde gekehrt, der Kreis der Jünglinge und Mädchen stürzte in
mancherlei Umarmungen gleichsam über ihn zusammen. Ihr Blick war
nicht mehr trübe und gehorchend, sondern kündigte den Zustand wilder Ent-
fesselung, die Befriedigung lang genährter Sehnsucht an.

Auf Befehl des Tyrannen Dionysius wurden beide Bilder dem
Philosophen Epicharmus gebracht, damit dieser seine Ansicht darüber
aussprechche und diese war folgende: „Wenn der Unterschied der Geschlechter
lebendige Wesen wohlthätig und fruchtbar an einander kettet, so wird in der
unorganischen Natur der rohe Stoff von gleichen Trieben bewegt. Schon
im dunkeln Chaos häufte sich die Materie und mied sich, je nach dem Freundschaft oder Feindschaft sie anzog oder abstieß. Das himmlische Feuer folgt
den Metallen, der Magnet dem Eisen, das geriebene Electrum bewegt leichte
Stoffe, Erde mischt sich zur Erde, das Kochsalz gerinnt aus dem Meere zusammen, und die Säure der Styptärie (Schwefelsäure) strebt sich mit dem
Thone zu verbinden. Alles eilt in der unbelebten Natur sich zu dem Seinen
zu gesellen. Kein irdischer Stoff ist daher irgendwo in Einfachheit und reinem, jungfräulichem Zustande zu finden. Alles eilt von seinem Entstehen
an zu neuen Verbindungen, und nur die scheidende Kunst des Menschen kann

ungepaart darstellen, was Ihr vergebens im Innern der Erde und in dem beweglichen Wasser- und Luftoceane suchtet. In der todten unorganischen Materie ist träge Ruhe, so lange die Bande der Verwandtschaften nicht gelöst werden, so lange ein dritter Stoff nicht einbringt, um sich dem vorigen beizugesellen. Aber auch auf diese Störung folgt wieder unfruchtbare Ruhe."

„Anders ist die Mischung derselben Stoffe im Thier- und Pflanzenkörper. Hier tritt die Lebenskraft gebieterisch in ihre Rechte ein; sie kümmert sich nicht um die demokritische Freundschaft und Feindschaft der Atome, sie vereinigt Stoffe, die in der unbelebten Natur sich ewig fliehen, und trennt, was in dieser sich unaufhaltsam sucht."

„Tretet näher um mich her, meine Schüler, und erkennet im Rhodischen Genius, in dem Ausdrucke seiner jugendlichen Stärke, im Schmetterlinge auf seiner Schulter, im Herrscherblicke seines Auges das Symbol der Lebenskraft, wie sie jeden Keim der organischen Schöpfung beseelt. Die irdischen Elemente zu seinen Füßen streben gleichsam ihrer eignen Begierde zu folgen, und sich mit einander zu mischen. Befehlend droht ihnen der Genius mit angehobener, hochlodernder Fackel, und zwingt sie, ihrer alten Rechte uneingedenk seinem Gesetze zu folgen."

„Betrachtet nun das neue Kunstwerk, welches der Tyrann mir zur Auslegung gesandt, richtet eure Augen vom Bilde des Lebens ab auf das Bild des Todes. Aufwärts weggeflogen ist der Schmetterling, ausgelodert die umgekehrte Fackel, gesenkt das Haupt des Jünglings. Der Geist ist in andere Sphären entwichen, die Lebenskraft erstorben. Nun reichen sich Jünglinge und Mädchen fröhlich die Hände. Nun treten die irdischen Stoffe in ihre Rechte ein. Der Fesseln entbunden folgen sie wild, nach langer Entbehrung, ihrem geselligen Triebe und der Tag des Todes wird ihnen ein bräutlicher Tag. So ging die todte Materie von Lebenskraft beseelt durch eine zahllose Reihe von Geschlechtern und derselbe Stoff umhüllte vielleicht den göttlichen Geist des Pythagoras, in dem vormals ein dürftiger Wurm im augenblicklichen Genuß sich seines Daseins freute."

Sehen wir Humboldt in seinen ersten Schriften als Anhänger einer eigenen Lebenskraft, so zeigt sich bald eine gänzliche Aenderung seiner Ansichten hierüber, als Folge seiner Arbeiten über die gereizte Muskel- und Nervenfaser, denn im zweiten Bande dieses Werkes gibt er eine Theorie, die von der vorigen völlig abweicht. Nachdem er die Einwirkung der Reizmittel untersucht und gefunden hatte, daß jedes eine größere oder geringere physikalische oder chemische Aenderung der gereizten Organe zur Folge habe, schließt er, daß das ganze Leben eine ununterbrochene Folge von Reizungen sei und die durch die chemischen Gesetze eingeleiteten Verbindungen nur darum nicht eintreten können, weil sie durch beständige Gegenwirkung aufgehalten werden, und daß mit dem Aufhören dieses Processes der Tod und mit ihm die Fäulniß eintrete.

„Woher nun," sagt er (Versuche u. s. w. II. 451), „dieser Wechsel der Erscheinungen, dies Verschwinden des organischen Gewebes, diese eintretende Fäulniß? Warum zeigen sich auf einmal chemische Ziehkräfte wirksam, welche vorher aufgehoben schienen? Diese Veränderung kann meiner jetzigen Einsicht nach in dreierlei Ursachen gegründet sein. Die willkürliche Muskelbewegung und andere physiologische Erscheinungen lehren uns, daß etwas Außersinnliches, Vorstellungen, auf die Materie wirken, ja die relative Lage der Elemente modificiren könne. Es ist daher denkbar, daß etwas Außersinnliches (eine Vorstellungskraft) die Grundkräfte der Materie im Gleichgewicht hält, und die chemischen Affinitäten der Stoffe, welche bloß von jenen Grundkräften der Anziehung und Abstoßung abgeleitet sind, während des Lebens anders determinire, als wie sie sich uns in der todten Natur offenbaren. Es ist aber auch eben so denkbar, daß der Grund jenes innern Gleichgewichts in der Materie selbst liegt und zwar in einem unbekannten Elemente, welches der belebten Thier- und Pflanzenschöpfung ausschließend eigenthümlich ist, und dessen Beimischung die Affinitätsgesetze ändert; oder in dem Verhältnisse, daß in einem Aggregat thätiger Organe jedes derselben dem andern perpetuirlich neue Stoffe abgibt, wodurch die ältesten (im ewig erneuerten Spiel zusammengesetzter Affinitäten) gehindert werden, den Sättigungspunkt zu erreichen, zu dem sie bei der größern innern Ruhe der todten Natur ungehindert gelangen. In dem tiefen Dunkel, welches noch über dem Mischungszustand der organischen Materie schwebt, scheint es mir vorsichtiger, von den ersten beiden Annahmen zu schweigen, so lange die letztere uns eine Aussicht gewährt, physische Erscheinungen nicht nur physisch, sondern auch ohne Zuflucht zu einer unbekannten Materie zu erklären. Wenn ich daher ehemals in den Aphorismen aus der chemischen Physiologie der Pflanzen die Lebenskraft als die unbekannte Ursache betrachtete, welche die Elemente hindert, ihren natürlichen Ziehkräften zu folgen, so glaube ich in diesem Satze ein Factum ausgedrückt zu haben, welches ich nach meinen jetzigen Einsichten keineswegs für erwiesen halte. Ich füge diese Erklärung um so ausdrücklicher bei, da mir meine Definition der Lebenskraft, die seit 4 Jahren in so viele andere zum Theil wichtige Lehrbücher übergegangen ist, in den Schriften der Herren Reil, Beil, Ackermann und Röschlaub gründlich und scharfsinnig widerlegt zu sein scheint."

4

„Wage ich es daher nicht, eine eigene Kraft zu nennen, was viel=
leicht bloß durch das Zusammenwirken der im Einzelnen längst bekannten
materiellen Kräfte bewirkt wird, so glaube ich dagegen aus den chemischen
Verhältnissen der Elemente eine desto sicherere Definition belebter und un=
belebter Stoffe deduciren zu können. Eine solche Definition ist unstreitig ein
großes Bedürfniß der beschreibenden Naturkunde, da alle Kriterien, die man
von der faserartigen Aneinanderreihung der Grundstoffe, von willkürlicher
Bewegung, von dem Umlauf flüssiger Theile in festen, und von der innern
Aneignung hernimmt, theils allzu verwickelt, theils unbefriedigend sind."

„Belebt nenne ich denjenigen Stoff, dessen willkürlich
getrennte Theile nach der Trennung unter den vorigen äuße=
ren Verhältnissen ihren Mischungszustand ändern."

„Das Gleichgewicht der Elemente in der belebten Materie erhält sich
nur so lange und dadurch, daß dieselbe Theil eines Ganzen ist. Ein
Organ bestimmt das andere, eines gibt dem andern die Temperatur, in wel=
cher diese und keine andern Affinitäten wirken. Ein Metall oder ein Stein
kann zertrennt werden, und bleiben die äußern Bedingungen dieselben, so
werden die zertrennten Stücke auch die Mischung behalten, welche sie vor
der Trennung hatten. Nicht so jedes Atom der belebten Materie, es sei
starr oder tropfbar=flüssig. Die gegebene Definition schließt sich un=
mittelbar an die Idee des unsterblichen Denkers an, daß im Organismus
alles wechselseitig Mittel und Zweck sei."

„Die Schnelligkeit, mit welcher organische Theile ihren Mischungs=
zustand ändern, ist sehr verschieden; das Blut der Thiere erleidet frühere
Umwandlungen als der Saft der Pflanzen. Schwämme faulen leichter als
Baumblätter, Muskelfleisch leichter als Entis. Knochen, Haare, Holz der Ge=
wächse, Fruchtschalen und Federkronen (welche ich ehemals irrig für völlig
unorganisch erklärte) nähern sich schon im Leben dem Zustande, welchen sie
nach ihrer Trennung vom Ganzen zeigen. Man darf daher wohl das Gesetz
feststellen: daß, je höher der Grad der Vitalität oder Reizfähig=
keit eines belebten Stoffes ist, desto auffallender oder
schneller der Mischungszustand nach der Trennung geändert
wird."

„Eben diese Ideen führen uns einem der schwierigsten Begriffe der
Physiologie, dem Begriff der Individualität zu. Da wir nichts von
den Bedingungen wissen, unter denen ein Aggregat von Materie mit einer
oder mehreren Vorstellungskräften verbunden sein kann, so reden wir hier
nicht von der Individualität als Object einer empirischen Psychologie,

sondern als Object der empirischen Naturwissenschaft. Trennen wir eine Tänia, eine Nais, einen Cactus Opuntia der Länge nach, so lebt kein Theil fort, jeder verändert seinen Mischungszustand und fault. Durchschneiden wir diese zusammengesetzten Geschöpfe aber der Quere nach in den Gliedern, oder Blattabsätzen, so leben die Theile fort und behalten dieselbe Mischung, welche sie vor dem Durchschneiden hatten. Diese Erfahrung stößt die eben aufgestellte Definition von den belebten und unbelebten Stoffen nicht um. Sie beweist vielmehr, daß nicht jede nach Willkür vorgenommene Trennung das Gleichgewicht der Elemente erhält. Wo dagegen eine solche vor der Mischungsveränderung schützende Trennung möglich ist, da ist das Dasein eines zusammengesetzten Geschöpfes erwiesen, da giebt es mechanisch verbundene (d. h. zusammenhängende) Organe, welche sich nicht unbedingt wechselseitig wie Mittel und Zweck verhalten. Wir haben hier ein Kriterium der Individualität, aber bei weitem kein vollständiges. Wir berufen uns auf ein Experiment, dessen Gelingen beweisend ist, dessen Mißlingen aber keineswegs für die Einfachheit entscheidet. Das Fortpflanzen der Vegetabilien durch Blätter lehrt uns, daß der Lorberbaum ein eben solches Aggregat von Individuen als der Cactus sei. Dagegen gelingt es nicht, aus den getrennten Blättern des Cerastium Zweige treiben zu sehen, unerachtet die Lücke vom Lorberbaum bis zu diesem Pflänzchen herab durch eine Kette ähnlicher Bildungen ausgefüllt wird!"

Ich habe mich bei diesen Sätzen länger aufgehalten, weil sie einen Blick auf die Ansichten Humboldt's über eine in neuerer Zeit vielfach besprochene Frage gestatten, denen er auch später treu geblieben zu sein scheint, wenigstens hat er sich nie mehr zur Lebenskraft bekannt und noch in dem Abdrucke des Rhodischen Genius in den „Ansichten der Natur" (3. Auflage II. 309) die vorstehenden Sätze dem Wesen nach wiederholt. Gegenwärtig theilen sich die Naturforscher in zwei Partheien, wovon die eine das ganze Leben als eine ununterbrochene Reihe von physikalischen und chemischen Proeessen, also in derselben Weise betrachtet, wie wir es bei Humboldt im Vorstehenden gesehen haben, während die andere Parthei die Lebenskraft annimmt, wie Humboldt in seinen Aphorismen und im Rhodischen Genius.

Die Ernährung und Respiration der Pflanzen.

Die ursprüngliche Ansicht über die Quellen, aus welchen die Gewächse ihre Nahrung erhalten, war, daß die Pflanzen dieselbe aus dem Boden und dem Wasser ziehen; was sie eigentlich daraus entnehmen, wurde nicht näher angegeben, da ja die Erde selbst als eines der vier Elemente in der Bildung der Pflanzen auftreten konnte, und es sich hier nur um eine Combination der vier Elemente Luft, Feuer, Wasser und Erde handelte. Van Helmont[1] pflanzte im 17. Jahrhundert eine Weide in ein gewogenes Quantum Erde und wog das Ganze nach fünf Jahren wieder. Die Weide hatte beträchtlich zugenommen, die Erde kaum etwas an Gewicht verloren, ohne daß während des Versuches etwas Anderes zugefügt worden wäre als Wasser. Hieraus zog er den Schluß, daß nicht die Erde die Pflanzen nähre, sondern daß diese nur die Trägerin derselben, das Wasser dagegen dasjenige Element sei, welches sämmtliche Bestandtheile der Pflanzen, sowohl feste als flüssige, liefere.

Diese Theorie konnte gelten, so lange man die Wirkung des Düngers und der verschiedenen Bestandtheile des Bodens nicht näher berücksichtigte, und solange es sich mit den chemischen Ansichten vertrug, das Wasser auch in brennbare, feste Körper sich verwandeln zu lassen. Als daher der letztere Satz nicht mehr recht gelten wollte, nahmen die Naturforscher, unter denen vorzugsweise Malpighius, Perrault, Mariotte und Gren zu erwähnen sind, an, daß die im Regenwasser und in der Erde enthaltenen Salze die Nahrungsmittel der Pflanzen abgeben und durch Gährungen, das Lieblingsmittel der Chemiker aus dem Ende des 17. Jahrhunderts, die Um-

1) Ort. Medicin. 30.

wandlung in Pflanzensubstanz erleiden. Dabei blieb es längere Zeit; theils war die Chemie vor hundert Jahren noch zu weit zurück, um mit Erfolg angewandt werden zu können, theils war die Aufmerksamkeit der Botaniker auf andere Gegenstände gerichtet, denn damals war das goldene Zeitalter der systematischen Botanik, und ihre Meister sahen mit einer gewissen Geringschätzung auf diejenigen, die sich mit dem Studium der Pflanzenphysiologie beschäftigten.

Um das Jahr 1750 beobachtete B o n n e t, daß, wenn man Blätter in frisches Wasser legt, am Tage sich auf denselben eine Menge von Luftbläschen zeige, die bei dem Eintritte der Dunkelheit wieder verschwinden. In ausgekochtem Wasser entstanden keine Blasen, und ebenso, wenn die Blätter schon einige Tage in Wasser waren. Da sich B o n n e t die Erscheinung dahin erklärte, daß diese Luft diejenige sei, welche sich mechanisch in jedem Zellgewebe und in den Gefäßen befindet, so wurde dem Versuche eine weitere Aufmerksamkeit nicht geschenkt. Als aber im Jahre 1771 P r i e s t l e y Pflanzen unter Glasglocken wachsen ließ, fand er, daß diese das Vermögen haben, eine unreine Luft wieder zu reinigen, und daß sie sogar in einer verdorbenen Luft besser gedeihen als in einer andern; er fand, daß jene Blasen eine andere Luft seien, als die atmosphärische, eine reinere, mehr dephlogistisirte oder nach der jetzigen Theorie und Benennung eine sauerstoffreichere. Da hier unter dem Namen v e r d o r b e n e L u f t solche verstanden wird, die, nachdem sie einige Zeit das Athmen oder Brennen unterhalten, hierzu ferner nicht mehr tauglich ist, so eröffnete sich dadurch ein weiter Blick in den Haushalt der Natur, und P r i n g l e stellte im November 1773 in seiner Rede, die er vor der k. Gesellschaft der Wissenschaften in London hielt, den Satz auf, daß die Pflanzen, indem sie die durch Athmen verdorbene Luft reinigen, sich dadurch auch ernähren, während sie selbst wieder den Thieren als Futter dienen, und daß folglich die beiden Naturreiche sich gegenseitig bedingen, da die Thiere die Luft durch ihr Athmen phlogistisiren, während die Pflanzen die Dephlogistisirung vornehmen, und dadurch sowohl selbst gedeihen, als auch die Luft wieder athembar machen.

Jene Zeit war eine Periode rasch aufeinander folgender Entdeckungen im Gebiete der Chemie, und ihr folgte eine gänzliche Aenderung der Ansichten über die Pflanzenernährung. Während man früher glaubte, die Salze der Pflanze seien in dieser mit dem hypothetischen Phlogiston zu den einzelnen Gewächsorganen verbunden, stellte man bald den Satz auf, daß der Kohlenstoff einen Hauptbestandtheil der Vegetabilien ausmache, und daß dieser aus der Atmosphäre komme, in welche er vermöge der Respiration der

Thiere gelange, die ihn dann durch ihre Nahrung wieder ersetzen müssen, so daß die Respiration der Pflanzen und Thiere nur eine Wanderung des Kohlenstoffs von dem einen Reiche in's andere und in die Luft zur Folge habe.

Der ungetheilte Beifall, den die neue Lehre erhielt, war nicht von langer Dauer, und es zeigte sich bald, daß die Sache nicht so einfach sei, als man sich vorgestellt hatte. Scheele machte die Versuche Priestley's mit Bohnen nach, und beobachtete gerade das Gegentheil von dessen Resultat, da seine Pflanzen Kohlensäure ausathmeten und Sauerstoff aufnahmen, während nach Priestley das Entgegengesetzte hätte eintreten sollen, so daß also nach Scheele der Einfluß der Pflanzenrespiration auf die Atmosphäre derselbe war, wie der des Athmens der Thiere. Priestley wiederholte seine Versuche 1778, und diese hatten einen so ungünstigen Erfolg, daß er bereits wieder gesonnen war, seine ganze Lehre aufzugeben. Da nahm sich Ingenhouß der Sache an, und fand bald, wo der Fehler lag, indem er zeigte, daß bei dem ganzen Vorgange das Licht den größten Einfluß habe, weil in der Sonne die grünen Theile der Pflanzen Kohlensäure einathmen und Sauerstoff abgeben, wie Priestley zuerst angab, während sie im Dunkeln das entgegengesetzte Verhalten beobachten, wie Scheele gefunden hatte. Die nichtgrünen Pflanzentheile athmen nach Ingenhouß fortwährend Sauerstoff ein und geben Kohlensäure ab. Der ganze Effect wird bei den beiden verschiedenen, sich entgegengesetzten Acten davon abhängen, welcher der bedeutendere ist. Die Kohlensäure besteht aus Kohlenstoff und Sauerstoff. Athmen nun die Gewächse mehr Kohlensäure ein, als sie abgeben, so werden sie einen Theil davon für sich behalten, und indem sie Sauerstoff aushauchen, wird die Kohlensäure zerlegt, der Kohlenstoff, der einen Bestandtheil der Gewächse bildet, muß in ihnen also zunehmen, und die Pflanze wird wachsen. Das Umgekehrte hat den entgegengesetzten Erfolg.

Sollen die Pflanzen aus der Luft Kohlensäure aufnehmen, so muß die Atmosphäre dieses Gas auch in gehöriger Menge enthalten. Lavoisier fand bei seiner Untersuchung der atmosphärischen Luft keine Kohlensäure in derselben, während spätere Messungen darthaten, daß der Kohlensäuregehalt der Luft ein sehr geringer sei, und van Marum neigte sich darum auch der Ansicht zu, daß der Kohlenstoff der Pflanzen aus dem Wasser, das diese aufnehmen, sich absetze, während Hassenfratz zu dem Kohlengehalte des Bodens seine Zuflucht nahm.

Dieses war die Lage der Sache, als Humboldt seine Aphorismen veröffentlichte. Er schließt aus dem Umstande, daß Kohlenstoff, Wasserstoff und Sauerstoff die Bestandtheile aller Vegetabilien sind, darauf, daß diese auch die Nahrung derselben ausmachen. Waſſer und Kohlenſäure werden, wie er glaubt, ſo lange der vegetabiliſche Körper Lebenskraft beſitzt, in ihre Elemente zerlegt, worauf der größere Theil an die Gefäße ſelbſt tritt, alſo einen Zuwachs der Pflanze ausmacht, während der kleinere abgeſchieden und vermittelſt der Blätter und Würzelchen verdunſtet wird. Dagegen widerſpricht er der Anſicht van Marum's, daß der Kohlenſtoff der Pflanzen aus dem Waſſer ſtamme. Er weiſt darauf hin, daß durch das Athmen der Säugethiere und Vögel beſtändig Kohlenſäure gebildet und dieſe auch durch die brennenden Steinkohlenflötze ununterbrochen dem Luftkreiſe zugeführt werde, in welchem nur darum verhältnißmäßig ſo wenig davon gefunden werde, weil die Pflanzen den Zuſchuß alsbald wieder wegnehmen; je nach Umſtänden, die von der Localität und der Witterung abhängen, finde man 1 ⁄₁₁ bis 1 ⁄₁₀ Kohlenſäure in der Luft, dieſelbe ſinke wegen ihrer größeren Schwere auf die grünende Erde herab und bringe verbunden mit Waſſer in die Pflanzen ein. Außerdem wachſen alle Vegetabilien um ſo langſamer, je größer ihr Bedarf an Kohlenſtoff ſei. Er fand, Ingenhouß entgegen, daß die Pflanzen auch beim Lampenſchein grünen und Sauerſtoff ausathmen. Die Kohlenſäure, welche Sauſſure auf den höchſten Bergen der Alpen gefunden hatte, hält er für in den Waſſerdünſten aufgelöſt und mit ihnen in die Höhe geſtiegen.

Beſonders bemerkenswerth iſt, was Humboldt von der Aufnahme feſter Stoffe durch die Pflanzen ſagt. Er gibt an, daß er nicht gewagt habe, zu den Nahrungsmitteln aller Pflanzen auch Erde (Aſchenbeſtandtheile) zuzuſetzen, da alle Byſſus und mehrere Octospora und Peziza nichts davon enthalten, wie er durch Verſuche gefunden habe, während andere, namentlich Kryptogamen, eine ſehr große Menge Kalkerde mit ſich führen. Dieſe Beobachtung wurde lange vernachläſſigt und erſt v. Liebig hat in ſeiner Agriculturchemie den Satz aufgeſtellt, daß die Pflanzen je nach ihrer ſpeciellen Verſchiedenheit verſchiedene Mengen dieſer oder jener anorganiſchen Subſtanz zu ihrer Ausbildung nöthig haben, und hat hierauf die Lehre von der Einwirkung der Bodenarten auf die Vegetabilien gegründet. Humboldt kommt in ſeiner Einleitung zu dem Ingenhouß'ſchen Werke: „Ueber die Ernährung der Pflanzen", [überſetzt von Fiſcher], hierauf zurück und zählt die Erde zu den wahren Nahrungsmitteln der Gewächſe. Er ſagt (S. 30) „Einer Pflanze (Chara), in deren Miſchung wir immer Kalkerde finden, iſt die Gegenwart dieſer Erde gewiß ebenſo weſentlich, als die des Kohlenſtoffs oder des Hydrogens. Unter weſentlichen Beſtandtheilen gibt es keine Rangordnung, und mit den Fortſchritten der Scheidekunſt werden wir die Wirk-

ungsart mancher Elemente erkennen, welche jetzt gleichsam isolirt in der
Reihe der Dinge stehen. Wir wissen freilich noch nichts von den Ziehkräften
der Erdarten gegen den Sauerstoff, Kohlenstoff oder Wasserstoff, aber wir
dürfen vermuthen, daß in zusammengesetzten Verwandtschaften (deren Spiel
in allen vitalen Functionen thätig ist) Elemente auf einander einwirken, die
in einfachen Verwandtschaften sich unzersetzt lassen."

Den Versuchen mit grünen Pflanzen hat Humboldt solche mit
Schwämmen zugesellt, und hier ein von jenen ganz abweichendes Verhalten
gefunden, denn diese hauchen keinen Sauerstoff, sondern Wasserstoff aus,
zerlegen also das von ihnen aufgenommene Wasser in seine Bestandtheile,
von denen sie den einen, Sauerstoff, für sich behalten. Sie nehmen dagegen
den Kohlenstoff aus der Kohlensäure auf, welche in den Grubenwassern sich
aufgelöst findet.

Als Stoffe, welche von den Pflanzen ausgeschieden werden, bezeichnet
er außer den Luftarten noch wässerige Dünste, ätherisches Oel und schleimige
Masse. Die Ausscheidung erfolgt durch dieselben Organe, welche zur Aufnahme der Nahrungsmittel dienen. Der Geruch, den manche Pflanzen verbreiten, kommt von ausgeschiedenen ätherischen Oelen her. Die Würzelchen
tröpfeln namentlich in der Nacht Säfte aus, welche den benachbarten Pflanzen und ihnen selbst theils schädlich, theils nützlich sind. Dieser Umstand ist
die Ursache, daß manche Pflanzen nicht neben einander gedeihen, daß die eine
durch die Anwesenheit der andern leidet. Daher kommt es, daß die einen
Pflanzen isolirt von andern derselben Art stehen, während andere nur gesellschaftlich in größeren oder kleineren Gruppen auftreten.

Gegen diese Theorie der Ausscheidungen hat Hedwig in seinen Zusätzen zu der deutschen Bearbeitung der Aphorismen von Fischer, welche Letzterer veröffentlichte, nicht nnznberücksichtigende Einwendungen erhoben, indem er vorzugsweise darauf hindeutet, daß bei einigermaßen beträchtlichen
Ausscheidungen durch die Wurzeln in dem Boden, den ein Baum durch
Jahrhunderte inne gehabt, eine bedeutende Veränderung bemerkt werden
müßte, was die Erfahrung leugne, und die Verdrängung der einen Pflanze
durch die andere sei nur die Folge davon, daß die die Nahrung und Feuchtigkeit aus dem Boden aufnehmenden Würzelchen der letzteren sich so ausbreiteten, daß sie die der ersteren beeinträchtigen, oder daß eine Pflanze der
andern schade, indem sie ihr bei schnellerem Aufwachsen das Licht entziehe.

Die Theorie, daß die Gewächse ihren Kohlenstoffgehalt durch Zerlegung
der ihnen zugeführten Kohlensäure erhalten, war, wie obige Darstellung
zeigt, vor 60 Jahren noch nicht so erwiesen und anerkannt als jetzt, doch hat

Humboldt ihre Richtigkeit sogleich erfaßt, und auf ihre Nothwendigkeit hingewiesen.

Man unterscheidet jetzt zweierlei Verhalten bei den grünen Pflanzen, die Zeit des Keimens und die der wachsenden Pflanze. So lange der Same keimt, zehrt er von dem Vermögen, das die mütterliche Pflanze ihm mitgegeben, denn das junge Pflänzchen ist mit einer Hülle von Stärkmehl, Pflanzeneiweiß u. s. w. versehen. Während des Keimens nimmt der Same Sauerstoff aus der Luft auf und bildet Kohlensäure, welche entweicht. Körper, welche diese Aufnahme von Sauerstoff erleichtern, beschleunigen den Vorgang des Keimens, und hierauf beruht die Wirkung des Chlorwassers, welche Humboldt gefunden hat. Es wird Wasser zerlegt, der Wasserstoff desselben verbindet sich mit dem Chlor, der Sauerstoff geht an den Samen und bildet mit dessen im Stärkmehl u. s. w. enthaltenen Kohlenstoffe die entweichende Kohlensäure. Ist der Keimungsproceß vorüber, das erste grüne Blatt entwickelt, so findet umgekehrt die Aufnahme von Kohlensäure, die Abgabe von Sauerstoff statt, und in Folge davon nimmt jetzt das Gewächs an Kohlenstoff zu, während es vorher abgenommen hatte. Jetzt ist aber auch das immer in demselben Sinne wirkende Chlorwasser, wie bereits oben bemerkt, schädlich.

Die unterirdischen Pflanzen beobachten der Entdeckung Humboldt's zufolge ein von den grünen Gewächsen ganz abweichendes Verhalten: sie hauchen Wasserstoff aus, und da dieser nur von Zersetzung des Wassers herrühren kann, so entsteht die Frage, was mit dem Sauerstoffe des zerlegten Wassers geschieht, und wo die Pflanzen den Kohlenstoff hernehmen, den sie, wenn man sie untersucht, enthalten. Diese Frage ist noch nicht gelöst, und unsere heutige Kunde über die Physiologie der unterirdischen Pflanzen steht im Wesen noch ganz auf derselben Stufe, auf der sie Humboldt gelassen; wir können ihn daher hier, da vor ihm über den fraglichen Gegenstand gar nichts gearbeitet wurde, als den Anfang und das Ende unseres Wissens betrachten.

Die chemische Zusammensetzung der Luft.

Die noch aus dem vorigen Jahrhundert datirenden Arbeiten Hum=
boldt's über in das Gebiet der reinen Chemie einschlagende Gegenstände
behandeln fast ausschließlich die sogenannte pneumatische Chemie, denjenigen
Theil der Wissenschaft, der sich mit der Untersuchung der verschiedenen
Luftarten beschäftigt. Das Wort Luft bezeichnete früher (und in außer=
wissenschaftlichen Kreisen zum Theile auch noch jetzt) den feinen elastischen
Stoff, der unsere Erde wie eine Hülle umgibt, und sich, da seine Theile zu
klein sind, um unmittelbar durch unsere Sinne wahrgenommen werden zu
können, zunächst in seinem bewegten Zustande als Wind zu erkennen gibt.
Man kann möglicher Weise die verschiedensten Arten, in denen uns die Luft
begegnet, übersehen; durch den Wind müssen wir allemal auf den Gedanken
kommen, daß ein feiner Stoff uns umgibt.

Der Verschiedenheit der tropfbaren Flüssigkeiten, des Wassers, Oels
u. s. w., entspricht eine Mannchfaltigkeit der luftartigen oder elastischen Flüs=
sigkeiten, die man nach van Helmont's Vorgange auch Gase nennt, und
zum Unterschiede von den verschiedenen Gasen, die theils schon in der Natur
fertig gebildet angetroffen werden, theils künstlich darzustellen sind, heißt
das Gasgemenge, das die die Erde umgebende Hülle bildet, die atmo=
sphärische Luft.

Seit Aristoteles galten Luft, Feuer, Wasser und Erde als Ele=
mente, von denen jedoch das eine in das andere übergehen könne; die Luft
war ein einziges Ganzes, man glaubte nicht, daß es verschiedene Luftarten
gebe, doch wurde nicht geleugnet, daß durch eingemengte oder aufgelöste
Stoffe eine Verunreinigung hervorgebracht werden könne. Man stellte sich
den Vorgang etwa so vor, wie es bei dem Wasser geschieht, das durch Auf=

lösen von Zucker oder Salzen andere Eigenschaften zeigt, als im Zustande der Reinheit. In der Mitte des 17. Jahrhunderts bestritt van Helmont zuerst die Möglichkeit, daß die Luft in Wasser oder Erde übergehen könnte, wie seit Aristoteles geglaubt wurde, denn er vermochte nicht sie durch Druck in eine andere bleibende Gestalt überzuführen; er unterschied jedoch davon die Dämpfe, z. B. die Wasserdämpfe, bei denen dieses möglich sei, er erkannte, daß es noch andere Gegenstände von luftartiger Form gebe, die doch keine atmosphärische Luft sind, und nannte sie, wie bereits angedeutet, Gase. Da er diese Gase nicht weiter untersuchte, und sich mit der Constatirung ihrer Existenz begnügte, so blieben seine bezüglichen Arbeiten lange Zeit unbeachtet, und ebenso übten die Arbeiten der übrigen Forscher bis Priestley wenig oder gar keinen Einfluß auf die Kenntniß von der Luft aus, obwohl, wie Humboldt nachweist[1], schon Mayow (1674) und Hales (1727) den Sauerstoff gekannt haben. Priestley entdeckte 1771, daß die Luft, welche sich bei dem Athmen bildet und die atmosphärische Luft zur Unterhaltung des Lebensprocesses untauglich macht, durch die Pflanzen in eine zum Athmen taugliche umgewandelt werde. Im Verlaufe seiner Untersuchungen fand er, daß durch das Athmen ein Fünftheil der atmosphärischen Luft in ein anderes Gas umgewandelt werde (Kohlensäure, von ihm fixe Luft genannt), die von Kalkwasser absorbirt werden könne, und daß der Rückstand weder das Athmen noch das Brennen zu unterhalten geeignet sei. Er untersuchte die Eigenschaften der bei dem Athmen verschwindenden Luft, stellte sie dann für sich aus dem Quecksilberoxyde dar und fand, daß alle Körper in ihr viel lebhafter brennen, als in der atmosphärischen Luft. Von 1775 an vertheidigte er die Ansicht, diese Luft sei das eigentliche Unterhaltungsmittel des Athmens und Brennens, sie sei reine, von Phlogiston freie, also dephlogistisirte Luft und in der atmosphärischen Luft mit einer andern gemengt, der er den Namen phlogistisirte Luft gab. Wir haben also hier den Satz, daß die atmosphärische Luft aus zwei von einander gänzlich verschiedenen Luftarten, von denen sich die eine zu der andern dem Volumen nach wie 1:4 verhält, bestehe. Die Namen Phlogiston u. s. w. beziehen sich auf die damals herrschende Theorie Stahl's, nach welcher ein unwägbarer Stoff, das Phlogiston, einen Bestandtheil aller verbrennbaren Körper ausmacht und bei ihrem Verbrennen entweicht. Ein unverbranntes Körper war also eine Verbindung dieses Phlogistons mit dem, was nach der Verbrennung zurückblieb, der Asche. Die Luft, welche vorzugsweise ge-

---

1) Aphorismi 109.

eignet war, bei dem Verbrennen eines Körpers den Austritt des Phlogistons zu erleichtern, mußte selbst wenig davon enthalten, um mehr aufnehmen zu können, war also dephlogistisirt, während die andere, das Brennen nicht unterhaltende phlogistisirt war.

Zu ähnlichen Erfolgen gelangte S ch e e l e um dieselbe Zeit, wenn auch auf einem ganz andern Wege.

Obwohl die beiden Entdecker des das Brennen unterhaltenden Bestandtheiles der atmosphärischen Luft entschiedene Anhänger der Phlogistontheorie waren, haben sie gerade durch ihre Arbeiten derselben den Untergang bereitet, denn L a v o i s i e r stellte eine der alten Lehre ganz entgegengesetzte, die sogenannte antiphlogistische Theorie auf. Nach dieser gibt es kein Phlogiston, kein Princip der Verbrennlichkeit, es kann daher auch bei dem Verbrennen eines Körpers kein solches entweichen, dagegen ist das, was P r i e s l e y dephlogistisirte Luft genannt hat, ein Element, ein nicht weiter zerlegbarer Körper, der durch Aufnahme von Wärme Gasgestalt annimmt, der Sauerstoff, und das Verbrennen ist nicht nur nicht eine Trennung zweier Stoffe, des Phlogistons und des Rückstandes, sondern eine Verbindung zweier, nämlich des Sauerstoffs und des brennenden Körpers. Die Einführung dieser Theorie, die den alten Ansichten so direct widersprach, in die Wissenschaft, ging nicht ohne harte Kämpfe vor sich, und es stritten sich die Antiphlogistiker mit den Phlogistikern und diese wieder unter einander, da fast jeder die neuen Entdeckungen auf eine andere Weise zu erklären suchte. Der Streit, der noch in das letzte Jahrzehent des vergangenen Säculums hineinragte, in welchem H u m b o l d t seine schriftstellerische Thätigkeit begann, endete mit dem Siege der Antiphlogistiker. H u m b o l d t war von Anfang an auf deren Seite, wenigstens sind die Aphorismen, was die chemische Nomenclatur anbelangt, ganz im Sinne der Theorie L a v o i s i e r's gehalten. Seine Verehrung für L a v o i s i e r sieht man leicht daran, daß er ihm pag. 173 das Epitheton „physicorum princeps" beilegt.

Der andere, das Brennen nicht unterhaltende Theil der atmosphärischen Luft, der von P r i e s l e y den Namen p h l o g i s t i s i r t e Luft erhalten hatte, wurde in A z o t oder S t i c k s t o f f umgetauft.

In welchen Mengenverhältnissen die beiden Bestandtheile der atmosphärischen Luft in ihr enthalten seien, wurde sogleich nach der Erkenntniß ihrer qualitativen Zusammensetzung mit Eifer untersucht, denn da der Sauerstoff der das Brennen und Athmen unterhaltende Bestandtheil ist, schloß man alsbald darauf, daß eine verhältnißmäßig größere oder kleinere Menge desselben in der Luft auf deren Einfluß für die Gesundheitszustände von großer Wichtigkeit sei. Man nennt diese Bestimmung Luftgütemessung (Eudiometrie). Scheele erhielt als Sauerstoffgehalt der Luft 25 — 33 Volumprocente und gab als mittleres Resultat [*],22 oder etwa 27 Procente an. Lavoisier setzte zuerst (1776) fest, die Luft enthalte ein Viertheil ihres Volums an Sauerstoff, später (1777) gab er die Menge zu ⅓, und im selben Jahre wieder zu ¼ an. In seiner Abhandlung über die Veränderungen der Luft unter dem Einflusse vieler Menschen findet er als normales Verhältniß 27 — 28 Raumtheile Sauerstoff und 73 — 72 Stickstoff; in der obern Luft aus einem Krankenzimmer in einem großen Hospital fand er 18½ Volumprocente, in der aus einem Theater bei gefülltem Hause 21 Sauerstoff. Cavendish behauptet 1783, daß die Schwankungen, denen nach den Versuchen der Sauerstoffgehalt der Luft ausgesetzt sein soll, auf den Fehlern der Beobachtungsmethode beruhen, und daß eine Aenderung der relativen Sauerstoffmenge in der Luft nicht existire, sondern daß diese constant 20,84 Volumprocente betrage.

So stand die Angelegenheit, als Humboldt mehrere Jahre hindurch Versuche darüber anstellte.

Die Methode, welcher Humboldt zunächst seine Aufmerksamkeit zuwendete, beruht auf der Einführung von Salpetergas[1] in die zu untersuchende Luft. Wird dieses Gas in eine Luft gebracht, welche freien Sauerstoff enthält, so verbindet es sich mit diesem und bildet eine höhere Sauerstoffverbindung des Stickstoffes als es vorher war, die salpetrige Säure (NO₃). Bei Gegenwart von Wasser zerfällt diese wieder in Salpetersäure, die sauerstoffreichste Verbindung des Stickstoffes (NO₅), die sich in dem Wasser löst, und in Stickstoffoxyd oder Salpetergas. Bei dem Vorgange wird mithin der Sauerstoff, der sich in der Probeluft befindet, zur Bildung von Salpetersäure verwendet. Je mehr sich von der letztern bildet, um so mehr Sauerstoff war vorhanden, um so mehr wird aber Luft aus dem Gefäße verschwinden, in dem der Versuch vorgenommen wurde, denn der Sauerstoff, sowie ein Theil des Salpetergases, sind weggegangen, und aus der Menge der verschwundenen Gase kann auf die vorher vorhandene Quantität des Sauerstoffs geschlossen werden, wenn man vorher durch Versuche mit Luftarten von bekanntem Sauerstoffgehalte ermittelt hat, wieviel von dem verschwundenen Luftantheile auf Rechnung des Sauerstoffs und wieviel auf Rechnung des Salpetergases kommt.

---

1) Dieses Gas entsteht durch die Einwirkung von Salpetersäure auf Metalle; es heißt jetzt Stickstoffoxyd und besteht aus gleichen Raumtheilen Stickstoff und Sauerstoff (NO₂).

Gewöhnlich nimmt man den Versuch in einem Glascylinder vor, der unter Wasser mit der Probeluft gefüllt wird, und, mit einer eingeätzten Scala versehen (calibrirt), die Luftmenge direct ablesen läßt. Da der Raum, den eine gegebene Luftmenge einnimmt, je nach Barometerstand und Temperatur verschieden ist, so muß bei der Ablesung der Gasmengen jedesmal hierauf Rücksicht genommen werden. Außerdem haben noch die Reinheit des angewandten Salpetergases, seine Löslichkeit und Zersetzung in Wasser, die Weite des benutzten Cylinders u. s. w. Einfluß auf das Verschwinden der Gase, wie auch auf die Berechnung, und mit der Bestimmung dieser Einwirkungen hat sich Humboldt in dem ersten Kapitel seiner Versuche über die Zerlegung der Luft beschäftigt, indem er sowohl die Auffindung der einzelnen Verunreinigungen und Einwirkungen, als auch die Größe ihres Einflusses untersuchte.

Das Detail dieser Arbeit übergehend, will ich mich damit begnügen, anzugeben, daß nach seinen Untersuchungen das Volumen der aus dem Glascylinder nach der Einführung des Salpetergases verschwundenen Luft durch 3,55 dividirt werden müsse, um die Menge des vorhin darin enthaltenen Sauerstoffs zu erhalten.

Die Prüfung des Sauerstoffgehaltes der atmosphärischen Luft mit Hülfe von Salpetergas oder Stickstoffoxyd ist nur eine Methode unter vielen, von denen mehrere noch aus dem vorigen Jahrhundert stammen. Unter diesen ist hier zunächst die Eudiometrie mit Hülfe von Phosphor zu erwähnen, deren es schon damals wieder zweierlei Arten gab. Zündet man in der atmosphärischen Luft Phosphor an, so verbrennt er bekanntlich und diese Verbrennung ist nichts Anderes, als eine unter Licht- und Wärmeentwicklung vor sich gehende Verbindung des Phosphors mit dem Sauerstoffe der Luft. Das Product dieses Vorganges ist die Phosphorsäure. Um Phosphor mit Sauerstoff verbinden zu können, ist es aber nicht nöthig ihn anzuzünden, d. h. seine Temperatur vorher künstlich zu erhöhen, es reicht hierzu schon die gewöhnliche Luftwärme aus. Bringt man ein Stück reinen Phosphor in die Luft, so sieht man alsbald, daß sich um ihn her weiße Wolken bilden, und im Finstern beobachtet man auch ein schwaches Licht um den Phosphor, das jedoch zu unbedeutend ist, um am hellen Tage wahrgenommen werden zu können.[1] Auch hier bildet sich eine Verbindung des Phosphors mit Sauerstoff, doch enthält diese verhältnißmäßig weniger Sauerstoff, als die Phosphorsäure,

---

1) Diese Erscheinung hat zu der Benennung „phosphoresciren", womit man alle derlei schwachen Lichtentwickelungen bezeichnet, Veranlassung gegeben.

und wir haben also wieder eine, wenn auch langsame und unvollkommene Verbrennung. Geht die Verbrennung in einem geschlossenen Gefäße, etwa in einer umgestürzten, in Wasser stehenden Glasglocke vor sich, so nimmt der Phosphor den Sauerstoff der ihn umgebenden Luft an sich, und weil dieser seine Luftform verläßt, so verschwindet von der den Phosphor umgebenden Luft soviel, als Sauerstoff wegkam, und hat man die Luft vor dem Versuche gemessen, so wird die Menge derselben, die nach dem Erlöschen des Phosphors übrig blieb, angeben, wieviel von ihr kein Sauerstoff war, nur was verschwunden ist, war Sauerstoff. Selbstverständlich muß bei der Abmessung der Luft der jeweilige Stand des Barometers wie des Thermometers berücksichtigt werden. Die langsame Verbrennung wurde zuerst von Berthollet und Achard, die rasche Verbrennung von Reboul angewandt, weshalb auch die beiden Methoden nach diesen Männern benannt werden.

Auch Humboldt benützte diese Wege zur Vergleichung ihrer Resultate mit denen der bereits besprochenen Untersuchungen. Er fand nun, daß die durch das Phosphoreudiometer angezeigte Sauerstoffmenge nie so groß war, als die, welche das Stickstoffoxyd angab, und daß die Differenz bald größer, bald kleiner war. Brachte er das Stickstoffoxyd (Salpetergas) in eine Luft, der Phosphor keinen Sauerstoff mehr zu entziehen vermochte, so zeigte ersteres noch einen Theil dieser Gasart an, aber der Sauerstoff, den er durch die Combination beider Methoden gefunden hatte, erreichte nie das Quantum, welches das Stickstoffoxyd allein anzeigte, und er schloß daraus, daß bei dem Zusammenwirken von Phosphor und atmosphärischer Luft eine dreifache gasförmige Verbindung von Sauerstoff, Stickstoff und Phosphor entstehe, der das Stickstoffoxyd den Sauerstoff zu entziehen nicht im Stande wäre. Er wurde in dieser Ansicht noch durch die Entdeckung Bauquelln's bestärkt, daß die langsame Verbrennung des Phosphors in reinem Sauerstoff nicht vor sich geht, daß also die Anwesenheit des Stickstoffes zur Einleitung einer Verbindung nothwendig ist.

Als Endresultat seiner einschlägigen Untersuchungen gibt er an, daß der Phosphor eine sehr unsichere eudiometrische Substanz sei.

Außer Sauerstoff und Stickstoff enthält die atmosphärische Luft noch einen andern gasförmigen Bestandtheil, die Verbindung des Sauerstoffs mit dem Kohlenstoffe oder die Kohlensäure. Die Quellen, aus denen unsere Atmosphäre die Kohlensäure schöpft, sind sehr mannigfacher Art: Vulcane, Sauerbrunnen, Verbrennungen, Athmen, Gährungen u. s. w., und es konnte daher nicht fehlen, daß die Naturforscher schon seit alten Zeiten auf sie aufmerksam wurden, doch ohne daß ihre Eigenschaft als Gas, sowie ihre Zusammensetzung näher bekannt geworden wäre. Je nach ihrer Entstehung führte sie verschiedene Namen, unter denen jedoch die Benennung „fixe Luft" ziemlich die Oberhand hatte, als die Ansicht von der Möglichkeit der Existenz von einander verschiedener Luftarten sich Geltung zu verschaffen anfing. Lavoisier war es, der ihre Zusammensetzung nachwies, als er durch Erhitzen von Quecksilberoxyd Sauerstoff erhielt, Kohlensäure dagegen, wenn er dieses Oxyd vor dem Erhitzen mit Kohlen vermengte. Bei der großen Rolle, die alsbald nach dem Umschwunge, den die Chemie gegen das Ende des vorigen Jahrhunderts erfuhr, der Kohlensäure zufiel, und von der ich bereits oben bei der Pflanzenernährung gesprochen habe, war es kein Wunder, daß man sich alsbald damit beschäftigte, sie in der Atmosphäre aufzusuchen und ihre jeweilige Quantität zu bestimmen, was bei der geringen Menge derselben längere Zeit viele Schwierigkeiten machte.

Ein zu diesen Bestimmungen eingerichtetes Instrument, Orxanthralometer, kürzer Anthralometer, construirte Humboldt. Es sieht ziemlich aus, wie ein kurzes Gefäßbarometer, nur ist die lange Röhre offen, die Kugel geschlossen, also umgekehrt wie bei dem genannten Barometer. Die Röhre ist calibrirt oder so genau cylindrisch, daß der von ihr eingeschlossene Raum der Länge der Säule proportional ist. Bei dem Gebrauche wird die Kugel und ein Theil der Röhre mit Aetzammonial (Salmiakgeist) oder Kaltwasser, der Rest der Röhre mit der Probeluft gefüllt, hierauf, nach Verschließung der Röhre, durch Umdrehen des Instrumentes die Luft in die Kugel gebracht. Dort wird die Kohlensäure von der Flüssigkeit absorbirt, die Luft wieder in die Röhre zurückgebracht, und der Verlust, den sie an Volumen erlitten hat, unter Bezugnahme auf die Correctionen hinsichtlich des Barometer und Thermometerstandes bestimmt. Dieser Verlust ist Kohlensäure.

Ein Mann wie Humboldt konnte sich nicht damit begnügen, eine Methode aufzufinden, mit deren Hülfe es möglich würde, dieses oder jenes Verhältniß in der Luft näher kennen zu lernen; ihm war es stets um das Allgemeine zu thun, und er vergaß nie den Wald über der Betrachtung des einzelnen Baumes. Die Bestimmung der einzelnen Bestandtheile der atmosphärischen Luft war ihm stets nur das Hülfsmittel, die Natur der ganzen Atmosphäre zu ergründen, und die hier gewonnenen Resultate wurden alsbald wieder durch Anwendung auf andere Zweige der Naturwissenschaften, wie Botanik, Zoologie u. s. w. benützt.

Er stellt (S. 100) als Aufgabe der Untersuchungen über die Kohlensäure nachstehende Fragen auf. Welches ist die gewöhnliche, welches die größte oder kleinste Menge der Kohlensäure, die in dem Dunstkreise verbreitet ist? Wird diese Menge in der heißen Zone größer als in der gemäßigten und kalten, in unsern schneereichen Wintermonaten geringer als im Sommer, auf hohen Bergen geringer als in der Ebene gefunden? Wie unterscheiden sich die Nacht= und die Tagesluft von einander, wie die Luft auf dem weiten Ocean von den waldreichen Gegenden? Alle diese Fragen, sagt er, blieben bisher unbeantwortet. Weil davon entfernt, diese Lücke schon jetzt ausfüllen zu können, stelle ich hier nur die Resultate derjenigen Versuche zusammen, welche ich seit drei Jahren theils mit dem Kohlensäuremesser, theils in wohl= calibrirten Röhren angestellt habe.

Hierauf folgt eine Angabe der Quellen, aus denen die Luft ihre Kohlen= säure schöpft, die Angabe der Mengen davon, welche sich in den älteren Schrif= ten findet, so wie der Extreme, die das Humboldtsche Instrument angegeben hatte. Im Maximum zeigte dieses 1,4, im Minimum 0,3 Procente, der Mittelwerth stellte sich auf etwa 1,3. Die große Verbreitung der Kohlen= säure in der Luft (Saussure hatte sie 2450 Toisen hoch auf dem Mont= blanc gefunden) veranlaßte Humboldt zu dem Schlusse, daß die Kohlen= säure nicht ein zufälliger, sondern ein allgemein verbreiteter Bestandtheil der atmosphärischen Luft sei, und vermöge ihrer chemischen Anziehung zu dem Sauerstoffe veranlaßt werde, sich in Höhen zu erheben, die sie sonst nicht erreichen würde. Es ist dieses ein Satz, auf den er wiederholt zurückkommt, da er die ganze Mischung der Luft darauf zurückführt. Die verschiedenen Bestandtheile der atmosphärischen Luft, Sauerstoff, Stickstoff und Kohlen= säure, sind nämlich von verschiedener Dichtigkeit, und nach der Analogie mit den tropfbaren Flüssigkeiten zu schließen, sollten in der Luft die einzelnen Gasarten in verschiedenen Schichten übereinander liegen; unten eine Lage Kohlensäure, dann eine solche von Sauerstoff, hierauf eine von Stickstoff, wie in einem Gefäße, das etwa Oel, Wasser und Quecksilber enthält, das Oel die oberste, das Quecksilber die unterste Schichte bildet. Die Atmosphäre zeigt alle Bestandtheile durcheinander. In der jetzigen Zeit erklärt man sich dieses Zusammensein aus dem zuerst von Dalton ausgesprochenen und daher nach ihm benannten Gesetze, daß alle Gasarten sich in einem ihnen angewiesenen Raume, und zwar jede für sich, so ausbreiten, als wäre sie allein, die andern nicht vorhanden, so daß jede eine Atmosphäre bildet, welche gleichsam durchdrungen ist von den Atmosphären der andern Gase. Nach diesem Satze ist die Stelle, wo eine Luftart weggenommen wird, auch wenn die andern Gase unverändert bleiben, für sie, aber nur für sie, wie ein leerer Raum, in den sie zu bringen strebt, um das alte Mischungsverhältniß wieder herzustellen. Dieses Gesetz war im vorigen Jahrhundert nicht bekannt, und

Humboldt suchte sich daher dadurch zu helfen, daß er eine chemische Anziehung der Stoffe, welche den Luftkreis bilden, unter einander annahm. Auf diese Weise erklärte er sich auch die Anwesenheit des Wassers in der Höhe. Diese Anziehung nahm er nicht als unveränderlich und auch nicht als so groß, daß dadurch Verschiedenheiten der Luftzusammensetzung an einander nahe liegenden Orten vermieden würden, denn zu Sieben am Fichtel= gebirge angestellte Versuche mit in verschiedenen Höhen befindlichen Kalk= wassergefäßen ließen ihn auf eine mit wachsender Höhe abnehmende Menge der Kohlensäure schließen. Dem Wassergehalte der Luft schrieb er einen Theil der Veränderlichkeit der eben erwähnten Affinität zu, und kam dadurch auf die Nothwendigkeit, bei Kohlensäurebestimmungen auf alle Nebenverhält= nisse Rücksicht zu nehmen. Die Beobachtungen, die er anführt, sind theils zu Salzburg, theils in Wien und Paris angestellt; sie geben einen größeren Kohlensäuregehalt der Luft, als derselbe in späterer Zeit gefunden wurde (die Luft enthält nur etwa $^4/_{10000}$ Theile). Man kannte damals die Mittel, eine Luft von ihrem Wassergehalte zu befreien, nicht so gut als jetzt, und ar= beitete auch mit zu kleinen Quantitäten von Luft, als daß ein genaues Re= sultat hätte erzielt werden können, weßhalb alle Versuche der damaligen Zeit, nicht blos die Humboldts, zu große Zahlen lieferten.

Auch die Sauerstoffbestimmungen, die Humboldt veröffentlichte, gaben ein höheres Resultat (26—27 Procente), als sich später herausgestellt hat. Er war es aber nicht allein, der so hohe Ziffern erhielt, denn fast alle Beobachtungen der damaligen Zeit stimmen damit überein, weil man sich allgemein des Stickstoffoxydes zur Eudiometrie bediente, das vor= zugsweise darum mehr Sauerstoff anzeigt, als wirklich vorhanden ist, weil es von dem Wasser, das zur Absperrung der Probeluft genommen werden muß, da Quecksilber sich zur Zerlegung der salpetrigen Säure nicht eignet, stark absorbirt wird und dieser Verlust durch Absorption wenigstens theil= weise für verschwundenen Sauerstoff angesehen wurde. Warum man da= mals vorzugsweise das Salpetergas genommen hat, erklärt sich daraus, daß es unter den bekannten eudiometrischen Mitteln für dieselbe Luft die am meisten zusammenstimmenden Resultate gab, denn die Methode von Volta (Verbrennen einer gemessenen Quantität Wasserstoff in der Probeluft) bot damals theils wegen der Schwierigkeit, den Wasserstoff rein herzustellen, theils wegen der Umständlichkeit des Verfahrens manche Nachtheile, und war auch weniger bekannt. Theilweise nahm man es, weil bei seiner Anwendung die Ziffern für den Sauerstoff am größten ausfielen. Man war sogar geneigt, die Menge des gefundenen Sauerstoffs für zu ge=

ring für die große Rolle anzusehen, die dieser Körper in der Natur spielt, und darum sagt auch Humboldt, wie sich der geringen von ihm ge= fundenen Sauerstoffmenge wegen entschuldigend, S. 169: „Scheiden wir durch das Salpetergas wirklich allen Sauerstoff aus dem Luftkreise ab, oder bleibt ein Theil desselben zurück? Die Versuche, welche in meiner Abhandlung über die oxydirten Phosphorsäuredgase enthalten sind, lehren, daß das Salpeter= gas noch Sauerstoff in einem Azote entdeckt, welches durch Phosphoralkali bereitet ist. Kennten wir das Salpetergas oder die Wirkung der reinen Erden nicht, so würden wir kein Mittel haben, uns von der Gegenwart des Oxygens im Rückstande des Phosphoreudiometers zu überzeugen, vielleicht entdecken wir bald einen Stoff, der durch größere Ziehkraft auch in dem durch Salpetergas bereiteten Stickgas noch Oxygen entdeckt. Viele Umstände machen es aber wahrscheinlich, daß eine gleiche Quantität Stickgas auch immer eine gleiche Quantität Oxygen zurückhält oder verbirgt."

Diese Stelle dürfte auch zugleich als Beleg zu den oben ausgesproche= nen Sätzen über Humboldt's Ansicht von der Mischung der Gas= arten dienen.

Eine Frage, welche vor 60 Jahren die Naturforscher vielfach beschäf= tigte, war die, woher das bei chemischen Processen so vielfach beobachtete Licht komme. Newton hatte das Licht daraus erklärt, daß leuchtende Körper ganz kleine Theilchen nach allen Seiten aussenden, welche dann das Auge durchdringend auf der Netzhaut die Empfindung des Lichtes hervorbringen, und diese Theorie war am Ende des vorigen Jahrhunderts überwiegend die herrschende. Soll ein Stoff aus irgend einer Verbindung abgeschieden werden können, so muß er offenbar darin vorhanden sein, und es war daher damals eine Hauptaufgabe, den Lichtstoff aus den Körpern abzuscheiden oder doch darin nachzuweisen. Sollte er nun in verschiedenen Körpern sein oder in einem einzigen, der dann der Träger alles Lichtes wäre, und ohne den ein Leuchten zu den Unmöglichkeiten gehörte? Viele neigten sich zu der Ansicht, den Sauerstoff als eine Verbindung des Lichtstoffes mit irgend einem andern Körper zu betrachten.

Auch Humboldt beschäftigte sich mit dieser Aufgabe. Man war geneigt, zu glauben, daß der Sauerstoff, oder strenger genommen der Grund= stoff, der mit dem Lichte den Sauerstoff bildet, wenn er sich irgendwo ent= wickelte, Licht aufnehme und dieses wieder abgebe, wenn er durch Ver= brennen wieder eine Verbindung eingehe. So wäre das Wasser nicht eine Combination von Sauerstoff und Wasserstoff, sondern von einem Elemente und dem letzteren. Bei der Wasserzerlegung, dachte man, werde dieses Element isolirt,

b *

nehme dabei Licht auf und bilde Sauerstoff; bei der Verbrennung verbinde es sich wieder mit dem Wasserstoff und gebe das Licht ab. Humboldt bereitete Sauerstoff im Finstern; hier konnte also der Bestandtheil desselben kein Licht aufnehmen, aber dennoch gab er es, wenn man ihn zu irgend einer Verbrennung benützte, ab, wie wenn er im Lichte dargestellt wäre, und daraus schloß unser Forscher richtig, daß der Lichtstoff unmöglich an den Sauerstoff allein gebunden sein könne. Im Verlaufe seiner Untersuchungen kommt er allerdings darauf, daß manche Lichterscheinung, wie das Leuchten des Phosphors und das Faulen des Holzes, nur bei Anwesenheit von Sauerstoff möglich sei, aber die Lichterscheinungen, die mit mehreren chemischen Verbindungen, wie z. B. der des Schwefels und Kupfers, auch ohne Anwesenheit von Sauerstoff verknüpft sind, ferner die elektrischen Lichterscheinungen beweisen ihm, daß der Sauerstoff nicht der einzige Träger des Lichtes sei, und er hält es für wahrscheinlicher, daß der Lichtstoff wie der Wärmestoff sich mit allen Substanzen, die von den Sonnenstrahlen getroffen werden, chemisch verbinden könne.

Anm. Die vorstehende Untersuchung veröffentlichte Humboldt in den Abhandlungen der naturforschenden Gesellschaft zu Berlin, und ließ sie in der eben erwähnten Sammlung ungeändert abdrucken, versah sie jedoch mit einem Zusatze, in dem er erklärt, daß er von der Existenz eines Licht- und Wärmestoffes durchaus nicht überzeugt sei, und daß er keine Erfahrung kenne, welche die Phänomene des Lichtes, der Wärme, der Elektricität, des Magnetismus und Galvanismus als von eigenen Substraten abhängig charakterisirt. Er neigt sich bereits zu der Annahme hin, daß die erwähnten Erscheinungen nicht auf dem Dasein irgend eines bestimmten materiellen Substrates, sondern auf einem vorübergehenden Zustande der Materie beruhen, eine Ansicht, deren Richtigkeit jetzt wenigstens für Licht und Wärme vollkommen erwiesen, für die andern Erscheinungen in hohem Grade wahrscheinlich ist; doch hält er es für zweckmäßig, um die Vorgänge zu bezeichnen, einstweilen die Namen Licht- und Wärmestoff ꝛc. beizubehalten. Neben der Newton'schen Theorie, daß das Licht von kleinen vom leuchtenden Körper ausgesandten Theilchen ausgehe, bestand im vorigen Jahrhundert noch die Huyghens'sche, nach der das Licht aus Schwingungen eines ganz dünnen den Weltenraum ausfüllenden Mediums, also aus einem vorübergehenden Zustande eines materiellen Stoffes, erklärt wird; doch war das Ansehen dieser letzteren Ansicht dem der vorhergehenden weit untergeordnet. Erst seit 1812, als Malus die Polarisation des Lichtes entdeckte, die sich sehr gut nach der wenig modificirten Huyghens'schen, nicht aber nach der Newton'schen Theorie erklären ließ, gewann erstere das Uebergewicht und ist seitdem durch eine große Menge neuer Entdeckungen die allein herrschende geworden. Wir sehen aus dem Vorstehenden, daß Humboldt auf chemischem Wege zu Schlüssen über das Licht gelangte, die der großen Mehrzahl seiner Zeitgenossen, welche die Existenz eines materiellen Lichtstoffes für ausgemacht hielten, entgegen ganz den gegenwärtigen Ansichten entsprechen, die, wie man mit Sicherheit annehmen kann, keinen Umsturz mehr zu fürchten haben.

Ueber die unterirdischen Gasarten und die Mittel, ihren Nachtheil zu vermeiden.

Unter den vielen Gefahren, denen der Bergmann, indem er die unterirdischen Schätze aus den Tiefen holt, ausgesetzt ist, stehen diejenigen oben an, welche er in den Gasen zu bestehen hat, denn der beständige Austausch, der in der Höhe stattfindet und die theilweise veränderte und dadurch zum Athmen wie zum Brennen untauglich gewordene Luft durch frische ersetzt, findet dort nur auf eine sehr unvollkommene Weise statt, und viele Arbeiter sind schon die Opfer derselben geworden.

Das menschenfreundliche Herz Alexanders v. Humboldt konnte bei diesen Mißständen, denen er in seiner Eigenschaft als Oberbergmeister so oft begegnen mußte, nicht ungerührt bleiben, und er hat darum auch diesem Gegenstande seine besondere Aufmerksamkeit zugewendet. Wie aber Alles, womit er sich beschäftigte, sich unter der Hand, ohne daß er es zu beabsichtigen schien, in ein wissenschaftliches Gewand kleidete, so entstand aus diesen Arbeiten eine Darstellung der Luftverhältnisse der Tiefen, der er nicht mit Unrecht den Namen einer unterirdischen Meteorologie gab.

Der erste Punkt, dem er seine Aufmerksamkeit zuwandte, war die Untersuchung der Oertlichkeiten.

Die Luftgemenge oder Wetter, welche den Gegenstand dieser unterirdischen Meteorologie bilden, kommen im Innern der Erde unter verschiedenen Localverhältnissen vor, je nachdem sie mit der äußern Luft in keiner Verbindung stehen oder damit zusammenhängen.

Wenn auch den Pendeluntersuchungen zufolge die Erde im Innern nicht hohl, sondern sogar mit einem Stoffe angefüllt ist, der eine bedeutende Dichtigkeit besitzt, so finden sich doch in fast allen Gebirgsarten, ältern wie jüngern, namentlich aber in den vulcanischen, kleinere oder größere Räume, die hohl sind und ein von der atmosphärischen Luft oft sehr verschiedenes Gasgemenge enthalten, das bei dem Oeffnen der Höhlung hinaustritt. Dadurch kann ein ganzer Stollen für einige Zeit unzugänglich werden, womit dann, da alle Lichter plötzlich erlöschen und die umstehenden Bergleute unter dem Einflusse des Gases dahin sinken, ein Unglücksfall fertig ist, weil wegen der nunmehrigen Finsterniß auch die Rettung in vielen Fällen unmöglich wird.

Die in den besprochenen hohlen Räumen enthaltene und mit der Atmosphäre ursprünglich nicht communicirende Luft übertrifft zwar weitaus die Masse der in den künstlichen Weitungen befindlichen, mit der Oberwelt in Verbindung stehenden; da sie aber nur zum geringsten Theile frei wird, — denn es liegen die wenigsten Höhlen im Wege des Bergmannes, — so wird die letztere Luft mehr als erstere für den Menschen von Bedeutung sein, und ihre Verhältnisse werden besonders berücksichtigt werden müssen. Die künstlichen Weitungen, welche der Mensch in dem festen Erdkörper ausgehöhlt hat, und die unterirdische Luftmasse, welche denselben erfüllt, sind ungleich größer, als man gemeinhin glaubt, denn in dem ganzen unterirdischen Deutschland könnten wohl einige Millionen Menschen Platz finden, doch sind die Wetter größtentheils auf enge Räume eingeschränkt. Die Localverhältnisse sind durchaus maaßgebend und es ist vollkommen irrig, zu glauben, daß immer die engeren Räume eine unreinere Luft enthielten als die weiteren, oder daß die unterirdischen Luftschichten mit zunehmender Tiefe an Reinheit abnehmen. Fast jedes deutsche Bergrevier bietet mancherlei Beispiele von Gruben dar, in denen an den tiefsten Punkten die frischesten Wetter gefunden werden, während die oberen Strecken mit lichtverlöschenden Gasarten angefüllt sind. Witterungswechsel, Zimmerung, Verwitterung des Quergesteins, Wassergehalt desselben, offene Klüfte, welche Luft ausstoßen, und andere Ursachen verändern den Sauerstoffgehalt der Gruben öfter, fast von Lachter zu Lachter.

In den Verhältnissen, unter denen sich die unterirdische Luft abweichend von denen der atmosphärischen befindet, ist am auffallendsten die Abwesenheit des Lichtes, doch hat den Versuchen zufolge die Entziehung des Sonnenlichtes keinen bemerkbaren Einfluß auf die Mischung der Gasarten. Humboldt bespricht hierauf die elektrischen Verhältnisse, sowie die der Feuchtigkeit der unterirdischen Luft, und vergleicht sie mit denen der obern Schichten, so weit die damals bekannten Thatsachen und Instrumente es zuließen.

Die Wärme der Gruben in den gemäßigten Erdstrichen fand er der mittleren der atmosphärischen Luft sehr nahe und er erklärte die größeren Abweichungen durch die Einflüsse von außen kommender Störungen, wie Luftzug u. s. w., doch macht er darauf aufmerksam, daß mitunter unabhängig von außen stellenweise wärmere Luftschichten vorkommen, deren höhere Temperatur er dort stattfindenden chemischen Vorgängen zuschrieb. Irrespirable Luftarten, die in der Tiefe vorkommen, üben zwar auf den Menschen einen Einfluß aus, der dem Gefühle der Schwüle sich nähert, doch sind sie darum nicht wärmer.

Bemerkenswerth ist, wie sich Humboldt über die Zunahme der Wärme in größeren Tiefen ausspricht. Er sagt (S. 103): „Gensane behauptet, daß die Wärme des Erdkörpers mit der Tiefe der Erdschichten zunehme und daß die tiefern Strecken daher wärmer als die obern wären. Diese Behauptung gründet sich aber auf eine einzelne Erfahrung aus den Bergwerken zu Giromagnie und wird durch alle neueren Versuche widerlegt. Wenn es auch wahrscheinlich ist, daß der Erdkörper gegen seine Oberfläche hin bereits mehr von seiner Grundwärme als im Innern eingebüßt habe, so wird dieser Unterschied für uns doch unbemerkbar sein. Die Tiefe, zu der wir mit einem Schachte eindringen, ist so unbeträchtlich, daß sie keine Temperaturerhöhung von 0,000001 Grad betragen kann. Ja! betrüge sie auch 0,5°, so würde sie doch bei der Einwirkung so mannichfaltiger localer Ursachen für uns verschwinden. Chemische Zersetzungen im Quergesteine haben wahrscheinlich zu Giromagnie das Thermometer in 226 Lachter Tiefe auf 18,5° steigen machen. Denn wenn die von Gensane bemerkte Temperaturzunahme von 8,5° in 164 Lachter schon der Nähe des Erdcentrums zuzuschreiben wäre, so müßte das letztere sich freilich in einer Glühhitze befinden, welche noch die der Buffonschen Hypothesen weit überstiege."

Der hier angeführte Satz betrifft die Centralwärme. Bereits die altgriechischen Philosophen Zeno und Empedocles hatten zur Erklärung der vulkanischen Erscheinungen die Theorie aufgestellt, daß im Innern der Erde eine sehr bedeutende Hitze, das Centralfeuer, sein müsse, und die Spuren dieser vulkanistischen Schule lassen sich, wie die der neptunistischen, von der damaligen Zeit bis zu uns verfolgen. Unter den Vulkanisten war auch Buffon (1743), der die Erde als einen ursprünglich feuerflüssigen Körper betrachtete, der sich von der Sonne losgerissen und allmälig abgekühlt hat, wobei durch unregelmäßige Abkühlung und Zusammenziehung auf der schlackigen Kruste, Berge und Thäler zum Vorschein kamen. Die Neptunisten erkannten das Centralfeuer nicht an, die Erde hatte nach ihnen nie eine besonders große Hitze und darum sollten auch bei den Temperaturbestimmungen in verschiedenen Tiefen nie bemerkbare Verschiedenheiten vorkommen, die nicht durch andere Ursachen zu erklären wären. In dem vorstehenden Citate sehen wir daher Alexander v. Humboldt noch als Neptunisten, der etwa gefundene Temperaturdifferenzen aus localen Wirkungen zu erklären sucht, von einer großen Hitze das Erdinnern aber nichts wissen will. Die Gensanesche Bestimmung war auch damals noch ziemlich vereinzelt, aber

mit dem, was man jetzt über die Temperaturzunahme der Erde bei wachsender Tiefe weiß, steht die Gensane'sche Messung mit einer Zunahme
von 8,5 Graden auf 162 Lachter durchaus nicht im Widerspruch.
Ich muß hier an das erinnern, was ich bereits oben S. 21 erwähnte.

Rücksichtlich ihrer chemischen Zusammensetzung ist an manchen Orten
die Grubenluft von der atmosphärischen nicht verschieden, an den meisten
dagegen weicht sie sehr davon ab. Das Quergestein (d. h. die metallleere
Gebirgsart), die Erze oder kohlenstoffhaltigen Fossilien, auf welche man gräbt,
das Grubenholz, die unterirdische Vegetation, die stehenden Wasser, das
Feuersetzen und Schießen, das Athmen der Menschen, die Unreinheit ihrer
Kleider, sowie das Brennen der Lichter, tragen alle dazu bei, die unterirdische
Luft zu modificiren. Das Quergestein wirkt durch die in seinen Zwischen-
räumen und Klüften enthaltenen Gasarten, die in der Regel atmosphärische
Luft mit überschüssigem Stickstoff sind, bisweilen, namentlich in Kohlen- und
Alaunschiefergruben, kohlensaures und wasserstoffhaltiges Gas (matte und
schlagende Wetter) enthalten, theils dadurch, daß es den Sauerstoff der um-
gebenden Luft anzieht und sich mit ihm verbindet, so daß also auch hier die
Atmosphäre ärmer an diesem Gase wird. Es verdient hier besonders der
Gehalt an Kohlenstoff, den wir an vielen Gesteinen, wie Thonschiefer, Kiesel-
schiefer u. s. w., beobachten, Berücksichtigung, da beständig eine langsame Verbrennung desselben stattfindet. Auch das zur Verzimmerung der Schächte
verwandte Holz wirkt in dieser Weise, und verdirbt bei seinem Faulen die
Luft. Die Wirkung der matten Wetter ist vorzugsweise eine negative, sie
beruht auf dem Mangel an Sauerstoff; die schlagenden Wetter sind gefürchtet,
weil sich bei der Mengung von (Kohlen-) Wasserstoff mit der atmosphärischen
Luft ein Gas bildet, das bei der Berührung mit brennenden Lichtern sich
entzündet und mit Explosion verbrennt.

Nachdem Humboldt die Entstehung und Beschaffenheit der Grubenwetter besprochen, geht er über auf die verschiedenen Mittel, die angewendet
werden, um dem Nachtheil der Gase vorzubeugen. Diese sind höchst mannichfaltiger Natur und mitunter mit großen Unkosten verknüpft. Hieher gehören
vorzugsweise diejenigen Stollen, welche eigens zu dem Zwecke getrieben werden, um durch den in den verschiedenen Gängen hervorgebrachten Zug für
gehörige Erneuerung der Luft zu sorgen und so das Leben des tief in der
Erde grabenden Arbeiters und das Brennen seiner Lampe zu erhalten. Außerdem wurde der Luftwechsel auch noch durch zweckmäßig angebrachte Feuerung,
Gebläse, durch Zufluß von frischem Wasser und auch namentlich in der den
Humboldtischen Schriften zunächst vorhergehenden Zeit stellenweise durch Zu-

leitung von Sauerstoff hervorgerufen; so wie auch die brennbaren Wetter
durch öfter wiederholtes Abbrennen, um zu große Ansammlungen von Gas
zu vermeiden, unschädlich gemacht. Humboldt macht hier auf die unter
der Erde wachsenden Schwämme, namentlich die Byssusarten, aufmerksam,
die fort und fort Wasserstoff ausathmen und außerdem noch viel zur Zerstörung des Holzes beitragen, gibt den Rath, diese Schwämme, sowie sie sich
zeigen, alsbald zu entfernen, und geht dann auf ein neues von ihm erdachtes
Mittel über. „Ich ging hiebei anfangs“, sagt er S. 250, „auch von der Idee
aus, die Räume, in denen die Grubenarbeit verrichtet werden soll, mit Lebensluft oder einer künstlich bereiteten atmosphärischen Luft zu füllen. Je
mehr aber eigene Versuche und Bekanntschaft mit den Erfahrungen Anderer
lehrten, daß man nur durch äußerst kostbare und immer unzulängliche Vorrichtungen dazu kommen könne, die ganze Masse der bösen oder matten Wetter,
in welchen der Bergmann leben und arbeiten soll, in respirable Luft umzu-
schaffen, je mehr überzeugte ich mich von der Nothwendigkeit, daß man die
Vorrichtungen für Brennen der Lichter von denen für die Respiration der
Arbeiter abzusondern suchen und statt die Wetter für Respiration und Licht-
erhaltung zugleich zu verbessern, für die eine Art eine von ihnen unabhängige, nie verlöschende Lampe, für die andere Art derselben eine von ihnen
ebenfalls unabhängige Respirationsmaschine zu erfinden suchen müsse. Die
Natur der matten und bösen Grubenwetter führte mich selbst darauf. Bei
weitem die gewöhnlichsten, die matten Wetter sind nur lichttödtend, der Respiration aber weniger schädlich; dagegen andere erstickend und lichttödtend
zugleich sind.“

Die Lampe, welche Humboldt construirte, hat eine durchaus einfache Einrichtung. Ein Kasten von Blech ist durch eine horizontale Zwischen-
wand in zwei Theile getheilt, von denen der obere Wasser, der untere Sauerstoff oder auch nur atmosphärische Luft enthält. Durch einen durchbohrten
Hahn kann die Verbindung zwischen beiden Räumen hergestellt, unterbrochen oder in beliebiger Weise regulirt werden. Eine Röhre führt von
dem Luftbehälter zur Lampe. Wird nun der Hahn geöffnet, so fällt das
Wasser aus dem obern Raume in den untern, nimmt dort den Platz eines
Theils Luft ein und diese wird daher durch das Rohr zur Lampe gehen,
deren Brennen sie unterhält. Je sparsamer man mit der Zuführung von
Luft ist, um so länger wird man ohne neue Füllung des Behälters ausreichen und es ist daher Aufgabe, die austretende Luft möglichst zu benutzen,
um möglichst wenig austreten lassen zu müssen. Als beste Vorrichtung erkannte Humboldt diejenige, bei welcher die Luft durch mehrere ganz

enge Löcher in eine nach Argand'schem Principe eingerichtete Lampe bringt; doch reicht auch sie nicht in den sehr bösen Wettern aus, da sie das Licht vor dem Erlöschen zu sichern nicht vermag.

Nach dem Argand'schen Principe wird die Luft in den innern Raum eines Dochtcylinders gebracht und kommt, da sie das Innere der Flamme durchdringt, mit derselben in sehr enge Berührung, wovon der Vortheil herrührt, der ihr die allgemeine Anwendung verschafft hat, in der wir sie jetzt finden.

Hat man um die Flamme einen Glascylinder angebracht, so geht die erwärmte Luft durch denselben in die Höhe, so daß ein starker Zug entsteht, dem die äußere Luft folgt; da sie aber des Glases wegen nicht zur Seite hereinkommen kann, so strömt sie von unten her sowohl an die innere als auch an die äußere Seite des Lichtes, und befördert dadurch das Brennen und Leuchten in hohem Grade.   Man wird daher bei einer Argand'schen Lampe beide alsbald abnehmen sehen, wenn man den innern oder den äußern Kanal verstopft.   Bei der Lampe Humboldt's wird die atmosphärische Luft in den innern Raum des Cylinders gebracht, an dessen äußere Seite die Grubenluft tringt.   Hat diese die Fähigkeit, das Brennen zu unterhalten, auch nur in untergeordnetem Grade, so erlöscht doch darum des Zuschusses wegen, der innen stattfindet, die Lampe noch nicht, wohl aber geschieht dieses, wenn von außen zur Erhaltung der Flamme gar nichts geschieht, wenn die Grubenluft mit Kohlensäure zu sehr überladen, mit Sauerstoff zu wenig versehen ist.   Für diesen Fall sorgte Humboldt dadurch, daß er die Flamme, mit einem hohlen Ringe umgab, dessen Inneres mit dem Luftreservoir in Verbindung steht, und der auf seiner innern (gegen die Flamme gekehrten) Seite mit einer großen Anzahl ganz kleiner Löcher versehen ist.   Auf diese Weise ist auch für den Zutritt von Luft auf die Außenseite der Flamme gesorgt.

Ist für die Lampe gesorgt, welche die unterirdischen Räume erhellen soll, so bleibt als zweite Aufgabe die Aufsuchung des Mittels, welches die Respiration des dort arbeitenden Menschen möglich macht.

Der Bedarf eines Menschen an atmosphärischer Luft ist nicht unbedeutend, nicht so sehr des zu einer einmaligen Einathmung nöthigen Quantums wegen, sondern weil sich letztere so oft wiederholt.   Eine Inspiration fordert nach Humboldt 40 Cubikzoll (fast eine Bouteille) Luft und geschieht in einer Minute 19, seltener 17mal, woraus hervorgeht, daß ein Mensch in nicht ganz 2½ Minuten einen ganzen Cubikfuß Luft nothwendig hat.   Einmal benutzte Luft läßt sich nicht leicht zweimal einathmen.   Die benöthigte Luft nimmt der Mensch in einem Behälter mit sich in den zu besuchenden Ort, der Behälter ist mittelst eines Rohres mit einem Blasbalge verbunten, das man an dem Gesichte befestigt, oder mit einem Mundstücke, das zwischen die Zähne genommen wird. Das Rohr hat eine Gabelung, deren einer Arm gegen den äußern Raum, deren anderer zum Luftsacke führt. In dem ersten Aste ist ein Ventil A, das sich öffnet, wenn man in das Mundstück bläst, in dem zweiten ein solches B, das sich bei dem Saugen öffnet. Hat man das Visir vor dem Gesichte und athmet man ein, so schließt sich A, während die Luft aus dem Sacke durch B in die Lunge kommt; bei dem Ausathmen schließt sich B, öffnet sich A und die ausgeathmete Luft entweicht. Das Material des Luftsackes ist Leder, Wachsleinwand oder überfirnißter Taffent.

Die beiden Humboldtischen Apparate scheinen in neuerer Zeit gänzlich außer Gebrauch gekommen zu sein, doch wäre ihre Anwendung an manchen Orten und zwar nicht nur in Gruben, sondern auch anderwärts, wie z. B. in Kellern, in denen sich gährende Flüssigkeiten befinden, in tiefen Brunnen u. s. w., um so mehr zu empfehlen, als sie in der Gegenwart, wo man ein zu so mancherlei Gebrauch geeignetes Material, wie das Cautschouk besitzt, bedeutende Verbesserungen zulassen. Es ist möglich, daß die Humboldtsche Sicherheitslampe neben der Davy'schen vergessen wurde; aber gerade die beiden Lampen completiren sich gegenseitig, denn die Humboldtsche eignet sich für die matten, die Davy'sche für die schlagenden Wetter.

Humboldt sorgt in seinem Apparate dafür, daß das Licht in der Grube fortbrennt, und seine Lampe ist daher für Localitäten, in denen sauerstoffarme Luft sich befindet, nicht aber für solche, in denen die Luft selbst sich entzündet und mit Explosion verbrennt. Gegen diesen Fall ist keine Vorsorge getroffen. Im Gegensatze hiezu sorgt Davy gar nicht für die Erhaltung der Flamme in der unterirdischen Gasart, er umgibt aber das Grubenlicht mit einem ganz engen Gitter von Metalldraht, und verhütet dadurch, daß das Feuer von dem Lichte sich über die ganze Grube ausbreitet. In den Steinkohlenbergwerken hat der Bergmann vorzugsweise die schlagenden Wetter zu fürchten; hier nützt ihm die Humboldtsche Lampe nicht, er muß die Davy'sche ergreifen, dagegen muß er in den übrigen Gruben, die an Sauerstoff Mangel leiden, zur Humboldtschen Beleuchtung seine Zuflucht nehmen, da die Davylampe wie eine gewöhnliche andere erlöscht.

Zweiter Abschnitt.

Humboldt's Mannesjahre.

1799 — 1829.

———

A. Seine Thätigkeit im Allgemeinen.

In dem ersten Abschnitte von Humboldt's Leben sehen wir in seinen Arbeiten den emsigen Beobachter, der mit jugendlicher Strebsamkeit fort und fort beschäftigt war, den Reichthum menschlichen Wissens zu vermehren, und durch Herbeibringen neuer Bausteine die Aufführung des Gebäudes der Naturkunde zu befördern. Beobachtungen zu machen, und der Natur durch Experimente Fragen vorzulegen, war das Hauptmoment der ersten wissenschaftlichen Arbeiten Humboldt's und erst in der späteren Zeit des ersten Abschnittes bei den Versuchen über die gereizte Muskel- und Nervenfaser sehen wir auch die Anfänge des Bestrebens, aus einer größeren Anzahl von Beobachtungen das Resultat zu ziehen und dieselben von einem gemeinsamen Standpunkte zu betrachten, d. i. die Gesetze zu suchen, nach denen eine größere Anzahl von Erscheinungen sich reželt.

Die Untersuchung des zweiten Abschnittes bietet gegen die des ersten einen nicht zu übersehenden Unterschied. Wir finden zwar auch hier, daß ein großer Theil von Humboldt's Arbeiten den Beobachtungen gewidmet war, aber nebenher tritt das unverkennbare Bestreben hervor, die Gesetze der Erscheinungen aufzusuchen, so daß man ohne großen Fehler annehmen kann, daß die beiden Theile wissenschaftlicher Beschäftigung, die Beobachtung und die Vergleichung der Beobachtungsresultate sich das Gleichgewicht halten. Wenn übrigens das Bestreben nach Zusammenfassen einer größeren Anzahl von Thatsachen in dem vorliegenden Lebensabschnitte Humboldt's mehr hervortritt als im ersten, so würde doch der Schluß unzulässig sein, daß ihm die Wissenschaft aus der zweiten Zeit seiner Thätigkeit weniger an Beobachtungen zu verdanken habe, als aus der ersten, denn gerade jetzt kommen wir zu derjenigen Epoche, welche am meisten neues Material lieferte.

Abgesehen davon, daß der zweite Abschnitt unserer Eintheilung eine
größere Anzahl von Jahren umfaßt, als der erste, ist noch ein Hauptum-
stand wohl zu berücksichtigen, die Aufgabe des Naturforschers, sich mit den
Arbeiten der Vorgänger vertraut zu machen. Da nämlich jeder Mensch,
der ein beliebiges Fach ergreift, mit dessen Anfangsgründen beginnen muß,
so nimmt das Studium der bereits vorhandenen Resultate eine nicht geringe
Zeit in Anspruch, eine Zeit, die um so bedeutender sein muß, je größere Ausdehnung das gewählte Fach besitzt, oder wenn man, wie wir bei Humboldt
sehen, sich nicht auf ein einziges beschränkt, sondern deren eine ganze Reihe
betreibt. Die Arbeiten, die wir aus der ersten Epoche des großen Mannes
besitzen, sind daher in gewissem Grade nur als die Erübrigungen zu betrachten, die er während seiner Studienzeit machte.

Hat man sich einmal mit dem, was vorhanden ist, bis zu einem gewissen Grade vertraut gemacht, so darf man natürlich nicht unterlassen, die
Arbeiten der Mitwelt kennen zu lernen, sich auf dem Laufenden zu erhalten;
aber die Zeit, welche hievon in Anspruch genommen wird, ist jetzt geringer
als diejenige, welche von dem Erlernen des noch fremden Gegenstandes in
Anspruch genommen wurde.

Aus diesem Grunde zeigt auch der gegenwärtige Abschnitt aus Humboldt's Leben in Beziehung sowohl auf die Menge der von ihm herrührenden Beobachtungen, als auch auf die Art, wie er diese selbstständig unter
einander verband und anregend auf die Thätigkeit Anderer einwirkte, eine
erhöhte Bedeutung.

Den Anfang unseres zweiten Abschnittes macht die Reise Humboldt's
nach Amerika.

Schon seit geraumer Zeit hatte ihn die Sehnsucht beherrscht, fremde
Länder zu durchforschen, allein die Ausführung dieses Lieblingsplanes ließ
lange auf sich warten, weil die Kriege, mit denen das jetzige Jahrhundert
begann, ihm fort und fort Hindernisse in den Weg legten. Nachdem seine
Absicht, eine Expedition französischer Gelehrter nach Aegypten zu begleiten,
durch die Schlacht von Abukir vereitelt worden, bot sich ihm durch Ver-
mittelung des schwedischen Consuls Skiöldebrand eine neue Gelegenheit,
Afrika und Aegypten zu besuchen, und er beschloß daher zugleich mit Bonpland, einem jungen französischen Botaniker (geb. 27. Aug. 1773 zu La
Rochelle) davon Gebrauch zu machen, um später mit der Pilgerkarawane
nach Mekka und von da über Persien nach Ostindien zu gehen. Die beiden
Gefährten reisten demzufolge nach Marseille ab; da aber das Fahrzeug, auf
dem sie die Reise machen wollten, nicht dahin kam, beschlossen sie, einstweilen

nach Spanien zu gehen. In Madrid eröffnete sich die Aussicht, die spanischen Colonien in Amerika zu besuchen, der auch in der That bald die königliche Erlaubniß hiezu folgte.

Die Krone von Spanien hütete die schönen Besitzungen, die ihr die Beuteluft der Conquistadoren in Amerika verschafft, mit dem eifersüchtigsten Mißtrauen, denn sie sich wohl bewußt, wie wenig sie gethan habe, um sich die Zuneigung ihrer dortigen Unterthanen zu erwerben, suchte sie mit ängstlicher Sorgfalt jede Berührung derselben mit Fremden zu verhindern. Seitdem Bouguer und La Condamine in den Jahren 1735—1744 in Peru die Größe des Grabbogens bestimmt hatten, hatte kein Gelehrter, der nicht in Spanien geboren war, die Colonien besuchen dürfen, und unsere beiden Gelehrten durften es als ein großes Glück erachten, daß sie als Ausländer die Erlaubniß erhielten, jene Länder zu Nutz und Frommen der Wissenschaft mit völliger Unbeschränktheit zu bereisen. Doch genug! sie bekamen die Genehmigung und segelten auf der Corvette Pizarro am 5. Juni 1799 von Corunna in den Ocean hinaus.

In den folgenden Blättern soll diese Reise kurz skizzirt werden, und um es dem Leser zu ermöglichen, sich von den bereisten Gegenden ein Bild zu machen, werde ich die Beschreibungen einschalten, welche Humboldt von einzelnen derselben macht. Ich werde hiezu theils Humboldt's eigene Werke, die Relation historique und den Text zu dem Atlas pittoresque, theils Hauffs Uebersetzung des ersteren Werkes benutzen.

Glücklich entkam das Schiff der Wachsamkeit der englischen Kreuzer, welche den Verkehr der spanischen Colonien mit dem Mutterlande zu hemmen suchten. Am 19. erreichte der Pizarro die Insel Teneriffa, auf der Halt gemacht und der Pic bestiegen wurde. Das Schiff war nach Cuba und Mexico bestimmt und dahin wollten auch unsere beiden Naturforscher gehen, allein das Ausbrechen einer ansteckenden Krankheit veranlaßte sie, diesen Plan aufzugeben, und bei der ersten sich bietenden Gelegenheit an's Land zu gehen. Diese erste Gelegenheit bot sich in Cumana und Humboldt kam so zu der Reise an den Orinoco, die er ursprünglich gar nicht beabsichtigt hatte. Dem Umstande, daß er sich zuerst an das gesunde Klima von Cumana gewöhnte, schreibt er es zu, daß es ihm möglich wurde, auch die ungünstigsten Landstriche ohne bedeutende Krankheit zu durchwandern. Er selbst sagt hierüber[1]: „Bekanntlich schweben die Europäer in den ersten Monaten, nachdem sie unter den glühenden Himmel der Tropen versetzt worden, in sehr

---

[1] Hauff I. 195.

großer Gefahr. Sie betrachten sich als acclimatisirt, wenn sie die Regen= zeit auf den Antillen, in Veracruz oder Carthagena überstanden haben. Diese Meinung ist nicht unbegründet, obgleich es nicht an Beispielen fehlt, daß Leute, die bei der ersten Epidemie des gelben Fiebers durchgekommen, in einem der folgenden Jahre Opfer der Seuche werden. Die Fähigkeit, sich zu acclimatisiren, scheint im umgekehrten Verhältniß zu stehen mit dem Un= terschied zwischen der mittlern Temperatur der heißen Zone und der des Ge= burtslandes des Reisenden oder Colonisten, der das Klima wechselt, weil die Lufttemperatur den mächtigsten Einfluß auf die Reizbarkeit und die Vi= talität der Organe äußert. Ein Preuße, ein Pole, ein Schwede sind mehr gefährdet, wenn sie auf die Inseln oder nach Terra Firma kommen, als ein Spanier, ein Italiener und selbst ein Bewohner des südlichen Frankreichs. Für die nordischen Völker beträgt der Unterschied in der mittleren Tempe= ratur 19—21 Grade C., für die südlichen 9—10. Wir waren so glücklich, die Zeit, in der der Europäer nach der Landung die größte Gefahr läuft, im ausnehmend heißen, aber sehr trockenen Klima von Cumana zu verleben, einer Stadt, die für sehr gesund gilt. Hätten wir unsern Weg nach Vera= cruz fortgesetzt, so hätten wir das Loos mehrerer Passagiere des Paketboots Alcubia theilen können, das mit dem Pizarro in die Havana kam, als eben das schwarze Erbrechen auf Cuba und an der Ostküste von Mexico schreck= liche Verheerungen anrichtete."

Am 16. Juli 1799 betraten Humboldt und Bonpland zu Cumana das Festland von Amerika. Von Cumana aus machten sie zwei Ausflüge, den einen nach den Salzwerken von Araya auf der Halbinsel gleichen Na= mens, den andern nach den Missionen der Chaymasindianer. Auf dem letz= teren machten sie Bekanntschaft mit mehreren Eigenthümlichkeiten des neuen Landes; unter denen ich hier nur die Erscheinung des Tropenwaldes und die Einrichtung der Missionen erwähnen will, letztere namentlich darum, weil die Reisenden auf der spätern Reise an den oberen Orinoco vielfach damit in Berührung kamen.

„Wenn", sagt Humboldt[1], „ein eben aus Europa angekommener Rei= sender zum erstenmal die Wälder Südamerika's betritt, so hat er ein ganz unerwartetes Naturbild vor sich. Alles was er sieht, erinnert nur entfernt an die Schilderungen, welche berühmte Schriftsteller an den Ufern des Mississippi, in Florida und in andern gemäßigten Ländern der neuen Welt entworfen haben. Bei jedem Schritte fühlt er, daß er sich nicht an den

_____
1) Hauff I. 302.

Grenzen der heißen Zone befindet, sondern mitten darin, nicht auf einer der antillischen Inseln, sondern auf einem gewaltigen Continent, wo Alles rie= senhaft ist: Berge, Ströme und Pflanzenmassen. Hat er Sinn für land= schaftliche Schönheit, so weiß er sich von seinen mannichfaltigen Empfindungen kaum Rechenschaft zu geben. Er weiß nicht zu sagen, was mehr sein Er= staunen erregt, die feierliche Stille der Einsamkeit, oder die Schönheit der einzelnen Gestalten und ihre Contraste, oder die Kraft und Fülle des vege= tabilischen Lebens. Es ist, als hätte der mit Gewächsen überladene Boden gar nicht Raum genug zu ihrer Entwickelung. Ueberall verstecken sich die Baumstämme hinter einem grünen Teppiche, und wollte man all die Orchi= deen, die Pfeffer= und Pothosarten, die auf einem einzigen Heuschreckenbaum, oder amerikanischen Feigenbaum wachsen, sorgsam verpflanzen, so würde ein ganzes Stück Land damit bedeckt. Durch diese verwunderliche Aufeinander= häufung erweitern die Wälder, wie die Fels= und Gebirgswände das Be= reich der organischen Natur. — Dieselben Lianen, die am Boden kriechen, klettern zu den Baumwipfeln empor und schwingen sich mehr als hundert Fuß hoch, von einem zum andern. So kommt es, daß, da die Schmarotzer= gewächse sich überall durcheinander wirren, der Botaniker Gefahr läuft, Blüthen, Früchte und Laub, die verschiedenen Arten angehören, zu ver= wechseln."

„Wir wanderten einige Stunden im Schatten dieser Wölbungen, durch die man kaum hin und wieder den blauen Himmel sieht. Er schien mir um so tiefer indigoblau, da das Grün der tropischen Gewächse meist einen sehr kräftigen, in's Bräunliche spielenden Ton hat. Zerstreute Felsmassen waren mit einem großen Baumfarn bewachsen, der sich vom Polypodium arboreum der Antillen wesentlich unterscheidet. Hier sahen wir zum erstenmal jene Nester in Gestalt von Flaschen oder kleinen Taschen, die an den Aesten der niedrigsten Bäume aufgehängt sind. Es sind Werke des bewunderungswür= digen Bautriebes der Drosseln, deren Gesang sich mit dem heisern Geschrei der Papageien und Aras mischte. Die letzteren, die wegen der lebhaften Farben ihres Gefieders allgemein bekannt sind, flogen nur paarweise, wäh= rend die eigentlichen Papageien in Schwärmen von mehreren hundert Stücken umherfliegen. Man muß in diesen Ländern, besonders in den heißen Theilen der Anden gelebt haben, um es für möglich zu halten, daß zuweilen das Geschrei dieser Vögel das Brausen der Bergströme, die von Fels zu Fels stürzen, übertönt."

Wie bereits erwähnt, machten unsre Reisenden auf dem Ausfluge zu den Chaymasindianern die erste Bekanntschaft mit den Missionen. Man

bezeichnet mit dem Namen Mision oder Pueblo de Mision eine Anzahl Wohnungen um eine Kirche herum, wo ein Missionär, der zugleich Ordensgeist-
licher ist, den Gottesdienst versieht. Die Missionen sind die Vorposten des
Christenthums, welche sich am weitesten gegen die Wildniß hin erstrecken und
hinter denen dann die Pueblos de Doctrina kommen, die unter Pfarrern
stehen. Die Missionen wurden großentheils von den Jesuiten gegründet,
nach deren Vertreibung die Kapuziner, Franziskaner und (besonders am
obern Orinoco) die Observanten sich ihrer bemächtigten. Diese Anstalten
bildeten in gewissem Grade einen eigenen Staat im Staate, und wie Humboldt bemerkt, waren Pässe der spanischen Civilbehörde daselbst lange nicht
so wirksam, als Empfehlungen der geistlichen Obern, namentlich aber der
Guardiane der Klöster, zu denen die Missionen gehören, oder der zu Rom
residirenden Ordensgenerale. Der Vorstand der ersten Mission, die Humboldt besuchte, des Dorfes San Fernando, war ein lustiger alter Kapuziner, der bei Betrachtung der Instrumente und Bücher seiner Gäste boshaft
lächelnd bemerkte, von allen Genüssen dieses Lebens, den Schlaf nicht ausgenommen, sei doch gutes Kuhfleisch der köstlichste. Der Missionär von
Uruana am Orinoco vermuthete hinter der Reise Humboldt's und
Bonpland's ganz geheime Absichten, denn er sagte: „Wie soll Einer
glauben, daß Ihr Euer Vaterland verlassen habt, um Euch auf diesem Flusse
von den Moskitos aufzehren zu lassen, und Land zu vermessen, das Euch
nicht gehört?"

Es mögen diese kleinen Notizen dazu dienen, um die Mehrzahl der Leute
zu charakterisiren, mit denen Humboldt und Bonpland außer den Indianern fast ausschließlich zu verkehren hatten.

Die Namen der Missionen in Südamerika bestehen sämmtlich aus zwei
Worten, von denen das erste nothwendig ein Heiligenname ist (der Name des
Schutzpatrons der Kirche), das zweite indianisch (der Name des Volks, das
hier lebt, oder der Gegend, wo die Mission liegt). So sagt man: San Jose
de Maypures, Santa Cruz de Cachipo, San Juan-Nepomuceno de los Atures &c.
Diese zusammengesetzten Namen kommen aber nur in der amtlichen Sprache
vor; die Einwohner brauchen nur einen, meist, wenn er wohlklingend ist, den
indianischen. Benachbarten Orten kommen oft dieselben Heiligennamen zu,
und dadurch entsteht in der Geographie eine heillose Verwirrung. Die Namen San Juan, San Pedro, San Diego sind wie auf Gerathewohl auf
unsern Karten umhergestreut.

Von Cumana, wo die beiden Freunde am 4. November die erste Bekanntschaft mit Erdstößen machten, gingen sie zur See nach Caracas, dem

6

damaligen Sitze des spanischen Generalgouverneurs, der jetzigen Hauptstadt der Republik Venezuela, die damals blühte, aber im Jahre 1812 von einem Erdbeben zerstört wurde. Der 2. Januar 1800 wurde zur Ersteigung der 8000 Fuß hohen Silla bei Caracas benutzt, und am 7. Februar die Reise nach dem Orinoco fortgesetzt. Der Weg führte durch eine romantische Alpen-landschaft nach Neuvalencia, bei Porto Cabello abermals an's Meer und von da südwärts nach Calabozo. Letztere Stadt liegt nicht mehr im Gebirge, sondern in den Llanos von Caracas. Diese Llanos bilden den stärksten Con-trast gegen das Gebirge, denn so weit das Auge reicht, gewahrt man keine Erhebung des Bodens, der erst bei genauerer Untersuchung kleine Niveau-verschiedenheiten von wenigen Fuß zeigt. Während der trockenen Jahreszeit im Allgemeinen den vegetationslosen Wüsten Afrika's und Asiens nicht sehr unähnlich, wandeln sie sich während der Regenzeit in ein prachtvolles Wei-deland um, das, wenn es auch mitunter weit und breit überschwemmt ist, nichtsdestoweniger einer Unzahl verwilderter Pferde und Rinder zum Auf-enthaltsorte dient. Trotz der oben erwähnten Aehnlichkeit zeigt sich zwischen den Llanos und den eigentlichen Wüsten auch während der trockenen Jahres-zeit der große Unterschied, daß sich in ersteren eine große Anzahl von Flüssen befinden, die der geringen Niveauverschiedenheiten des ganzen Landes wegen manchfache Verästelungen bilden. Das Gebiet des untern Orinoco ist zum großen Theile von diesen Ebenen gebildet.

Die Landreise über die Llanos fand am 29. März ihr Ende; es begann die 3 Monate dauernde Reise zu Schiffe, oder vielmehr im Boote, den Apure, einen Nebenfluß des Orinoco, bis zu seiner Mündung bei Encaramada hinab, und dann den Orinoco hinauf.

„Von Diamante" an, sagt Humboldt,[1] „betritt man ein Gebiet, das nur von Tigern, Krokodilen und Chiguire, einer großen Art von Linné's Gattung Cavia, bewohnt ist. Hier sahen wir dicht gedrängte Vogelschwärme sich vom Himmel abheben wie eine schwärzliche Wolke, deren Umrisse sich in jedem Augenblick verändern. Der Fluß wird allmälig breiter. Das eine Ufer ist meist dürr und sandig in Folge der Ueberschwemmungen, das andere ist höher und mit hochstämmigen Bäumen bewachsen. Hin und wieder ist der Fluß zu beiden Seiten bewaldet und bildet einen geraden, 150 Toisen breiten Canal. Die Stellung der Bäume ist sehr merkwürdig. Vorne steht man Büsche von Sauso (Hermesia castaneifolia), die gleichsam eine 4 Schuh hohe Hecke bilden und es ist, als wäre diese künstlich beschnitten. Hinter die-

---

1) Hauff III, 23.

fer Hecke kommt ein Gehölz von Cedrela, Brasilholz und Gayac. Die Pal=
men sind ziemlich selten; man sieht nur hie und da einen Stamm der Corozo=
und der stachligen Piritupalme. Die großen Vierfüßer dieses Landstrichs,
die Tiger, Tapire und Pecarischweine, haben Durchgänge in die eben be=
schriebene Saufohecke gebrochen, durch die sie zum Trinken an den Strom
gehen. Da sie sich nicht viel daraus machen, wenn ein Canoe herbeikommt,
hat man den Genuß, sie langsam am Ufer hinschleichen zu sehen, bis sie
durch eine der schmalen Lücken im Gebüsch im Walde verschwinden. Ich ge=
stehe, diese Auftritte, so oft sie vorkamen, behielten immer einen großen Reiz für
mich. Die Lust, die man empfindet, beruht nicht allein auf dem Interesse
des Naturforschers, sondern daneben auf einer Empfindung, die allen im
Schooße der Cultur aufgewachsenen Menschen gemein ist. Man sieht sich
einer neuen Welt, einer wilden, ungezähmten Natur gegenüber. Bald zeigt
sich am Gestade der Jaguar, der schöne amerikanische Panther; bald wandelt
der Hocco (Crax alector) mit schwarzem Gefieder und dem Federbusch lang=
sam an der Uferhecke hin. Thiere der verschiedensten Klassen lösen einander
ab. „Es como in el Paraiso" (es ist wie im Paradies) sagte unser Steuer=
mann, ein alter Indianer aus den Missionen. Und wirklich, alles erinnert
hier an den Urzustand der Welt, dessen Unschuld und Glück uralte ehrwür=
dige Ueberlieferungen allen Völkern vor Augen stellen; beobachtet man aber
das gegenseitige Verhalten der Thiere genau, so zeigt es sich, daß sie ein=
ander fürchten und meiden. Das goldene Zeitalter ist vorbei und in diesem
Paradies der amerikanischen Wälder, wie aller Orten, hat lange traurige
Erfahrung allen Geschöpfen gelehrt, daß Sanftmuth und Stärke selten bei=
sammen sind."

· Bei dem Eintritte in den Orinoco ändert sich die Landschaft.

„Mit der Ausfahrt aus dem Apure¹ sehen wir uns in ein ganz ande=
res Land versetzt. So weit das Auge reichte, dehnte sich eine ungeheure
Wasserfläche, einem See gleich, vor uns aus. Das durchdringende Geschrei
der Reiher, Flamingo's und Löffelgänse, wenn sie in langen Schwärmen
von einem Ufer zum andern ziehen, erfüllte nicht mehr die Luft. Vergeblich
sahen wir uns nach den Schwimmvögeln um, deren gewerbsmäßige Listen
bei jeder Sippe wieder andere sind. Die ganze Natur schien weniger belebt.
Kaum bemerkten wir in den Buchten der Wellen hie und da ein großes Kro=
kodil, das mittelst seines langen Schwanzes die bewegte Wasserfläche schief
durchschnitt. Der Horizont war von einem Waldgürtel begrenzt, aber nir=

———————
1) Hauff III, 51.

6*

genbs traten die Wälder bis an's Strombett vor. Breite, beständig der Sonnengluth ausgesetzte Ufer, kahl und dürr wie der Meeresstrand, glichen in Folge der Luftspiegelung von weitem Lachen stehenden Wassers. Diese sandigen Ufer verwischten vielmehr die Grenzen des Stromes, statt sie für das Auge festzustellen; nach dem wechselnden Spiel der Strahlenbrechung rückten die Ufer bald mehr heran, bald wieder weit weg."

„Diese zerstreuten Landschaftszüge, dieses Gepräge von Einsamkeit und Großartigkeit kennzeichnen den Lauf des Orinoco, eines der gewaltigsten Ströme der neuen Welt. Aller Orten haben die Gewässer, wie das Land, ihren eigenthümlichen, individuellen Charakter. Das Bett des Orinoco ist ganz anders als die Betten des Meta, des Guaviare, des Rio Negro und des Amazonenstromes. Diese Unterschiede rühren nicht blos von der Breite und der Geschwindigkeit des Stromes her; sie beruhen auf einer Gesammtheit von Verhältnissen, die an Ort und Stelle leichter aufzufassen als zu beschreiben sind. So erriethe ein erfahrener Schiffer schon an der Form der Wogen, an der Farbe des Wassers, am Aussehen des Himmels und der Wolken, ob er sich im atlantischen Meer, oder im Mittelmeer, oder im tropischen Strich des großen Oceans befindet."

In einem verhältnißmäßig bequemen Boote waren die Reisenden am 9. April in Pararuma angekommen. Da der indianische Steuermann den Orinoco weiter hinauf nicht kannte, weigerte er sich, weiter zu fahren und man mußte sich daher um ein anderes Fahrzeug umsehen. Mit Hülfe der Missionäre wurde ein solches auch gefunden, doch bot dieses gegen das bisherige einen bedeutenden Contrast.

Es möge mir gestattet sein, nachstehend die Schilderung, die Humboldt[1] von dieser Fahrt machte, anzuführen, um zu zeigen, wie weit die Reise entfernt war, eine Vergnügungstour zu sein, und welche Opfer er und Bonpland sich zu Nutz und Frommen der Wissenschaft auferlegten.

„Nur schwer gewöhnten wir uns an die neue Pirogue, die uns eben ein neues Gefängniß war. Um an Breite zu gewinnen, hatte man auf dem Hintertheile des Fahrzeuges aus Baumzweigen eine Art Gitter angebracht, das auf beiden Seiten über Bord hinausreichte. Leider war das Blätterdach (el toldo) darüber so niedrig, daß man gebückt sitzen oder ausgestreckt liegen mußte, wo man dann nichts sah. Da man die Piroguen durch die Stromschnellen, ja von einem Fluß zum andern schleppen muß, und weil man dem Winde zu viel Fläche böte, wenn man den Toldo höher machte, so kann auf

---

1) Hauff III, 106.

den kleinen Fahrzeugen, die zum Rio Negro hinauf gehen, die Sache nicht anders eingerichtet werden. Das Dach war für vier Personen bestimmt, die auf dem Verdeck oder dem Gitter aus Baumzweigen lagen; aber die Beine reichen weit über das Gitter hinaus, und wenn es regnet, wird man zum halben Leibe durchnäßt. Dabei liegt man auf Ochsenhäuten oder Tigerfellen und die Baumzweige darunter drücken einen durch die dünne Decke gewaltig. Das Vordertheil des Fahrzeugs nehmen die indianischen Ruderer ein, die drei Fuß lange, löffelförmige Pagaies führen. Sie sind ganz nackt, sitzen paarweise und rudern im Takt, den sie merkwürdig genau einhalten. Ihr Gesang ist trübselig, eintönig. Die kleinen Käfige mit unsern Vögeln und Affen, deren immer mehr wurden, je weiter wir kamen, waren theils am Toldo, theils am Vordertheil aufgehäugt. Es war unsere Reisemenagerie. Obgleich viele der kleinen Thiere durch Zufall, meist aber am Sonnenstich zu Grunde gingen, hatten wir ihrer bei der Rückkehr vom Cassiquiare noch vierzehn. Naturaliensammler, die lebende Thiere nach Europa bringen wollten, könnten sich in Angostura und Gran=Para, den beiden Hauptstädten am Orinoco und Amazonenstrom, eigens für ihren Zweck Piroguen bauen lassen, wo im ersten Drittheil zwei Reihen gegen die Sonnengluth geschützter Käfige angebracht wären. Wenn wir unser Nachtlager aufschlugen, befanden sich die Menagerie und die Instrumente immer in der Mitte; ringsum kamen sofort unsere Hängematten, dann die der Indianer, und zu äußerst die Feuer, die man für unentbehrlich hielt, um den Jaguar fern zu halten. Um Sonnenaufgang stimmten unsere Affen in das Geschrei der Affen im Walde ein. Dieser Verkehr zwischen Thieren derselben Art, die einander zugethan sind, ohne sich zu sehen, von denen die einen der Freiheit genießen, nach der die andern sich sehnen, hat etwas Wehmüthiges, Rührendes. Auf der überfüllten, keine drei Fuß breiten Pirogue blieb für die getrockneten Pflanzen, die Koffer, einen Sextanten, den Inclinationscompaß und die meteorologischen Instrumente kein Platz, als der Raum unter dem Gitter aus Zweigen, auf dem wir den größten Theil des Tages ausgestreckt liegen mußten. Wollte man irgend etwas aus dem Koffer holen, oder ein Instrument gebrauchen, mußte man an's Ufer fahren und aussteigen. Zu diesen Unbequemlichkeiten kam noch die Plage der Moskitos, die unter einem so niedrigen Dache in Schaaren hausen, und die Hitze, welche die Palmblätter ausstrahlen, deren obere Fläche beständig der Sonnengluth ausgesetzt ist. Jeden Augenblick suchten wir unsere Lage erträglicher zu machen, und immer vergeblich. Während der eine sich unter ein Tuch steckte, um sich vor den Insekten zu schützen, verlangte der andere, man solle grünes Holz unter rem Toiro anzünden, um die Mücken durch den Rauch zu vertreiben. Wegen des Brennens der Augen und der Steigerung der ohnehin erstickenden Hitze war das eine Mittel so wenig anwendbar als das andere."

Bis Pararuma hatten die beiden Reisenden nur den Unterlauf des Orinoco gesehen: nunmehr sollte sich ihnen dessen Mittellauf aufschließen.

Nach dem großen Geographen Carl Ritter lassen sich bei den einzel=nen Strömen der Erde drei verschiedene Typen nachweisen, die er den obern, mittlern und untern Lauf derselben nennt.[1]

Der Oberlauf des Stromes hat seinen Platz im Hochgebirge und zeich=net sich aus durch die starke Neigung der Wasserrinne, in der das flüssige Element mit größter Eile dahin strömt. Charakteristisch für diesen Theil ist der Mangel eines eigentlichen Flußbettes, denn das Wasser hat nur einen unbedeutenden Einfluß auf das Relief des Landes, es zwängt sich daher durch die von den Felsen übrig gelassenen tiefsten Stellen der Thäler hindurch, und wird dadurch sehr häufig zu den dem Oberlauf besonders auszeichnenden plötzlichen Biegungen veranlaßt, worauf wieder abnorme Erweiterungen von Seen folgen. Im Oberlaufe ist der Ort der größeren Wasserfälle. Bei dem Austritte aus dem Gebirge sehr oft nach dem plötzlichen Falle über eine be=trächtliche Höhe herab, oder nach einer bedeutenden Einschnürung, einer Klemme, Stromenge u. s. w., den letzten Denkzetteln, welche das Wasser von den Steinen bekommt, beginnt der Mittellauf. Hier sind die Seen verschwun=den, das Wasser zieht in ruhigerem Laufe über weniger geneigte Flächen hin, in denen man sehr leicht den Weg desselben als Flußbett unterscheiden kann und die scharfen Wendungen der Stromesrichtungen haben den Serpentinen oder dem Schlangenlauf, der Charakterform des Mittellaufes, Platz gemacht. Sehr häufig sind die hier durchzogenen Flächen die Boden ehemaliger Seen, die jetzt verschwunden sind, weil das Wasser an einer Stelle abließ, indem es eine es beschränkende Gebirgskette durchbrach. Manche Flüsse zeigten meh=rere solche ehemalige Seebecken hinter einander, und die Durchbruchsstellen sind durch den Wasserfällen, Klemmen u. s. w. analoge Stellen bezeichnet, die man unter den Namen Strudel, Klippen, Rapides (franz.), Raudales Saltos (span.) kennt, und die der Schifffahrt so viele Hindernisse in den Weg legen. Nach den letzten Schnellen beginnt der Unterlauf, in welchem das Wasser auf der fast horizontalen Unterlage sich nur träge und dem Drucke der von oben kommenden Zugänge gehorchend, vorwärts schiebt. Der Wi-

---

1) Einleitung zur allgemeinen vergleichenden Geographie und Abhandlungen zur Begründung einer mehr wissenschaftlichen Behauptung der Erdkunde S. 91.

verstand, den das Land dem Strome jetzt bietet, ist im Gegensatze zum Oberlaufe sehr gering, und während das Wasser oben sich ganz nach der Form
der Felsen richten mußte, geht es unten fast nur selbstgeschaffenen Hindernissen aus dem Wege. Diese Hindernisse rühren von dem Schlamme her,
den das fast stehende Wasser fallen ließ, und indem die nachfolgende Flüssigkeit den abgelagerten Bänken ausweicht, kommen Gabelungen zum Vorschein,
wodurch die Entstehung der Delta's, die Charakterform des Unterlaufs, bedingt wird.[1]

Nehmen wir als Beispiel dieser Formen den Lauf des Rheins, so zeigt
der Fluß im Oberlaufe die Einschnürung der Via mala, die Erweiterung als
Bodensee, den Wasserfall bei Schaffhausen. Dort verläßt der Fluß den
Oberlauf und der ehemalige See, das Großherzogthum Baden beginnt; die
Stromschnellen sind unterhalb Straßburg, am Bingerloch, bei St. Goar,
unter Andernach. Nun fängt der Unterlauf an und unterhalb Pannerden
theilt sich der Fluß, wodurch das Delta, die niederländischen Provinzen Gel-
derland, Utrecht, Nord- und Südholland, zum Vorschein kommt.

Doch kehren wir zu Humboldt und Bonpland zurück! Sie waren
jetzt an den Raudales des Orinoco angekommen, derselben Bildung, der bei
dem Rheine die Stromschnellen des Bingerloches, von Andernach u. s. w.,
oder bei dem Nile die bekannten Cataracten entsprechen, und aus diesem
Grunde mußte auch ein anderes Schiff und andere Bemannung genommen
werden, da die Befahrung der fraglichen Stellen jedesmal Ortskenntniß voraussetzt. Während die Schifffahrt unter dem Einflusse der Stromschnellen
bedeutend leidet, gewinnt der malerische und romantische Charakter der Gegend, welche sich von dem monotonen Unterlaufe sehr vortheilhaft unterscheidet, und wir verdanken Humboldt in seinen „Ansichten der Natur" eine
meisterhafte Beschreibung der Rauudales des Orinoco. In seinem Reisebe-
richte sagt er hierüber[2]: „Nur an sehr wenigen Punkten konnten wir in den
Orinoco gelangen, um zwischen zwei Wasserfällen, in Buchten, wo das
Wasser langsam kreist, zu baden. Auch wer sich in den Alpen, in den Pyrenäen, selbst in den Cordilleren aufgehalten hat, so viel berufen wegen der

---

1) Bei dem Orinoco treten zwar noch unter der von den beiden Reisenden
bis jetzt befahrenen Strecke, nämlich bei Angostura (woher dessen Name), die Ufer
ziemlich nahe zusammen und man könnte geneigt sein, den Beginn des Unterlau-
fes dorthin zu verlegen, doch glaube ich aus dem allgemeinen Charakter, den der
Strom nach Humboldt's Beschreibung bis Pararuma aufwärts hat, dort das
Ende des Mittellaufes annehmen zu können.

2) Hanff III, 171.

Zerrissenheit des Bodens und der Spuren von Zerstörung, denen man bei
jedem Schritte begegnet, vermöchte nach einer bloßen Beschreibung sich vom
Zustande des Strombettes hier nur schwer eine Vorstellung zu machen. Auf
einer Strecke von mehr als fünf Seemeilen laufen unzählige Feldsämme
quer vorüber weg, eben so viele natürliche Wehre, eben so viele Schwellen,
ähnlich denen im Dnieper, welche bei den Alten Phragmoi hießen. Der
Raum zwischen den Feldsämmen im Orinoco ist mit Inseln von verschiede=
ner Größe gefüllt; manche sind hüglig, in verschiedene runde Erhöhungen
getheilt und 200 bis 300 Toisen lang, andere klein und niedrig, wie bloße
Klippen. Diese Inseln zerfällen den Fluß in zahlreiche reißende Betten, in
denen das Wasser sich kochend an den Felsen bricht; alle sind mit Jagua=
und Cucuritopalmen mit federbuschförmigem Laub bewachsen, ein Palmen=
dickicht mitten auf der schäumenden Wasserfläche. Die Indianer, welche die
leeren Piroguen durch die Raubales schaffen, haben für jede Staffel, für
jeden Felsen einen eigenen Namen. Von Süden her kommt man zuerst zum
Salto del Piapoco, zum Sprung des Tucans; zwischen den Inseln Avaguri
und Javariveni ist der Raudal be Javariveni. Hier verweilten wir auf
unserer Rückkehr von Rio Negro mehrere Stunden mitten in den Strom=
schnellen, um unser Canoe zu erwarten. Der Strom scheint zu einem gro=
ßen Theil trocken zu liegen. Granitblöcke sind auf einander gehäuft, wie in
den Moränen, welche die Gletscher in der Schweiz vor sich herschieben.
Ueberall stürzt sich der Fluß in die Höhlen hinab, und in einer dieser Höhlen
hörten wir das Wasser zugleich über unsern Köpfen und unter unsern Füßen
rauschen. Der Orinoce ist wie in eine Menge Arme oder Sturzbäche getheilt,
deren jeder sich durch die Felsen Bahn zu brechen sucht. Man muß nur
staunen, wie wenig Wasser man im Flußbett sieht, über die Menge Wasser=
stürze, die sich unter dem Boden verlieren, über den Donner der Wasser, die
sich schäumend an den Felsen brechen.

Cuncta fremunt undis; ac multo murmure montis
Spumeus invictis canescit fluctibus amnis.

(Lucan. Phars. X, 132.)

„Ist man über den Raudal Javariveni weg (ich nenne hier nur die
wichtigsten der Fälle), so kommt man zum Raudal Canucari, der durch eine
Felsbank zwischen den Inseln Surupamana und Uirapuri gebildet wird.
Sind die Dämme oder natürlichen Wehre nur zwei, drei Fuß hoch, so wagen
es die Indianer, im Canoe hinabzufahren. Flußaufwärts schwimmen sie
voraus, bringen nach vielen vergeblichen Versuchen ein Seil um eine der
Felsspitzen über dem Damm und ziehen das Fahrzeug am Seil auf die Höhe

des Raubals. Während dieser mühseligen Arbeit füllt sich das Fahrzeug häufig mit Wasser; anderemale zerschellt es am Felsen, und die Indianer, mit zerschlagenem, blutendem Körper, reißen sich mit Noth aus dem Strudel und schwimmen an die nächste Insel. Sind die Felsstaffeln oder Schwellen sehr hoch und versperren sie den Strom ganz, so schafft man die leichten Fahrzeuge an's Land, schiebt Baumäste als Walzen darunter und schleppt sie bis an den Punkt, wo der Fluß wieder schiffbar wird. Bei Hochwasser ist solches selten nöthig. Spricht man von den Wasserfällen des Orinoco, so denkt man von selbst an die Art und Weise, wie man in alter Zeit über die Cataracten des Nil herunterfuhr, wovon uns Seneca eine Beschreibung hinterlassen hat, die poetisch, aber schwerlich richtig ist. Ich führe eine Stelle an, die vollkommen vergegenwärtigt, was man in Atures, Maypures, und in einigen Pongos des Amazonenstromes alle Tage sieht. „Je zwei mit einander besteigen kleine Nachen, und einer lenkt das Schiff, der andere schöpft es aus. Sodann, nachdem sie unter dem reißenden Toben des Nil und den sich begegnenden Wellen tüchtig herumgeschaukelt worden sind, halten sie sich endlich an die seichtesten Kanäle, durch die sie den Engpässen der Felsen entgehen, und mit der ganzen Strömung niederstürzend, lenken sie den schießenden Nachen."

Die Ströme der alten Welt haben in der Regel eine bestimmte Richtung, nach der sie fließen, und die sie, wenn sie auch mitunter davon abweichen, doch im Allgemeinen einhalten. So hat z. B. unser Rhein eine entschiedene Südnordrichtung, während die Donau von West nach Osten geht. Dieses Verhalten beobachten auch die fließenden Wasser des neuen Continentes; so geht der Amazonenstrom wie die Donau von West nach Ost, der Mississippi zieht von Nord nach Süd und ist erst nahe der Mündung in seinem Delta nach Osten abgelenkt. Zieht man auf der Landkarte von der Quelle eines Stromes eine gerade Linie zu seiner Mündung, so wird seine Bahn allerdings bald auf der einen, bald auf der andern Seite derselben liegen, aber es ist kaum ein Strom, der einen so großen Bogen beschreibt und so weit von der Geraden abweicht, als der Orinoco. Man findet an diesem vorzugsweise zwei Biegungen, in denen er seinen Lauf fast um einen rechten Winkel ändert. Zuerst geht er nahezu östlich bis San Fernando de Atabapo, dann nördlich bis Encaramada und endlich ostnordöstlich bis zu seiner Mündung und umfaßt so im Allgemeinen den unter dem Namen Cordillere von Parime bezeichneten Gebirgscomplex.

Wenn soeben angedeutet wurde, daß die Rinnsale großer Ströme von den geraden Linien nicht sehr weit abweichen, so darf nicht übersehen werden, daß, wenn man den Lauf eines Stromes rückwärts verfolgt, bis ein beliebiger Nebenfluß in denselben einmündet, und dann in diesem bis zu den Quellen aufwärts geht, so bedeutende Krümmungen zum Vorschein kommen können, wie dieses bei dem Orinoco der Fall ist. Hat nun letzterer eine sehr große Biegung, so entsteht die Frage, ob es nicht ein jetzt als Nebenfluß angenommenes untergeordnetes Glied des Orinocosystems gebe, welches als Hauptglied betrachtet, dem ganzen Strome eine annähernd gerade Richtung des Ganzen hervorbringen würde, oder mit andern Worten, ob nicht der obere, jetzt Orinoco genannte Theil des Stromes eigentlich nur ein Nebenfluß, ein anderer jetziger Nebenfluß der eigentliche Stamm sei.

Derartige Verwechselungen sind auf der Erde öfters vorhanden. Wenn nämlich irgendwo auf der Erde zwei fließende Wasser sich vereinen, so muß entschieden werden, welcher Name dem vereinigten Flusse gegeben werden soll. Das natürlichste ist, daß man den Namen desjenigen Flusses beibehält, der die größere Wassermasse hat, oder dessen, der bereits am weitesten von seinen Quellen entfernt ist, oder endlich dessen, der eine Richtung hat, welche mit der des vereinigten Stromes nahezu oder ganz zusammenfällt. In der Regel vereinigen sich alle drei Kriterien, und man kann daher nicht im Zweifel sein, welcher Name aufzuhören habe; doch zeigen sich auch Ausnahmen. Was z. B. die Wassermenge anbelangt, so sollte die Donau unterhalb Passau nicht Donau, sondern Inn heißen, aber hier hat entschieden, daß der Fluß unterhalb Passau nicht die Richtung des Inn, sondern der Donau oberhalb des Zusammenflusses hat. Dasselbe Verhältniß wiederholt sich bei der Moldau und der Elbe. In größeren Ländern, die durch Seefahrten entdeckt wurden, wie Amerika, ist die Unsicherheit noch größer. Man macht z. B. die Beobachtung, daß an irgend einer Stelle ein Strom in das Meer mündet, der einen gewissen Namen führt. Eine spätere Landexpedition kommt an einen Fluß, der etwa gegen die Stelle fließt, in der die beobachtete Mündung liegt, und man gibt dem Flusse nun den bereits bekannten Namen, denn bei den geringen geographischen Kenntnissen der Eingebornen ist genaue Auskunft darüber, ob der Fluß im Binnenlande derselbe sei, der an gegebener Stelle in's Meer läuft, nicht zu erwarten. Dieser Name erhält Geltung in allen Karten der Gegend, und wenn sich in späterer Zeit auch herausstellt, daß das im Binnenlande gefundene Wasser eigentlich der Nebenfluß ist, so bleibt ihm doch der Name und, wenn man will, der Rang des Hauptstromes. So ist es bei dem Mississippi gegangen, der eigentlich Missouri heißen sollte. Auch der obere Theil des Orinoco (der jedoch im Lande selbst den Namen Rio Paragua führt) hat auf unsern Karten, wie Humboldt (Voyage II, 403) angibt, den

Namen Orinoco mit Unrecht. Bei San Fernando de Atabapo vereinigt sich
dieser Rio Paragua oder Orinoco mit dem Atabapo, der etwas früher den
Guaviare aufgenommen hat. Diesen Guaviare, der an der Ostküste der Cordilleren von Neugranada entspringt, hält Humboldt für den eigentlichen
Hauptstrom, der sohin durch doppeltes Unrecht zu einem Flusse dritten Ranges geworden ist. Der Lauf des Guaviare als Oberlauf des Orinoco genommen, würde die Annäherung des ganzen Stromlaufes zur geraden Linie
zum Vorschein bringen, die alsdann statt der bisherigen Krümmung eine
ausgesprochene Richtung von Südwest nach Nordost bekäme. Der Guaviare
ist wasserreicher als der Atabapo. Letzterer hat schwarzes Wasser, ersterer wie
der vereinigte Fluß weißes. Bei San Fernando ist der Atabapo-Guaviare
wieder wasserreicher als der Rio Paragua (genannt Orinoco). Der Rio
Paragua hat reineres und durchsichtigeres Wasser als der Orinoco unter
San Fernando, der hierin dem Guaviare gleichkommt, und ebenso ist nach
dem Geschmacksorgane der Indianer, das Humboldt als ein sehr gelbtes
angibt, das Guaviarewasser ganz dem des untern Orinoco gleich, während
sich der obere Orinoco und der Atabapo davon unterscheiden. Auch die Thier-
welt des Guaviare entspricht der des untern Orinoco besser als die des Rio
Paragua, denn die den ersteren beiden Flüssen gemeinschaftlichen großen
Krokodile und Delphine fehlen dem letzteren gänzlich.

Nichts desto weniger hält Humboldt für angemessen, die einmal
allerwärts eingeführten Namen beizubehalten, als durch Aenderungen unzei-
tig Mißverständnisse hervorzurufen. Folgen wir seiner Ansicht, so ist die
Strecke, welche die beiden Reisenden bisher auf dem Orinoco befuhren, der
mittlere oder südnördliche der obigen drei Theile des Stromes. In dieser
befinden sich die Raudales, oberhalb deren der Strom einen ganz ruhigen Lauf hat, auf einer Strecke von 160 Meilen bis nahe an
seine Quellen durch Schnellen und Fälle nicht mehr unterbrochen wird
und der Schifffahrt keine Hindernisse mehr in den Weg legt. Diesen ruhigen
Theil befuhren jedoch die Reisenden für jetzt nicht ganz, sondern verließen den
Strom, um in seinem Nebenflusse, dem Atabapo und dessen untergeordneten
Gliedern, dem Temi und Tuamini südwärts fortzugehen. Bei Javita erreichten sie einen Trageplatz.

Nennt man das ganze Gebiet, aus dem das Wasser nach und nach zu-
sammenfließt, um einen Strom zu bilden, das Gebiet des letzteren, so wird,
wenn man auf der Landkarte das jedem Strome gehörende Gebiet anzeichnet,
der feste Theil der Erdoberfläche in eine Anzahl von hydrographischen Reichen vertheilt werden. Die Grenzen dieser Gebiete müssen an solchen Stellen

sein, wo bei zwei einander nahe gelegenen Punkten das Wasser, je nachdem es in ein Gebiet gehört, nach verschiedenen Richtungen fließt, und darum werden diese Gegenden auch Wasserscheiden genannt.

Im Allgemeinen, doch nicht ausnahmslos, kann man annehmen, daß die Kämme der Gebirge auch zugleich Wasserscheiden sind, denn die Flüsse haben daselbst ihre Quellen und die der einen Seite entfernen sich von denen der andern. Theils der geringen Mächtigkeit der Wasser wegen, die wir dort finden, denn es ist da der Quellenbezirk, theils wegen des großen Gefälles und der dadurch bedingten raschen Bewegung des flüssigen ·Elements hört alle Schifffahrt in jenen Gegenden auf. Dieses ist jedoch nicht an der ganzen Grenze des Stromgebietes der Fall, denn es wäre dasselbe nur unmöglich, wenn ein Gebirge das ganze Gebiet umsäumen würde. Es muß daher außer= halb der Berge Stellen geben, wo nur ganz geringe Niveauverschiedenheiten zwei Stromgebiete trennen, und wenn zwei größere Massen fließenden Was= sers einander nahe und nur durch geringe Höhen getrennt sind, so ist es mög= lich, durch Kunst zu vermitteln, was die Natur versagte, und mit kleineren Fahrzeugen aus dem einen Strome in den andern zu kommen. In civilisir= ten Ländern sind hier die Stellen, an denen sich die Canäle am meisten em= pfehlen, während da, wo der Verkehr geringer ist, Trageplätze zum Vorschein kommen. Man bringt das Schiff, das den einen Fluß möglichst weit auf= wärts gefahren ist, au's Land, transportirt es zum andern Wasser und kommt so abwärts fahrend nach und nach in den Nachbarstrom.

Die flachen Wasserscheiden sind auf der Erde nicht eben selten; sie fin= den sich vorzugsweise in jenen Ländern, die bei großer Ausdehnung bedeu= tender Gebirge entbehren. So haben wir im europäischen Rußland eine große Anzahl von Stellen, an denen sich mit verhältnißmäßig geringer Mühe Canäle anbringen lassen konnten, die gegenwärtig wesentlichen Einfluß auf den dortigen Verkehr ausüben. In Sibirien sind die Durchstiche noch nicht gemacht, dort sind noch Trageplätze.

Der Trageplatz bei Javita, bei dem, wie oben erwähnt, Humboldt und Bonpland auf dem Tuamini angelangt waren, trennt die Stromge= biete des Orinoco und des Amazonenstromes, denn über ihn kommt man zu dem Pimichin, einem Nebenfluß des Rio Negro, der seinerseits in den Ama= zonenstrom fließt.

Die ganze Gegend ist dichter undurchdringlicher Wald, so daß fast alle Communication nur mit Hülfe der Flüsse hergestellt werden kann. So bietet nach Humboldt der Wald zwischen Javita und dem Pimichin eine unge= heure Masse der verschiedensten riesenmäßigen Bäume von 100 bis 110 Fuß

Höhe. „Ihre Stämme", sagt er [1], „treiben Zweige erst nahe an dem Gipfel und wir hatten Mühe, uns gleichzeitig Blätter und Blüthen zu verschaffen. Oft waren letztere am Fuße des Baumes auf dem Boden herum gestreut, weil aber in diesen Waldungen die Gewächse der verschiedensten Familien vereint sind und jeder Baum mit Lianen bedeckt ist, so schien es unräthlich, sich auf die bloße Angabe der Eingebornen zu verlassen, wenn sie uns versicherten, diese oder jene Blüthe gehöre zu dem und dem Stamme. Mitten in diesem Reichthume der Natur verursachte uns unser Pflanzensammeln mehr Verdruß als Genugthuung, denn was wir sammelten, schien uns von untergeordnetem Interesse gegen das, was wir nicht erreichen konnten. Seit mehreren Monaten regnete es, und Bonpland verlor den größern Theil der Exemplare, die er mit Hülfe von künstlicher Wärme zu trocknen bemüht war. Die Indianer benannten ihrer Gewohnheit nach die Bäume, indem sie das Holz kauten; Blätter unterschieden sie leichter als Blumen und Früchte. Beschäftigt, Bauholz (zur Anfertigung von Piroguen) zu suchen, beachten sie die Blüthenverhältnisse nur wenig. „Alle diese großen Bäume tragen weder Blüthen noch Früchte", war der beständige Refrain der Indianer. Wie die Botaniker des Alterthums verneinten sie, was zu beobachten sie sich nicht die Mühe gegeben hatten."

Die gerade Entfernung der beiden letzten schiffbaren Flüsse auf dem Trageplatze beträgt nach Humboldt weniger als 6000 Toisen. Javita liegt 30—40 Toisen höher als der Pimichin, also ist eine Neigung von nicht ganz 1 Procent vorhanden. Weit und breit ist keine Erhöhung, kein Hügel und nach Humboldt's Messungen wäre nicht leicht ein Terrain für einen Canal günstiger als der Trageplatz von Javita.

Im Pimichin angelangt, fährt man stromabwärts in den Rio Negro, an welchem San Carlos, die sogenannte Grenzfestung von Spanisch-Guyana gegen Brasilien, der Umkehrpunkt für Humboldt und Bonpland wurde. Der Rio Negro hat seinen Namen von der schwarzen Farbe, die ihm mit einer großen Anzahl von Flüssen jener Gegend gemeinschaftlich ist, und ihn in ausgesprochenen Gegensatz mit andern Gewässern bringt. Humboldt sagt über diese Flüsse [2]: „Wenn man in das Bett des Atabapo gelangt, so ändert sich sowohl der Zustand der Atmosphäre, als auch die Farbe des Wassers und die Gestalt der Bäume, welche das Ufer bedecken. Am Tage leidet man nicht mehr von den Stichen der Mosquitos, und bei Nacht werden

---

1) Relation historique II. 420.
2) Relation historique II. 401.

die Schnacken mit langen Beinen (Zancudos) sehr selten, ja sie verschwinden ganz und gar oberhalb der Mission San Fernando. Das Wasser des Orinoco ist trübe, mit erdigen Stoffen beladen und verbreitet in den Buchten wegen der Anhäufung todter Krokodile und anderer faulender Stoffe einen bisamartigen, süßlichen Geruch, so daß wir, um es trinkbar zu machen, es bisweilen durch Leinwand laufen lassen mußten. Das Wasser des Atabapo dagegen ist rein, schmeckt angenehm, ist ohne Spur von Geruch und hat bei auffallendem Lichte eine schwarze, beim Durchsehen eine gelbliche Farbe. Die Leute nennen es im Gegensatze zu den trüben Fluthen des Orinoco ein leichtes Wasser. Die Temperatur desselben ist 2, wenn man sich der Mündung des Temi nähert 3 Grade niedriger, als die des Orinocowassers, eine Minderung bei dem Trinken, die nicht wenig angenehm ist, wenn man ein ganzes Jahr hindurch genöthigt war, Wasser von 27°—29° zu genießen. Ein Beweis für die außerordentliche Reinheit der schwarzen Wasser ist ihre Klarheit, Durchsichtigkeit und die Reinheit, mit der sie das Bild und die Farbe der umgebenden Gegenstände reflectiren. Die kleinsten Fische sieht man in einer Tiefe von 20—30 Fuß, und meistens erkennt man den Grund, der nicht gelb oder braun wie das Wasser, sondern vollkommen weißer Quarz- und Granitsand ist. Nichts gleicht der Schönheit der Ufer des Rio Atabapo. Bedeckt mit Gewächsen, über die sich Palmen mit bunt gestreiften Blättern erheben, erscheint ihr Bild im Spiegel des Flusses, und das Grün des Bildes scheint in nichts dem des direct gesehenen Gegenstandes nachzustehen."

Das Wasser des Rio Negro ist noch dunkler als das des Atabapo und Tuamini, und erscheint da, wo der Fluß seicht ist, von Bernsteinfarbe, an tiefen Stellen in der Farbe des Kaffeesatzes. Gegen die weißen Wasser sind die schwarzen auffallend arm an Thieren; hier fehlen die Moskitos, die Wasserinsecten und mit ihnen viele Fische und sämmtliche Krokodile.

Die schwarzen Flüsse, welche Humboldt in der Nähe des Aequators gesehen hat, bieten bezüglich der Ursache ihrer Farbe manches Räthselhafte, da mitten zwischen ihnen Gewässer von weißer Farbe vorkommen können. So ist von zwei einander ganz nahen Zuflüssen des Cassiquiare der eine, der Siapa, weiß, der andere, der Pacimony, schwarz. Unser Forscher neigt sich der Ansicht zu, daß das Wasser dieser regenreichen Gegenden, indem es den Boden durchzieht, durch Auflösung organischer Substanzen gefärbt wird.

Diese Ansicht hat viel Wahrscheinlichkeit, wenn man bedenkt, daß eine ähnliche Ursache dem Entstehen der braunen Farbe einiger unserer Flüsse zu Grunde liegt. So gibt es in Süddeutschland unfern dem Nordabhange der Alpen kleine Flüßchen, die die größte Aehnlichkeit mit den schwarzen Flüssen

Amerikas bieten, wie z. B. die Geltnach, ein Nebenfluß der (weißen) Wertach, in welche sie oberhalb Kaufbeuren einmündet. Wäre die Geltnach tief, so würde sie, da sie bei einer Tiefe von nur einigen wenigen Fußen eine intensiv braune Farbe hat, jedenfalls so dunkel erscheinen, als der Rio Negro. Die Geltnach entspringt oder entspinnt sich in einem moorig-sumpfigen Terrain, das von Wasser so durchtränkt ist, daß der Boden bei dem Darübergehen schaukelt, während weiter unten der Lauf des Flüßchens durch ein vollständiges Torfmoor geht. Die Farbe des Wassers zeigt sich bereits oberhalb des Moores, und letzteres scheint daher nicht mehr unumgänglich nöthig zu sein. In den Aequatorialgegenden gibt es keine Torfmoore. Wäre die Geltnach erst unterhalb des Moores gefärbt, so wäre die Ursache ihrer Farbe jedenfalls eine andere, als bei den amerikanischen Flüssen.

Wenn es an den Trageplätzen der Kunst gelingt, durch einen Canal mit verhältnißmäßig geringem Kraftaufwand eine Verbindung zweier Flußsysteme herzustellen, so ist es jedenfalls denkbar, daß eine dem Canale analoge Vertiefung auch in der Natur möglich sei. Es kommt sehr oft in einem Flusse vor, daß derselbe sich in zwei Arme spaltet, gewöhnlich vereinigen sich die beiden nach einiger Zeit wieder, und es bleibt bei einer einfachen Inselbildung, aber es ist auch ebenso möglich, daß der getrennte Arm im Verlaufe nicht mehr zurückkehrt, sondern in das Bereich eines andern Flusses geräth, der ihn aufnimmt. In der That weiß man mehrere solche natürliche Canäle oder Bifurcationen. So schickt z. B. in Lappland der Torneofluß einen Arm (Tarendo-Elf) in den Caliz-Elf der ein gesondertes Wassersystem bildet.

Die großartigste Erscheinung dieser Art, die man bis jetzt kennt, ist die Bifurcation des Orinoco, der einen Arm, den Cassiquiare absendet, welcher südwärts strömend in den Rio Negro fällt und da letzterer ein Nebenfluß des Amazonenstromes ist, stellt der Cassiquiare eine natürliche Verbindung zwischen diesem und dem Orinoco her.

Die erste dunkle Kunde von einer Binnenlandverbindung zwischen dem Amazonenstrom und der Nordküste von Südamerika stammt bereits von den Jesuiten Acuña und Artieda, welche 1639 die Reise von Quito nach Para machten; doch wurde dieselbe später bald geläugnet, bald als in dieser bald jener Weise vor sich gehend angegeben. Nachdem man geraume Zeit nicht mehr recht daran geglaubt hatte, beschäftigte sich mit unserm Gegenstande Condamine. Dieser Gelehrte war mit Bouguer von der französischen Regierung nach Peru geschickt worden, um dort eine Gradmessung zu veranstalten und den Streit über die Gestalt der Erde entscheiden zu hel-

sen, und kam auf der Rückreise 1743 den Amazonenstrom herab. Er sam=
melte mit großem Fleiße eine Anzahl von Beweisen, die zu Gunsten der
Bifurcation sprachen, wenn seine Ansichten darüber auch eben nicht die rich=
tigsten waren. Der entscheidendste darunter schien ihm das unverdächtige
Zeugniß einer Cauriacani=Indianerin zu sein, welche zu Schiffe von der
Mission Pararuma am Orinoco nach Para gekommen war. Expeditionen,
unternommen, um sich Sklaven zu verschaffen, führten, wie Humboldt
angibt, die Portugiesen nach und nach den Rio Negro und Cassiquiare hin=
auf an einen großen Strom, von dem sie nicht wußten, daß es der Orinoco
sei. Dort stifteten sie zwischen den Indianerstämmen Unfrieden, die Ein=
geborenen bekriegten sich, nahmen sich gegenseitig Gefangene ab und ver=
-kauften, was sie nicht auffraßen, an die Portugiesen. Allmälig erfuhren
die Jesuitenmissionäre am untern Orinoco von den Streitigkeiten der In=
dianer am obern Theile, und um diesem Unwesen zu steuern, reiste der Pater
Roman hinauf. An dem Einflusse des Atabapo in den Orinoco sah er
von weitem eine Pirogue, so groß, wie seine eigene und angefüllt von Leuten,
die nach europäischer Art gekleidet waren, und die er dann als Portugiesen
erkannte. Seit dieser Reise des Pater Roman (1714) zweifelte man im Lande
nicht mehr an der Existenz einer Gabelung, doch war man weit entfernt,
genau zu wissen, durch welche Zweige von Flüssen dieselbe bewerkstelligt
werde, noch kannte man die geographischen Verhältnisse jener Gegenden; ja
die ganze Gabelung wurde in Europa wieder geläugnet. Buache betrach=
tete in seiner 1799 publicirten Generalkarte von Guyana den obern Orinoco
und den Cassiquiare als Nebenglieder des Rio Negro, unabhängig von dem
untern Orinoco und durch eine Bergkette von demselben getrennt.

Humboldt hatte sich als nächste Aufgabe seiner Reise an den Ori=
noco die Erforschung dieser Verhältnisse zwischen Orinoco und Amazonen=
strom gestellt und ist in Folge dessen auf dem Trageplatz von Javita in das
Gebiet des Rio Negro gekommen. Daß das Fort San Carlos, von dem
oben die Rede war, zu dem Amazonensysteme gehöre, war vollkommen be=
kannt und unbezweifelt, und nachdem Humboldt dessen geographische Lage
bestimmt, reiste er auf dem Cassiquiare, der unterhalb San Carlos in den
Rio Negro fällt, stromaufwärts und kam etwas oberhalb des Einflusses des
Atabapo in den Orinoco, der Stelle, wo der Weg zu dem Trageplatze führt
wieder in letzteren Strom. Er bestimmte einzelne Punkte des Weges in
Beziehung auf ihre Lage, und seit seiner Reise ist daher die ganze Thatsache
der Bifurcation nicht nur eine ausgemachte, sondern auch in ihren Einzel=
heiten gekannte Thatsache.

Das Bild, welches Humboldt von der Fahrt auf dem Cassiquiare entwirft, läßt jene Gegend nicht eben in heiterm Lichte erscheinen. Das Land ist ungesund, fast unbewohnt, von Zancudos, Moskuitos und Ameisen überfüllt und bietet an Lebensmitteln kaum mehr als große Exemplare der letzteren. Humboldt sagt hierüber:[1] „Die Üppigkeit der Begetation nimmt gegen den Orinoco hin in einer Weise zu, von der man sich nur schwer einen Begriff machen kann, selbst wenn man an den Anblick von Tropenwaldungen gewohnt ist. Hier giebt es keine flache Gegend mehr, denn ein Zaun von dick belaubten Bäumen bildet das Ufer des Flusses. Man sieht einen 200 Toisen breiten Kanal, eingeschlossen von zwei enormen Mauern, welche von Lianen und Blätterwerk bedeckt sind. Oft versuchten wir zu landen, ohne daß wir den Kahn verlassen konnten. Bisweilen fuhren wir gegen Sonnenuntergang eine ganze Stunde am Ufer hin, nur um nicht etwa eine Lichtung (denn das giebt es gar nicht), sondern blos einen weniger angefüllten Platz zu finden, an dem unsere Indianer mit Hülfe der Axt genug Raum gewinnen könnten, um ein Bivouac für 12—13 Personen darauf zu errichten. Ueber Nacht in der Pirogue zu bleiben, war uns unmöglich, denn die Moskuitos, die uns am Tage peinigten, sammelten sich bei Nacht unter dem Toldo. Niemals waren unsere Hände, war unser Gesicht so angeschwollen. Der Pater Zea,[2] der damit prahlte, in den Missionen bei den Cataracten die größten und wirksamsten Stechfliegen zu haben, gab nach und nach zu, daß die Stiche der Cassiquiareinsecten schmerzhafter seien als alle, die er jemals empfunden. Mitten im dichten Wald hatten wir Mühe, uns Brennholz zu verschaffen, denn in diesen Aequatorialregionen, wo es fortwährend regnet, strotzen die Aeste der Bäume so von Saft, daß sie fast gar nicht brennen. Da es keine kahlen Flecke gibt, kann man sich nicht leicht alles Holz verschaffen, das die Indianer an der Sonne gebacken nennen. Andrerseits war uns das Feuer auch nur nothwendig, um vor den Thieren des Waldes Schutz zu gewähren, denn wir waren in einer solchen Noth an Nahrungsmitteln, daß wir es zum Kochbedarfe ziemlich entbehren konnten."

Etwas oberhalb der Trennungsstelle des Cassiquiare vom Orinoco, an letzterem Flusse, ist die letzte und oberste Mission Esmeralda, die isolirteste christliche Anstalt am ganzen Strome, am ganzen Orinoco berüchtigt wegen der Bösartigkeit und der Menge der dortigen Stechfliegen, und darum Ver-

---

1) Rel. hist. II. 511.
2) Der Reisegefährte Humboldt's und Bonpland's auf der Orinocofahrt.

7

bannungs= und Strafort für jene Glieder des Observantenordens, die sich an der Küste die Ungnade ihrer Obern zugezogen haben.

Nach Feststellung der Bifurcation des Orinoco hätte Humboldt noch eine zweite Aufgabe zu lösen gehabt, nämlich die, die Quellen des Stro= mes aufzusuchen; allein hier stellten sich unübersteigliche Hindernisse entgegen. Man konnte nämlich damals von Esmeralda aus den Fluß noch 6 $\frac{1}{2}$ Tage= reisen weit aufwärts verfolgen. Dort wird der Orinoco enge und erhält den Charakter eines Alpenstromes. Da wo sich der Gehette mit ihm ver= bindet, befindet sich ein Wasserfall, ein Damm von Granitfelsen durchsetzt den Fluß, und kein weißer Mann hatte noch seinen Fuß darüber gesetzt. Ueber diesem Wasserfall, dem Raubal der Guaharibos, hatten diese, ein fast weißer Indianerstamm, eine Brücke von Lianen errichtet, und verwehrten, durch das frühere Benehmen der Europäer feindselig gemacht, jedes weitere Vordringen. Da nun hier nichts zu hoffen war, gingen Humboldt und Bonpland nicht über Esmeralda hinaus, und erst Schomburgk, der diese Gegenden im Auftrage der geographischen Gesellschaft zu London be= reiste, war die Entdeckung der Orinocoquellen vorbehalten. Bei dem Raubal der Guaharibos geht der Orinoco, wenn wir dem oben angegebenen Ritter= schen Begriffe folgen, von dem Oberlaufe in den Mittellauf über.

Esmeralda verließen die beiden Reisenden am 23. Mai 1800 und fuh= ren den Strom abwärts bis Angostura, das 3 Grade östlicher liegt als die Einmündung des Apure, wo sie zum ersten Male den Orinoco gesehen hatten. Die Thalfahrt war ohne Vergleich weniger beschwerlich als die Bergfahrt, denn sie konnten jetzt mit der Strömung treiben, und weil sie nun die Mitte des Stromes halten konnten, waren sie auch von den Moskitos weniger geplagt, da diese sich vorzugsweise in den an den Ufern befindlichen Alt= wassern aufhalten, welche man der schwächere Strömung wegen bei der Berg= fahrt aufsuchen muß.

Von dem Apure an hatten sie bis Angostura, der Hauptstadt der Pro= vinz Guyana, einen Weg von 500 Lieues (20 auf 1 Grad) in 75 Tagen zurückgelegt, und erreichten letztere Stadt (13. Juni) mit dem unsäglichen Wohlbehagen, endlich wieder einmal die Bequemlichkeiten zu genießen, welche die Civilisation bietet.

An den Ufern des Cassiquiari hatten sich sowohl Humboldt als Bonpland den Keim zu einer Krankheit geholt, welche nun als bösartiges Fieber besonders heftig bei Letzterem ausbrach, und beide einen ganzen Monat in Angostura zurückhielt.

Nach erlangter Genesung verließen die beiden Freunde den Orinoco, verfolgten ihn also nicht bis zu seiner Mündung, sondern reisten zu Lande über die Llanos von Benezuela, der östlichen Fortsetzung derer von Caracas, denen sie im Allgemeinen ähnlich sind, zurück nach Cumana, und beendigten hiermit ihre erste größere Expedition in Südamerika.

Die Erinnerung an die Mühseligkeiten der Reise in's Innere eines Landes war noch so lebendig bei den beiden Gelehrten, daß der Gedanke an eine lange Seereise ihnen reizend vorkam, und sie beschlossen daher, Südamerika auf Nimmerwiedersehen zu verlassen, auf den Besuch der Andes von Peru zu Gunsten des Archipels der Philippinen zu verzichten, nach einem einjährigen Aufenthalte in Neuspanien (Mexico) mit der Gallione von Acapulco nach Manilla zu reisen und über Bassora und Aleppo nach Europa zurückzukehren. Im Verfolge dieses Planes verließen sie Cumana, fuhren nach Neu-Barcellona und segelten von da nach der Havanna, wo sie bis zum April 1801 blieben.

Als gegen Ende dieses Monats die Untersuchungen, die sie auszuführen beschlossen hatten, beendigt waren, wollten sie eben mit dem Geschwader des Admiral Arizlizabal nach Vera-Cruz abreisen, als sie durch falsche Nachrichten aus Europa veranlaßt wurden, ihren Plan zu ändern.

Vor seiner Abreise von Paris hatte Humboldt in Erfahrung gebracht, daß auf Kosten der französischen Regierung eine Expedition unter dem Capitain Baudin nach Südamerika und in den großen Ocean geschickt werden solle, und hatte mit Baudin verabredet, daß er in Amerika mit ihm zusammentreffen wolle, wo es ihm nur immer möglich sei, um dann den übrigen Theil der Reise zusammen zu machen. In der Havanna erfuhr nun Humboldt, daß die französische Expedition abgesegelt sei, um sich um das Cap Horn, über Chili und Peru nach Neuholland zu begeben, und es wurde beschlossen, nach Carthagena zu fahren und die Andes zu übersetzen, um dann Baudin zu erwarten.' Die bisher gemachten Sammlungen wurden in drei nahe gleiche Theile getheilt, um unglücklichen Falles nicht Alles zu verlieren. Der eine Theil wurde einem nach Cadix reisenden Observantenmönche anvertraut, und ging mit dem Schiffe zu Grunde. Der zweite Theil über England nach Deutschland befördert und die Manuscripte Humboldt's enthaltend, kam an Ort und Stelle, der dritte Theil wurde in der Havanna deponirt, um später nach Europa mitgenommen zu werden.

1: Erst in Quito erfuhren die Reisenden, daß Baudin nicht um das Cap Horn, wie verabredet war, sondern um das Cap d. g. Hoffnung gesegelt war, daß also von einem Zusammentreffen nicht die Rede sein könne.

7 *

Das nächste Ziel der Reise war Carthagena, von wo sie des dortigen ungesunden Klimas wegen bis zum 19. April nach dem nahen Dorfe Turbaco übersiedelten und dann den Rio Magdalena aufwärts zogen.

Gewitzigt durch die Erfahrungen, die sie am Orinoco gemacht, und wobei Bonpland's Gesundheit so sehr gelitten hatte, beschlossen sie, sich mit allen den Bequemlichkeiten zu versehen, die man sich damals am Magdalenenstrom verschaffen konnte. Statt in einer Hängematte oder auf einer Haut auf dem Boden ausgestreckt zu liegen und sich so den Stichen der Mosquitos auszusetzen, versorgten sie sich dem Landesgebrauche zufolge mit Matratzen, mit einem Feldbette und vor Allem mit einem Toldo aus sehr locker gewebtem Baumwollzeug, der vorsichtig unter die Matratze geschlagen, eine Art Zelt bildet, welches die Insecten zu durchbringen nicht vermögen. Zwei solche Betten, in einen Cylinder von starkem Kupferblech eingeschlossen, bilden eine Maulthierladung.

Mit der Reise von Carthagena nach Bogota hört die von Humboldt selbst publicirte Beschreibung der Reise in Amerika auf, und es möge mir gestattet sein, über die Fortsetzung derselben eine andere Quelle zu benutzen. Der dringenden Bitte des Herausgebers und Verlegers des „Conversationslexikons" von Brockhaus nachgebend, theilte der berühmte Gelehrte der Verlagshandlung freundlichst eine vollständige Zusammenstellung seiner Reisen, nebst Angabe der Zeitfolge, der Richtung und des Zweckes mit, welche für den Artikel „Alexander v. Humboldt" in der zehnten Auflage des Conversationslexikons benutzt wurde. Nachstehende, mit Anführungszeichen bezeichnete Stellen sind wörtlich der Handschrift Humboldt's entlehnt.

„Von Batabano an der Südküste der Insel Cuba segelten sie [1] im März 1801 nach Carthagena de Indias, um von da aus nach Panama zu gehen; allein weil die Jahreszeit die Ausführung dieses Planes hinderte, fuhren sie 54 Tage lang den Magdalenenstrom hinauf bis Honta, um über Guaduas das 8200 Fuß hohe Plateau von Bogota zu erreichen. Sie machten von Bogota aus Streifzüge nach den merkwürdigsten Punkten der Umgegend. Im September 1801 brachen sie trotz der eingetretenen Regenzeit wieder gegen Süden auf, indem sie über Ibague, die Cordillera de Quindiu (höchster Punkt des Nachtlagers 10800 Fuß), Carthago, Popayan am Fuße des Vulcanes von Puraé, den Paramo de Almaguer und die große Hochebene von Los Pastos nach den größten Beschwerden am 6. Jan. 1802 Quito erreichten. Die Reise auf dem Rücken der Cordilleren von Bogota bis Quito

---

1) Humboldt und Bonpland.

immer auf Maulthieren und von vielem Gepäck begleitet, hatte volle 4 Mo=
nate gedauert. Andere 5 Monate (vom 6. Jan. bis 9. Jun. 1802) ver=
gingen ihnen unter viel umfassenden Untersuchungen in dem schönen Hoch=
thale von Quito und in der Kette von mit ewigem Schnee bedeckten Vulkanen,
welche dasselbe umschließen. Durch zufällige Umstände begünstigt, stiegen
sie an mehreren derselben bis zu früher nicht erreichten Höhen. Auf dem
Chimborazo gelangten sie am 23. Juni 1802 bis zur Höhe von 19096 Fuß,
also um 3876 Fuß höher als La Condamine 1735 am Nevado de Corazon.
Sie standen hier auf dem höchsten, je vorher von Menschen erstiegenen
Punkte fester Erde, und wurden durch eine tiefe Schlucht an der Ersteigung
der äußersten, noch um 2004 Fuß höhern Spitze gehindert. Carlos Montu=
far, der Sohn des Marqués von Selvalegre, ein trefflicher, lernbegieriger
junger Mann, der, wie viele der Besseren seines Volkes, der später eingetre=
tenen Revolution als Opfer fiel, schloß sich in Quito an die Reisenden an, und be=
gleitete sie fortan bis zum Schlusse der langen Wanderung, durch Peru und Me=
rico nach Paris. Ueber den Andespaß im Paramo de Assuay (wo der Weg
bei Carfut fast die Höhe des Gipfels des Montblanc erreicht, über Cuença und
die Chinawälder von Loxa stiegen sie in das Thal des oberen Amazonen=
flusses bei Jaen de Bracamoros hinab, und erreichten über die fruchtbare
Hochebene von Caxamarca, über die Bergstadt Micuipampa (in 11140 Fuß
Höhe bei den berühmten Silbergruben von Chota), und über Montan, den
westlichen Abfall der Cordilleren von Peru. Hier genossen sie auf dem Alto de
Guangamarca zum ersten Male, von einer Höhe von 9000 Fuß herab, des
Anblicks der Südsee. Sie gelangten bei Truxillo an die Küste und gingen
durch die wasserarme Sandwüste von Niederperu bis zu dem mit Gärten
umgebenen Lima. Nachdem einer der Hauptzwecke der peruanischen Reise,
die Beobachtung des Durchgangs des Mercur durch die Sonne, erfüllt war,
schifften sie sich Ende December 1802 von Callao nach Guayaquil ein und
landeten am Schlusse einer zweiten ermüdenden Fahrt in Acapulco den
23. März 1803. Ueber Tasco und Cuernavaca erreichten sie im April die
Hauptstadt Mexico's, wo sie einige Monate verweilten und dann nach Nor=
den gewendet Guanaxuato und Valladolid besuchten, die Provinz Mechoacan
durchstreiften, der Küste der Südsee nahe den erst 1759 ausgebrochenen
Vulkan von Jorullo maßen, und über Toluca nach Mexico zurückkehrten.
Ein nochmaliger Aufenthalt in dieser damals sehr reichen und durch die
Bildung der höheren Einwohnerklassen ausgezeichneten Stadt wurde zur
Ordnung der reichen Sammlungen und zur Zusammenstellung der viel=
seitigen Beobachtungen verwendet. Im Januar 1804 gingen die Reisen=

den, nachdem sie vorher den Ballan von Toluca (14232 Fuß), und den Cofre de Perote (12585 Fuß) bestiegen und gemessen, durch die Eichenwälder von Jalapa, die schon in einer Höhe von 2860 Fuß über der Meeresfläche anfangen, nach Veracruz hinab, wo sie dem damals wieder unerwartet ausgebrochenen schwarzen Erbrechen (Vomito prieto) entkamen. Das barometrische Nivellement des östlichen Abfalls des Hochlandes von Mexico (7000—7200 Fuß) gegen Veracruz hin konnte nun mit dem früher vollendeten Nivellement des westlichen Abfalls nach Acapulco an der Südsee verglichen werden. Aus beiden wurden von Meer zu Meer die Profile (senkrechte Projectionen) construirt, die ersten, die man je von einem ganzen Lande bis dahin gegeben hatte. Am 7. März 1804 verließ Humboldt die mexicanische Küste, segelte auf der königlichen Fregatte „La O" nach der Havana, wo er wieder zwei Monate verweilte, und die Materialien vervollständigte, die ihm zu seinem Werke: „Essai politique sur l'Ile de Cuba" gedient haben. Am 29. April schiffte er sich mit Bonpland und Carlos Montufar nach Philadelphia ein. Die Ueberfahrt dauerte 20 Tage, sie war in der Bahamastraße gefahrvoll stürmisch. Humboldt konnte nur wenige Wochen lang in Washington sich der freundschaftlichen Aufnahme bei dem Präsidenten Jefferson erfreuen. Er verließ ungern den neuen Continent den 9. Juli in der Mündung des Delaware, und landete den 3. Aug. 1804 in Bordeaux, an Sammlungen, besonders aber an Beobachtungen aus dem großen Gebiete der Naturwissenschaften, der Geographie und Statistik vielleicht reicher als irgend ein früherer Reisender."

Dem Berichte über die Orinocoreise habe ich, um den Leser mehr mit den jeweiligen Gegenden bekannt zu machen, einige landschaftliche Schilderungen Humboldt's beigefügt. Es möge gestattet sein, hier eine Darstellung zu wiederholen, welche Humboldt in seinem Text zur 5ten Kupfertafel des Atlas pittoresque (Tübingen, 1810. 8.) gegeben hat, und die im Gegensatze zu den früheren Reisen in der Ebene nunmehr eine Gebirgsparthie bespricht.

„Das Quindiugebirge (Weg von Santa Fé de Bogota nach Popayan und an die Ufer des Cauca) wird als die beschwerlichste Straße in der Cordillera der Anden angesehen. Es ist ein dichter, völlig unbewohnter Wald, den man auch in der besten Jahreszeit nicht schneller als in 10 oder 12 Tagen zurücklegt. Hier findet man keine Hütte, keine Lebensmittel, und die Reisenden versehen sich in jeder Jahreszeit auf einen ganzen Monat mit Vorräthen, weil es nur zu oft geschieht, daß sie durch das Schmelzen des Schnees und plötzliches Anschwellen der Gießbäche so sehr abgeschnitten werren, daß sie weder auf der Seite von Carthago, noch auf der von Ibague herabkommen können. Der höchste Punkt des Weges, die Garita del Paramo, liegt 3505 Meter über der Fläche des Oceans. Da der Fuß des Gebirgs gegen die Ufer des Cauca hin nicht über 963 Meter erhoben ist, so genießt man daselbst im Durchschnitt ein sehr mildes und gemäßigtes Klima. Der Pfad über die Cordillera ist so eng, daß seine gewöhnliche Breite nicht über 3 bis 4 Decimeter beträgt, und er größtentheils einer offenen, durch die Felsen gehauenen Gallerie ähnlich ist. In diesem Theile der Anden ist der Fels, wie beinahe sonst überall, mit einer dicken Thonlage bedeckt. Die Wasserbäche, welche von dem Gebirge herabfließen, haben Schluchten von sechs bis sieben Meter Tiefe ausgespült."

„Diese Schluchten, in denen sich der Weg fortzieht, sind mit Morast gefüllt, und ihre Dunkelheit wird noch durch die dichte Vegetation, welche ihren Rand einfaßt, vermehrt. Die Ochsen, deren man sich in diesen Gegenden gemeiniglich als Saumthiere bedient, kommen nur mit größter Mühe in diesen Gallerien fort, welche bis auf 2000 Meter Länge haben. Hat man das Unglück, solchen Saumthieren zu begegnen, so ist kein anderes Mittel, ihnen aus dem Wege zu gehen, als den Pfad wieder zurückzuwandeln, oder auf die Erdmauer zu steigen, welche die Schlucht einfaßt, und sich da an den Wurzeln festzuhalten, die von dem Baumwerke der Höhen hervorragen."

„Als wir im Monat October 1801 zu Fuß und mit 12 Ochsen, welche unsere Instrumente und Sammlungen trugen, das Quindiugebirge bereisten, litten wir sehr viel durch die beständigen Platzregen, denen wir die drei oder vier letzten Tage, bei unserm Herabsteigen von dem westlichen Abhang der Cordillere ausgesetzt waren. Der Weg führt durch ein sumpfiges, mit Bambusschilf bedecktes Land, die Stacheln, womit die Wurzeln dieser gigantesten Grasart bewaffnet sind, hatten unsere Fußbekleidung so zerrissen, daß wir genöthigt waren, wie alle Reisenden, die sich nicht von Menschen auf dem Rücken tragen lassen wollen, baarfuß zu gehen. Dieser Umstand, die beständige Feuchtigkeit, die Länge des Wegs, die Muskelkraft, welche man, um auf dichtem, schlammigem Thon zu gehen, anwenden muß, und die Nothwendigkeit, durch sehr tiefe Gießbäche von äußerst kaltem Wasser zu waten, machen diese Reise gewiß beschwerlich; aber in so hohem Grade sie das auch ist, so hat sie doch keine der Gefahren, womit die Leichtgläubigkeit des Volks die Reisenden schreckt. Der Pfad ist freilich schmal, aber die Stellen sind sehr selten, da er an Abgründen wegführt. Da die Ochsen ihre Beine immer in dieselben Fußstapfen stellen, so bildet sich dadurch eine Reihe von kleinen Gräben, die den Weg durchschneiden, und zwischen denen eine sehr enge Erderhöhung sich ansetzt. Bei starken Regen stehen diese Dämme unter Wasser, und der Gang des Reisenden wird nun doppelt unsicher, da er nicht weiß, ob er auf den Damm oder in den Graben seinen Fuß setzt."

„Da nur sehr wenige wohlhabende Personen in diesen Klimaten geübt sind, 15—20 Tage hinter einander und auf so beschwerlichen Wegen zu Fuß zu gehen, so läßt man sich von Menschen tragen, welche sich einen Sessel auf den Rücken gebunden haben, indem es beim gegenwärtigen Zustande der Straße über den Quindiu unmöglich wäre, sie auf Mauleseln zurück zu legen. Man spricht daher in diesem Lande vom Reisen auf dem Rücken eines Menschen (andar en carguero), wie man anderwärts von einer Reise zu Pferd redet. Auch verbindet man gar keine erniedrigende Vorstellung mit dem Gewerbe des Carguieros, und die, welche es treiben, sind keine Indianer, sondern Mestizen, und manchmal sogar Weiße. Oft hört man mit Erstaunen nackte Menschen, welche dieses in unsern Augen so entehrende Handwerk treiben, mitten im Walde sich herumstreiten, weil der eine dem andern, welcher eine weißere Haut zu haben behauptet, die hochlö= nenden Titel Don und Sa Merced verweigert. Die Carguieros tragen gewöhnlich 6—7 Arrobas (75—85 Kilogramm) und manche sind so stark, daß sie sogar 9 Arrobas aufladen. Bedenkt man die ungeheuere Anstrengung, welche diese Unglücklichen, die 8—9 Stunden machen müssen, so sie täglich in diesem Gebirgslande zurücklegen; weiß man, daß ihr Rücken manchmal wund gedrückt wird, und daß die Reisenden oft grausam genug sind, sie, wenn sie krank werden, mitten im Walde liegen zu lassen; weiß man überdieß, daß sie auf einer Reise von Ibague nach Carthago in einer Zeit von 15 und selbst von 25—30 Tagen, nicht mehr als 12—14 Piaster (60—70 Fr.) gewinnen, so begreift man kaum, wie alle starken jungen Leute, die am Fuß dieser Gebirge wohnen, das Gewerbe der Carguieros, eines der mühseligsten von allen, denen sich die Menschen ergeben, freiwillig wählen können. Allein der Hang zu einem freien, herumstreifenden Leben, und die Idee einer ge= wissen Unabhängigkeit in den Wäldern, läßt sie diese beschwerliche Beschäf= tigung den monotonen und sitzenden Arbeiten der Städte vorziehen."

„Indeß ist der Weg über das Quindiugebirge nicht die einzige Gegend im südlichen Amerika, wo man auf dem Rücken von Menschen reist. Die ganze Provinz von Antioquia z. B. ist mit Gebirgen umgeben, über welche so schwer zu kommen ist, daß diejenigen, die sich der Geschicklichkeit eines Carguero nicht anvertrauen wollen, und nicht stark genug sind, um den Weg von Santa Fe de Antioquia nach der Boca de Nares, oder nach dem Rio Samana zu Fuß zu machen, dieses Land gar nicht verlassen können.

Ich habe einen Bewohner dieser Provinz gekannt, dessen Körperumfang un=
gewöhnlich groß war. Er hatte nur zwei Mestizen gefunden, welche im
Stande waren, ihn zu tragen, und er hätte unmöglich wieder nach Hause
zurückkehren können, wenn diese beiden Cargueros während seines Aufenthaltes
an den Ufern des Magdalenenflusses in Mompox oder in Honda gestorben
wären. Der jungen Leute, die sich in Cocho, in Ibague und in Medellin
als Lastthiere gebrauchen lassen, sind so viele, daß man manchmal ganzen
Reihen von 50—80 begegnet. Als man vor einigen Jahren den Plan hatte,
den Gebirgsweg von dem Dorfe Nares nach Antioquia für die Maulthiere
zu bahnen, machten die Cargueros in aller Form Vorstellungen gegen die
Verbesserungen der Straße, und die Regierung war schwach genug, ihren
Einwendungen zu willfahren. Indeß muß auch hier bemerkt werden, daß
die mexikanischen Bergwerke eine Menschenklasse enthalten, die keine Beschäf=
tigung hat, als Andere auf ihrem Rücken zu tragen. In diesen Klimaten
sind die Weißen so träge, daß jeder Bergwerksdirector einen oder zwei In=
dianer in seinem Sold hat, welche seine Pferde (Cavallitos) heißen, weil sie
sich alle Morgen satteln lassen, und auf einen kleinen Stock gestützt und mit
vorgeworfenem Körper ihren Herrn von einem Theile des Bergwerks nach
dem andern tragen. Unter den Cavallitos und Cargueros unterscheidet und
empfiehlt man den Reisenden diejenigen, die sichere Füße und einen sanften,
gleichen Schritt haben, und es thut einem recht wehe, von den Eigenschaften
eines Menschen in Ausdrücken reden zu hören, womit man den Gang der
Pferde und Maulthiere bezeichnet."

„Diejenigen, die sich auf dem Sessel eines Carguero tragen lassen,
müssen mehrere Stunden hinter einander unbeweglich und rückwärts den
Körper gesenkt dasitzen. Die geringste Bewegung würde den, der sie trägt,
stürzen machen, und ein Sturz ist hier um so gefährlicher, da der Carguero in
zu großem Vertrauen auf seine Geschicklichkeit oft die steilsten Abhänge wählt,
oder auf einem schmalen und glitschigen Baumast über einen Waldstrom
setzt. Indessen sind Unglücksfälle sehr selten, und müssen, wo sie auch ge=
schehen sind, der Unklugheit der Reisenden beigemessen werden, welche durch
einen Mißtritt des Carguero erschreckt, von ihrem Sessel herabgesprungen
sind."

„Ist man in Ibague angekommen, und rüstet man sich zu der Reise,
so läßt man in dem benachbarten Gebirge einige hundert Bijao=Blätter
schneiden, einer Pflanze aus der Familie des Pisange, welche ein neues, an
das der Thalia grenzendes Geschlecht bildet, und die man ja nicht mit der
Heliconia Bihai verwechseln darf. Diese Blätter, welche häufig und glän=

zend sind, wie die der Muse, haben eine ovale Form, 54 Centimeter (20 Zoll) Länge und 37 Centimeter (14 Zoll) Breite. Ihre untere Fläche ist silber-weiß und mit einer mehligen Materie bedeckt, die sich schuppenweise ablöst. Dieser eigenthümliche Firniß macht, daß sie dem Regen lange widerstehen können. Sammelt man sie, so macht man einen Einschnitt in die Haut-rippe, welcher die Stelle des Hakens vertritt, an dem man sie aufhängt, wenn man das tragbare Dach aufrichtet; dann dehnt man sie aus, und rollt sie sorgfältig zu einem cylinderförmigen Pack zusammen. Um eine Hütte, in welcher 6—9 Personen schlafen können, zu bedecken, braucht man 50—60 Kilogramm Blätter. Kommt man mitten in den Wäldern auf eine Stelle, wo der Boden trocken ist, und man die Nacht zubringen will, so ,hauen die Cargueros einige Baumäste, die sie in Form eines Zeltes zusammenstellen. In einigen Minuten ist dieses leichte Gebälke mit Linnen- und Agavefasern, die 3—4 Decimeter von einander parallel laufen, in Quadrate getheilt. Während dieser Zeit hat man den Pack von Vijaoblättern auseinander ge-rollt, und mehrere Personen sind beschäftigt, sie an dem Gegitter zu befesti-gen, daß sie am Ende wie mit Dachziegeln bedecken. Dergleichen Hütten sind sehr frisch und bequem, ob man sie gleich in größter Eile aufführt. Bemerkt der Reisende bei Nacht, daß der Regen eindringt, so zeigt er nur die Stelle, welche tropft, und ein einziges Blatt hilft dem Ungemach ab. Wir brachten im Thale von Bequia mehrere Tage unter einem solchen Blät-terzelt ohne naß zu werden zu, obgleich der Regen sehr stark und beinahe un-aufhörlich war."

Um das Bild der von Humboldt bereisten Gebirgskette von Süd-amerika zu vervollständigen, sei zum Schlusse der Beschreibung eines Zugangs noch eine Darstellung der Hochebene selbst angeführt, welche Humboldt in demselben Werke als Text zur 16. Kupfertafel unter dem Titel: An-sicht des Chimborazo und des Carguairazo gegeben hat.

„Die Andencordillere theilt sich bald in verschiedene Zweige, die durch der Länge nach sich erstreckende Thäler von einander getrennt sind, bald bildet sie nur eine einzige Masse, welche in vulkanische Spitzen ausgezackt ist. Reist man von Popayan südwärts, so sieht man auf dem dürren Pla-teau der Provinz de los Pastos die 3 Kettenglieder der Anden in eine Gruppe zusammentreffen, welche sich weit jenseits des Aequators erstreckt. Diese im Königreich Quito gelegene Gruppe stellt von dem Flusse Chota an, der sich durch Basaltgebirge hinwindet, bis zum Paramo von Affuav, auf welchem sich die merkwürdigen Reste peruanischer Baukunst erheben, eine ganz eigene Ansicht dar. Die höchsten Gipfel stehen in 2 Reihen, die einen doppelten

Kamm der Cordilleren bilden, und diese kolossalen, mit ewigem Schnee be=
deckten Bergspitzen haben den Operationen der französischen Akademiker bei
ihrer Messung des Aequatorialgrads zu Signalen gedient. Ihre symmet=
rische Stellung auf 2 von Norden nach Süden laufenden Linien verführte
Bouguer, sie als 2 durch ein der Länge nach laufendes Thal getrennte
Kettenglieder anzusehen. Allein, was dieser berühmte Astronom den Grund
des Thales nennt, ist der Rücken der Andes selbst, und ein Plateau, dessen
absolute Höhe 2700—2900 Meter beträgt. Es ist von Wichtigkeit, einen
solchen doppelten Gebirgskamm nicht mit einer wirklichen Verzweigung der
Cordilleren zu verwechseln."

„In diesen Ebenen ist die Bevölkerung des wunderbaren Landes ver=
einigt; hier liegen die Städte, welche 30—50000 Einwohner zählen. Hat
man einige Monate auf diesem hohen Plateau gelebt, wo sich das Barometer
immer auf 0,"54 hält, so wird man von einer unwiderstehlichen Täuschung
hingerissen, und vergißt es nach und nach völlig, daß alles, was den Beo=
bachter umgiebt, daß diese Dörfer mit der Industrie eines Gebirgsvolks,
diese mit Lamas und europäischen Schafen bedeckten Weiden, diese mit leben=
digen Gehegen von Duranta und Barnadesia eingefaßten Obstgärten, diese
sorgfältig bearbeiteten und reiche Ernten versprechenden Aecker gleichsam in
die hohen Regionen der Atmosphäre aufgeknüpft sind; und man erinnert sich
kaum, daß der Boden, den man bewohnt, höher über den nahen Küsten des
stillen Meeres liegt, als der Gipfel des Canigu über dem Bassin des mittel=
ländischen Meeres."

„Betrachtet man den Rücken der Cordilleren als eine ungeheuere, von
fernen Gebirgsmassen begrenzte Ebene, so gewöhnt man sich, die Ungleich=
heiten des Kamms der Anden als ebensoviele isolirte Spitzen anzusehen.
Der Pichincha, der Cayambe, der Cotapaxi und alle diese vulkanischen Pic's,
welche mit eigenen Namen bezeichnet sind, unerachtet sie bis über die Hälfte
ihrer ganzen Höhe nur eine Masse ausmachen, scheinen in den Augen der
Bewohner von Quito eben so viele Berge, die sich mitten auf einer wald=
losen Ebene erheben, und diese Täuschung wird um so vollständiger, da die
Einschnitte des doppelten Kamms der Cordilleren zu der Fläche der hohen,
bewohnten Ebenen hinabreichen. Die Anden stellen sich daher auch nur in
großer Entfernung, wie von der Küste des großen Oceans oder von den
Steppen, welche sich an ihrem östlichen Abhang hinstrecken, als eine völlige
Kette dar. Steht man dagegen auf dem Rücken der Cordilleren selbst, ent=
weder im Königreiche Quito oder in der Provinz de los Pastos, oder noch
nördlicher, im Innern von Neuspanien, so sieht man blos einen Haufen

einzelner Berggipfel und Gruppen isolirter Gebirge, welche sich von dem Centralplateau losmachen; denn je größer die Masse der Cordilleren ist, um so schwerer findet man es, ihren Bau und ihre Größe aufzufassen."

„Und dennoch wird das Studium dieser Form und dieser Gebirgs= physiognomie, wenn ich den Ausdruck wagen darf, durch die Richtung der hohen Ebenen, welche den Rücken der Anden bilden, wunderbarlich erleich= tert. Reist man von der Stadt Quito nach dem Paramo Aſſuay, so sieht man auf einer Länge von 37 Meilen nach einander westwärts die Spitzen des Cositagua, Pichincha, Atacazo, Corazon, Jliniza, Carguairazo, Chim= borazo und Cunambay, und gegen Osten die Gipfel des Guamani, Anti= sana, Paſſuchoa, Rumiñavi, Colopaxi, Quelendaña, Tungurahua und Capa= Urcu erscheinen, welche sämmtlich mil Ausnahme von dreien oder vieren höher sind als der Montblanc. Diese Gebirge stehen auf eine Weise da, daß sie vom Centralplateau aus betrachtet, statt sich gegenseitig zu bedecken, vielmehr in ihrer wahren Gestalt, wie auf das azurblaue Himmelsgewölbe gemalt, darstellen. Man glaubt auf einem und demselben verticalen Plan ihren ganzen Umriß zu sehen; sie erinnern an den imposanten Anblick der Küsten von Neunorfolt und des Cookfluſſes, und gleichen einem schroffen Uferland, das sich aus dem Meere hebt, und um so näher scheint, da fein Gegenstand zwischen ihm und dem Auge steht.

„Wie sehr indeß der Bau der Cordilleren und die Form des Central= plateaus die geologischen Beobachtungen begünstigen, und wie leicht sie es dem Reisenden machen, die Umrisse des doppelten Kammes der Anden in der Nähe zu untersuchen, so verkleinert die ungeheuere Höhe dieses Plateaus dafür auch die Gipfel, welche auf Inselchen in den weiten Raum der Meere gestellt, wie der Mowna=Roa und der Pic von Teneriffa durch ihre furcht= bare Höhe Staunen erregen würden. Die Ebene von Tapia hat eine ab= solute Höhe von 2191 Metern ist, also nur ¹⁄₁₆ niedriger als der Aetna. Der Gipfel des Chimborazo reicht somit blos 3610 Meter über die Höhe dieses Plateaus weg, und demnach 64 Meter weniger als die Spitze des Montblanc über die Priorei von Chamouny, denn die Verschiedenheit des Chimborazo und des Montblanc verhält sich ungefähr wie die der Höhe des Plateaus von Tapia und des Grundes vom Chamounythale. Auch der Gipfel des Pic's von Teneriffa ist, gegen die Lage der Stadt Orotava ver= glichen, höher als der Chimborazo und der Montblanc über Riobamba und Chamouny."

„Gebirge, welche uns durch ihre Höhe in Erstaunen setzen würden wenn sie am Meeresufer ständen, scheinen auf den Rücken der Cordilleren gestellt bloße Hügel. Quito z. B. lehnt sich an einen kleinen Kegel, Invirac genannt, der den Bewohnern dieser Stadt nicht höher vorkommt, als der Montmartre oder die Höhe von Meudon den Parisern; und dennoch hat er nach meinen Messungen 3121 Meter absolute Höhe und erhebt sich dennoch beinahe so hoch als der Gipfel des Marboré, einer der höchsten Spitzen der Pyrenäenkette."

„Neben allen Wirkungen dieser Täuschung, welche durch die Höhe des Plateaus von Quito, von Mulalo und von Riobamba verursacht wird, würde man dennoch auf den Küsten oder auf dem östlichen Abhang des Chimborazo vergebens eine Stelle suchen, welche eine so prächtige Ansicht der Cordillere gestattete, als ich sie mehrere Wochen lang von der Ebene von Tapia aus genossen habe. Steht man auf dem Rücken der Anken zwischen dem doppelten Kamm, den die kolossalen Spitzen des Chimborazo, des Tungurahua und des Cotapaxi bilden, so ist man ihren Gipfeln immer noch nahe genug, um sie unter sehr ansehnlichen Höhenwinkeln zu sehen. Steigt man aber gegen die Wälder herab, welche den Fuß der Cordilleren einschließen, so werden diese Winkel sehr klein; denn wegen der umgekehrten Masse der Gebirge entfernt man sich, je mehr man sich der Meeresfläche nähert, sehr schnell von den Gipfeln."

„Man erkennt 3 Arten von Hauptformen, die den Gipfeln der Anden eigen sind. Die noch thätigen Bullane, welche nur einen einzigen außerordentlich weiten Krater haben, sind konische Gebirge mit mehr oder weniger abgestumpfter Spitze, wie der Cotopaxi, der Popocatepetl und der Pic von Orizaba. Andere Bullane, deren Gipfel sich nach einer Menge Eruptionen gesenkt hat, stellen zackige Kämme, schiefe Spitzen und zerbrochene, Einsturz drohende Felsen dar. Von der Art sind z. B. der Altar, oder der Capac-Urcu, ein Gebirge, das einst höher war als der Chimborazo und dessen Zerstörung eine in der Naturgeschichte des neuen Continents merkwürdige Epoche bezeichnet; und der Carguairazo, welcher größtentheils in der Nacht vom 19. Juli 1698 zusammenstürzte. Wasserströme und Thonauswürfe brachen dazumal aus den geöffneten Seiten des Berges hervor und machten die ihn umgebenden Gefilde unfruchtbar. Diese schreckliche Katastrophe war überdieß von einem Erdbeben begleitet, das Tausende von Einwohnern in den nahen Städten Hambato und Llactacunga erschlug."

„Die dritte und majestätische Form der hohen Andengipfel ist die des Chimborazo, dessen Spitze abgerundet ist. Sie erinnert an die kraterlosen Auswüchse, die die elastische Kraft der Dünste in Gegenden auftreibt, wo die grottenreiche Rinde des Globus durch unterirdisches Feuer unterminirt ist.

Die Ansicht von Granitgebirgen hat nur eine schwache Aehnlichkeit mit der des Chimborazo. Die Granitgipfel sind abgeplattete Halbkugeln, und die Trappporphyre bilden die hochaufstrebenden Kuppeln. So sieht man an den Küsten der Südsee, wenn die Luft nach den langen Winterregen plötzlich sehr durchsichtig geworden ist, den Chimborazo wie eine Wolke am Himmel erscheinen. Er hat sich völlig von den ihm benachbarten Spitzen los gemacht und erhebt sich über die ganze Andenkette wie jener majestätische Dom, das Werk von Michael Angelo's Genie, über die antiken Denkmale, welche das Capitol umfassen."

Die literarische Thätigkeit, welche Humboldt nach seiner Rückkehr aus Amerika entwickelte, gehört wohl zu dem Großartigsten, was in dieser Beziehung geleistet werden kann, sowohl was die absolute Anzahl und den Umfang der veröffentlichten Werke als auch die Mannichfaltigkeit der darin behandelten Gegenstände anbelangt.

Das Hauptwerk bilden die in französischer Sprache herausgegebenen Berichte über die Reise, welche den Titel: „Voyage aux regions équinoxiales du nouveau Continent, fait en 1799, 1800, 1801, 1802, 1803 et 1804" führen und aus 6 Abtheilungen, in gewissem Grade selbstständigen Werken, bestehen, die aber nicht nach der Reihe der Sectionsziffer erschienen sind, wie auch der ursprüngliche Plan des Werkes sich im Laufe der Jahre geändert hat. Als Endresultat gilt folgende Eintheilung:

Erste Abtheilung: Relation historique. 3 Bände in 4. Paris, 1511—1629, oder 13 Bände 8. Paris, 1516—1632.

Hiervon ist (Stuttgart 1815—1832) in 6 Octavbänden eine deutsche Uebersetzung erschienen, welche sich jedoch des Beifalls Humboldt's nicht zu erfreuen hatte, wie aus der Vorrede zu einer zweiten Uebersetzung erhellt, welche Hauff gegenwärtig herausgibt, die aber noch nicht vollendet ist.

Ursprünglich war die Relation historique auf 4 Bände in 4. berechnet; doch sind nur 3 davon erschienen, welche bis zum Antritte der Expedition nach Peru (April 1801) reichen.

Atlas géographique et physique. 39 Tfl. mit Text. *Vues des Cordillères et monuments des peuples indigènes de l'Amérique (Atlas pittoresque).* Paris fol. 69 Tfl. mit Text.

Zweite Abtheilung: *Recueil d'observations de zoologie et d'anatomie comparée faites dans l'Océan Atlantique, dann l'Intérieur du*

Nouveau Continent et dans la Mer du Sud pendant les années
1799—1804.

Paris, 1811 und 1832. 2 Bände. 4.

Dritte Abtheilung: *Essai politique sur le royaume de la Nouvelle Es-*
pagne. Ouvrage qui présente des recherches sur la géographie du
Mexique, sur l'étendue de sa surface et sa division politique en inten-
dances, sur l'aspect physique du sol, sur la population actuelle, l'état
de l'agriculture, de l'industrie manufacturière et du commerce; sur
les Canaux qui pourraient réunir la mer des Antilles au Grand Océan;
sur les revenus de la couronne, la quantité de métaux qui a reflué
du Mexique en Europe et en Asie, depuis la découverte du Nouveau
Continent et sur la défense militaire de la Nouvelle Espagne.
2 Bände, Paris, 1811. 4. Mit Atlas; Text besonders 5 Bände, Paris,
1811. 8. 2. Aufl. 4 Bände, 1825. 8. Deutsch. 2 Bde. Stuttgart und
Tübingen, 1811.

Vierte Abtheilung: *Recueil d'observations astronomiques, d'opérations*
trigonométriques et de mesures barométriques faites pendant le cours
d'un voyage aux régions équinoxiales du nouveau continent, depuis
1799 jusqu'en 1804, redigés et calculées 'd'après les tables les
plus exactes par Jabbo Oltmanns; ouvrage auquel on a joint
des recherches historiques sur la position de plusieurs points impor-
tants pour les navigateurs et pour les géographes.
(2 Bände, Paris 1808—10. 4.)

Fünfte Abtheilung: *Physique générale et géologie: Essai sur la géo-*
graphie des plantes, accompagné d'un tableau physique des régions
équinoxiales, fondé sur des mesures exécutées, depuis le dixième
degré de latitude boréale jusqu'au dixième degré de latitude australe;
pendant les années 1799, 1800, 1801, 1802, 1803.
Paris und (deutsch) Tübingen 1807. 1 Band 4., mit einer Tafel.

Sechste Abtheilung. 1) *Plantes équinoxiales, recueillies au Mexique,*
dans l'île de Cuba, dans les provinces de Caraccas, de Cumana
et de Barcelonne, aux Andes de la Nouvelle-Grénade, de Quito et
du Pérou et sur les bords du Rio-Negro, de l'Orénoque et de la
rivière des Amazones.
2 Bde. Paris 1805—1818, gr. fol. mit 140 Kpfrn.
2) *Monographie des Melastômes et autres genres du même ordre.*
2 Bde. Paris 1806—23. gr. fol. mit 120 color. Kpfrn.
3) *Nova genera et species plantarum, quas in peregrinatione ad*

*plagam aequinoctialem orbis novi collegerunt, descripserunt, partim
adumbraverunt A. Bonpland et A. de Humboldt, in ordinem di-
gessit C. S. Kunth.* 7 Bde. Paris 1815—23, in 4 und fol. mit 700
Kupfern.

4) *Mimoses et autres plantes légumineuses du nouveau continent, re-
digées par C. S. Kunth.* Paris 1519—24. gr. fol. mit 60 color.
Kupfern.

5) *Révision des graminées publiées dans les Nova genera et species
plantarum de M. M. de Humboldt et Bonpland, précédée d'un
travail sur cette Famille par C. S. Kunth.* 2 Bände. Paris,
1629—34. gr. fol. Mit 100 Kupfern.

6) *Synopsis plantarum, quas in itinere ad plagam aequinoctialem
orbis novi collegerunt A. de Humboldt et A. Bonpland auctore C. S.
Kunth.* 4 Bde. Straßb. und Paris, 1922—26. 8.

Die vorstehenden Werke sind, wie sich schon aus den Titeln einiger derselben ergibt, nicht alle von Humboldt selbst verfaßt, da eines Menschen
Leben hierzu nicht ausreichen würde.

Einen Theil davon hat Bonpland bearbeitet. Beide Reisende waren
nämlich übereingekommen, die Veröffentlichung ihrer Resultate in der Weise
zu veranstalten, daß der Titel jedes Buches beide Namen gemeinschaftlich enthalte, wenn auch nur einer die Redaction desselben besorgt hätte. So ist, wie
Humboldt in der Einleitung zur Relation historique, die er selbst verfaßt
hat, angibt, die Bearbeitung der Werke 1 und 2 der 6. Abtheilung von
Bonpland. Dieser Gelehrte hat übrigens nur verhältnißmäßig kurze
Zeit an der Herausgabe des ganzen Werkes Theil genommen. Als das erste
Napoleonische Reich gestürzt war, behagte es ihm in Frankreich nicht mehr,
und er ging daher 1818 als Professor der Naturgeschichte nach Buenos-
Ayres. Als man lange nichts mehr von ihm erfahren hatte, kam endlich die
Nachricht, er sei im Jahre 1820 in das Innere von Paraguay gereist, wo
er in St. Anna am östlichen Ufer des Flusses Parano eine indianische Co-
lonie gegründet hatte, welche er besuchen wollte. Dort wurde er auf Befehl
des Dr. Francia, des Dictators von Paraguay, gefangen genommen, weil
Letzterer die Anpflanzungen von Paraguaythee, die Bonpland an mehreren
Punkten Brasiliens angelegt hatte, mit eifersüchtigen Augen betrachtete, und
den Concurrenten unschädlich machen wollte. Im Jahre 1829 erfuhr man,
Bonpland sei frei und habe sich nach Buenos-Ayres zurückgezogen. Später
ließ er sich in San Borja, einem kleinen Flecken von Paraguay, nieder und

lebte dort ruhig im Kreise seiner Familie. Er starb im April 1858 zu Corientes.

In der zweiten Abtheilung des Reisewerks sind einige Abhandlungen über die Reptilien überhaupt, und ein paar von Humboldt und Bonpland aus Amerika mitgebrachte insbesondere, von Cuvier. Die Beschreibung der Insecten hat Latreille, die der Fische und Muscheln Valenciennes übernommen.

Die dritte Abtheilung ist von Humboldt verfaßt.

In der vierten Abtheilung finden wir größtentheils die Arbeit von Oltmanns. Durch an Ort und Stelle gemachte Beobachtungen u. s. w. hatte Humboldt eine große Anzahl von Daten aus Amerika mitgebracht, welche zum Zwecke hatten, die geographische Länge verschiedener Punkte zu bestimmen. Bekanntlich mißt man die Höhe eines Ortes über dem Meere durch Beobachtung des Barometers, mit gleichzeitiger Angabe der Temperatur u. s. w. und es bleibt, um die wirkliche Höhe zu erhalten, nach der Beobachtung noch übrig, die durch letztere erhaltene Größe nach den Regeln zu benutzen, welche die rechnende Physik angibt, d. h. es ist die Höhe in Toisen oder Metern zu bestimmen, welche einem gegebenen Barometerstande bei dieser oder jener Temperatur, in dieser oder jener geographischen Breite, entspricht. Diese Arbeit kann lange, nachdem die Beobachtungen gemacht sind, aufgenommen werden, man begnügt sich daher in der Regel, die einfachen Beobachtungsresultate in den Reisetagebüchern anzugeben und rechnet dieselben nach der vorliegenden Formel gelegentlich aus. Diese Arbeit nun ist es, welche den größten Theil der vierten Abtheilung ausmacht und nicht von Humboldt, sondern von Oltmanns ausgeführt wurde. Die fünfte Abtheilung hat Humboldt zum Verfasser.

In der sechsten Abtheilung ist weitaus der größere Theil nicht von Humboldt's Hand. Die ersten zwei der oben angeführten Werke sind, wie bereits erwähnt, von Bonpland, die übrigen von Kunth; sie enthalten die Beschreibungen von Pflanzen. Humboldt hat also sowohl die systematische Zoologie, wie sich aus der zweiten Abtheilung ergibt, als auch die systematische Botanik Andern überlassen; dagegen findet sich in dem Werke „Nova genera etc." als Einleitung eine Abhandlung von seiner Hand, die auch unter dem Titel: „De distributione geographica plantarum secundum coeli temperiem et altitudinem montium prolegomena", separat abgedruckt wurde.

———————

8

Gehen wir auf die Besprechung der von Humboldt selbst herrührenden Abschnitte des Reisewerkes über, so begegnet uns zuerst die Relation
historique.

Dieses Werk, obwohl die erste Abtheilung des Ganzen bildend, wurde
unter allen andern Sectionen zuletzt in Angriff genommen, da Humboldt
ursprünglich gar nicht im Sinne hatte, einen Reisebericht zu veröffentlichen.
Zurückgekehrt von seiner Reise wurden die verschiedenen andern Sectionen
in Angriff genommen, und nun zeigte sich, daß die Reisetagebücher viel reich-
haltiger waren, als man ursprünglich geglaubt, insofern nach Abzug der
Beobachtungen aus der Zoologie, Botanik, u. s. w. noch eine Reihe von
Gegenständen übrig blieb, die sich nicht leicht unter eine der andern Klassen
einreihen ließen. Zuerst hatte Humboldt die Absicht, einzelne Gegenstände in besondern Abhandlungen zu veröffentlichen, und hatte, wie er in
seiner Einleitung zur Relation angibt, bereits mehrere derselben während seiner Reise ausgearbeitet, wie z. B. über die südamerikanische Menschheit, über
die Orinocomissionen, über die Hindernisse, welche das Klima und die Macht
der Vegetation in der heißen Zone den Fortschritten der menschlichen Gesellschaft entgegensetzt u. s. w.; doch entschloß er sich zuletzt, alle diese Gegenstände zu vereinigen und zugleich mit der Beschreibung seiner Reise zu veröffentlichen.

Diesem zufolge enthält die Relation außer der Aufzählung der einzelnen eigentlichen Reisebegebenheiten, sowie der Schilderungen der jeweiligen
Gegenden noch eine Menge von kürzeren Bemerkungen aus den verschiedensten Zweigen des menschlichen Wissens, und außerdem finden sich noch besondere Abhandlungen über einzelne Gegenstände. Um nämlich seinem Werke
mehr Abwechslung zu geben, flocht Humboldt nach dem Vorgange Saussure's hin und wieder Monographien ein, von denen jede für sich als
ein vollkommenes Ganzes hätte veröffentlicht werden können. So finden
sich Abhandlungen über den Golfstrom, die Verbreitung dieser oder jener
Pflanze, dieses oder jenes Thieres, über die Flüsse mit schwarzem Wasser,
Flüsse im Allgemeinen, Flußsysteme, Menschenracen, Erdbeben in der buntesten und zugleich anziehendsten Unordnung bei einander, so daß das ganze
Werk einem Baume im Urwalde nicht unähnlich wird, denn wie oben Humboldt gesagt hat, daß jeder Baum so vielen Pflanzen zum Aufenthaltsort
dient, daß diese eine beträchtliche Strecke Landes überdecken würden, so finden wir in jedem Buche von Humboldt's Relation historique eine Fülle
von selbstständigen Abhandlungen. In den, diesem Werke beigefügten Noten,
namentlich in denen des dritten Bandes, finden sich außerdem Beobachtun-

gen über die verschiedensten naturwissenschaftlichen Fächer. Von ihnen soll später gesprochen werden.

Was den Humboldt'schen Reisebericht besonders charakterisirt, das sind die politischen Versuche, die man in einem doch vorwaltend den Naturwissenschaften gewidmeten Werke kaum je in solcher Vollständigkeit finden wird. Die Länder, die er in Amerika durchforschte, waren zur Zeit seiner Expedition Eigenthum der spanischen Krone, die, wie schon erwähnt, keinem Ausländer als ihm gestattete, frei nach allen Richtungen hin die Colonien zu durchstreifen, und keinem außer ihm waren die vorhandenen Archive u. dergl. zur Einsicht überlassen. Er benutzte die Gelegenheit, und entwarf über die politischen Zustände jener Gegenden Bilder, die noch jetzt selbst für die Staaten Europa's als Muster dastehen, da sie Alles umfassen, was Natur und Mensch beitragen, um einem Lande das zu geben, was ihm eigentlich als Unterschied von andern Gegenden zukommt. Ebenso gehören die statistischen Zusammenstellungen über die dortigen Verhältnisse wohl zu den ersten, die man überhaupt kennt. Die Natur der Länder ist seitdem geblieben, was sie war, und Humboldt's Berichte sind daher noch jetzt so gültig, als sie bei dem Erscheinen der Werke waren; was aber die Menschen und die von der natürlichen Beschaffenheit des Bodens selbst unabhängigen Data anbelangt, so ist seit jener Zeit eine bedeutende Umänderung eingetreten, denn die ehemaligen Colonien Spaniens haben sich indessen, mit Ausnahme von Cuba und ein paar kleineren Inseln, vom Mutterlande unabhängig gemacht, und während sie von der nach der Entdeckung erfolgten Eroberung an bis zu dem Abfalle, also fast durch 3 Jahrhunderte hindurch sich des tiefsten Friedens erfreut hatten, haben sie das, was ihnen während dieser Zeit an kriegerischen Ereignissen verspart war, durch bürgerliche Zwistigkeiten reichlich wieder eingeholt. Die statistischen Tabellen, die Humboldt in seinem Reisewerke gibt, sind daher auf die Jetztzeit nicht mehr anwendbar, doch würden sie für ein etwaiges Geschichtswerk jener Länder, für die Vergleichung der jetzigen oder dereinstigen Zustände mit den früheren, Quellen von unschätzbarem Werthe sein, wobei ein besonders günstiger Zufall der Umstand ist, daß die Humboldt'schen Arbeiten gerade für jene Zeit gelten, in welcher die spanische Regierung ihr Ende erreichte, so daß diese politischen Darstellungen mit einem Wendepunkte der Geschichte zusammenfallen.

Solcher politischer Versuche sind drei vorhanden: die Beschreibung der Zustände von Venezuela (Relation historique III. Cap. XXVI.), von Cuba (Rel. hist. III. Cap. XXVIII., auch besonders abgedruckt als Essai politique sur l'Ile de Cuba, avec une carte et un supplément qui renferme des consi-

6 *

dérations sur la population, la richesse territoriale et le commerce de l'Archipel des Antilles et de Columbia. Paris 1826. 2 Bde. 8 mit einer Karte.

(Das Werk wurde auch in's Spanische, später theilweise in's Englische über=
setzt), und endlich die Beschreibung von Neuspanien (Mexico), welche letztere
weitaus die vollständigste in 2 Quartbänden mit einem Atlas von 20
Tafeln die dritte Abtheilung des ganzen Reisewerkes ausmacht, wie bereits
oben angegeben wurde.

Da ich mir vorbehalten muß, auf einige in den Essais besprochene Ge=
genstände weiter unten zurückzukommen, so will ich mich hier darauf beschrän=
ken, einen Vergleich anzuführen, den Humboldt zwischen den Localver=
hältnissen der Vereinigten Staaten und denen der ehemaligen spanischen
Colonien angestellt hat.

„Trotz den günstigen Verhältnissen, welche dem tropischen Amerika
eigen sind, und der Staatsklugheit, die ich bei den neuen republikanischen
Regierungen südlich und nördlich vom Aequator gerne voraussetzen will,
bezweifle ich, daß die Bevölkerungszunahme in Venezuela, Spanisch=Guyana,
Neugranada und Mexico im Allgemeinen so bedeutend sein könne als in den
Vereinigten Staaten. Letztere liegen gänzlich in der gemäßigten Zone, haben
keine hohen Gebirgsketten und bieten eine ungeheure Fläche von leichtculti=
virbarem Boden. Die Jäger=Horden von Indianern ziehen sich theils vor
den Colonisten zurück, die ihnen ein Gräuel sind, theils vor den Methodisten,
die ihrer Neigung zum Müßiggang und Herumschweifen nicht zusagen.
Allerdings producirt in Spanisch=Amerika der fruchtbarere Boden auf
gleichem Raume mehr Nahrungsstoffe, denn auf den Hochebenen der Tro=
penregion liefert das Getreide das 20—24fache Korn; aber die von fast unzu=
gänglichen Spalten durchfurchten Cordilleren, nackte, öde Steppen, Wildnisse,
die sowohl der Axt als dem Feuer widerstehen und giftige Insecten werden
dem Landbau und der Industrie mächtige Hindernisse in den Weg legen.
Die unternehmendsten und kräftigsten Colonisten können in den Bergdistric=
ten von Merida, Antiochia und Los Pastos, in den Llanos von Venezuela
und am Guaviare, in den Wäldern des Magdalenenstromes, des Orinoco,
der Provinz Esmeralda, oder im Westen von Quito nicht fortkommen, wie
sie ihre Bodenerwerbungen gemacht haben in den waldigen Ebenen westlich
von den Alleghanies, von den Quellen des Ohio, Tenessee und Alabama
bis zu den Ufern des Missouri und des Arkansas. Erinnert man sich an
meinen Bericht von der Orinocoreise, so kann man sich einen Begriff von
den Hindernissen machen, welche eine mächtige Natur in heißen feuchten Land=
strichen den Bestrebungen des Menschen entgegensetzt. In Mexico sind große

Strecken Landes von Quellen entblößt; die Regen sind selten und der Mangel an schiffbaren Flüssen erschwert den Verkehr. Die ursprüngliche Bevölkerung war Ackerbau treibend, und da sie es schon lange vor Ankunft der
Spanier war, hatte der leicht zugängliche und culturfähige Boden schon seine
Eigenthümer. Ueberhaupt findet man dort weniger, als man sich in Europa
einbildet, weite und fruchtbare Landstriche die zur Verfügung des ersten besten
stehen, der sie in Besitz nehmen will, oder die man dem Aerarr ablaufen
könnte. Daraus geht hervor, daß die Bewegung der Colonisirung im spanischen Amerika nicht so frei und so schnell sein kann, als sie bisher in dem
westlichen Theile der angloamerikanischen Union war. Die Bevölkerung
dieser Union ist nur zusammengesetzt aus Weißen und aus Negern, welche
aus ihrem Vaterlande geführt oder in der Neuen Welt geboren die Werkzeuge
der Industrie der Weißen geworden sind. Dagegen befinden sich in Mexico,
Guatimala, Quito und Peru mehr als 5½ Millionen rother Eingeborner,
welche trotz der Bemühungen, sie zu entindianifiren, ihre theils frei-
willige, theils gezwungene Isolirung, ihre Anhänglichkeit an alte Gebräuche
und ihr unbeugsamer, mißtrauischer Charakter noch lange verhindern wird,
an den Fortschritten des öffentlichen Wohles Theil zu nehmen."

„Ich weise auf diese Verschiedenheiten zwischen den Freistaaten des gemäßigten und des tropischen Amerikas hin, um zu zeigen, daß letztere mit physischen und moralischen Hindernissen zu kämpfen haben, und um zu beweisen,
daß diejenigen Länder, welche die Natur mit der größten Manchfaltigkeit und
Köstlichkeit ihrer Producte geschmückt hat, darum nicht allemal fähig sind,
leicht eine rasche, gleichmäßig ausgebreitete Cultur anzunehmen. Würde
man die Gränzen in's Auge fassen, welche die Bevölkerung unter der Annahme, sie sei einzig von der Menge von Subsistenzmitteln abhängig, welche
der Boden zu liefern im Stande ist, erreichen kann, so würde eine ganz einfache Rechnung das Uebergewicht der in den schönen Gegenden der heißen
Zone gegründeten Staaten angeben; aber die Staatsökonomie oder die Sach-
kenntniß der Regierungen traut solchen Rechnungen und unbegründeten B:-
trachtungen nicht. Man weiß, daß durch die Vermehrung einer einzigen
Familie ein vorher unbewohnter Continent in 800 Jahren 8000 Millionen
Einwohner haben könnte, und doch sind diese Rechnungen, die darauf gegründet sind, daß sich die Bevölkerung in 25—30 Jahren jedesmal verdopple,
von der Geschichte aller in der Civilisation vorgeschrittenen Völker nicht
bestätigt. Die Geschicke, welche den Freistaaten von Spanisch-Amerika bevor-
stehen, sind zu großartig, als daß es nothwendig wäre, sie mit dem Trug-
werke von Illusionen und chimärischen Rechnungen auszuschmücken."

Diese Sätze, welche Humboldt vor mehr als 30 Jahren geschrieben und welche sich auf die Erfahrung gründen, welche er vor nahezu 60 Jahren gemacht hat, lassen sich mit dem Erfolge derselben nicht gut vergleichen, wenn man die spanisch=amerikanischen Freistaaten mit der angloamerikanischen Union zusammenhält, da fortdauernder innerer Friede die letztere seither begünstigte, während die Geschichte der Hispanoamerikaner seit ihrer Lostrennung vom Mutterlande fast nichts als eine Reihe von Bürgerkriegen bietet. Die Fort= schritte der nördlichen Union sind im Verhältniß zu denen der spanischen Staaten um so bedeutender, als letztere eher zurückgekommen sind. Der Ein= fluß den der Boden und das Klima auf den Fortschritt in den beiden Staa= tensystemen bisher hatte, ist verwischt durch den der bürgerlichen Verhältnisse. Man könnte sich daher, Humboldt entgegen, zu der Ansicht bekennen, daß eigentlich nur die politischen Zustände, nicht die klimatischen Verhältnisse an dem Zurückbleiben der spanischen Staaten Schuld seien. Zieht man außer den spanischen Staaten und der Union von Nordamerika noch andere Systeme bei, so zeigt sich, daß auch Brasilien, obwohl der größten Ruhe genießend, sich mit der großen Union nicht vergleichen lasse, und eben so ist es mit den den europäischen Seemächten gehörenden Antheilen von Guyana, den näch= sten Nachbarn der von Humboldt besuchten Orinocoländer. Das bri= tische Guyana und Canada gehören zu demselben europäischen Staate und es kann wohl nicht geläugnet werden, daß Canada seit 60 Jahren entschie= den größere Fortschritte gemacht hat als Guyana; da hier die Ursache des Unterschieds nicht an der Regierungsweise liegen kann, muß dieselbe in den Ortsverhältnissen liegen, um welche Canada günstiger gestellt ist, als Guyana. Es ist wohl nicht minder sicher, daß die Lage der Vereinigten Staaten von Nordamerika des milderen Klimas wegen der von Canada, dessen nördliche Theile schon unbewohnt sind, weitaus vorzuziehen sei und um so mehr sind die Länder der Union günstig gestellt gegen die heißen Länder der Spanier und Portugiesen. Der Erfolg hat daher die oben angeführten Sätze Humboldt's vollkommen bestätigt, wenn auch im spanischen Staatensysteme die politischen Ereignisse in einer Weise mitgewirkt haben, daß man den Einfluß der geographischen Lage darüber ganz übersehen könnte.

Außer der Relation historique gehören zur ersten Abtheilung des gan= zen Reisewerkes noch 2 Atlanten.

Der geographisch=physikalisch Atlas enthält größtentheils Karten der bereisten Länder. Der Text dazu ist auch unter dem besondern Titel erschienen: Examen critique de l'histoire de la géographie du nouveau continent et des progrès de l'astronomie nautique aux quinzième et seizième siècles. 5 Bre. 8. Paris 1936—1939. Deutsch von Ideler.

Der pittoreske Atlas (auch Vues des Cordillères) erhielt die Bestimmung, einige der großartigen Scenerien, welche die Natur in der hohen Andeskette bietet und von denen ich oben ein paar Beispiele angeführt habe, zur allgemeinen Kenntniß zu bringen und zugleich durch Studium der Bauwerke, Hieroglyphen, religiösen Uebungen und astrologischen Träumereien der Amerikaner, auf ihre alte Civilisation Licht zu werfen. Humboldt beschreibt die Einrichtung der Teocallis oder mexicanischen Pyramiden, die er mit der Construction des Belustempels vergleicht, ferner die Arabesken, welche die Ruinen von Mitla bedecken, die mit der Calantica der Isiotöpfe geschmückten Götzenbilder aus Basalt, und eine beträchtliche Anzahl symbolischer Bilder, welche die Frau mit der Schlange, die mexicanische Eva, die Ueberschwemmung von Coxcox und die ersten Wanderungen der aztekischen Völkerschaften vorstellen. Humboldt zeigte die auffallenden Analogien, welche der Kalender der Tolteken und die Einrichtung ihres Thierkreises mit der Zeiteintheilung der tartarischen und tibetanischen Völkerschaften haben, oder die mexicanischen Ueberlieferungen von den 4 Zeitaltern der Erde mit denen der Hindu und des Hesiod. Außerdem enthält der Atlas noch die Copien von Hieroglyphen der Amerikaner, die Humboldt selbst mitgebracht hat, theils sich in Rom, Belletri, Wien und Dresden befinden.

Die zweite Abtheilung des Reisewerkes enthält die Beobachtungen aus der Zoologie. Von Humboldt selbst verfaßte Abhandlungen sind darunter die Geschichte des Condors, Versuche mit Zitteraalen, Abhandlungen über den Nichtkopf der Krokodile, der Affen und Tropenvögel, über die Respiration der Krokodile und der Fische, über die Luftblase der letzteren, und dann Beschreibungen verschiedener Thiere, die vorher wenig oder gar nicht gekannt waren. Wie aus der Einleitung zur Relation historique zu entnehmen ist, beabsichtigte Humboldt, im zweiten Bande die Abbildungen von Schädeln von Mexicanern, Peruanern und Anwohnern des Alures zu bringen, doch sind diese ausgeblieben. Das Erscheinen des zweiten Bandes hat eine sehr lange Verzögerung erlitten, da dieses Buch erst 1833 erschien. Dem Ganzen beigegeben sind 69 Kupfertafeln, von denen ein Theil colorirt.

Die dritte Abtheilung des Reisewerkes enthält, wie bereits erwähnt, den vollständigsten der 3 Essais politiques, über den Zustand der wichtigsten Colonie Spaniens, des Königreichs Neuspanien oder Mexico. Das Resultat der 2 Quartbände umfassenden Untersuchungen hat Humboldt selbst (II. 825.) in folgenden Sätzen zusammengefaßt.

Physische Lage. In Mitte des Landes geht eine breite Bergkette, zuerst von Südost nach Nordwest, dann jenseits des 30. Breitegrades von Süd nach Nord. Weite Hochebenen erstrecken sich über den Rücken des Gebirges und erniedrigen sich gegen die gemäßigte Zone hin; in der heißen Zone erreicht ihre Höhe 2300—2400 Meter. Der Abhang der Cordilleren ist mit dichten Waldungen bedeckt, während das Centralplateau allgemein fast kahl und von Begetation entblößt ist. Die höchsten Gipfel, von denen mehrere die Schneegränze überschreiten, sind mit Eichen und Tannen geschmückt. In der heißen Zone stehen die verschiedenen Klimate wie Stockwerke über einander: zwischen 15° und 22° Breite steigt die Mittelwärme des Küstenstriches, der feucht und für die in kälteren Ländern Geborenen ungesund ist, auf 25°—27° C., auf dem wegen seiner gesunden Luft berühmten Centralplateau auf 16°—17°. Der Regen ist im Innern wenig bedeutend und die am meisten bevölkerte Gegend besitzt keine schiffbaren Flüsse.

Territorialausdehnung. Hundertachtzehntausend Quadratlieues (20 Lieues — 1°), von denen zwei Drittheile in der gemäßigten Zone liegen; das in der heißen Zone liegende Drittheil hat in Folge seiner bedeutenden Höhe eine Temperatur, welche man im Frühjahr im südlichen Italien und Spanien findet.

Bevölkerung. 5,840,000 Einwohner, von denen 2½ Millionen rothe Eingeborene, 1 Million in Mexico geborene Abkömmlinge von Spaniern, 70,000 eigentliche Spanier sind; Negersclaven fast keine. Die Bevölkerung ist auf der mittleren Hochebene concentrirt. Der Clerus zählt 14,000 Individuen, die Hauptstadt hat 135,000 Einwohner.

Landbau. Bananen, Manioc, Mais, Cerealien und Kartoffeln bilden die Grundlage der Volksnahrung. Die in der heißen Zone überall da, wo der Boden sich auf 12—1300 Meter erhebt, angebauten Cerealien liefern das 24fache Korn. Der Manguey (Agave) kann als die Rebe der Eingebornen betrachtet werden. Die Cultur des Zuckerrohres hat seit Kurzem reißende Fortschritte gemacht; Bera-Cruz führt jährlich 5½ Millionen Kilogramme oder für 1,300,000 Piaster mexicanischen Zucker aus. An den westlichen Küsten baut man Baumwolle von vorzüglicher Qualität. Der Anbau von Cacao und Indigo sind gleichmäßig vernachläßigt. Die Banille aus den Wäldern von Quilate gibt einen jährlichen Ertrag von 9000 Bentnern. Tabak wird mit Sorgfalt gebaut in den Districten von Orizaba und Cordova; Wachs ist in Ueberfluß vorhanden in Yucatan; Cochenille liefert Oaxaca jährlich 400,000 Kilogramme; Hornvieh ist äußerst zahlreich in den innern Provinzen[1] und an der Ostküste zwischen Panuco und Guasacualco. Der Zehent des Clerus, dessen Höhe das Anwachsen der Landproducte angibt, hat sich seit 10 Jahren um ⅔ vermehrt.

Bergbau. Jährliche Ausbeute: Gold 1600 Kilogramme, Silber 537,000 Kilogramme, im Ganzen 23 Millionen Piaster oder fast die Hälfte des Werthes von edlen Metallen, welche man jährlich den Minen der beiden Amerika entführt. Die Münze von Mexico lieferte von 1090—1803 mehr als 1353 Millionen Piaster und seit der Entdeckung von Neuspanien bis zum Beginne des 19. Jahrhunderts wahrscheinlich 2028 Millionen Piaster oder fast zwei Fünftheile alles Goldes und Silbers, welches in dieser Zeit aus der neuen Welt in die alte gewandert ist. Drei Minendistrikte, Guanaxuato, Zacatecas und Catorce, welche eine zwischen 21° und 24° Breite gelegene Centralgruppe bilden, geben fast die Hälfte alles Goldes und Silbers, welches jährlich den Bergwerken Neuspaniens entnommen wird. Der Gang von Guanaxuato allein, reicher als die Gruben von Potosi, liefert im Durchschnitte jährlich 130,000 Kilogramme Silber oder ein Sechstheil alles Silbers, das Amerika im Jahre in Umlauf bringt. Allein die Mine von Valenciana, in welcher die Ausbeutungskosten im Jahre über 4½ Millionen Franken betragen, liefert dennoch seit 40 Jahren seinen Eigenthümern einen jährlichen Reingewinn von mehr als 3 Millionen Franken. Dieser Gewinn hat sich bisweilen auf 6 Millionen erhoben, ja die Familie Fagoaga in Sombrerete hat schon binnen wenigen Monaten 20 Millionen gewonnen. Seit 22 Jahren hat sich der Ertrag der mexicanischen Bergwerke verdreifacht, seit 100 Jahren versechsfacht, und wird noch hoch steigen, je nachdem die Bevölkerung des Landes wächst und die Erfahrung zunimmt. Weit entfernt, den Landbau zu beeinträchtigen, hat die Ausbeutung der Bergwerke die Cultivirung der am wenigsten bewohnten Landstriche begünstigt. Der Reichthum der mexicanischen Minen beruht mehr auf der Mächtigkeit der Gänge, als auf dem Reichthume des Silbererzes selbst; letzteres enthält nur 2 Tausendtheile oder 3 bis 4 Unzen Silber auf den Zentner Erz. Die Menge des Erzes, welches mit Hülfe von Quecksilber durch Amalgamirung ausgebeutet wird, verhält sich zu der des ausgeschmolzenen Gesteins wie 3½ zu 1. Das übliche Amalgamirverfahren ist langwierig und verursacht großen Verlust an Quecksilber, der für ganz Neuspanien jährlich 700,000 Kilogramme beträgt. Es ist möglich, daß die mexicanischen Cordilleren eines Tages soviel

---

1) Das jetzige Neumexico.

Quecksilber, Kupfer und Blei produciren als sie brauchen, um ihren Bedarf zu decken.

Manufacturen. Jährlicher Werth der Industrieprodukte 7 — 8 Millionen Piaster. Die Kupferwerke, Tuch= und Baumwollenfabriken haben gegen das Ende des vergangenen Jahrhunderts einigen Aufschwung genommen.

' Handel. Einfuhr von fremden Producten und Waaren: 20 Millionen Piaster; Ausfuhr an Landesproducten und Industrieerzeugnissen: 6 Millionen; Ertrag der Minen an Gold und Silber 23 Millionen, von denen 8 — 9 für den König ausgeführt werden. Somit bleibt, wenn man von dem Reste von 15 Millionen 14 abzieht, um die Differenz zwischen Ein= und Ausfuhr zu decken, eine jährliche Zunahme der Zahlungsmittel von Mexico von kaum einer Million Piaster.

Staatseinkommen. Die Bruttoeinnahme beträgt 20 Millionen Piaster, von denen 5½ Gold= und Silberausbeute, Tabaksteuer, 3 die Steuern der Weißen ausmachen, während die Steuern der Indianer 1,300,000, der Aufschlag auf den Pulque, d. i. den gegohrenen Saft der Agave 800,000 betragen.

Militärausgaben. Sie betragen ein Viertheil der ganzen Ein= nahme. Das mexicanische Heer zählt 30,000 Mann, von denen kaum ein Drittheil Linienmilitär ist, der Rest besteht aus Milizen. Der ununter= brochene kleine Krieg mit den nomadischen Indianern der innern Provinzen, und der Unterhalt der Präsidios oder Militärposten verursachen eine beträcht= liche Ausgabe. Der Zustand der Ostküste und die Bodengestaltung erleich= tern die Vertheidigung des Landes gegen einen Einfall von Seiten einer Seemacht."

Die vierte Abtheilung des Reisewerkes enthält die astronomischen Be= obachtungen Humboldt's. Ihr nächster Zweck ist nicht so sehr die Er= weiterung der eigentlichen Astronomie oder Sternkunde, sondern die Beför= derung der Geographie, welche behufs der Bestimmung von Länge und Breite gegebener Punkte auf die Beobachtung der Gestirne angewiesen ist. Wie schon erwähnt, hat Oltmanns die Beobachtungen Humboldt's berechnet. Das Resultat der Beobachtungen beider ist die erweiterte Kenntniß der geo= graphischen Lage von einer großen Anzahl von Punkten in Amerika, nebst deren Höhe über dem Meere, Data, die zusammen nothwendig sind, um sich Kunde von dem Relief eines Landes zu verschaffen. Humboldt selbst hat hiezu eine Abhandlung über die Strahlenbrechung geliefert.

Die fünfte Abtheilung sollte ursprünglich der Besprechung der Ent=

bedungen auf dem Gebiete der Physik und Geologie gewidmet sein. Humboldt wollte in einem Quartbande, unter dem Titel Pasigraphie géologique
seine geologischen und, wie namentlich aus der Einleitung zur Relation
historique p. 27 hervorgeht, seine magnetischen Beobachtungen veröffentlichen. Das Buch ist jedoch nicht erschienen. Das hierzu bestimmte Material scheint zum größten Theile unter den Noten zu sein, welche den einzelnen Büchern der Relation historique beigegeben sind, und namentlich findet
man eine große Anzahl von geognostischen, meteorologischen und magnetischen
Beobachtungen im dritten Bande derselben, der erst sehr spät und in einer
Zeit[1] erschien, in welcher Humboldt den Gedanken, die Pasigraphie zu
veröffentlichen, aufgegeben hatte.

An die Stelle dieser ausfallenden Abtheilung wird nun (z. B. Quérard,
France littéraire) eine andere Arbeit Humboldt's gesetzt, wie auch oben
geschehen ist, welche einen Versuch über die Pflanzengeographie und ein Naturgemälde aus der Tropenwelt enthält und, wie der Titel erkennen läßt,
eigentlich zur ersten Abtheilung gehört und als eine Art Einleitung zum
ganzen Werke dienen sollte.

In der sechsten Abtheilung finden wir die Beschreibungen der von
Humboldt und Bonpland in Amerika gesammelten Pflanzen. Diese Arbeit wurde, wie schon erwähnt, von Bonpland und Kunth ausgeführt,
von Humboldt selbst rührt die Einleitung her, die ebenfalls schon erwähnten Prolegomena, welche weiter unten besprochen werden sollen.

Humboldt hat sich trotz der großen Ausdehnung des großen Reisewerkes, an der er einen bedeutenden Theil selbst bearbeitet hat, nicht auf dasselbe
beschränkt, sondern noch eine große Anzahl von Schriften über die verschie-
denften Gegenstände veröffentlicht.

Wenn sich nicht in dem Nachlasse des Verstorbenen eine Sammlung
seiner sämmtlichen Schriften oder ein Verzeichniß derselben findet, so halte
ich die nachträgliche Anfertigung eines solchen Registers für eine reine Unmöglichkeit, da diese Arbeiten in der ganzen Literatur von Deutschland, Frankreich und selbst Spanien verstreut sind. Am wenigsten Schwierigkeiten
begegnet man noch in den Zeitschriften, wenn auch die verschiedensten derselben Humboldt'sche Artikel enthalten; schlimmer ist es dagegen bereits bei
den größeren Sammelwerken, Encyclopädien, Dictionnären u. s. w. Bei

---

1) Das Titelblatt dieses Bandes trägt die Jahreszahl 1821; aber am Ende
befinden sich magnetische Beobachtungen Humboldt's, die er 1829 in Asien
angestellt hat. Das ganze Werk ist in Lieferungen erschienen.

allen dieſen, nicht von der Hand eines einzigen Mannes herrührenden Wer=
ten war man erfreut und darum auch bemüht, einen Beitrag von Hum=
boldt zu erhalten. So kommt es denn, daß mitunter eine Arbeit von ihm
an einem Orte zu finden iſt, wo man ſie gar nicht vermuthet und darum
auch gar nicht geſucht hätte. Hierzu kommen noch Vorworte zu den verſchie=
denſten Büchern, und bekannt iſt, daß Zuſchriften Humboldt's an dieſen
oder jenen Verfaſſer häufig zu Vorworten mißbraucht worden ſind, um das
fragliche Buch dem Publikum zu empfehlen.

Unter dieſen Umſtänden halte ich es für das Beſte, nachſtehend ein Ver=
zeichniß Humboldt'ſcher Schriften folgen zu laſſen, welches nur die wichtigeren
Stücke enthält.

Expériences sur les moyens eudiométriques etc. (mit
　Gay=Luſſac). Journ. de physique LX. 1805.
Verſuch über die elektriſchen Fiſche. 8°. Erfurt 1806.
Ideen zu einer Phyſiognomik der Gewächſe. 8°. Tübingen
　1806.
Observations sur l'intensité et l'inclinaison des forces
　magnétiques, faites en France, en Suisse, en Italie et
　en Allemagne avec un tableau. (Mit Gay=Luſſac.) Mém.
　de la Société d'Arcueil I. 1807.
Ueber die Chinawälder in Südamerika. Magazin naturforſch.
　Freunde in Berlin. 1807.
Conspectus longitudinum et latitudinum geographica-
　rum, per decursum annorum 1799 ad 1904 in plaga
　aequinoctiali ab Al. de Humboldt astronomice obser-
　vatarum calculo subjecit Jabbo Oltmanns. 4°. Lat.
　Paris. 1808.
Anſichten der Natur. 2 Bde. 12°. Tübingen 1808. (2. Aufl.
　1826, 3. Aufl. 1849).
Recherches sur la réspiration des poissons (mit Provençal).
　Mém. d'Arcueil II. 1809 und Journal de physique LXIX. 1809.
Des volcans de Jorullo. Journ. de phys. LXIX.
Des eaux chargées d'acide muriatique. Ib. LXIX.
Sur les lois que l'on observe dans la distribution des for-
　mes végétales. Annal. de chimie et de physique I. 1816 und
　XVI. 1821.
Sur l'élévation des montagnes de l'Inde. Annal. de chimie et
　de phys. III. 1816.

Lignes des isothermes et de la distribution de la chaleur sur le globe. Mém. d'Arcueil III. 1617. Annal. de chimie et de phys. V. 1817.

Sur le lait de l'arbre de la Vache et le lait des végétaux en général. Ann. de ch. et de phys. VII. 1918.

De l'influence de la déclinaison du soleil sur le commencement des pluies équatoriales. Ib. VIII. 1818.

Sur les Gymnotes et autres poissons électriques. Ib. XI. 1819.

Sur l'accroissement nocturne de l'intensité du son. Ib. XIII. 1820.

Sur la limite inferiénre des neiges perpétuelles dans les montagnes de l'Himálaya et des régions équatoriales. Ib. XIV. 1820.

Sur les lois que l'on observe dans la distribution des formes végétales. Dictionnaire des sciences naturelles XVIII. 1820.

Sur la différence de hauteur à laquelle on cesse de trouver des poissons dans la Cordillère des Andes et dans les Pyrénées. Ann. de ch. et de phys. XIX. 1821.

Sur le gisement du granite dans la vallée de Fiemme. Ib. XXIII. 1823.

Essai géognostique sur le gisement des roches dans les deux hémisphères. 6°. Strassb. 1623. (Teutsch von C. v. Leonhard. 8°. Straßburg 1823.)

Analyse de l'eau du Rio Vinagre etc. Ib. XXVII. 1824.

Sur le Magnétisme polaire d'une montagne de chlorit chisteuse et de serpentine. Ib. XXV. 1824.

Observations sur quelques phénomènes peu connus qu'offre le goître sous les tropiques dans les plaines et sur les plateaux des Andes. 8°. Paris 1824.

Ueber die Gestalt und das Klima des Hochlandes in der iberischen Halbinsel. In Berghaus Hertha IV. 1925.

De la température des différentes parties de la zone torride au niveau des mers. Annal. chim. ph. XXXIII. 1826.

Ueber ben neuesten Zustand des Freistaats von Centroamerika oder Guatemala. Hertha VI. 1926.

Ueber die Provinz Antioquia und die neuentdeckte Lager=
stätte der Platina auf Gängen. Hertha VII. 1826.
Ueber die Ursachen der Temperaturverschiedenheit auf
dem Erdkörper. Poggendorff's Annalen XI. 1827.

Nach dieser Zusammenstellung der Arbeiten Humboldt's im Allge=
meinen bleibt übrig, näher auf den Inhalt der bezeichneten Werke einzu=
gehen und zu zeigen, welche Ansichten der große Gelehrte in den einzelnen
Fächern gehabt habe. Zu diesem Zwecke ist es nöthig, das Ganze (wie
dieses auch im ersten Abschnitte geschehen ist) in verschiedene Kapitel einzu=
theilen, doch ist diese Eintheilung durch die weitaus größere Mannchfaltigkeit
der von Humboldt bearbeiteten Gegenstände weit schwieriger als dort und
die Schwierigkeit wächst noch dadurch, als in jeder einzelnen Abhandlung der
eine Punkt in seiner Verbindung mit andern gegeben ist.

Nach langem Wählen habe ich es für das Zweckmäßigste gehalten, das
Ganze in folgende Kapitel einzutheilen:

1. Die Meteorologie.
2. Die Thiere.
3. Die Pflanzen.
4. Gesteine, Vulkane und Erdbeben.
5. Magnetismus.
6. Geographie.
7. Der Mensch.

Bei dieser Eintheilung wird allerdings hin und wieder ein Gegenstand
von einem andern gerissen, mit dem er verwandt ist; allein dieses ist nicht
nur hier der Fall, sondern überall, wo Eintheilungen gemacht werden, wenn
es sich um die Gesammtnaturwissenschaft handelt, welche eben in den Hum=
boldt'schen Werken die Hauptrolle spielt.

B. Humboldt's Arbeiten über einzelne Gegenstände.

Die Meteorologie.

Die Atmosphäre der Erde, d. i. die gasförmige Hülle, die unsern Planeten umgibt, bietet selbst dem unaufmerksamsten, mit keinerlei Art von Instrumenten versehenen Menschen in der Witterung einen Wechsel von Erscheinungen, von denen er, ihrer mächtigen Einflüsse wegen, er mag wollen oder nicht, Notiz nehmen muß. Die Temperaturdifferenzen zwischen Sommer und Winter, der Unterschied zwischen Regen und Sonnenschein müssen jeden Menschen interessiren. Der Zustand der Atmosphäre ist nicht nur veränderlich, wenn man verschiedene Zeitpunkte mit einander vergleicht, er ändert sich auch mit dem Wechsel des Aufenthaltsortes, und während die eine Gegend von fast nimmer endendem Regen überschüttet wird, lechzen die ausgetrockneten Striche eines andern Landes unter der Einwirkung der fast stets unbewölkten Sonne.

Es liegt sehr nahe, daß der Forschungsgeist des Menschen sich seit langer Zeit darum bemühte, die Ursachen dieser Aenderungen zu entdecken und darauf gestützt die bevorstehenden Erscheinungen zuweilen voraussagen zu können. Der Verfolg dieser Bestrebungen hat, wenn auch immerhin noch sehr viel zu thun ist, wenigstens dahin geführt, daß wir uns, soweit es der erste Theil der Aufgabe erheischt, über manche Erscheinung Rechenschaft geben können, während die Lösung des zweiten Theiles, die Vorausbestimmung der Ereignisse, für die meisten Gegenden so gut wie gar nicht angefangen ist.

Man bezeichnet denjenigen Zweig der Naturwissenschaften, der sich mit der Erforschung der atmosphärischen Erscheinungen befaßt, mit dem Namen Meteorologie oder Klimatologie, doch werden auch die beiden Namen für verschiedene Gegenstände angewendet. So z. B. nennt Kämtz [1] Meteo-

---

1) Lehrbuch der Meteorologie. Einleitung.

rologie die Lehre von den Meteoren, d. i. den atmosphärischen Erscheinungen, während nach ihm durch die Art, wie die Wärme an einem und demselben Orte vertheilt ist, und durch die Meteore, welche sich dort zeigen und in welcher Reihe dieselben folgen, das Klima bestimmt wird, worauf durch Vergleichung der verschiedenen Klimate der einzelnen Gegenden die Klimatologie folgt. Betrachtet man Meteorologie und Klimatologie für synonym, so heißt die Klimatologie in dem Sinne von Kämtz vergleichende Klimatologie.

Die Gesetze, denen die atmosphärischen Erscheinungen sich unterordnen, sind äußerst verwickelt, denn das Klima eines Ortes hängt nicht nur von dessen eigener Lage und Oberflächengestaltung ab, sondern auch von der Stellung der Erde gegen die Sonne und von der Gesammtgestaltung des Reliefs unseres Sternes mit sammt all den unendlich vielen Verschiedenheiten, die darauf vorkommen, und es gibt darum keinen Zweig der Physik, in welchem sich durch Mathematik so wenig machen läßt, der so sehr auf fortgesetztes, unermüdliches Beobachten angewiesen ist, als gerade die Meteorologie, die der Natur der Sache nach an Bedeutung kaum einem derselben nachsteht.

Obwohl die Meteorologie eigentlich ein Zweig der Physik ist, hat man sich doch genöthigt gesehen, sie in eine größere Reihe von Theilen zu zerlegen; so hat man die chemische Beschaffenheit der Luft, die Wärme, den Luftdruck, die hydrographischen, optischen und elektrischen Verhältnisse, von denen jedoch letztere noch sehr unvollständig bekannt sind, da es zur Zeit noch am Fundamente, an der Theorie fehlt.

Unter den verschiedenen Theilen der Meteorologie besteht übrigens ein inniger Zusammenhang, und mit allenfallsiger Ausnahme der chemischen Beschaffenheit ist eine strenge Trennung derselben unmöglich. Um ein genaues Bild des Zusammenhanges der Erscheinungen eines Ortes zu erhalten, ist eine Berücksichtigung sämmtlicher nöthig.

Humboldt, den wir als den vorzüglichsten Beförderer der meteorologischen Wissenschaft dieses Jahrhunderts anerkennen müssen, hat die Nothwendigkeit der Vereinigung schon frühe eingesehen, und schon im vorigen Jahrhundert in seinem Werke „Versuche über die chemische Zerlegung des Luftkreises" eine Abhandlung veröffentlicht, welche unter dem Titel „Versuche über die Beschaffenheit des Luftkreises der gemäßigten Zone" die meteorologischen Beobachtungen enthält, die er während seines Aufenthaltes in Salzburg anstellte, und die sich über sämmtliche Theile der Meteorologie erstrecken. Die Zeit, welche er dazu verwenden konnte, war zu kurz, seine Untersuchungen zu vereinzelt, als daß er zu einem bedeutenden Resultate hätte gelangen können, denn um den Gang der atmosphärischen Erscheinungen in unserer Zone mit nur einigem Erfolge untersuchen zu können, bedarf es nicht nur vieler Jahre, sondern auch einer großen Menge von Beobachtern, die an verschiedenen Punkten gleichzeitig ihre Forschungen anstellen. An eine derartige Verbindung war aber damals nicht zu denken.

Ungleich günstiger war Humboldt in Amerika gestellt, denn die meteorologischen Erscheinungen der heißen Zone unterscheiden sich von denen der gemäßigten und kalten sehr zu ihrem Vortheile dadurch, daß sie ungleich regelmäßiger auftreten, und in wenigen Tagen lassen sich dort Gesetzmäßigkeiten erkennen, die man bei uns erst aus dem durch mehrjährige Beobachtungen abgeleiteten mittleren Ganges der Instrumente herausfindet.

Im Nachstehenden sollen die Forschungen Humboldt's über meteorologische Gegenstände näher besprochen werden und ich werde sie unter Umgehung der Elektricität in die Paragraphen: chemische Zusammensetzung der Luft, Wärme, Luftdruck, Hydrometeore und optische Verhältnisse eintheilen. Wenn ich hiebei ein paar Gegenstände, wie Wärme des Bodens und des Meeres einschalte, so möge dieses darum verziehen werden, weil Humboldt selbst sich nicht allemal darauf beschränkt hat, meteorologische Verhältnisse von anderen Erscheinungen isolirt zu bearbeiten.

1. Chemische Beschaffenheit der Luft.

Bereits im ersten Abschnitte habe ich gezeigt, daß Humboldt sich längere Zeit mit der Untersuchung der Luftzusammensetzung beschäftigt und. den Sauerstoffgehalt der Atmosphäre zu durchschnittlich 27 Procenten bestimmt hat. Man bediente sich damals vorzugsweise derjenigen eudiometrischen Mittel, welche für den Sauerstoff die höchsten Ziffern gaben, theils weil man, wie bereits erwähnt, nicht glauben wollte, daß eine so geringe Quantität Sauerstoff eine so bedeutende Rolle im Haushalte der Natur spiele, theils auch, weil man die atmosphärische Luft für eine chemische Verbindung hielt.

Nach und nach überzeugte man sich, daß, wenn die Luft auch nur zum geringen Theile aus Sauerstoff besteht, die Gesammtmasse desselben dennoch eine sehr bedeutende ist, dann aber trat ein neuer Fortschritt der Chemie hinzu, die Entdeckung der Stöchiometrie. Man war vorher anzunehmen geneigt, und der verdienstvolle Berthollet war eine Hauptstütze dieser Ansicht, daß ein chemischer Körper A sich mit einer fast unbegränzten Menge des Körpers B verbinden könne. Schüttet man z. B. in eine gewisse Quantität Wein-

9

geist eine ganz beliebige Menge von Wasser, so wird nach gehörigem Um= schütteln jeder Tropfen der Flüssigkeit zu gleicher Zeit Wasser und Weingeist enthalten, von letzterem natürlich um so weniger, je mehr man Wasser genom= men hat. Man kann aus der so erhaltenen Flüssigkeit durch Destillation Weingeist und Wasser wieder trennen; denn bei der Erwärmung wird der Weingeist sich leichter in Dampf verwandeln als das Wasser, und fängt man die nach einander fortgehenden Portionen gesondert auf, so wird der erste Theil verhältnißmäßig mehr Weingeist enthalten, und die folgenden der Reihe nach immer weniger, aber schon der erste Theil enthält etwas Wasser, der letzte enthält noch etwas Weingeist. Die Trennung der Bestandtheile der Flüssigkeit, welche durch die Destillation hervorgebracht wird, ist daher nur eine theilweise, denn Wasser, das viel Weingeist enthält, ist durch Destil= lation dahin zu bringen, einen Theil des letzteren abzugeben, und umgekehrt; man bringt es aber durch bloße Destillation nicht dahin, daß das Wasser die letzte Spur Weingeist, der Weingeist die letzte Spur Wasser hergibt, und nach Berthollet läßt sich dieses so erklären, daß man eine gewisse Anziehung (chemische Verwandtschaft) zwischen beiden Körpern annimmt, die um so bedeutender wird, je größer die Masse des einen im Verhältniß zu der des andern wird, so daß, wenn man wenig A und viel B hat, die Anziehung der weni= gen A auf die B um so kleiner wird, je mehr der letzteren sind, und daher ein Theil B leicht weggeschafft werden kann, während die Wirkung aller B, die auf die wenigen A angewiesen sind, so bedeutend ist, daß man A nicht leicht zu entfernen vermag. Die Wirkungen aller Wassertheilchen vereinen sich, die Weingeisttheilchen zu binden, und je weniger der letzteren da sind, um so größer ist die auf jedes einzelne ausgeübte Anziehung. Darum vermag man nicht, durch eine bloße Destillation die beiden Stoffe vollkommen zu trennen. Wenden wir diesen Grundsatz auf die Luftbestandtheile an, so ergibt sich, daß es wohl leicht ist, einen Theil des Sauerstoffs abzuscheiden, aber um so schwerer, die letzten Spuren desselben von dem Stickstoffe zu trennen. Auf dieser Ansicht beruht auch die oben (S. 67) angeführte Stelle aus dem Hum= boldt'schen Werke.

Gegen dieselbe erhoben sich Richter und Dalton, die Begründer der Stöchiometrie, welche lehrten, daß die einzelnen Körper sich unter einan= der nur in bestimmten Verhältnissen verbinden. So verbinden sich 14 Ge= wichtstheile Stickstoff mit 8 Sauerstoff, dann wieder mit 16, mit 24, 30 und endlich mit 40 Theilen oder wenn man, Gay=Lussac folgend, dem Volumen nach rechnet, 2 Raumtheile Stickstoff mit 1, 2, 3, 4, 5 Sauer= stoff, nicht aber mit 1 1/10, 1 2/10 u. s. w. Alle andern Stoffe, in denen meh=

rere Körper in andern als diesen Verhältnissen vorkommen, werden dieser Theorie nach als rein mechanische Gemenge betrachtet, in denen kein Theil den andern etwas angeht. Wenn man nun die atmosphärische Luft untersucht, und es treffen auf 27 Raumtheile Sauerstoff 73 Stickstoff, so entsprechen einem Theile des ersteren 2 $^{19}/_{21}$ des letzteren, was dem Gesetze widerspricht, und es kann darum die atmosphärische Luft keine chemische Verbindung, sondern nur ein Gemenge sein, bei dessen Trennung eine chemische Wirkung nicht zu überwinden ist, da sie hier gar nicht besteht. Trennt man eine chemische Verbindung, z. B. diejenige, in der 14 Gewichtstheile Stickstoff mit 40 Sauerstoff verbunden sind, so ergibt sich, daß die ersten 8 Theile Sauerstoff leichter zu entfernen sind als die zweiten 8, diese leichter als die dritten u. s. w. und in ähnlicher Weise wird jetzt die oben erwähnte Erscheinung zwischen Wasser und Weingeist erklärt, in der die letzten Theile des einen Stoffes ebenfalls schwieriger zu entfernen sind. Man hätte nun fortwährend die Luft als eine derartige Verbindung von Stickstoff und Sauerstoff betrachten können; allein, abgesehen von den Schwierigkeiten, denen man bei einer Bestimmung der etwaigen chemischen Verbindung unter Berücksichtigung der stöchiometrischen Zahlen begegnet wäre, zeigte sich bei den Anhängern der Stöchiometrie im Allgemeinen die Neigung, derartige Verbindungen, wie Wasser und Weingeist, überhaupt als solche zu betrachten, in denen keine chemische Verwandtschaft thätig sei, also als Gemenge.

Es wäre zwar noch die Möglichkeit vorhanden, daß eine bestimmte Quantität des in der Atmosphäre befindlichen Sauerstoffs chemisch an Stickstoff gebunden, der Rest mit ihm nur mechanisch gemengt wäre, allein alsdann würde die atmosphärische Luft nicht aus Sauerstoff und Stickstoff, sondern aus Sauerstoff, Stickstoff und einer Verbindung der beiden bestehen, und bei einer etwaigen Analyse derselben würde man zuerst den beigemengten Sauerstoff bekommen, dann müßte der Widerstand, den das zu untersuchende Gas einer weiteren Abgabe von Sauerstoff leistet, plötzlich wachsen, und wäre auch dieser überwunden, so müßte ohne weiteres Zunehmen des Widerstandes der Sauerstoff bis zum letzten Theilchen abgegeben werden. Man würde diesem Falle noch jetzt begegnen, wenn es gelingen würde, den Stickstoff zu zerlegen und nachzuweisen, daß er aus Sauerstoff und einem noch unbekannten Elemente zusammengesetzt sei. In diesem Falle wäre aber die Luft ein Gemenge der Sauerstoffverbindung (Stickstoff) mit überschüssigem Sauerstoffe.

Nach einigen Widersprüchen hatte sich die Richter'sche Lehre ziemlich allgemeine Geltung verschafft und während Humboldt in Amerika ver-

9 *

weilte, war die Chemie um die Stöchiometrie bereichert. Bei seiner Rückkehr war mithin die Ansicht, daß die Luft eine chemische Verbindung von Sauer-stoff und Stickstoff sei, in welcher diese beiden Gasarten einer beabsichtigten Trennung Widerstand entgegensetzen, die vor seiner Abreise noch geherrscht hatte, erloschen, und die neuen, mit genaueren eudiometrischen Methoden angestellten Versuche, namentlich Davy's und Gay-Lussac's, hatten alle ein Resultat gegeben, demzufolge der Sauerstoffgehalt viel kleiner war, als man fast allgemein geglaubt hatte, denn man fand statt der früheren 27 nur 20—23 Volumprocente, und da die Richtigkeit der oben angeführten Hum-boldt'schen Versuche bezweifelt worden war, entschloß sich unser Gelehrter in Verbindung mit Gay-Lussac dieselben mit Hülfe der mittlerweile ver-besserten Beobachtungsmethoden zu wiederholen. Die Arbeit wurde am 21. Januar 1805 in der ersten Klasse des Instituts gelesen, dann im Jour-nal de physique LX abgedruckt und 1853 von Humboldt selbst in den „Kleineren Schriften" in deutscher Sprache republicirt.

Die Methode, welche die beiden Forscher allen andern vorzogen, war die Volta'sche. Man sitzt einer zu untersuchenden gemessenen Quantität Luft Wasserstoff in einer bestimmten Menge zu und läßt in dem so erhalte-nen Gasgemenge einen elektrischen Funken von einem Elektricitätsleiter auf einen andern überspringen. Dabei verbindet sich der Sauerstoff der Probe-luft mit einem Theile des beigemengten Wasserstoffs unter Explosion zu Wasser, das die tropfbarflüssige Gestalt annimmt, und aus der sich hierdurch ergebenden Volumverminderung des Gasgemenges läßt sich der Sauerstoff, der verwendet wurde, berechnen.

Als Basis der Untersuchung wurden folgende 4 Fragen aufgestellt:

1) Kann, wenn man ein Gemisch von Wasserstoff- und Sauerstoffgas in dem Volta'schen Eudiometer entzündet, das eine von beiden Gasen voll-ständig absorbirt werden?

2) Ist das Product ihrer Verbindung von constanter Beschaffenheit?

3) In welchem Verhältnisse verbinden sich die beiden Gase zu Wasser?

4) Welches sind die Gränzen der Fehler beim Volta'schen Eudiometer?

Die Antwort auf die erste Frage lautet bejahend für so lange, als sich das verwendete Gasgemenge nicht allzuweit von der Normalzusammen-setzung: 1 Raumtheil Sauerstoff, 2 Raumtheile Wasserstoff entfernt. Brach-ten Humboldt und Gay-Lussac 100 Theile Wasserstoff und 200 Theile Sauerstoff zusammen, so hatten nach der durch den elektrischen Funken ver-ursachten Explosion 146 Theile des Ganzen Wasser gebildet, und derselbe Erfolg blieb bis zu dem Gasgemenge: 100 Wasserstoff und 900 Sauerstoff, allemal verschwanden 146 Raumtheile. Sobald aber bei gleichbleibendem Wasserstoffe der Sauerstoffgehalt über die angegebene Gränze vermehrt wurde, nahm die durch die Explosion verursachte Absorption ab, und wenn dann der Sauerstoff auf 1600 anwuchs, fand keine Explosion und keine Absorption mehr statt. Ein analoges Resultat ergab sich bei verhältnißmäßiger Vermehrung des Wasserstoffvolums gegen das des Sauerstoffs. Hieraus folgt, daß, wenn das eine Gas ganz verschwinden soll, das Verhältniß in der Menge der beiden Luftarten nicht eine gewisse Gränze überschreiten dürfe, denn wenn bei einer etwaigen Luftunterfuchung von dem in der Luft enthaltenen Sauerstoffe ein Theil nicht absorbirt wird, so kann man offenbar aus der absorbirten Menge nicht auf den Gesammtsauerstoffgehalt schließen. Wird irgend eine Luft unterfucht, so muß derselben Wasserstoff beigemengt werden, aber man muß sich hüten, davon zu viel zu nehmen. Hat man im Verhältniß zu dem vorhandenen Sauerstoff zu viel Wasserstoff genommen, so wirkt ein Theil des letzteren hemmend, und gerade so, wie wenn er gar keine Verwandtschaft zu dem Sauerstoffe hätte. Eben so hemmend wirken diejenigen Gase, die sich in der Thal entweder gar nicht oder nur auf indirectem Wege mit dem Sauerstoffe verbinden, wie Kohlensäure oder Stickstoff. Ist demnach eine Luft sehr arm an Sauerstoff, wäre etwa ein Stickstoff zu unterfuchen, der nur mit etwas Sauerstoff verunreinigt ist, so würde das gewöhnliche Verfahren keine Spur des letzteren anzeigen, wenn auch die Menge des beigefügten Wasserstoffs nicht zu groß wäre, und es ist daher in diesem Falle vor dem Verfuche eine angemessene Quantität Sauerstoff beizufügen, worauf erst von der Gesammtabsorption der betreffende Theil abzuziehen und der Rest als die Wirkung des ursprünglich vorhandenen Sauerstoffs zu betrachten ist.

Die Erklärung dieser auffallenden Thatsache sucht Humboldt in der Analogie mit den übrigen Verbrennungen. Soll ein Körper verbrennen, d. i. sich mit Sauerstoff verbinden, so muß seine Temperatur bis zu einem bestimmten, aber je nach der Natur des Körpers verschiedenen Punkte erhöht, er muß entzündet werden. Während der Verbrennung wird Wärme entwickelt, und diese erhöht die Temperatur der der brennenden Stelle zunächst liegenden, aber noch unverbrannten Theile. Geschieht dieses bis zu dem Grade, der zur Entzündung nothwendig ist, so brennt der Körper fort, im entgegengesetzten Falle erlischt er, wenn nicht stets durch neue Wärmezufuhr dafür Sorge getragen wird, daß er gehörig warm bleibt. Dieser letztere Fall kann von zweierlei Ursachen herrühren. Entweder ist die Wärmeentwickelung überhaupt sehr gering und die Entzündungstemperatur sehr hoch, dann muß man fortwährend nachwärmen, oder um die brennende Stelle sind zu viele andere Körper, welche die Wärme, die sonst die Entzündungstemperatur hervorbrächte, fortführen. In diesem Falle wird durch die Entfernung dieser ableitenden Stoffe das Brennen erhalten werden. Angezündete Kohle brennt an der atmosphärischen Luft fort; sie erwärmt zwar die Luft um sich herum, es bleibt aber genug Wärme zurück, um die der Verbrennungsstelle nahe liegenden Kohlentheile so weit zu erhitzen, daß nun auch dort eine Verbrennung beginnen kann. Das Verbrennen der Kohle ist eine Verbindung des Kohlenstoffs mit dem Sauerstoffe, und der Stickstoff der Luft schadet dabei insofern, daß durch ihn ein großer Theil der Verbindungswärme entführt wird; es wird daher dieser Verlust wegfallen, sowie der Stickstoff entfernt wird, und darum brennt auch die Kohle im Sauerstoffe viel lebhafter als in der atmosphärischen Luft. Nimmt man der verbrennenden Kohle mehr Wärme, als es der Stickstoff der Luft thut, hält man sie an kaltes Metall, oder steckt man sie in Wasser, so wird sie dadurch so bedeutend abgekühlt, daß sie die Entzündungswärme nicht mehr behält und erlischt. Dasselbe geschieht auch, wenn man den Stickstoffgehalt einer Luft sehr vermehrt, oder eine bedeutende Menge eines anderen, nicht brennbaren und das Brennen nicht unterhaltenden Gases einführt, und darum erlöschen die Lichter in sauerstoffarmer Luft.

Gehen wir jetzt auf unsere Luftuntersuchung zurück, so bewirkt der elektrische Funke an einer Stelle des Gases eine sehr hohe Temperatur, wodurch die Entzündung eingeleitet wird. Läßt man nun einen Funken durch ein Gasgemenge von 1 Raumtheil Sauerstoff und 2 Theilen Wasserstoff gehen, so daß allenthalben dasselbe Verhältniß beider Gase besteht, so verbindet sich ein kleines Quantum derselben an der Stelle, wo der Funke durchgeht, bildet Wasser und entwickelt dabei so viel Wärme, daß sich die nächstgelegenen Parthien entzünden u. s. w. Nimmt man aber 10 Theile Sauerstoff und 2 Theile Wasserstoff, so entzündet sich wieder eine Parthie durch den Funken, aber es verbinden sich nur 2 Theile des Wasserstoffs der zunächst erhitzten Gegend mit 1 Sauerstoff, und die übrigen 9 Theile Sauerstoff müssen erwärmt werden, ohne daß sie selbst etwas zur Verbrennung beitragen. Die Verbindung der Gase hört daher vor der gänzlichen Consumtion des einen auf. Es kann sogar durch ein noch größeres Uebermaß von Sauerstoff die ganze Entzündung verhindert werden, und den gleichen Einfluß wie eine zu große Quantität Sauerstoff übt auch ein Uebermaß von Wasserstoff oder von einem anderen Gase aus.

Humboldt macht von diesem Satze eine sehr interessante Anwendung

auf die Erklärung der Feuermeteore, indem er nachweist, daß diese durch
Verbrennen von Wasserstoff nicht erklärt werden können. Er sagt: „Es
gibt zwischen Sauerstoff und Wasserstoff oder zwischen beiden und Stickstoff
Mischungsverhältnisse, in denen eine vollständige Verbrennung stattfindet.
Es gibt andere, in welchen die Verbrennung aufhört, ehe sie vollendet ist;
in noch anderen kann sie überhaupt nicht vor sich gehen. Der gesammte
nicht verbrannte Wasserstoff findet sich im Rückstand wieder. Läßt sich durch
den elektrischen Funken eine vollständige Entzündung des Wasserstoffs nicht
bewirken, oder nicht einmal einleiten, so hat man nur die Menge des Sauerstoffs oder Wasserstoffs zu vermehren. Die Feuermeteore können nicht von
einer Entzündung des Wasserstoffs herrühren, weil in den Regionen, in welche
man die wichtigsten versetzt, — wie die heftigen und plötzlichen Regengüsse
beweisen, welche zuweilen auf einen Donnerschlag folgen, — sich mehr als 6 Procente Wasserstoff befinden müßten, ohne die keine Entzündung geschieht; und
auch dann würde nur der Ueberschuß über diesen Gehalt sich entzünden
können." Es ist mithin, wie Humboldt zeigt, die Annahme, daß Blitze
u. s. w. von Verbrennungen von in der Luft befindlichem Wasserstoffe herrühren, unzulässig, da die Menge des letzteren zu gering ist, um überhaupt
noch eine Verbrennung möglich zu machen.

Die erste der obigen vier Fragen wird mithin für den Fall bejaht, wenn
das zu untersuchende Gasgemenge annähernd 1 Raumtheil Sauerstoff auf
je 2 Wasserstoff enthält, und die Menge der außerdem beigemischten Gase
nicht allzugroß ist.

Die zweite der Fragen, ob das Verbrennungsproduct der beiden Gase
constant sei, ist insofern eine Lebensfrage, als, wenn das eine Mal eine größere Menge Wasserstoff sich mit demselben Quantum Sauerstoff verbände
als das andere Mal, dadurch unmöglich würde, aus der Menge des absorbirten Gases auf den vorhandenen Sauerstoff zu schließen.

Das Resultat der Untersuchung bejahte die gestellte Frage, und diese
Versuche können daher als ein weiterer Beweis für die Stöchiometrie betrachtet werden, welche behauptet, daß die Verbindungen zwischen je 2 Stoffen
constant seien. — Es kann dem zufolge das Wasser nicht das eine Mal
mehr, das andere Mal weniger als 88,9 Gewichtsprocente Sauerstoff enthalten. Die Versuche Humboldt's und Gay-Lussac's zeigen aber auch,
daß bei der fraglichen Explosion sich stets Wasser und nichts Anderes als
dieses bilden könne.

Die Beantwortung der dritten der obigen Fragen ist ganz das Resultat der Gay-Lussac'schen Untersuchungen, wie Humboldt in der Vor-

rede zu den „Kleineren Schriften (Stuttgart und Tübingen 1853) ausdrücklich erklärt und ich begnüge mich daher hier mit der Angabe, daß 100 Raumtheile Sauerstoff sich mit 200 Raumtheilen Wasserstoff verbinden, und daß dieses einfache Gesetz Gay-Lussac auf die Entdeckung führte, daß auch die Verbindungen der übrigen Gase sich in ähnlicher Weise durch ganz kleine Zahlen ausdrücken lassen, wie das S. 130 angeführte Beispiel der Verbindungen von Sauerstoff und Stickstoff zeigt. Wenn oben angegeben wurde, daß bei einer Zusammenbringung von 100 Theilen Wasserstoff mit Sauerstoff 146 Theile verschwinden, so läßt sich daraus schließen, daß eines der Gase oder beide unrein waren, denn es hätten auf 100 Wasserstoff 50 Sauerstoff, im Ganzen also 150 verschwinden sollen. Diese Verunreinigungen sind auch in der That von den beiden Forschern gefunden worden.

Es bleibt uns nunmehr nur noch die letzte der Fragen zu beantworten übrig, die, welche Genauigkeit die Messungen nach der Volta'schen Methode haben.

Die Bestimmung der Genauigkeit einer Untersuchungsmethode kann je nach deren Natur auf der Erfüllung sehr verschiedener Aufgaben beruhen. Hat man Messungen zu machen, so wird die Genauigkeit des Maaßstabes von bedeutendem Einflusse sein; bei der Messung von Gasen wird die Graduirung der Glasröhre, in der die Luft gemessen wird, die Stelle des Maaßstabes vertreten, und eine Röhre, die bis auf Intervalle von ein paar Cubik Linien eingetheilt ist, wird genauere Resultate geben, als wenn die Intervalle größer sind. Außerdem kommt es noch darauf an, in welchem Verhältnisse das, was man bestimmen will, zu dem steht, was man unmittelbar abliest. Will man z. B. die Luft vermittelst Phosphor untersuchen, indem man eine Stange desselben in die durch Wasser abgesperrte Untersuchungsluft bringt, so wird der Sauerstoff der Luft absorbirt, und der Verlust der Luft, der sich nach geschehener Thermometer- und Barometercorrection ergibt, wird den ursprünglichen Gehalt an Sauerstoff anzeigen. Ist die Glasröhre so abgetheilt, daß man bei dem Ablesen der Calibrirung zwar Procente des Ganzen noch schätzen kann, aber wenn es sich um den dritten Theil eines Procentes handelt, unsicher ist, so kann das abgelesene Volumen ¹/₁₀₀ zu groß, es kann auch um dieselbe Quantität zu klein sein. Die Aenderung des Luftvolums kommt einzig und allein vom Sauerstoffe her, und darum wird die Bestimmung dieses Sauerstoffs fehlerhaft. Bei dem Volta'schen Eudiometer hat man ebenfalls eine Volumverminderung, aber hier verschwinden mit je 1 Theil Sauerstoff 2 Theile Wasserstoff, und wenn der Ablesungsfehler wieder $^1/_{200}$ ausmacht, so fällt davon auf den Sauerstoff nur $^1/_{2.300}$ oder $^1/_{800}$ und die Bolta'sche Methode ist daher dreimal so genau als die vorhergehende. Es kommt aber bei der Bolta'schen Unter=suchung noch darauf an, in welchem Grade der Reinheit sich die der Luft vor der Explosion beigefügten Gase verbinden, und welchen Einfluß eine allenfallsige Berunreinigung des einen oder des anderen habe. Man macht zu diesem Zwecke künstlich Gemenge von Luft, deren Zusammensetzung man kennt, und vergleicht dann das Resultat der Untersuchung. Je mehrerlei Stoffe man zu einer Messung nöthig hat, um so mehr Möglichkeiten zu Fehlern sind vorhanden, und in diesem Punkte hat die Phosphoruntersuchung wieder einigen Bortheil vor der Wasserstoffmethode, weil bei ihr kein Gas zugeführt werden muß.

Die Bergleichung aller dieser Wirkungen, deren Detail ich hier über=gehen will, führte Humboldt und Gay=Lussac zu dem Resultate, daß ihre Bestimmungen bis auf 0,001 der angewandten Luft unsicher seien, d. h. die von ihnen erzielten Größen können um $^1/_{10}$ Procent größer oder kleiner sein (um $^3/_{10}$ aber, wenn das Berhältniß 1 Sauerstoff zu 2 Wasserstoff un=richtig, das von Fourcroy=Bauquelin und Séguin gefundene 1 : 2,05 richtig wäre, was jedoch nicht der Fall ist).

Nachdem sich die beiden Forscher überzeugt hatten, daß ihre Methode unter allen bis dahin bekannten die genaueste sei, wandten sie sich zu deren Anwendung. Es wurde Luft mitten auf der Seine bei kalter, gemäßigter und regnerischer Witterung und bei verschiedenen Winden aufgefangen und am nämlichen Tage noch untersucht. Auch Wasserstoffuntersuchungen wur=den gemacht, um auf die oben angedeutete Entstehungsart der Feuermeteore einen Schluß ziehen zu können. Die Resultate sind: 1) Die Zusammen=setzung der Atmosphäre verändert sich im Allgemeinen nicht. 2) Der Sauer=stoffgehalt derselben beträgt 21 Procente. 3. Die Luft enthält keine nach=weisbare Menge Wasserstoffs.

„Steht es nun fest," sagt Humboldt, „daß die Zusammensetzung der Atmosphäre im Allgemeinen sich gleich bleibt, so muß der Grund der Berschiedenheiten, welche man darin zu entdecken glaubte, in den örtlichen Berhältnissen gesucht werden, in welchen man die Luft analysirte. Bulkane auf hohen Bergen, eigenthümliche Gährungen, stehende Gewässer eines Sumpfes oder See's, können vielleicht die Reinheit der angränzenden At=mosphäre, sei es durch Entziehung von Sauerstoff oder durch Ausdünstung nicht athembarer Gase, ein wenig beeinträchtigen; wie gering muß aber eine solche Berminderung des Sauerstoffgehalts in einer so großen, fortwährend

bewegten Luftmasse fein, wenn man bedenkt, daß selbst an Orten, wo eine
große Menschenmasse versammelt ist, oder wo ein wahrer Herd von An=
stedungsstoffen zu sein scheint, die Luft nur sehr kleine Schwankungen er=
fährt! Wir haben zwei Luftproben analysirt, von denen die eine mitten aus
dem Parterre des Théâtre français kurz vor Beginn des zweiten Stücks, drei
und eine halbe Stunde nach der Zusammenkunft einer großen Zuschauer=
menge, genommen war, die andere aber drei Minuten nach Beendigung des
Schauspiels im höchsten Theile des Saales aufgefangen wurde. Beide
Proben trübten kaum das Kalkwasser,[1] und während die äußere atmosphä=
rische Luft 0,210 Sauerstoff aufwies, zeigte die Luft aus dem Parterre
0,202 und die aus dem oberen Theile des Saales 0,204.“

„Seguin analysirte schon früher die Luft aus den Sälen von Kran=
kenhäusern; er hatte sie 12 Stunden fest verschlossen stehen lassen, und fand
sie dann fast eben so rein wie die atmosphärische Luft, obgleich sie einen un=
erträglich üblen Geruch besaß.“

„Wenn also die Luft selbst unter den dem Verbrauch von Sauerstoff
günstigsten Umständen nicht 1 Procent daran verliert, so läßt sich daraus kein
Grund entnehmen für die Beklemmung, welche man an eingeschlossenen und
mit Menschen erfüllten Orten empfindet, oder für die Krankheiten, welche
See'n und Sümpfen oder gewissen Ländern eigenthümlich sind. In man=
chen Fällen mögen Dünste die Ursache sein, die allen unsern eudiometrischen
Mitteln entschlüpfen und in eigenthümlicher Weise auf unsern Körper wir=
ken. So können eine einzige Blase Schwefelwasserstoffs oder Chlors, eine
faulige Ausdünstung, selbst eine Blume einen ungeheueren Raum mit ihrem
Geruch erfüllen, und uns durch ihre außerordentliche Vertheilung in Er=
staunen setzen, selbst dann, wenn wir auf dem Punkte stehen, ihrer Wirkung
zu erliegen. Die Pestmiasmen mögen ebenso sein, darum aber nicht minder
tödlich sein, und sie entgehen gleichfalls allen unsern analytischen Hülfs=
mitteln. Vermögen wir indessen auch nicht, diese atomfeinen Wesen fest zu
halten und ihre Natur zu bestimmen, so können wir doch glücklicherweise,
nach den für die Menschheit so wohlthätigen Arbeiten Guyton's[2], zum
wenigsten ihre Wirkung vernichten. In andern Fällen mögen die Krank=
heiten ihre Ursache in der Feuchtigkeit, der Temperatur, der elektrischen Span=

---

1) Sie zeigten also kaum eine Spur von Kohlensäure, dem Producte der Re=
spiration.   Der Verf.

2) Guyton de Morveau entdeckte 1773 die Chlorräucherungen, ein Mit=
tel, die in der Luft befindlichen Miasmen durch Chlor zu zerstören.   Der Verf.

nung der Luft oder überhaupt in dem Zustande der Atmosphäre haben, so weit derselbe in Beziehung zu der gerade in uns befindlichen Disposition steht, und unter diesen vielleicht sehr häufigen Umständen kann die Krankheit große Verheerungen anrichten, ohne daß man ihren Fortschritt zu hemmen vermöchte. Es wäre eine Täuschung, alles einer einzigen Ursache zuzuschreiben, wenn der Gesundheitszustand des Menschen von dem Zusammenwirken aller ihn umgebenden Einflüsse abhängig ist."

Das chemisch reine Wasser besteht aus 2 verschiedenen Gasen, dem Gewichte nach aus 88,9 Procenten Sauerstoff und 11,1 Wasserstoff. Man kann weder von dem einen noch von dem anderen Bestandtheile etwas wegnehmen, ohne das Bestehen des Wassers zur Unmöglichkeit zu machen, denn die Entfernung auch der kleinsten Menge von Sauerstoff würde das Freiwerden des entsprechenden Antheils von Wasserstoff nach sich ziehen. Es ist aber möglich, daß das Wasser als solches ebenso wie auch andere Flüssigkeiten größere oder kleinere Mengen verschiedener Gase veranlaßt, ihren luftförmigen Zustand aufzugeben und sich in der Flüssigkeit gewissermaßen aufzulösen, absorbirt zu werden, nur es ist dieses, wenn etwa Sauerstoff absorbirt worden ist, nicht eine Verbindung von 1 Gewichtstheil Wasserstoff mit mehr als 8 Gewichtstheilen Sauerstoff. Das so absorbirte Gas wird darum auch leichter abgeschieden werden können als die Trennung der Wasserbestandtheile vor sich geht, und Erhöhung der Temperatur der Flüssigkeit reicht im Allgemeinen hin, den größten Theil davon frei zu machen. Unter den so absorbirten Gasen spielt besonders der Sauerstoff eine große Rolle im Haushalte der Natur, denn er dient zur Respiration aller im Wasser lebenden Geschöpfe. Der durch die Kiemen athmende Fisch lebt so gut von Sauerstoff als das durch die Lungen Luft einnehmende Säugethier, aber er ist nicht im Stande, das Wasser zu zerlegen, sondern ist einzig und allein auf den absorbirten Sauerstoff angewiesen, und geht zu Grunde, wenn man ihn in ausgekochtes (luftfreies) Wasser bringt.

Das Vermögen, von dem Wasser absorbirt zu werden, ist für die verschiedenen Gase verschieden, und während ersteres von dem Ammoniakgase bei einer Wärme von 0° 1050 Raumtheile aufnimmt, absorbirt es von dem Sauerstoffe bei derselben Temperatur nur 0,041, vom Stickstoffe nur 0,020.

Die Thatsache, daß das Wasser Luft aufzunehmen vermag, kennt man schon seit langer Zeit, denn es ist eine alltägliche Erfahrung, daß frisches Wasser, das man einige Zeit in einem Gefäße stehen läßt, an den Wandungen des letzteren eine größere oder kleinere Menge von Luftblasen absetzt, was davon herrührt, daß das Wasser, welches nach und nach in dem Gefäße eine höhere Temperatur angenommen hat, dadurch veranlaßt wird, einen Theil der in der Kälte aufgenommenen Luft abzugeben. Solange man noch von der Luft überhaupt keine klaren Begriffe hatte, war an eine Untersuchung der im Wasser absorbirten nicht zu denken. Priestley, der, wie bereits gezeigt wurde, als der Gründer der pneumatischen Chemie betrachtet werden muß, unterzog sich zuerst dieser Aufgabe und fand, im Wasser sei eine Luft, die an Sauerstoff oder [nach ihm] an dephlogistisirter Luft reicher ist, als die atmosphärische, ein Resultat, das auch durch die späteren Untersuchungen von Haffenfratz, Ingenhouß und Breda bestätigt wurde.

Humboldt und Gay-Lussac untersuchten die in Flüssigkeiten absorbirte Luft in den verschiedensten Umständen: sie nahmen Fluß-, Regen-, Eis- und Schneewasser, Auflösungen von Salzen u. s. w., doch haben sie in der erwähnten Abhandlung nur einen sehr kleinen Theil ihrer Resultate veröffentlicht.

Je wärmer das Wasser ist, um so geringer wird die Quantität von Luft sein, die von demselben absorbirt werden kann, und wenn man daher Wasser nach und nach bis zum Sieden erhitzt, entfernt sich die Luft vollständig daraus, ein Theil dagegen, wenn das Wasser gefriert.

Fingen die beiden Forscher die sich allmälig entwickelnden Luftportionen in verschiedenen Zeiträumen auf, so zeigte sich das auffallende Phänomen, daß das Verhältniß des Sauerstoffs zum Stickstoffe jedes Mal ein anderes war. Der Sauerstoff wird in verhältnißmäßig größerer Quantität aufgenommen als der Stickstoff, und bei dem Ausscheiden beider geht zuerst eine größere Quantität des letzteren fort, weßhalb die später abgeschiedene Luft einen größeren Sauerstoffgehalt hat als die erstere. Bei Seinewasser enthielten die nach einander frei gewordenen Gemenge 23,7, 27,4, 30,2 32,5 Procent Sauerstoff, bei Schneewasser 24,0 und 34,8, bei Wasser aus frisch gefallenem Schnee 24,0, 26,8, 29,6, 32,0 und 34,8.

Humboldt und Gay-Lussac untersuchten auch die Verhältnisse, welche sich ergaben, wenn lufthaltiges Wasser mit einer anderen Luftart in Berührung kommt, das Ergebniß z. B., wenn man lufthaltiges Wasser unter einer Glocke absperrt, in der sich noch Sauerstoff befindet. Sie fanden, daß in diesem Falle Stickstoff ausgetrieben und durch Sauerstoff ersetzt werden kann, während der umgekehrte Fall eintritt, wenn die Glocke statt Sauerstoffs Stickstoff enthält; doch haben sie in dieser Richtung ihre Arbeit nicht vollendet und ihre bisherigen Resultate nur als provisorische angegeben.

Ihrem Vorsatze, die Arbeit später zu vervollständigen, scheinen sich Hindernisse in den Weg gestellt zu haben.

Diese Resultate Humboldt's und Gay-Lussac's sind durch die neueu Forschungen von Boussingault, Leslie und Regnault dem Wesen nach bestätigt worden, insofern es sich darum handelt, festzustellen, wie viele Procente Sauerstoff die Luft enthalte. Die Bestimmungen der neueren Forscher sind genauer, die Größe des möglichen Fehlers ihrer Beobachtungen ist geringer, aber das Resultat, das sie erhalten, ist dasselbe wie das Humboldt's und Gay-Lussac's, oder ist wenigstens hiervon nicht über die Gränzen verschieden, innerhalb deren letztere Forscher ihre Resultate als unsicher angaben. Es hat sich dagegen gezeigt, daß allerdings Schwankungen in der Zusammensetzung der Luft vorhanden sind. Diese Aenderungen sind aber so gering, daß sie nur mit Hülfe von sehr genauen Untersuchungsmethoden wahrnehmbar sind.

Im Jahre 1847 hat Regnault einen Plan entworfen, die Untersuchung der atmosphärischen Luft in großartigem Maaßstabe zu betreiben, indem er vorschlug, an möglichst vielen Orten am 1. und 15. jeden Monats Mittags durch an beiden Enden fein ausgezogene Glasröhren Luft mit Hülfe eines Blasbalgs durchzutreiben, die Röhren zuzuschmelzen und die so gewonnenen Luftproben später nach einer gleichmäßigen Methode zu analysiren.

Als einstweiliges Resultat veröffentlichte Regnault 1852 (Ann. ch. ph. [3] XXXVI.) mehrere Proben, die er für bis auf 0,02 Procente sicher hält. Ein Theil seiner Resultate sind folgende Zahlen:

100 Proben aus Paris und Umgebung: 20,913—20,999 Procente Sauerstoff.

9 = = Lyon, Montpellier, Saint Martin aux Arbres 20,918—20,966.

30 = = Berlin 20,909—20,966.

10 ◂ Madrid 20,916—20,982.

23 = = Genf, Mont-Salève, Mont-Buet 20,909—20,993.

15 = = Rhede von Toulon, mittelländ. Meer und Hafen von Algier, 20,912—20,965.

5 = = Fahrt von Liverpool nach Vera-Cruz 20,913—20,985.

1 = Guazalamba in Ecuador 20,960.

2 = = Pichincha (Sullan bei Quito) 20,949—20,989.

Von 11 Proben Luft auf dem südlich von Asien gelegenen Meere genommen, gaben zwei einen anderen Sauerstoffgehalt als den normalen. Luft vom 1. Febr. 1849 vom Meerbusen von Bengalen gab 20,46 und

20,45, Luft vom Ganges am 8. März 1849 genommen zeigte 20,390—
20,357. Als diese Luft aufgefangen wurde, war eben die Cholera am
Ausbrechen.

Vergleicht man die Resultate, welche Regnault als normalen Stand
erhalten, mit den von Humboldt und Gay-Lussac erzielten, so ergibt sich,
daß der Unterschied nur darin liegt, daß die Regnault'schen Zahlen mehr Deci-
malen enthalten, denn die Humboldt'schen Resultate geben als Regel 21,0,
einigemal 20,9 und schließen also die von Regnault für den Normalstand
gewonnenen gerade ein.

2. Wärme.

Unter den verschiedenen Zuständen, welche wir an den Körpern, die
uns umgeben und unter denen die Luft die erste Rolle spielt, beobachten, verdient der ihrer Temperatur eine besondere Berücksichtigung, denn je nach ihrer
Verschiedenheit ändert sich der ganze Haushalt des Menschen. Welche Differenz in der Lebensweise ist nicht zwischen der des fast allein auf den See-
hund angewiesenen Eskimo und der des Bewohners der mittleren Breiten
Europa's! Wie sehr weicht unser Haushalt im Winter ab von dem des
Sommers!

Es kann der Beobachtung wohl keines Menschen entgehen, daß die
Wärme je nach Tages- und Jahreszeit wechselt, und selbst kleine Reisen vermögen uns den Beweis zu liefern, daß die Schwankungen der Temperatur
nicht allenthalben dieselben sind, sondern daß in ihnen wieder von Ort zu
Ort vorkommende Aenderungen stattfinden. Darum findet man auch derartige Beobachtungen in Menge in den alten Schriftstellern; man weiß schon
längst, daß die Veränderungen in dem Stande der Sonne auch Verschiedenheiten in der Temperatur hervorrufen; doch waren die Bestrebungen, die Gesetze zu erforschen, nach denen diese Aenderungen vor sich gehen, lange nur
sehr untergeordnet.

Wie bereits erwähnt, treffen wir in der Naturforschung auf zweierlei
verschiedene Arten von Arbeiten, auf die Anstellung von Beobachtungen und
die Aufsuchung von Gesetzen, die sich auf die vorausgegangenen Beobachtungen stützen.

Es gehört eine gewisse Selbstaufopferung dazu, auf die Erforschung der
Gesetze, also auf das eigentliche Ziel zu verzichten, und nur durch fortgesetzte
Beobachtung Thatsachen zu sammeln, die vielleicht erst nach einigen Jahr-

hunderten von einem glücklichen Nachfolger benützt werden können, und darum
sehen wir, daß die Naturwissenschaft im großen Ganzen nicht mit Beobach=
tungen, die uns am meisten erwünscht wären, begann, sondern mit Specu=
lationen, die, weil auf unrichtige oder doch nur sehr im Groben gemachte
Untersuchungen gestützte Grundlagen gebaut, für uns vollkommen unfrucht=
bar sind. Beispiele davon sehen wir in Menge in den verschiedenen natur=
philosophischen Systemen der Alten.

In derselben Weise ist es auch bei der Untersuchung der Wärme ge=
gangen: auch hier kamen zuerst auf sehr ungenaue Beobachtungen gestützte
Theorien, und dann erst, als man genauer nachforschte, zeigte sich deren Un=
haltbarkeit oder doch Unzulänglichkeit, da zwar Einiges im Principe richtig
erkannt, aber aus Mangel an bekannten Thatsachen und daraus folgender
Nichtberücksichtigung vieler wichtigen Nebenumstände, unrichtige Consequenzen
daraus gezogen wurden.

Wir würden übrigens den Vorwurf der Unbilligkeit auf uns laden,
wenn wir die Bestrebungen der Männer früherer Jahrhunderte so geradezu
verwerfen wollten. Bloßes Beobachten führt zu nichts als eben zu einer
Beobachtung, und würde man außerdem gar nichts thun, so bekäme man
zuletzt eine solche Menge von Thatsachen, daß kein Mensch sie zu überblicken
im Stande wäre; es muß daher von Zeit zu Zeit eine größere oder kleinere
Menge derselben unter einer bestimmten Norm als Partialgesetz zusammen=
gefaßt werden, und die Lücken zwischen mehreren derselben, die nach und nach
ausgefüllt werden sollen, geben einen Fingerzeig, auf was wir bei den Un=
tersuchungen unsere Aufmerksamkeit zu richten haben, wobei die mittler=
weile gelegentlich eintretende Auffindung von Beobachtungsmitteln wie In=
strumenten zu Hülfe kommt.

Die erste über bloße Vermuthungen hinausgehende Theorie der Wärme
stammt von Halley[1], der sie 1693 veröffentlichte. Dieser Forscher lehrte,
daß die von der Sonne verursachte Wärme in jedem Augenblicke des Tages
von der Höhe abhängig sei, in welcher sich dieses Gestirn über dem Horizonte
befindet, und darum wird die Wärme abnehmen, wenn die Breite wächst.
Wenn man sich jedoch vom Aequator aus den Polen nähert, so findet man
eine immer größere Differenz der Tagesdauer in den verschiedenen Jahres=
zeiten, bis endlich in diesen Punkten (wenn man von der Refraction der Son=
nenstrahlen absieht) ein halbjähriger Tag (Sommer) mit einer Nacht von
ebenso langer Dauer (Winter) wechselt. Dieser Umstand übt eine bedeu=

1) Philosophical Transactions.

tende Wirkung auf die Wärme aus, denn wenn auch in höheren Breiten die Sonne um Mittag nicht die Höhe erreicht, zu der sie in den Tropenländern steigt, so ersetzt die längere Dauer des Tages im Sommer, was an Intensität abgeht, weil die Wärme des einen Momentes sich zu der des vorhergehenden addirt, und eine Summe von vielen kleineren Gliedern, die von wenigen, wenn auch größeren, nicht nur erreichen, sondern sogar übertreffen kann.

Halley setzte daher die Wärme eines Sommer-Tages unter dem Aequator, dem Polarkreise und dem Pole als dem Verhältniß der Zahlen 1,934, 2,310 und 2,506 entsprechend, also am Pole größer als am Aequator. Im Winter ist die Dauer der Nacht eben so lange wie im Sommer die des Tages und der Wintertag bleibt daher in hohen Breiten um so weiter hinter der Aequatorialwärme zurück, als der Ort im Sommer begünstigt war. Es treten daher die Jahreszeiten immer weiter auseinander.

Als Halley seine Theorie, die, wie man sieht, allein auf dem Stande der Sonne und der Dauer des Tages beruht, veröffentlichte, besaß man noch kaum die Mittel, ihre Richtigkeit oder Unrichtigkeit durch die Beobachtung zu bestimmen, denn das Instrument, womit dieses geschieht, das Thermometer, war damals noch in einem Zustande, der es zu einem solchen Gebrauche nicht befähigte. Zwar soll Drebbel im Jahre 1630 Thermometer construirt haben, allein man hatte sich damals noch nicht über die Temperaturen geeinigt, die als die Ausgangspunkte bei solchen Bestimmungen nothwendig sind. Es hatte damals fast jedes Instrument eine andere Eintheilung, und man konnte zwar mit einem derselben wohl angeben, daß es wärmer oder kälter geworden sei, man konnte aber noch nicht bestimmen, welchem Stande des einen Instrumentes der eines andern entspreche, d. i. man hatte keine vergleichbaren Resultate! Noch 1714 nahm Newton als fixe Punkte seines Thermometers die Wärme des schmelzenden Eises und die seines Körpers und theilte die Differenz in 12 Grade. Es geht daraus hervor, daß nur Newton Instrumente machen konnte, bei denen der Grad derselben Temperaturdifferenz entsprach, denn wenn auch die Wärme des menschlichen Körpers wenig Schwankungen unterworfen ist, bleibt sie doch nicht für alle Individuen genau die nämliche, und diese Eintheilung ist, wenn auch in geringerem Grade (denn die Mittelwärme des Menschen schwankt nicht so bedeutend), ungefähr dasselbe, als wenn ein Mensch die Länge seiner Fußsohle als Fußmaaß anwenden wollte, denn diese Länge wechselt auch von einem Menschen zum andern.

Noch längere Zeit hindurch hatte man ein ganzes Gewirre von Thermometereintheilungen, bis endlich um die Mitte des vorigen Jahrhunderts die jetzt üblichen nach Fahrenheit, Réaumur und Celsius[1], die ganz genau auf einander reducirbar sind, die Oberhand gewonnen.

Auch Mairan[2] hielt sich zunächst an die astronomische Stellung der Sonne; er legte vorzugsweise Werth auf die Bestimmung des Temperaturmaximum und Minimum und nahm das arithmetische Mittel beider als Jahresmittel. Die Rechnung ergab ihm das Verhältniß unserer Sommerwärme zu der des Winters wie 16:1. Er verglich sein Resultat mit der Beobachtung und dem von Amonton bestimmten absoluten Nullpunkt, da er, wie dieses auch jetzt noch geschieht, von der Ansicht ausging, daß der Schmelzpunkt des Eises zwar eine niedrige Wärme, aber nicht gar keine, nicht den absoluten Nullpunkt bezeichne. Amonton hatte aus der Ausdehnung der Luft abgeleitet, daß, wenn man die Kellerwärme zu Paris zu 54°, den Schmelzpunkt des Eises zu 52 1/2° setzt, bei 0° jener absolute Nullpunkt[3] sei. Rechnete nun Mairan von diesem absoluten Nullpunkt aus, so fand er, daß die Winterwärme viel mehr als 1/16 der Sommertemperatur beträgt und es blieb ihm daher übrig, die Ursache dieser Erscheinung zu suchen. Er nahm an, Wärme komme aus dem Inneren der Erde und sei das ganze Jahr constant, und zu dieser Wärme, welche eigentlich die Hauptsache des Ganzen ausmache, komme im Sommer mehr, im Winter weniger Sonnenwärme. Es ist das ganze Verhältniß etwa mit dem Wasserstande eines tiefen Sees zu vergleichen. Zu einem Quantum, das man als fortwährend in ihm enthalten annehmen kann, komme im Winter ein gewisser Zuschuß, im Sommer dagegen 16mal soviel, so wird das Resultat ein Schwanken des Niveaus sein, aber das Verhältniß der ganzen Tiefe im Sommer zu der des Winters wird um so weniger von der Einheit verschieden sein, je tiefer der See, und bei der Wärme um so je weniger, je tiefer der absolute Nullpunkt, d. i. je größer die von dem Erdinnern hergegebene Wärme ist.

Auf dieser Unterscheidung beruht auch Mairan's Bezeichnung der wirklichen und der solaren Jahreszeiten. Die nächste Folge seiner

---

1) Im gegenwärtigen Kapitel sollen nach Humboldt's Vorgange durchaus die Celsiusgrade, deren 100 die Wärmedifferenz zwischen schmelzendem Eis und bei 760mm Barometerstand siedendem Wasser ausmachen, genommen werden.

2) Mém. de l'Académie 1719 und 1765.

3) Die Kellerwärme zu Paris beträgt 11°,7 C also entspricht jeder Grad Amonton's 4,66 Graden Celsius und 52 1/2 °A = 245°,7 C. In neuester Zeit hat Redtenbacher (das Dynamidensystem S. 61) den absoluten Nullpunkt zu 272°,5 unter dem Gefrierpunkt bestimmt. Die Angabe Amonton's fehlt also nicht sehr bedeutend.

vorzugsweise aber der Halley'schen Arbeit war die Annahme, daß in jeder Hemisphäre der Sommer in allen Breiten eine gleiche Temperatur habe, weil in den höheren Breiten durch die Tageslänge ersetzt werde, was an der Höhe der Sonne abgeht, eine Annahme, welche auf der fortwährenden Verwechselung der Temperatur e x t r e m e mit den Temperatur m i t t e l n beruhte.

Auf die Dauer genügten die Halley=Mairan'schen Formeln den Beobachtungen, die nun allerwärts gemacht wurden, nicht mehr, und Tobias Mayer[1] stellte empirisch eine andere auf, die sich zwar auf die Mairan= schen Sätze zurückführen läßt, auf die er aber vermittelst eines ganz anderen Weges gelangte. Er nahm nämlich an, die mittlere Wärme eines Ortes sei gleich einer durch Beobachtung zu bestimmenden constanten Größe weni= ger einer andern, ebenfalls aus der Beobachtung abzuleitenden n, die mit dem Quadrate des Sinus der Breite zu multipliciren sei. Mayer nahm an, daß die Wärme eines Ortes als Resultat verschiedener Wirkungen, als etwas Gegebenes zu betrachten sei, dem man sich durch eine mathematische Formel allmälig zu nähern suchen müsse. Hat man nämlich eine solche Er= scheinung, die wie z. B. die unsrige, sich in verschiedenen Breiten anders zeigt, so sucht man eine mathematische Formel, die sich ihr, wenn auch nur im Groben, anschließt, indem sie eine von der Breite eines Ortes abhängige Ver= schiedenheit der Wärme voraussetzt. Die darauf folgende Beobachtung wird die Mängel der Formel zeigen, und man ändert diese nun in einer Weise ab, daß auf die Abweichungen Rücksicht genommen wird, dann wird wieder verglichen und so lange verbessert, bis endlich die Formel entspricht. Es ist dieses eine Art und Weise, die namentlich in der Astronomie von jeher mit großem Erfolge angewendet wurde. Will man von der Mayer'schen Formel $t = m - n \sin \varphi^2$ Gebrauch machen, so ergibt sich daraus, daß die Wärme von einem Breitegrad zum andern wechselt, aber in demselben B r e i t e g r a d e, rund um die Erde, also in allen Längen, gleich b l e i b t.[2] Es wäre nun zunächst eine Correctur nothwendig, welche die Temperatur auch für verschiedene Längen derselben Breite verschieden macht, dann eine Correctur, welche auf die Meereshöhe Rücksicht nimmt u. s. w.

---

1) Opera inedita 1. 3.

2) Der vorstehende Ausdruck gibt nämlich an, daß die Temperatur t eines Ortes der Differenz $m - n \sin \varphi^2$ gleich sei. Diese Differenz wird um so größer sein, je kleiner das Product $n \sin \varphi^2$ ist; weil aber n eine aus der Beobachtung abgeleitete constante Größe vorstellt, so kommt die ganze Möglichkeit einer Aende= rung nur dem Ausdrucke $\sin \varphi^2$ zu. Diese Größe wächst, wenn die Breite zu= nimmt, und weil mithin in höheren Breiten von m mehr abgezogen wird als in

Die Vertheilung der Wärme über die Erdoberfläche ist ein äußerst complicirtes Phänomen, und es könnte ihr nur eine ebenso zusammengesetzte mathematische Formel entsprechen; je größer aber die Zusammensetzung einer Formel wird, um so beschränkter ist ihre Brauchbarkeit, und dieses ist auch der Grund, weßhalb der im Grunde ganz richtige Mayer'sche Vorschlag gänzlich außer Gebrauch gekommen ist.

Lambert[1] hielt sich wieder an die astronomische Stellung der Sonne und untersuchte dabei auch den Wärmeverlust, den die Erde durch die nächtlichen Erkaltungen erleidet; doch erzielte auch er, ungeachtet der vielen Vorzüge seiner Arbeit, kein mit den Beobachtungen vereinbares Resultat.

Die Wärmevertheilung, wie wir sie auf der Oberfläche der Erde wahrnehmen ist, wie bereits erwähnt, das Resultat einer außerordentlichen Menge von Ursachen. Die verschiedene Entfernung der Erde von der Sonne in den einzelnen Jahreszeiten, die Rotation der Erde und die Neigung ihrer Axe gegen die Ekliptik bedingen Verschiedenheiten in der Wirkung, welche die Sonnenstrahlen in den einzelnen Orten und wieder wechselnd nach Tages- und Jahreszeit hervorbringen. Je nachdem die Sonnenstrahlen, wenn auch unter denselben Verhältnissen, den einen und den andern Punkt der Erde treffen, wird ihr Effect je nach der Beschaffenheit der getroffenen Stelle verschieden sein, wenn Farbe, Dichtigkeit, Ein- und Ausstrahlungsvermögen und Leitungsfähigkeit der letzteren wechseln, und wir haben daher neben den astronomischen oder geographischen Verschiedenheiten noch die physikalischen Differenzen der Orte zu berücksichtigen. Alle diese mannigfaltigen Abstufungen zu bestimmen ist eine äußerst schwierige Aufgabe, doch haben die Arbeiten Feurier's[2] und Poisson's[3] wenigstens die Möglichkeit gegeben, daß (allerdings unter Voraussetzung noch nicht vollständig gemachter, also noch anzustellender Versuche über die oben genannten physikalischen Eigenschaften der von den Sonnenstrahlen getroffenen Körper) das Ziel der mathematischen Aufgabe, die Wärme eines gegebenen Punktes für jeden Augenblick vorausbestimmen zu können, etwa wie man für jeden Augenblick die Lage irgend eines Planeten angeben kann, zu erreichen sei. Die Aufgabe ist eine höchst schwierige, aber ihre Lösung wenigstens denkbar.

---

niedrigen, so bleibt als Rest weniger, und man erhält sohin für die Ortswärme einen kleineren Werth. Die Länge eines Ortes kommt in dem Ausdrucke gar nicht vor, ist also ohne Einfluß auf die Wärmebestimmung.

1) Pyrometrie.
2) Théorie analytique de la chaleur.
3) Théorie mathématique de la chaleur.

Alles dieses gilt aber nur für ein Gestirn, von dem man voraussetzt, daß darauf, wie es bei dem Monde wirklich der Fall ist, sich weder Luft noch Wasser befinde. Haben wir aber mit einem Planeten zu thun, der wie unsere Erde zum größten Theil mit Wasser bedeckt und von einer Hülle von Luft umgeben ist, so kommen zu den früheren wahrlich nicht zu verachtenden Schwierigkeiten noch weitere und viel bedeutendere, welche das Problem in einer solchen Weise verwickeln, daß von seiner Lösung auf mathematischem Wege zur Zeit gar nicht die Rede sein kann.

Durch die Strömungen von Luft und Wasser, bedingt durch die ungleiche Wirkung der Sonne in den verschiedenen Breiten, wird die Wärme der Aequatorialgegenden in die dem Pole näheren Bezirke geführt; aber die Art wie dieses geschieht, hängt von der Gestalt des Landes ab, und dessen Unregelmäßigkeiten tragen sich auf den Gang der Wärme über. Darum ist die Temperatur nicht in allen Längen desselben Breitekreises gleich. Ebenso wird mit dem Dampfe dem Meere eine Unmasse von Wärme entführt, das derselben entledigte Wasser kehrt in den Flüssen und Strömen wieder zurück, aber die Wärme dient zur Erhöhung der Temperatur des Landes. Aus diesem Grunde ist die größere oder geringere Nähe des Oceans von hoher Bedeutung für eine Gegend, aber auch hier wirken die Unregelmäßigkeiten der Curve, welche Land und Wasser trennt. Dazu kommt, daß man nie eine größere oder kleinere Gegend für sich betrachten kann, denn jeder kleinste Fleck macht einen Theil des Ganzen aus und steht mit ihm in dem Verhältnisse von Wirkung und Gegenwirkung. Wer aber vermag die ungeheuere Mannchfaltigkeit von Wirkungen von Land und Wasser, Höhe und Tiefe, dieser und jener Steinart, die über die ganze Erde verbreitet alle ihren Einfluß ausüben, unter die Botmäßigkeit einer mathematischen Formel zurückzuführen?

Aus dem Vorstehenden erhellt, daß es eine reine Unmöglichkeit ist, eine mathematische Formel zu entwerfen, die dieser unendlichen Mannchfaltigkeit genügt, mit deren Hülfe man im Stande wäre anzugeben, wie warm es in einer beliebigen Zeit an diesem oder jenem Punkte der Erde sei, und man konnte sich ihrer nur so lange bedienen, als die Beobachtungen noch so sehr zurück waren, daß man gar nicht wußte, in welcher Art dieser oder jener Umstand wirke.

Darum schlug Kirwan¹ einen andern Weg ein, nämlich den, statt

---

1) An estimate of the Temperature of different latitudes. Transactions of the Royal Irish Academy VIII.

zuerst die Gesetze aufzustellen und dann erst zu beobachten und die Beobachtungen mit den Gesetzen zu vergleichen, zuerst zu beobachten und dann durch
Vergleichung der in verschiedenen Ländern gemachten Beobachtungen die wirkenden Ursachen oder Gesetze aufzusuchen; doch sehen wir auch bei Kirwan
noch einen Versuch, zuerst die Höhe der obern Schneegränze, jenes Punktes,
wo wegen Kälte die Luft kein, oder nur so wenig Wasser enthält, daß kein
Schnee mehr fallen kann[1], zu bestimmen, und dann daraus die Wärme der
Luft in einer darunter befindlichen Stelle abzuleiten.   Er vergleicht jedoch
auch die Temperaturen verschiedener Orte der Erde und nimmt hierzu als
Normalgegend denjenigen Theil des atlantischen Meeres, der zwischen dem
80. Grade der nördlichen und dem 45. Grade der südlichen Breite sich westwärts bis an den Golfstrom und innerhalb weniger Meilen von der Küste
von Amerika erstreckt, auch den ganzen Theil des südlichen Oceans, der
sich vom 45. Grade der Nordbreite bis zum 40. Südbreite und von 200
bis 275 Grade östl. von London ausdehnt.

Es wäre sehr zu wünschen, daß man von jedem Orte den Gang der
Temperatur für jeden Augenblick wüßte, allein da dieses eine vollkommene
Unmöglichkeit ist, muß man sich darauf beschränken, längere Zeit hindurch
unter sich entsprechenden Umständen zu beobachten, und dann anzunehmen,
daß jedesmal diejenige Wärme vorhanden gewesen sei, welche dem arithmetischen Mittel aller Beobachtungen gleich kommt.   Man hat hier zwar im
Grunde genommen jedesmal einen Fehler, allein dieser wird im Allgemeinen
entweder etwas über oder unter der Wahrheit sein, und von ihr nicht viel abweichen.   Wir kommen so auf die Aufsuchung von Mittelwärme.

Diese Aufgabe ist es, mit welcher wir Humboldt in der Abhandlung
in Mém. de la soc. d'Arcueil III. und in den kleineren Schriften nach
einer kurzen historischen Einleitung zuerst beschäftigt finden.

Soll der mittlere Zustand der Wärme für die ganze Erde bestimmt
werden, so muß man zuerst die Mittel finden, diesen Zustand für einen einzigen gegebenen Ort zu bestimmen, und dieser ändert sich nicht nur im Laufe
des Jahres, sondern auch in dem des Tages fortwährend.   Früher hatte
man geglaubt, die mittlere Wärme eines Jahres lasse sich durch die halbe

---

1) Es ist allerdings wahrscheinlich, daß es in einer gewissen Höhe über der
Erde eine solche Stelle gibt, die von der untern Schneegränze, jener Linie, oberhalb
welcher der Schnee das ganze Jahr liegen bleibt, wohl zu unterscheiden ist; sie ist
aber jedenfalls so hoch, daß kein Berg in dieselbe reicht, wenigstens nicht bei der
gegenwärtigen Vertheilung der Gebirge, und da diese obere Schneegränze noch
nicht beobachtet wurde, sind alle auf sie gestützten Berechnungen unzuverlässig.

Summe des beobachteten Maximums und des Minimums ausdrücken, doch gibt diese Methode ein durchaus falsches Resultat, und ihr ist weitaus diejenige vorzuziehen, nach der die Jahrestemperatur aus dem arithmetischen Mittel aller Tageswärmen gewonnen wird; doch fragt es sich auch hier wieder, wie letztere zu finden sei. Das beste Mittel wäre, wenn man fortwährend beobachten würde, allein dieses ist, wie leicht zu sehen, nicht möglich, und selbst stündliche Beobachtungen sind nur an sehr wenigen Orten ausführbar. Ist es mithin nothwendig, sich auf eine geringere Anzahl von Beobachtungen zu beschränken, so kommt sehr viel auf die Stunden an, welche hierzu ausgewählt werden, denn das Mittel von Beobachtungen, die nur in der warmen Tageszeit angestellt sind, würde ein zu hohes, das der kalten Zeit ein zu niedriges werden.

Betrachtet man den Gang der Wärme an einem heiteren Tage, an welchem die störenden Wirkungen der Wolken fehlen, so zeigt sich, daß das Thermometer von Sonnenaufgang an steigt. Dieses Steigen ist um 9 Uhr am raschesten, wird nach und nach langsamer und hört etwa um 2 Uhr auf, worauf ein Sinken folgt, das zuerst langsamer ist, dann bis Sonnenuntergang schneller wird, und von da bis zum nächsten Sonnenaufgang sich verringert, an welchem Zeitpunkte das Steigen wieder beginnt.

Humboldt beschreibt dreierlei Arten das Tagesmittel zu erhalten: 1) Man beobachtet dreimal des Tages, bei Sonnenaufgang und Untergang und um 2 Uhr Nachmittags. 2) Man beobachtet in 2 Epochen des Tages, von denen man voraussetzt, daß sie die des Maximums und des Minimums sind, nämlich bei Sonnenaufgang und um 2 Uhr Nachmittags. 3) Man beobachtet des Tages einmal zu einer Stunde, von der man in den verschiedenen Jahreszeiten gefunden hat, daß sie die mittlere Temperatur des Tages ausdrückt.

Hat man 3 Beobachtungsstunden, so muß nach Humboldt die Zwischenzeit bestimmt werden; man sucht das Mittel zweier auf einander folgenden Beobachtungen und nimmt an, die Wärme sei während der ganzen inzwischen verflossenen Zeit diesem Mittel gleich gewesen. Diese Regel wäre ganz genau, wenn die Abnahme der Wärme oder ihr Wachsen regelmäßig der Zeit proportionel wäre, da aber dieses, wie aus obiger Darstellung des Ganges erhellt, nicht der Fall ist, so ist die Norm nicht ganz richtig; doch weicht sie von der Wahrheit nicht bedeutend ab. Sind z. B. die Beobachtungen gegeben, 4^h Morgens 5^0, 2^h Nachmittags 13^0, 11^h Abends 10^0 und 4^h des andern Morgens wieder 8^0, so ist anzunehmen, als habe die Wärme von Morgens 4^h bis 2^h Nachmittags also in 10 Stunden regelmäßig zugenommen. Das

Mittel beträgt dann für die ganze Dauer von 10 Stunden in jeder 10°,5, in allen 105°. In gleicher Weise ergeben sich für die Zeit von 2ʰ bis 11ʰ 103°,5 von 11ʰ bis wieder Morgens 4ʰ 45°. Die ganze Summe 105 + 103,5 + 45 dividirt durch die Zahl der Stunden, also 24, gibt 10°,5 als die Mittelwärme des ganzen Tages. Sind unter den Beobachtungen nicht das Maximum und das Minimum, so ist das berechnete Mittel unrichtig, weil der zwischen den 2 Beobachtungsstunden, innerhalb deren der Wende= punkt fällt, berechnete Durchschnitt zu niedrig oder zu hoch ist. Nimmt man das arithmetische Mittel von Maximum und Minimum, so geben obige Be= obachtungen ebenfalls 10°,5.

Beobachtet man nur Maximum und Minimum, so kann man, wie vor= hin aus 3 Beobachtungen, unter Berücksichtigung der inzwischen verflossenen Zeit die mittlere Wärme berechnen; da aber das Maximum fast ganz con= stant um 2ʰ Nachmittags ist, der niedrigste Thermometerstand dagegen je nach dem Sonnenaufgang sich ändert, so entstehen Differenzen, die jedoch nie bedeutend werden und sich mit der Zeit ausgleichen. Eine andere sich mit der Zeit ebenfalls ausgleichende Unrichtigkeit ergibt sich, wenn auf einen war= men Tag ein kalter und umgekehrt folgt; man sollte eigentlich je ein Maxi= mum und Minimum zu dem ihm vorausgehenden und dem ihm nachfolgenden Minimum und Maximum addiren und den vierten Theil der Summe beider Resultate als mittlere Tageswärme setzen, doch sind die Abweichungen im Laufe mehrerer Tage nur unbedeutend, wenn man auch nur je ein Maxi= mum mit nur einem Minimum verbindet.

Das arithmetische Mittel der Temperaturen der Tage eines Jahres gibt die Jahreswärme, das Mittel mehrerer Jahreswärmen die mittlere Temperatur eines Ortes.

Wenn man an einem in der Nähe des Aequators befindlichen, am Meeresniveau gelegenen Orte die mittlere Wärme bestimmt und im gleichen Meridian gegen den entsprechenden Pol hingehend das gleiche Verfahren wiederholt, so wird die Wärme fortwährend niedriger werden, oder man würde, wenn man etwa den durch die Mitte von Sibirien gehenden Meri= dian wählen sollte, die Temperatur bis zu einem gewissen Punkte sinken und dann wieder steigen sehen. Beschränkt man sich auf die nördliche Hemi= sphäre, so wird man finden, daß im Innern von Sibirien und im Nord= westen von Amerika 2 Punkte niedrigster Jahreswärme sind, von denen aus die Temperatur um so mehr steigt, je größer die Entfernung von beiden Punkten, den sogenannten Kältepolen, ist. Dieses Anwachsen der Wärme geschieht, solange man sich nicht über das Meeresniveau erhebt, oder die allenfallsige Temperaturcorrection nach der Höhe nicht außer Acht läßt, nicht sprungweise, sondern geht ganz allmälig von der niedrigsten zur höchsten beobachteten Temperatur vor sich, und ist nicht etwa da und dort durch Abnahmen unterbrochen. Hieraus folgt, daß es rings um einen Kältepol herum auf einander folgende Punkte geben muß, die eine gleiche Jahreswärme besitzen, und die, wenn man sie unter einander verbindet, eine in sich geschlossene Curve geben. Diese Curven, welche lauter Punkte von gleicher Wärme verbinden, nannte Humboldt Isothermen. Die den beiden Kältepolen zunächst gelegenen Curven sind zuerst von einander getrennt, so daß wir für dieselbe Temperatur in einer Hemisphäre 2 gesonderte Ringe haben; da dieselben sich aber immer weiter von dem Pole entfernen, so gehen sie endlich in einander über und von da an besitzen wir nur je eine Curve für jede Temperatur. Das Gesetz, nach dem die Curven gestaltet sind, ist wie bereits erwähnt, ein äußerst verwickeltes, und weil es der Mathematik noch nicht gelungen ist, die Temperatur eines Ortes von gegebener Länge und Breite a priori festzustellen, ergibt sich die Nothwendigkeit, andere Mittel zu suchen, um einen Ueberblick über die Art der Wärmevertheilung über die Erde zu erlangen.

Die magnetischen Erscheinungen bieten eine ähnliche Complication der Verhältnisse, und darum hat Halley bereits vor anderthalb Jahrhunderten seine Zuflucht dazu ergriffen, auf einer Landkarte alle diejenigen Punkte zu Isogonen zu vereinen, an denen der Winkel zwischen dem magnetischen Meridian und dem astronomischen derselbe war. Dasselbe Verfahren adoptirte Humboldt in seiner oben genannten Abhandlung für die Wärme und er hat der Wissenschaft darum einen großen Dienst geleistet, weil man erst durch ihn einen deutlichen Ueberblick über die Temperaturverhältnisse der Erde gewinnen konnte. Die graphische Darstellung von sich ändernden Erscheinungen hat nämlich besonders dann, wenn man mit der reinen Mathematik nicht ausreicht, außerordentliche Vorzüge. So z. B. ist es der Mathematik durchaus unmöglich, eine Formel aufzustellen, nach der sich angeben ließe, wo auf der Erdoberfläche Meer, wo Land sei, und es muß der jeweiligen Beobachtung anheim gestellt sein, die Gestalt des Landes erst zu bestimmen. Man könnte nun für verschiedene, Punkte die auf dem Laure sind, die geographische Lage bestimmen, könnte angeben, wie weit sie vom Meere entfernt sind, und es würden so Tabellen entstehen, aus denen man auf die Gestaltung des Landes schließen könnte. Dieser Fall würde etwa den Tafeln entsprechen, welche man über die mittlere Wärme verschiedener Orte besitzt, und die zwar manchen Nutzen gewähren, aber über die Wärmevertheilung

tein klares Licht werfen. Nimmt man aber statt des Längen= und Breiten=
verzeichnisses verschiedener Orte eine graphische Darstellung als Land=
karte, so gewinnt man alsbald einen Ueberblick, und was die Land=
karte in Beziehung auf die Lage, das leisten die Isothermen
in Beziehung auf die Wärme eines Ortes. Wie die auf der
Landkarte verzeichnete Gränze zwischen Land und Wasser stets eine in sich
selbst zurücklaufende (geschlossene) Curve sein muß, so muß dieses auch bei
den Isothermen der Fall sein. Dem großen Vortheile der Isothermen ist
es vorzugsweise zu danken, daß es Humboldt gelungen ist, ein klares Bild
von der Vertheilung der Wärme über die ganze Erde zu entwerfen, und
seine Darstellung, deren Hauptsätze im Nachfolgenden wieder gegeben
werden sollen, ist daher die erste, die wir über diesen Gegenstand besitzen.
Seutdem Humboldt die ersten Isothermen entwarf, sind die Beobachtungen
vieler Stationen bekannt geworden, und die Richtungen der Isothermen haben
in der Folge manche Aenderungen und Erweiterungen erfahren, da dem
Begründer viele Anhaltspunkte fehlten; nichts destoweniger bestehen sie in
ihren Umrissen noch heute, und Humboldt hat der Entwickelung unserer
Erfahrungen über diesen Gegenstand die Bahn gebrochen, hat aber auch,
wie ich im nächsten Abschnitte zeigen werde, später noch zu der Ausbildung
des Gegenstandes beigetragen.

Geht man von der Gegend des Aequators, welch letzteren Mittelwärme
Humboldt zu 27°, 5C angibt (Kirwan hatte die Zahl einen Grad höher
gesetzt, Atkinson zu 29°,2, Brewster zu 25°,2'), gegen den Nordpol
zu, so sind sich die Isothermen ziemlich parallel, d. h. die Temperatur nimmt
mit wachsender Breite in allen Meridianen gleichmäßig ab, dann
aber zeigt sich bei der Vergleichung von Europa und Ostamerika, daß diese
Curven in Amerika dichter liegen, daß man also dort weniger weit nach Nor=
den gehen muß, um eine bestimmte Temperaturabnahme zu beobachten, als
auf der europäischen Seite des Oceans. Die Isothermen liegen nun dem
Aequator nicht mehr parallel, sie wenden sich von Amerika aus gegen Nor=
den, und ein nördlicher Punkt in Europa hat dieselbe mittlere Jahreswärme
als ein in Amerika südlicher gelegener. Diese Differenz wird um so größer, je
weiter man nach Norden geht, denn während die Wärme bis zum 20. Grade
der Breite auf beiden Seiten um 2 Grade abnimmt, ist sie im 30. Grade
im Osten um 6, im Westen um 8 Celsiusgrade, unter dem 60. Breitegrade
dagegen im alten Continente um 22,5, im neuen um 31,4 niedriger als

1) Humboldt in Ann. ch. ph. XXXIII.

unter dem Gleicher. Von 2 Punkten, die in 60° n. B., der eine in Europa, der andere in Amerika sind, ist letzterer um 8°,9 kälter als ersterer. Die Zone, in welcher die Wärme bei gleichem Vorschreiten gegen Norden am meisten abnimmt, liegt nach Humboldt in der alten und neuen Welt zwischen den Parallelkreisen von 10° und 45°. Dieser Umstand, sagt er, mußte günstig auf die Gesittung und den Kunstfleiß der Völker einwirken, welche die den mittlern Parallel benachbarten Länder bewohnen. Es ist dieses die Stelle, wo das Gebiet des Weinbaues sich mit dem des Oelbaumes und des Citrus berührt. Nirgends sonst sieht man auf dem Erdboden, wenn man von Norden nach Süden vordringt, die Temperatur bedeutender zunehmen, nirgends auch folgen die Erzeugnisse des Pflanzenreichs und die mannichfachen Gegenstände des Ackerbaues mit mehr Schnelligkeit auf einander. Eine bedeutende Verschiedenheit in den Erzeugnissen zusammengränzender Länder belebt aber den Handel und vermehrt die Industrie der ackerbauenden Völker.

Geht man von den atlantischen Ländern des neuen Continents nach Westen, so bleiben bis in's Thal des Mississippi die Isothermen dem Aequator ziemlich parallel, die mittlere Jahreswärme ändert sich daher nicht merklich, wenn man auf demselben Parallelkreise bleibt, wohl aber geschieht dieses, wenn man, das Felsengebirge überschreitend, bis an die Ostküste des großen Oceans vordringt, denn dort ziehen die Isothermen wieder gegen Norden, und ein Ort an der Küste von Westamerika ist nicht viel von einem unter gleicher Breite liegenden europäischen verschieden. Die Isothermen gehen daher in Ostamerika gegen Süden, und weil sie gegen Europa hin wieder nordwärts ziehen, zeigen sie eine gegen Norden concave Krümmung. Geht man dagegen von Westeuropa nach Osten, so zeigt sich hier im allen Continente eine dem Verhalten im neuen ganz analoge Senkung der Isothermen, und diese haben in Europa eine gegen Norden convexe Krümmung, weil aber die mittleren Isothermen um die ganze Erde herumgehend alle Meridiane schneiden, muß zwischen dem Westen von Amerika und Ostasien eine gegen Norden convexe Krümmung, zwischen diesem und Europa eine nach Norden concave Einbiegung sein, so daß die Curven zweimal gegen Norden sich heben, an den Westküsten der beiden Continente, und zweimal gegen Süden, im Innern derselben.

„Wir haben bisher gefunden, sagt Humboldt[1], daß die isothermen Linien gegen Norden weder dem Aequator noch gegen einander parallel sind,

1) Kleinere Schriften 243.

und eben wegen dieses Mangels an Parallelismus haben wir, um die Ueber=
sicht so verwickelter Erscheinungen zu vereinfachen, um die ganze Erdkugel
herum die Punkte aufgesucht, welche die Curven gleicher Wärme durchschnei=
den. Die Lage der Linie 0° wirkt nach diesen Vorstellungen wie der magne=
tische Aequator, dessen Inflexionen in der Südsee auf die magnetischen
Neigungen in großen Erstreckungen einwirken. Man könnte sogar glauben,
daß in der Vertheilung der Klimate die Linie 0° die Lage der Curve der
größten Wärme, welche so zu sagen der isotherme Aequator ist, bestimme,
und daß in Amerika und Asien unter 60° westl. und 100° östl. Länge die
heiße Zone gleichsam mehr südlich vom Wendekreise des Krebses anfange,
oder dort weniger intensive Hitze zeige. Eine aufmerksame Prüfung der Er=
scheinungen lehrt aber, daß dem nicht so ist. Ueberall wo man sich der heißen
Zone unterhalb des 30. Breitengrades nähert, werden die isothermen Linien
allmälig unter einander und mit dem Erdäquator parallel. Die große
Kälte von Canada und Sibirien erstreckt ihre Wirkung nicht bis in die
Aequatorialebene.“

Die Punkte, auf welchen die mittlere Jahreswärme dieselbe ist, können
sich in Beziehung auf die Reihenfolge ihres klimatischen Wechsels, trotz der
gleichen mittleren Jahreswärme, bedeutend von einander unterscheiden, und
der Unterschied zwischen den beiden extremen Jahreszeiten Sommer und Win=
ter wechselt nicht nur von einer Isotherme zur anderen, sondern ist auch
innerhalb der nämlichen Isotherme verschieden. Während in der Isotherme
von 20° der Sommer im Mittel eine Wärme von 25°,5, der Winter von
13°,5 hat, so daß zwischen beiden Jahreszeiten ein Unterschied von 12 Graden
besteht, besitzt in der Isotherme von 0° der Sommer 11°,5, der Winter −10°
und beide Epochen differiren daher um 21°,5. Die zwischenliegenden Iso=
thermen reihen sich zwischen die beiden genannten ein. Es ist aber in
der Isotherme von 20° die Sommerwärme nicht allenthalben 25°,5 es
schwankt dieselbe vielmehr zwischen 22 und 27 Graden, die Winterwärme da=
gegen zwischen 12 und 15. In der Isotherme von 0° schwanken die Som=
mer zwischen 11° und 12°, die Winter dagegen zwischen − 16° und −4°
Betrachtet man die Winterwärme irgend eines Punktes eines beliebigen
Längengrades, so wird man in den Meridianen östlich und westlich davon
dieselbe Temperatur des Winters wieder antreffen müssen, doch wird im All=
gemeinen dieser correspondirende Punkt sich weder in derselben Breite noch
auf derselben Isotherme befinden. Dasselbe muß bei den Sommerwärmen
der Fall sein. Die Verbindung dieser Punkte führte Humboldt auf die
Bestimmung der Isotheren und Isochimenen, der Linien gleicher

Sommer= und der gleicher Winterwärme. Die Beobachtung der Winter=
temperatur verschiedener europäischer Punkte zeigt eine große Abweichung der
Jsochimenen von den Jsothermen, und auch von den Parallelkreisen. Auf
der Insel Mageröe am Nordende von Europa ist die Jsotherme von 0°, in
Petersburg die von 3",5. Die Jsotherme von 0° geht mithin in ihrer Ver=
längerung nach Osten nördlich von Petersburg vorüber; dagegen ist die
Winterwärme von Mageröe um 4° höher als die von Petersburg, und die
Jsochimene von Mageröe führt daher in ihrer östlichen Verlängerung süd=
lich von Petersburg vorüber. Während die Jsochimenen, wenn man sie von
der Westküste von Europa gegen Osten verfolgt, sich mehr südlich wenden
als die Jsothermen, beobachten die Jsotheren das entgegengesetzte Verhal=
ten, und die Folge davon ist, daß, je weiter wir uns von der atlantischen
Küste entfernen, um so größer die Differenz der beiden entgegengesetzten
Jahreszeiten sein müsse. Die Punkte, an welchen die Verschiedenheit von
Sommer und Winter weniger bedeutend sind, liegen im Allgemeinen in der
Nähe der Küste, die Gegenden mit großen Differenzen sind im Innern der
Continente, und darauf gründete Humboldt den Unterschied zwischen Küsten=
oder Insel= und Continentalklima.

„Die Unterschiede unter den Jahreszeiten, sagt Humboldt,[1] sind
weniger groß den convexen Scheiteln der isothermen Curven nahe, da wo
diese Curven sich gegen den Nordpol erheben, als an den concaven Scheiteln.
Dieselben Ursachen, welche auf die Erhebung oder die größere Krümmung
der isothermen Linien Einfluß üben, streben auch die Temperaturen der Jah=
reszeiten gleicher zu machen. Ganz Europa, wenn man es mit den östlichen
Theilen von Amerika und Asien vergleicht, hat ein Inselklima, und auf gleicher
isothermer Linie werden in dem Maaße die Sommer heißer und die Winter
kälter, als man vom Meridian des Montblanc nach Osten oder Westen
vorschreitet. Europa kann als die westliche Verlängerung des alten Conti=
nents angesehen werden, und die westlichen Theile aller Festländer sind nicht
nur in gleichen geographischen Breiten wärmer als die östlichen, sondern es
sind selbst in den Zonen gleicher Jahrestemperatur auf den Ostküsten beider
Continente die Winter strenger und die Sommer heißer als auf den West=
küsten. Der nördliche Theil China's wie die atlantische Küstenzone der ver=
einigten Staaten zeigt übermäßigte Klimate, stark abstechende Jahreszeiten,
während die Küsten von Neucalifornien und die Mündung des Columbia
beinahe gleich gemäßigte Sommer und Winter haben. Die Witterungsbe=

1) Kleinere Schriften 231.

schaffenheit dieser Nordwestgegenden gleicht bis zum Parallelkreise von 29—52°
der von Europa, und ohne die großen Umwälzungen unseres Geschlechts
einzig und allein dem Einflusse der Klimate zuschreiben zu wollen, kann man
doch behaupten, daß der sich kund gebende Unterschied zwischen den Ost- und
Westküsten der Continente die alte Civilisation der Amerikaner im Westen
begünstigt, ihre Wanderungen gegen Süden und jene Verbindungen mit Ostasien erleichtert habe, die sich in Denkmälern, religiösen Sagen und Jahres-
eintheilung offenbaren. Wenn man zwei Witterungssysteme, die concaven
und convexen Scheitel derselben isothermen Linien vergleicht, so findet man
in Newyork einen Sommer gleich dem in Rom, und einen Winter wie in
Kopenhagen, zu Quebec einen Pariser Sommer und einen Petersburger
Winter. In China, z. B. in Peking, wo die mittlere Jahrestemperatur
die der bretagnischen Küsten ist, sind die Sommer heißer als in Cairo und
die Winter so streng wie in Upsala."

Indem die mittlere Jahrestemperatur einem Viertel der thermischen
Summe aus der Winter-, Frühlings-, Sommer- und Herbstwärme gleich ist,
werden wir auf einer und derselben isothermen Linie von 12° haben:

im concaven Scheitel in Amerika (77° w. L. v. Paris)

$$12° = \frac{0° + 11°,3 + 24°,2 + 12°,5}{4};$$

am convexen Scheitel in Europa (im Pariser Meridian)

$$12° = \frac{4°,5 + 11° + 20°,2 + 12°,3}{4};$$

im concaven Scheitel in Asien (140° östl. L. v. Paris)

$$12° = \frac{4° + 12°,6 + 27° + 12°,4}{4};$$

Wenn sich die kalte Jahreszeit in die warme umändert, so steigt die Temperatur; sie steigt aber am meisten in den Monaten des Frühlings, nimmt
dagegen wieder im Herbste am meisten ab. Daher ist der Gang, den die
Wärme im Laufe des Jahres verfolgt, durchaus kein gleichmäßiger, denn die
größte Aenderung ist in denjenigen Epochen, welche das Mittel zwischen den
beiden Extremen halten, und daher auch als die Repräsentanten der mittleren Jahreswärme angesehen werden können. Ist die Wärme eines Ortes
im Sommer über dem Jahresmittel, im Winter unter demselben, so muß es
in den zwischenliegenden Jahreszeiten Tage und Gruppen von Tagen geben,
welche sich bei nur kurzer Beobachtungsdauer zur Messung der mittleren
Jahreswärme vorzugsweise eignen. Als solche Tage bestimmt Humboldt
für Ofen in Ungarn die Tage vom 15—20. April und vom 15—25. October;

für Mailand vom 10—15. April und 18—27. October; unter den ganzen Monaten erklärt er den October als besonders wichtig für die Angabe des Jahresmittels, da diese danach bestimmt in der Regel nicht über einen Grad fehlt. Kirwan hatte hierzu den Monat April vorgeschlagen; doch zeigte Humboldt in einer Tabelle von 30 Orten, von denen sowohl die April= und Octoberwärme als die Jahrestemperatur bekannt sind, daß die Resultate des Aprils denen des Octobers weit nachstehen, wenn auch letztere in manchen Jahren die Grenze von 1° überschreiten.

Es bleibt nun noch übrig die Frage zu erörtern, ob die im Laufe eines Jahres an einem gegebenen Orte gefundene Wärme weit von der eines andern abweichen könne. Sollte dieses der Fall sein, so wäre eine größere Reihe von Jahren nöthig, um die Wärme des Ortes zu finden, denn ein einziges gegebenes Jahr könnte weit zu warm oder zu kalt sein. In unsern Breiten beträgt der allenfallsige Fehler ¹/₆ des Ganzen, unter den Wendekreisen ¹/₂₀. Eine Zusammenstellung des Temperaturganges zu Paris für die Jahre 1803—1813, die sich über Jahreswärme, Winter, Sommer, Januar, August und October erstreckt, führte zu nachstehendem Resultate:

	Maximum	Minimum	Mittel
Jahr	11°,9 (1806)	9°,7 (1805)	10°,6
Winter	5°,7 (1807)	2°,2 (1805)	3°,7
Sommer	19°,9 (1807)	17°,3 (1805)	18°,1
Januar	6°,6 (1804)	-0°,8 (1810)	2°,2
August	21°,4 (1807)	17°,0 (1813)	19°,4
October	14°,2 (1811)	9°,0 (1808)	10°,4

Diese Tabelle zeigt, daß der Temperaturgang des einen Jahres von dem des andern nicht sehr verschieden ist, und daß die Mittelwärme des Octobers nur sehr wenig (um 0°,2) von der des Jahres abweicht.

Die vorhergehenden Data beziehen sich auf die Temperatur der Nord= hemisphäre, und es bleibt uns nun übrig, auf die der südlichen Halbkugel überzugehen. Die Seefahrten, die man seit dem sechszehnten Jahrhundert dorthin unternahm, und besonders die Entdeckungsreisen, welche Cook im vorigen Jahrhundert in den Südgegenden machte, haben insgesammt das Resultat geliefert, daß die Wärme der jenseitigen Breiten hinter der der ent= sprechenden unserer Halbkugel weit zurückbleibt. Im südlichen Feuerlande unter einer Breite, die auf unserer Hemisphäre der des südlichen Schwebens entspricht, ist bereits das ganze Land selbst im Hochsommer mit Schnee bedeckt, und richte Massen von Eis umgeben den südlichen Pol in viel weiterem Umkreise als den nördlichen. Im vorigen Jahrhundert sollen M'Callan (1751), Wilson (1734) und Steffens (1754) bis 63½°—64° nördl. Breite gekommen sein, während es Cook (1774) südwestlich vom Cap Horn nicht gelang, weiter als 71°15' vorzubringen.[1] Da die Richtigkeit dieser Thatsache nicht geleugnet werden konnte, suchte sie Aepinus dadurch zu erklären, daß die Erde, weil sie nicht in einem Kreise, sondern in einer Ellipse um die Sonne geht, nicht an allen Theilen ihrer Bahn gleich schnell wandert, weßhalb gegenwärtig unser Sommer länger dauert als der Winter, während auf der Südhalbkugel der entgegengesetzte Fall eintritt. Sommer und Frühling sind jetzt zusammen um 7 Tage 18 Stunden länger, jenseits kürzer als Herbst und Winter. Aus dieser verschiedenen Dauer der Jahreszeiten glaubte Aepinus auch die verschiedene Wärme der beiden Halbkugeln ableiten zu können; allein Lambert hat bewiesen, daß, wenn auch unser Sommer länger ist als der jenseitige, aus dem Grunde, daß in unserem Sommer die Erde weiter von der Sonne entfernt ist als im jenseitigen, die Differenz der Summe von Sonnenstrahlen, welche je eine Halbkugel im Laufe des ganzen Jahres bekommt, sich vollkommen aufhebt, so daß also der Grund der beobachteten Wärmeunterschiede nicht in der Sonne und der Bahn der Erde, sondern in der physischen Beschiedenheit der beiden Hemisphären gesucht werden muß.

Kirwan machte darauf aufmerksam, daß fast sämmtliche Reisen in die Gegenden von hoher südlicher Breite in der dortigen warmen Jahreszeit, also unserm Winter, gemacht wurden, daß man aber aus der Temperatur einer extremen Jahreszeit nicht auf die der andern, und ebensowenig auf die des ganzen Jahres schließen könne, und wenn auch die Sommer der Südhalbkugel nur eine sehr geringe Wärme haben, so seien dafür die Winter um so milder. Er vergleicht hierauf die beobachteten Temperaturen für gleiche Breiten beider Hemisphären, und findet, daß zwar die Nordhalbe der des Südens etwas überlegen ist, daß aber diese höhere Wärme nicht so bedeutend ist, als man glauben sollte. Er glaubt, daß bis zum 40. Breite-

---

1) Seitdem ist es Roß gelungen, am 12. Febr. 1841 bis 77°31 s. B. zu kommen; in diesem Jahrhundert hat kein Nordpolsahrer die hohen Breiten erreicht, die oben angegeben sind. Scoresby kam 1806 bis 81°50', Parry auf Schlitten, also bereits auf dem Eise, 1827 bis 82°45'.

grade die Wärme der südlichen Halbkugel zu der der nördlichen sich verhalte
wie 13,5 zu 14, von da bis zum 50. Grade wie 9 zu 11.

Dieser Ansicht ist auch Humboldt. Er sagt:[1] „Die südliche Halbkugel empfängt dieselbe Lichtmenge, aber die Anhäufung der Wärme ist auf
ihr geringer, wegen der während eines längeren Winters vor sich gehenden
Ausströmung strahlender Wärme. Da diese Hemisphäre überdieß großentheils von Wasser eingenommen ist, so haben die pyramidalen Endspitzen der
Continente in ihr das Inselklima. Auf Sommer von sehr niedriger Temperatur folgen bis zum 50. Grade südlicher Breite wenig strenge Winter;
auch dringen die Pflanzenformen der heißen Zone, baumartige Farrenkräuter
und parasitische Orchideen im Süden bis zu 38° und 42° Breite vor. Die
geringe Ausdehnung der Länder auf der südlichen Halbkugel trägt nicht nur
dazu bei, die Jahreszeiten gleich zu machen, sondern auch dazu, die Jahrestemperatur dieses Theiles des Erdkörpers absolut zu vermindern. Ich bin
der Meinung, daß diese Ursache weit wirksamer ist, als die von der geringen
Excentricität der planetarischen Bahn hergenommene. Die Continente strahlen
während des Sommers mehr Wärme aus als die Meere, und die aufsteigende Strömung, welche die Luft der äquinoctialen und gemäßigten
Zonen nach den Gegenden um den Pol (Circumpolargegenden) führt, wirkt
in der südlichen Hemisphäre weniger ein als in der nördlichen. Auch sehen
wir jenes Eislager, das den Pol bis gegen den 71. und 69. Grad südlicher Breite umgibt, überall da mehr gegen den Aequator vorrücken, wo es
eine offene See findet, d. h., wo die pyramidalen Enden der großen Continente ihm nicht entgegen liegen. Man hat Grund zu glauben, daß dieser
Mangel von Festland eine noch viel bedeutendere Wirkung hervorbringen
würde, wenn die Vertheilung der Continente eben so ungleich in den Aequatorialgegenden als in den gemäßigten Zonen wäre."

In niedrigen Breiten ist die Wärmedifferenz zwischen Süd und Nord sehr
unbedeutend, sie macht sich erst bemerkbar, wenn man den Wendekreis überschreitet. Die Isothermen des Südens sind zum Unterschiede von denen der Nordhalbkugel wenig oder gar nicht gekrümmt, und daher haben auch alle Orte
von derselben Breite fast die nämliche Temperatur, ihre Länge mag
sein, welche immer sie wolle. Die Schneegränze ist allerdings in der Südhalbkugel im Allgemeinen tiefer als im Norden und kommt schon in einer
Breite zur Meeresfläche herab, in der nördlich vom Aequator noch ganz
blühende Länder sind; allein dieses hängt weniger von der mittleren Jahres-

---

1) Kleinere Schriften S. 250.

wärme ab, als von der Temperatur des Sommers. Je kälter der Winter ist, um so weniger kann in demselben Schnee fallen, da die Menge der in der Luft befindlichen Feuchtigkeit von deren Temperatur abhängig ist. Ist in einem Lande der Winter kalt, der Sommer heiß, so wird in letzterem der geringe Schnee bald weggeschmolzen sein, während die entgegengesetzte Ursache die entgegengesetzte Folge hat.

Die Passatwinde sind ein Phänomen, das von der Verschiedenheit der Luftwärme verschiedener Breiten abhängt, sie bilden einen Theil der über die ganze Erde verbreiteten Strömung, welche in der Luft wahrgenommen wird, und es muß dieses Zusammenhanges wegen die Wärme der beiden Halbkugeln sich in der Lage der Zone abspiegeln, in der wir die Passate beobachten. Die Luft strömt von beiden Polen aus gegen diejenige Stelle der Erde hin, an der es am wärmsten ist, also in die Gegend des Aequators, und steigt dort angelangt in die Höhe. Ist diese Stelle z. B. nördlich vom Aequator, so wird ein Ort unter beliebiger Breite sich in einer bestimmten Entfernung davon befinden, die kleiner ist als die von dem Aequator, während ein südlich unter der entsprechenden Breite gelegener Ort weiter von der warmen Zone entfernt und daher im Allgemeinen kälter sein wird. Der Ort, wo die Luft in die Höhe steigt, ist diejenige Stelle, an welcher Südost= und Nordost= passat sich begränzen, diese Gränze ist nördlich vom Aequator und also auch die Südhalbkugel kälter als die nördliche. Aus dem Umstande, daß die Gränze der Passate im atlantischen Ocean weit mehr nördlich ist, als in der Südsee, schließt Humboldt, daß in einem zwischen dem 130°. und 150°. westl. L. v. Paris eingeschlossenen Raume, also in der Südsee, der Temperaturunterschied zwischen beiden Hemisphären weniger groß sei als zwischen 20° und 50° Länge. Es stimmt dieses auch wieder mit dem oben angegebenen Satze Humboldt's überein, nach dem der Mangel von Land auf der Südhalbkugel die Ursache von deren geringerer Wärme ist, denn an jener Stelle, wo die Differenz in der Wärme der beiden Halbkugeln geringer ist, findet man (im großen Ocean) sowohl südlich als nördlich vom Aequator fast gleichmäßig Wasser.

Auch die über dem Meere befindliche Luft hat Humboldt bei seiner Untersuchung nicht vergessen.

„Die niederen Schichten der Atmosphäre," sagt er, „welche auf der oceanischen Oberfläche der Erde ruhen, empfangen den Einfluß der Temperatur der Wasser. Das Meer strahlt weniger eingesogene Wärme aus als die Continente; es kühlt die auf der Meeresfläche ruhende Luft durch die Wirkung der Verdampfung ab, es entsendet die erkalteten und schwerer gewordenen

11

Wassertheilchen gegen den Boden; es wird erwärmt oder es erkaltet durch die vom Aequator gegen die Pole gerichteten Strömungen, oder durch die Vermischung der obern und untern Schichten an den Abhängen der Sand= bänke. In Folge der Vereinigung dieser verschiedenartigen Ursachen sind zwischen den Wendekreisen und vielleicht bis zum 30°. der Breite die Mitteltem= peraturen der überseeischen (supermarinen) Luft 2—3 Grade niedriger als die der Continentalluft. Unter hohen Breiten dagegen, in Himmelsstrichen, wo die Atmosphäre im Winter tief unter den Gefrierpunkt erkaltet, erheben sich die isothermen Linien gegen die Pole und werden convex, wenn sie von den Continenten über die Meere hingehen."

Hiernach ist also die supermarine Luft bald kälter, bald wärmer als die über den Continenten; das Wasser des Oceans selbst fand Humboldt bei den Gallopagosinseln zu 29°,3, im Parallel der canarischen Inseln schwankt nach L. v. Buch die Wärme des Wassers zwischen 20° und 23°,8; in 46° und 50° Breite hat der atlantische Ocean in der Nähe von Europa nach Humboldt 20° und 5°,5 und in 63°—70° Breite 0° bis —1°,0. Allenthalben sind die Schwankungen der Wasserwärme kleiner als die Wech= sel in der Temperatur der darüber stehenden Luft.

Die Wärme der Luft ändert sich nicht allein, wenn man einen gegebe= nen Beobachtungsort in horizontaler Richtung verläßt, ihn also mit einem neben ihm liegenden vertauscht, man findet die Aenderung auch, wenn man seinen Standpunkt in verticaler Richtung verändert, d. i. die Temperatur= verhältnisse über einander liegender Stationen vergleicht. Steigt man in die Höhe, so findet man, daß die Temperatur abnimmt.

Die mit diesem Wärmewechsel verbundenen Erscheinungen hat Hum= boldt zu wiederholten Malen untersucht, so in der oben erwähnten Ab= handlung in den Mém. de la soc. d'Arcueil, in d.: Abhandlung sur la limite inférieure des neiges perpétuelles dans les montagnes de l'Himálaya et les regions équatoriales, im Naturgemälde der Tropen und in einer Arbeit über die Strahlenbrechung, in den Observations astronomiques I.

Zur Erklärung der Temperaturverhältnisse eines in der Höhe ge= legenen Beobachtungsortes nimmt Humboldt seine Zuflucht zu 3 Ur= sachen, der Extinction des Lichtes, der strahlenden Wärme und der aufsteigen= den Strömung der Luft.

Verfolgt man mit Aufmerksamkeit die Reihenfolge von Erscheinungen, so ergibt sich, daß, wenn die Sonnenstrahlen, die die Erhöhung der Wärme ver= ursachen, durch die Atmosphäre hindurchgehen, sie zur Erwärmung der Luft beitragen müssen. Je mehr Lufttheilchen von den Strahlen getroffen werden, um so mehr davon werden erwärmt werden müssen, und weil die Luft in der Tiefe dichter ist als in der Höhe, so muß die Wirkung auch unten größer sein, denn unten werden mehr Lufttheilchen erwärmt, weil mehr da sind. Wenn die Sonnenstrahlen die Luft erwärmen, so müssen sie in demselben Maaße als sie Wärme abgeben schwächer werden, wenn aber darum auch die untern Schichten weniger starke Wärme erhalten, — denn sie bekommen die Strahlen nicht mehr aus der ersten Hand, da diese schon in den oberen Schichten verloren haben, — so wird der Nachtheil durch die größere Menge derselben, die in der dichten Luft aufgesangen werden, mehr als ersetzt, und die Extinction der Wärme in den Luftschichten bedingt daher einen Temperaturunterschied der letzteren zu Gunsten der untern Parthien. Trotzdem daß ein Theil der Sonnenwärme durch Extinction in der Luft verloren geht, kommt noch die größere Menge derselben auf den Grund des atmosphärischen Oceans und erwärmt die theils feste, theils tropfbarflüssige Oberfläche der Erde. Jeder warme Körper strahlt nach allen Richtungen Wärme aus, und darum auch die Erde. Die von der Erdoberfläche ausgehenden Strahlen haben wieder die Luft zu passiren, sie durchwandern zuerst die dichteren, dann die dünneren Schichten derselben und erwärmen erstere aus dem doppelten Grunde mehr, weil diese dichter sind und dem wärmestrahlenden Körper näher liegen. Eine Luftschichte muß über einer Hochebene wärmer sein, als ihre Fortsetzung jenseits der Gränze des Plateaus, weil die erstere dem Boden (einer Wärmequelle) näher liegt. Es bewirkt die Strahlung der Erde eine höhere Wärme der unteren Luftschichten als der oberen. Wenn die unteren Luftschichten wärmer werden als die oberen, so werden sie sich auszudehnen suchen und in die Höhe steigen, ein Bestreben, das, weil es mit der größeren Erwärmung wächst, in der Weise von dem Boden abhängig ist, als die Temperatur, die dieser unter sonst gleichen Umständen erlangt, je nach dessen Farbe, chemischer Zusammensetzung u. s. w. verschieden ist. Die aufwärts gerichteten Strömungen der Luft suchen die Temperaturunterschiede auszugleichen, sie werden aber von ihnen hervorgerufen und müssen mit ihnen wachsen, weshalb aus ihrer Zunahme darauf geschlossen werden kann, daß zwischen unten und oben große Wärmeunterschiede seien.

Als Mittel die Abnahme der Wärme nach oben auszumitteln, gibt Humboldt[1] fünferlei an; Luftfahrten, Besteigung von steilen isolirten Bergen, Temperaturvergleichung einander nahe gelegener, aber der Höhe nach verschiedener Punkte, Quellen- und Höhlentemperaturen, Horizontalrefractionen

---

[1] Observations astron. I.

und die Schneegränze, welch letztere jedoch keinen sichern Anhaltspunkt liefert, da sie, wie bereits erwähnt, nicht in allen Breiten derselben Jahreswärme entspricht. Als Resultat gibt er den Satz an, daß die Wärme unter den Tropen, sowie auch in der gemäßigten Zone während der heißen Jahreszeit um 1° abnimmt, wenn man um 150—200 Meter in die Höhe steigt. Im Winter der gemäßigten Zone geht die Abnahme der Wärme langsamer vor sich, so daß man bis zu 240 Meter Höhendifferenz auf 1° Wärmeunterschied rechnen kann.[1]

Als Mittelwerthe der Wärme in verschiedenen Höhen der Aequatorial- und der gemäßigten Zone stellt Humboldt folgende Tabelle auf.

Höhe		Aequatorialzone von 6° — 16°		Gemäßigte Zone von 45° — 47°	
in Toisen	in Metern	Mittel- temperatur	Unter- schiede	Mittel- temperatur	Unter- schiede
0	0	27°,5		12°	
500	974	21,8	5°,7	5	7°
1000	1949	18,4	3,4	— 0,2	5,2
1500	2923	14,3	4,1	— 4,8	4,6
2000	3900	7,0	7,3		
2500	4972	1,5	5,5		

1) Die 1° Wärmeverschiedenheit entsprechenden Höhenunterschiede sind in den einzelnen Stunden des Tages wie in den einzelnen Monaten des Jahres verschieden. Saussure fand aus vergleichenden Beobachtungen zu Genf und auf dem Col du Géant für den Juli nachstehende Zahlen.

	Mittag 2ʰ	1ʰ	6½	5ʰ	10
Meter	149	141	143	142	144	158
	Mitternacht 2ʰ	4ʰ	6ʰ	8	10ʰ
Meter	172	190	211	198	180	161

Mittel 165,5 Meter.

Kämtz berechnete für die Alpen und die einzelnen Monate:

Januar	257ᵐ,3	Juli	146ᵐ,7
Februar	193,5	August	146,0
März	159,6	September	162,0
April	160,8	October	177,8
Mai	157,9	November	195,5
Juni	148,3	December	233,5

Mittel 172ᵐ,7.

Wäre die Wärmeabnahme in der kalten Jahres- und Tageszeit ebenso rasch als in der warmen, so müßten im Laufe dieser Perioden oben dieselben Temperaturdifferenzen zum Vorschein kommen als unten; weil dieses aber nicht der Fall ist, so folgt, daß in der Höhe die Wärme im Laufe des Tages und Jahres weniger wechselt als in der Ebene.

Als Werthe der Höhe der Schneegränze finden wir in der Abhandlung
sur la limite inférieure des neiges etc. folgende:

> Andes von Quito (1°—1° 30' n.) 2460'
> Vulcan von Puracé bei Popayan (2° 18' n.) 2420'
> Tolima (4° 46' n.) 2380' (?)
> Nevados de Mexico (18° 59'—19° 12') 2350'
> Pic von Teneriffa (28° 17') 1908'
> Himalaya südlicher Abhang 1950'
>   nördlicher Abhang 2005'[1]
> Kaukasus (42°—43°) 1650'
> Pyrenäen (42 1/2°—43°) 1400'
> Alpen (45 3/4°—46 1/2°) 1370'
> Karpathen (49° 10') 1330'
> Norwegen (61°—62°) 850'
>   67°   600'
>   70°   550'
>   71 1/2°   366'

Der Umstand, daß die Wärme bei zunehmender Höhe geringer wird, ist
die Ursache, daß man in einem und demselben Lande übereinander die Klimate
verschiedener Breiten beobachten kann. Man bekommt (in der gemäßigten
Zone bis zu 1000 Metern Höhe) im Durchschnitte dieselbe Wärmeabnahme,
sei es, daß man sich um 100 Meter erhebt oder um einen Breitegrad gegen
den Pol hin geht, doch muß man hierbei davon absehen, daß in den niedern
Breiten die Temperaturschwankungen kleiner sind als in den höhern, und
man bekommt nicht dasselbe Klima, wenn man in die Höhe steigt oder gegen
den Pol zu geht, sondern nur dieselbe mittlere Jahreswärme. In Südamerika findet man in den Ebenen des Orinoco den August von Rom, in
Popayan (911 Toisen) den August von Paris, in Quito (1492 Toisen) den
Mai, in den Paramos (1600 Toisen) den März von Paris. Unter dem
46. Breitegrade, also in den Alpen, herrscht in 2000 Meter Höhe die Mittelwärme von Lappland.

Nach Untersuchung der Wärmeverhältnisse der Luft nach Verschiedenheit der Breite und der Höhe über dem Meere, wendet sich Humboldt an
die Temperatur des Bodens. Als Hauptbestimmungsmittel dieses Punktes

---

[1] Die große Differenz zu Gunsten des Nordabhanges schreibt Humboldt
der Wirkung der wärmestrahlenden Hochebene von Tibet zu.

benutzt er die Beobachtungen der Quellentemperaturen, welche er selbst, Leopold von Buch und Wahlenberg gemacht haben, und findet als Resultat, daß in der heißen Zone sowie in dem wärmeren Theile der gemäßigten die Wärme des Bodens der Mitteltemperatur der Luft nahezu gleich, in den höheren Breiten dagegen etwas höher als letztere ist. Der Umstand, daß in den erstgenannten Gegenden fast vollständige Gleichheit der beiden Wärmen stattfindet, hat auch Humboldt veranlaßt, die Temperaturen von Quellen und Höhlen unter den Mitteln aufzuzählen, welche zur Bestimmung der Luftwärme benutzt werden können. Höhere Gebirge verhalten sich rücksichtlich ihrer Wärme wie höhere Breiten, und die Ursache ihrer im Vergleiche mit der umgebenden Luft größeren Wärme ist darin zu suchen, daß während der kalten Jahreszeit die dichte Schneedecke den Boden vor zu großer Abkühlung schützt, während im Sommer, wo der Schnee entfernt ist, die Sonnenstrahlen frei auf den Boden wirken können.

Während Humboldt sich, wie die vorstehenden Notizen zeigen, in der Arbeit über die Isothermen zunächst damit beschäftigt, die Vertheilung der Wärme über die Erdoberfläche darzustellen und einen Ueberblick dieses Verhältnisses zu ermöglichen, ist er 10 Jahre später weiter gegangen, und hat seine Aufmerksamkeit auf die Ursachen gerichtet, die der nach und nach in ihren Umrissen bekannt gewordenen verschiedenartigen Temperaturvertheilung zu Grunde liegen. Seine betreffenden Untersuchungen sind in der Abhandlung: „Ueber die Hauptursachen der Temperaturverschiedenheit auf dem Erdkörper" niedergelegt.

In dieser Abhandlung weist er darauf hin, daß bei dem weit vorgeschrittenen Zustande von Abkühlung, in dem sich unsere Erde bereits befindet, die Verschiedenheit der Klimate nicht von unausgefüllten Klüften der Erdrinde u. dergl. sondern von der jeweiligen Stellung eines gegebenen Ortes gegen die Wärme spendende Sonne herrühren könne. Höhe der Sonne und Dauer des Tages bedingen die Höhe der Wärme.

Die Stellung eines Punktes der Erdoberfläche zur Sonne ist allerdings von hoher Bedeutung für seine Wärme; wenn man aber diese Stellung allein berücksichtigt, so kann man nie darauf kommen die Ursache der in den verschiedenen Längengraden abwechselnden Temperaturen zu finden, und man käme zu einem Resultate, wie sie etwa oben als von Halley und Mairan erhalten angegeben wurden. Humboldt sucht daher die Ursache auf, warum die westlichen Theile der Continente wärmer sind, als ihre östlichen. Diese Ursache findet er in dem Vorherrschen der Westwinde in den gemäßigten und kalten Himmelsstrichen. Die Westwinde führen nämlich dieselbe Luft mit sich, die von den Passaten gegen den Aequator geführt wurde, und die Rotation der Erde bringt ebenso der vom Aequator zurück- kehrenden Luft eine Richtung von West nach Ost bei, als sie die hingehende auf entgegengesetzte Weise umbog. Die vom Aequator kommende Luft ist aber warm und das Land, das von ihr zuerst getroffen wird, muß daher mehr erwärmt werden, als ein zweites, zu dem sie erst kommt, wenn sie erste- res verlassen, denn sie hat ja einen Theil ihrer Wärme bereits in diesem ab- gesetzt. Von der im Verhältniß zur geographischen Breite so sehr erhöhten Wärme Europa's sagt er S. 311: „Unser Europa verdankt ein milderes Klima seiner Erdstellung (seinem Positions-Verhältnisse gegen das nahe Meer) und seiner gegliederten Gestaltung. Europa ist der westliche Theil des alten Continents und hat also den großen, schon an sich kältemildernden und dazu noch vom Golfstrom theilweise erwärmten atlantischen Ocean im Westen. Zwischen den Meridianen, in denen Europa sich hinstreckt, fällt die Aequatorialzone nicht in das Becken des Oceans, wie südlich von dem eben deshalb kältern Asien. Der Welttheil der unter allen den größten Theil des tropischen Klima's genießt, das sandbedeckte Asien ist so gelegen, daß Europa von den Luftschichten erwärmt wird, welche über Afrika auf- steigend sich von dem Aequator gegen den Nordpol ergießen. Ohne die Existenz des mittelländischen Meeres würde der Einfluß des nahen Afrika auf Temperatur und geographische Verbreitung von Pflanzen und Thieren noch wirksamer sein. Der dritte Hauptgrund des mildern Klima's von Europa liegt darin, daß dieser Welttheil sich weniger weit gegen den Nord- pol erstreckt als Amerika und Asien, ja daß er dem größten Busen eisfreien Meerwassers gegenüber liegt, den man in der ganzen Polarzone kennt. Das Minimum der mittleren jährlichen Temperatur der Erdoberfläche liegt nach Capitain Sabine's Untersuchungen im Nordosten von Melville's Inseln im Meridian der Behringsstraße, wahrscheinlich in 62°—83° Breite. Die Sommergränze des Eises, welche zwischen Spitzbergen und Ostgrönland sich bis zum 80. und 81. Grade zurückziehet, findet sich überall zwischen Nova- Zembla, den Knocheninseln von Neusibirien und dem westlichsten ameritani- schen Eiscap schon im 75. Grade der Breite. Selbst die Wintergränze des Eises, die Linie, auf welcher die Eisdecke sich unserm Welttheil am meisten nähert, umgibt kaum die Bäreninsel. Vom scandinavischen Nordcap, wel- ches ein südwestlicher Meeresstrom erwärmt, ist die Fahrt zum südlichsten Vorgebirge von Spitzbergen selbst im strengsten Winter nicht unterbrochen.

Das Polareis vermindert sich überall, wo es frei abfließen kann, wie in der Baffinsbai und zwischen Island und Spitzbergen. Die Lage des atlantischen Oceans hat den wohlthätigsten Einfluß auf die Existenz jenes für das Klima von Nordeuropa so wichtigen, eisfreien Meerwassers im Meridian von Ost-grönland und Spitzbergen."

8. Druck der Luft.

Man bezeichnet mit dem Worte Druck die Wirkung, welche ein Körper auf seine Unterlage ausübt, die ihn hindert, der Anziehung der Erde Folge zu leisten und sich dem Mittelpunkte derselben zu nähern. Soll ein Körper drücken, so muß er daher der Wirkung der Erdanziehung unterliegen, d. h. er muß schwer sein.

Bei den unklaren Begriffen, die man im Alterthum von der Schwere hatte, war es damals nicht leicht, die Frage zu entscheiden, ob die Luft drücke oder nicht. Aristoteles antwortete bejahend, denn er gab an, daß ein mit Luft gefüllter Schlauch mehr wiege als ein leerer[1]; doch blieb seinem Aus-spruche die Opposition nicht aus, da Andere, wie Ptolemäus, behaupteten, daß die Luft innerhalb ihres eigenen Raumes d. h. Luft in einem luft-füllten Raume nicht drücke. Es spielt dabei ein Experiment mit einem luft-erfüllten Schlauche, eines der wenigen, die uns von dem Alterthum über-liefert wurden, eine große Rolle, weshalb es gestattet sein möge, die Worte des gelehrtesten Commentators des Aristoteles, des Simplicius[2], im 6. Jahrhundert lebend, anzuführen.

„Ptolemäus aber der Mathematiker, welcher in seiner Schrift „über die Schwere" die dem Aristoteles entgegengesetzte Ansicht hegt, sucht zu beweisen, daß innerhalb ihres eigenen Raumes weder Wasser noch Luft eine Schwere haben. Und zwar, daß das Wasser eine solche nicht hat, zeigt er daraus, daß man beim Untertauchen eine Schwere des oberhalb be-findlichen Wassers nicht empfindet, während doch Manche schon sehr tief untertauchten .... daß aber die Luft innerhalb ihrer Gesammtheit keine Schwere habe, zeigt Ptolemäus aus dem nämlichen Beweismittel betreffs des Schlauches, indem er nicht blos gegen die Meinung, daß der aufge-blasene Schlauch schwerer als der leere sei, wie Aristoteles glaubte, Wider-spruch erhebt, sondern auch meint, der aufgeblasene sei sogar leichter. Ich

---

1) De coelo IV. 4. edit. Praatl 281.
2) Comment. de coelo (Venet. 1526 fol.) p. 173a.

selbst aber (d. h. Simplicius) machte mit der möglichsten Genauigkeit den Versuch und fand, daß das Gewicht des aufgeblasenen und des leeren Schlauches das nämliche sei. Einer meiner Vorgänger, welcher gleichfalls das Experiment machte, gab an, er habe das nämliche Gewicht gefunden, ja eher noch sei der Schlauch vor dem Aufblasen um ein klein Bischen schwerer gewesen, was mit Ptolemäus übereinstimmen würde."

Es ist jetzt sehr leicht, nachzuweisen, daß der Schlauch, wenn er aufgeblasen ist, weder schwerer sein kann, als vorher, wie Aristoteles annahm, noch leichter, wie Ptolemäus, glaubte, sondern daß die Beobachtung des Simplicius richtig sei; man kann den Beweis sogar auf einen ebenfalls sehr alten Satz stützen, auf das Princip des Archimedes, nach welchem jeder Körper in einer Flüssigkeit gewogen soviel an seinem Gewichte verliert, als das ihm gleiche Volumen dieser Flüssigkeit wiegt, und daß ein gegebenes Quantum Luft in Luft gewogen soviel verlieren müsse, als sie selbst wiegt, also alles. Steckt man eine Röhre in Wasser und saugt an dem obern Ende die Luft heraus, so steigt die Flüssigkeit in der Röhre aufwärts. Man weiß jetzt, daß die atmosphärische Luft außen auf das Wasser drückt, und letzteres in die Röhre hineinpreßt, in der die durch Saugen entfernte Luft nicht mehr drücken kann; früher glaubte man, die Natur habe von Haus aus einen Abscheu vor einem leeren Raume (horror vacui) und wenn die Luft aus der Röhre entfernt werde, gehe das Wasser nur darum in die Höhe, um keinen leeren Raum entstehen zu lassen. Als vor 200 Jahren Gärtner in Pisa einen Pumpbrunnen bauen wollten, und das Wasser sich darin nicht höher auffaugen ließ als 32 Fuß, kam Torricelli, Schüler des großen Galilei, der die Gesetze des Drucks der Flüssigkeiten untersucht hatte, auf den Gedanken, daß die Erscheinung des Aufsteigens des Wassers sich auch dadurch erklären lasse, daß die Luft einen Druck ausübe, und daß darum das Steigen dann aufhören müsse, wenn der Druck des Wassers in der Röhre auf seine Basis, eine Wirkung, vermöge deren das Wasser in der Röhre zu sinken strebt, gleich sei dem Drucke der äußern Luft, vermöge dessen das Wasser in der Röhre steigt. Die Gesetze des Druckes von Flüssigkeiten lehren, daß der Druck derselben wachse, wenn die Höhe der Flüssigkeitssäule und die Dichtigkeit der Flüssigkeit selbst zunimmt, und als er daher das Wasser durch Quecksilber, das $13\frac{1}{2}$ mal so dicht ist als ersteres, ersetzte, sank er in der That, daß das Quecksilber nur 28 Zoll stieg. Von nun an läugnete Torricelli den horror vacui und stellte den Satz auf, der Luftdruck bewirke die jenem zugeschriebenen Phänomene; er lehrte, daß man mit einer Röhre, in der Quecksilber enthalten und die oben geschlossen sei, damit die Luft nicht auch von dieser Seite drücken kann, mit dem Barometer, den Druck der Luft messen könne. Seine Sätze fanden Opposition; doch kam endlich Pascal auf den Gedanken, daß, wenn der Torricellische Satz richtig sei, der Stand des Quecksilbers im Barometer in größeren Höhen geringer sein müsse als in der Tiefe, weil dort die zwischen beiden Standpunkten befindlichen Luftschichten nicht mehr drücken können, und als durch ihn veranlaßt sein Schwager Perrier im Jahre 1649 den 500 Toisen hohen Puy de Dome bei Clermont bestieg, fand er in der That, daß dort oben das Barometer um etwa 3 Zolle niedriger stand, als in der Ebene. Seit diesem Versuche ist die Richtigkeit des Satzes Torricelli's anerkannt, und seitdem Mariotte das Gesetz aufgefunden hat, nach welchem die Dichtigkeit der Luft nach der Höhe zu abnimmt, weiß man wie viel eine Luftschicht von so und so vielen Fußen auf den Barometerstand einwirkt, und man benutzt daher das Barometer allgemein zu Höhenmessungen.

Wäre die Erde eine allenthalben mit demselben Stoffe bedeckte, nicht rotirende Kugel und würde keiner ihrer Oberflächentheile eine andere Temperatur haben als die übrigen, so würde der sie umgebende Luftocean ebenfalls vollkommen regelmäßig gestaltet sein. In diesem idealen Falle würde man in der Luft bei gleicher Entfernung vom Erdmittelpunkte in jeder Zeit denselben Luftdruck beobachten. In der Wirklichkeit sind wir weit davon entfernt, alle diese Bedingungen erfüllt zu sehen, denn die Erde ist keine ruhende Kugel, sondern ein rotirendes unregelmäßiges Ellipsoid, dessen Oberflächentheile die verschiedensten Temperaturen besitzen, und die Strömungen der Luft, die sich uns als Winde zu erkennen geben, zeigen ganz unwiderlegbar an, daß die Luft in gleicher Meereshöhe an verschiedenen Orten verschiedenem Drucke ausgesetzt sei. Die sämmtlichen Theile des Luftoceans sind nicht nur beweglich, sondern auch wirklich in Bewegung.

Soll das Barometer zu Höhenmessungen benützt werden, so ist jedesmal die Vergleichung der Barometerstände zweier in verschiedener Höhe befindlichen Orte nothwendig. Die Höhe des einen Ortes muß bekannt sein, die des andern soll gefunden werden. Befindet man sich im Innern eines Landes und kennt man nicht die Höhe eines Punktes desselben durch directe Messung, so ist es nothwendig, daß man den Barometerstand des nächstgelegenen Meeres wisse, denn da die Höhe von dem Meeresniveau an gezählt wird, hat man, wenn der dortige Barometerstand bekannt ist, zugleich auch die Höhe des Vergleichungspunktes, hier der Meeresfläche. Der Barometerstand am Strande des Meeres ist nicht in allen Breiten derselben, wie dieses bei vollkommen gleichartiger Beschaffenheit der Luft und einem Paralselismus der obern Atmosphärengränze mit der Meeresfläche der Fall wäre, und mußte daher erst durch Beobachtung gefunden werden. Es ist jedoch der Barometerstand ein und desselben Ortes niemals constant, denn die fortwährenden Bewegungen, die in dem Luftkreise vor sich gehen, spiegeln sich gewissermaßen ab in dem Stande der Quecksilbersäule. Die Schwankungen des Barometers können regelmäßig sein, d. h. sich in bestimmten Perioden nach einem gewissen Gesetze wiederholen; sie können auch der Regelmäßigkeit entbehren. Bleiben wir bei der Anwendung des Barometers zu Höhenmessungen stehen, so ist es wohl sehr leicht einzusehen, daß die Kenntniß der Bewegungen des Quecksilbers in der Glasröhre unbedingt nothwendig ist, um eine genaue Höhenbestimmung zu erhalten, denn wenn es sich darum handelt, die Differenz des Barometerstandes an dem zu messenden Punkte und des gleichzeitig am Meere stattfindenden zu erhalten, so muß man, nachdem der erstere an Ort und Stelle abgelesen wurde, auch den zweiten kennen und zwar für den Augenblick kennen, in welchem in der Höhe beobachtet wurde. Dieser letztere Stand muß aus der mittlern Barometerhöhe der entsprechenden Breite unter Berücksichtigung des Einflusses der regelmäßigen Schwankungen ermittelt werden. Die unregelmäßigen Bewegungen des Quecksilbers können der Rechnung nicht unterworfen werden, man muß sie daher vernachlässigen und die ganze Messung ist demnach um so unsicherer, je größeren Spielraum diese unberechenbaren Schwankungen haben. Die Höhenmessungen sind übrigens nicht die einzige Anwendung, die man von dem Barometer macht, denn weil dieses Instrument von den Bewegungen der Luft über uns abhängig ist, und uns durch seine Schwankungen hievon unterrichtet, sind letztere ein Mittel geworden, auf erstere zurückzuschließen, aus der Wirkung die Ursache abzuleiten, und darum ist das Barometer, das uns Kunde von Vorgängen gibt, die hoch über uns in Höhen, zu denen wir das Instrument nicht tragen können, stattfinden, für die Meteorologie von außerordentlichem Werthe.

Die Probleme, die bei der Untersuchung der Schwankungen des Barometers ihre Lösung erwarten, sind wie aus dem Vorstehenden hervorgeht von dreierlei Art: es ist der mittlere Barometerstand am Niveau des Meeres für die verschiedenen Breiten zu bestimmen, es müssen die Gesetzmäßigkeiten aufgesucht werden, die in der Bewegung des Quecksilbers vorkommen und endlich ist die Größe der unregelmäßigen Oscillationen sowie die dabei stattfindenden Nebenumstände festzustellen, um wenigstens die Auffindung der ihnen zu Grunde liegenden Ursachen vorzubereiten und die so unregelmäßigen Bewegungen in die Reihe der gesetzmäßigen zurückzuführen.

Sehen wir von den Beobachtungen ab, die Humboldt zum Zwecke von Höhenbestimmungen machte, und die in den Observations astronomiques niedergelegt sind, und wenden wir uns zunächst an die Untersuchungen die er zum Zwecke der Ausbildung der Theorie des Barometers ange=stellt hat, so finden wir die Berichte zuerst in einem Auszuge, der einen Theil des Naturgemäldes der Tropenwelt ausmacht, dann in einem größern Artikel mit sämmtlichem Detail beigegeben der Esquisse d'un tableau géog-nostique de l'Amérique méridionale, welche zugleich einen der Zusätze zum 9. Buche der Relation historique bildet.

Die Beobachtungen am Barometer sind von Anfang an nicht so genau gewesen als jetzt, denn man ist im Laufe der Zeit auf manche Umstände ge=kommen, welche eine kleine Differenz im Stande zweier neben einander befind=licher Barometer zum Vorschein bringen können. So scheinen die französischen Akademiker, welche in der Mitte des vorigen Jahrhunderts die Gradmessung in Peru ausführten, keine ganz luftfreien (mit ausgekochtem Quecksilber ge=füllten) Barometer gehabt zu haben, wenigstens schließt Humboldt dieses daraus, daß sie einen zu niedrigen Barometerstand angeben. Während in der langen Röhre des Barometers befindliche Luft einen zu niedrigen Stand des Quecksilberniveaus bewirkt, verursacht eine früher ebenfalls unberücksichtigte Einwirkung, die Wärme des Quecksilbers (über 0° C) einen zu hohen Stand, weshalb letzterer auf 0° reducirt werden muß. Auf diesen Umstand hat zwar be=reits Amonton in der Mitte des vorigen Jahrhunderts (1740) aufmerksam gemacht, doch ging längere Zeit hin, bis er allgemeine Berücksichtigung fand. Auch Humboldt hat die Correction der Barometerstände in Beziehung auf die Temperatur bei Berechnung seiner Beobachtungen angewendet, und die Höhe der Quecksilbersäule unter dem Aequator zu 75̇8ᵐᵐ,59 angegeben, während Schulburg in Europa 761ᵐᵐ,13 gefunden hatte, so daß also die Quecksilbersäule dort weniger hoch steht als in höheren Breiten. Bei dieser Bestimmung ist jedoch eine weitere Correction, die der Capillarwirkung, nicht gehörig berücksichtigt, die besonders in denjenigen Barometern eintritt, bei denen die lange (oben geschlossene) Röhre enge, die untere weit ist, und die eine mit der abnehmenden Weite der langen Röhre zunehmende Depression der Quecksilbersäule bewirkt. Unter Umgehung dieses Fehlers haben daher später Boussingault und Rivero die Barometerhöhe an der Meeres=fläche in den Tropen zu 760ᵐᵐ,17 bestimmt, während dieselbe Höhe in Paris nach Arago unter Berücksichtigung des Umstandes, daß Paris etwas höher liegt als das Meer, 760ᵐᵐ,85 beträgt.

Beobachtet man in der Nähe des Aequators das Barometer einige

Tage hindurch regelmäßig von Stunde zu Stunde, so zeigt sich unausbleib=
lich ein eigenthümliches ganz gesetzmäßiges Steigen und Fallen der Queck=
silbersäule, welche während 24 Stunden zweimal einen höchsten, zweimal
einen niedrigsten Stand erreicht. Wegen der großen Aehnlichkeit, welche
diese Erscheinung mit dem täglich zweimaligen Steigen und Fallen des
Meeres hat, wird sie auch sehr häufig mit dem Namen der atmosphärischen
Ebbe und Fluth bezeichnet. Die erste Nachricht von diesem Phänomen
stammt, wie Humboldt in seiner Esquisse berichtet, schon vom Jahre 1662,
in welchem Jahre Darin des Hayes und de Glos im Auftrage des
Königs (von Frankreich) eine Reise nach den capverdischen und amerikani=
schen Inseln machten, doch scheinen diese das Steigen des Barometers mit
der Bewegung des Thermometers in Zusammenhang gebracht zu haben
denn sie sagen, das Barometer stehe im Allgemeinen am niedrigsten, wenn
das Thermometer am höchsten sei, und bei Nacht habe es einen um 2—4
Linien höheren Stand als bei Tage, auch seien die Aeußerungen des Instru=
mentes vom Morgen bis zum Abend größer als vom Abend bis zum Mor=
gen. Diese Vergleichung der Barometeränderungen mit denen des Thermo=
meters macht jedoch die ganze Angabe ungenau, da das erstere Instrument
täglich zweimal steigt, zweimal fällt, das Thermometer nur einmal. Im
Jahre 1722 machte ein dem Namen nach nicht bekannter Beobachter aus
Surinam im Journal littéraire de la Haye auf die doppelte Bewegung auf=
merksam, die auch durch Gobin, Condamine u. A. constatirt wurde.

Humboldt hat sich im Verein mit Bonpland während seiner
Reise sehr viel mit den Schwankungen des Barometers beschäftigt, und ihnen
haben wir denn auch die genauere Bestimmung der Wendestunden sowie der
Größe der Bewegung zu verdanken.

Nach Humboldt lassen sich die stündlichen Bewegungen des Baro=
meters innerhalb der Wendekreise in folgender Weise darstellen. Morgens
um 9—9¼ Uhr hat das Barometer seinen höchsten Stand und sinkt zuerst
langsam, dann schneller und hierauf wieder langsam bis 4½ Uhr, steigt
wieder bis 11 Uhr und sinkt abermals bis 4 Uhr des andern Morgens. Die
Bewegung umfaßt nur ½—1 Linie und ist während des Tages größer als
bei Nacht. Wind, Regen, Erdbeben u. s. w. sind, wenn man einige Ge=
genden des äquatorialen Asiens ausnimmt, ohne Einfluß auf die Oscilla=
tionen des Barometers, die in der Höhe von Quito nur wenig kleiner sind
als an der Küste des Meeres. Die ganze Erscheinung findet übrigens nicht
blos im tropischen Amerika statt, man nimmt sie allenthalben zwischen den
Wendekreisen wahr.

Wie bereits erwähnt, ist der Gedanke sehr nahe, es liege den Vorgängen in der Luft, die in der angegebenen Weise durch das Barometer angezeigt werden, eine ähnliche Ursache zu Grunde, wie der Ebbe und Fluth des Meeres, und man hat sie darum auch die atmosphärischen Gezeiten genannt; allein Laplace hat gezeigt, daß unter dieser Voraussetzung die gesammte Schwankung des Barometers unter den günstigsten Umständen höchstens ein Millimeter, also nicht ganz eine halbe Linie umfassen könne. Außerdem spricht die Zeit, in welcher die Maxima und Minima des Barometerstandes eintreten, gegen die Verwechslung beider Erscheinungen, die nur das mit einander gemein haben, daß sie täglich 2 Perioden wahrnehmen lassen. Die Gezeiten des Meeres beruhen auf dem Unterschiede der Wirkungen, welche die Anziehungskraft des Mondes und der Sonne auf die wegen der nicht zu vernachlässigenden Größe der Erde in verschiedener Entfernung von den beiden Gestirnen befindlichen einzelnen Theile derselben ausübt, denn ein dem Monde zugewendeter Theil der Oberfläche liegt diesem näher, erfährt eine stärkere Anziehung als der Mittelpunkt, während der abgewendete Oberflächentheil den Gegensatz zeigt. Bei der Meeresfluth ist der Einfluß des Mondes nicht nur unverkennbar, sondern sogar 2½ mal größer als der der Sonne und der Eintritt derselben ist darum abhängig von der Zeit, in welcher der Mond durch den Meridian geht. Im Gegensatze davon richtet sich die atmosphärische Fluth gänzlich nach dem Stande der Sonne und es muß ihr daher eine Ursache zu Grunde liegen, welche wohl die Sonne, nicht aber der Mond ausübt.

Humboldt hat sich über die Ursache der atmosphärischen Fluth nicht näher ausgesprochen, doch ist nach Ramond[1] wahrscheinlich, daß sie auf der Wärmewirkung der Sonne beruht, welche eine Ausdehnung der Luft derjenigen Stellen verursacht, bei denen die Tageswärme eben am größten, bei denen es etwa 2ʰ Nachmittags ist. Oestlich von diesen Punkten liegen Orte, die bereits wieder erkalten, westlich sind Stellen, die noch nicht so warm sind als die betreffenden. Wenn sich nun die Luft der warmen Längengrade ausdehnt, so geht sie nach oben, und weil diese Wirkung hier stärker ist, als östlich und westlich, fließt der in der Mitte hinausragende Theil der Luftsäule nach beiden Seiten ab. In der Mitte hat man daher den Druck der Atmosphäre, weniger dem was abgeflossen ist: Warme Stunden, Minimum; zu beiden Seiten den Druck der Atmosphäre mehr das, was zugekommen ist: Morgen- oder Abend-Maxima des Luftdruckes, und auf der dem Minimum

1) Mém. de l'Institut 1805. p. 108.

entgegengeſetzten Seite der Erde hat man den Druck der Atmoſphäre für ſich: Nacht, zweites, aber kleineres Minimum, das nur darum als ſolches erſcheint, weil es ſich zwiſchen zwei Stellen befindet, die unter erhöhtem Luftdruck ſtehen. Weil die Erde ſich dreht, hat eine und dieſelbe Stelle eines Tropenlandes bald ein Maximum bald ein Minimum über ſich, da dieſe mit der Sonne fortgehen. Das Hauptminimum kommt erſt um 4^h zum Vorſchein, alſo zwei Stunden nach der größten Tageshitze, was davon herzukommen ſcheint, daß die durch Temperaturdifferenzen hervorgerufenen Bewegungen einige Zeit brauchen bis ſie eingeleitet ſind, dafür aber noch fortdauern, wenn die ſie bedingende Urſache bereits aufgehört hat. Aus einem ähnlichen Grunde iſt auch die wärmſte Tagesſtunde nicht die des Mittags, der wärmſte Monat nicht der Juni, obwohl die zu Grunde liegende Urſache, die Höhe der Sonne, in beiden ihr Maximum erreicht, ſondern erſt etwas ſpäter um 2^h und im Juli.

Wenn man auch bei allen meteorologiſchen Erſcheinungen der Tropen-zone eine große Regelmäßigkeit beobachtet, iſt dieſe doch nicht ſo groß, daß der Gang des Barometers fort und fort derſelbe bliebe; es kommen auch Abweichungen davon vor. So z. B. ſagt Humboldt daß es gelegentlich vorkomme, daß das Abendmaximum eine ungewöhnliche Höhe erreiche, oder bis 4^h Morgens nur wenig ſinke u. ſ. w. und dieſes unregelmäßige Spiel ſetze ſich bisweilen, ohne daß man in der Witterung ein: Urſache davon ahnen könne, mehrere Tage hindurch fort. Wir begegnen hier den unregelmäßigen Schwankungen, von denen oben geſprochen wurde, die aber wahrſcheinlich nur darum unregelmäßig ſcheinen, weil ihre Geſetze zur Zeit noch unbe-kannt ſind.

Die unregelmäßigen Bewegungen des Barometers ſind in den Tro-penländern nur unbedeutend. So z. B. kann das Morgenmaximum zu Bogota 248,30 — 240,50 Linien, das Abendminimum 247,00 — 249,66 Linien betragen. Während aber dort die regelmäßigen Bewegungen groß, die unregelmäßigen klein ſind, iſt in unſern Breiten der Fall der umgekehrte; die Unregelmäßigkeiten ſind ſo groß, die normalen täglichen Oscillationen ſo klein, das es nicht gelingt die letzteren zu finden, wenn man nur einige wenige Tage hindurch das Barometer ſtündlich beobachtet. Erſt lange Reihen von Beobachtungen zeigen bei der Ausmittlung des Durchſchnittes einen etwas höheren Stand für den Morgen, einen niedrigeren für den Nachmittag, und außerdem ſind auch die Wendeſtunden nicht das ganze Jahr hindurch die-ſelben, denn die Tagesextreme nähern ſich im Winter dem Mittag und entfernen ſich von ihm in der warmen Jahreszeit. Die Größe der täglichen Schwankungen beträgt:

176   3. Druck der Luft.

im äquatorialen Amerika nach Humboldt   2,55 Millimeter
in Rio de Janeiro nach Dorta, Freycinet und
                          Eschwege   2,34   „
auf den canarischen Inseln nach L. v. Buch   1,10   „
in Paris nach Arago   0,72   „
in Königsberg nach Sommer und Bessel   0,20   „

Die unregelmäßigen Bewegungen des Barometers sind in den gemäßigten Zonen so groß, daß der Stand des Instrumentes binnen wenigen
Monaten um 20 Linien differiren kann, und es ist darum nicht zu verwundern, daß die kleinen täglichen Oscillationen erst nach langem Suchen gefunden werden konnten.

Der Luftdruck wirkt nicht allein auf den Stand des Barometers, man
beobachtet auch physiologische Erscheinungen, die eintreten, wenn man größere
Höhen besteigt.

Saussure[1] bespricht die große Müdigkeit, die den Bergbesteiger
überfällt, wenn er eine bedeutendere Höhe von etwa 1400—1500 Toisen
erreicht. Die Ermüdung ist nach ihm eine so vollkommene, daß der Reisende
sich außer Stande sieht, ohne auszuruhen, auch nur einige Schritte vorwärts
zu machen, während man in der Ebene und auf weniger hohen Bergen doch
nicht leicht so erschöpft wird, daß man nicht mehr weiter gehen könnte.
Zwingt man sich in der Höhe vorwärts zu schreiten, so wird man alsbald
von Herzklopfen und Schlagen der Arterien in einer Weise ergriffen, daß
man Gefahr läuft, hinzufallen. Von dieser vollkommenen Erschöpfung (und
dieses ist eine weitere Merkwürdigkeit derselben) erholt man sich alsbald
wieder, wenn man selbst ohne niederzusitzen nur 3—4 Minuten die Bewegung aussetzt, und diese Erholung ist wieder so vollständig, daß man glaubt,
man könne nun in einem Zuge den Berggipfel erreichen, während in der
Ebene eine viel längere Zeit erforderlich ist.   Sowie man sich niedersetzt
schläft man ein, und selbst wenn die herrschende Kälte oder Unbequemlichkeit
der Stellung noch so wenig einladend sind, hat man Mühe, sich des Schlafes
zu erwehren. Nicht alle Personen sind diesem Leiden in gleicher Weise
unterworfen, doch findet man selbst unter den Führern, die doch eher an
solche verdünnte Luft gewöhnt sind, Individuen, bei denen sich das Uebel
leicht einstellt. Manche sonst ganz kräftige Menschen bekommen Uebelkeit,
Erbrechen, selbst Ohnmachten. Auch Athmungsbeschwerden treten ein, doch
sind diese nicht mit Drücken verbunden, weshalb Saussure die ganze Er-

1) Voyages dans les Alpes. II. 294.

scheinung weniger dem Mangel an Sauerstoff zuschreibt, obwohl ein Athem-
zug dem Menschen bei der geringeren Dichtigkeit der Luft auch eine kleinere
Quantität verschafft, sondern einer Erschlaffung der Gefäße, die von außen
her keinen so starken Druck mehr erleiden, als der ist, mit dem die Luft in
der Tiefe wirkt, und auf welchen der Organismus eingerichtet ist.

Auch Humboldt, der in den Anden noch größere Höhen erreichte,
als Saussure in den Alpen, machte Bekanntschaft mit diesen Leiden. Er
sagt hierüber[1]: „Der Barometerstand in der Stadt Quito ist 20″ 1‴;
in der Stadt Micuipampa, im nordöstlichen Theile von Peru, 18″ 4‴.
Die Bewohner der Meierei Antisana athmen eine Luft, deren Elasticität
durch eine Quecksilbersäule von 17″ 4‴ ausgedrückt wird. Herr Gay-
Lussac hat das Barometer bis 12″ 1⁸/₁₀″ sinken sehen. Der Mensch, der
in der Ebene an einen Luftdruck von 28″ gewöhnt ist, widersteht allen diesen
Veränderungen. Die Bewohner jener hohen Gebirgsstädte des Andes (Indianer und weiße Racen) genießen der besten und dauerhaftesten Gesundheit.
Fremde klagen zwar in den ersten Tagen ihrer Ankunft von der Küste über
beschwerliche Respiration, besonders wenn sie schnell sprechen, oder sich
einer starken Muskelbewegung aussetzen; aber diese Unbehaglichkeit dauert
nur kurze Zeit. Sinkt dagegen das Barometer bis auf 15 Zolle[2], alsdann
wird der Einfluß der Luftdünne bedeutender. Auf 3000 Meter (2560 Toisen) Höhe fühlt man eine auffallende Ermattung, eine Schwäche des ganzen
Nervensystems. Man fällt leicht in Ohnmacht, so gering auch die Anstrengung ist, zu welcher man seine deprimirten Muskeln zwingt. Schwächere
Personen fühlen dabei große Neigung zum Erbrechen, und in Höhen,
welche 3000 Toisen übersteigen, wirkt die zum Ersteigen der Berge nöthige
Muskelbewegung und der Mangel des äußern Luftdrucks so sehr auf die
Häute der kleinsten Blutgefäße, daß das Blut aus den Lippen, aus dem
Zahnfleische und aus den Augen hervordringt. Alle diese Erscheinungen
wechseln natürlich mit der Constitution der Individuen. Saussure hat
auf seinen Alpenreisen beobachtet, daß der Mensch mehr als der Maulesel
der Luftdünne widersteht. Ich habe im Königreich Neuspanien mit vieler
Beschwerde ein Pferd am Cofre de Perote bis 1970 Toisen, also 69 Toisen
höher als der Pic von Teneriffa gebracht. Das Thier hatte eine stöhnende
beängstigte Respiration, welche nicht als Folge der Muskelanstrengung zu
betrachten war, da die Beängstigung in tieferen Gegenden verschwand, wo

---

1) Naturgemälde der Tropenländer, 109.
2) Einer Höhe von etwa 2600 Toisen entsprechend.

das Gebirge gleich steil war. Im Ganzen glaube ich bemerkt zu haben, daß die weiße Menschenrace in Höhen, welche 2975 Toisen nahe kommen, minder leidet, als die eingeborenen, kupferfarbigen Indianer."

Die Beschreibung Humboldt's stimmt, wie man sieht, mit den Beobachtungen Saussure's überein, nur hat Humboldt noch die Blutungen hinzugefügt, welche, wie es scheint, erst in Höhen eintreten, in die Saussure nicht mehr kam. Daß die Abnahme des Luftdruckes auf die Gefäße die in Rede stehenden Leiden, Uebelkeit, Bluten u. s. w. veranlasse, gilt jetzt als ausgemachte Thatsache, und man ist bei der Theorie Saussure's stehen geblieben. Man kann das Experiment mit den Blutungen künstlich theilweise nachmachen, denn die Wirkung des Schröpfkopfes ist keine andere, als die der verdünnten Luft. In Beziehung auf die Erklärung der Müdigkeit ist seit dem Erscheinen der beiden Werke von den Gebrüdern Weber[1] ein neuer Umstand aufgefunden worden. Betrachtet man nämlich das Knochengerüste des menschlichen Körpers, so findet man an jeder Seite des Beckens eine spiegelglatte mit einer schlüpfrigen Feuchtigkeit benetzte Vertiefung, die Pfanne, in welche der kugelförmige Kopf des Schenkelknochens genau hineinpaßt. Das ganze Gelenk ist durch eine Membran eingehüllt, welche das Becken mit dem Schenkelknochen verbindend an dem knöchernen Pfannenrande und am Halse des Schenkelkopfs ausgewachsen ist. Schneidet man an einem Leichnam die Membran sowie alle Muskeln durch, welche den Schenkel mit dem Becken verbinden, so fällt darum das Bein doch nicht herab, denn der Schenkelkopf wird in der luftdicht schließenden Pfanne durch den Druck der atmosphärischen Luft zurückgehalten, und es bedarf daher keiner Kraftanstrengung der Muskeln, um während des Gehens das nicht auf dem Boden stehende Bein zu tragen, da die Luft diesen Dienst versieht. In großen Höhen, wo der Luftdruck geringer ist, vermag die Luft nicht mehr das ganze Bein zu tragen, und da nun die Muskeln auch diesen Dienst neben dem, daß sie den Fuß hin und her bewegen, versehen müssen, erfolgt die größere Müdigkeit. Diese Wirkung des Luftdruckes hellt übrigens die ganze Erscheinung nur zum Theil auf, denn es bleibt unerklärt, wie es kommt, daß, wie Saussure sagt, die Müdigkeit so schnell kommt und vergeht, und dann läßt sich nicht gut einsehen, wie nach Humboldt die Menschen sich in kurzer Zeit an den geringern Luftdruck gewöhnen. Es ist allerdings denkbar, daß bei einem Menschen, der von Jugend auf in jenen Höhen lebt, die Natur sich auf den geringern Luftdruck gewissermaßen ein-

---

1) Mechanik der menschlichen Gehwerkzeuge.

richtet, und der Pfanne einen größern Querschnitt gibt, wodurch dem Uebel abgeholfen wäre; aber daß ein Mensch, der stets in der Ebene lebte, in der Höhe eine weitere Pfanne bekommen sollte, ist unmöglich. Vergleichende Untersuchungen über die Pfannendurchmesser sind mir nicht bekannt. Es sollen übrigens die englischen Jagdhunde, die auf das 6—7000 Fuß hohe Plateau von Mexico gebracht worden, zur Jagd untauglich sein, nicht so aber die zweite Generation, ihre im Lande selbst geborenen und aufgewachsenen Jungen.

4. Hydrometeore.

Außer den Gasen, die bereits oben als constante Bestandtheile der Atmosphäre angegeben wurden, enthält die Luft eine bald größere bald geringere Menge von Wasserdampf, dessen Schwankungen vorzugsweise das ausmachen, was man unter dem Gesammtbegriffe Wetter versteht, während sie in Gemeinschaft mit den Wärmeerscheinungen diejenigen Phänomene veranlassen, die dem Menschen am meisten fühlbar sind, und zugleich mit ihnen bisweilen Klima heißen.

Daß Wasser sich in der Luft befindet, ist so lange bekannt, als der Mensch denken kann, denn der Regen bringt es herab, während das Austrocknen einer Wasseransammlung zeigt, daß und wie das flüssige Element sich in die Luft erhebt. Weniger alt ist die Kenntniß der Art und Weise, wie sich das Wasser in der Atmosphäre befinde. Stillschweigend war von jeher angenommen, daß das Wasser in der Luft im aufgelösten Zustande sich befinde, etwa so wie der Zucker im Wasser ist, und wie sich aus verschiedenen Ausdrücken schließen läßt, die sich in den Humboldt'schen Werken aus dem vorigen Jahrhundert finden, war auch unser Gelehrter Anhänger dieser Theorie. Man dachte sich dabei eine Verbindung des Wassers mit der Wärme, die man damals noch für einen materiellen Stoff hielt, der sich nur dadurch von den gewöhnlichen chemischen Elementen unterscheide, daß er dem Gesetze der Schwere nicht unterworfen sei, während man jetzt die Wärmeerscheinungen aus der schwingenden Bewegung der kleinsten Theilchen des warmen Körpers erklärt, und dann glaubte man, sei diese Verbindung von Wasser und Wärme, d. i. der Wasserdampf, mit den gasförmigen Bestandtheilen der Luft chemisch verbunden.

Gegen diese Theorie wurde zuerst Saussure mißtrauisch, da er fand, daß in einem gegebenen Volumen stets gleichviel Wasser enthalten sei, es möge darin ein Gas enthalten sein, was immer für eines man wolle, wenn nur die Temperatur dieselbe bleibe, während sich Verschiedenheiten ergeben müßten, wenn man hier mit einer chemischen Verbindung zu thun hätte; denn um bei unserem vorigen Beispiele stehen zu bleiben, wenn man das Wasser, in dem Zucker gelöst werden soll, durch eine andere Flüssigkeit etwa durch Weingeist ersetzt, so löst sich eine viel geringere Menge Zucker im gleichen Quantum Flüssigkeit auf, als in Wasser, was darauf schließen läßt, daß die Natur der auflösenden Flüssigkeit durchaus nicht gleichgültig für die Menge der lösbaren Substanz ist. Bei den Gasen und Wasserdampf findet sich ein solcher Unterschied nicht, ja noch mehr, es ist vollkommen gleichgültig, in welchem Dichtigkeitszustande die Luft ist, man kann sie sogar ganz entfernen, und bei gleicher Wärme ist in einem gegebenen Volumen immer gleichviel Wasser, selbst wenn man den Versuch im luftleeren Raume macht, in dem doch gar kein Auflösungsmittel vorhanden ist.

Dieser Umstand veranlaßte Dalton das bereits oben S. 65 angedeutete Gesetz auszusprechen, welchem zufolge sich über der Erde eine Atmosphäre von Wasserdampf befindet, die unabhängig von der Sauerstoff-Stickstoffhülle zwischen deren einzelnen Theilchen ganz ihren eigenen Gesetzen gehorcht und ihre Angelegenheiten selbst besorgt. Die in einem gegebenen Raume befindlichen Wasserdampftheile breiten sich in diesem gerade so aus, als wenn gar keine Luft vorhanden wäre; nur geschieht dieses etwas langsamer, wenn die letztere dichter wird.

Wenn die Erde von einer Wasserdampfatmosphäre umgeben ist, so können wir diese in eine beliebige Anzahl von concentrischen Schichten zerlegt denken, von denen immer die äußere auf die innere einen Druck ausübt, weil letztere ihrem Bestreben, sich der Erde zu nähern, einen Widerstand entgegen setzt, und die unterste (der Erde nächste) Schichte hat den Druck aller über ihr befindlichen auszuhalten. Dieser Druck wirkt auf Flüssigkeiten, wie z. B. das Quecksilber im Barometer, ebenso, wie der Luftdruck und die Höhe der Quecksilbersäule dieses Instrumentes ist daher das Resultat der Gesammtwirkung aller drückenden Gase, des Sauerstoffs, Stickstoffs, Wasserdampfs ꝛc. Je mehr Schichten auf irgend einer Luft lasten, d. h. je größer der Druck ist, um so kleiner wird nach dem Gesetze Mariotte's das Volumen, desto größer die Dichtigkeit und darum ist auch in der Tiefe dichtere Luft als in der Höhe. Diesem Gesetze gehorcht auch der Wasserdampf, aber nur bis zu einer gewissen Gränze, denn sowie diese überschritten ist, so wird der Dampf seine Gasgestalt verlieren und wieder zu Wasser werden. Je mehr Wassergas vorhanden ist, um so größer wird der Druck sein, und um so näher die Gränze, bei der die Condensation erfolgt. Aus diesem Grunde kann ein gegebenes Volumen, etwa ein Cubikmeter, nur eine bestimmte Quantität Wasserdampf enthalten; diese Quantität wechselt aber mit der Temperatur und steigt mit dieser. Bei einer Wärme von 10° können z. B. in einem Cubikmeter 9,7 Gramme Wasser enthalten sein, 17,1 Gramme dagegen, wenn die Wärme 20° beträgt. Ist bei letzterer Wärme die Menge 17,1 vorhanden, und kühlt man bis auf 10 Grade ab, so enthält der Raum nur noch 9,7, der Rest hat sich als tropfbarflüssiges Wasser abgesondert. Geschieht die Abkühlung feuchter Luft unter den Sättigungspunkt herab im Freien, so bildet das ausgeschiedene Wasser kleine Bläschen, davon eine größere Menge zusammen den Namen Nebel oder Wolke führt; folgt wieder eine Temperaturerhöhung, so löst sich das Bläschen wieder auf, d. h. es wird wieder zu Gas; geschieht dieses nicht, so rinnen sie als Tropfen zusammen und fallen als Regen oder wenn die Ausscheidung unter dem Gefrierpunkt erfolgt, als Schnee nieder. Hierauf beruhen sämmtliche meteorische Niederschläge.

Nach Feststellung der Theorie, die der Entstehung wässriger Niederschläge zu Grunde liegt und die wir großentheils den Arbeiten Dalton's und Gay-Lussac's verdanken, bleibt die praktische Anwendung übrig, die sich darauf beziehen muß die Gesetze, nach welchen der Wassergehalt der Atmosphäre sich je nach Ort und Zeit verändert, aufzusuchen, die Höhe der Wolken, also derjenigen Schichte zu bestimmen, in welcher der Uebergang der Dämpfe in tropfbares Wasser, wenn nicht ausschließlich, doch zum großen Theile vor sich geht, die Vertheilung des Regens und der meteorischen Niederschläge überhaupt je nach Land und Jahreszeit zu untersuchen und die Masse von Wasser anzugeben, welche sei es während eines einzigen kurzen Regengusses sei es im Laufe eines ganzen Jahres niederfällt.

Soll der jeweilige Wassergehalt, der neben der Luft in der Atmosphäre ist, bestimmt werden, so muß man offenbar zunächst im Besitz eines Instrumentes, Hygrometers sein. Schon seit langer Zeit ist bekannt, daß verschiedene Körper aus dem Thier- und Pflanzenreiche in feuchter Luft eine Veränderung erleiden, und darum hat man diese Gegenstände von jeher als Wetterpropheten benutzt. Darmsaiten drehen sich auf, wenn sie in feuchte Luft gebracht werden, weßhalb z. B. Saiteninstrumente aus einem kalten Local in einen Concertsaal gebracht, in dem des Athmens der vielen Menschen wegen die Luft stets feucht ist, verstimmt werden. Saussure benützte weiche, nicht krause, wo möglich blonde Menschenhaare, die er aufspannte und mit einem Zeiger in Verbindung brachte, von dessen Bewegung er dann auf die Feuchtigkeit der Luft schloß. De Luc benützte zu gleichem Zwecke

Streifen von Fischbein. Verschieden von diesen Apparaten sind die neueren Instrumente, die auf der Bestimmung des Punktes beruhen, an dem das Wasser seine Gasgestalt verläßt. Ist eine Luft sehr feucht, so wird sie einer geringen Abkühlung bedürfen, um einen Theil ihres Wassers zu verlieren, während trockene Luft eine viel größere Erkältung ertragen kann.

Als Humboldt seine Reise in Amerika machte, kannte man die Instrumente letzterer Art theils nicht, theils waren sie, namentlich für Reisende, zu unbequem und zu unzuverlässig, und er hat daher seine Beobachtungen allein mit Sauffure's und de Luc's Hygrometer angestellt. Die Hygrometerbeobachtungen zeigten Humboldt, daß in dem äquinoctialen Theile von Amerika die Luft an heitern Tagen einen bedeutenden Gehalt von Feuchtigkeit besitzt[1], der den im mittleren Europa selbst in den Sommermonaten gefundenen fast um das Doppelte übersteigt. Doch gilt dieses nur für die Ebene; in den Höhen nimmt der Wassergehalt der Atmosphäre rasch ab, und ist bei bedeutenden Erhebungen selbst geringer als in Europa in der Tiefe bei gleicher Temperatur. Es hat übrigens Gay-Lussac bei seiner Luftfahrt gefunden, daß auch in den Höhen von Europa die Luft trockner wird, so daß man die Zustände jener Regionen mit denen unserer Wintermonate zwar rücksichtlich der niedrigen Temperatur der Luft, nicht aber in Beziehung auf deren Wassergehalt vergleichen kann.

Für die Höhe der dichten Wolken in den Tropen bestimmte Humboldt als untere Gränze 615 Toisen, als obere 1700—1800; Biot und Gay-Lussac fanden für die Sommermonate in Europa als untere Gränze ebenfalls 600 Toisen. In diesen Gränzen ist jedoch nur das dichte Gewölke einbegriffen, denn die feinen dünnen Wölkchen, die man auch mit dem Namen Schäfchen bezeichnet, gehen viel höher. Humboldt und Bonpland sahen diese Gebilde auf dem Antisana noch hoch über sich, und schätzten sie auf wenigstens 4100 Toisen. Auch Gay-Lussac sah diese Wolken auf seiner zweiten Luftreise, bei der er doch 3600 Toisen erreichte, noch über sich.

Von besonderem Interesse ist die Abhandlung Humboldt's: De l'influence de la déclinaison du soleil sur le commencement des pluies équatoriales, weil sie einen besonders klaren Einblick auf die Witterungsvertheilung der Tropen gestattet, also derjenigen Region, welche bei fast allen meteorologischen Untersuchungen den Ausgangspunkt bildet. Die Tropenzone hat nämlich, wie bereits erwähnt, den großen Vorzug vor den andern, daß

---

1) Naturgemälde 112. Relation hist. III. 316.

alle meteorologischen Erscheinungen in ihr mit großer Regelmäßigkeit eintreten, und hätte die Meteorologie in ihr begonnen, so würde sie wohl schon
weiter sein, als dieses wirklich der Fall ist. Bereits oben bei dem Luftdrucke
hatte ich Gelegenheit auf eine Erscheinung aufmerksam zu machen, welche
man zwischen den Wendekreisen entdeckt, wenn man nur ein paar Tage das
Barometer sorgfältig beobachtet, und die man bei uns erst gefunden hat,
nachdem man durch die Vorgänge in der Aequatorialregion darauf aufmerksam geworden war. Aehnlich ist es auch mit den übrigen Phänomenen; allenthalben, soweit die Wissenschaft bis jetzt reicht, zeigt sich zwischen den Wendekreisen die größte Regelmäßigkeit. Es können übrigens noch andere Verhältnisse
dort Erscheinungen bewirken, die wir zwar nicht kennen, weil jene Länder
überhaupt eigentlich noch wenig untersucht sind, die aber doch manche Anhaltspunkte für die Gegenden außerhalb der Wendekreise geben werden. So
z. B. würde es dort wohl viel leichter sein, den Einfluß eines Gebirges,
eines großen Waldes auf die Witterung zu finden, als es bei dem Durcheinander von Erscheinungen der Fall ist, mit denen wir in unsern Gegenden zu
thun haben.

Humboldt untersuchte in der genannten Abhandlung die Vertheilung
der Jahreszeiten, wie sie in jenen Ländern stattfindet.

Wie unter dem Polarkreise und jenseits desselben eigentlich nur 2 Jahreszeiten zu bemerken sind, eine kalte und eine warme, oder Tag- und Nachtjahres-
zeit so findet man auch innerhalb der Tropen nur 2 Abtheilungen, die heiße
und die nasse, oder, wie die Indianer sagen, die Zeit der Sonne und der
Wolken. In den wärmeren Gegenden der gemäßigten Zone regnet es am
meisten, wenn die Sonne den niedrigsten Stand erreicht, also in derjenigen
Jahreszeit, die unserm Winter entspricht; alsdann ist dort die Regenzeit.
Innerhalb der Tropen dagegen regnet es, wenn die Sonne sich dem Zenithe
nähert, in der Zeit, die unserm Sommer gleicht. Nichts gleicht vom December bis Februar im Norden vom Aequator der Reinheit des Himmels, keine
Wolke läßt sich sehen und zeigt sich ja einmal eine, so nimmt sie die volle
Aufmerksamkeit der Bewohner in Anspruch. Der Wind weht mit Heftigkeit
aus Ost und Nordost. Es ist der Passat, der die Luft aus kälteren Gegenden gegen diejenigen hinführt, die die Sonne über sich haben. Geht
die Luft aus der kälteren Gegend in die wärmere, so wird sie ebenfalls
wärmer, und da sie, wie oben gezeigt wurde, bei einer Temperaturerhöhung
eher befähigt wird, mehr Wasser in sich aufzunehmen, ist um so weniger an
einen wässerigen Niederschlag zu denken. Es ist dort derselbe Fall, wie bei
uns, wenn Nordostwind weht, auch wir haben alsdann heiteres Wetter;

aber bei uns wechselt dieser Wind das ganze Jahr hindurch fortwährend mit dem Regen bringenden Südwest, während dieses dort in den genannten Monaten nicht der Fall ist. Gegen das Ende des Februars oder mit Beginn des März zeigt das Hygrometer allmählig größere Feuchtigkeit, die Sterne funkeln, statt sich wie sonst in ruhigem Lichte zu zeigen, und sind bisweilen wie mit einer dünnen Dunstschichte verschleiert. Jetzt wird auch der Wind schwächer und macht bisweilen vollkommener Windstille Platz. Im Süd= südost bilden sich Wolken von sehr bestimmt ausgesprochener Form; sie lösen sich bisweilen ab, und durcheilen den Horizont mit einer Schnelligkeit, die dem unten wehenden schwachen Winde wenig entspricht. Gegen das Ende des März treten kleinere elektrische Explosionen auf. Hierauf dreht sich der Wind von Zeit zu Zeit auf mehrere Stunden nach West und Südwest und gegen Ende des April beginnt die Regenzeit und mit ihr die Zeit der Ge= witter. Alsdann verschleiert sich der Himmel, das Blau ist verschwunden. Der Regen stürzt am Tage nieder und hört gegen Sonnenuntergang, jeden= falls aber in der Nacht auf. Auch die Gewitter entstehen, wenn die Sonne im Meridiane ist, während Nachtgewitter sich nur in einigen Thälern ein= stellen. Dieser Zustand bleibt, bis sich die Sonne wieder südwärts zurück= zieht und die kalte Jahreszeit der Nordhalbkugel beginnt. Es beginnt hierauf der Nordstrom wieder und mit ihm die heitere Witterung.

Humboldt hat diese Reihenfolge von Erscheinungen nicht blos be= schrieben, sondern auch eine Erklärung dazu gegeben, die als durchaus aner= kannt und unbestritten angesehen werden kann. Nach der Theorie Hal= ley's beruht das Phänomen der Passatwinde auf der vereinigten Wirkung der Sonne und der Umdrehung der Erde, denn erstere verursacht die Be= wegung der Luft zum Aequator oder zu dem Erdengürtel, der jeweilig der wärmste ist, und letztere bringt die Drehung in der Richtung nach West zum Vorschein. Dem auf unsrer Halbkugel von Nordost nach Südwest strömen= den Luftzuge entspricht ein in entgegengesetzter Richtung gehender; bei uns sind beide Ströme neben einander und wechseln mit einander ab, in den niedrigen Breiten dagegen ist der Polarstrom immer unten (der Passat), der andere immer oben. Da von jedem Pole ein Passat ausgeht, müssen beide irgendwo zusammenfließen und dieses Irgendwo ist da, wo die Wärme jeweilen am größten ist, die Sonne am höchsten steht. So lange der Wind von einer kälteren Stelle zu einer wärmeren hingehen kann, ist eine Regenbildung aus dem bereits angegebenen Grunde unmöglich; aber da wo es am wärmsten ist, hört die horizontale Bewegung der mittlerweile in hohem Grade mit Wasser beladenen Luft auf, diese geht in die Höhe, dehnt sich aus, wird dabei

kälter und verliert ihr Wasser zum Theil, das nun als Tropenregen niederfällt. Die bisweilen wehenden und die Windstille unterbrechenden Süd-
winde sind Theile des jenseitigen Polarstromes, der an der Gränze beider
Winde gelegentlich diese überschreitet.

Die Zone, in welcher die Tropenregen niederfallen, und mit der uns
Humboldt bekannt gemacht hat, findet sich jetzt unter dem Namen Kal-
menzone in allen Regenkarten; sie bildet einen 8—10 Grade breiten, nur
im indischen Oceane der dort durch locale Verhältnisse bedingten Moussons
wegen unterbrochenen Gürtel rings um die Erde, und geht je nach dem
Stande der Sonne innerhalb der Wendekreise hin und her, ohne jedoch letztere vollständig zu erreichen.

Es handelt sich übrigens hier nur von den allgemeinen Zuständen
jener Regionen, denn Localeinflüsse machen sich auch dort geltend. So bemerkt Humboldt am Schlusse seiner Abhandlung, daß er sich nur auf das
Mittel beschränken wolle, daß es aber Fälle gebe, wo Gebirge und Küsten
entgegengesetzte Regenzeiten haben. Es wäre sehr interessant, wenn jetzt, da
man das Allgemeine kennt, diese Localeinflüsse in den Tropen genauer studirt
würden, weil man dann leichter auf die analogen Wirkungen in unsern Gegenden schließen könnte, wo die Gesetzmäßigkeiten immer mehr versteckt sind,
als in der Nähe des Aequators.

Bei uns fällt die größere Menge meteorischen Wassers im Sommer
herab, denn in dieser Jahreszeit ist die Wärme am größten und die Atmosphäre wird dadurch befähigt, mehr Wasser aufzunehmen, aber nöthigenfalls
auch abzugeben. Die Aequatorialgegenden sind das ganze Jahr warm, besonders aber in der Regenzeit, und die Ursache, welche bei uns die stärkeren
Regen veranlaßt, muß daher dort besonders stark hervortreten. Während
nach Humboldt[1] in Europa selten in der Stunde 4 Linien Regen fallen,
beobachtete er in Guayaquil 1 3/10 Zoll. Darum ist aber auch die Regenmenge der Tropen, trotzdem daß es dort viel mehr heitere Tage gibt als bei
uns, beträchtlicher als in der gemäßigten Zone, denn sie beträgt dort im
Mittel 70 Zolle (in manchen Gegenden darüber) in Europa 22. Später[2]
hat Humboldt die Regenmenge der Tropen viel höher (zu 100—112 Zoll)
angegeben, auch einige Beobachtungen Anderer angeführt, die ausnahmsweise noch mehr gefunden haben; so Roussin in Cayenne in dem einzigen
Monat Februar 151 Zoll. Die größten Regenmengen sind übrigens in

---

1) Naturgemälde 116.
2) Relation historique III. 130.

neuerer Zeit in den Himalayagegenden beobachtet worden. Jetziges Maxi=
mum: Cherraponjee am Abhange der Cossiahills in 4500 Fuß Höhe mit
610 Zollen. (Dove, Klimatolog. Beiträge 97.) Es darf übrigens hierbei
nicht übersehen werden, daß, wie die Regenmenge ausnahmsweise erhöht
wird, sie auch durch Localeinflüsse gemäßigt werden kann; so beträgt die Re=
genmenge in Cumana nicht mehr als 7—9 Zolle[1]; im peruanischen Litto=
rale regnet es gar nicht.[2]

5. Optische Erscheinungen.

Die blaue Farbe des wolkenfreien Himmels ist nicht immer und überall
dieselbe; im Sommer ist das Gewölbe dunkler, im Winter heller, und der
Ausdruck „italienischer Himmel", d. i. dunkler Himmel, ist sogar
sprüchwörtlich.

Um diese einzelnen Zustände mit einander vergleichen zu können, hat
Saussure ein Instrument, das Cyanometer erdacht. Durch Anstreichen
mit gutem Berlinerblau stellte er eine Anzahl von 53 Papieren dar, welche
vom reinen Weiß bis zum gesättigten Blau und von diesem durch Zusatz
von Tusch bis zum vollkommenen Schwarz eine Reihe gleichförmig fort=
schreitender Zwischenstufen bildeten. Von diesen Papieren wurden gleich=
große Stücke ausgeschnitten und diese auf den Umfang eines Kreises aufge=
flebt. Diese 53 Nüancen von Weiß durch Blau zum Schwarz wurden
Grade genannt, und diese Grade wurden von Weiß anfangend gezählt.
Will man mit diesem Instrumente die Farbe an irgend einer Stelle des
Himmels bestimmen, so hält man das Cyanometer zwischen das Auge und
diese Stelle und sieht, welcher Grad der Färbung des Himmels entspricht.
Die Beobachtung muß womöglich im Freien gemacht werden, damit das
Cyanometer hinreichend erleuchtet ist.

Die blaue Farbe des Himmels ist eine Wirkung der Luft, ohne welche
der erstere ohne Farbe, d. i. vollkommen schwarz erscheinen würde. Sieht
man durch dichte Lagen der Luft, so wird deren Farbe sich dem Weiß mehr
nähern, als wenn man durch eine dünnere Schichte blickt, und darum erscheint auch
das Blau des Himmels im Zenithe dunkler, als im Horizonte. Messungen
dieser Nüancen, die Humboldt im atlantischen Oceane anstellte[3] und die den

1) Relation historique III. 315.
2) Naturgemälde 115.
3) Relation historique I. 250.

Genfer Beobachtungen Saussure's ziemlich entsprechen, zeigten, daß in 1° Höhe, also nahe am Horizonte, das Cyanometer 2°,5 — 3° zeigte, in 60° Höhe dagegen 21° — 22° und im Zenithe 22°,4 — 23°,5. Bei Zenithbeobachtungen fand Humboldt in den Tropen durchschnittlich eine größere Dunkelheit, denn während die mittlere Farbe in Paris (bei 25° Wärme) 16° — 17° beträgt, ist sie in den Tropen ebenfalls in der Ebene 23°. Auch die schönsten spanischen und italienischen Sommernächte, sagt Humboldt[1], sind nicht mit der stillen Majestät der Tropenwelt zu vergleichen. Nahe am Aequator glänzen alle Gestirne mit ruhigem planetarischem Lichte. Funkeln ist kaum am Horizonte bemerkbar. Die schwächsten Fernrohre, welche man aus Europa nach beiden Indien bringt, scheinen dort an Stärke zugenommen zu haben: so groß und beständig ist die Durchsichtigkeit der Tropenluft.

Auf dem Gipfel des Montblanc, in einer Höhe von 2450 Toisen, sah Saussure das Cyanometer auf 39°. Humboldt beobachtete auf dem 549 Toisen niedrigern Pic von Teneriffa 41°, in den Anden von Südamerika, in einer Höhe von 2975 Toisen 46°, und eben diese Farbe sah Gay-Lussac auf seiner ersten Luftreise.

Wenn die Luft der Tropen dunkler erscheint als bei uns, so folgt daraus nothwendig, daß von den von der Sonne auf die Erde kommenden Lichtstrahlen dort weniger in der Luft verloren gehen, als bei uns, und wenn unterwegs weniger verloren geht, so muß der die Erde erreichende Rest größer sein, wie dieses auch auf den Gebirgen der Fall ist. Dieses Verhältniß ist auch den Beobachtungen Humboldt's nicht entgangen, denn er sagt[2]: „Die unbeschreibliche Reinheit der Tropenluft verursacht, daß selbst bei gleicher Höhe des Standpunkts über der Meeresfläche das Licht lebhafter und stärker als in Europa ist. Wie blendend und ermüdend ist nicht in Westindien das Tageslicht selbst an Orten, wo kein Reflex stattfindet! Auch suchen die Europäer sich mehr noch vor nervenschwächender, überreizender Helle, als vor der Wärme zu bewahren. Sie schmelzen dort gleichsam wieder in ihrem Gefühle zusammen, was in den Wirkungen geschieden doch nur aus derselben einfachen, aber nie versiegenden Quelle fließt."

„Auffallend ist der Einfluß des Sonnenlichtes auf die vitalen Functionen der Pflanzen, auf ihre Respiration, auf ihre Färbung und, nach Berthollet, auf die Fixirung des Stickstoffs in der Fäcula. Diese Betrachtungen bestätigen die Vermuthung, daß die ungeschwächte Helle, welcher die Alpen-

---

[1] Naturgemälde 120.
[2] Naturgemälde 122.

gewächse, besonders in der Andeskette, ausgesetzt sind, zu ihrem resinösen und aromatischen Charakter beitrage. In dem zweiten Bande meiner Schrift über die gereizte Muskel- und Nervenfaser habe ich Versuche angeführt, welche einen Einfluß des Sonnenlichtes auf die thierischen Organe andeuten, der der Wärme allein nicht zugeschrieben werden kann. Sollte nicht das sonderbare Gefühl von Schwäche, über welches alle Einwohner von Quito und Mexico klagen, wenn sie den in 3—4000 Meter Höhe so auffallend stechenden Sonnenstrahlen ausgesetzt sind (eine Schwäche und Ermüdung, welche gar nicht der Muskelbewegung, oder der in der luftdünneren Region vermehrten Hautrespiration allein zugeschrieben werden kann) auf eine solche Nervenreizung des ungeschwächten Sonnenlichtes hindeuten? In der That kenne ich nichts Erschöpfenderes als dieß Sonnenlicht auf der hohen und kalten Andeskette. Oder kann das gleichsam noch unerschöpfte Licht bei dem Widerstande, den es gegen dichte Körper anprallend gleichsam zum erstenmale findet, auf dem Gebirge mehr Wärme als in luftdichteren Regionen der Ebene erregen?"

Wenn ein Lichtstrahl die Luft durchdringt und auf seinem Wege durch Schichten derselben von verschiedener Dichtigkeit gelangt, so setzt er im Allgemeinen seinen Weg nicht in gerader Richtung fort, sondern beschreibt eine mehr oder weniger stark gekrümmte Curve. Denkt man sich die verschieden dichten Theile der Atmosphäre in concentrischen Schichten um die Erde gelagert, wie dieses ähnlich bei den Zwiebelschalen der Fall ist, so liegen die eine dichtere Luft enthaltenden Schichten der Erde näher, die dünneren ferner. Durchbricht ein Lichtstrahl vom Zenithe eines Ortes kommend senkrecht die oberste Schichte, so thut er dieses auch bei der nächsten und allen folgenden, er fällt auf den gegebenen Ort der Erdoberfläche eben so ein, und die Folge davon ist, daß er, weil er nirgends von seinem Wege abgelenkt wurde, eine gerade Linie beschrieben hat. Dieser Fall eines geraden Weges ist aber der einzige, denn sowie der leuchtende Körper sich nicht im Zenithe des Beobachtungsortes befindet, wird der Lichtstrahl abgelenkt und macht einen um so mehr gekrümmten Weg, je größer die Distanz vom Zenithe ist. Weil die dichteren Schichten der Luft unten liegen, ist die convexe Seite der vom Strahle beschriebenen Curve nach oben gerichtet, und wenn man die Richtung der letzten Wegstrecke nach rückwärts verfolgt, so trifft diese Richtung darum einen Punkt des Himmelsgewölbes, der dem Zenithe näher liegt, als der leuchtende Punkt. Das Auge des Beobachters sucht den gesehenen Gegenstand in der Verlängerung derjenigen Richtung, welche der Lichtstrahl hatte, ehe er in's Auge drang, und wenn der Lichtstrahl auf seinem Wege seine Richtung geändert hat, so sieht man den leuchtenden Punkt auch nicht an der Stelle, an der er sich wirklich befindet. Man sieht z. B. das Bild eines Gegenstandes im Spiegel. Das Licht hat in diesem Falle zuerst den Weg vom gesehenen Objecte zum Spiegel gemacht, ist dann am Spiegel reflectirt worden, hat dabei seine Richtung geändert und kommt in der neuen Richtung in's Auge des Beobachters. Dieser sieht nun das Object oder vielmehr sein Bild in der rückwärts verlängerten Richtung, die der Strahl unmittelbar vor dem Eintritte in's Auge hatte, sieht es also hinter dem Spiegel.

Die Ablenkung des Lichtes auf seinem Wege durch die Luft ist die Ursache, daß man einen nicht genau im Zenithe befindlichen Stern nie in derjenigen Stelle wahrnimmt, an der er wirklich ist, denn allemal nähert er sich scheinbar dem Zenithe, vergrößert seine Höhe. Die Differenz zwischen scheinbarer und wirklicher Höhe ist um so größer, je näher das gesehene Object dem Horizonte ist, und wird Null im Zenithe. Ein eben auf- gehender Stern erscheint um etwas mehr als einen Mondsdurchmesser über dem Horizonte, und sieht man ihn genau im Horizonte, so ist er in Wirklichkeit noch gar nicht aufgegangen.

Es erhellt, daß diese Eigenschaft des Lichtes für die beobachtende Astro- nomie von äußerster Wichtigkeit ist, denn wenn man die Berechnung irgend einer Sternbahn auf die Beobachtung stützen soll, so muß man aus dieser die wahre Höhe des Sternes kennen lernen und die genaue Kenntniß des Betrages dieser Strahlenbrechung ist ein für die Astronomie unum- gängliches Element.

Man kennt die bezeichnete Wirkung der Atmosphäre auf das Licht schon längst, denn bereits im Alterthum hatte man Gelegenheit damit Bekannt- schaft zu machen. Man beobachtete nämlich eine Mondfinsterniß, bei welcher Sonne und Mond allerdings nahe am Horizonte, aber doch beide gleichzeitig über demselben waren.

Bei der Mondfinsterniß müssen die drei Himmelskörper Sonne, Erde und Mond in einer geraden Linie stehen, wobei die Erde zwischen der Sonne und dem Trabanten ist. Stehen sich aber Sonne und Mond gegenüber, so sieht die eine Halbkugel der Erde (die Taghalbe) die Sonne, die Nachthalbe sieht den Mond, aber man sieht, weil die Erde nicht durchsichtig ist, nirgends beide Gestirne zugleich. Die Strahlenbrechung verursacht, daß man ge- wissermaßen um die Ecke sieht, und daß man an der Gränze, die die Tag- halbe von der Nacht scheidet, sowohl Sonne als Mond beobachten kann.

Um die Zeit von Christi Geburt wußte man bereits die Ursache der Sonnen- und Mondfinsternisse und da eine der letzteren eintrat, während beide Gestirne über dem Horizonte waren, erklärte Cleomedes die Erscheinung, erklärte sie aber der damaligen Ansicht vom Lichte zufolge gerade umgekehrt. Man glaubte nämlich damals, daß der Lichtstrahl vom Auge a u s = und zu dem gesehenen Objecte h i n gehe, um es sichtbar zu machen. In diesem Sinne sagt C l e o m e d e s, der Strahl, der vom Auge parallel mit der Erdfläche ausgehe, treffe auf eine dicke Luft, werde von seinem Wege abgelenkt und verfolge die schon unterm Horizonte befindliche Sonne.

A l h a z e n versuchte die Wirkung der Refraction der Rechnung zu unterwerfen, wobei er von dem ganz richtigen Principe der Meridiandurchgänge ausging. Die gesammten Sterne des Himmels scheinen sich nämlich täglich um eine Linie (Axe) herumzudrehen, welche das Himmelsgewölbe in der Verlängerung der Drehungsaxe der Erde in den beiden Himmelspolen schneidet. Diese Pole stehen sich diametral gegenüber. Für die Punkte des Erdäquators liegen sie im Horizonte (wenn man von der Strahlenbrechung absieht), jeder andere Punkt der Erde sieht nur einen dieser Pole und dieser ist um eben so viele Grade über dem Horizonte, als die geographische Breite des Beobachtungsortes beträgt. Der Meridian dieses Ortes geht durch dessen Zenith und setzt sich durch den Himmelspol nach dem Horizonte fort. Es müssen nun in der Nähe des Himmelspoles Sterne sein, die, wenn sie die Runde um die Axe machen, zweimal ü b e r dem Horizonte durch den Meridian gehen, und diese Sterne können um so weiter vom Pole entfernt sein, je größer die Breite ist. Bei diesem zweimaligen Passiren muß der Stern das einemal weiter vom Horizonte weg, das andere mal näher sein, und weil die Wirkung der Luft das erstemal schwächer ist, das zweitemal stärker, wird der Stern im letzten Falle dem Pole näher zu sein s c h e i n e n; da er aber immer gleichweit entfernt sein muß, läßt sich daran die Luftwirkung erkennen.

T y c h o de B r a h e und R o t h m a n n, durch die Wirkung des warmen Bodens aufmerksam gemacht, schlossen, die Refraction müsse in verschiedenen Ländern verschieden sein, welchen Satz K e p l e r bestätigte. Es muß nämlich, wenn die Luft sehr dicht ist, ihre Wirkung größer sein, und da die Wärme die Dichtigkeit der Luft vermindert, wirkt sie der Refraction entgegen. Niedriges Thermometer und hohes Barometer verstärken die Strahlenbrechung.

K a r l XI. von S c h w e d e n, S p o l e und B i l e m b e r g machten Beobachtungen in Tornea in Lappland und daraus berechneten C a f f i n i und P i c a r d die dortige Strahlenbrechung als noch einmal so groß als in Paris, während B o u g u e r sie für den Aequator kleiner angab. L e G e n t i l dagegen setzte, gestützt auf Beobachtungen, die er zu Pondichery angestellt hatte, die Refraction der Tropen wieder höher, und es war daher zu entscheiden, wer von beiden Recht habe.

Humboldt hatte auf seiner Reise, weil er zum Zwecke von Bestimmungen geographischer Längen und Breiten darauf hingewiesen war, viele astronomische Beobachtungen angestellt, aus denen sich die Refraction berechnen ließ. Die Rechnungen, die durch Oltmanns ausgeführt worden, gaben ein anderes Resultat als Bouguer erhalten hatte, und stimmten mit dem Le Gentil's zusammen.

Humboldt widmete dem Gegenstande eine größere Abhandlung, die sich in dem ersten Bande der Observations astronomiques befindet. In dieser Arbeit ist nach einer geschichtlichen Einleitung die Wirkung der einzelnen Umstände untersucht. Da die einzelnen Gase nicht alle gleichmäßiges Lichtbrechungsvermögen haben, so benutzte er die chemische Untersuchung über die Luftzusammensetzung, von der oben die Rede war, hiezu; dann besprach er die Einwirkung der Feuchtigkeit, den Einfluß der Wärme. Der Bestimmung der Wirkung der Luftwärme muß eine Untersuchung über die Abnahme der Wärme gegen oben vorausgehen, und Humboldt hat daher diese Verhältnisse sehr ausführlich besprochen.

Die Refraction zeigt sehr schön, wie in den Naturwissenschaften oft das eine Fach von einem andern abhängig sein kann, wo man es kaum ahnen sollte. Die Astronomie, die sich eigentlich doch nur mit Körpern beschäftigt, die weil von unserer Erde entfernt kaum je Proben in den Schmelztiegel des Chemikers liefern werden (denn die Meteorsteine, die einzigen Himmelskörper die von außen kommend dem Chemiker verfallen, lassen sich wenigstens zur Zeit kaum als Objecte der Astronomie betrachten), ist darum doch nicht unabhängig von der Chemie, wenigstens hatte letztere hier die Frage zu beantworten, ob aus der Verschiedenheit der chemischen Zusammensetzung eine Verschiedenheit der Strahlenbrechung zu erwarten sei. Die Frage ist mit „Nein" beantwortet worden, denn die chemische Constitution der Atmosphäre ändert sich nicht, wenigstens nicht was den Gehalt an Sauerstoff und Stickstoff anbelangt, der Gehalt an Kohlensäure ist zu unbedeutend und der Wasserdunst hat denselben Einfluß wie die trockene Luft, aber die Feststellung des Umstandes, daß eine Nebenwirkung auf eine Erscheinung von einer Seite her nicht zu befürchten sei, ist gerade so wichtig als eine Untersuchung, welche den allenfallsigen Betrag dieser Nebenwirkung zu beseitigen lehrt.

Von den Ursachen, welche die Refraction ändern, bleiben, da die chemische Beschaffenheit der Luft ohne Einfluß ist, noch die Wärme und die Dichtigkeit übrig, und von diesen beiden ist es die erstere, welche, weil sie nach oben nicht gleichmäßig abnimmt, die ganze Bestimmung so unsicher macht, daß Sternbeobachtungen nur wenig Werth haben, wenn das gesehene Object nicht über 15° vom Horizonte entfernt ist.

Bei einer Wärme von 10° und 760ᵐᵐ Barometerstand beträgt die Refraction im Horizonte 33' 47",9 d. h. ein Stern, der genau im Horizonte ist, erscheint um so viel höher. Bei 10° Höhe macht sie 5' 20",0 aus, bei 20° Höhe 2' 38",9, bei 30° noch 1' 40",7. Nach den Forschungen Humboldt's hat die Refraction in den Tropenländern, natürlich mit Berücksichtigung der dortigen Wärme, denselben Werth.

Die Thiere.

Auch die Zoologie, oder die Lehre von den Thieren, zerfällt den andern Naturwissenschaften conform und wie bereits am Eingange dieses Buches angedeutet wurde, in mehrere Sectionen, von denen als von Humboldt bereichert ich die systematische Zoologie, die vergleichende Anatomie, die Physiologie und die Geographie bezeichnen will.

Die systematische Zoologie hat Humboldt dadurch befördert, daß er eine große Anzahl von bisher wenig oder gar nicht gekannten Thieren aus Amerika mitbrachte, deren Beschreibung dann, wie bereits oben bemerkt, Cuvier, Latreille und Valenciennes übernahmen.

In der vergleichenden Anatomie untersuchte er die verschiedenartige Bildung des Kehlkopfes und des Zungenbeins bei Vögeln, Affen und Krokodilen, zeigte den Einfluß der Aenderung dieser Organe auf die Aenderung der Stimme bei den ersteren Thieren und entdeckte die eigenthümliche Organisation derselben bei den Krokodilen, welche diese Thiere befähigt, ihre Beute unter dem Wasser zu ergreifen, und den Rachen weit aufzusperren ohne Gefahr zu laufen, von dem nachstürzenden Wasser erstickt zu werden, welche ihm aber nicht erlaubt, die Beute auch unter dem Wasser zu verschlingen, sondern es nöthigt, zu diesem Zwecke aus Land zu gehen.

Will ich mich in Beziehung auf die ersten zwei Sectionen nicht zu weit in's Detail verlieren, so muß ich mich auf die vorstehenden Angaben beschränken, und der nachfolgende Theil dieses Kapitels soll daher den zwei andern Sectionen, der Physiologie und der Geographie der Thiere, aufbewahrt werden.

1. Die Physiologie der Thiere.

Unter den Arbeiten Humboldt's über Gegenstände aus der Thier=
physiologie sind es besonders zwei, welche des sich an sie knüpfenden Interesses
wegen im Nachstehenden näher besprochen werden sollen: die eine ist eine
Fortsetzung seiner Untersuchungen über die thierische Electricität, von der be=
reits im vorigen Abschnitte in dem Kapitel Reizbarkeit die Rede war,
die andere ist eine Anwendung seiner Forschungen über die Zusammensetzung
der Luft auf den thierischen Haushalt.

Die erstere Arbeit beschäftigt sich mit den electrischen Fischen, solchen
Thieren, die vermöge eines ganz eigenthümlichen Apparates die Fähigkeit
haben, unter gewissen Umständen auf andere Thiere eine Wirkung auszu=
üben, welche mit der des electrischen Schlages eine auffallende Aehnlichkeit
hat. Diese Untersuchungen umfassen mehrere Abhandlungen, die sich in den
Observations de zoologie, der Relation historique, in dem S. 124 angeführ=
ten Versuch über die electrischen Fische und in den Annales de ch. et phys.
befinden.

Die electrische Wirkung der Fische ist am längsten bekannt bei dem zu=
erst im Mittelländischen Meere gefundenen und dort vorzugsweise gefange=
nen, aber auch in andern Meeren lebenden Zitterrochen (Raja Torpedo),
dessen sich schon die alten Griechen zu Curen in ähnlicher Absicht bedienten,
wie wir jetzt die electromagnetischen Apparate anwenden. Humboldt zählt
in seiner ersten Abhandlung [1] 5 Arten von electrischen Fischen auf: Trichiurus indicus, Tetrodon electricus, Raja Torpedo, Silurus electricus und
Gymnotus electricus, von denen die ersten 3 im Meere, die 2 letztern im
Süßwasser leben. Später [2] führt er deren 7 an: Torpedo narke Risso, T.
unimaculata, T. marmorata, T. Galvanii, Silurus electricus, Tetrodon electricus, Gymnotus electricus; von Trichiurus electricus sagt er, daß die
electrische Eigenschaft ungewiß sei. [3]

Wenn auch die Kunde von der seltsamen Eigenschaft des Zitterrochens
schon sehr alt ist, so hat doch erst Walsh (1772) zu La Rochelle und auf

---

1) Observations de zoologie I. 59.
2) Rel. hist. II. 177.
3) Ein größeres Verzeichniß von electrischen Fischen findet sich in dem Auf=
satze: Die geogr. Verbreitung der el. Fische in Petermann's Geogr. Mitthei=
lungen für 1856 S. 51.

13

der Insel Ré genauere Untersuchungen darüber angestellt. Seine Resultate sind in Kürze folgende.

Befindet sich ein Zitterrochen in der Luft, so erhält man einen Schlag, wenn man direct irgend einen Theil seiner Haut entweder mit dem Finger oder mit der ganzen Hand anfaßt, und ebenso erhält man einen Schlag, wenn man das Thier mit einem guten Leiter der Elektricität, etwa einem Metallstabe, selbst wenn er mehrere Fuß lang ist, berührt; dagegen wird der Schlag durch jeden Nichtleiter aufgehalten. Darum kann man ungestraft einen Glasstab oder eine Harzstange an den Rochen halten, man kann ihn sogar mit einem (leitenden) Streifen Zinn berühren, der auf eine Glasstange geklebt, aber an einer Stelle etwa durch einen Messerschnitt unterbrochen ist. Geben sich mehrere Personen die Hände, von denen die erste den Fisch berührt, so fühlt auch noch die zweite und selbst die dritte den Schlag, doch nimmt dieser an Intensität ab. Der Schlag ist aber noch in einer Kette von 20 Personen fühlbar, wenn sie sich die Hände reichen und die erste den Fisch am Leibe, die letzte im Rücken anfaßt. In dem (die Elektricität leitenden) Wasser ist der Schlag des Fisches schwächer; dagegen können hier von ihm Wirkungen auf die Ferne ausgeübt werden, was in der Luft nicht stattfindet. Walsh hat in der That beobachtet, daß der Zitterrochen auf einige Entfernung hin kleine Fische erschlägt oder wenigstens betäubt. Wenn der Fisch einen Schlag ertheilt, so ist dieses stets ein willkürlicher Act; manchmal kann man ihn mehreremal hinter einander berühren, ohne einen Erfolg zu empfinden; wenn man ihn aber reizt, indem man ihn in die Floßfedern kneipt, so kann man sicher sein, verstärkte Schläge zu erhalten. Walsh hat manchmal an 50 Entladungen in einer Minute gezählt.

Die Eigenschaften des Zitteraals (Gymnotus electricus) sind denen des Zitterrochens ebenfalls durch Walsh, der sich den Fisch aus Surinam bringen ließ, als analog befunden worden. Die anatomischen Verhältnisse beider Fische hat zuerst Hunter [1] untersucht. Bei dem Zitterrochen geht das elektrische Organ an seiner Peripherie bis dicht an den Vorderrand des Kopfes, seine obere Fläche stößt mittelst einer faserigen Haut an die Haut des Rückens, seine untere an die des Bauches. Von oben oder unten gesehen zeigt es polygonale oder rundliche Abtheilungen, von der Seite aber sieht man parallele Streifen. Das ganze Organ besteht aus einer Menge von Säulchen, deren Axe die Richtung vom Bauche zum Rücken hat.

---

1) Anatomical observations on the torpedo. (Phil. Trans. 1773) und An account of the gymnotus electricus. (ib. 1775.)

Die Randbegränzung jeder Säule bildet eine etwas dichtere, sehnige Membran, die die eine Säule von der andern scheidet, und jede der letzteren besteht aus einer Menge auf einander geschichteter feiner Blättchen, welche
bald eben bald gebogen durch sehr klebrige Schleimschichten von einander getrennt sind. Man findet bei dem Zitterrochen gewöhnlich 400 — 500 solcher
Säulchen auf jeder Seite; Hunter zählte deren bei einem sehr großen
Exemplare von 4½ Fuß Länge sogar 1184. Starke Nervenbündel, stärker noch als bei dem Zitteraale vertheilen sich in das elektrische Organ.

Bei dem Zitteraale ist das genannte Organ in dem sehr langen
Schwanze, der fast 4½mal so lang ist, als Kopf und Rumpf zusammen;
je in 2 Theile, einen größern und einen kleinern, gesondert, ist es fast der
ganzen Länge des Schwanzes nach ausgedehnt, so daß es mithin viel größer
ist, als bei dem Zitterrochen, ein Umstand, dem auch die stärkere Wirkung
(Humboldt schätzt sie auf das Zehnfache des Zitterrochens) zuzuschreiben
ist. Bei dem Aale stehen die Säulchen nicht vertical wie bei dem Rochen,
sondern horizontal, so daß bei ihm zwischen vorn und hinten ein ähnlicher
Gegensatz zum Vorschein kommt, wie bei dem Rochen zwischen oben und unten.

Die elektrischen Aale finden sich am häufigsten in den kleinen Flüssen
und in den stehenden Gewässern oder Sümpfen, welche hier und da in den
Llanos, den ungeheuren Ebenen vorkommen, die sich zwischen dem Orinoco
und der Küstenkette von Venezuela ausbreiten. Humboldt hat diejenigen
Aale, mit denen er Versuche machte, bei Calabozo gesehen.

Da die Indianer aus Furcht vor den Schlägen nicht dazu zu bringen
waren, ihm lebende Exemplare des Gymnotus zuzutragen, so entschloß er
sich, selbst einer Jagd auf diese Thiere beizuwohnen. Man bedient sich hiezu einer Anzahl halbwilder Pferde, die man aus den benachbarten Grasfluren zusammentreibt.

„Die Indianer", sagt Humboldt [1], „hatten eine Art von Treiben
angestellt; die Thiere wurden von allen Seiten eingeschlossen und endlich
in den Sumpf hineingezwungen. Das interessante Schauspiel, welches sich
uns darbot, dieser Kampf der Zitteraale mit den Pferden läßt sich mit Worten nur unvollkommen schildern. Die Indianer, jeder mit langen Bam-
busröhren und Harpunen bewaffnet, stellten sich um den Sumpf. Einige
kletterten auf die Baumäste, die sich über dem Wasser ausbreiteten. Durch
ihr Geschrei und ihre langen Bambusröhre trieben sie die Pferde, wo sie

1) Observations de zoologie I. 55. — Eine ähnliche Beschreibung dieser interessanten Jagd findet sich in den „Ansichten der Natur." (Steppen und Wüsten.)

sich dem Ufer näherten, zurück. Die durch den Lärmen erschreckten Zitteraale vertheidigten sich mit den wiederholten Entladungsschlägen ihrer elektrischen Batterie. Lange schien es, als würden sie den Sieg über die Pferde
und Maulesel davontragen. Mehrere von diesen, durch die Menge und
Stärke der elektrischen Schläge betäubt, verschwanden unter dem Wasser;
einige derjenigen, die sich wieder aufrafften, erreichten, ungeachtet der Wachsamkeit der Indianer das Ufer, und streckten sich hier, von der Anstrengung
erschöpft, und durch die starken elektrischen Schläge an allen Gliedern ge-
lähmt, der Länge nach auf die Erde. Ein geschickter Maler hätte den Augenblick auffassen sollen, da die Scene am belebtesten war. Die Gruppen
der Indianer, welche den Sumpf umringen; die Pferde, welche mit ge-
sträubten Mähnen, Schrecken und wilden Schmerz im Auge, dem einbre-
chenden Ungewitter zu entfliehen suchen; die gelblichen und schlüpfrigen Aale,
welche großen Wasserschlangen ähnlich auf der Oberfläche des Wassers
schwimmen und ihre Feinde verfolgen; alle diese Züge bildeten ein höchst
malerisches Ganze. Unwillkürlich erinnerte ich mich dabei des berühmten
Gemäldes eines Pferdes, das unvermuthet in einer Höhle durch den Anblick
eines Löwen geschreckt wird. Der Ausdruck des Entsetzens ist hier nicht
stärker als in jenem ungleichen Kampfe der Fische und Pferde."

„In weniger als fünf Minuten waren bereits zwei Pferde ertrunken.
Die Aale, deren mehrere über fünf Fuß lang sind, schlüpften den Pferden
und den Mauleseln unter den Bauch, und gaben dann Entladungen ihres
ganzen elektrischen Organs. Diese Schläge treffen zugleich das Herz, die
Eingeweide, und besonders das Nervengeflecht des Magens. Es ist daher
nicht zu verwundern, daß der Fisch auf ein großes vierfüßiges Thier eine
viel mächtigere Wirkung, als auf einen Menschen hervorbringt, der ihn nur
mit den Extremitäten berührt. Doch zweifle ich, daß der Gymnotus im
eigentlichen Sinne des Worts die Pferde tödtet; er betäubt sie nur, wie ich
glaube, durch die wiederholten Erschütterungsschläge, die er ihnen gibt;
sie fallen in eine tiefe Ohnmacht, und verschwinden besinnungslos unter dem
Wasser; die andern Pferde und Maulesel treten ihnen auf den Leib und in
wenig Minuten sind sie wirklich todt. Nach diesem Anfang schien es, als
würde die Jagd ein sehr tragisches Ende nehmen, und die Pferde eines nach
dem andern ertrinken. Wenn sie nicht herrenlos sind, so bezahlt man jedes,
welches stirbt, mit anderthalb bis zwei Piaster. Die Indianer versicherten
uns, die Jagd würde bald geendigt sein und nur der erste Angriff der Zitteraale sei furchtbar. In der That kommen die Gymnoten nach einiger Zeit
in den Zustand entladener Batterien; sei es nun, daß die galvanische Elek-

tricität sich durch Ruhe in ihnen häufe, oder daß ihr elektrisches Organ durch einen zu häufigen Gebrauch ermüdet und zu seinen Verrichtungen unbrauchbar gemacht wird. Zwar ist ihre Muskelbewegung dann immer noch eben so lebhaft, als zu Anfang; sie haben aber nicht mehr das Vermögen, kräftige Schläge zu ertheilen. Als der Kampf eine Viertelstunde gedauert hatte, schienen die Pferde und Maulesel minder geschreckt. Sie sträubten die Mähnen nicht mehr. Ihr Auge drückte selten Schmerz aus. Nirgends sah man sie fallen und unter dem Wasser verschwinden. Auch schwammen die Aale mit dem halben Leibe auf der Oberfläche des Sumpfes, flohen vor den Pferden, die sie vorher angegriffen, und näherten sich dem Ufer. Die Indianer versicherten uns, daß, wenn man die Pferde zwei Tage hintereinander in den Sumpf treibe, am zweiten kein Pferd mehr getödtet werde. Die Fische müssen Ruhe und hinlängliche Nahrung haben, um eine große Menge galvanischer Elektricität zu erzeugen oder anzuhäufen. Aus den Versuchen, welche man in Italien mit Zitterrochen gemacht hat, ist es bekannt, daß, wenn die Nerven, welche in die elektrischen Organe gehen, zerschnitten oder unterbunden werden, die Organe in ihrer Wirkung gerade so gehemmt sind, wie ein Muskel, dessen Hauptarterie oder Hauptnerv unterbunden ist. Die elektrischen Organe des Zitterrochens und des Zitteraals sind folglich der Herrschaft des Nervensystems unterworfen. Sie sind keineswegs gewöhnliche elektromologische Apparate, welche nach Art unbelebter Volta'scher Säulen aus den benachbarten Wasserschichten die ihnen entzogene Elektricität wieder anziehen. Es darf uns daher nicht befremden, daß die Stärke der elektrischen Schläge des Zitteraals von dem Zustande seiner Gesundheit abhängt und daß Ruhe, Nahrung, Alter und vielleicht eine große Menge anderer physischer oder moralischer Gründe darauf Einfluß haben."

„Die Zitteraale, welche nach dem Ufer fliehen, werden sehr leicht mit kleinen an einen Strick befestigten Harpunen gefangen, die man ihnen in den Leib wirft; die Harpune spießt manchmal ihrer zwei auf. Ist der Strick sehr trocken und ziemlich lang, so kann man sie damit an's Land ziehen, ohne Schläge zu erhalten. In wenigen Minuten waren fünf große Gymnoten auf dem Trocknen. Wir hätten über zwanzig haben können, hätten wir ihrer so viele zu unsern Versuchen bedurft. Einige waren nur leicht am Schwanze verwundet, andere schwer am Kopfe, und wir konnten deutlich beobachten, wie die Intensität der natürlichen Elektricität dieses Fisches durch die verschiedene Stärke der Lebenskraft modificirt wird."

Die Untersuchung der anatomischen Verhältnisse des Zitteraals führte Humboldt im Allgemeinen zu demselben Resultate, zu dem schon früher

Hunter gelangt war, und welches oben angegeben ist; doch hält er es für möglich, daß die außerordentlich große Schwimmblase des Gymnotus, die sich mitten durch die Theile des elektrischen Organs ihrer ganzen Länge nach hinzieht, und der chemische Einfluß der in der Blase enthaltenen Luft oder vielmehr des von ihr an die Organe abzugebenden Sauerstoffs nicht ohne Einfluß sei. Es ist dieses ein Zusatz zu der elektrochemischen Theorie Humboldt's, welche bereits im vorigen Abschnitte bei Besprechung der Reizbarkeit erwähnt wurde. Ich habe eben angeführt (S. 29 u. 40), daß Humboldt auf die Wirkung des Sauerstoffs große Bedeutung gelegt habe; auch dieses kommt hier wieder vor, sowie seine Ansicht über den Zusammenhang von chemischen Processen mit dem Denken. Er sagt:[1] „So gering auch die Aehnlichkeit ist, welche die Medullarsubstanz des Gehirns mit der albuminösen und gelatinösen Materie der elektrischen Organe zeigt, so stimmen beide doch in der großen Menge des arteriellen Bluts überein, welches ihnen zugeführt wird, und das sich in ihnen desoxydirt. Es würde unstreitig eben so unschicklich sein, zu behaupten, der Sauerstoff dieses Bluts werde in den elektrischen Organen dazu verwendet, das elektrische Fluidum zu bilden (nimmt man anders die materielle Existenz eines solchen Fluidums an), als es unphilosophisch wäre, eine Absorption des Sauerstoffs durch das Denken selbst behaupten zu wollen. Wir wissen bloß, daß eine große Thätigkeit in den Verrichtungen des Gehirns das Blut reichlicher nach dem Kopfe zieht; sowie daß eine heftigere Bewegung der Muskeln die Desoxydation des arteriellen Blutes beschleunigt. Die Menge und Größe der Blutgefäße des elektrischen Gymnotus contrastiren übrigens wunderbar mit dem kleinen Umfange seines Medullarsystems, ein Contrast, der den Physiologen auf die Idee leitet, daß drei übrigens ziemlich heterogene Functionen des thierischen Lebens, die Functionen des Gehirns, des elektrischen Organs und der Muskeln gleichmäßig des Zuflusses und der Einwirkung des oxygenirten oder arteriellen Blutes bedürfen."

Die Empfindung, welche der Gymnotus durch seine Schläge erzeugt, hält Humboldt für ganz verschieden von denen, welche durch den Conductor einer Elektrisirmaschine, eine Leydner Flasche oder die Volta'sche Säule hervorgerufen werden. Je schwächer die Schläge, um so größer erscheint die specifische Verschiedenheit, denn heftige Erschütterungen bringen eine so fürchterliche Empfindung hervor, daß man sich außer Stande sieht, Vergleichungen anzustellen. Humboldt sagt, er erinnere sich nicht, je von einer

---

1) Observations de zoologie I. 65.

großen Leydner Flasche so fürchterliche Schläge erhalten zu haben, als einen von einem Gymnotus, auf den er, als man ihn aus dem Wasser gezogen hatte, beide Füße setzte. Er empfand den ganzen Tag über eine Lähmung in den Knieen und fast in allen Gelenken des Körpers. Bedenkt man dabei, daß ein Gymnotus, der nach der vorhin angegebenen Jagd gefangen, theils an die Thiere, theils an das Werkzeug, das davon allerdings nichts spürt, seine kräftigsten Schläge schon abgegeben hat, der also schon ziemlich erschöpft ist, noch so enorme Wirkungen ausüben kann, so läßt sich wohl denken, was für ein Gefühl es sein müsse, einen kräftigen Schlag eines noch ungeschwächten Aales zu erhalten. Am meisten Aehnlichkeit mit den Zitter= aalwirkungen findet Humboldt bei demjenigen Schmerz, welcher entsteht, wenn man wunde Stellen des Rückgrats oder der Hand mit Zink und Sil= ber armirt, wovon bereits oben S. 37 die Rede war.

Es liegt gänzlich in der Willkür des Fisches, wenn er einen Schlag ertheilen will, und ebenso hängt die Stärke des Schlages von ihm ab, sowie auch der Ort, welcher berührt die Empfindung verursachen soll, und da= rum kann von zwei Personen, die den Fisch gleichzeitig an ganz nahe gelege= nen Stellen berühren, die eine einen Schlag empfinden, die andere nicht.

Zur Zeit als Walsh die elektrischen Fische untersuchte, kannte man den Galvanismus noch nicht. Humboldt und Bonpland waren die ersten Forscher, welche nach der genannten Entdeckung ihre Versuche mit Zitteraalen anstellten.

Wie oben S. 42 erwähnt, wurde die Construction der Volta'schen Säule erst 1799, also in dem Jahre der Abreise Humboldt's nach Amerika, entdeckt und unser Gelehrter, der sie nicht kennen konnte, war da= her auch nicht in der Lage, Vergleiche zwischen den elektrischen Organen der Fische und der Volta'schen Säule anzustellen. Der Apparat Volta's hatte, wie ebenfalls schon angegeben, zwar an sich eine hohe Bedeutung, war aber dem Studium der thierischen Elektricität wenigstens am Anfange mehr hem= mend als fördernd. Bei dem Streite zwischen Volta und Galvani, von denen der erstere den Sitz der beobachteten Wirkung an die Berührungs= stelle der heterogenen Metalle, der andere in das Thier legte, war es von ungemeiner Wichtigkeit, einen Apparat zu finden, der mit Umgehung aller thierischen Stoffe thätig war, und die Volta'sche Säule erfüllte diesen Zweck so vollkommen, daß man mit ihrer Hülfe sogar chemische Verbindungen, wie das Wasser, zerlegen konnte. Nun war aller Physiker Aufmerksamkeit auf diesen Apparat gerichtet, und während die Beobachtungen mit Thieren we= nig fortgesetzt wurden, hatte man sich an den Gedanken gewöhnt, daß die oben erwähnten Muskelcontractionen der Frösche nichts anderes seien, als die Wirkungen sich berührender heterogener Metalle. Volta's Theorie hatte vollkommen gesiegt. Wohl benutzte man die Thiere noch, um die Stärke der Wirkung aus der Bewegung ihrer Muskeln zu finden; aber auch diese Anwendung hörte auf, als man fand, daß durch die Menge des zerlegten Wassers genauere Bestimmungen gemacht werden können, als durch das stärkere oder schwächere Zappeln eines Frosches.

Humboldt, der sich in seinen früheren Untersuchungen von dem Vorhandensein einer galvanischen, von der Metalleßelektricität unabhängigen Wirkung der Thiere überzeugt hatte, fand bei seiner Rückkehr das von ihm bearbeitete Feld verlassen und schrieb seine Abhandlung über die elektrischen Fische, die den schlagendsten Beweis von der Existenz einer thierischen Elektricität geben, zum Theil darum, um die Naturforscher zu der verlassenen Fahne zurückzurufen.

Die Volta'sche Batterie in ihrer ursprünglichen Form erhält man, wenn man Platten von Zink und Kupfer auf einander legt, darauf einen Wollen- oder Filzlappen legt, der mit Salzwasser getränkt ist, hierauf wieder Zink- und Kupferplatten nimmt u. s. w. Die gleichzeitige Berührung der beiden Enden einer so construirten Säule wird eine eigenthümliche Empfindung herbeiführen, und wenn man Metalldrähte von den beiden Endplatten (Polen) in ein Gefäß mit gesäuertem Wasser leitet, wird dort eine Wasserzerlegung zum Vorschein kommen. Verbindet man nicht die Endplatten, sondern einander nähere Stücke, so wird der Erfolg um so geringer sein, je näher die Platten einander sind. Diese Construction hat die auffallendste Aehnlichkeit mit den oben erwähnten Säulchen des elektrischen Organs, und außerdem hat auch schon Wallß gefunden, daß der Schlag bei dem Rochen stärker ist, wenn man Rücken und Bauch des Fisches gleichzeitig berührt, als wenn dieses nicht geschieht, denn man hat ja auch in diesem Falle mit den beiden Enden (Polen) der erwähnten Säulchen zu thun. Diese Thatsachen mußten die Analogie zwischen den elektrischen Organen der Fische auf's unzweifelhafteste feststellen, und die Durchführung dieser Analogie ist auch Humboldt und Gay-Lussac bei ihren in Neapel mit Zitterrochen angestellten Versuchen[1] gelungen.

Der Zitterrochen ertheilt nach diesen Versuchen nur Schläge, wenn man sein elektrisches Organ berührt, und der Schlag wird mit wachsender Größe der Berührungsstelle empfindlicher. Er läßt sich sehr gut mit einer

---

1) Ann. de ch. et phys. XI. 1819.

geladenen Volta'schen Säule vergleichen, wenn man darauf Rücksicht nimmt,
daß die Zeit, wenn ein Schlag ertheilt werden soll, weniger in der Willkür
des Experimentators als in der des Fisches liegt. Berührt man den Rochen
mit einem Stücke Eisen an einer Stelle, so fühlt man, wenn auch der Fisch
reagirt, was man bei dem Rochen, nicht aber beim Zitteraal, an einer con=
vulsivischen Bewegung der Flossen bemerkt, nichts.[1] Man spürt eben so we=
nig etwas, als wenn man nur einen einzelnen Pol einer Säule anfaßt;
wohl aber bemerkt man den Schlag, wenn der Fisch gleichzeitig oben und
unten angetupft wird. Die Versuche beider Forscher führen darauf, daß
der eine Pol des Fischorgans oben, der andere unten ist. Auch spürt man
den Schlag, wenn man den Fisch auf eine Metallschüssel legt, eine zweite
Platte auf ihn legt, und dann beide gleichzeitig berührt, d. h. immer voraus=
gesetzt, daß auch der Fisch es haben will; dagegen beobachtet man nichts,
wenn beide Platten sich unter einander berühren, wie man auch nichts fühlt,
wenn man die 2 Pole einer Säule berührt, die außerdem mit einander in
leitender Verbindung sind.

Eine Einwirkung der thierischen Electricität auf das Electrometer
konnte Humboldt weder bei dem Rochen noch bei dem Aale wahrnehmen.[2]

Während die Humboldt=Gay=Lussac'schen Versuche mit dem
Zitterrochen durchaus solche sind, die sich auf die Wirkung eines der Vol=
ta'schen Säule analog eingerichteten Apparates reduciren lassen, so ist dieses
nicht ganz bei den Humboldt=Bonpland'schen mit dem Zitteraale der
Fall. Die Versuche sind zwar zu einer Zeit angestellt, in welcher die Be=
obachter die Volta'sche Säule nicht kannten; es ist aber darum doch nicht
einzusehen, warum sich eine nachträgliche Vergleichung nicht anstellen lassen
sollte. Die Beobachtung, welche sich nur schwer mit der Theorie der Voltasäule
in Zusammenhang bringen läßt, ist die, daß Humboldt bei dem Aale
abweichend von dem Rochen die Wirkung nicht als mit der berührten Ober=
fläche wachsend fand, wenn auch der Fisch im Trocknen war.[3] Ebenso läßt
sich schwer erklären, wie ein an einer Angelschnur hängender Fisch durch diese
auf den Fischer wirken kann, der mit dem Wasser nicht in Verbindung steht.[4]
Humboldt vermuthet zwar, daß die Entladung des Fisches durch die
Haut desselben stattfinde, daß also der Austausch der beiden Electricitäten

---

1) Es widerspricht dieses der obigen Angabe von Walsh.
2) Dieses ist erst später Linari gelungen.
3) Doch fand er (Rel. hist. II. 151) diesen Unterschied bei den Schlägen sehr
geschwächter Fische.
4) Observ. de zool., I. 74, auch Ansichten der Natur. 3. Aufl. I. 33.

an dem Thiere selbst vor sich gehe und die Wirkung auf den Experimentator eine Zeiterwartung sei, doch besitzen wir zur Zeit keinen Apparat, in dem ein galvanischer Vorgang stattfinde, und der nur, durch einen schmalen Leiter, etwa einen Draht, mit einem feststehenden isolirten Beobachter verbunden, eine beträchtliche Wirkung auf denselben auszuüben vermöchte.

In früherer Zeit hat auf Humboldt's Veranlassung Faraday[1] mit dem Zitteraale Versuche gemacht, denen zufolge die Analogie des Fischorgans mit der Volta'schen Säule durchgeführt wird, die aber den Humboldt'schen Versuch nicht erwähnen. Es ist nicht unmöglich, daß bei den Versuchen Humboldt's ein Irrthum mit untergelaufen, ein Betrügen gemacht worden sei; allein so lange dieses nicht bewiesen ist, sind wir auch nicht befugt, es anzunehmen, denn nur allzuoft ist der Fall in der Geschichte der Naturwissenschaften vorgekommen, daß früher gemachte Beobachtungen erst in späterer Zeit erklärt werden konnten, und so lange als unerklärte Facta stehen blieben, ja meistens als irrthümlich angenommen wurden. Ganz unwissenschaftlich dagegen wäre es, eine Beobachtung darum als auf einem Irrthum beruhend zu erklären, weil man nicht im Stande ist, sie mit der Theorie in Zusammenhang zu bringen.

Worin sich die Angaben Humboldt's von denen eines Theiles der übrigen Experimentatoren unterscheiden, ist der Umstand, daß nach ersterem die Wirkung des Rochens sowohl als des Aals nur bei unmittelbarer Berührung mit dem Finger oder einem Elektricitätsleiter eintritt, während letztere geleben haben, wie die Thiere Fische in der Entfernung tödteten, und Humboldt erklärt sich dieses daraus, daß seine Fische frisch gefangen und noch sehen ihre Kräfte nur zur Verteidigung benutzten, während die an die Gefangenschaft gewöhnten Exemplar sie möglicherweise auch zum Angriffe, also in die Ferne wirkend, gebrauchen kann. Faraday beobachtete, daß sein Aal, wenn er einen Fisch betäuben wollte, sich so bog, daß er einen Theil eines Kreises ausmachte, in dessen Mitte sich die Beute befand. Hierauf erfolgte die Entladung. Nach Faraday geht der elektrische Strom vom vorderen Ende des Aals durch das Wasser und den Schwanze, und wer seine Hände in des Fisches Nähe in das Wasser steckt, fühlt den Schlag. Berührt man den Fisch an 2 verschiedenen Stellen, so geht nur ein Theil des Stromes durch den Beobachter, der andere durch das Wasser, und darum sind, wie bereits oben erwähnt, die Schläge stärker, wenn man den

<hr/>

1) On the character and direction of the electric force of the Gymnotus. Phil. Trans. 1840.

Fisch in's Trockne bringt, denn es ist der Seitenschlag durch das Wasser vermieden. Dieser Seitenschlag wäre es, den man allein fühlt, wenn man den Fisch in einem Gefäße trägt, ohne ihn zu berühren, wo also Gefäß und Beobachter die Stelle eines Theiles des Wassers einnehmen; doch ist darum nicht gut einzusehen, wie eine bedeutende Wirkung hervorkommen soll, wenn man den Fisch nur mit einem spitzigen Drahte, also nur an einer ganz kleinen Stelle berührt.

Humboldt benutzte die schöne Gelegenheit, welche sich ihm bei der Beschiffung des Magdalenenflusses bot, um die Respirationsverhältnisse der Krokodile zu untersuchen.[1] Begreiflicherweise kann hier nicht von erwachsenen Individuen, die eine Länge von 20 Fuß haben, die Rede sein, sondern nur von jungen, 15—20 Tage alten Thieren, ein Umstand, der jedoch hier darum weniger in's Gewicht fällt, da die Jungen der eidechsenartigen Thiere sich wohl von den alten durch ihre Größe unterscheiden, aber keine solchen Veränderungen erleiden, welche die froschähnlichen Thiere durchzumachen haben, die, in ihrer Jugend eher mit den Fischen übereinstimmend, erst nach einiger Zeit ihre definitive Gestalt erhalten.

Es war im Monat Mai, zu der Zeit, als die Krokodile eben aus den Eiern schlüpften. Die Pfützen, die mit dem Strome in Verbindung stehen, sind alsdann von einer unzählbaren Menge dieser Thiere erfüllt, und wenn nicht die Raubvögel einen großen Theil derselben auffräßen, müßten die Krokodile sich dort in einer Weise vermehren, daß jene Gegenden für Menschen kaum mehr zugänglich wären. Die Indianer haben eine große Geschicklichkeit, die Thiere zu fangen; sie halten ihnen ein Stück Holz hin; diese beißen voll Zorn hinein und dann werden sie am Genick gepackt. In wenig Stunden hatte Humboldt an 40 Stück von einer Länge von 12—16 Zollen bei einander, die trotz ihrer geringen Größe ziemlich schwer zu behandeln waren. Drei Krokodile, die ein Alter von 15—16 Tagen hatten, wurden in Glocken gebracht. Um sie zu zwingen, daß sie ihre Schnauze außerhalb des Wassers hielten und um sie zugleich zu verhindern, durch Bewegung ihres Schweifes die Glasglocke zu zerschlagen, wurden sie mit den Füßen und dem Schwanzende an Kreuze von Bambusholz gebunden, während Kopf, Hals und Brust frei blieben. In die Glocken kamen 158 Cubikcentimeter Luft, der Rest war Flußwasser. An die Sonne gestellt, schienen die Thiere wie im Freien zu athmen. Nach Verlauf einer Stunde oder einer Stunde und 10 Mi-

1) Observations de zoologie, I. 253.

nulten gaben die 3 Thiere Zeichen von Uebelbefinden; sie suchten ihren Kopf
unter das Wasser zu bringen, wie wenn sie ihn dem Einflusse einer schädlichen
Luft entziehen wollten. Ihre Respiration war langsamer geworden, dann näg-
ten sie den Kopf und hierauf folgten heftige Krämpfe. Während dieser
Krämpfe hatte eines der Krokodile das Bambuskreuz zerrissen und die Glocke
zerschlagen. Die zwei andern Thiere wurden 1 Stunde 43 Minuten nach
Beginn des Experimentes aus dem Apparate genommen. Als sie an die
frische Luft gekommen waren, öffneten sie den Rachen, als wollten sie auf
einmal recht viel Luft einathmen, ihre Augen erglänzten von neuem, und
ihre vorherige Wildheit stellte sich in wenig Minuten wieder her. Sobald
sich Humboldt ihnen näherte, machten sie Miene ihn anzugreifen und
stießen einen durchdringenden Schrei aus, wenn er ihren Schweif berührte.
Das Geschrei, das die jungen Krokodile oft hören lassen, ähnelt dem der
Katzen, während das der alten sehr selten zu sein scheint, da Humboldt
und sein Gefährte, obwohl sie mehrere Jahre in der Heimath dieser Thiere
lebten und am Orinoco viele Nächte umringt von ihnen im Freien zubrach-
ten, dasselbe nie gehört haben.

Die Luft der beiden Glocken hatte sich von 1000 zu 1124 und 1154
Theilen vermehrt und ihre Zusammensetzung ergab sich aus dem Mittel
von 5 mit Stickstoffoxyd gemachten Versuchen in 1000 Theilen zu

                95 und   82 Kohlensäure,
                60 ,   76 Sauerstoff,
                845 ,   842 Stickstoff.

Daraus geht hervor, daß das Krokodil in einer Luft, die nicht erneuert wird,
leidet; das Unbehagen beginnt, wenn die umgebende Luft nur 8 bis 9 Procente Sauerstoff enthält.

Sind nur 5—6 Procente dieses Gases vorhanden, so geht das Thier zu
Grunde. Ein Krokodil in eine Luft gebracht, in der ein anderes erstickt
war, war nach Verlauf von einer halben Stunde schon sehr leidend, und
die Angabe der Indianer, ein Krokodil könne Tage lang unter dem Wasser
schlafen, bestätigt sich daher nicht, da das Thier kein Organ hat, um im
Wasser zu athmen.

Die vorstehenden Beobachtungen gelten übrigens nur für die Zeit, in
welcher ihre Lebensthätigkeit in vollem Gange ist, und die Erscheinungen
müssen ganz andere sein, wenn die Krokodile in den trockenen Monaten der
heißen Zone und den kalten Monaten der gemäßigten in der thonigen Erde
oder im Flußschlamme erstarrt liegen. Humboldt führt hier die Beobachtung Carrabori's an, daß auch die Frösche im Sommer zu Grunde

gehen, wenn man sie 40 Minuten in's Wasser hält, während sie den ganzen Winter am Boden der Sümpfe zubringen.

Die durch die Respiration der Krokodile hervorgerufene Sauerstoffabsorption ist sehr gering, da ein 3 Decimeter langes Thier in 1 Stunde 43 Minuten nur nahezu 20 Cubikcentimeter aus der umgebenden Luft nahm. Es entspricht dieses der geringen Masse Blutes dieser Reptilien, welche Humboldt und Bonpland bei der Section eines großen Thieres dieser Gattung fanden. Ein junges Krokodil, das sechsmal so lang ist als ein Frosch, hat kaum ein größeres Herz als dieser. Den Zuwachs von Luft, der sich bei obigem Versuche ergab, hält Humboldt für eine Ausstoßung von Stickstoff, die während des Uebelbefindens der Thiere aus Schlund, Magen und Lunge stattfand.

Humboldt hat die Versuche über die Respiration der Krokodile auf seiner Reise angestellt und mußte, da er weder ein Volta'sches Eudiometer noch Phosphor bei sich hatte, das Stickstoffoxyd benutzen. Ich habe diese Abhandlung darum in Kürze erwähnt, um zu zeigen, wie der große Mann trotz aller Schwierigkeiten, die sich seinen Wanderungen durch die Wildnisse eines tropischen Landes entgegenstellten, keinen Zweig der Wissenschaften vergaß, und wenn auch manche Verhältnisse, wie z. B. die Untersuchung, wie die Krokodile sich in einer Luft verhalten, die an Kohlensäure reicher ist, als die atmosphärische, unberücksichtigt geblieben sind, so darf nicht vergessen werden, daß man leichter in einem physiologischen Kabinete, das mit allen Hülfsmitteln der Wissenschaft ausgestattet ist, experimentirt, als in einer völlig abgelegenen Gegend. Außerdem machen die Humboldt's schen Versuche zur Zeit den ganzen Schatz unseres Wissens über den besprochenen Gegenstand aus.

Die Versuche Humboldt's und Provençal's über die Respiration der Fische[1] wurden zu Paris im Laboratorium der polytechnischen Schule gemacht.

Unter den verschiedenen Klassen von Thieren, in denen die Anatomen Blutgefäße gefunden haben, sind bloß die Säugethiere und Vögel, welche durch alle Gattungen hindurch während ihres ganzen Lebens Luft athmen; unter den andern Klassen sind entweder alle Glieder das ganze Leben oder einzelne einen Theil ihres Lebens darauf angewiesen, im Wasser zu athmen und nur wenige Gattungen der Reptilien, wie die zweifüßige Sirene und der Proteus, sind ihr ganzes Leben hindurch mit Organen versehen, welche sie gleichzeitig

---

1) Observations de zoologie, II. 194. Mémoires de la Société d'Arcueil II.

befähigen, im Trocknen oder im Wasser zu athmen, sind also wahre Amphibien. Die größten Thiere athmen Luft, aber die größte Zahl, sowie die größte Mannichfaltigkeit der Formen kommt den im Wasser athmenden Geschöpfen zu.

Schon seitdem Boyle und Mairan im 17. Jahrhundert gefunden haben, daß Luft in Wasser aufgelöst (absorbirt) sein könne, wurde diese Luft als das hauptsächlichste Agens bei der Respiration der Fische betrachtet. So blieb die Sache, bis die Entdeckung von der Zusammensetzung des Wassers gemacht wurde. Als man nämlich gefunden hatte, daß diese Flüssigkeit aus Sauerstoff und Wasserstoff zusammengesetzt sei, glaubte man, es seien die Fische nicht auf den wenigen absorbirten Sauerstoff angewiesen, da es ja viel näher liege, den 89 Procente betragenden chemischen Bestandtheil des Wassers als Respirationsmittel der Fische anzunehmen. Auf die Frage, wo der andere Wasserbestandtheil, der Wasserstoff, hinkomme, wurde auf die fettigen und öligen Theile in den Fischen, die größtentheils Kohlenwasserstoffverbindungen sind, hingewiesen. Andererseits wurde auch die Ansicht ausgesprochen, daß bei den mit Schwimmblasen versehenen Fischen dieses Organ eine der Lunge der luftathmenden Thiere entsprechende Function habe. Gegen die Wasserzerlegung erhoben sich Priestley' und Spallanzani'. Letzterer beobachtete, daß die Fische an der Luft wie die luftathmenden Thiere Sauerstoff aufnehmen und Kohlensäure abgeben, und in einem Wasser zu Grunde gehen, welches von der Luft abgesperrt ist, was nicht möglich wäre, wenn das Wasser von seinen Bestandtheilen den für die Fische nöthigen Sauerstoff hergeben würde.

Da die eudiometrische Methode Spallanzani's viel zu wünschen übrig ließ, unterzog sich Humboldt gemeinschaftlich mit Provençal der Mühe, die Versuche zu wiederholen, und so eine weitere Anwendung seiner oben erwähnten Arbeit über die Zusammensetzung der Luft zu machen.

Durch Auskochen des Wassers erhielten sie das Resultat, daß das Wasser 0,0275 Raumtheile Luft aufnimmt, wenn man einen constanten Luftstrom darüber gehen läßt, während in einem geschlossenen Raume unter Luft aufbewahrtes, vorher ausgekochtes destillirtes Wasser davon viel weniger absorbirt. Dieses absorbirte Gas enthält aber nicht wie die atmosphärische Luft 21, sondern 30,9 bis 31,4 Procente Sauerstoff. Auch die Kohlensäure der vom Wasser absorbirten Luft beobachtet ein anderes Verhältniß

---

1) Humboldt, Observations de zoologie. II. 195.

zum ganzen Volumen, als die Luft der Atmosphäre, denn sie beträgt 8—11 Procente.

Das vorher untersuchte Wasser wurde in Glocken gebracht und Schleihen in dasselbe gesetzt. Das Wasser wurde durch Quecksilber abgesperrt und Sorge dafür getragen, daß die vorher möglichst kräftigen Fische nicht zu Grunde gingen, um nicht dadurch, daß sie nach dem Tode etwas anders wirken, als im Leben, das Resultat zu trüben. Der Versuch dauerte, je nach der Zahl der eingesperrten Schleihen, 5—17 Stunden und die darauf folgende Untersuchung der Luft zeigte, daß die Gesammtmasse derselben durch die Respiration der Fische abgenommen hatte. Die Abnahme fiel auf Sauerstoff und Stickstoff, während die Kohlensäure einen Zuwachs bekommen hatte. Das Verhältniß der Zu = und Abnahme der Gase war bei jedem Versuche ein anderes.

Wenn man bedenkt, daß Fische mehrere Stunden in einem abgesperrten Ballon leben können, dessen Wasser nur $^{837}/_{100000}$ seines Volumens an Sauerstoff besitzt, so muß man darauf schließen, daß das Bedürfniß dieser Thiere an Sauerstoff nur ein sehr geringes ist, und in der That war das größte Quantum desselben, welches eine Schleihe während eines 17stündigen Versuches absorbirte, nicht mehr als 1,114 Cubikcentimeter pro Stunde, an dessen Stelle 0,223 Kohlensäure traten. Nichtsdestoweniger waren Karpfen am Sterben, als man sie 20 Minuten lang in destillirtem Wasser absperrte, das vorher sorgfältig aller Luft beraubt worden war.

Bringt man Fische in durch Quecksilber abgesperrte Glasglocken, in denen sich außer etwas Wasser noch atmosphärische Luft befindet, so berauben sie zuerst das Wasser seines Sauerstoffs, und dieses zieht neues Gas aus der Luft an; da aber der letztere Vorgang mit dem ersteren nicht gleichen Schritt hält, so kommen die Fische an die Oberfläche und nehmen die Luft in ihrem elastischen Zustande auf.

Es ist ein Vorrecht der mit Kiemen versehenen Thiere, zugleich in der Luft und im Wasser athmen zu können. Werden sie aus dem Wasser gezogen und an die Luft gebracht, so hört darum ihre Respiration nicht auf; sie gehen erst zu Grunde, wenn durch Austrocknen der Kiemen die Circulation des Blutes in den Gefäßen derselben aufgehoben wird, und man kann darum auch Karpfen an der Luft füttern, wenn man die Vorsicht gebraucht, ihnen von Zeit zu Zeit die Kiemen mit feuchtem Moose zu benetzen.

Befindet sich Wasserstoff oder eine größere Quantität von Kohlensäure in dem Wasser, so gehen die Fische in kurzer Zeit zu Grunde.

Bereits oben wurde angegeben, daß der Schwimmblase der Fische eine

Rolle in Beziehung auf ihren Respirationsproceß zugeschrieben wurde. Man glaubte, die Blase habe eine der Lunge analoge Function, und Humboldt machte darauf bezügliche Versuche, indem er mehrere Schleihen in künstlichen Gemengen von Sauerstoff und Wasserstoff athmen ließ oder sie durch einen Einschnitt auf der Seite ihrer Schwimmblase beraubte. Doch sind die Versuche darum nicht ganz zuverlässig, weil man bei einem einzelnen Thiere auch nur eine Untersuchung machen, und nicht den Gehalt der Schwimmblase vorher mit dem nach dem Versuche vergleichen kann. Die Blase schien nach dem Versuche etwas mehr Sauerstoff zu enthalten, aber nie war Wasserstoff darin. Die der Schwimmblase beraubten Fische unterschieden sich von den andern darin, daß sie etwas mehr Sauerstoff absorbirten und gar keine Kohlensäure abgaben; aber es steht dabei dahin, welchen Einfluß der leidende Zustand der Fische auf die Resultate gehabt habe.

Man ist gewohnt, die Schwimmblase der Fische als dasjenige Organ anzugeben, mit dessen Hülfe die Thiere die verschiedenen Tiefen aufsuchen können, welche sie besuchen wollen. Drückt nämlich der Fisch vermöge seiner Musculatur die Blase auf einen kleineren Raum zusammen, so nimmt er bei demselben Gewässer ein geringeres Volumen ein, und weil er dadurch specifisch schwerer wird, als das Wasser, sinkt er zu Boden, und erhebt sich im entgegengesetzten Falle. Humboldt fand, daß diese Wirkung der Schwimmblase nicht so unbedingt nöthig sei, denn mehrere seiner Schleihen schwammen auch nach der Operation nach allen beliebigen Richtungen, ohne scheinbar im Gleichgewichte gestört zu sein. Doch beobachtete er auch, daß die Mehrzahl der Fische leidend und seitwärts hängend den Grund nicht verließ.

Wir sehen aus dem Vorstehenden, daß Humboldt die Respiration der Krokodile und der Fische, also von Geschöpfen der beiden Klassen kaltblütiger Wirbelthiere untersucht hat. Die Sauerstoffabsorption ist bei beiden gering, bei den Krokodilen findet eine Aushauchung, bei den Fischen eine Absorption von Stickstoff statt. Zur Vervollständigung führt er[1] noch die Resultate an, welche Gay-Lussac bei den Vögeln (Grünfinken) erhalten hatte.

Diese Thiere vermindern das Volumen der Luft auf Kosten des Sauerstoffs; Stickstoff wird weder absorbirt noch ausgehaucht. Wurde die durch die Respiration gebildete Kohlensäure nicht entfernt, so starben die Vögel bei einem Sauerstoffgehalte der Luft von 6—8 Procenten, bei 3—4 dagegen,

1) Observations de zoologie, II. 215.

wenn die Kohlensäure mit Hülfe von Aetzkali entfernt wurde. Ließ Gay=
Lussac einen Vogel wechselweise in Sauerstoff und in atmosphärischer Luft
athmen, ohne jedoch das Thier ein Uebelbefinden erdulden zu lassen, so blie=
ben die Quantitäten des in Kohlensäure umgewandelten Oxygens gleich.
Nicht aller consumirte Sauerstoff wird in Kohlensäure umgesetzt, ein
Theil verschwindet vollkommen, indem er mit den Stoffen des Blutes Ver=
bindungen eingeht. Die Menge der gebildeten Kohlensäure verhielt sich zu
der des so verschwundenen Sauerstoffs bei den Finken wie 75,3 : 24,7, bei
Kaninchen und Meerschweinchen wie 72,1 : 27,9, bei Gay=Lussac selbst,
ohne Unterschied, ob Ruhe vorausgegangen war oder nicht, wie 70,3 : 29,7.
Die ausgeathmete Luft enthielt bei mehreren Individuen unter geringen
Schwankungen 4,3 (Procente) Kohlensäure; die letzten Theile der ausge=
athmeten Luft dagegen 6, mit Schwankungen von 5,5—7,2. In mit Hülfe
einer Blase öfters eingeathmeter Luft verhielt sich die Kohlensäure zu dem
verschwundenen Sauerstoff wie 69,3 : 30,7.

2. Die Geographie der Thiere.

Die Thiergeographie, die uns noch zu betrachten übrig bleibt, hat
Humboldt neben seinen übrigen Forschungen nicht vergessen; er hat zwar
keine vollständige Geographie dieser Geschöpfe entworfen, wie er es bei den
Gewächsen, von denen im nächsten Kapitel gesprochen werden soll, gethan
hat, aber nichtsdestoweniger verdanken wir ihm in seinem Gemälde der Tro=
penwelt eine Darstellung der Fauna des äquatorialen Theiles von Amerika.
Man kann wohl sagen, daß Humboldt zuerst eine solche Zusammenstel=
lung machte, denn erst später hat Illiger' für einzelne Thierklassen specielle
Untersuchungen angestellt, die in neuerer Zeit vorzugsweise Schmarda'
in ihrer Allgemeinheit aufgefaßt hat. Es dürfte angemessen sein, Hum=
boldt's Darstellung hier anzuführen; sie findet sich in der oben erwähnten
fünften Abtheilung des Reisewerks, deutsche Ausgabe S. 163.

„So weit nur immer die Vegetation in und auf dem Erdkörper hat
vordringen können, ist thierisches Leben verbreitet. Im Innern der Berg=
werke und Höhlen leben Dermestesarten und ähnliche Insecten, welche sich

1) Ueberblick der Säugethiere nach ihrer Vertheilung über die Erdtheile. Ber=
liner akademische Schriften, 1804 · 11. Tabellarische Uebersicht über die Vögel
und ihre Vertheilung über die Erde. Ebenda 1812—13.

2) Die geogr. Verbreitung der Thiere. Wien, 1853.

14

von unterirdischen Schwämmen nährten. Wie sie dem Lichte entzogen, aber in der Tiefe des Meeres benagen Coriphänen, der gefräßige Cactodon und zahllose Schaaren von Gewürmen den Seetang (Fucus), dessen Früchte mit gallertartigem Schleime überzogen sind. Weiter aufwärts, zwischen der Meeresfläche und 1000 Meter Höhe in der Region der Palmen und Bananengewächse finden sich Riesenschlangen (Boa), der grasfressende Manati und Krokodile, die unbeweglich wie kolossale Statuen von Erz mit offenem Rachen am Fuße des Conocarpus ausgestreckt liegen. Dieß ist der Wohnplatz des wehrlosen Flußschweins (Cavia capybara), das wechselweise vom Tiger und Krokodile verfolgt, bald im Wasser, bald auf dem Lande seine Rettung sucht. Die Wälder dieser heißen Zone erschallen von dem Regen verkündenden Geheule der Alouaten, von dem vogelartigen Gezwitscher der kleinen Sapajou-Affen und dem stöhnenden Klagen des Faulthiers, welches den Stamm der silberartigen Cecropia hinankriecht. Sie sind das Vaterland der Papageyen, der buntgefiederten Tanagra und des majestätischen Hocco (Crax pauxi). Der große aber feige amerikanische Löwe, der furchtbare, prächtig gefleckte Jaguar und der schwarze Tiger am obern Orinoco, welcher noch blutdürstiger als der Jaguar ist, sind die Herren dieser Wälder. Sie stellen dem kleinen indischen Hirsche, der Sus tajassu und dem Ameisenbären nach, dessen dehnbare Zunge an dem Brustbeine inserirt ist. Die Luft in dieser heißen Zone besonders bis 500 Meter Höhe wimmelt überall von giftigen Stechfliegen und Mücken, deren unbeschreibliche Menge einen großen und so schönen Theil der Erde dem Menschen fast unbewohnbar macht. Zu diesen Mosquites gesellen sich noch der Oestrus Mutisii, der seine Eier mit unglaublicher Schnelligkeit bis in das Muskelfleisch des Menschen legt, nur schmerzhafte Geschwülste erregt; Acari, welche die Haut wie einen Ader in parallelen Furchen aufschlitzen, giftige Spinnen, Ameisen und Termiten, deren gefürchtete Industrie fast alle menschliche Arbeit zerstört. Alle diese Plagen, von denen die Eingeborenen freilich weniger als Fremde leiden, verbittern den Lebensgenuß in einer übrigens so wundervoll schönen allbelebten Natur."

„Höher aufwärts in der Region der baumartigen Farrenkräuter zwischen 1000 und 2000 Meter Höhe, findet man nicht mehr Krokodile, Riesenschlangen, Manati und Faulthiere. Der Tiger und die Affen werden selten, aber desto häufiger sind hier Heerden von Tapiren und Nabelschweinen, und der kleine Jaguar. Menschen, Affen und Hunde sind in dieser Höhe vom Minirfloh, der in der heißern Region seltner als in der mittlern ist, aufs fürchterlichste geplagt. Zwischen 2 und 3000 Meter in der obern

Region der Cinchona sind gar keine Affen mehr, kein Cervus mexicanus, aber die schöne Tigerkatze, Bären und der große Hirsch der Andes. In dieser Höhe, welche zugleich die des Gotthards ist, sind die Menschenläuse leider! sehr häufig. Zwischen 3 und 4000 Meter in den kalten Gebirgssteppen lebt die kleine Löwenart, welche die Peruaner Puma nennen, und deren Spur wir oft noch höher aufwärts auf frisch gefallenem Schnee gefunden haben; der kleine weißstirnige Bär, und einige Viverren. Mit Verwunderung habe ich Colibriarten bisweilen bis in der Höhe des Pic von Teneriffa gefunden. Die Grasfluren und die Region der vollblättrigen Espeletia zwischen 4 und 5000 Meter ist von den sogenannten Kameelschafen, von der Vicunna, dem Guanaco und der Alpaca bewohnt, welche in abgesonderten Heerden umherschwärmen. Llama's finden sich nur als Hausthiere, denn diejenigen, welche am westlichen Abhange des Chimborazo geschossen werden, sind (so geht die Sage der Eingebornen) verwildert, als der Inca Tapazupangi die Stadt Lican, den alten Sitz der Cochocandi von Quito zerstörte. Die Vicunna liebt große Höhen, wo bisweilen schon Schnee fällt. Trotz den Nachstellungen, welche sie seit Jahrhunderten erleiden, sieht man doch noch auf dem Andesrücken Heerden von 3—400 besonders in den Provinzen des Pasco, Guailas und Caxatamba und in den Gebirgen von Gorgor. Auch um Huancavelica, Cusco und in der Provinz Cochabamba, wo das hohe Flußthal von Cotacayes anfängt; kurz überall, wo der Gebirgsrücken sich zur Höhe des Montblanc erhebt, ist die Vicunna noch sehr häufig. Dagegen ist es eine recht auffallende Erscheinung der Thiergeographie, daß Vicunna's und die ihnen verwandten Gattungen die ganze Andeskette von Chili an bis zum neunten Grade südlicher Breite bewohnen, und daß weiter nördlich weder in Quito noch in den Schneegebirgen von Neugranada, noch in Neuspanien eine Spur ihrer jetzigen oder ehemaligen Existenz zu entdecken ist. Der Strauß von Buenos-Ayres bietet ein ähnliches Phänomen dar: er findet sich nicht nördlich von der Bergkette von Chiquitos, wo die Waldungen durch Grasfluren unterbrochen sind und wo dieser Vogel ähnliche Nahrung und ein ähnliches Klima genießen würde. Die Thiere und Pflanzen gehen kaum über die Schneegränze hinaus. Unter ewigem Eise vegetiren zwar noch einige Flechtenarten, aber unter den Vögeln ist der Condor der einzige, der diese unermeßlichen Einöden bewohnt. Wir haben ihn in einer Höhe von 6300 Meter schweben sehen. Einige Sphinxe und Fliegen, die wir noch 5652 Meter hoch antrafen, schienen uns durch senkrecht aufsteigende Luftströme unwillkürlich in diese Regionen gebracht worden zu sein."

Außer dieser Beschreibung der Thiervertheilung im Allgemeinen,

14*

besprach Humboldt noch die Verbreitung einiger besondern Formen. So findet sich eine derartige Arbeit in der Naturgeschichte des Condors in den Observations de zoologie, ebenso sind auch Notizen in der Relation historique in den bereits oben S..114 erwähnten kleineren Abhandlungen. Als Beispiel will ich hier eine, die Verbreitung der Stechfliegen besprechende anführen. Der Reisende beklagt sich in seinem Berichte wiederholt über diese Insecten, gibt aber ihre Vertheilung in Rel. hist. II, 335 näher an.

„Die Qualen, welche man von diesen Thieren zu erdulden hat, sind in der Tropenregion nicht so allgemein, als man gewöhnlich glaubt. Auf den Hochebenen, die mehr als 400 Toisen über dem Meere sind, in trockenen und von großen Strömen fern liegenden Flächen, wie in Cumana und Calabozo gibt es nicht mehr Fliegen, als in den bewohnteren Gegenden von Europa; dagegen nehmen diese außerordentlich zu in Neu=Barcelona und weiter westlich gegen das Cap Cobera hin. Die Plage ist am Orinoco erträglich zwischen dem 7. und 8. Breitegrade; kommt man aber über die Mündung des Apure hinauf, hat man Baraguan passirt, so ist auch die Ruhe des Reisenden vorbei. Die untern Luftschichten sind bis zu einer Höhe von 15—20 Fuß mit einer Wolke von giftigen Fliegen erfüllt. In der Mission San Borja leidet man schon mehr von den Mosquitos, als in Carichana, aber bei den Raudales zu Apure, namentlich in Maypures, steigt die Qual zum Höhepunkte. Ueber den 5. Grad hinaus wird man etwas weniger gestochen, aber der Hitze und des Mangels der Luftströmung wegen um so empfindlicher. Kommt man in das Flußsystem der schwarzen Wasser, so hören die Insecten auf, mit Ausnahme einiger kleinen, schwach gefärbten Flüßchen, die davon wimmeln. Im Cassiquiare geht die Plage wieder an, und in Esmeralda ist sie wieder fast ebenso, als an den Cataracten, und darum heißt man auch die Versetzung eines Observantenmönchs nach Esmeralda seine Verurtheilung zu den Mosquitos."

„Diese Plagegeister sind aber nicht immer dieselben; sie wechseln in den verschiedenen Gegenden. Sie ändern sogar in den verschiedenen Tageszeiten. Jedesmal, wenn andere Thiere kommen, nach dem Ausdrucke der Missionäre die Wache beziehen, hat man einige Minuten, ja eine Viertelstunde Ruhe. Von 6½ Uhr Morgens bis 5 Uhr Abends ist die Luft von Mosquitos erfüllt, die aber nicht unsern europäischen Schnacken, sondern kleinen Fliegen gleichen. Eine Stunde vor Sonnenuntergang (und ebenso am Morgen beim Aufgange) erscheinen kleine Schnacken, die Tempraneros; diese bleiben aber nur 1—1½ Stunden und verschwinden zwischen 6 und 7 Uhr. Nach einer Ruhe von einigen Minuten kommen die Zancudos, eine andere langbeinige Art von Schnaken. Am Magdalenenstrome zwischen Mompox und Honda erfüllen Zancudos die Luft von 8 Uhr Abends bis Mitternacht, verschwinden kann auf 3—4 Stunden und kommen gegen 4 Uhr Morgens wieder zum Vorschein.

„So", sagt Humboldt, „gibt es bestimmte und für dieselbe Jahreszeit und Breite unveränderliche Stunden, in denen sich die Luft mit frischen Bewohnern bevölkert, und dieses geschieht in derselben Breite, in der der Regelmäßigkeit seiner Bewegung wegen das Barometer zur Uhr wird. Man vermöchte fast mit verbundenen Augen die Stunde des Tages oder der Nacht zu bestimmen und dieses mit Hülfe des Gesummes der Insecten und der Stiche, die einen verschiedenartigen Schmerz hervorrufen, je nachdem ein jedes Insect ein Gift in die Wunde bringt."

———

Die Pflanzen.

Wie bereits im allgemeinen Theile erwähnt wurde, hat Humboldt die Beschreibung der von ihm gemeinschaftlich mit Bonpland aus Amerika mitgebrachten Pflanzen Andern überlassen, und wenn er auch in früherer Zeit in der Flora Fribergensis die beschreibende Botanik bereichert hat, so vermied er doch später derartige in's Einzelne gehende Arbeiten, um sich mehr seiner Lieblingsbeschäftigung, dem Auffuchen allgemeiner Verhältnisse widmen zu können.

Derjenige Theil der Botanik, der vor allen andern sich der Aufmerksamkeit Humboldt's erfreute, war die Pflanzengeographie, der Zweig der Gewächskunde, der sich mit der Art und Weise der Vertheilung der Pflanzen beschäftigt.

Es wäre eine rein überflüssige Arbeit, nach demjenigen zu suchen, welcher zuerst die Beobachtung machte, daß nicht jede Pflanze an jedem Orte gedeihe, denn diese Beobachtung geht soweit zurück in die Vorzeit, als die Menschheit selbst; anders ist es dagegen mit der Frage, seit wann die Gelehrten sich mit der Auffuchung der Gesetze beschäftigen, nach denen die Pflanzen vertheilt sind, denn hier stellt es sich heraus, daß wir dabei nicht sehr weit zurückgreifen müssen. Nehmen wir an, daß die wissenschaftliche Botanik nicht weit über das vorige Jahrhundert zurückgeht, und fragen wir nach der Hauptbeschäftigung der Botaniker dieses Säculums, so zeigt sich, daß die systematische Botanik weitaus die Oberhand hatte; doch unterließ schon Linné nicht, der Beschreibung seiner Pflanzen die Angabe ihres Wohn= orts (habitatio), d. i. des Landes, in dem sie wachsen, sowie des Standor= tes (statio), der Oertlichkeit, welche sie sich in diesem Laude aussuchen, bei= zufügen, und veranlaßte so die Sammlung von Material, mit dessen Hülfe die Pflanzengeographie erst möglich wurde.

Zum erstenmale soll sich der Name Pflanzengeographie bei dem Abbé Giraud=Soulavie finden.[1] Link[2] machte auf die Abhängigkeit mancher Pflanzen vom Kalkboden aufmerksam. Auch Humboldt hat schon in der frühesten Zeit sich mit der Pflanzengeographie, oder wenn man will mit dem Samen dazu beschäftigt, was nachfolgende Stelle aus den Mineralo= gischen Beobachtungen, also seiner ersten selbständig veröffentlichten Arbeit beweist, die sich in S. 85 befindet und die des Interesses wegen hier einen Platz finden möge. Er sagt: „Ueberhaupt müssen die Gewächse, welche der Botaniker auf dieser oder jener Steinart findet, nicht unbemerkt bleiben. Lichen saxatilis, Lepra flava, L. viridis ist zwar den Steinen so gut eigen, als den Vegetabilien. Aber warum wurde Lichen calcareus noch eben so wenig auf einem Sandstein oder Granit, als Hydnum auriscalpium anders als auf Tannenzapfen, Lycoperdon equinum Willd. anders als auf einem Pferdehuf, Clavaria militaris anders als auf einer verlarvten Raupe ge= funden? Jedem Stein ist gewiß nicht jede Pflanze zum Wohnort bestimmt. Die Natur folgt hier noch unerkannten Gesetzen, die nur dadurch er= forscht werden können, daß die Botaniker mehr Data zur Induction dar= reichen." Auf diese Gedanken scheint das vorstehende Werk von Link nicht ohne Einfluß gewesen zu sein, wenigstens hat Humboldt dasselbe dort citirt.

Während 1790 in den Mineralogischen Beobachtungen nur von einer Verbindung der Oryktognosie mit der Phytologie die Rede ist, finden wir drei Jahre später in der Flora Fribergensis bereits eine Definition der Pflanzengeographie, in der Humboldt verschiedene Probleme aufzählt, die er dazu rechnet. Man liest nämlich in der Note zu S. IX des Prodro= mus: „Die Pflanzengeographie untersucht die Verbindungen und Verwandt= schaften, vermittelst welcher alle Gewächse unter einander zusammenhängen, lehrt, welche Landstriche letztere inne haben, und welchen Einfluß sie auf

---

1) Géographie de la Nature 1780.
2) Florae Guettingensis specimen 1789.

die Luft ausüben, durch welche Pflanzen die Steine und Gebirgsarten zer=
stört werden, sowie in welcher Weise sich die Dammerde bilde."

Stromeyer[1] nennt Pflanzengeographie die Beantwortung der Frage,
wie der ganze Pflanzenschatz heutzutage über die Erde verbreitet sei, und
welche Gesetze diese Ausbreitung regeln, während er als Pflanzenge=
schichte die Untersuchung bezeichnet, ob die Vegetabilien stets wie jetzt ver=
theilt gewesen seien, und wenn nicht, in welchem Zustande sie sich früher
befunden haben, was zu der Veränderung Veranlassung gewesen sei und
was daraus folge.

Wenn wir nunmehr auch finden, daß am Beginne dieses Jahrhunderts
die Pflanzengeographie als ein eigener Zweig der botanischen Wissenschaft
bereits anerkannt war, so war im Wesen doch noch nicht sehr viel dafür ge=
schehen, denn die Flora Fribergensis hält sich ihr ziemlich fern, wenn wir von
den Untersuchungen über die Pflanzenrespiration u. s. w., die Humboldt noch
zur Pflanzengeographie rechnete in den mit der Flora Fribergensis verbun=
denen Aphorismen, von denen bereits im ersten Abschnitte die Rede war,
absehen, und Stromeyer gibt eher einen Plan, wie die Pflanzengeogra=
phie eingerichtet werden müsse, sowie ein Verzeichniß der Werke, deren Be=
nutzung hiezu von Vortheil sein würde, als wirkliche Erfahrungen, beschäf=
tigt sich also mehr mit dem Entwurfe als mit der Pflanzengeographie selbst.

Auch die von Humboldt 1807 veröffentlichten Ideen zu einer
Physiognomik der Gewächse, welche sich auch im zweiten Bande der
Ansichten der Natur finden, geben mehr ein poetisches als ein wissen=
schaftliches Bild von der Pflanzenvertheilung, und beschäftigen sich zunächst
mit der Verschiedenheit des Eindruckes, den die in den einzelnen Gegenden
anders vertheilten und gruppirten Gewächse auf das Auge des Beobachters
machen. Humboldt gibt hier mehr das, was den Maler, als was den
Botaniker interessirt.

Das erste Werk über die Pflanzengeographie, das sich über einfache
Notizen erstreckt, ist Humboldt's Essai sur la géographie des plantes in
der (nach obiger Anordnung) fünften Abtheilung des Reisewerks.

Hier sagt Humboldt von der Pflanzengeographie:[2] „Sie betrachtet
die Gewächse nach dem Verhältnisse ihrer Vertheilung in den verschiedenen
Klimaten. Fast gränzenlos, wie der Gegenstand, den sie behandelt, ent=
hüllt sie unsern Augen die unermeßliche Pflanzendecke, welche bald dünner,

---

1) Historiae vegetabilium geographicae specimen 1800, p. 14.
2) S. 2 der deutschen Ausgabe.

bald dichter gewebt die allbelebende Natur über den nackten Erdkörper aus-
gebreitet hat. Sie verfolgt die Begetation von den luftdünnen Höhen der
ewigen Gletscher bis in die Tiefe des Meeres, oder in das Innere des Gesteins, wo in unterirdischen Höhlen Cryptogamen wohnen, die noch so unbekannt sind, als die Gewürme, welche sie nähren." Wie man sieht, gibt
Humboldt unserm Gegenstande hier viel engere Gränzen als in der Flora
Fribergensis, da nunmehr die verschiedenen Einwirkungen auf Luft und Gesteine weggelassen sind; doch bleibt auch in diesem Werke noch die Geschichte
der Pflanzenwelt damit vereinigt.

Das Gebiet, innerhalb dessen wir nach Humboldt's Darstellung
die Kinder Flora's vertheilt sehen, ist ein äußerst ausgebreitetes, denn fast
gibt es keine Umstände, denen nicht die eine oder die andere Pflanze sich an-
zuschmiegen vermöchte, und wir sehen Gewächse von den beschneiten Höhen
der Berge bis hinab in die Tiefen des Meeres, ja selbst die unterirdischen
Höhlen sind noch von Pflanzen niederer Ordnung, von den Cryptogamen,
bewohnt, und fast nur der ewige Schnee scheint ihrem Vordringen ein ge-
bieterisches Halt zuzurufen.

Die einen Pflanzen wachsen einzeln und zerstreut, während andere nur
in großer Anzahl bei einander stehend (gesellige Pflanzen, z. B. Heidekraut,
Fichte) angetroffen werden, und so gewissen geselligen Thieren, wie den Ameisen und Bienen, entsprechen. Weitaus die Mehrzahl dieser geselligen Gewächse finden wir in der gemäßigten Zone, während zwischen den Wendekreisen, wenigstens in den dem Meeresniveau nahen Ebenen, keine Art den Boden
für sich allein in Anspruch zu nehmen und die anderen zu verdrängen vermag.

Es gehört unter die Probleme der Pflanzengeographie, die Frage zu
beantworten, ob es Pflanzen gebe, welche allen Himmelsstrichen eigen sind,
d. i. in ihnen im wilden Zustande vorkommen, und Humboldt glaubt
diese Frage nur für einige cryptogamische Gewächse bejahend beantworten zu
können. „Dicranum scoparium, Polytrichum commune, Verrucaria san-
guinea und Verrucaria limitata Scopoli," sagt er[1], „wachsen unter allen
Breiten, in Europa wie unter dem Aequator, auf dem Rücken hoher Gebirge
wie an den Meeresküsten überall, wo sie Schatten und Feuchtigkeit finden."
Dagegen ist unter allen Phanerogamen, die Humboldt und Bonpland
in Amerika sammelten, nicht eine einzige, welche diesem Continente und Europa gemeinschaftlich wäre. Nichtsdestoweniger finden sich in Amerika solche
Gewächse, die erst aus andern Welttheilen dahin übersiedelten und umge-

---

1) Ideen zu einer Geographie der Pflanzen 10.

lehrt, denn auch die Pflanzen können wandern. Dieses geschieht zwar nicht in derselben Weise wie bei den Thieren, denn während letztere, wenigstens die höher organisirten, ihre Heimath erst verlassen, wenn sie dort zu einem höheren Grade ihrer körperlichen Ausbilduug gelangt sind, machen die Vegetabilien ihre Reisen zumeist im Zustande des Samens. Verschiedene Einrichtungen des Samenkorns, wie Federkronen, Luftbälge u. s. w., machen sie hiezu geschickt und Winde, Meeresströme und Vögel sind die Vermittler der Ortsveränderung. Einen sehr großen Einfluß übt der Mensch aus, denn er führt eine große Zahl von Pflanzen, theils absichtlich, theils ohne es zu wissen, mit sich herum. Sowie der Nomade sich irgendwo dauerhaft niederläßt, so sammelt er Pflanzen um sich, um sich ihrer zu gelegener Zeit zu bedienen, in noch höherem Grade findet dieses Aufammeln von Pflanzen natürlich bei dem civilisirten Menschen, der größern Manchfaltigkeit seiner Bedürfnisse wegen, statt, und ein Volksstamm, der sich irgendwo häuslich niederlassen will, bringt in der Regel auch seine Culturpflanzen in die neue Heimath, wie ihn auch seine Hausthiere begleiten. „So folgte“, sagt Humboldt[1], „in Europa die Weinrebe den Griechen, das Korn den Römern, die Baumwolle den Arabern, und im neuen Continente haben die Tolteken aus unbekannten nordischen Läudern über den Gilastrom eindrehend den Mais über Mexico und die südlichen Länder verbreitel.“

„Kartoffeln und Quinoa findet man überall, wo die Gebirgsbewohner des alten Coutiuamarca durchgezogen sind. Die Wanderungen dieser eßbaren Pflanzen sind gewiß, aber ihr erstes und ursprüngliches Baterland bleibt uns ein eben so räthselhaftes Problem, als das Baterland der verschiedenen Menschenracen, die wir schon iu den frühesten Epochen, zu welchen Völkersagen aufsteigen, fast über den ganzen Erdboden verbreitet finden. Südlich und östlich vom caspischen Meere, am Ufer des Oxus und in den Thälern von Kurdistan, dessen Berge mit ewigem Schnee bedeckt sind, findet man ganze Gebüsche von Citroneu=, Oranal=, Birn= und Kirschbäumen. Alle Obstsorten, welche unsere Gärten zieren, scheinen dort wild zu wachsen. Ich sage scheinen, denn ob dieß ihr ursprüngliches Baterland sei, oder ob sie dort einst gepflegt, nachmals verwildert sind, bleibt um so ungewisser, als uralt die Cultur des Menschengeschlechtes und daher auch der Gartenbau in diesen Gegenden ist. Doch lehrt die Geschichte wenigstens, daß jene fruchtbaren Gefilde zwischeu dem Euphrat und Judus, zwischen dem caspischen See und dem persischen Meerbusen, Europa die kostbarsteu vegetabilischen

---

1) Ideen zu einer Geographie der Pflanzen 17.

Producte geliefert haben. Perfien hat uns den Nußbaum und die Pfirſiche, Armenien (das heutige Hailia) die Apriloſe, Kleinaſien den ſüßen Kirſch= baum und die Kaſtanie, Syrien die Feige, die Granate, den Oel= und Maul= beerbaum geſchenkt. Zu Cato's Zeiten kannten die Römer weder ſüße Kir= ſchen noch Pfirſiche, noch Maulbeerbäume. Heſiod und Homer erwäh= nen ſchon des Oelbaums, der in Griechenland und auf den Inſeln des ägäi= ſchen Meeres cultivirt wurde. Unter Tarquin dem Alten exiſtirte kein Stamm deſſelben, weder in Italien, noch in Spanien, noch in Afrika. Un= ter dem Conſulate des Appius Claudius war das Oel in Rom noch ſehr theuer, aber zu Plinius' Zeiten ſehen wir den Oelbaum ſchon nach Frankreich und Spanien verpflanzt."

„Die Weinrebe, welche wir cultiviren, ſcheint Europa fremd zu ſein. Sie wächſt wild an den Küſten des caspiſchen Meeres, in Armenien und Karamanien. Von Aſien wanderte ſie nach Griechenland, von Griechenland nach Sicilien. Phocäer brachten den Weinſtock nach dem ſüdlichen Frank= reich, Römer pflanzten ihn an die Ufer des Rheins und der Donau. Auch die Vitisarten, welche man wild in Neumerico und Canada findet, und welche dem zuerſt von Normännern entdeckten Theile von Amerika den Na= men Wineland verſchafften, ſind von der jetzt über Penſylvanien, Merico, Peru und Chili verbreiteten Vitis vinifera ſpecifiſch verſchieden."

„Ein Kirſchbaum, mit reichen Früchen beladen, ſchmückte den Triumph des Lucullus. Die Bewohner Italiens ſahen damals zuerſt dieſes aſia= tiſche Product, welches der Dictator nach ſeinem Siege über den Mithri= dates aus dem Pontus mitbrachte. Schon ein Jahrhundert ſpäter waren Kirſchen gemein in Frankreich, in England und Deutſchland."

Dieſe Thatſachen, welche Humboldt veröffentlichte, ſind, wie über= haupt die Grundzüge des ganzen Gebäudes, in eine große Zahl von Werken über Pflanzengeographie und Pflanzengeſchichte übergegangen, und ſie ſind hier zum Theil darum angeführt, um dem Leſer des einen oder andern Buches einen alten Bekannten vorzuführen. Die Zahl der Pflanzen, deren Züge ſich nachweiſen laſſen, iſt ſeitdem beträchlich geſtiegen, und namentlich verdanken wir Unger¹ eine große Bereicherung unſeres Wiſſens in dieſer Beziehung.

Die Reiſen, welche gewiſſe Pflanzen in Begleitung des Menſchen mach= ten, ſind auch inſofern intereſſant, als ſie möglicherweiſe zur Aufhellung dunk= ler Parthien aus der Geſchichte der Menſchheit dienen können, denn ein Gewächs, das da= oder dorthin geführt wurde, bleibt möglicherweiſe zurück,

---

1) Verſuch einer Geſchichte der Pflanzenwelt. Wien, 1852.

und wenn von der Reise des Menschen keine andere Spur mehr vorhanden ist, so deuten die Nachkommen des Gewächses, die nun auf eigene Faust im fremden Lande fortleben, d. h. verwildert sind, auf seine frühere Anwesenheit. Allerdings können derartige Thatsachen nicht leicht zu sichern Beweisen dienen, denn es ist eine bisher bei vielen Pflanzen noch unüberwundene Schwierigkeit, zu entscheiden, ob eine gegebene Form an dem Fundorte zu Hause ist, wild wächst, oder ob sie dort nur verwildert ist, sie können sich aber dazu eignen, andere Gründe zu unterstützen. Dieser Schwierigkeit begegnen wir besonders bei Untersuchung des Vaterlandes derjenigen Gewächse, die vor allen andern als die Hausgenossen des kaukasischen und mongolischen Stammes betrachtet werden müssen, der Cerealien, und gerade bei ihnen könnte, da sie am längsten bei ihm leben, ein Aufschluß über die Wiege unseres Geschlechtes erwartet werden. Sonderbarerweise wiederholt sich dieselbe Erscheinung auch bei den Culturpflanzen der übrigen Völker, denn auch diese besitzen in dem Pisang, dem Melonenbaume, der Cocospalme, der Kartoffel u. s. w. Gewächse, die über weite Länder verbreitet, neben dem Menschen wohnen, aber nirgends in einem Zustande getroffen werden, daß man mit Bestimmtheit sagen könnte, sie seien hier wild und nicht verwildert.

Wenn nur wenige und noch dazu untergeordnete Pflanzen unter allen Himmelsstrichen und auch da nicht an allen Localitäten zu gedeihen vermögen, so muß offenbar die Flora von dem einen Lande zum andern sich ändern und der Gesammteindruck, den die Gewächse einer Gegend auf den Beschauer machen, muß sich daher von Land zu Land verändern. Es gibt nunmehr Formen, welche besonders geeignet sind, der Flora einen bestimmten Stempel aufzudrücken, und als solche gibt Humboldt nachstehende 17 an:

1) Bananenform: Pisanggewächse, Musa, Heliconia, Strelitzia;
2) Palmenform;
3) Form der baumartigen Farrenkräuter;
4) Aloeform: Agave, Aloe, Yucca, einige Euphorbien, Pourretia;
5) Pothosform: Arum, Pothos, Dracontium;
6) Form der Nadelhölzer: alle Polia acerosa, Pinus, Taxus, Cupressus, einige Proteen, selbst Banksien, Ericaarten und die ungefiederten neuholländischen Mimosen gränzen an die Pinusform;
7) Form der Orchideen: Epidendrum, Serapias, Orchis;
8) Mimosenform: Mimosa, Gleditschia, Tamarindus, Porliaria;
9) Malvenform: Sterculia, Hibiscus, Ochroma, Cavanillesia;
10) Rebenform: Lianen, Vitis, Paullinia, Clematis, Mutisia;

11) Lilienform: Pancratium, Fritillaria, Iris;
12) Cactusform: die Cerei;
13) Casuarinenform: Casuarina, Equisetum;
14) Gras= und Schilfform;
15) Form der Laubmoose;
16) Form der Blätterflechten;
17) Form der Hutschämme[1].

Die Physiognomie der Vegetation hat nach Humboldt's unter dem Aequator im Ganzen mehr Größe, Majestät und Mannichfaltigkeit, als in der gemäßigten Zone. Der Wachsglanz der Blätter ist dort schöner, das Gewebe des Parenchyma lockerer, zarter und saftvoller. Kolossale Bäume prangen dort ewig mit größeren, vielfarbigeren, duftenderen Blumen, als bei uns niedrige, krautartige Stauden. Alte durch Licht verkohlte Stämme sind mit dem frischen Laube der Paullinien, mit Pothos und mit Orchideen gekränzt, deren Blüthe oft die Gestalt und das Gefieder der Colibri nach= ahmt, welchen sie den Honig darbietet. Dagegen entbehren die Tropen fast ganz das zarte Grün der weiten Grasfluren und Wiesen. Ihre Bewohner kennen nicht das wohlthätige Gefühl des im Frühling wiedererwachenden, sich schnell entwickelnden Pflanzenlebens. Die sorgsame Natur hat jedem Erdstriche eigene Vorzüge verliehen.

Die vegetabilische Fiber, bald dichter, bald lockerer gewebt; Gefäße, ausgedehnt und vom Saft strotzend oder früh verengt und zu knorriger Holz= masse erhärtet, größere oder geringere Intensität der Farbe, nach Maßgabe des Desoxydationsprocesses, welchen der reizende Lichtstrahl erregt: diese und ähnliche Verhältnisse bestimmen den Charakter der Vegetation. Der Charakter der Flora eines Landstriches ist wie die Wärme, nicht nur von der geographischen Länge und Breite, sondern auch von der Höhe abhängig, und mit dieser wechseln auch die Pflanzen. Humboldt hat auf seiner Reise in Amerika Höhen bereist, wie kein Naturforscher vor ihm, und seine botanischen Sammlungen gewinnen noch besonders darum an Werth, weil bei vielen Hunderten von Exemplaren auch zugleich die Höhe angegeben ist,

---

1) In den Ideen zu einer Physiognomik der Gewächse finden wir folgende 17 Formen angegeben: 1) Palmen, 2) Bananen, 3) Malven, 4) Mimo= sen, 5) Heidekräuter, 6) Cactus, 7) Orchideen, 6) Casuarinen, 9) Nadelhölzer, 10) Arum = oder Pothosgewächse, 11) Lianen, 12) Aloen, 13) Gräser, 14) Lilien, 15) Weiden, 16) Myrthen, 17) Melastomen und Lorbeern.

2) Ideen zu einer Geographie der Pflanzen. 30.

in der sie sich finden. Man würde ein ganz falsches Bild von dem Vegeta=
tionscharakter eines Landes bekommen, wollte man alle in den verschiedensten
Höhen wachsenden Pflanzen bunt durcheinander werfen, wie es auch fehler=
haft wäre, die in einer und derselben Höhe vorkommenden Gewächse zu ver=
einen, ohne Rücksicht darauf zu nehmen, ob man sie im Schatten eines
Waldes, in einem wasserreichen, sumpfigen Landstriche oder auf einer trocke=
nen sonnverbrannten Ebene gefunden habe.

Die Erfahrung, daß auf der Höhe der Berge andere Pflanzen wachsen
als im Niveau des Meeres, ist keine Entdeckung Humboldt's, denn sie
ist schon uralt; aber was bei ihm neu ist, das ist die Bestimmung der Art
und Weise, wie diese Veränderung vor sich gehe, die Untersuchung, wie die
Pflanzen mit einander abwechseln, welches die Höhen seien, innerhalb deren
diese oder jene Form sich halte, die Größe der Zone, die sie umfaßt, das
hat Keiner vor Humboldt in solcher Allgemeinheit und mit so vielen Be=
legen und eigenen Messungen zu Stande gebracht. Diesem Gegenstande
hat Humboldt vorzugsweise in der botanischen Section des Naturge=
mäldes der Tropenwelt, welches die zweite Parthie der obigen fünften
Abtheilung des Reisewerkes bildet, und von dem bereits im Vorhergehenden
wiederholt die Rede war, seine Aufmerksamkeit zugewandt.

Er war ein Meister in der Art, naturwissenschaftliche Gegenstände
graphisch darzustellen, ihm haben wir außer den Isothermen noch eine Dar=
stellung der Tropenwelt zu verdanken, die in einer großen Tafel obigem
Werke beigefügt ist. Diese Tafel zeigt einen Verticaldurchschnitt des Chim=
borazo und Cotopazi und zeigt in den verschiedenen Höhen, die einem neben=
stehenden Maßstabe entsprechen, die Namen der jeweiligen charakteristischen
Pflanzen, so daß es gelingt, über die Art der Formenvertheilung in jener
Gegend von den Meerespflanzen bis zu den höchsten Alpengewächsen einen
Ueberblick zu erhalten. Es gibt jedoch diese Abbildung nicht allein eine
Darstellung der Pflanzenvertheilung; man möchte fast zu dem Ausspruche
versucht sein, es sei nicht ein Strich auf dem ganzen Bilde, der nicht eine
der Natur abgelauschte Bedeutung hätte. So entsprechen die Contouren
der Bergdarstellung der Gestalt jener Gipfel, ihre Höhe, die Höhe der Wol=
ken, des ewigen Schnees den Beobachtungen, ja sogar die Höhe der Rauch=
masse, die dem Cotopazi entquillt, sind genau der Natur angepaßt. Die am
Rande des Bildes befindliche Tabelle enthält die Angaben der Aenderungen,
die mit wachsender Höhe in den verschiedenen, von Humboldt beobachteten
Erscheinungen eintreten, und die Tafel gibt daher nicht nur über Pflanzen,
sondern auch über Thiere, Wärme, Trockenheit der Luft, kurz über die ver=

schiedensten Gegenstände Auskunft; sie ist daher im vollen Sinne des Wor=
tes ein Naturgemälde.

Durch die Darstellung der Pflanzenvertheilung in den Tropen, der
Humboldt eine Vergleichung mit der gemäßigten und der kalten Zone
beifügte, hat unser Gelehrter den Grund zu der Pflanzengeographie gelegt,
bei der es sich ja auch um die Feststellung des Vegetationscharakters der
verschiedenen Localitäten handelt. Humboldt hat die vorher auseinander=
gerissenen Stücke dieses Gegenstandes vereinigt, die Bausteine gesammelt
und den Grund zu einem neuen Hause gelegt. Seiner Fahne folgten die
Botaniker alsbald, und die Pflanzengeographie hat darum seit Humboldt's
erstem Werke eine hohe Ausbildung erlangt, so daß es ihm noch gegönnt
war, den Baum, den sein Genius gepflanzt, in voller Blüthe zu sehen.

Während er in seinen Ideen zu einer Physiognomik der Ge=
wächse und auch in den Ideen zu einer Geographie der Pflan=
zen sich mehr mit den allgemeinen Eindrücken befaßt, welche die Flora eines
Landes auf den Beobachter macht, sehen wir ihn in seinem Buche: De distributione geographica plantarum secundum coeli temperiem et altitudinem montium prolegomena[1] mehr in das Spe=
cielle des Gegenstandes eingehen. Wir finden hier eine Darstellung der
Vertheilung der Pflanzen über die Erde, wie sie sich nach den bis 1817 be=
kannten Forschungen der verschiedenen Botaniker ergeben hatte. Von wild=
wachsenden Pflanzen kannte man damals in Island 350, Lappland 500,
Aegypten 1000, Nordwestafrika 1600, Deutschland über 2000, Frankreich,
Savoyen, Piemont und Belgien 3700 wildwachsende Phanerogamen, wäh=
rend die bekannte Flora von Nordamerika nur 2900 Arten umfaßte. Inner=
halb der Tropen war kein Land, dessen Pflanzen man alle kannte. Hum=
boldt nimmt als wahrscheinliches Endresultat an, daß die Zahl der auf
einem gleich großen Areal wildwachsenden Arten in den Breiten 0°, 45° und
68° sich wie 12 zu 4 zu 1 verhalte, während die mittlere Wärme 27°,5,
13° und 0°,2, die mittlere Sommerwärme 29°, 21° und 12° beträgt.

Die Mannigfaltigkeit der Formen nimmt daher gegen die Pole zu ab
und darum muß auch die Menge der einen großen Platz für sich allein bean=
spruchenden geselligen Arten größer werden. Die Zahl der bis dahin be=
schriebenen oder in Herbarien aufbewahrten Pflanzen schätzt Humboldt zu

---

1) Die Abhandlung: Sur les lois que l'on observe dans la distribution des
formes végétales in den Annal. ch. phys. 1. 1816 ist im Wesentlichen ein Aus=
zug dieser Arbeit.

44000, wovon 6000 Agamen, 35000 Phanerogamen. Letztere gibt er als in folgender Weise vertheilt an: Europa 7000, gemäßigtes Asien 1500, tropiſches Asien mit ſeinen Inſeln 4500, Afrika 3000, gemäßigtes Amerika bei der Halbkugeln 4000, tropiſches Amerika 13000, Neuholland und Poly= neſien 5000.

Nach Vergleichung der verſchiedenen Pflanzenverzeichniſſe ſchließt Hum= boldt, daß die Monocotyledonen in den Tropen nicht ganz den ſechſten, in der gemäßigten Zone (zwiſchen 36° und 52°) den vierten, gegen den Polar= kreis hin den dritten Theil ſämmtlicher Phanerogamen ausmachen. Gemein= ſchaftlich mit Bonpland hatte er zwiſchen den Wendekreiſen der neuen Welt 3550 mit Blüthe und Frucht verſehene Phanerogamen gefunden, un= ter denen 654 Monocotyledonen und 3226 Dicotyledonen waren.

In Deutſchland iſt das Verhältniß der Monocotyledonen zu den ſämmt= lichen Phanerogamen 1:4½, in Frankreich 1:4⅔, in Nordamerika iſt es zwiſchen 30° und 46° nahezu daſſelbe und ebenſo in dem gemäßigten Theile von Neuholland; aber in Island und Lappland vermindern ſich die Dico= tyledonen ſo, daß ſich die Monocotyledonen zu der Geſammtzahl von Pha= nerogamen verhalten wie 1:3 und 1:3 1/10.

Die gefäßloſen Agamen (Schwämme, Mooſe u. ſ. w.) ſchätzte Hum= boldt nach Decandolle's Vorgang in den dem Polarkreiſe nahen Län= dern als den Phanerogamen gleich oder etwas überlegen, während ſie in Frankreich etwa die Hälfte, in den Tropenländern ungefähr ein Flufftheil derſelben ausmachen. Die Agamen mit Gefäßen (Farrenkräuter u. ſ. w.) in der kalten, gemäßigten und heißen Zone verhalten ſich wie 1:2:5, wenn aber auch gegen den Pol hin ihre abſolute Zahl abnimmt, ſo wird doch ihr Verhältniß zu den Phanerogamen größer, denn ſie betragen in Frankreich 1/72, in Deutſchland 1/44, in Lappland 1/26 derſelben. Es müſſen darum die Phanerogamen gegen die Pole hin noch raſcher abnehmen, als die Aga= men, und die Abnahme iſt vorzugsweiſe auf die einjährigen Pflanzen zu rechnen, welche ganz beſonders Eigenthum der gemäßigten Zone ſind.

Der Bruch, welchen man erhält, wenn man die Zahl der Arten, die eine Familie in einer Gegend vertreten, durch die Geſammtzahl der dortigen Arten dividirt, wird bald größer, wenn man ſich vom Pole dem Aequator nähert, bald kleiner; manchmal aber erreicht die Zahl ihr Maximum in der gemäßigten Zone und nimmt nach Süd und Nord ab.

Dieſes Verhältniß hat Humboldt in nachſtehender Tabelle zuſam= mengefaßt, aus der ſich leicht erkennen läßt, daß die einen Pflanzen in der Flora der Tropen ſtärker vertreten ſind, die andern in der gemäßigten Zone,

andere unter dem Polarkreise. Die Zahlen der Tabelle geben nur das Verhältniß der Summe der Glieder einer Familie zu den übrigen Arten des
Laubes; es kann daher, wie bereits bemerkt, die absolute Zahl von Arten
einer Familie gegen den Pol abnehmen und dennoch der Werth des Bruches
wachsen, wenn die Arten der andern Familien sich noch schneller verringern,
doch sind einige, wie z. B. die Kreuzblüthigen (Rettich, Rübe u. [. w.) und
die Doldengewächse (Schierling) in den heißen Ländern in der Ebene so gut
wie gar nicht vertreten, also auch absolut in geringerer Zahl vorkommend.

Klasse oder Familie.	Verhältniß der Klasse oder Fa-milie zur Gesammtzahl der in der Ebene vorkommenden Phane-rogamen.			Bemerkungen.
	Tropenzone (Mittlere Wärme 27°)	Gemäßigte Zone (Mittlere Wärme 10°—14°)	Kalte Zone (Mittlere Wärme 0°—1°)	
Zellenpflanzen	1:5	1:2	1:1	Schwämme, Flechten und Moose
Farrenkräuter		1:60	1:25	Deutschland 1/.. Frankreich 1/..
Monocotyledonen	1:6	1:4	1:3	
Cyperoideen	1:60	1:30	1:9	
Gräser	1:15	1:12	1:10	Nordamerika 1/110 Frankreich 1/66
Junceen	1:400	1:90	1:25	
Spelzblüthige (die 3 vor-hergehenden Familien)	1:11	1:8	1:4	
Lippenblumen	1:40	1:25	1:70	Nordamerika 1/.. Frankreich 1/..
Erieen u. Rhododendren	1:130	1:100	1:25	Nordamerika 1/.. Frankreich 1/..
Compositen	1:6	1:8	1:13	
Rubiaceen	1:20	1:60	1:60	Frankreich 1/.. Deutschland 1/..
Doldenpflanzen	1:2000	1:30	1:60	Nordamerika 1/.. Frankreich 1/..
Kreuzblüthige	1:3000	1:18	1:24	Nordamerika 1/.. Frankreich 1/..
Malven	1:50	1:200	0	Nordamerika 1/.. Frankreich 1/.. Deutschland 1/..
Hülsengewächse	1:12	1:18	1:35	
Euphorbien	1:35	1:50	1:500	
Amentaceen mit Ausschl. der Casuarien	1:500	1:45	1:20	

Die Vergleichung der gemäßigten Zone in der neuen und alten Welt zeigt einen größeren Reichthum der ersteren an Bäumen. Amerika hat 137 Baumarten, Europa 45, der Osten der alten Welt dagegen ist wieder reicher, doch scheint die Zahl der gesammten Phanerogamen darum nicht größer zu sein. Amerika ist reicher an Compositen, Ericeen, Rhododendren, Kätzchenträgern, Coniferen (Nadelhölzern) und Malven, dagegen ärmer an Doldengewächsen, Lippenblumen, Nelken und Kreuzblüthigen. Die gemäßigte Zone der südlichen Halbkugel unterscheidet sich von der nördlichen vorzugsweise dadurch, daß die baumartigen Gewächse der milderen Winter wegen weiter gegen den Pol vordringen als bei uns.

Unzweifelhaft gibt es Pflanzen, welche der gemäßigten Zone sowohl der alten als der neuen Welt ursprünglich angehören, wenn auch ein großer Theil der gegenwärtig beiden Continenten gemeinschaftlichen Gewächse erst aus dem einen in den andern verpflanzt worden sind. Auch die südliche gemäßigte Zone besitzt einige Pflanzen, die mit solchen der nördlichen identisch sind. Robert Brown fand das in der Schweiz wachsende Phleum alpinum an der magellanischen Meerenge, und Neuholland nährt nach demselben Forscher 45 europäische Phanerogamen, darunter die Hälfte Spelzenblüthige.

Bei einem Vergleiche der Tropen der neuen Welt mit dem alten Continente muß man die Zellenpflanzen, die gefäßführenden Agamen, die Monocotyledonen und die Dicotyledonen unterscheiden. Auf den Berghöhen der Tropen wie der subtropischen Zone wachsen zahlreiche Pflanzen der ersten Abtheilung, die sich auch in den Gebirgen Europa's wiederfinden, dagegen ist die Zahl der den Tropen beider Continente gemeinsamen gefäßbesitzenden Agamen eine sehr spärliche, und Monocotyledonen finden sich in beiden Tropenländern zugleich nur etwa 20—24 Arten[1], darunter meistens spelzblüthige. Von den Dicotyledonen haben Humboldt und Bonpland im Innern des äquatorialen neuen Continents nicht eine einzige gefunden, die auch in der alten Welt vorkommt, wenn man von denen absieht, die erst nach Entdeckung Amerika's zufällig oder absichtlich eingeführt wurden. Die Gebirgsgegenden der Cordilleren, deren mittlere Jahreswärme der der europäischen Länder entspricht, haben ebenfalls Ranunkeln, Rhododendren u. s. w. und ihre Flora stellt ein Bild dar, das dem in Europa gefundenen ähnlich ist; aber eine genauere Untersuchung zeigt, daß alle diese Pflanzen den europäischen zwar verwandt, aber dennoch specifisch davon verschieden sind.

---

[1] Hier ist das oben S. 216 ausgesprochene Resultat etwas modificirt.

15

Buffon hatte schon früher den Satz aufgestellt, daß von den Thieren der heißen Zone keines beiden Continenten gemeinsam sei und Humboldt, der für die Dicotyledonen auf dasselbe Resultat gekommen ist, schließt daraus, daß die Vertheilung der letzteren über die Erde der Thierverbreitung eher analog sei, als die der übrigen Gewächse.

Auf diese Vorbemerkungen läßt Humboldt eine Beschreibung der Temperaturverhältnisse der Erdoberfläche folgen, deren Grundzüge bereits oben angegeben sind, weßhalb ich mich nicht länger dabei aufhalten will, und hierauf kommt eine Darstellung der verschiedenen Zonen der Erde in Beziehung auf ihre physikalischen Eigenschaften sowie ein Verzeichniß der vorzüglichsten darin vorkommenden Gewächse. Wir finden hier eine Eintheilung in 3 Gebiete: heiße Zone, gemäßigte Zone und kalte Zone.

Das Detail dieser Beschreibung anzuführen, würde uns viel zu weit führen und es möge daher genügen, hier nur in Kürze das Resultat anzugeben, daß in den Ebenen der heißen Zone diejenigen Pflanzen wachsen, die zu ihrem Gedeihen die größte Wärme nothwendig haben. Gegen den Pol zu und in die Höhe hinauf ändert sich der Charakter der Vegetation in analoger Weise, so daß die Bewohner der Tropenländer, indem sie die Berge besteigen, nach und nach ein Bild aller Floren bekommen, die zwischen dem Aequator und den Polarländern in der Tiefe liegen. In der gemäßigten Zone wiederholt sich theilweise dasselbe Schauspiel, aber unten fangen die Pflanzen höherer Breiten an und die der kalten Zone werden früher erreicht. Das Bild ist hier nicht mehr vollständig, denn es fehlen die am Aequator in der Ebene wachsenden Pflanzen, und diese Abnahme des untern Theiles des Bildes dauert fort, bis man in der kalten Zone die Repräsentanten derjenigen Pflanzen unten findet, die in den Tropen auf den höchsten Bergen leben. Als Belege dieser Darstellung bedient sich Humboldt für die Aequatorialgegenden Amerika's, Mexico's, für die gemäßigte Zone, Mitteleuropa's, für die kalte, Laplands; die übrigen Länder waren damals weniger bekannt. Zur Erläuterung gibt er eine bildliche der bereits erwähnten ähnliche Darstellung und eine Tabelle. In dem Bilde finden wir als Repräsentanten der Flora der heißen Zone den Chimborazo und den Popocatepetl in Mexico, für die gemäßigte Zone den Montblanc und den Montperdu in den Pyrenäen, für die kalte den Sulitelma in Lapland. Allemal sind diejenigen Höhen angegeben, in denen die eine oder die andere Pflanze zu gedeihen aufhört oder der ewige Schnee beginnt. Die Tabelle folgt nachstehend:

Schneegränze, Lufttemperatur, Baum- und Krummholzgränze.	Äquatorial-Zone		Gemäßigte Zone				Kalte Zone
	Breite 0°, Andes von Quito.	Breite 20°, Gebirge von Mexiko.	Kaukasus, Breite 42½°, Nordabhang.	Pyrenäen, Breite 42½°, Nordabhang.	Schweizer Alpen, Breite 45½°—46°, Nordabhang.	Schweizer Alpen, Breite 45½°—46°, Südabhang.	Lappland, Breite 67½°.
Untere Schneegränze . . .	2460'	2330'	1650'	1400'	1370'	1370'	350'
Mittlere Jahreswärme in dieser Höhe	1½°C			—3½°C	—1°C		—6°C
Mittlere Winterwärme in dieser Höhe	1½°				—10°		—20½°
Mittlere Augustwärme in dieser Höhe	1½°				+6°		+9½°
Differenz zwischen Baum- und Schneegränze . . .	600' 1600' Escallonia Alstonia	350' 2000' Pinus occidental.	650' 1000' Betula alba	230' 1170' Pin. rubr. Pin. uncin.	450' 920' Pinus abies	320' 1050' Pinus larix	300' 250' Betula alba
Baumgränze							
Am höchsten steigende Bäume	Befarien (1600')		Rhododendr. caucas. (1350')		Rhododendr. ferrug. (1170')		Rhododendr. laponic. (450')
Am höchsten steigende Getreide (Alpenkräuter) . . .							
Differenz zwischen d. Schnee- und Getreidegränze . .	660'		630'		700'		450'

15*

Soll eine Pflanze gedeihen, so bedarf sie eine gewisse Quantität Wärme, und hat man diese Menge einmal bestimmt, so läßt sich aus dem Factum, daß das betreffende Gewächs an irgend einem Orte entwickelt gefunden wurde, darauf schließen, daß die gegebene Wärme daselbst zu finden sein müsse. Zunächst haben wir hier das Minimum von Wärme, welche die Pflanze genossen hat, doch gibt es viele Gewächse, worunter namentlich die der gemäßigten und kalten Zone vertreten sind, welche leiden, wenn die Temperatur eine gewisse Gränze überschreitet, und die Beobachtung der gedeihenden Pflanze gibt an, daß die Wärme der Luft sich zwischen den beiden Gränzen gehalten hat, welche auch von dem Gewächse inne gehalten werden. Hierbei kommen namentlich diejenigen Pflanzen in Betracht, die von der gemäßigten Zone nach jeder Richtung abnehmen. Man kann aber aus manchen Arten nicht nur die einfache Angabe erhalten, daß die mittlere Wärme sich zwischen bestimmten Gränzen bewegt hat; man kann auch auf die Extreme schließen. Einige Gewächse, worunter namentlich manche Bäume, sind sehr empfindlich gegen die Winterkälte, und die Beobachtung, daß sie in irgend einer Gegend vorkommen, lehrt, daß die Winterkälte dort nicht unter eine gewisse Gränze fällt. Kleinere Pflanzen, die im Winter unter dem Schnee begraben sind, deuten die Wintertemperatur nicht an; aber wenn sie gereihen sollen, so muß die Wärme des Sommers eine gewisse Höhe erreichen, damit sie Früchte tragen und (bei einjährigen Pflanzen) den Samen reifen können; man schließt also aus dem Vorkommen dieser Begetation auf die Sommertemperatur des Beobachtungsortes. Die Pflanze braucht übrigens, wenn man sie zu annähernden Temperaturmessungen benutzen will, nicht ein vollkommenes Gebilde mit reifen Früchten zu sein; schon Colte[1], Wahlenberg[1] und Playfair[1] haben gezeigt, daß man auch andere Entwicklungsphasen benutzen könne. (Erreicht ein Monat:

5°,5, so sieht man blühen den Pfirschbaum (Amygdalus persica),

8°,2, = = = den Pflaumenbaum (Prunus domestica),

11°,0, = = = Blätter treiben die Birke (Betula alba).

Die Gerste erfordert, um mit einigem Vortheil angebaut zu werden, 90 Tage hindurch eine Mitteltemperatur von 8°,5 — 9°. Diese Beziehungen zwischen Pflanzen und Wärme sind übrigens nicht allemal so zuverlässig, daß man die Gewächse für Thermometer ansehen könnte, denn man findet auch hin und wieder Ausnahmen. So z. B. hat Decandolle[2] die That-

1) Humboldt, Von den isothermen Linien. Kleinere Schriften 275.

2) Humboldt, Kleinere Schriften 310.

sache bekannt gemacht, daß im südlichen Frankreich der Mais bis in einer
Höhe von 500 Toisen, die Rebe in 400 gebaut werde. Da nun in diesem
Lande beide Pflanzen in der Ebene nur 5, beziehungsweise 4 Grade weiter
gegen den Pol vergehen, so würde daraus folgen, daß einer Erhebung von
500 Toisen eine Annäherung an den Pol von 5 Graden also je 100 Toisen ein Grad entspreche, was gegen das oben S. 165 angeführte Resultat
ist, demzufolge 100 Meter Höhenzuwachs und 1 Grad Breitezunahme gleiche
Wärmeabnahme haben. Humboldt glaubt, daß diese Erscheinung dadurch
zu erklären sei, daß die Strahlen, welche direct auf eine Pflanze in einer
Höhe treffen, in der sie noch wenig geschwächt sind, eine größere Wirkung
ausüben, als wenn sie weiter in der Tiefe durch Wolken gemindert werden.

Unser Forscher suchte für mehrere Gewächse die Bedingungen auf, die
ihnen zu ihrer Existenz nöthig sind. Sie sind nachstehend wiedergegeben.

Der Kakaobaum fordert feuchte Luft und oft bewölkten Himmel, die
mittlere Jahreswärme muß 29°—23° (im geringsten Falle) sein.

Die Indigopflanze liefert das günstigste Resultat von 28°—25°
mittl. Wärme, sie wird aber auch in 41°—43½° Breite und bei einer
Wärme von 16°—14°,5 nicht ohne Erfolg gebaut.

Die Banane. Die Varietät mit großer gestreckter Frucht, welche bei
den Colonisten von Spanisch-Amerika Platano-Harton heißt, und das Haupt-
nahrungsmittel der Einwohner des tropischen Amerika ausmacht, verlangt
28°—23° mittlere Jahreswärme und gibt in einer Höhe über 500 Toisen
keine Frucht mehr, wenn die Wärme unter 20° sinkt. Die Cambari-
(Banane) wird mit Erfolg zwischen den Tropen bis zu 900 Toisen, und in
dem dem Wendekreise zunächstliegenden Theile der gemäßigten Zone bis zu
einer Breite von 30°—35° und bei einer Wärme von 21°—19° angebaut.

Das Zuckerrohr gedeiht am üppigsten bei 28°—23° Jahreswärme,
mit geringerem Erfolge in der gemäßigten Zone bis zu 35°—36½° Breite,
wo die Wärme bis 20°—19°,5 sinkt. In den Bergen von Neugranada bei
500 Toisen Höhe und in Mexico bei 900' Toisen wird es noch von den
Eingeborenen cultivirt.

Der Kaffeebaum, eine subalpine Pflanze, braucht 27°—18° Wärme;
zwischen 0° und 10° gedeiht er am besten zwischen 200'—500' und bei 24°
—21° Wärme, ausnahmsweise auch bei 1150' Höhe.

Die Baumwollenstaude erfordert 28°—20°. Die Species
Gossypium herbaceum gedeiht auch in der gemäßigten Zone bis über 40°
hinaus überall, wo die mittlere Jahreswärme nicht unter 18°—16°, die
des Winters nicht unter 9°—8° und die des Sommers nicht unter 24°—23°

herabgeht. Zwischen den Wendekreisen sahen Humboldt und Bonpland den Baumwollenstrauch bis zu 700' Höhe.

Die Dattelpalme gedeiht am besten und trägt die süßesten Früchte zwischen 29° und 33° n. B. der alten Welt bei einer Mittelwärme von 23°—21°. An Stellen, die vor dem Nordwind geschützt sind, gedeiht sie bis zu 44° Breite bei Bordighiera an der Küste von Toscana, wo die Jahreswärme wahrscheinlich unter 17°,5 beträgt.

Die Citrusgattung verlangt, wenn sie im Freien überwintern soll, eine Jahreswärme von nicht unter 17°. Der Citronen= und der Pomeranzenbaum widerstehen noch einer Kälte von —7°,5, wenn sie nur wenige Stunden dauert. Bei Monaco, San Remo und Nizza steigt die Orange bis 150 Toisen.

Der Oelbaum liefert in unserem Erdtheile den höchsten Ertrag zwischen 36° und 24° Br., wo die Jahreswärme 19°—14°,5, die Temperatur des kältesten Monats nicht unter 5°,5, die des heißesten nicht unter 22°—23° ist. In Amerika haben wegen anderer Vertheilung der Monatswärmen in der Isotherme von 14°,5 der kälteste Monat 0°,5, der Winter 3°, was der Oelbaum nicht aushält, und während in Europa in der Ebene die Winter bis in 44½° Breite hinlänglich mild sind, um den Oelbaum zu erhalten, reicht dieser in Amerika kaum bis zu 34°.

Der Kastanienbaum braucht 9°,3 mittlere Jahreswärme, und steigt am Abhange der Schweizeralpen unter 46° Breite bis zu 400 Toisen auf.

Die Rebe gibt in Europa einen ziemlich guten und trinkbaren Wein zwischen dem 36. und 48. Breitegrade überall, wo die mittlere Jahreswärme zwischen 17° und 10° beträgt, bei 9° bis 8°,7 auch noch dann, wenn die Wintertemperatur +1°, die Sommerwärme 19°—20° erreicht. Diese Bedingung kann in Westeuropa in der Ebene bis zum 50. Grade erfüllt sein, in Amerika nur bis zum 40., denn dort ist unter der Isotherme von 19° die Isochimene —1°,5.

Die Cerealien (Weizen, Roggen, Gerste, Hafer) werden mit Erfolg bis über die Isotherme von —2° gebaut, wenn nur die Sommermonate 6°,5—9° erreichen. Man findet darum auch Getreide und Kartoffel bei Langöe in der Ebene unter 69½° und bei Munioniska in einer Höhe von 116 Toisen unter 68°. Bei Edinburg wird der Weizen noch mit gutem Erfolge angebaut, wenn 7 Monate hindurch vom 20. März bis 20. October die mittlere Wärme 13° beträgt; sie erreicht jedoch oft nur 10°,5 und wenn sie noch 2 Grade weiter sinkt, reift auch das übrige Getreide nicht

mehr. In den Seealpen und in der Provence geht nach Decandolle der
Roggen bis 1100 Toisen, der Weizen bis 900. In den Aequatoriallän-
dern kommen die europäischen Getreidearten nicht gut fort, und deshalb beginnt zwischen 0° und 10° Breite ihr Anbau in einer Höhe, wo er in Europa aufhört. Dennoch gedeiht aus noch nicht gehörig bekannten Ursachen
bei Victoria in der Provinz Caracas der Weizen bei 270 Toisen Höhe,
und im Innern von Cuba unter dem 23. Breitgrade bei Las Quatro
Villas in einer wenig über dem Meere erhabenen Ebene.

Im Vorhergehenden gab ich an, daß Humboldt die nach Höhe und
Breite verschiedenen Gegenden in Beziehung auf die jeweiligen Eigenthümlichkeiten ihrer Flora untersuchte. Jede Gegend hat ihren besondern Vege-
tationscharakter, der von den dort herrschenden meteorologischen Zuständen,
von der geologischen Beschaffenheit u. s. w. abhängt. Wie man aber für
verschiedene Zonen oder andere Gebiete die jeweiligen Eigenthümlichkeiten
der Floren bestimmen und die numerischen Verhältnisse ihrer Glieder unter
einander vergleichen kann, so muß es umgekehrt auch möglich sein, aus dem
ganzen Pflanzenschatze eine Gattung oder Familie auszuheben und ihre Verbreitung über die Erde zu suchen, gewissermaßen das Verhalten zu studiren,
das die Familie unter dem Einflusse dieser oder jener Gebirgsart, Witterung,
Wärme u. s. w. beobachtet.

Nach dieser Richtung untersuchte Humboldt in den „Prolegomena"
die Familien der Farren, die Lycopodien, Schachtelhalme und Characeen,
die Pfeffergewächse, die Aroideen und Typhinen, die Gräser, die Palmen
und die Orchideen. Auch in dem von Kunth bearbeiteten Theile des Reisewerkes sind der Beschreibung der einzelnen Familien ähnliche Darstellungen über ihre Verbreitung beigefügt.

Ueber die vorstehenden Werke Humboldt's ist in den Jahrbüchern
der Gewächskunde, Berlin u. Leipzig 1818, I. 0 in der Form eines
anonymen Briefes an Hofrath Schrader eine Recension erschienen, welche,
wenn auch am Schlusse hervorgehoben wird, daß Humboldt gewissermaß-
sen als Schöpfer der Pflanzengeographie anzusehen sei, doch im Ganzen
nicht als günstig angesehen werden kann, indem darin der Satz aufgestellt
ist, daß, wenn auch die Humboldt'sche Arbeit außer manchen interessanten
Ideen und Ansichten wichtige Beiträge zur Geographie der Pflanzen enthalte, doch nicht undeutlich daraus hervorgehe, daß diesem Gegenstande —
vielleicht wegen überhäufter Arbeiten des Verfassers — weniger Aufmerksamkeit gewidmet worden sei, als es nach dem Interesse der Sache zu wünschen gewesen wäre.

Außer der Besprechung der Humboldt'schen Definition der Aufgabe der Pflanzengeographie, die dem Verfasser als zu groß erscheint, da er nur die Frage nach dem Vorkommen der Pflanzen in den verschiedenen Landstrichen durch dieselbe beantwortet wissen will, theilt derselbe das Werk Humboldt's in nachstehende 7 Abschnitte: 1) Die Anzahl sämmtlicher bis jetzt bekannten Pflanzen nur ihre Vertheilung in den verschiedenen Welttheilen; 2) die klimatische Vertheilung einiger der wichtigsten Pflanzenfamilien; 3) der Unterschied zwischen dem gesellschaftlichen und einzelnen Vorkommen der Pflanzen; 4) ob und in wie weit beide große Continente gleiche Pflanzen erzeugen; 5) die Vergleichung der Temperatur in der alten und neuen Welt in verschiedenen geographischen Breiten; 6) Einfluß der Höhenverschiedenheit auf die Vegetation in verschiedenen Zonen; 7) Bestimmung desjenigen Klimas, welches einigen der wichtigsten cultivirten Pflanzen am zuträglichsten ist.

Die gegen Humboldt geltend gemachten Einwürfe beziehen sich vorzugsweise auf die Zählungen sowie auf die Brüche, welche das Verhältniß der Artenzahl einer Familie zu der der ganzen Flora einer Gegend angeben. Alle Ziffern, wie sie im Vorhergehenden aufgeführt sind, können der Natur der Sache nach nur sehr ungenau sein, da man auch jetzt noch, und vor 40 Jahren natürlich noch viel mehr, weit davon entfernt ist, sämmtliche Pflanzen zu kennen, und namentlich sind jene Länder noch weit zurück, in denen die Botaniker nicht ihren Wohnsitz aufgeschlagen haben, sondern die sie nur auf Reisen durchwandern. Diejenigen Merkmale, welche vor allen anderen geeignet sind, irgend eine Pflanzenart von einer andern zu unterscheiden, sind die Blüthen und Früchte. Da nun die Pflanzen in ihren periodischen Vorgängen von den Jahreszeiten ihrer Heimath abhängig sind, und selbst unter den Tropen ein, wenn auch weniger scharf ausgeprägter, Jahreszeitenwechsel stattfindet, so sind die Zeiten der Blüthe und der Frucht der Gewächse auch dort an verschiedene Epochen gebunden. In unsern Erdstrichen hört in strengem Winter die Botanik im Freien auf, und der Botaniker hat eigentlich, wenn man von einigen wenigen untergeordneten Pflanzen absieht, nur einen Theil des Jahres etwas auf dem Felde zu thun. Während aber die eine Pflanze blüht, wenn sie kaum von der Schneedecke befreit ist, wartet eine andere so lange, daß sie fast wieder von dem neuen Schnee überrascht wird, und abgesehen davon, daß ein Reisender unmöglich die Standorte aller in einer Gegend wachsenden Pflanzen antreffen kann, würde er bei einem kürzeren Aufenthalte jedenfalls nicht alle in der Blüthe sehen. In den warmen Ländern erstreckt sich die Blüthezeit der verschiedenen

Pflanzen über das ganze Jahr, und bei den Schwierigkeiten des Botanisi=
rens im Urwalde, von denen bereits bei der Darstellung der Reise Hum=
boldt's die Rede war, muß sich jedem Menschen der Gedanke aufdrängen,
daß wir unmöglich den ganzen Pflanzenschatz selbst auch nur der bereisten
Erdstriche kennen können. Hiezu kommen aber noch Ungewißheiten, die von
der Individualität der Botaniker selbst herrühren. Die Gesetze, denen zu=
folge man Arten und Gattungen der Gewächse von einander trennt, sind
durchaus nicht so sicher, daß man jedesmal mit voller Bestimmtheit sagen
könnte: diese oder jene Pflanze ist eine Art für sich, sie ist nicht etwa eine
bloße Spielart einer andern bereits bekannten Form, hier muß eine neue
Gattung, eine neue Familie eingeführt werden u. s. w. Je nachdem nun
ein Botaniker mehr geneigt ist, zu trennen oder zu verbinden, wird er mehr,
oder er wird weniger Arten, Gattungen u. s. w. bekommen, und da nicht
ein einziger Botaniker den ganzen Pflanzenschatz, selbst wie wir ihn haben,
bearbeiten kann, so muß nothwendig jede Zählung sich auf ein in seinen
Theilen heterogenes Ganzes stützen, und ist darum immer Einwürfen aus=
gesetzt. Alle derartigen Arbeiten mußten damals, als Humboldt seine
Prolegomena veröffentlichte, in der Art betrachtet werden, wie man es bei
den Landkarten schon längst gewohnt ist; diese geben zuerst nur die allge=
meinen Umrisse irgend einer Gegend und sind fehlerhaft in mancher Bezie=
hung; allein nach und nach werden die Karten genauer und es wäre sehr
unzweckmäßig, wenn wir eine Karte eines fremden Landes, etwa des
Innern von Afrika, darum nicht beachten wollten, weil man gewiß weiß,
daß sie an Genauigkeit der Zeichnung eines europäischen Landes weit nach=
steht. Bei den vorstehenden Mängeln in der systematischen Botanik, dieser
Grundlage der Geographie der Pflanzen, konnte man leicht an der Hum=
boldt'schen Berechnungsweise allerlei auszusetzen finden. Die Einwürfe
gegen Humboldt's Zählung der Pflanzenarten beruhen darauf, daß die
verschiedenen Herbarien und Pflanzenverzeichnisse nicht genug in Anschlag
gebracht und darum einzelne Gegenden eine zu geringe Anzahl von Pflan=
zenarten bekommen haben. So gab Humboldt ganz Afrika nur 3000
Pflanzenarten, während Thunberg's Prodromus Florae Capensis für das
Capland allein 2600 aufführt u. s. f. Ein paar andere Vorwürfe über
Zu= und Abnahme der Pflanzen gegen Pol und Aequator sind, wie Hum=
boldt in seinen spätern Schriften zeigt, darum unbegründet, weil der Re=
censent Humboldt's Sätze falsch verstanden hat. So sagt z. B. Ersterer
S. 30: „Nach der Berechnung des Verfassers (Humboldt's) machen die
Filices (Farrenkräuter) in Capland $\frac{1}{26}$, in Frankreich nur $\frac{1}{73}$ (der Ge=

sammtflora' aus; woraus er dann den Schluß macht, daß Lapland oder die Polarzone diesen Pflanzen günstiger als Frankreich ist. Daß dieses Resultat aber nicht das wahre sei, ist schon deßhalb wahrscheinlich, weil die Farrenkräuter von den Wendecirkeln nach der gemäßigten Zone sich vermindern und weil in den Aequatorialgebirgen die Pflanzen dieser Familie in den höhern Regionen seltener werden. Noch deutlicher geht dieses aber daraus hervor, daß in Lapland von 19 Farrenkräutern höchstens 2 eigenthümlich sind, während in Frankreich sich eine verhältnißmäßig weit größere Zahl Farrenkräuter befindet, die nicht zugleich in Polargegenden vorkommen."

Dieser ganze Humboldt gemachte Einwurf beruht auf einem Irrthume des Recensenten, da letzterer hiebei übersehen hat, daß Humboldt nicht von der absoluten Zahl der Farrenkräuter, sondern von ihrem Verhältnisse zu den Phanerogamen spricht. Es können nämlich sowohl diese als auch die Farrenkräuter gegen die Pole hin an Zahl abnehmen, wenn aber diese Abnahme bei den Phanerogamen rascher geht, so wird der Bruch, der das Verhältniß der Farren zu diesen angibt, im hohen Norden einen größeren Werth erlangen. Humboldt zeigt diesen Unterschied durch ein sehr einfaches Beispiel.[1] Er weist darauf hin, daß auf der Insel Cuba mehr Neger sind, als auf Martinique, aber das Verhältniß der Schwarzen zu den Weißen ist dennoch auf der letzteren Insel viel größer, als auf Cuba, weil auf Martinique die weiße Race noch viel weniger vertreten ist.

In einem Punkte scheint Humboldt in seinem Bestreben zu generalisiren zu weit gegangen zu sein. Er glaubte nämlich, daß das Verhältniß der Arten einer Familie zu der Gesammtzahl der Arten in den verschiedenen Ländern gleichen Klimas nahezu dasselbe sein müsse, so daß man, ohne die Gesammtflora einer Gegend zu kennen, einzig und allein dadurch, daß man die Zahl der Arten einer einzigen größeren Familie kennt, einen Schluß auf die Zahl der unbekannten Pflanzen ziehen könne. Vergleicht man ein Paar einander nahe liegende Länder, wie z. B. Deutschland und Frankreich, so mag der Humboldt'sche Satz angehen; er gibt aber ein unrichtiges Resultat, wenn man weit von einander entfernte Gegenden zusammenhält. So z. B. ist die Familie der Erifen auf dem Cap der guten Hoffnung sehr zahlreich vertreten; man würde aber bedeutend fehlen, wenn man schließen wollte, dieses sei auch im südlichen Amerika und Neuholland der Fall.

In Nordamerika machen, wie aus der S. 224 befindlichen Tabelle

---

1) Sur les lois etc. in Dictionnaire des sciences naturelles XVIII. 427.

hervorgeht, die kreuzblüthigen Pflanzen nur ¹/₆₂ der ganzen Flora aus, in
Frankreich ¹/₁₈; beide Brüche sollten nach Humboldt nahe gleich sein.
Wenn übrigens der Satz Humboldt's nicht in aller Strenge durchzuführ-
ren ist, so kann man doch mit Hülfe der von ihm angegebenen Brüche einen
ziemlich sichern Schluß auf die Flora irgend einer Gegend machen, die von
einer andern durchforschten nicht allzuweit entfernt ist. So machen die
Pflanzen mit Hülsenfrüchten in Frankreich ¹/₁₈, in Deutschland ¹/₁₈, um
Berlin ¹/₁₈ der ganzen Flora aus¹.

Kennt man daher die Zahl der Arten einer Familie irgend eines solchen
Landstriches, so kann man alsbald auf die übrigen schließen, und man kann
sagen, von dieser oder jener Familie müssen noch einige Arten in der Gegend
vorkommen, wenn sie auch wegen mangelhafter Durchforschung noch nicht
gefunden worden sind.

Humboldt hat außer der Veröffentlichung der Prolegomena noch beabsichtigt, ein größeres Werk über die Geographie der Pflanzen herauszugeben; von diesem Buche ist jedoch nur ein Fragment erschienen; es ist dieses
der Artikel, Sur les lois que l'on observe dans la distribution des formes végétales im Dictonnaire des scienc. nat. Bd. XVIII, und außerdem haben wir noch
die Abhandlung mit dem gleichen Titel in den Ann. ch. phys. XVI. In beiden
Abhandlungen beschäftigt er sich vorzugsweise mit der Feststellung des be-
strittenen Gesetzes von der Regelmäßigkeit, welche man in den Brüchen findet, die das Verhältniß der Arten einer Familie zur Gesammtzahl angeben,
und beweist, daß, wie ich bereits angegeben habe, die Einwürfe zum Theil
auf einem Mißverstehen beruhen und zeigt in einer größeren Tabelle, wie
bestimmt sich die Brüche ausdrücken lassen, wenn man eine Familie von dem
Pole zum Aequator verfolgt. Die Einwendungen des Recensenten in den
Berliner Jahrbüchern scheinen unsern Gelehrten zur Zuhülfenahme von
Gruppirungssystemen (Systemes d'groupement) veranlaßt zu haben, wodurch die Floren einzelner unter analogen thermischen Breiten befindlicher
Länder von einander unabhängig werden, ohne daß er darum den bereits
erwähnten allgemeinen Satz vollständig verließ. Er stellte als solche Systeme das des neuen Continents, Westafrika, Indien und Neuholland als
bereits hinlänglich charakterisirt auf, und bemerkte, daß wie die Wärme in

1) Frankreich liegt etwas südlicher als Deutschland, und weil die Legumino-
sen gegen die Pole hin abnehmen, wird der Nenner des Bruches größer. Berlin
liegt im nördlichen Deutschland, und darum ist auch hier der Nenner höher, als
sein mittlerer Werth für ganz Deutschland.

gewissen Längen den höchsten Grad erreiche, so auch an bestimmten Orten die eine oder andere Familie ihre größte Entwicklung erlangen könne. De = candolle hat bereits im 18. Bande des Dictionnaire des sciences naturel- les die gesammte Oberfläche des festen Landes auf der Erde in 20 der Ve= getation nach von einander verschiedene Bezirke, Florenreiche, getheilt, und es ist nicht unmöglich, daß Humboldt unter seinen Gruppirungssystemen etwas Aehnliches verstanden hat. Es würden in diesem Falle die Florenreiche Decandolle's etwa solche Bezirke sein, in denen die die Arten der einzel- nen Familien angebenden Zahlen dasselbe Gesetz befolgen, so daß man aus der Vertheilung der Arten der verschiedenen Familien auf einem kleinen Striche des Gebietes auf die der übrigen innerhalb desselben Gebietes schlie- ßen könnte. Doch hat Humboldt diesen Gedanken nicht strenge ausge= sprochen.

Am Schlusse des Werkes Nova Genera et Species plantarum und der Synopsis theilte er die von ihm bereisten Länder in 6 Florenreiche: 1) Neu- andalusien, Venezuela und Ebene von Neubarcelona; 2) Orinoco und Rio Negro; 3) Neugranada; 4) Quito; 5) die peruvianischen Anden von Caxa- marca bis zum stillen Ocean; 6) Cuba. Jedes dieser Gebiete wird in den wesentlichsten Zügen nach seiner Ausdehnung, seiner Erhebung über das Meer, nach Klima und geognostischem Verhalten geschildert.

Den Grundcharakter der Eintheilung Humbolbt's bezeichnet folgende Stelle des Kosmos (I. 370).

„Die Gruppirung und Association der Gewächsarten, welche wir Floren (Vegetationsgebiete) zu nennen gewohnt sind, scheint mir, nach dem, was ich von der Erde gesehen, keineswegs das Vorherrschen ein- zelner Familien so zu offenbaren, daß man berechtigt sein könnte, Reiche der Umbellaten, Solibago=Arten, Labiaten oder Scitamineen geographisch auf- zustellen. Meine individuelle Ansicht bleibt in diesem Punkte abweichend von der Ansicht mehrerer der ausgezeichnetsten und mir befreundeten Bota- niker Deutschlands. Der Charakter der Floren in den Hochländern von Mexico, Neu=Granada und Quito, vom europäischen Rußland und von Nordasien liegt, wie ich glaube, nicht in der relativ größeren Zahl der Arten, welche eine oder zwei natürliche Familien bilden; er liegt in den viel com- plicirteren Verhältnissen des Zusammenlebens vieler Familien und der relativen Zahlenwerthe ihrer Arten. In einem Wiesen= und Step- penlaube herrschen allerdings die Gramineen und Cyperaceen, in unsern nördlichen Wäldern die Zapfenbäume, Cupuliferen und Betulineen vor; aber dieses Vorherrschen der Formen ist nur scheinbar und täuschend wegen des Anblickes, den gesellige Pflanzen gewähren. Der Norden von Europa und Sibirien in der Zone nördlich vom Altai verdienen wohl nicht mehr den Namen eines Reichs der Gramineen oder der Coniferen, als die endlosen Llanos zwischen dem Orinoco und der Bergkette von Caracas oder als die Fichtenwaldungen von Mexico. In dem Zusammenleben der Formen, die sich theilweise ersetzen, in ihrer relativen Menge und Gruppirung, liegt der Gesammteindruck von Fülle und Manchfaltigkeit oder von Armuth und Einförmigkeit der organischen Natur."

In demselben 18. Bande des Dictionnaire des sciences naturelles veröffentlichte Decandolle einen Essai élémentaire de Géographie botanique, der dem vorerwähnten Humboldt'schen Artikel unmittelbar vorausgeht, weßhalb er sich auch mit den in letzterem befindlichen Untersuchungen der Zahlenverhältnisse wenig befaßt, da er darauf hinweist. Er bezeichnet jedoch diese Arbeit, wenn sie soweit in's Detail eingeht, wie wir bei Humboldt sehen, mehr als eine Aufgabe der Zukunft, die an Material hiezu besser versehen sein werde, und beschränkt sich auf die Verhältnisse der großen Klassen der Acotyledonen, der Monocotyledonen und Dicotyledonen, dann die Vertheilung der baumartigen Gewächse. Er findet, wie Humboldt, daß die Dicotyledonen gegen den Pol hin rascher abnehmen, als die Monocotyledonen, und diese mehr als die Acotyledouen; die Zahl der baumartigen Gewächse beträgt nach ihm in Lapland $\frac{1}{100}$, in Frankreich $\frac{1}{80}$, in Guiana $\frac{1}{3}$ der ganzen Flora, was eine entschiedene Zunahme derselben gegen den Aequator hin ergibt.

Während Humboldt sich zunächst die Aufgabe gestellt hatte, die Zahlenverhältnisse der Pflanzen, oder, wie er es nennt, die botanische Arithmetik, zu untersuchen, finden wir bei Decandolle die mehr physiologische Seite in den Vordergrund gestellt: indem er die Wirkungen der verschiedenen äußern Agentien, Luft, Wasser, Boden u. s. w. auf die Gewächse prüft, eine Art und Weise der Behandlung, die wieder rückwärts auf die Vertheilung der Pflanzen führt, denn hat man die Bedingungen, welche zur Existenz, sei es einer Art, oder sei es einer Familie, nothwendig sind, so ergibt sich durch Vergleichung mit der Natur eines Ortes die Möglichkeit oder Unmöglichkeit ihres Vorkommens.

Seitdem Humboldt der Pflanzengeographie die Bahn gebrochen, sind wir in den Besitz einer großen Anzahl von Arbeiten gelangt, deren nächster Zweck die Beschreibung von kleineren Gebieten, größeren oder kleineren Landstrichen war; doch haben wir auch Werke, welche die geographische Verbreitung der Pflanzen auf der ganzen Erde betrachten, so die von

Schouw[1], Meyen[2] u. s. w., zu denen sich in neuerer Zeit das Werk des jüngeren Decandolle[3] gesellt hat. Von Humboldt haben wir keine größere Abhandlung weiter über die Pflanzengeographie, doch befinden sich einzelne Notizen in den verschiedenen Werken zerstreut. So bespricht er im 1. Bande der Asie centrale S. 376 die Frage, in welcher Länge auf dem europäisch-asiatischen Continente die europäische und die asiatische Flora sich begränzen. Gmelin hatte den Jenissei als Gränze festgestellt, auf deren Ostseite erst die asiatische Flora beginne. „Ich glaubte nicht eher in Asien zu sein," sagt er[4], „als bis ich den Jenissei erreicht hatte." Humboldt giebt ebenfalls an, daß die europäischen Pflanzen zwischen dem Ural und dem Jenissei vorherrschen, und daß der wirkliche asiatische Typus erst am letzteren beginne, doch scheint er nicht abgeneigt, aus den Umständen, daß er einen charakteristischen Repräsentanten der Baikalflora, das Rhododendron dauricum, im Altai gefunden hat, die Gränze etwas weiter nach Westen zu verlegen.

Zum letztenmale hat Humboldt die Pflanzengeographie in der 3. Aufl. der Ansichten der Natur (II. 105) besprochen. Er wiederholt hier im Allgemeinen die Sätze der arithmetischen Botanik; macht aber eine neue Anwendung davon, indem er auf die Gesammtheit der Pflanzenarten, die auf der Erde sind, Schlüsse zieht. Es beruhen diese auf einer Ausdehnung des Schlusses, daß man aus der bekannten Zahl der Arten einer Familie eines Landes auf die Menge der übrigen Gewächse schließen könne, auf die ganze Erde. Kennt man nämlich die Arten einer Familie und die Verhältnißzahl, in der letztere zur Gesammtflora steht, so ist das Resultat der Multiplication der Zahl sämmtlicher Gewächsarten gleich zu setzen. So schätzt er die Zahl der 1/12 der ganzen Flora ausmachenden Compositen zu 12000 an, woraus sich für alle Pflanzen 144000 ergeben; doch ist er von diesem Resultate wenig befriedigt, da er die Anzahl der bisher bekannten Arten auf 160000—213000 anschlägt, und er nicht glaubt, daß schon die Hälfte derselben entdeckt sei; er hält daher dafür, daß auch die in Rede stehende Familie noch viele bisher unbekannte Arten habe. In gleicher Art behandelt, würden die bis jetzt beschriebenen Hülsengewächse (8069 . 21)

---

1) Grundzüge einer allgemeinen Pflanzengeographie. A. d. Dän. Berlin. 1823.
2) Grundriß der Pflanzengeographie. Berlin, 1836.
3) Géographie botanique raisonnée. Paris, 1855.
4) Flora Sibirica, I. p XLIV.

169400 Gewächsarten geben. Es passen übrigens beide Zahlen ziemlich zu der obigen von 160000 und man müßte also annehmen, daß von den genannten beiden Familien noch verhältnißmäßig ebensoviel fehlen, als von allen übrigen zusammen.

Ich muß übrigens hier daran erinnern, was ich bereits S. 234 gesagt habe. Auch in Decandolle's oben erwähnter Géographie botanique raisonnée finden wir einen meines Erachtens nicht zu vernachlässigenden Einwurf, der darauf beruht, daß nicht alle Arten von Pflanzen einen gleich großen Verbreitungsbezirk haben. „Man betrachte," sagt Decandolle (S. 1154) „Deutschland als aus 20 verschiedenen Ländern zusammengesetzt und setze die Hülsenfrüchte überall etwa zu $^1/_{12}$, die Polygoneen zu $^1/_{22}$, von den ersteren aber seien die Arten mehr local, die anderen aber weit verbreitet. In diesem Falle wird man für das ganze Deutschland ganz andere Zahlen bekommen."

Die botanische Arithmetik verliert daher an Zuverlässigkeit, wenn man von kleinen Gebieten auf größere schließt; sie ist aber zulässig, wenn man Gebiete von nahezu gleicher Größe zusammenhält; und in ihr haben wir jedenfalls ein ausgezeichnetes Mittel, in kurzen Zügen durch Angabe der Brüche ein Bild von der Flora einer Gegend zu geben.

Gesteine, Vulcane und Erdbeben.

Die Stein- oder Felsarten, welche die Grundlage des festen Theiles der Erdoberfläche ausmachen, zeigen unter einander, nicht nur rücksichtlich ihrer mineralogischen Bestandtheile, sondern auch in Beziehung auf die Art, wie sich die größeren Massen in kleinere zerlegen lassen, also in Beziehung auf ihre Theilungsstructur, mancherlei Verschiedenheiten. So unterscheidet Vogt[1] die amorphe, die geschichtete, die schiefrige, die faserige und die unbestimmte Structur. Beschränken wir uns auf das Nothwendigste, so ergibt sich, daß wir vorzugsweise diejenigen Gesteine von den andern zu unterscheiden haben, welche die geschichtete Structur zeigen. Diese Gebilde werden durch zwei einander parallele Flächen begränzt, die in Verhältniß zu der

1) Lehrbuch der Geologie und Petrefactenkunde. 2. Aufl. 1. 110.

Erstreckung einen sehr geringen Abstand von einander zeigen. Man nennt
diese Massen Schichten, und die verschiedenen Schichten eines Berges oder
Felsens lagern sich in einer Weise auf einander, daß sie den Blättern eines
colossalen Buches nicht unähnlich werden. Oft sind die Schichten bedeutend
mächtig (dick) und ihr Inneres so compact, daß man Handstücke daraus für
Stücke eines vollkommen homogenen Steines nehmen würde, gewöhnlich läßt
sich aber in der Disposition der einzelnen Gesteinstheile ein gewisser Parallelismus mit den Schichten wahrnehmen, der zuletzt so weit geht, daß die
Schichten aus einzelnen dünnen Blättern zusammengesetzt sind, die parallel
auf einander liegen. In diesem Falle bietet die geschichtete Structur Aehnlichkeit mit der schiefrigen, in der jedoch die Theilung der Blättchen eigentlich keine
Gränze hat, und nur wegen zunehmender Zerbrechlichkeit der abgetrennten
Blättchen endlich aufgegeben werden muß, während bei der Schichtung das
Aufhören der Trennbarkeit wahrzunehmen ist. Bei der unbestimmten Struc-
tur springen die Steine ganz unregelmäßig in Blöcke von verschiedenartiger
Form.

Die geschichteten Gesteine sind die Flötzgebirge oder Sedimentgesteine,
die bereits S. 18 und 19 erwähnt wurden. Sowohl die Neptunisten als
die Vulcanisten erklären ihre Entstehung aus in Wasser gebildeten Niederschlägen. Die im Wasser vorhandenen Stoffe lagerten sich am Boden ab,
erhärteten da und treten jetzt nach Entfernung des flüssigen Elementes dem
Menschen als Steine entgegen. Die Art, wie das Wasser wegkam, ist bereits oben angegeben.

Während die eben erwähnten beiden Schulen über den Ursprung der
geschichteten Gesteine vollkommen einig waren, wichen ihre Ansichten ab,
wenn es sich um die Theorie der Herkunft der nicht geschichteten handelte.
Die Neptunisten setzten fest, die einen derselben, wie der Granit, seien der
Krystallisationskern, das Gerüste der Erde, das aus dem Wasser zuerst zum
Vorschein kam, einem andern Theile, wie dem Basalte, schrieben sie denselben Ursprung wie den Flötzgebirgen zu, und nur ein kleiner Theil war in
Folge einer localen Einwirkung unterirdischen, durch Brand von Kohlen-
flötzen u. dgl. entstandenen Feuers, geschmolzen und bei später erfolg-
ter Abkühlung erhärtet (eigentliche Laven). Nach der Ansicht der Vulcanisten sind nichtgeschichtete Gesteine solche, bei deren Bildung das unterirdische Feuer wenn nicht alles gethan, so doch in bedeutendem Maaße mitgewirkt hat.

Die geschichteten Gesteine liegen in verhältnißmäßig selteneren Fällen so,
daß ihre Trennungsflächen horizontal sind; sie neigen sich im Allgemeinen

mehr oder weniger gegen den Horizont, wie wir es bei den Dächern der
Häuser zu sehen gewohnt sind. Die Richtung der Linie, welche bei den
Dächern der First einnimmt, heißt das Streichen der Schichte, während die
Steilheit des Daches der Neigung der Schichte analog ist; doch muß dabei
bemerkt werden, daß nicht wie bei den Hausdächern immer je zwei Seiten,
die nach entgegengesetzten Seiten geneigt sind, zusammengehören; bei den
Schichten ist sehr häufig nur eine einzige vorhanden. Man hat dann auf
der einen Seite die Abdachung; auf der andern Seite bemerkt man die En=
den (Köpfe) der verschiedenen über einander liegenden Schichten, wie man die
Blätter oder die beiden Deckel eines Buches sieht, das man, während der
Rücken auf dem Tische liegen bleibt, auf der Schnittseite in die Höhe hebt.

Bedenkt man, daß die nunmehrigen geschichteten Gesteine in früherer
Zeit den Schlamm auf dem Boden eines Wasserreservoirs, zumeist des Mee=
res ausmachten, so ergibt sich alsbald, daß diese Ablagerung und folglich auch
die Lage der Schichten nur so stattfinden konnte, daß deren obere Fläche ho=
rizontal war.

Bereits Nicolaus Steno (1669) hat auf diese Nothwendigkeit hin=
gewiesen, und auch die Vulcanisten haben große Bedeutung hierauf gelegt,
während der Vorkämpfer des Neptunismus, Werner, annahm, daß sich
Schichten bis zu einer Neigung von 30° unmittelbar aus dem Wasser nie=
derschlagen können, und daß, wenn je einmal stärker geneigte Schichten vor=
kommen, dieses von dem Einsturze ehemaliger Höhlen abzuleiten sei. Wer=
ner betrachtete also die größere Neigung der Schichten in gleicher Weise wie
die Vulcane als etwas Locales. Hutton, und mit ihm die Vulcanisten,
dagegen blieben darauf stehen, daß jede Schichte ursprünglich horizontal ge=
wesen sein müsse, und erklärten die jetzige Neigung daraus, daß seit der Ab=
lagerung von unten her ein Druck gewirkt haben müsse, der einen Theil der
Schichte mehr hob als den andern. Werner nahm die Erde als fest,
Hutton glaubte, sie sei innen flüssig, und diese letztere Annahme machte
seine ganze Theorie den verschiedenen Beobachtungen gegenüber viel bieg=
samer, als es der krystallisirende Neptunismus sein konnte. Daß die
Schichten früher horizontal gewesen seien, ist jetzt vollkommen erwiesen.
Wenn man einen Rollstein irgend wohin wirft, so wird er auf seiner brei=
testen Seite liegen bleiben, und beobachtet man einen solchen Stein in irgend
einer Schichte, so steckt er jedesmal so in derselben, daß seine breiteste Seite
mit der Schichtenfläche parallel läuft. Als die Schichte noch Schlamm war,
fiel der Stein hinein, und legte die breiteste Fläche horizontal und mit der
nachträglichen Aenderung der Schichtenlage änderte sich auch die des Steines.

16

Die Neigung lehrt uns, daß an der Stelle, wo jetzt die Schichte aus dem Boden hervorragt, einmal ein Druck von unten her gewirkt haben müsse. Ein Theil der Erdkruste ist hier in die Höhe gehoben worden, und man sieht daher, ohne daß man lange gräbt, auf derjenigen Seite eines Berges, auf der die Schichtenköpfe sind, die Enden der verschiedenen Schichten, woraus sich dann ein Schluß auf die Zusammensetzung der Erdkruste ziehen läßt. Ist die gehobene Stelle nicht ein Berg, sondern eine größere Strecke Landes, so kann man, wenn man quer durch das Land reist, die einzelnen Schichtenköpfe beobachten. Es ist dieses ungefähr so vorzustellen, wie wenn man bei einem zur Hälfte geöffneten Buche, dessen Rücken auf dem Tische liegt, quer über den Schnitt hinginge, in welchem Falle man auch von einem Blatte zum andern gelangt. Wären die verschiedenen Blätter von verschiedener Farbe, so wäre es möglich, aus dem Farbenwechsel am Schnitte auf die Zusammensetzung des Buches einen Schluß zu ziehen, und wenn man quer durch ein geeignetes Land reist, bekommt man ein Bild, wie der Boden zusammengesetzt ist, ohne daß man auch das geringste Loch gemacht hätte. Nicht jedes Land eignet sich jedoch in gleicher Weise zu derartigen Beobachtungen; die Hebungsrichtungen haben sich mitunter gekreuzt, d. h. es haben Berwerfungen stattgefunden. Ausgezeichnet günstig hiefür ist England; dort wird man, wenn man von Ost nach Westen geht, die größte Regelmäßigkeit in der Schichtenänderung gewahr, so daß man, je weiter man westwärts kommt, immer wieder auf Schichten kommt, die im Osten weit unter der Oberfläche liegen. Diese Einfachheit der Gestaltung ist auch die Ursache, warum diese Verhältnisse zuerst in England wahrgenommen wurden. Bei den Alpen wie bei den meisten Gebirgen hat, wenn man von den verschiedenen Verwerfungen absieht, die Hebung in der Mitte gewirkt und man kommt auf verschiedene Schichten, wenn man sich dem Kamme nähert, jenseits dessen (also bei nun zunehmender Entfernung von ihm) die umgekehrte Reihenfolge beobachtet wird. In der Mitte ist das, was in die Höhe geschoben hat, — ungeschichtetes Gestein. — Die Schichten sind so geneigt, daß sie von dem Kamme weg abdachen, sie würden ein vollständiges (mit zwei Seiten versehenes) Dach darstellen, wenn man die entsprechenden Schichten auf beiden Seiten so verlängert dächte, daß sie sich (also über dem Kamme) schneiden. Doch gibt es dabei auch vielfache, von Kreuzungen der Hebungsrichtungen u. s. w. herrührende Verwerfungen.

Die Berge sind steil, wo die Schichtenköpfe sind, also auf der Seite des Kammes, sanfter abdachend auf der andern Seite. Das Streichen der Schichten ist von großer Bedeutung für die Bestimmung des Ortes, an welchem die Hebung stattgefunden hat; noch mehr aber als das Streichen ist die Lagerung der Schichten über einander wichtig, da diese uns das Mittel an die Hand gibt, über das relative Alter der Schichten Aufschluß zu erhalten. Liegt nämlich eine Schichte A auf der Schichte B, so muß A schon vorhanden gewesen sein, als B sich erst bildete, und A muß daher älter sein als B. Dieser Satz ist unumstößlich und darum auch nie angefochten worden. Die Gebilde der verschiedenen Zeitalter der Erde, also die auf einander liegenden Schichten, sind nicht immer dieselben gewesen, sie haben sich fort und fort geändert; ihre Hauptbestandtheile waren zwar von jeher Thonerde, Kieselerde und Kalk, aber nichtsdestoweniger bestehen in Beziehung auf die jeweiligen chemischen Beigaben, sowie in Beziehung auf die physikalischen Eigenschaften, wie Farbe, Dichtigkeit u. s. w. große Unterschiede.

Es kann vorkommen, daß ein Paar Felsarten in verschiedener Höhe wiederholt mit einander wechseln, aber sie hören endlich auf und dann kommt ein neuer Stein. Hierauf hat schon Füchsel[1] aufmerksam gemacht. Er erkannte, daß gewisse Gruppen von Schichten zusammengehörten und eine jede solche Gruppe, die er Formation nannte, bezeichnete nach ihm eine Epoche in der Geschichte der Erde. Füchsel betrachtete eine Formation als eine Reihenfolge von Schichten, welche sich unter gleichen Verhältnissen unmittelbar nach einander gebildet haben; Werner dagegen belegte mit dem Namen Formation alle diejenigen Gebirgsarten, welche gleiche Bestandtheile darbieten. Es zeigen sich nämlich auf der Erde wiederkehrende Reihen von Kalk, Schiefer, Sandstein u. s. w. und diese wiederkehrenden Glieder nannte Werner Formation, während die Füchsel'sche Formation von ihm die Bezeichnung Lagerungsganzes erhielt. Es bilden also mehrere Werner'sche Formationen zusammen eine Füchsel'sche. Von dem Satze ausgehend, es sei überall so wie in Sachsen, nahm Werner als ältestes Glied das Urgebirge, den Krystallisationskern, an, das wesentlich aus Granit, Gneiß, Syenit u. s. w. besteht. Auf das Urgebirge folgte nach ihm das Uebergangsgebirge (Thonschiefer, Grauwacke, Conglomerate u. s. w.) dann die Secundärgebilde oder das Flötzgebirge (Zechstein, Muschelkalk u. s. w.) und das auf dem Quadersandsteine liegende Gestein wurde als aufgeschwemmtes Land betrachtet. Später haben Cuvier und Prongniart von letzterem noch die tertiären Gebilde abgesondert und in neuerer Zeit nimmt man auch noch quaternäre an, welche die jüngsten Gebilde umfassen.

1) Historia terrae et maris, ex historia Thuringiae per montium descriptionem erecta. Act Acad. Mogunt. 1762. Entwurf der ältesten Erd- und Menschengeschichte. 1773.

Es ergibt sich nun sehr leicht die Frage, ob die im Vorstehenden angegebene Reihenfolge nur in Sachsen, nur in Europa, oder überall beobachtet
werde. Wenn bei uns die dem Uebergangsgebirge angehörende Steinkohlen-
formation unter der (secundären) Kreide liegt: Ist dieses dann anderswo
auch so? Hat, selbst die Bejahung dieser Frage zugegeben, die Bildung
gleichartiger Formationen allenthalben gleichzeitig stattgefunden, oder ist etwa
ein Erdtheil der Zeit nach hinter dem andern her, so daß etwa in Europa
die eine Steinart sich ablagerte, während Amerika mit der Bildung einer
andern Formation beschäftigt war? Zur Beantwortung des ersten Theiles
der vorstehenden Frage ist unmittelbare Beobachtung nöthig, zum zweiten
Theile, bei dem allerdings die Wahrscheinlichkeit für die Bejahung entscheidet, ist noch ein sehr bedeutendes Hülfsmittel hinzugekommen. Diese Hülfe
bieten die Versteinerungen und die Ueberreste vormaliger organischer Wesen
im Allgemeinen.

Zur Zeit, als jene alten Steine noch weicher Schlamm waren, mußten
von den damals lebenden Thieren die einen oder andern nach ihrem Tode in
dem Schlamme liegen bleiben, oder sie wurden durch eine Ueberschwemmung
mit Sand u. dgl. verschüttet und begraben. Die Thiere, die in dem Wasser
lagen, das immer die eine oder die andere unorganische Substanz, wenn
auch oft in ganz geringer Menge aufgelöst enthält, nahmen diese daraus auf,
sie verloren ihre ursprünglichen Bestandtheile und ersetzten sie durch neue,
so daß zuletzt ein Stein in der Form des Thieres übrig blieb. Der Vorgang ist ungefähr derselbe, wie wenn man in einem Stücke Tuch den einen
Faden nach dem andern auszieht und den jedesmal ausgezogenen durch einen
andern, etwa einen Metallfaden, ersetzt. Man wird zuletzt ein der Form nach
mit dem Tuche harmonirendes Stück eines Metallgeflechtes haben. Aus den
vorweltlichen Thieren wurden so Versteinerungen, Petrefacten.[1]
Andere Thiere, die, wie Muscheln, Schnecken u. s. w., schon ein steinernes
Gehäuse haben, durften nur sterben und das Fleischige herausfaulen, so
blieb die Schale übrig. Viele derselben, wie z. B. die Austern, leben ge-
sellig in großen Massen bei einander. Die jungen Thiere legen sich auf die
alten, letztere sterben ab, das leere Gehäuse bleibt und füllt sich nach und
nach mit Sand und Schlamm, und so kann es zuletzt kommen, daß sehr große
Lager, Bänke und Felsen fast ganz von diesen Thieren gebildet werden.

---

1) Die von Humboldt gesammelten Petrefacta wurden von L. v. Buch
und Degenhardt beschrieben und unter dem Titel: Petrificationis recueillies en
Amérique par M. A. de Humboldt, 1839 veröffentlicht.

Die Pflanzen machten in der Regel einen angehenden Verkohlungs-
proceß durch, wie dieser vor unsern Augen in dem Torfe vor sich geht, und
sie wurden zu Steinkohlen, Braunkohlen u. f. w.
Bei der Bedeckung einer Pflanze mit weichem Schlamm nahm dieser
auch die Form des Gewächses an, und als er erhärtete, blieb von der
Pflanze, die vielleicht längst nicht mehr vorhanden ist, ein ganz genaues
Siegel. Auf diese und noch einige andere weniger bedeutende Arten ist es
uns möglich, uns Kunde von der Fauna und Flora derjenigen Zeit zu verschaffen, in der ein Sedimentgestein sich gebildet hat.

Schon in den ältesten Zeiten sind den Menschen diese Erscheinungen
aufgefallen; doch war man im Allgemeinen weit entfernt, den Einfluß des
Studiums dieser Formen auf die Geschichte unsrer Erde zu ahnen. Man
hielt die Versteinerungen für Naturspiele (lusus naturae), Formen, in denen
die Natur wie zum Zeitvertreibe die Umrisse organischer Geschöpfe nachgebildet hätte, man glaubte einen verunglückten Anlauf zur Hervorbringung
organischer Wesen hierin zu erblicken, oder man hielt auch Knochen großer vorweltlicher Thiere, wie der Mammuthe, für die Ueberreste eines ehemaligen Gigantenstammes, der vor langer Zeit die Erde bewohnte. Hoole
trat am Beginne des 18. Jahrhunderts dieser Ansicht entgegen und behauptete, die Verschiedenheit der Versteinerungen, die schon vor ihm der an der
alten Theorie hängende Lister erkannt hatte, möchte wohl daher rühren, daß
verschiedene Zerstörungsperioden der lebenden Geschöpfe auf der Erde sich
gefolgt seien. Die Versteinerungen sind nämlich fast in jeder Gebirgsart
wieder verschieden; sie bleiben sich dagegen nahezu gleich, wenn man die
Glieder einer und derselben Schichte zusammenhält, es mag die letztere an
dem einen oder dem andern Ende der Erde gefunden worden sein. Je tiefer
die Schichte liegt, je älter sie also ist, um so mehr weicht die Form der damaligen Thiere und Pflanzen von der der jetzt lebenden ab. Nach und nach
gewahrt man immer andere und andere Geschöpfe, die sich immer mehr den
jetzigen nähern, und in den jüngeren Schichten sieht man sogar eine Andeu-
tung von klimatischem Einfluß. Die alten Geschöpfe gleichen am meisten
denen unserer jetzigen Tropen; aus der (tertiären) Braunkohlenzeit findet
man in unsern Ländern solche Pflanzen, wie Lorbeer u. dgl., deren jetzt
lebende Verwandte in den wärmeren Theilen der gemäßigten Zone leben.
Ganz zu oberst findet man Geschöpfe, die auf ein von dem jetzigen nicht sehr
verschiedenes Klima des Fundortes schließen lassen. So z. B. wurde am Anfange dieses Jahrhunderts an der Lena in Sibirien ein bisher im Eise begrabe-
nes, mit Haut und Fleisch versehenes Mammuth entdeckt, dessen dicker Pelz auf

eine zu seinen Lebzeiten mögliche bedeutende Kälte, dessen in den Zähnen
und im Magen befindliche Speisereste auf die dortige Flora und auf eine
niedrige Temperatur seines Aufenthaltsortes schließen ließen.

Für uns haben die Ueberreste der organischen Geschöpfe der Vorwelt
zunächst darum Bedeutung, weil sie ein Hülfsmittel an die Hand geben, die
oben aufgeworfene Frage zu beantworten, ob die Bildung einer und dersel=
ben Felsart in den einzelnen Erdstrichen zu gleicher Zeit vor sich gegangen
sei, denn wenn man in Amerika dieselbe Reihenfolge der Schichten beobach=
tet, wie in Europa, wenn in demselben Gestein, gleichviel wo man es findet,
die Petrefacten stets den gleichen Charakter haben, so kann man jedenfalls
mit einem hohen Grade von Wahrscheinlichkeit annehmen, daß bei der Ent=
stehung dieselben Umstände gewaltet haben, daß derselbe Stein allenthalben
der gleichen Epoche unserer Erde entspreche. Hierauf hat zuerst W. Smith
am Ende des vorigen Jahrhunderts aufmerksam gemacht.

Außer der Feststellung des Synchronismus der einzelnen Formationen
bleibt uns noch die Reihenfolge derselben zu bestimmen, es ist die Frage zu
beantworten: Welche Formationen und welche Glieder derselben folgen auf
einander? Die Beantwortung dieser Frage wäre sehr leicht, wenn jede
Steinart über die ganze Erde verbreitet und allenthalben dem Blicke des
Menschen bloßgelegt wäre; allein beide Erfordernisse sind nicht erfüllt. Wie
die neueren Forschungen ergeben haben, ist die Oberfläche der Erde schon
seit uralter Zeit in Land und Wasser getheilt. Zwar ist die Curve, welche
den festen Theil von dem flüssigen sondert, die Küste, stets veränderlich ge=
wesen, wie sie auch seit den historischen Zeiten manche Modificationen er=
litten hat; aber soviel steht fest, daß seit dem Beginne der Sedimentgesteine
stets Land, stets Wasser vorhanden war. In den Oceanen der Jetztzeit
setzt sich allerlei Schlamm ab, der dereinst zur Felsmasse zusammenbacken
kann. Sollte nun in einem vielleicht fernen Jahrhundert das Relief unserer
Erde sich so ändern, daß ein Theil des jetzigen atlantischen Oceans sich so
erheben würde, daß er gleichzeitig mit einem Theile des jetzigen Festlandes
Land bildete, so müßte er offenbar mit einer Steinschichte überdeckt sein, die
der andern Parthie abgeht. Was aber in Zukunft geschehen kann, ist in
der Vergangenheit wirklich vorgekommen, denn wir haben große Strecken
Landes, die nachweisbar mit marinen Bildungen überdeckt sind. So ist
weitaus die größte Masse der Alpengesteine der Schlamm eines früheren
Meeres gewesen, und was als Folge zukünftiger Begebenheiten auf der Erde
gesehen werden wird, läßt sich als Folge früherer Ereignisse jetzt schon be=
obachten. Es geht daher keine Formation über die ganze Erde hinweg;

während das Eine da geschah, ereignete sich das Andere dort, und eine For=
mation wird an einer Stelle weniger mächtig, um vielleicht etwas ferner
einer andern Platz zu machen. Es können ein Paar gleichzeitige Bildungen,
z. B. eine Bildung des Landes und eine des Meeres, an derselben Stelle
öfters mit einander abwechseln, wenn während eines Zeitraumes an diesem
Flecke der Boden sich bald hob, bald senkte u. s. w.

Aus dem Vorstehenden dürfte erhellen, daß es eine schätzbare Arbeit
sein müsse, alle diese Erscheinungen gegen einander abzuwägen, diejenigen
Schichten zu bezeichnen, die als zusammengehörende anzusehen sind, und die
Art und Weise festzusetzen, wie die verschiedenen Glieder auf einander fol=
gen, kurz, die oben angeführten Fragen zu beantworten. Diese Aufgabe
hat sich Humboldt gestellt und in seinem Essai sur le gisement etc. durch=
geführt, soweit die damals bekannten Thatsachen es gestatteten. Durch seine
Reisen in Europa und Amerika hatte er eine größere Menge von Erfah=
rungen gesammelt, als irgend ein Forscher vor ihm, und seine Arbeit
mußte daher um Vieles vollständiger ausfallen, als die früheren, die sich
nur mit Feststellung der in kleineren Landstrichen vorkommenden Formatio=
nen beschäftigen konnten. Er verglich die Lagerung der einzelnen Formatio=
nen, ihr gegenseitiges Verhältniß, die in ihnen vorkommenden Versteine=
rungen, und verfaßte auf diese Weise eine gleichzeitig geographische und
historische Arbeit, indem er sowohl die Fundorte der einzelnen Formationen
in horizontaler Richtung, als auch durch Angabe ihrer Lage in senkrechter
Richtung ihr relatives Alter, das zu wissen zu einer Geschichte der Erde
unerläßlich ist, festsetzte. Er bestätigte, daß die einzelnen Schichten nach
der Tiefe zu sich ändern, fand aber auch, daß jede Steinart, wenn sie auch
nur streckenweise auf der Erde vorkommt, doch allenthalben, selbst in den
verschiedensten Erdstrichen, denselben Charakter hat. Es kann jede Gebirgs=
art in jeder Breite, in jedem Klima vorkommen, und so unterscheidet sich
der Stein bedeutend von dem Thiere und der Pflanze, die mit nur ganz
wenigen Ausnahmen an das Klima gekettet sind.

Den Schluß des Buches bildet ein Vorschlag Humboldt's, den La=
gerungszustand eines gegebenen Ortes durch allgemein einzuführende Zeichen
anzugeben, ein Vorschlag, der jedoch nicht durchgeführt wurde.

Es ist üblich, auf geologischen Karten besondere Gesteine mit verschie=
denen Farben zu bezeichnen, ähnlich wie man auf Landkarten auch gelegent=
lich die einzelnen Länder verschieden colorirt oder ihnen doch verschieden ge=
färbte Ränder gibt. Bei diesen geologischen Karten ist es sehr häufig, daß
man mit Roth Granite, mit Gelb Porphyre, mit Grün Tertiärgebilde be=

zeichnet und daß neueres angeschwemmtes Land weiß gelassen wird. In ähnlicher Weise ließe sich irgend eine Beobachtung durch Buchstaben angeben, von denen jeder eine gewisse Bedeutung hat, und man könnte so das Ganze, das sich näher zusammengedrängt bezeichnen läßt, auch leichter übersehen. So würde nach Humboldt's Vorschlag α den Granit, β den Gneiß, γ den Glimmerschiefer u. s. w. bedeuten, und durch Benutzung von Accenten, Exponenten u. s. w. lassen sich auch nähere Bezeichnungen einführen.

Es möge genügen, hier eine Probe zu geben, welche Humboldt selbst anwandte, um die Zusammensetzung des Bodens von England zu bezeichnen. β, $\sigma\pi$, δ', $\varkappa^a$, $\tau'\varkappa^a$, τ', ξ, $\varkappa^a$, τ^a, $\varkappa^a + \vartheta$, τ^a, — —. Es bedeutet dieses: Das Uebergangsgestein beginnt bei der Formation des Syenits und Porphyrs $(\sigma\pi)$, das auf einem Gneiße (β) liegt, den man für primitiv hält; dann folgen Thonschiefer mit Trilobiten (δ'), die Grauwacke (von Matp-Hill) $(\varkappa^a)$, Uebergangskalkstein (von Longhope) (τ'), alter rother Sandstein (von Mitchel Dean) $(\varkappa^a)$, der Bergkalk von Derbyshire (τ'), die große Kohlenformation (ξ), das jüngere Conglomerat, repräsentirend rothen Sandstein $(\varkappa^a)$, Bitterkalk (τ^a), Red Marl mit Steinsalz $(\varkappa^a + \vartheta)$, Oolithenkalk (τ^a) ...

Es ist mir kein Beispiel bekannt, in dem von dieser Bezeichnung Anwendung gemacht worden wäre, man bleibt stets bei der Bezeichnung mit Worten.

Aehnlich wie man die Verbreitung einer Pflanzen- oder Thierform über verschiedene Landstriche aufsuchen und das Verhältniß dieser oder jener Familie zur Gesammtheit feststellen kann, und dann andererseits wieder die Aufgabe herzutritt, die Art und Weise zu bestimmen, wie die Flora und Fauna eines Landes zusammengesetzt ist, so können wir beide Ziele natürlich unter Voraussetzung der nöthigen Aenderungen auch in dem Mineralreiche verfolgen.

Im Essai sur le gisement etc. hat sich Humboldt zunächst die erstere Aufgabe gestellt und die gegenseitigen Beziehungen der einzelnen Gebirgsarten aufgesucht; in einer andern Arbeit, der Esquisse d'un tableau géognostique de l'Amérique méridionale, die sich im 3. Bande der Rel. hist. befindet, sehen wir ihn mit dem andern Theile beschäftigt. Er bespricht hier die Verbreitung der Gebirgsarten, Neigung und Streichen derselben, das Vorkommen der Ebenen und der Gebirge, sowie die Richtung der Züge der letzteren, ihre Vereinigungsstellen (Knoten) u. s. w.

In's Detail dieser Untersuchungen einzugehen, würde mich viel zu weit führen; es möge genügen, unter Verweisung auf die vorangehende Ausein-

anderstellung auf den Zweck der Arbeiten und deren Bedeutung für die Geologie und Geognosie hinzuweisen, welche beiden letzteren Wissenschaftszweige
annähernd die Stelle der Pflanzenphysiologie und Pflanzengeographie bei
den Gesteinen vertreten, während man die Oryktognosie als großentheils
der systematischen Botanik analog betrachten kann.

Die beiden genannten Werke Humboldt's sind vorzugsweise beschrei-
bender Natur, und sie lassen sich daher abfassen, ohne daß man nöthig hätte,
den oben (im Kapitel „Basalt“) angeführten Streit zwischen Neptunisten und
Vulcanisten zu berühren, da es sich in ihnen mehr um das handelt, was da
ist, als um die Art, wie es geworden ist. Humboldt hat sich auch nur
ausnahmsweise über den Streit geäußert; aber wie es in der Beschreibung
der rheinischen Basalte Stellen gibt, aus denen sich, wie ich gezeigt habe,
schließen läßt, daß er zu den Neptunisten zählte, so lassen sich in den in
Rede stehenden Werken auch Stellen finden, welche und zwar noch entschiedener zeigen, daß er mittlerweile zu den Vulcanisten übergegangen war.
So führte er die Trachyte, Phonolithe, Basalte, Dolerite u. s. w. unter der
Reihe der ausschließlich vulcanischen Gesteine auf. In S. 316 des Essai
sur le gisement etc. sagt er: „Es ist bei dem gegenwärtigen Stande der
Wissenschaft fast überflüssig, anzuführen, wie wenig die Annahme einer
wäßrigen Lösung auf Granit, Gneiß, Porphyr, Syenit, Euphotid und Jaspis
anwendbar ist. Ich wage nicht, mich über die Umstände auszusprechen, welche
die erste Bildung der oxydirten Kruste unsres Planeten begleitet haben mögen, doch zaudre ich auch nicht, mich auf die Seite derjenigen Geognosten
zu stellen, welche bei der Bildung der krystallinischen Kieselgesteine mehr zum
Feuer, als, wie es bei dem Travertin und andern aus Wasser sich bildenden
Kalksteinen geschieht, zum Wasser ihre Zuflucht nehmen.“

Wann dieser Umschlag bei Humboldt erfolgte, läßt sich nicht gut angeben; doch geschah dieses jedenfalls während der amerikanischen Reise,
wahrscheinlich schon in Teneriffa, wo er am Pic Lavaströme von Basalt beobachtete und zuerst Bekanntschaft mit einem noch thätigen Vulcane machte.
Da jedoch der Bericht über seine Beobachtungen zu Teneriffa im ersten
Bande der Rel. hist. erst 1814 veröffentlicht wurde, wäre es möglich, daß
die Aenderung seiner Ansicht auch später erfolgt sei; allein aus dem 2. Bande
der Rel. hist. ergibt sich, daß er sich schon am Anfange seiner amerikanischen
Reise dem Vulcanismus zugewandt hatte.

Als nämlich im Jahre 1812 die Stadt Caracas durch ein fürchterliches
Erdbeben zerstört worden war, wurde von verschiedenen Seiten behauptet,
Humboldt und Bonpland hätten nach ihrem Besuche der Silla (s. oben

S. 82) ausgesagt, daß die Nähe dieser Silla für die Stadt sehr gefährlich sei, weil dieser Berg viel Schwefel enthalte, und daß die Erschütterungen von Korkost herkommen würden. Humboldt sagt hierüber:[1] „Es könnte mir niemals einfallen, zu behaupten, daß die Silla und der Cerro de Avila, Berge von Gneiß und Glimmerschiefer, für die Hauptstadt gefährliche Nachbarn seien, weil sie in den untergeordneten Lagern von Urkalk viele Feuersteine enthalten; ich erinnere mich aber, während meines Aufenthaltes in Caracas gesagt zu haben, daß das Ostende des Festlandes seit dem Erdbeben von Quito in einem Zustande von Erregung sei, der für die Provinz Venezuela mit der Zeit bedeutende Erschütterungen befürchten lasse. Ich fügte bei, daß, wenn ein Land längere Zeit unter Erdstößen gelitten hat, sich neue unterirdische Verbindungen mit den nahe gelegenen Gegenden eröffnen, und daß die Antillenvulcane, die nordöstlich von der Stadt in der Richtung der Silla liegen, vielleicht die Ventile seien, durch welche während eines Ausbruches die Gase entströmen, welche auf dem Festlande die Erdbeben verursachen. Von diesen rein auf Localkunde und einfache Analogien gestützten Betrachtungen ist es aber weit bis zu einer Voraussage, welche durch die Naturerscheinungen bestätigt worden ist." Diese Stelle ist für uns darum interessant, weil sie zeigt, daß Humboldt schon in Caracas sich mit dem Gedanken an weit verzweigte unterirdische Communicationen vertraut gemacht hatte, ein Gedanke, der sich mit dem Vulcanismus, aber nicht mit dem Neptunismus verträgt.

Die Schule der Neptunisten, die am Schluß des vorigen Jahrhunderts ihren Einfluß in Frankreich und England ziemlich verloren hatte und sich nur in Teutschland, vorzugsweise des eigenthümlichen Auftretens der teutschen Basalte wegen, hatte halten können, wurde, während Humboldt in Amerika war, auch hier verdrängt. Hiezu trug vorzugsweise die Reise bei, welche Leopold v. Buch, wie und mit Humboldt Schüler und Anhänger Werner's, nach der Auvergne machte. Seit dieser Zeit war für die neptunische Schule das Feld verloren. Die Vulcanisten beschränkten sich nicht lange darauf, nur den Basalt und die verwandten Gesteine als feurigen Ursprungs zu bezeichnen, bald wurde dieser auch auf sämmtliche nicht geschichtete Felsarten, also auf diejenigen, welche Werner als den Krystallisationskern der Erde betrachtet hatte, wie Granit, Gneiß, Syenit u. s. w. in Anspruch genommen, doch wurden sie in der Weise von dem Basalte und dessen Verwandten, den Laven, unterschieden, daß sie nicht aus Vulcanen,

1) Kel. klet. II. 13.

sondern aus weiten Schluchten und Erdrissen aus dem Innern hervorge=
kommen, daß sie nicht flüssig, sondern mehr breiartig hervorgequellen seien.
Man nannte diese so gebildeten Gesteine zum Unterschiede von den Laven
plutonische Gebilde, woher denn auch die Schule den Namen pluto=
nistische erhalten hat.

Der Antheil, den Humboldt an der Ausbildung des Plutonismus
oder Vulcanismus nahm, bezieht sich vorzugsweise auf die Beweise, die er
für die Lehre von der Allgemeinheit, der weilen Verbreitung des Vulcanis=
mus, und von dem innern Zusammenhange weit von einander entfernter
Feuerberge beibrachte. Werner hatte bekanntlich die Vulcane als eine
rein locale, von brennenden, unterirdischen Kohlenlagern u. dgl. abhängige
Erscheinung betrachtet; Humboldt wies nach, daß der Vulcanismus eine
über weite Strecken verbreitete tief im Innern der Erde hausende Thätigkeit
sei, die sich bald als Feuerausbruch eines Vulcans, oder in der ruhigern
Aushauchung von Schwefel und Gasen, bald als Erdbeben zu erkennen gebe.
Er bediente sich des glücklichen Ausdruckes, der Vulcanismus sei die Re=
action des Innern der Erde auf deren Oberfläche.

Man kann Humboldt als einen der vorzüglichen Förderer der plu=
tonistischen Schule betrachten, da er nachwies, wie im Innern der Erde fort=
während eine theils bildende, theils das Vorhandene zerstörende Kraft thätig
sei und das Studium der Vulcane, in dem er so Vieles leistete, hat wieder
auf die ganze plutonistische Lehre zurückgewirkt, weil das, was man gegen=
wärtig an den Vulcanen vorgehen sieht, uns zunächst Fingerzeige über
das geben kann, was in der Vorzeit mit Hülfe dieser Kraft wirklich ge=
schehen ist.

Erdbeben und Vulcane hat Humboldt in der Relation historique zu
wiederholten Malen besprochen: so findet sich namentlich am Eingange des
2. Bandes eine größere Abhandlung über die Erdbeben. Außerdem be=
sitzen wir noch die Abhandlung „Ueber den Bau und die Wirkungsart der
Vulcane in verschiedenen Erdstrichen"[1] und ein Paar kleiner, specielle Ge=
genstände besprechende Aufsätze über die von den Vulcanen ausgeworfenen
Fische, über den Jorullo u. s. w., die oben S. 124 aufgeführt wurden.

In der Abhandlung „Ueber den Bau u. s. w." erwähnt Humboldt
die große Mannichfaltigkeit, in welcher die vulcanischen Gebilde auf der Erd=
oberfläche sich finden, und die man erst seit dem Beginne dieses Jahrhunderts
gehörig würdigt, weil erst seit dieser Zeit die Bekanntschaft mit Ländern

---

1) Abhandlungen der k. Akademie zu Berlin. 1822 u. 1823.

datirt, in denen thätige Vulcane eine außerordentliche Wirkung ausüben, während alles, was man früher von Vulcanen wußte, von dem Aetna und dem Vesuv, ja strenge genommen fast nur von letzterem, einem der kleinsten herrührte. „Allerdings," sagt Humboldt, „hätte eine sorgfältigere Unter= suchung des ganzen Mittelmeeres, besonders der östlichen Inseln und Küsten= länder, wo die Menschheit zuerst zu geistiger Cultur und edleren Gefühlen erwachte, eine so einseilige Naturansicht verhindern können. Aus dem tiefen Meeresgrunde haben sich hier unter den Sporaden Trachytfelsen zu In= seln erhoben, dem azorischen Eilande[1] ähnlich, das in 3 Jahrhunder= ten dreimal fast in gleichen Zeitabständen periodisch erschienen ist, zwischen Epidaurus und Trözene bei Methone hat der Peloponnes einen Monte nuovo, den Strabo beschrieben und Dodwell wiedergesehen hat, höher als der Monte nuovo[2] der phlegräischen Felder bei Bajä, vielleicht selbst höher als der neue Vulcan von Jorullo[3] in den mexikanischen Ebenen, den ich von mehreren kleinen aus der Erde herausgeschobenen, noch gegenwärtig rauchen= den Basaltkegeln umringt gefunden habe. Auch im Bassin des Mittelmee= res bricht das vulcanische Feuer nicht bloß aus permanenten Kratern, aus isolirten Bergen aus, die eine dauernde Verbindung mit dem Innern der Erde haben, wie Stromboli, der Vesuv und der Aetna. Auf Ischia, am Epomäus und wie es nach den Berichten der Alten scheint, auch in der lelan= tischen Ebene bei Chalcis, sind Laven aus Erdspalten geflossen, die sich plötz= lich geöffnet haben. Neben diesen Erscheinungen, die in die historische Zeit, in das engere Gebiet sicherer Traditionen fallen, enthalten die Küsten des Mittelmeeres noch manchfaltige Reste älterer Feuerwirkungen. Das süd= liche Frankreich zeigt uns in Auvergne ein eigenes geschlossenes System an einander gereihter Vulcane, Trachytglocken, abwechselnd mit Auswurfs= kegeln, aus denen Lavaströme sich bandförmig ergießen. Die lombardische, seegleiche Ebene, welche den innersten Busen des abriatischen Meeres bildet, umschließt den Trachyt der euganäischen Hügel, wo Dome von körnigem Trachyt, von Obsidian und Perlstein sich erheben, drei aus einander sich entwickelnde Massen, die den feuersteinhaltigen Jurakalk durchbrechen, aber nie in schmalen Strömen geflossen sind."

Die gegenwärtig häufigste Form der Vulcane ist die von isolirten Re=

---

1) Nahe der Azoreninsel St. Michael ist schon dreimal (1625, 1721 und 1811) eine Insel aus dem Meere hervorgekommen und wieder verschwunden. Meh= rere andere derartige Erhebungen bespricht Humboldt in Rel. hist. I. 171.

2) Am 29. Sept. 1538 entstanden und noch bestehend.

3) Entstanden am Geburtstage des Monte nuovo 1759.

gelbergen, wie Aetna und Vesuv; aber neben ihnen kommen auch solche Feuerschlünde vor, die auf ausgedehnten Gebirgsrücken sind. So der Pichincha bei Quito, dessen genauere Kenntniß wir Humboldt verdanken. Manche Vulcane stehen gesellschaftlich bei einander, entweder in Gruppen, wie die Azoren und canarischen Inseln, oder in einfachen oder doppelten Ketten zusammengereiht, bald den Gebirgszügen parallel, wie in Guatimala, Peru und Java, bald quer darauf, wie in Mexico.

„Dieses Zusammendrängen der Vulcane," sagt Humboldt[1], „bald in einzelne rundliche Gruppen, bald in doppelte Züge, liefert den entscheidendsten Beweis, daß die vulcanischen Wirkungen nicht von kleinlichen, der Oberfläche nahen Ursachen abhangen, sondern große, tief begründete Erscheinungen sind. Der ganze östliche, an Metallen arme Theil des amerikanischen Festlands ist in seinem gegenwärtigen Zustande ohne Feuerschlünde, ohne Trachytmassen, wahrscheinlich selbst ohne Basalte. Alle Vulcane sind in dem Asien gegenüber liegenden Theile vereinigt in der meridianartig ausgedehnten, 1600 g. Meilen langen Andeskette. Auch ist das ganze Hochland von Quito ein einziger vulcanischer Herd, dessen Gipfel Pichincha, Cotopaxi und Tonguragua bilden. Das unterirdische Feuer bricht bald aus der einen, bald aus der andern dieser Oeffnungen aus, die man als abgesonderte Vulcane zu betrachten sich gewöhnt hat. Die fortschreitende Bewegung des Feuers ist hier seit 3 Jahrhunderten von Norden gegen Süden gerichtet. Selbst die Erdbeben, welche so furchtbar verheerend diesen Welttheil heimsuchen, liefern merkwürdige Beweise von der Existenz unterirdischer Verbindungen, nicht bloß zwischen vulcanlosen Ländern, was längst bekannt ist, sondern auch zwischen Feuerschlünden, die weit von einander entfernt sind. So stieß der Vulcan von Pasto, östlich vom Flusse Guaytara, 3 Monate lang im Jahre 1797 ununterbrochen eine hohe Rauchsäule aus. Diese Säule verschwand in demselben Augenblicke, als 60 Meilen davon das große Erdbeben von Riobamba und der Schlammausbruch der Moya 30—40000 Indianer tödteten. Die plötzliche Erscheinung der azorischen Insel Sabrina am 30. Jan. 1811 war der Vorbote der fürchterlichen Erdstöße, welche weiter westlich vom Monat Mai 1811 bis zum Junius 1813 fast unaufhörlich erst die Antillen, dann die Ebenen des Ohio und Mississippi, und zuletzt die gegenüberstehenden Küsten von Venezuela erschütterten. Dreißig Tage nach der gänzlichen Zerstörung der Stadt Caracas erfolgte der Ausbruch des Vulcans von St. Vincent in den nahen Antillen. In demselben Augen-

[1] A. a. O. 142.

blick, als diese Explosion erfolgte, am 30. April 1811, wurde ein Schrecken erregendes, unterirdisches Getöse in allen Theilen einer Landstrecke von 2200 g. Quadratmeilen vernommen. Die Anwohner des Apure beim Einflusse des Rio Nula verglichen dieses Getöse ebenso, als die fernsten Küstenbewohner, mit der Wirkung schweren Geschützes. Von dem Einflusse des Rio Nula in den Apure, durch welchen ich in den Orinoco gekommen bin, bis zum Vulcan von St. Vincent, zählt man in gerader Richtung 157 g. Meilen. Dieses Getöse, welches sich gewiß nicht durch die Luft fortpflanzte, muß eine tiefe unterirdische Ursache gehabt haben. Es war wenig stärker an den Küsten des antillischen Meeres, dem ausbrechenden Vulcane näher, als in dem Innern des Landes."

Außer den permanenten Communicationswegen zwischen dem Innern und dem Aeußern der Erde gibt es auch solche, die nur zeitweilig, nur ein einziges Mal den von unten kommenden Stoffen den Durchgang gestatten, um sich darauf vielleicht für immer zu schließen. So der Antisana in den Andes, der Epomeo auf Ischia; aber hier muß nicht ein Berg da sein, es kann dieses auch in der Ebene geschehen, wie dieses in Island, Quito und bei Cuba vorgekommen ist. Auf diese Weise können verschiedenartige Gesteine als zuerst nahe flüssige Massen in die Höhe getrieben werden, und so erklärt sich namentlich die Form unserer Basaltberge, von der bereits oben (S. 16) die Rede war.

Zur Erklärung der Ursache des vulcanischen Feuers spielte am Beginne dieses Jahrhunderts die Hypothese des Engländers Davy eine große Rolle. Dieser Gelehrte hatte nämlich im Jahre 1807 die Entdeckung gemacht, daß das Kali, welches mit Kohlensäure verbunden, den Hauptbestandtheil der Pottasche ausmacht, aus Sauerstoff und einem metallähnlichen Körper, dem Kalium, besteht. Das Kalium zeichnet sich durch große Verwandtschaft zum Sauerstoffe aus, und brennt so leicht, daß es, in Wasser geworfen, sich alsbald entzündet. Aehnliche Stoffe sind die Grundlagen der übrigen Alkalien, sowie der Erden. Davy' nahm nun an, daß die Erde in ihrem Innern große Massen dieser Substanzen enthalte, welche, wenn sie mit Sauerstoff oder einer sauerstoffhaltigen Verbindung zusammenkommen, sich entzünden und dann die vulcanischen Explosionen verursachen. Diese Hypothese ist jetzt verlassen; sie war eine Ueberschätzung der übrigens bennoch äußerst wichtigen Entdeckung der Metalloïde. Das geringe specifische Gewicht dieser Körper paßt nicht zu der aus andern Beobachtungen bekannten Dichtigkeit der

1) On the phenomena of volcanoes. Phil. Trans. 1629.

Erde, und dann frägt es sich auch, woher denn diese Stoffe, welche aller=
dings die Grundlage der Laven bilden, den Sauerstoff nehmen, da sie nie
unverbrannt, d. h. nie frei von diesem aus den Vulcanen hervorkommen.
Man kann allerdings sich hier auf das Wasser berufen, welches mit der Lava
stets hervorkommt, kann sagen, dieses sei zum Theil zersetzt worden; allein
wenn der Sauerstoff des Wassers an die Metalloxyde geht, wo bleibt dann
der Wasserstoff? Man findet dieses Gas nicht in den luftförmigen Produc=
ten der Vulcane, unter denen es die Hauptrolle spielen müßte, wenigstens
nicht in der Quantität, die zu erwarten stünde. Wollte man einbringende at=
mosphärische Luft als Sauerstoffquelle ansehen, so entstünde die Frage, wo
der dem Sauerstoff entsprechende Stickstoff seine Verwendung finde. Es
läßt sich nicht genau feststellen, ob Humboldt, als er die Abhandlung über
den Bau der Vulcane veröffentlichte, Anhänger dieser Theorie war oder nicht.
Er erwähnt sie, ohne ihr direct beizustimmen, noch ihr zu widersprechen. Er
legt jedoch großes Gewicht darauf, daß im Innern der Erde große Hitze sei
und daß Dämpfe vorzugsweise thätig sind, die vulcanischen Erscheinungen
hervorzubringen. Uebrigens hat Davy in seinem letzten Werke Consolation
in travel and last days of a Philosopher seiner Hypothese selbst entsagt.[1]

Der Nachweis von der großen Verbreitung der Vulcane über die Erde
und der ungeheuren Fläche, über welche die im nachweisbaren Zusammen=
hange stehenden Feuerberge und Erdbeben sich ansehnen, hat bei der Wich=
tigkeit des Gegenstandes für die Geologie Humboldt zu einer der Stützen
der vulcanistischen oder plutonistischen Schule gemacht, und es dürfte aus
dem Vorstehenden der von mir oben (S. 21) gemachte Ausspruch über das
Verhältniß Humboldt's zum Vulcanismus gerechtfertigt erscheinen. Es ist
jetzt allgemein angenommen, daß eine großartige unterirdische Communica=
tion zwischen den Vulcanen besteht und die Feuerberge gelten gewissermaaßen
als die Sicherheitsventile, welche die Länder vor Erdbeben schützen, da die
eingesperrten Dämpfe in ihnen einen Abzugscanal finden. Nichtsdestoweniger
ist auch jetzt noch manches Dunkel aufzuhellen und man darf trotz aller Com=
munication nicht glauben, daß die Vulcane nur als Röhren zu betrachten
seien, die alle in dasselbe Bassin geschmolzener Massen hinabtauchen. Wäre
dieses der Fall, so könnte nicht wohl ein Vulcan toben, während ein anderer
in seiner Nähe ruhig ist, und wenn z. B. in dem 10200 Fuß hohen Aetna
die Lava bei einem Ausbruche nur 4—5000 Fuß in die Höhe getrieben

<hr>

1) Humboldt, Kosmos I. 247. Hier sind auch die obenstehenden Bedenken
angeführt.

würde, so müßte sie nach dem hydrostatischen Gesetze der communicirenden Röhren lange vorher in dem Besuv und Stromboli überlaufen.

Der Magnetismus.

Zu den räthselhaftesten Wirkungen, denen der Forschungstrieb der Menschen begegnet, gehört unstreitig der Magnetismus. Dieser ist unter den verschiedenen Naturkräften, die wir jetzt bei dem unvollkommenen Zustande unsrer Kenntnisse noch als von einander getrennt anzunehmen gezwungen sind, so daß wir Chemismus, Elektricität u. s. w. unterscheiden, die aber vielleicht in der Zukunft als die Aeußerungen einer einzigen allgemeinen Kraft erkannt werden mögen, diejenige, welche den Sinnen am wenigsten bemerklich wird, und darum sind auch Jahrhunderte hingegangen, bis man seine Thätigkeit kennen lernte, denn nur im Nordlichte findet eine mehr in die Sinne fallende Wirkung statt. Nichtsdestoweniger ist der Magnetismus so allgemein verbreitet, als irgend eine andere Kraft, denn man hat bisher keinen Ort der Erde angetroffen, an dem man nicht magnetische Einwirkungen gefunden hätte, ja man hat sogar in neuerer Zeit Versuche gemacht, auch die Sonne und die übrigen Gestirne in das Gebiet der magnetischen Wirkungen zu ziehen.

Einzelne magnetische Wirkungen kennt man schon seit langer Zeit, denn bereits Plato, Aristoteles und Plinius erwähnen die Eigenschaft des natürlichen Magneten (eines Eisenerzes, das im Alterthume besonders in der Nähe von Magnesia gefunden worden sein soll, woher auch der Name stammt) und Lucrez spricht auch von der Zurückstoßung des Magneten, was voraussetzt, daß man damals schon erkannt habe, daß der Magnet zwei ungleichartige Pole besitze und daß gleichnamige Pole sich abstoßen, während ungleichnamige sich anziehen. Man hat in neuerer Zeit gefunden, daß es außer den eigentlichen Eisenerzen noch andere Gesteine gibt, in denen kleinere Theilchen Magneteisen enthalten sind und die eine solche magnetische Anziehung und Abstoßung zeigen. Humboldt[1] fand 1796 im Fichtelgebirge eine Serpentinsteinkuppe, den Haidberg, welche diese Eigenschaft ganz auffallend zeigte. Erst viele Jahrhunderte nach Lu-

1) Gren, Neu. Journ. IV. 1797. S. 136. Intelligenzblatt der allg. Jenaer Litteratur-Zeitung 1796 No. 169, 1797 No. 39. Annales de Chimie XXII. 47.

crez folgte die Entdeckung, daß die auf einer verticalen Spitze ruhende und in horizontaler Richtung frei bewegliche Magnetnadel sich (ungefähr) in der Südnordrichtung einstelle. Die Kunde davon scheint in Europa aus dem 11. oder 12. Jahrhundert zu datiren. Hansteen[1] theilt folgende Notiz mit: „Doch erzählt Are Frode, Verfasser des Landnamabok von Island, daß Flole Vilgerdarson, der dritte Entdecker dieser Insel, ein berühmter Wiking oder Seeräuber, etwa im Jahre 868 von Rogaland in Norwegen ausging, um Gardarsholm (Island) zu suchen. Er nahm 3 Raben mit sich, die zu Wegweisern dienen sollten, und um sie zu diesem Gebrauche einzuweihen, veranstaltete er im Smörsund, wo das Schiff segelfertig lag, ein großes Opfer, denn damals hatten die Seefahrer keinen Leidstein in den nördlichen Ländern. Leid bedeutet Weltgegend, also Leitarstein, ein wegweisender Stein. Are Frode ist nach dem Zeugnisse Snorro Starleson's 1068 geboren, folglich ist sein Buch vermuthlich am Schlusse des 11. Jahrhunderts geschrieben. Damals ist also schon die Polarität des Magnetes in Norwegen bekannt gewesen. Es läßt sich jedoch aus dem Ausdrucke abnehmen, als hätten sie noch nicht den Compaß gekannt, sondern den natürlichen Magneteisenstein an einem Faden aufgehängt."

Humboldt[2] glaubt, daß diese Nachricht in Zweifel zu ziehen sei, und führt an, daß von Guiot de Provins (1190) und Jaques de Vitry (1213—1240), Bischof von Ptolemais, der Magnetnadel zuerst erwähnt, aber von ihr als von einem bei Seefahrern allgemein gebräuchlichen Instrumente gesprochen werde. Er ist der Ansicht, daß sie von den Arabern eingeführt wurde.

Viel älter ist die Magnetnadel bei den Chinesen. Nach dem dortigen Geschichtschreiber Schumatsian[3] schenkte der Kaiser Tschingwang im Jahre 1100 vor dem Anfange unserer Zeitrechnung den Gesandten von Tonkin und Cochinchina, welche befürchteten, den Rückweg zu verfehlen, fünf magnetische Wagen (tschinankiu), welche nach Süden wiesen, mittelst des beweglichen Armes einer kleinen Figur, die mit einem Federkleide bedeckt war, unter dem also das nördliche Ende, nach dem wir uns zu richten gewohnt sind, sich befand.

---

1) Untersuchungen über den Magnetismus der Erde. Ueberf. v. Hanson 3.
2) Unterf. über die hist. Entwicklung der geogr. Kenntnisse v. d. Neuen Welt. Ueberf. von Ideler, II. 25.
3) Humboldt a. a. O. II. 24.

Die Chinesen bemerkten auch, daß die Magnetnadel nicht genau nach Nord oder Süd zeige, sondern nur in die Gegend der Erdpole, d. h. sie kannten die Declination, oder wie man sie früher nannte, die Variation der Magnetnadel. So sagt Humboldt[1]: „Keufungtschi, Verfasser einer medicinischen Naturgeschichte, unter dem Titel: Penthsaoyan, deren Abfassung unter die Dynastie der Sung zwischen die Jahre 1111 u. 1117 unserer Zeitrechnung fällt, äußert sich folgendermaßen über die Kräfte des Magnets oder Steins, welcher das Eisen zieht: Wenn man eine Spitze von Eisen mit dem Magnet reibt, so erlangt sie die Eigenschaft, nach Süden zu weisen; jedoch weicht sie stets nach Osten ab und hat nicht die genaue Richtung nach Süden. Deßhalb zeigt, wenn man einen baumwollenen Faden nimmt und ihn durch ein wenig Wachs in der Mitte des Eisens befestigt, die Nadel an einem Orte, wo sie dem Winde nicht ausgesetzt ist, beständig gen Süden. Steckt man die Nadel in eine Gabel (die chinesischen Gabeln sind kleine Halme sehr dünnen Rohres) und legt diese Vorrichtung auf die Oberfläche des Wassers, so zeigt die Nadel gleichfalls nach Süden, aber stets mit einer Abweichung nach dem Punkte Ping, d. h. ⅜ Süd." Es muß demnach damals in China das Nordende der Nadel nordwestlich abgelenkt gewesen sein.

Am Ende des 15. Jahrhunderts war in Europa die Abweichung nach Humboldt[2] ziemlich bedeutend nordöstlich, und er zweifelt nicht, daß dieses recht wohl bekannt war. Columbus entdeckte aber hiezu auf seiner ersten Reise nach Amerika am 13. Sept. 1492, daß die Declination veränderlich sei, und an verschiedenen Punkten der Erde verschiedene Werthe habe. Er beobachtete nämlich (ungefähr im 29° n. Breite und 31° w. Länge von Paris), daß die Magnetnadeln, deren Richtung bis dahin nordöstlich gewesen war, nach Nordwesten abwichen, und daß diese Abweichung nach Nordwesten am folgenden Morgen noch zunahm. Er mußte also einen Punkt passirt haben, wo die Nadel genau nach Norden zeigte. Spätere Beobachtungen haben gelehrt, daß ein solches Verschwinden der Declination nicht bloß in der Breite, in welcher Columbus den atlantischen Ocean befuhr, stattfindet, denn die Erde theilt sich gegenwärtig in zwei Theile, von denen der eine östliche, der andere westliche Abweichung hat. Beide Theile sind von einander durch eine rings um die Erde gehende, jedoch unregelmäßig gekrümmte Linie getrennt, in der keine Abweichung stattfindet, und Columbus

---

1) A. a. O. II. 23. nach Klaproth, Lettre à M. Alexandre de Humboldt sur l'invention de la boussole. p. 65.
2) A. a. O. II. 23.

fand diese, als er sie im Ocean kreuzte. Die Declination ist jedoch nicht stets dieselbe; sie erleidet seculare Aenderungen. Die Nadel hat in Europa zur Zeit der Entdeckung von Amerika östlich gezeigt; am Schlusse des 16. Jahrhunderts verminderte sich diese Abweichung und in der Mitte des 17. Säculums stand sie im Meridian, ging dann nach Westen über und ist jetzt auf der Rückkehr begriffen. In Paris war die Declination:

$$1580 \quad 11°30' \text{ östlich} \qquad 1814 \quad 22°34' \text{ westl.}$$
$$1666 \quad 0° \quad 0' \quad = \qquad 1852 \quad 22°20' \text{ westl.}$$

Die Linie von 0° Abweichung scheint sich von Ost gegen West zu bewegen, sie ändert sich aber dabei wie die Wolken auf ihrem Zuge. Ihre Richtung ist mehr der der Meridiane als der der Breitekreise parallel.

Hätte sie überall genau die Richtung des Meridians, so würde sie die Erde in eine östliche und eine westliche Hemisphäre theilen, sie würde jeden Breitekreis an zwei sich diametral entgegengesetzten Punkten schneiden, wie dies auch zwei um 150 Grade von einander entfernte Meridiane thun. Würde man nun auf einem Breitekreise, etwa auf dem Aequator selbst, von Ost nach West, oder umgekehrt weiter gehen, so wäre in dem einen Durchschnittspunkte die Abweichung Null, sie würde aber bei der Entfernung von dem Punkte wachsen. Hätte man 90 Grade durchlaufen, so hätte man das Maximum der Abweichung, denn bei dem Fortschreiten würde man sich dem andern Durchschnittspunkte nähern, bei dem die Abweichung wieder verschwindet. Blicke der Beobachter an Ort und Stelle, wären aber die magnetischen Meridiane beweglich, so würde dieselbe Reihenfolge von Erscheinungen eintreten müssen.

In der Natur sehen wir analoge Vorgänge, aber wegen der Unregelmäßigkeit der Linie von 0° Abweichung nicht genau dieselben. Im 17. Jahrhundert ist die Linie über uns weggegangen und seitdem hat sich die Abweichung vergrößert; aber jetzt nähert sich uns die schon an der Ostgränze von Europa stehende Fortsetzung unserer Nulllinie und kommt diese dereinst zu uns, so verschwindet die Abweichung, um dann in die entgegengesetzte überzugehen. Wegen der Veränderlichkeit der Gestalt der Linie ohne Abweichung war der durch Neuholland, Asien und Osteuropa gehende Theil der Curve früher[1] stärker gekrümmt und seitdem hat sich ein Bogen abgeschnürt und bildet jetzt eine eigene in sich zurücklaufende Curve, die in Ostchina und dem angränzenden Meere ein kleines Gebiet mit westlicher Declination einschließt, das ein Enclave des großen mit Ostdeclination bildet.

---

1) Neu. Gehler Karten zum Artikel Magnetismus.

17 *

Wie man durch die oben erwähnte Gränzlinie die Gebiete östlicher und westlicher Declination scheidet, indem man die Punkte gleicher Abweichung (hier 0°) mit einander verbindet, so kann man auch die Punkte, die eine gewisse östliche oder westliche Declination besitzen, zu Isogonen vereinen, welche auf den ersten Blick die jeweilige Vertheilung der Abweichungen über die Erde zu erkennen geben. Die erste Isogonenkarte wurde als Frucht zweier Reisen in dem atlantischen Oceane von Halley (1701) entworfen und diesen Isogonenkarten analog sind, wie bereits oben S. 152 bemerkt wurde, die von Humboldt eingeführten Isothermen, sowie auch die übrigen magnetischen Karten und in neuer Zeit eine ganze Menge anderer mit den Buchstaben Iso beginnender Tafeln nachgebildet. Hansteen[1] hat Declinationskarten für verschiedene Jahre von 1600—1800 entworfen, Sabine eine für 1840; außerdem sind wir im Besitze einer größeren Anzahl von Specialkarten einzelner Länder, z. B. Deutschlands von Lamout u. s. w.

Neben der seculären Aenderung der Abweichung kennt man noch eine tägliche. Eine sehr leicht bewegliche, etwa an einem Coconfaden hängende Nadel ist in fortwährender Bewegung. Sie geht bald nach Ost, bald nach West, aber der mittlere Stand des dem nächsten Erdpole zugekehrten Endes ist im Allgemeinen in den Mittagsstunden mehr westlich als am Morgen, und diese tägliche Bewegung, die nach Humboldt[2] der Missionär Guy Tachard in Luovo in Siam wahrscheinlich zuerst bemerkt, Graham 1722 näherbestimmt hat, ist im Sommer größer als im Winter. Manchmal (in den Störungen) kommen außergewöhnliche Bewegungen vor, die über die größten Breitendifferenzen hin fühlbar sind.

Um die Zeit von 1530—1540 entdeckte der Vicar G. Hartmann[3] an der St. Sebalduskirche in Nürnberg eine zweite Besonderheit der Magnetnadel: er fand, daß eine genau im Schwerpunkte aufgehängte Stahlnadel nach dem Magnetisiren nicht mehr horizontal stand, sondern mit dem Nordende abwärts zeigte. Diese Neigung oder Inclination wurde durch Normann (1576), dem man gewöhnlich die Entdeckung derselben zuschreibt, genauer untersucht und gemessen, wobei er sich einer Nadel bediente, die nicht auf einer verticalen Spitze, sondern um eine horizontale Axe drehbar war. Im nördlichen Amerika (nach den Untersuchungen von James Roß in

---

1) Untersuchungen über den Magnetismus der Erde.
2) Kosmos IV. 120.
3) Die erste Nachricht findet sich in einem in Dove's Repertorium der Physik II. 129 abgedruckten Briefe Hartmann's vom 4. März 1544.

70° 5′ Br. und 98° 5′ w. L. von Paris) steht die Inclinationsnadel senkrecht, das Nordende abwärts gekehrt. Je mehr man sich von diesem Punkte entfernt, um so geringer wird die Neigung der Nadel, die in der Gegend des Aequators horizontal steht, und jenseits neigt sich das Südende immer mehr und mehr, bis endlich im südlichen Eismeere (nach Roß in 75° 5′ Br. und 151° 48′ östl. L. von Paris) die verticale Stellung wieder erreicht wird. Rund um die Erde herum kann man die Punkte mit einander verbinden, in denen die Inclination Null ist, und man erhält so eine Curve, welche den Namen des magnetischen Aequators führt. Durch Verbindung der Punkte gleicher Neigung erhält man die Isoclinen, die eine Analogie mit den astronomischen Breitekreisen, welche man auf dem Erdglobus hat, bieten, weßhalb man oft statt zu sagen, dieser oder jener Ort liege in dieser oder jener Isocline, auch angibt, er sei in der oder der magnetischen Breite. Die Isogonen dagegen sind zunächst den Meridiankreisen analog; doch unterscheiden sich die Isoclinen und Isogonen von den Parallel- und Meridiankreisen entschieden dadurch, daß sie unregelmäßige Curven, letztere regelmäßige sind. Die erste Neigungskarte hat Wille für das Jahr 1700 in Sr. Petersb. Akad. Handl. vom Jahre 1769 bekannt gemacht; ihm folgte Hansteen. Die neueste Karte hat meines Wissens Sabine für das Jahr 1840 entworfen. Auch die Inclination hat ihre secularen und periodischen Aenderungen sowie auch ihre Störungen, wie sie die Abweichung besitzt.

Hat man eine frei bewegliche Magnetnadel und nähert man ihr einen Magnetstab, so wird sich dessen Wirkung auf erstere alsbald in deren Bewegung zeigen. Die vorher ruhige Nadel wird einen größern oder kleinern Bogen beschreiben; aber allmählig werden die durchlaufenen Bogen kleiner und endlich bleibt sie ganz stehen. Ihre nunmehrige Stellung wird eine bestimmte sein, in die sie nach einer Zahl von Oscillationen jedesmal wieder zurückkommt, so oft man sie aus der Ruhelage bringt. Diese Ruhelage ist in einer entschiedenen Abhängigkeit von der Lage des Stabes, unter dessen Einflusse die Nadel steht. Legt man den Stab links, so wird auf der Seite, auf welcher ein Nadelpol und ein Stabpol einander am nächsten sind, die Nadel nach links zeigen, ist der Stab oben, so zeigt auch die Nadel nach oben u. s. w. Führt man eine Nadel über die Oberfläche der Erde hin, so zeigt sie in den Stellungen, welche sie an den verschiedenen Punkten einnimmt, eine so genaue Analogie mit den Stellungen, die man an ihr beobachtet, wenn sie unter dem Einflusse des Stabes steht, daß man schon seit Jahrhunderten sich gewöhnt hat, die Erde als einen großen Magneten zu betrachten, und wie man von den magnetischen Eigenschaften eines Stahlstabes spricht, so wird

in gleicher Weise vom Erdmagnetismus gesprochen. Wie man am Stabe
Pole hat, Stellen, an denen sich der Magnetismus am stärksten äußern, ge=
rade so geschieht dieses auf der Erde; man spricht von den magnetischen Po=
len der Erde, diese sind jedoch nicht in den astronomischen Polen, sondern von
ihnen verschieden, wenn auch stets in hohen Breiten. Die Neigung erklärt
sich daraus, daß, weil auf der nördlichen Halbkugel dem Nordende der Nadel
auch der Nordpol der Erde am nächsten liegt, die zwei Pole sich einander
mehr zu nähern suchen, als der Südpol der Erde und das Südende der Na=
del, die, weil weiter von einander entfernt, schwächer wirken. Auf der süd=
lichen Halbkugel tritt der entgegengesetzte Fall ein.

Außer den Erscheinungen der Declination und der Inclination, die
man an einer kleinen Magnetnadel mit Hülfe eines Stabes hervorrufen kann,
sieht man bei diesen Versuchen noch eine weitere Erscheinung. Coulomb[1]
hat gezeigt, daß die Zeit, welche eine und dieselbe Nadel braucht, um eine
Schwingung zu machen, nicht stets dieselbe sei, je nachdem eine magnetische
Wirkung auf sie ausgeübt wird. Nimmt man einen stärkeren Stab, so os=
cillirt die Nadel schneller, als bei dem schwächeren, macht also die einzelne
Schwingung in einem kürzeren Zeitraum, und die Quadrate der Schwin=
gungszahlen bei gleicher Zeit verhalten sich wie die wirkenden Kräfte. Macht
mithin die Nadel nahe einem Magnetstabe in 10 Minuten 100 Schwingun=
gen, nahe einem andern unter sonst gleichen Verhältnissen 200, so verhalten
sich die Kräfte der beiden Stäbe wie 100.100 zu 200.200 oder wie 1 zu
4. Führt man eine Nadel über einen Magnetstab hin, so zeigt sich, daß
dessen Wirkung in seiner Mitte kleiner ist, als wenn man den Versuch in der
Nähe eines der Pole wiederholt. Es lag nun sehr nahe, auch den Erd=
magnetismus in Beziehung auf seine Stärke an verschiedenen Orten zu un=
tersuchen, und man hatte dazu eine Neigungsnadel in dem magnetischen Me=
ridian, d. h. derjenigen Verticalebene, in welcher die Declinationsnadel zur
Ruhe kommt, schwingen zu lassen, und die Schwingungen zu zählen. Mal=
let[2], welcher 1769 nach Ponvi im russischen Lapland gesandt worden war,
um den Durchgang der Venus zu beobachten, ließ eine Nadel schwingen und
fand, daß dieselbe zu 4 Schwingungen genau dieselbe Zeit brauchte, wie in
Petersburg. Die Zahl der Schwingungen war aber zu gering, als daß sich
ein Unterschied hätte ergeben können. Nun gab die französische Akademie
den Gelehrten, welche La Pérouse auf seiner Entdeckungsreise (1755 —

1) Grea, Neues Journal der Physik. II. 299.
2) Nov. Comment. Petrop. XIV. 2. 1769 p. 33.

1759) begleiteten, den Auftrag, Beobachtungen über die Schwingungszeit der Magnetnadel in verschiedenen Breiten zu machen. Der Astronom La= manon, der bei der Expedition war, berichtete in einem von der Insel St. Catharina datirten Briefe, daß er solche Beobachtungen gemacht habe [1]. Aber Lamanon wurde (10. Dec. 1787) auf Mouna, einer der Schiffer= inseln, von den Eingebornen erschlagen; seine Schriften blieben zum Theile bei der Expedition und gingen mit dieser verloren, denn La Pérouse's letzter Brief datirt aus Botanybay (7. Febr. 1788), dann verschwanden seine beiden Schiffe spurlos im Archipel der niedrigen Inseln. Erst 1827 ermittelten die Engländer die Insel Malicolo als Ort des Schiffbruchs.

Von der größten Bedeutung für die Lehre vom Erdmagnetismus waren die Arbeiten Humboldt's. Sie waren es schon im Anfange dieses Jahr= hunderts, also in unserer Periode seines Lebens; sie gewannen aber noch an Wichtigkeit in unserm letzten Abschnitte, da er auch seinen persönlichen Einfluß zur Unterstützung der Lehre vom Magnetismus zu Hülfe nahm. Ueberhaupt scheint dieser Gegenstand in der letzten Zeit seines Lebens sein besonderes Schooßkind gewesen zu sein.

Zunächst bereicherte er die Wissenschaft mit einer großen Anzahl von Beobachtungen, wobei er besonders auf die am wenigsten vervollkommneten Zweige der Inclination und der Intensität Rücksicht nahm. Die Beobach= tung der Declination genießt nämlich den großen Vortheil, daß man die Mittel hat, sie sehr genau anzustellen, wenn man die Nadel, welche sich in der Horizontalebene bewegt, an einem Coconfaden aufhängt. Hier ist der durch Hindernisse der Bewegung hervorgebrachte Widerstand ein Minimum, und darum sind auch die Declinationsbeobachtungen am genauesten und leich= testen zu bewerkstelligen. Will man aber die Neigung oder die Intensität beobachten, so muß man die Nadel in der Verticalebene um eine horizontale Axe schwingen lassen, die auf beiden Seiten der Nadel auf Widerlagern ruht und bei der Bewegung sich an ihnen reibt, wodurch, wenn das Instrument nicht mit größter Sorgfalt gearbeitet ist, bedeutende Fehler entstehen können. Niemals aber kann man die Vollkommenheit erreichen, welche die hängende Declinationsnadel besitzt. In neuerer Zeit hat man zwar gelernt, durch Zuhülfenahme von verticalstehenden Eisenstäben, die beiden genannten Ele= mente mit Hülfe der horizontalschwingenden Nadel allein zu erhalten, wie

---

1) Humboldt sagt hierüber (Kosmos I. 433): „Man weiß bestimmt, daß sie schon im Julius 1787 in den Händen Condorcet's waren; sie sind aber trotz aller Bemühungen bis jetzt nicht wieder aufgefunden worden.

dieses z. B. bei Lamont's Reisetheodolithen geschieht, aber nichtsdestowe=
niger ist die Bestimmung immer umständlicher und unsicherer.

Die ersten Beobachtungen Humboldt's finden sich bereits in den
Annalen der Physik von Gilbert 1801 aus einem von Caracas datirten
Briefe an Lalande abgedruckt und in Hansteen's Untersuchungen über
den Magnetismus der Erde (S. 67) republicirt; außerdem sind die Mit=
theilungen zerstreut in der Relation historique, Poggendorff's Anna=
len u. s. w. Humboldt hat jedoch das Zusammensuchen aller dieser No=
tizen dadurch überflüssig gemacht, daß er in einer Beilage zu dem dritten
Bande der Relation historique alle Beobachtungen über magnetische Incli=
nation und Intensität vereinigte, welche er von 1798—1829 in Amerika,
Europa und Asien gemacht hatte. Außer diesen Beobachtungen verdanken
wir Humboldt noch zwei Abhandlungen, von denen er die eine mit Biot,
die andere mit Gay=Lussac bearbeitete. Die erstere der beiden führt den
Titel: Sur les variations du magnétisme terrestre à différentes latitudes
(Journal de physique LIX. 1604), die andere: Observations sur l'intensité et l'inclinaison des forces magnétiques etc. (Mémoires de la société
d'Arcueil I. 1606). Der ersten Arbeit dienen größtentheils die amerikani=
schen Beobachtungen, der andern später auf einer Reise nach Italien (1805
und 1606) angestellte als Basis.

Vor Humboldt's Reise nach Amerika war die Kenntniß von der In=
clination in den Tropen noch so weit zurück, daß man glaubte, der magneti=
sche Aequator falle mit dem astronomischen zusammen. In der aus seinen
Briefen entnommenen geognostischen Skizze von Südamerika' finden wir
(S. 400) die Notiz: „Ich habe zu St. Carlos del Rio Negro unter 1° 35'
n. B. die magnetische Inclination, von der man bisher wähnte, sie sei unter
dem Aequator 0, mit einer Borda'schen Boussole 20° 35' gefunden."* Es
erhellt hieraus, daß die Neigung am astronomischen Aequator nicht 0 sein
konnte, da sie sonst auf der kurzen Strecke von 1° 35' Bogen am 20° 53'
abnehmen müßte, was unerhört wäre.

War es nun ausgemacht, daß der astronomische und der magnetische
Aequator nicht zusammenfallen, so blieb noch übrig, anzugeben, wo letzterer
sich befinde. Humboldt und Biot hatten 1805 nur zwei directe Beob=
achtungen, in denen die Nadel horizontalstehend gefunden wurde. Zuerst

---

1) Annalen der Physik von Gilbert, XVI. 1804.
2) Doch geht aus der Humboldt=Biot'schen Arbeit S. 439 hervor, daß
Wille und Lemonnier anderer Ansicht waren.

hatte es La Pérouse an der Küste von Brasilien in 10° 57′ s. Br. und 25° 5′ w. L. von Paris gesehen, dann Humboldt in 7° 1′ s. B. und 60° 41′ w. L. von Paris. Daraus und aus den Vermuthungen von Wille und Lemonnier schlossen sie, daß der magnetische Aequator ein größter Kreis (derjenige Kreis, in welchem eine durch den Mittelpunkt einer Kugel gelegte Ebene die Oberfläche der Kugel schneidet) sei, der gegen den astronomischen Aequator um 10° 56′ 56″ geneigt ist, und ihn unter 120° 2′ 3′ w. L. und unter 59° 57′ 55″ östl. L. von Paris schneidet. Die Zusammenstellung der übrigen Beobachtungen zeigte ihnen, daß die Neigung der Nadel an verschiedenen Punkten der Erde sich erklären lasse, wenn man annehme, sie seien der Einwirkung eines ganz kleinen, aber nichtsdestoweniger sehr starken Magnetes ausgesetzt, der sich im Mittelpunkte der Erde befindet. Dieser kleine Magnet steht senkrecht auf der Ebene des magnetischen Aequators und seine Verlängerung schneidet die Erdoberfläche an zwei diametral gegenüberstehenden Punkten, den magnetischen Polen, die sich der eine in 79° 1′ 4″ n. Br. und 30° 2′ 5″ w. L., der andere im 79° 1′ 1″ s. Br. und 140° 57′ 55″ östl. L. von Paris befinden, die also von den neueren Bestimmungen (s. oben S. 261) ziemlich abweichen.

Nach der eben entwickelten Theorie wäre die Vertheilung der Linien gleicher Neigung über die Erde eine sehr regelmäßige, da sie sich gegen die beiden magnetischen Pole gerade so verhalten, wie die Breitenkreise zu den astronomischen Polen; doch haben die beiden Verfasser darauf aufmerksam gemacht, daß durch locale Umstände, wie eisenhaltige, magnetische Gebirgsarten veranlaßt, gelegentlich auch kleinere Anomalien vorkommen können.

Auch das Resultat der Humboldt-Gay-Lussac'schen Arbeit ist eine bei zunehmender Entfernung von dem Pole sehr regelmäßig abnehmende Neigung der Magnetnadel.

Mit der Lehre vom Magnetismus ist es in ähnlicher Weise gegangen, wie ich dieses bereits S. 143 bezüglich der Wärmelehre gezeigt habe. Solange man nur wenig Beobachtungen hatte, konnte man glauben, die Wärmevertheilung über die Erdoberfläche sei sehr regelmäßig und erst später lehrte der wachsende Reichthum an Erfahrungen das Gegentheil. So war es auch bei dem Magnetismus, nur folgten die Beobachtungen weitaus rascher. Schon Hansteen[1] war 1819 bei seinen Untersuchungen über den Magnetismus der Erde im Stande, nachweisen zu können, daß der magnetische Aequator kein größter Kreis, sondern eine mehrfach gekrümmte Curve sei, die

---

1) Untersuchungen über den Magnetismus der Erde. 46.

sich in der Gegend des astronomischen Aequators um die Erde schlingt, und daß diese Unregelmäßigkeiten sich auch bei den übrigen Isoclinen wiederhohlen.[1] Hansteen[2], der auch schon die seculare Veränderlichkeit der Neigung kannte, nahm zur Erklärung dieses Umstandes, also der Inclination wegen, 2 Magnete, also mit 4 Polen, in der Erde an, wie dieses schon vor ihm Halley gethan hatte, um die Declinationserscheinungen erklären zu können. Den einen der Südpole setzte er südlich von Neuholland, den andern südlich von Amerika; von den Nordpolen nahm er den einen in Nordamerika, den andern in Sibirien an. Beide Nordpole ließ er von West nach Ost, beide Südpole von Ost nach West, jedoch alle 4 mit verschiedener Geschwindigkeit sich bewegen.

Die Bestimmungen der Intensität des Erdmagnetismus waren, wie aus dem oben Angeführten erhellt, am Anfange unsers Jahrhunderts noch weiter zurück, als die der Inclination, da man gar keine Beweise hatte, ob die Intensität in verschiedenen Breiten constant sei oder nicht, denn die Parmanon'schen Beobachtungen, welche die angeregte Frage beantworten sollten, waren verloren gegangen.

Die ersten Versuche, welche über den Gegenstand veröffentlicht wurden, sind die oben erwähnten Humboldt'schen, von denen die Kunde aus seinen brieflichen Mittheilungen in Europa sich verbreitete. Humboldt hat zuerst thatsächlich nachgewiesen, daß die Intensität des Erdmagnetismus in den verschiedenen magnetischen Breiten Aenderungen unterworfen sei, daß sie bei der Annäherung an den Aequator abnehme, weil die Zeit, die eine und dieselbe Nadel zur Vollendung einer Schwingung nöthig hat, mit abnehmender Entfernung von dieser Curve wächst. Eine und dieselbe Nadel machte in 10 Minuten in

Paris . . . . 245 Schwingungen,
Madrid . . . . 240　　 "
Cumana . . . . 229　　 "
magnet. Aequator in Peru 211　 "
Mexico . . . . 212　　 "

Mit Humboldt beginnt mithin für diese Art von Untersuchungen eine neue Aera.

In der Abhandlung, die Humboldt mit Biot veröffentlichte, bespre-

---

1) Im Kosmos I. 190 hat Humboldt den Gang dieser Curve näher bezeichnet.

2) Untersuchungen u. s. w. 78 u. ff.

chen die beiden Verfasser diese Aenderung der Intensität, ohne jedoch den Versuch zu machen, sie einem Gesetze, wie diese Aenderung vor sich gehe, zu unterwerfen. Auch in der Humboldt=Gay=Lussac'schen Arbeit wiederholt sich die Erscheinung der mit zunehmender Entfernung vom Pole abnehmenden Intensität. Diese Arbeit ist es (S. 9), in welcher zuerst diejenige Kraft, mit welcher der Magnetismus im Aequator zu Peru wirkt, als die Einheit angenommen wird, nach der längere Zeit später, ja zum großen Theile jetzt noch, alle Intensitäten auf der Erde gemessen wurden. Es wurde oder wird das Verhältniß gesucht, in dem die jeweilig gefundene Intensität zu der von Humboldt in Peru gefundenen steht, und nach dieser Einheit sind auch zum größten Theile die späteren Intensitätskarten angelegt worden.

Als von der Expedition La Pérouse's alle Nachrichten ausblieben, schickte die französische Regierung am Anfange der ersten Revolution eine Expedition unter D'Entrecasteur aus, um La Pérouse zu suchen. Auf dieser Reise stellte De Rossel Schwingungsbeobachtungen zu Brest, auf Teneriffa, Amboina, Java und Vandiemensland an, die jedoch erst im Jahre 1808 veröffentlicht wurden. [1]

Die Versuche der Engländer, die nordwestliche Durchfahrt aufzufinden, veranlaßten i. J. 1819 die Reise des Capitains Roß nach der Baffinsbai, und dabei stellte Capitain Sabine eine Reihe von Beobachtungen von London bis zum nördlichen Ende der Baffinsbai an. Diese Beobachtungsreihe konnte jedoch mit der Humboldt'schen nicht verglichen werden, weil erstere die Intensität des Magnetismus zu London als Ausgangspunkt genommen hatte, während Humboldt das Verhältniß von Paris zu Peru bestimmte. Um nun diese Vergleichung möglich zu machen, reiste der für den Magnetismus unermüdliche Hansteen eigens im Jahre 1819 nach London und Paris und so konnte Peru mit der Baffinsbai verglichen werden. Hansteen versuchte nun, isodynamische Karten zu construiren, um nach Ana-

---

1) Man vergleiche Kosmos I. 433. Ueber die Priorität Lamanon's sagt Humboldt (Kosmos I. 434): „Es ist nicht gewiß, aber sehr wahrscheinlich, daß Condorcet den Brief Lamanon's vom Julius 1787 in einer Sitzung der Akademie der Wissenschaften zu Paris vorgelesen hat; und eine solche bloße Vorlesung halte ich für eine vollgültige Art der Publication. Die erste Erkennung des Gesetzes gehört daher unstreitig dem Begleiter La Pérouse's an; aber, lange unbeachtet und vergessen hat, wie ich glauben darf, die Kenntniß des Gesetzes der mit der Breite veränderlichen Intensität der magnetischen Erdkraft erst in der Wissenschaft Leben gewonnen durch die Veröffentlichung meiner Beobachtungen von 1795 bis 1804."

legie der i s o g o n i s ch e n und i s o c l i n i s ch e n auch die Vertheilung der magnetischen Kraft graphisch darstellen zu können. Dieses Vorhaben führte er
auch in der That für Schweden und Norwegen aus [1], zu denen seine eigenen
täglich 5 mal zu Christiania angestellten Beobachtungen und seine Reisen in
Norwegen, Schweden, Dänemark und Finnland ihm sowohl die Grundlage
geboten, als auch ihm die Schwankungen der Intensität während des Laufes
des Jahres gelehrt hatten; allein um die Curven über den Ocean ausdehnen
zu können, fehlten Beobachtungen auf dem Meere noch allzusehr. Sabine
half diesem Mangel ab, denn er lieferte gelegentlich seiner Expedition (1821
—1823) zur Bestimmung der Pendellänge auch eine Reihe von Intensitäten
vom 12. Grade südlicher Breite bis zur nördlichen Küste von Spitzbergen,
und da mittlerweile auch die in Westeuropa noch bestehenden Lücken nach und
nach ausgefüllt wurden, war am Schlusse unserer Epoche bereits ein großer
Theil der Erdoberfläche, namentlich aber die atlantischen Gegenden bezüglich
der Vertheilung der magnetischen Kraft bekannt.

Zu dem täglich einmaligen Hin- und Hergehen der Declinationsnadel,
das oben (S. 260) angedeutet wurde, hat Humboldt auf seiner Reise nach
Italien (1805) noch ein zweites entdeckt, das sich jedoch in engeren Gränzen hält und kürzer dauert als das erste. Das Nordende der Nadel geht
bei uns, wie man seit langer Zeit weiß, von Morgens 6 Uhr (ungefähr) bis
Mittags 1 bis 2 Uhr nach Westen und geht von da an bis etwa Mitternacht
ostwärts, dann aber kehrt es wieder um, lenkt aber bald wieder ein und ist
um 6 Uhr Morgens wieder östlicher als es um Mitternacht war. Diese
zweite Bewegung ist Humboldt's Entdeckung [2]; man hatte früher geglaubt,
die Nadel gehe von Mittag an bis zum andern Morgen fortwährend ostwärts.

Die Geographie.

Wenn man aufmerksamen Blickes die Form der Curve betrachtet, in
welcher die Continente und Oceane der Erde sich begränzen, so kann es unmöglich entgehen, daß die Continente gegen Süden hin in eine Spitze aus-

1) Poggend. Annalen s. 1829. Ro. 3.

2) Auszüge aus einem Briefe Humboldt's an Karsten (Rom, 22. Juni
1805) „über vier Bewegungen der Magnetnadel, gleichsam vier magnetische Ebben
und Fluthen, analog den Barometerperioden" in Hansteen, Magnetismus der
Erde S. 459.

laufen, gegen Norden dagegen mehr und mehr an Breite gewinnen. Bereits Baco von Verulam, unter Jacob I. Kordkanzler von England, hat diesen Umstand in seinem Neuen Organon unter die similitudines physicae in configurationo mundi gerechnet. Später hat Reinhold Forster[1] die Gestaltung der Continente näher untersucht und gezeigt, daß die schmalen Südspitzen alle hoch und felsig, die äußersten Enden nordwärts fortlaufender plötzlich abbrechender Gebirgsstellen seien und daß östlich von der Südspitze eine oder mehrere Inseln liegen, wie bei Amerika die Falklandsinseln und Staaten-Eiland, bei Afrika Madagascar, bei Indien Ceylon, bei Neuholland Neuseeland. Eine weitere Eigenthümlichkeit fand Forster darin, daß im Westen der Festländer eine größere oder kleinere Bucht sei. Er war geneigt, die Veranlassung zu dieser überraschenden Gleichförmigkeit in einer gemein= samen Ursache zu suchen und anzunehmen, ohne es jedoch fest behaupten zu wollen, daß jene Aehnlichkeiten in der Gestalt der Länder einer gewaltsamen Ueberschwemmung von Südwesten her ihr Dasein zu verdanken haben. Die Fluth hätte also ein früher vorhandenes Land theilweise zerschellt, die Inseln auf der Ostseite der widerstehenden Theile liegen gelassen oder hingeworfen, dafür aber westlich davon die Meerbusen ausgehöhlt.

Das vergangene Jahrhundert war die goldene Zeit der Systematik und das größte Vergnügen der Gelehrten war es, die Gebilde der Natur in regelrechten Reihen und Gliedern auftreten zu lassen. Ob dabei von Hause aus verwandte Gegenstände von einander gerissen wurden oder nicht, war ziemlich gleichgültig, wenn nur die einmal aufgestellte Norm dabei gewahrt blieb. Man möchte fast glauben, es sei diese Richtung ein Analogon zu dem Geschmacke gewesen, die Bäume in den französischen Anlagen zu Figuren zusammen zu schneiden, die sicherlich von der eigenthümlichen Gestalt himmel= weit abwichen. Wie sich nun damals die Pflanzen gefallen lassen mußten, nach dem künstlichen Systeme Linné's blos nach der Zahl und Anordnung ihrer Staubgefäße registrirt zu werden, so konnten auch die Gebirge ihrem Schicksale, in ein System gepreßt zu werden, nicht entgehen, und dieses um so weniger, als bei der geringen Bekanntschaft mit den wirklich vorhandenen That= sachen diese der Systematik nicht so viele Hindernisse in den Weg legten als sie wohl jetzt thun würden.

Bei dem Bestreben, in der Vertheilung der Gebirge eine wissenschaftliche Ordnung einzuführen, kam Buache[2] zu der Ansicht, daß von einzelnen

---

1) Berghaus, Allgemeine Länder= und Völkerkunde II. 413.
2) Essai de géographie physique, où l'on propose des vues générales sur

Punkten der Erde Gebirge sich strahlenförmig vertheilen, und indem die Strahlen zweier oder mehrerer an anderen Stellen sich schneiden, dort wieder Gebirgsstöcke bilden, die natürlich mit der Zahl der sich vereinigenden Zweige an Mächtigkeit zunehmen. Betrachtet man die Gebirge als Erhöhungen des Bodens über das umgebende Land, so wird, wenn man sich dieses letztere weit unter den Spiegel des Meeres versenkt denkt, das Gebirge eine streifenartige Untiefe vorstellen und seine höchsten Gipfel werden vielleicht gesondert als Inseln bis an die Luft hervorragen.

Diesem Schlusse und der Richtigkeit seines Systemes vertrauend, vertheilte nun Buache die ganze Erdoberfläche über und unter der Meeresfläche in eine größere Anzahl von Feldern, begränzt durch die sternförmig von einzelnen Mittelpunkten ausgehenden Gebirgslinien. Diese Ketten verbanden nach seiner Ansicht Südamerika mit Guinea, Nordamerika mit dem Atlas und von Neusoundland aus mit England u. s. w. In Europa setzte er einen Hauptgebirgsknoten in die Schweiz, einen anderen in das Innere von Rußland an die Quellen des Don und der Wolga, und auch in Amerika nahm er einen Knoten im Süden, einen anderen im Norden an, deren Ausläufer sich auf der Landenge von Panama treffen sollten. Es möge, die Unrichtigkeit dieses Systems zu bezeichnen, genügen anzuführen: daß in der Gegend der Don- und Wolgaquellen gar kein Gebirge existirt und daß Buache den nordamerikanischen Gebirgsknoten gerade dahin verlegte, wo man später die canadischen Seen fand.

Buffon[*] ging bei seinen Betrachtungen über die Vertheilung der Unebenheiten auf der Erde von etwas abweichenden Grundsätzen aus. Er suchte in der Richtung derselben eine gewisse Beziehung zu den Meridianen und Parallelkreisen auf und war nicht abgeneigt, die Erde mit einem Netze von Bergketten zu überziehen, wie es die Meridiane und Breitenkreise auf unsern Karten zeigen.

Auf Humboldt konnten wenigstens für seine jüngeren Jahre diese allgemeinen Anschauungen um so weniger ohne Einfluß bleiben, als man sich damals noch nicht von der Unrichtigkeit wenigstens der beiden letzteren Theorien überzeugt hatte.

Während der amerikanischen Reise gab Humboldt seinen Freunden in Europa soweit es bei dem damaligen Verkehre möglich war, von Zeit zu

l'espèce de charpente du globe, composée de chaînes de montagnes qui traversent les mers comme les terres etc. Mém. de Paris 1752.

1) Berghaus, Allgemeine Länder- und Völkerkunde II. 434

Zeit brieflich Nachrichten über seine Forschungen, welche dann zum Theil veröffentlicht wurden. Auf diese Art kam auch eine Geognostische Skizze von Südamerika in den 10. Band der Gilbert'schen Annalen (1904). Hier erwähnt der Reisende ausdrücklich und bestätigend die Theorie Forster's, erweitert sie sogar, indem er (S. 405) sagt, daß das Wasser zwischen Amerika und Afrika von Süd nach Nord strömend durch die Gebirge Brasiliens nach Guinea nordöstlich hinübergedrängt, den Meerbusen von Guinea aushöhle, dann durch die Gebirge von Oberguinea aufgehalten und zurückgeworfen gegen die amerikanische Seite drängte und den Meerbusen von Mexico ausarbeitete, worauf es wieder nordöstlich vorwärtsgehend sich im Norden verlor.

Auch eine Annäherung an die Theorie Buffon's kommt noch vor, wenn auch Buffon nicht namentlich citirt ist. So führt Humboldt (S. 403) unter den Gebirgsketten Südamerika's die meridianartig verlaufenden Cordilleren an, von denen sich breitekreisähnlich 3 Ketten gegen Osten ziehen und so zwischen sich und südlich von der südlichsten 3 von einander ganz getrennte Flachländer haben. Die südlichste Kette ist die von Chiquitos, deren Fortsetzung Humboldt im Gebirge von Congo in Afrika sucht. Die beiden andern Ketten sind das Parimegebirge und die Küstenkette von Venezuela, deren Fortsetzungen in Afrika in die Sahara fallen. Auch Buffon und Buache hatten solche Verbindungen zwischen den beiden Welttheilen angenommen. In den späteren Schriften Humboldt's ist hievon nicht die Rede.

Ehe Humboldt und Bonpland ihre Reise nach Südamerika antraten, war die geographische Kunde dieses weiten Gebietes in einem nichts weniger als befriedigenden Zustande. Die beiden Kronen von Spanien und Portugal hatten den größten Theil des Landes an sich gerissen, während der im äußersten Süden befindliche Rest, wie auch noch heut zu Tage, den Wilden überlassen blieb. Von den beiden europäischen Mächten geschah im Ganzen wenig für die Ermittelung der geographischen Verhältnisse ihrer Kolonien, sie hüteten dieselben ängstlich vor dem Zutritte von Fremden und die portugiesische Regierung ging sogar so weit, alles das, was von ihrer Seite entdeckt wurde, mit möglichster Sorgfalt geheim zu halten, um ja jeder Concurrenz mit dem übrigen Europa vorzubeugen.

Man verdankte damals einige Kunde von dem Innern verschiedenen Expeditionen, die auf lügenhafte Berichte hin gemacht wurden, um das fabelhafte Land Eldorado, die reichen Städte der Amazonen und andere Goldländer aufzusuchen, Expeditionen die allerdings in Beziehung auf ihre

Hauptaufgabe ein negatives Resultat lieferten, von denen man jedoch nebenbei einiges von dem erfuhr, was sie wirklich gefunden hatten.

Am Anfange des vorigen Jahrhunderts[1] hatten die unaufhörlichen Seeräubereien der Flibustier an der westlichen Küste von Amerika die spanische Regierung genöthigt, im Jahre 1702 französische Kreuzer[2] zuzulassen und die französische Akademie benützte die Gelegenheit auf diesen Schiffen Männer mitzusenden, welche astronomische Beobachtungen zu machen verstanden. Unter diesen war der Pater Louis Feuillée, welcher Buenos-Ayres und Lima astronomisch bestimmte. Er war der erste Astronom, der mit einiger Genauigkeit die Lage eines Theiles der Küsten von Patagonien, Chili und Peru angegeben hat. Nach und nach bestimmte man während des vergangenen Jahrhunderts die Küsten, wozu namentlich die Expeditionen anderer Nationen, wie z. B. der Engländer (durch Cook's Reisen) beitrugen.

Im Innern des Landes geschah nur wenig. Um den Schleichhandel zwischen den spanischen und portugiesischen Kolonien unmöglich zu machen, hatte die spanische Regierung (1595) das Verbot erlassen, die Entdeckungen gegen Brasilien hin über Santa Cruz de la Sierra auszudehnen; es wurde sogar untersagt, die schon gemachten Entdeckungen fortzusetzen und ferner zu benützen, damit man dadurch einen wüsten Gürtel von 300 Meilen Breite bekäme, welcher die beiden Länder begränzte. Die Portugiesen machten sich diese Maßregel zu Nutzen, um in dem herrenlosen Gebiete vorzudringen, und dadurch gewannen sie den Gürtel. Das war es nun nicht, was die Spanier haben wollten und nach mancherlei Haber wurde 1751 eine spanische Commission aufgestellt, um die Gränzen zu berichtigen. Die Spanier brachten es den Portugiesen zum Trotze dahin, daß sie die Provinz Paraguay und deren Nachbargebiete aufnahmen, und einen Bezirk von 420 Meilen von Nord gegen Süd, sowie von 200 Meilen von Ost gegen West erforschten. Von 1735—1745 waren die französischen Akademiker la Coudamine, Bouguer und Godin, denen sich die Spanier Don Jorge Juan und Don Antonio Ulloa anschlossen, damit beschäftigt, die Länge eines Grades in Peru zu messen, und dabei untersuchten sie dieses Land. Im Jahre 1754 ging eine zweite Gränzberichtigungscommission unter Don José Yturriaga,

_____

1) Der nachfolgende Abriß der Geschichte geographischer Entdeckungen in Südamerika vor der Reise Humboldt's ist dem Discurso sobre el estado de la Geografía de la América Meridional por Don Felipe Bauzá, Madrid 1814, entnommen.
2) Damals gehörte der südliche Theil der jetzigen Vereinigten Staaten zu Frankreich.

Don Antonio Urrulia und Don José Solano den Orinoco hinauf. Ihre Aufgabe war die Untersuchung des oberen Orinoco, des Rio Meta gegen Santa fé de Pogota hin. Die Leitung der Arbeiten am Orinoco hatte Solano, allein die Mißgunst der Jesuitenmissionäre, der Vorgänger der Observanten und Franziskaner, welche Humboldt angetroffen hat, war die Ursache, daß diese Expedition jämmerlich scheiterte, denn von 325 Personen, die daran Theil nahmen, blieben nur 13 am Leben, und Solano würde ein Opfer der Hungersnoth geworden sein, wenn er nicht auf den Gedanken gekommen wäre, gebratene Regenwürmer zu essen. Er versicherte ferner, daß, wenn nicht der Beistand der wilden Eingebornen sie gerettet hätte, alle umgekommen wären. Solano' kam nie über San Fernando de Atabapo (S. ob. S. 91) hinaus und sah weder den Rio Negro, noch den Cassiquiare oder den Orinoco östlich von der Mündung des Guaviare. Fast zu gleicher Zeit mit Solano war Don Francisco Requena in Santa Fé und Guayaquil beschäftigt, von welch letzterer Provinz er eine Karte aufnahm; auch untersuchte er die Flüsse Yupurá, Putu Mayo und den Napo bis zu ihrer Einmündung in den Amazonenstrom.

Durch diese Untersuchungen hatte man einen wenn auch sehr oberflächlichen Ueberblick über den spanischen Theil von Südamerika erlangt[2] und für Humboldt blieb daher nach den genannten Vorgängern noch genug zu thun übrig. Das von ihm untersuchte Land hat einen Flächeninhalt von mehr als 15,400 Quadratlieues. Vor ihm kannte man in Europa, wie er selbst angibt[3], weder die Richtung der Küstencordillere von Venezuela noch wußte man etwas von einer Cordillere von Parime und außer Quito gab es im Innern von ganz Südamerika keinen astronomisch genau bestimmten Ort. Er hat eine Anzahl von mehr als 700 Höhenmessungen, Breiten- und Längenbestimmungen gemacht und daher für die Kunde von Südamerika mehr gethan als irgend ein Forscher vor ihm, weshalb er auch nicht mit Unrecht der zweite Entdecker Amerika's genannt wird; denn während Columbus die Küstenstriche finden lehrte, lernte man durch Humboldt das Innere, wenigstens einen großen Theil desselben kennen.

Eine vorläufige Arbeit über die einschlägigen Gegenstände wurde schon

---

1) Humboldt Rel. hist. II. 492.

2) Brasilien (das Gebirge und den Amazonenstrom) bereisten in den Jahren 1817—1820, also nach der Humboldt'schen Expedition, v. Spix und v. Martius; Untersuchungen des Gebirges verdanken wir dem Baron v. Eschwege.

3) Rel. hist. III. 159.

vor seiner Rückkehr im Jahre 1801 im Journal de Physique von de la Pa = metherie und in der oben S. 271 angegebenen Abhandlung veröffentlicht; in der Relation historique findet man geographische Notizen in großer Zahl. Einen großen Theil der geographischen Arbeiten Humboldt's findet man in dem Atlas géographique et physique sowie in dem Atlas, der zum Werke über Neuspanien gehört. Es sind hier nicht nur die Karten sämmtlicher von Humboldt selbst bereisten Landstriche nach seinen eigenen Messungen ge= zeichnet enthalten, sondern auch solche Zeichnungen, die theils auf seinen eigenen Untersuchungen, theils auf denen Anderer beruhen, welche letztere Auf= zeichnungen er aus Handschriften oder in den Archiven in Mexico und Spa= nien sammelte, so daß die Atlanten alles das vereinigt bieten, was zur Zeit ihres Erscheinens überhaupt über das Innere von Südamerika und Mexico zu haben war.

Die geographischen Arbeiten Humboldt's beschränkten sich nicht auf die Feststellung von Längen und Breiten einzelner Punkte oder die Vereini= gung derselben zu Landkarten; er richtete sein Augenmerk auch auf die Höhe der Orte über dem Meere. Bleibt man nämlich bei der einfachen Längen= und Breitenbestimmung stehen, so wird durch Vereinigung einer möglichst großen Anzahl von Punkten und der zweckmäßigen Anordnung derselben auf dem Papier als Karte der Beschauer sich die Umrisse eines Landes ver= sinnlichen, sowie auch über die Vertheilung der Orte im Inneren des Lan= des sich Rechenschaft geben können. Man kann aber durch bloße Angabe der beiden genannten Größen nur eine Zeichnung bekommen, wie man sie etwa auf den sogenannten Eisenbahn= und Reisekarten sieht. Eine solche Dar= stellung eines Landes genügt noch nicht zur genauen Kunde desselben, und man hat sich daher genöthigt gesehen, auf den gewöhnlichen Landkarten durch besondere Schattirungen, Schraffirungen ꝛc. die Züge der Gebirge, Wälder ꝛc. anzugeben. Erst die sogenannte Reliefkarte erfüllt alle Bedingungen, die wir stel= len können, wenn wir uns von der Gestaltung eines Landes Rechenschaft geben sollen. Die Reliefkarte verlangt, wenn sie nur einigen Anspruch auf Richtigkeit machen soll, eine weitaus mehr detaillirte Ortskenntniß als die Landkarte, denn in letzterer kann man die noch unbekannten Striche leer lassen, was bei der ersteren nicht so gut thunlich ist. Trotz der Reisen Humboldt's und Bonpland's und ihrer Nachfolger war es vor 30 Jahren noch nicht mög= lich, von Südamerika eine nur annähernd richtige Reliefkarte herzustellen, denn diese ganze Darstellungsweise ist wohl kaum älter, und Humboldt beschränkte sich daher darauf, von den von ihm bereisten Ländern Profilzeich= nungen zu geben. Er wählte eine bestimmte durch das Land gezogene Rich=

tung und trug in den den einzelnen Orten entsprechenden Punkten die Meereshöhen derselben auf. Der Atlas géographique et physique sowie der zu dem politischen Versuche von Mexico gehörende Atlas enthalten eine größere Anzahl dieser Profile, welche die Landkarten in gewissem Sinne vervollständigen und der Reliefkarte näher bringen, denn während die Landkarte die Verhältnisse einer Gegend in horizontaler Richtung darstellt, thut es die Profilzeichnung in der verticalen.

Die Profilkarten sind nachgeahmt worden von Parrot und v. Engelhart für den Kaukasus, von Wahlenberg für die Schweizeralpen und Karpathen, von Schübler für Deutschland, von v. Oehnhausen und Dechen für Frankreich u. s. w.

Außer diesen graphischen Darstellungen finden wir in der Relation hist. III. unter den Noten zum 9. Buche eine größere Abhandlung, welche unter dem Titel: Esquisse d'un tableau géognostique de l'Amérique méridionale au nord de la rivière des Amazones et à l'est du méridien de la Sierra nevada de Merida die Höhenverhältnisse Südamerika's bespricht und von welcher bereits im vorigen Kapitel die Rede war.

„Von den 571000 Quadratmeilen", sagt Humboldt (S. 180), welche Südamerika umfaßt, ist ein Viertheil von Bergen bedeckt, welche entweder eine Kette bilden oder in Gruppen beisammen stehen: der Rest stellt Flächen dar, die lange, ununterbrochene Streifen bilden, welche mit Wäldern oder Gräsern bedeckt und ebener sind, als sie in Europa vorkommen. Bis in eine Entfernung von 300 Lieues vom Ocean erheben sie sich allmälig von 30—470 Toisen über dem Meere. Die beträchtlichste Bergkette von Südamerika erstreckt sich der größten Ausdehnung des Landes gleich von Süd nach Nord; sie ist nicht im Innern, wie die Alpen in Europa, oder beträchtlich von der Küste entfernt, wie der Himalaya und der Hindu-Kob, sondern befindet sich ganz am Westrande des Continents zunächst dem Gestade des stillen Meeres. Richtet man seinen Blick auf das Profil von Südamerika, das zwischen dem Chimborazo und Groß-Para durch die Amazonasebene gezogen ist, so sieht man, daß das Land wie eine geneigte Ebene unter einem Winkel von weniger als 25 Secunden mehr als 600 Meilen weit allmälig gegen Osten niedriger wird."

„Sollte je einmal bei dem jetzigen Zustande der Dinge sei es durch was immer für eine Ursache der atlantische Ocean sich um 1100 Fuß über sein jetziges Niveau erheben zu einer Höhe, die um ein Drittheil geringer ist als

---

1) 20 Meilen = 1 Grad.

die des Centralplateaus von Spanien und Bayern, so würden seine Wogen bis in die Provinz von Jaen de Bracamoros, bis an die Felsenriffe vordringen, welche den östlichen Abhang der Andescordilleren ausmachen. Die Erhebung dieses Kammes ist gegen den ganzen Continent so gering, daß des letzteren Breite bei dem Cap St. Rochus gemessen 1400mal größer ist, als die mittlere Höhe der Andes."

Unter den Gebirgen Südamerika's unterscheidet Humboldt eine Kette, die Andes, die von dem westlichen Theile der Magellanschen Meerenge bis zum Vorgebirge von Paria (Trinidad gegenüber) sich hinziehen, also noch die sogenannte Küstenkette von Venezuela einschließen. Gegen Norden nehmen die Andes in der Landenge von Darien eine Strecke lang bedeutend an Höhe ab, erheben sich aber dann neuerdings und setzen sich erhebend als Rocky Mountains im Norden fort. In Südamerika spalten sie sich wiederholt, um sich wieder in Gebirgsknoten zu vereinen, deren Humboldt 9 zählt. Diese Gebirgsknoten sind es aber nicht, in denen die höchsten Gipfel sich vereinen, letztere sind stets in den Zweigen und zwar wechselweise bald auf der Ost- bald auf der Westseite. Zwischen einzelnen derselben eingeschlossen sind Hochebenen, unter ihnen die höchste, die es auf Erden gibt, diejenige, deren Boden der Titicacasee ausmacht, und die bis 12060 Fuß sich über das Meer erhebt. Das Titicacathal bildet ein Wassersystem für sich, das von dem des Oceans vollkommen abgeschlossen ist, und von dem kein Tropfen in das Meer gelangt. Außer den Andes unterscheidet Humboldt noch 3 Berggruppen, die Sierra Nevada von Santa Martha (westlich vom Maracaybosee) die Sierra von Parime (zwischen 4° und 8° n.), um welche der Orinoco sich herumzieht, und das brasilische Gebirge (zwischen 15° und 29° s.). Bei dieser Vertheilung der Gebirge kommen 3 Ebenen oder Flachländer zum Vorschein, die 4 Fünftheile des östlich von den Andes gelegenen Südamerika ausmachen. Zwischen der Küstenkette von Venezuela und der Parimegruppe sind die Ebenen des Apure und des untern Orinoco, zwischen der Gruppe von Parime und den brasilischen Bergen liegen die Ebenen des Amazonenstromes und zwischen dem brasilischen Gebirge und dem Südende des Festlandes findet man die Ebenen des Rio de la Plata und von Patagonien. Da die Parimegruppe in Spanischguyana und die Gruppe von Brasilien mit den Andes von Neugranada und Oberperu nicht zusammenhängen[1], so sind die 3 Ebenen des unteren Orinoco, des Amazonas und des la Plata mit einander durch Uebergänge von beträchtlicher Breite

---

1) Also entgegen der frühern S. 271 angegebenen Ansicht Humboldt's.

verbunden. Diese Uebergänge werden von ganz geringen Erhebungen gebildet und sind Wasserscheiden. In dem ganzen weiten Raume von Südamerika östlich von den Andes gibt es keine Gruppe, die sich bis zur Schneegränze erhebt, ja sogar keine, die bis zu 1400 Toisen reicht. Dieses Verhältniß erstreckt sich auch über den östlichen Theil der nördlichen Hälfte des neuen Continents bis zum 60. Grade der Breite, während die höchsten Spitzen von Mexico bis zu 2770, die der Felsengebirge bis zu 1900 Toisen aufsteigen. Die exponirte Gruppe der Alleghanies, die ihrer östlichen Lage und der Richtung nach dem brasilischen Gebirge entspricht, geht nicht über 1040 Toisen hinauf. Die hohen Gipfel, welche den Mont-Blanc übertragen, gehören einzig und allein der Längenkette an, welche vom 55. Grade f. B. bis zum 65. der nördlichen den stillen Ocean bekränzt, der Cordillere der Andes. Die einzige isolirte Gruppe, welche mit den schneebedeckten Gipfeln der Andes wetteifert, und die fast 3000 Toisen erreicht, ist die Sierra de Santa Martha. Sie liegt aber auch nicht östlich von den Andes, sondern nördlich zwischen den Ketten von Merida und Veragua. Auch der östliche Theil der Andes geht da, wo diese die sogenannte Küstenkette von Venezuela bilden, nicht bis zur Schneegränze. Vergleicht man dieses östliche Gebirge mit dem von Parime und von Brasilien, so ergibt sich eine Abnahme der Höhe von Nord nach Süd, wenn auch der Unterschied nicht sehr bedeutend ist.

Unter Einschluß der Antillen und der nordamerikanischen Alleghanies gibt Humboldt (S. 232) folgende Zusammenstellung der höchsten Gipfel der Ostgebirge Amerika's.

Gebirgssystem	Höchster Gipfel	
Brasilische Gruppe	Itacolumi (20 $\frac{1}{2}$°f.)	900 Toisen
Parimegruppe	Duida (3 $\frac{1}{4}$°n.)	1300 „
Außenkette von Venezuela	Silla von Caracas (10 $\frac{1}{2}$°n.)	1350 „
Antillengruppe	Blaue Berge (18 $\frac{1}{2}$°n.)	1138 „
Alleghaniskette	Mount Washington (44 $\frac{1}{4}$°u.)	1040 „

„Alle 5 Gruppen," sagt Humboldt, „haben nahezu dieselbe mittlere Höhe von 5—700 Toisen und Höhenpunkte von 1000—1300 Toisen. Diese Uebereinstimmung auf einer Fläche, welche doppelt so groß ist, als Europa, scheint mir sehr merkwürdig zu sein. Kein Gipfel im Osten der Andes von Peru, Mexico und Oberlouisiana erhebt sich bis über die Gränze des ewigen Schnees. Man kann sogar hinzufügen, daß mit Ausnahme der Alleghanies auf keines der östlichen Bergsysteme auch nur zeitweise Schnee falle. Aus diesen Betrachtungen und allgemein auch aus der Vergleichung des neuen

Continents mit denjenigen Theilen des alten, die wir am besten kennen, mit Europa und Asien, folgt, daß Amerika, das sich auf der Halbkugel des meisten Wassers auf unserem Planeten befindet, sich mehr durch den Zusammenhang und die Ausdehnung der Niederungen als durch die Höhe und das Zusammenhängen seiner Längenkette auszeichnet. Auf beiden Seiten der Landenge von Panama, doch stets östlich von der Andescordillere, auf mehr als 600,000 Quadratlieues erreichen die Berge kaum die Höhe der skandinavischen Alpen, der Karpathen, der Mont-Dores (in der Auvergne) und des Jura. Ein einziges System, das der Anden, vereint in Amerika auf einer schmalen Zone, die eine Länge von 3000 Lieues hat, alle Gipfel, welche sich über 1400 Toisen erheben. In Europa dagegen, selbst wenn man nach allzu systematischen Ansichten die Alpen und Pyrenäen als ein einziges Erhebungssystem betrachtet, findet man weit entfernt von diesem Hauptstamme in der Sierra Nevada von Granada, in Sicilien, Griechenland, in den Apenninen, vielleicht auch in Portugal Gipfel von 11—1800 Toisen Höhe. Dieser Gegensatz zwischen Amerika und Europa in Beziehung auf die Höhenpunkte, welche 13—1500 Toisen erreichen, ist um so auffallender, als diejenigen Gebirge im östlichen Theile von Südamerika, deren höchste Gipfel nur 13—1400 Toisen haben, an der Seite einer Cordillere liegen, deren mittlere Höhe über 1500 Toisen geht, während die Gebirge zweiten Ranges in Europa neben einer Hauptkette von weniger als 1200 Toisen mittlerer Höhe noch Gipfel von 15—1900 Toisen haben."

Zur Vergleichung der in gleicher Breite, aber unter verschiedenen Meridianen befindlichen Erhebungssysteme stellt Humboldt folgende Tafel auf.

Andes von Chili und Hochperu. Bergknoten von Porco und Cuzco. 2500'

Brasilische Berggruppe, etwas niedriger als die Sevennen. 900—1000'

Andes von Popayan und Cundinamarca. Kette von Guanacas, Quindiu und Antiochia. Ueber 2500'

Berggruppe von Parime, etwas niedriger als die Karpathen. 1300'

Isolirte Gruppe von Schneebergen von Santa Martha. Geschätzt über 3000'

Küstenkette von Venezuela 50' niedriger als die scandinavischen Alpen. 1350'

Andes von Guatimala und Oaxaca.
1700—1800'

Andes von Neumexico und Oberlouisiana (Felsengebirge, Rocky
Mountains) und mehr im Westen
die Seealpen von Neu-Albion.
1600—1900'

Antillengruppe, 170' höher als die
Berge der Auvergne. 1140'

Alleghanikette, 160' höher als der
Jura und die Ghats von Mala-
bar 1040'

Diesen Thatsachen fügt Humboldt eine sehr interessante Beobachtung hinzu. In Europa sind diejenigen Gipfel von Gebirgen untergeordneten Ranges, die über 1500 Toisen hinaufsteigen, sämmtlich im Süden der Alpen und der Pyrenäen, also südlich von der Haupterhebung unsres Welttheils. Sie liegen auf derjenigen Seite der Erhebung, auf welcher sich diese am meisten der Küste nähert und wo das mittelländische Meer am meisten von dem Festlande verschlungen hat. Auf der entgegengesetzten Seite, also nördlich von den Alpen und Pyrenäen, erreichen die höchsten Gebirge, die Karpathen und die scandinavischen Berge, keine 1300 Toisen. Die Depres-sion der Erhebungslinien zweiter Ordnung ist daher in Europa ebenso wie in Amerika auf derjenigen Seite, wo der Hauptkamm am weitesten von dem Meere entfernt ist. Hätte man nicht zu fürchten, daß man großartige That-sachen nach einem zu kleinen Maßstabe beurtheilt, so könnte man die Ver-schiedenheit der Höhe der Andes und der ostamerikanischen Gebirge mit dem Höhenunterschiede vergleichen, den man zwischen den Alpen oder Pyrenäen und den Monts Dores, dem Jura, den Vogesen oder dem Schwarzwald beobachtet.

Sind die Gebirge Ostamerika's wenig entwickelt, so sind es dafür um so mehr die Flachländer. Geht man von Nord nach Süd, so folgen sich nach-einander das Bassin des Mississippi und von Canada, das Bassin des Golfs von Mexico und des Antillenmeeres, das Bassin des untern Orinoco und der Ebenen von Venezuela, das Bassin des Rio Negro und des Amazonas und die Ebenen des Rio de la Plata und von Patagonien.

Diese Bassins sind zwar durchaus flach und wenig gegen die Ebene des Horizonts geneigt, aber eine, wenn auch geringe Neigung, ist nichtsdesto-weniger vorhanden. Wollte man in einem großen Flachlande die jeweiligen Gehänge bestimmen, so würde das für sich wohl ein schweres Stück Arbeit sein, da jede größere Ebene wieder in kleinere auf die verschiedenste Art ge-lagerte zerfallen kann. Glücklicherweise hat uns die Natur in der Eigenschaft des Wassers, sich stets den möglichst tiefen Punkt auszusuchen, den es erreichen kann, zu f l i e ß e n, ein ganz bequemes Mittel an die Hand gegeben, die Neigung einer noch so flachen Gegend zu beurtheilen. Da das Wasser stets von dem höheren Punkte zum niedrigern geht, so darf man versichert sein, daß, indem man in einem Flusse von der Mündung zu einer Quelle geht, man n i e m a l s b e r g a b zu steigen hat, und die Vertheilung der Flüsse und Flüßchen eines Landes lehrt unmittelbar die Art des Reliefs erkennen. Es ergibt sich hieraus die Wichtigkeit der Flußgebiete, von denen bereits oben (S. 92) die Rede war. Humboldt hat darum auch bei Besprechung der vorstehenden Bassins auf die Vertheilung des fließenden Wassers vorzugsweise sein Augenmerk gerichtet, ohne jedoch außer Acht zu lassen, daß der Kamm eines Gebirges, die Linie seiner größten Erhebung nicht jedesmal eine Flußgebietgränze sein müsse, da Ausnahmen nicht eben selten sind.

Das Bassin des Mississippi und von Canada ist im Osten durch die Alleghanies, im Westen durch die Andes von Neumexico und Oberlouisiana begränzt, im Norden und Süden offen, und führt seine Wasser durch den Mississippi, den St. Lorenz und die nördlichen Flüsse ab. Die Wasserscheide zwischen Süd und Nord ist eine einfache schwache Abdachung und durch kein Gebirge bezeichnet. Die Ebene ist größentheils eine Savane und die Gränze zwischen dieser und dem Waldlande läuft von Pittsburg gegen St. Louis, den Red River und Natchitoches, also der Ostküste und den Alleghanies ziemlich parallel.'

Das Antillenbassin ist eine Fortsetzung des vorigen, und ist größtentheils von Wasser bedeckt. Humboldt rechtfertigt die Annahme desselben aus geologischen Gründen, da die Vertheilung der Erdbeben einen Zusammenhang dieses Gebietes anzeigt. Das dritte Bassin ist eingeschlossen von der Küstenkette von Venezuela, der Cordillere von Neugranada, der Cordillere von Parime und ist von dem nächstfolgenden nicht nur durch ein Gebirge getrennt, sondern sogar durch den Cassiquiare damit verbunden. Es bietet zwei verschiedene Abdachungen: die eine, mehr nördlich, neigt sich von West nach Ost, die andere von Süd nach Nord. Der weitaus größte Theil dieses Flachlands besteht aus Savanen, den bereits erwähnten Llanos. Auch das Bassin des Amazonenstroms, das sich in Westen an die Andes anlehnt, besitzt zweierlei Abdachungen, von denen eine die des nördlichen Theils, von West gegen Ost gerichtet ist, während die südliche von Süd gegen Norden

1) In den „Ansichten der Natur", 3. Auflage 1 70, ist angegeben, daß östlich vom Mississippi noch theilweise dichte Waldungen, westlich dagegen nur Grasfluren sind.

reicht und den Uebergang zu der Patagonischen Ebene vermittelt. Die Ebene ist bedeckt mit dichter Walbung. Hier zeigt sich die mächtigste Entwicklung der Pflanzenwelt auf beiden Continenten; doch findet man auf der von Süd nach Nord gehenden Abdachung einen Savanenstreifen, der gewissermaßen die Verbindung herstellt zwischen den Llanos von Venezuela und denen von Buenos=Ayres. Die letzte Ebene im Süden des brasilischen Gebirges wird wieder zum größten Theile von Savanen, den Pampas, eingenommen.

Die Vertheilung von Gebirge und Niederungen in Südamerika ist nach Humboldt folgende:

1) Berge:

Andes	58,000	Quadratseemeilen
Küstenkette von Venezuela	1,900	=
Sierra Nevada von St. Martha	200	=
Parimegruppe	25,800	=
Brasilisches Gebirge	27,600	=
	114,400	=

2) Ebenen:

Llanos des untern Orinoco, Meta und Guaviare	29,000	=
Ebenen des Amazonas	260,400	=
Pampas des Rio de la Plata und von Patagonien	135,200	
Ebenen zwischen der Ostkette der Andes von Cundinamarca und der Kette von Choco (am Magdalenenstrome)	12,300	=
Ebenen an der Westküste der Anden	20,000	=
	456,900	=

Die Feststellung über die Gestalt von Amerika führte, wie oben ange= deutet, Humboldt zu einer eingehenden Nachforschung über die Strömun= gen des Wassers auf dem Lande; wir besitzen aber auch Humboldt'sche Arbeiten über die Strömungen im Meere.

Die Gewässer des Oceans sind nicht ruhig, wie die eines Binnensees; sie sind in fortwährender Bewegung und man findet dort ungeheure Ströme, die zwischen Ufern, die selbst wieder von Wasser gebildet sind, dahinziehen.

Da nicht alle Breiten der Erde ihrer verschiedenen Lage gegen die Sonne wegen gleich erwärmt werden, muß das Wasser der Tropenmeere offenbar eine höhere Temperatur besitzen, als das der andern Breiten. Da, wo das Meer am wärmsten ist, muß sich auch am meisten Wasser als Dampf in die Luft erheben, und die nothwendige Folge davon ist, daß das Niveau der Tropenmeere niedriger steht als das der andern. Stehen aber die verschiedenen Theile des Oceans, wie dieses in der That der Fall ist, unter einander in Verbindung, so ist es vollkommen unmöglich, daß der eine Theil ein niedrigeres Niveau hat, der andere ein höheres, und es folgt daraus nothwendig, daß von den höheren kälteren Breiten eine Strömung gegen den Aequator geht, um das dort entstandene Deficit wieder auszugleichen. Aehnlich wie in den Passatwinde die Luft auf ihrem Wege vom Pole zum Aequator allmälig mehr und mehr eine westliche Richtung annimmt, so finden wir dieses auch bei dem Wasser des Meeres. Im Allgemeinen geht das Wasser, indem es sich dem Aequator nähert, in eine westliche Richtung über, und in der Gegend des Gleichers selbst finden wir sowohl im atlantischen, wie im stillen Ocean eine Strömung des Wassers von Ost nach West. Um aber das fortwährende Deficit zu decken, muß an den Westküsten der Continente süd- und nordwärts vom Aequator ein Strom gegen den Gleicher hingehen. Gäbe es kein Land auf der Erde, so würde die Wirkung vorstehenden Vorganges die sein, daß in der Gegend des Aequators ein Strom rings um die Erde herumliefe und daß aus den höhern Breiten fortwährend ein Zuschuß käme, um die durch stärkere Verdunstung hervorgebrachte Niveaudifferenz wieder auszugleichen. In der Wirklichkeit ist jedoch die Sache nicht so einfach, denn wie zwei Mauern legen sich der alte und der neue Continent dem Meeresstrome in den Weg und zwingen ihn, an ihnen angelangt, seine Bahn in höheren Breiten zu suchen und so den Kreislauf zu vollenden.

Die Strömungen des Meeres sind namentlich für den Seefahrer von außerordentlicher Wichtigkeit, denn es kann ihm unmöglich gleichgültig sein, ob sein Fahrzeug mit dem Strome oder gegen denselben gehe. Im ersten Falle wird, wie bei der Thalfahrt auf einem Flusse, die Reise beschleunigt, im andern, welcher der Bergfahrt entspricht, verzögert. Ein Strom, den der Seemann, ohne ihn zu kennen, durchschifft, bringt sein Schiff an Orte, die er zu besuchen nicht beabsichtigte, und schon manches Schiff ist den daraus entstandenen fehlerhaften Ortsbestimmungen zum Opfer gefallen. Hieher gehört namentlich eine von Rennell entdeckte und nach ihm benannte verhältnißmäßig wenig ausgedehnte Strömung, welche an der Westküste von Frankreich nordwärts gehend und sich quer vor den britischen Kanal legend, jährlich eine Anzahl von Schiffen an die irische Küste warf. In neuerer

Zeit, also nach der Reise Humboldt's nach Amerika, wo die Nautik so ungemeine Fortschritte gemacht hat, ist die Kenntniß von den Meeresströmungen namentlich durch Maury[1] zu einem hohen Grade von Vollkommenheit gebracht worden.

Um den Gang einer Meeresströmung kennen zu lernen, gibt es verschiedene Mittel; doch ist gerade dasjenige, durch welches man die Richtung des Wassers auf dem Lande, wie in den Flüssen entdeckt, die Vergleichung der verschiedenen Stellungen eines auf dem Flusse treibenden Gegenstandes gegen einen festen Standpunkt am Ufer, von wo aus man den Gegenstand zuerst oben im Flusse, dann unten sieht, auf dem Meere darum nicht anwendbar, weil es dort keine festen Ufer gibt. Man ersetzt aber diesen Mangel dadurch, daß man untersucht, wie die Stellung eines Schiffes, dessen Bewegung nach dem Log berechnet wurde, von der wirklichen auf astronomischem Wege ermittelten abweicht. Man wirft versiegelte Flaschen in das Meer, welche Datum und den Ort des auswerfenden Schiffes auf Zetteln enthalten. Fischt ein anderes Schiff eine solche Flasche wieder auf, so kann aus dem Fundorte und der seit dem Auswerfen verflossenen Zeit auf die einstweilige Bewegung der Flasche geschlossen werden. Pflanzen, die in dem Meere treiben, richten sich im Schwimmen so, daß ihre Längsaxe mit der Richtung des Stromes zusammenfällt. Um die Gränzen eines Stromes zu finden, kann man auch das Thermometer benutzen, denn das Wasser, welches von dem Aequator kommt, muß wärmer sein, als solches, welches von Polargegenden kommt u. s. w.

Auf seinen Fahrten durch den atlantischen Ocean und das Antillenmeer machte Humboldt die Bekanntschaft mit den Strömungen dieser Gewässer, und wir finden im 1. Bande der Rel. hist. S. 65 u. ff. eine längere Abhandlung darüber.

Als er den stillen Ocean an der Küste von Peru besuchte, erkannte er dort eine Strömung, die von der südlichen Polarregion gegen den Aequator geht, und die nach ihm die Humboldtströmung[2] genannt wird. Duperrey[3] hat 1831 ihren Lauf näher angegeben. Ueber diese Strömung habe ich in Humboldt's eigenen Werken in Rel. hist. III. 508 und Krit.

---

1) Explorations and Sailing Directions to accompany the Wind and Current Chart. M. legt bei Erklärung der Entstehung der Ströme dem verschiedenen Salzgehalte des Wassers große Wichtigkeit bei.
2) Maury, Sailing Directions. 1859. I. 86.
3) Carte du mouvement des eaux à la surface de la mer dans le Grand Océan austral.

Unterf. über die hist. Entwicklung der geogr. Kenntnisse in der neuen Welt, Überf. v. Ideler, I. 337, nur ein Paar Notizen über Temperaturbeobach= tungen gefunden, weshalb ich vermuthe, daß der Verfasser beabsichtigte, das Detail an einem andern Orte, wahrscheinlich in dem (nicht mehr erschiene= nen) vierten Bande der Rel. hist. zu bringen, da er dort jedenfalls an die Beschreibung seiner Reise auf diesem Strome gekommen wäre. Dage= gen hat Berghaus' das Fehlende veröffentlicht, und gibt es als einer Handschrift A. v. Humboldt's entnommen an. Dieser Schrift sind auch die nachstehenden Sätze entlehnt.

„Wie die Existenz und allgemeine Richtung des Golfstroms," sagt Humboldt, „Jahrhunderte lang den europäischen Schiffern vor der Tem= peratur bekannt waren, so war auch in der Südsee seit den frühesten Zeiten des beginnenden Verkehrs zwischen Chili, Lima und Guayaquil das Dasein einer großen Meeresströmung von Süd nach Nord und Nordnord= west beobachtet worden. Nur die niedrige Temperatur dieser Meeresströ= mung und der wichtige Einfluß derselben auf die fälschlich der Nähe der schneebedeckten Cordilleren zugeschriebene Kühle der peruanischen Küsten waren bei meiner Ankunft an dem Littoral der Südsee völlig unbekannt. Franklin hatte schon 1775 die Hoffnung geäußert, daß Physiker wohl einst im Ocean Flüsse kalten Wassers entdecken würden, welche Wasser hoher Breiten den niedern zuführen, wie er gezeigt habe, daß die mexicani= schen Golfwasser umgekehrt aus niedern Breiten höheren zuströmend, einen Theil der empfangenen Tropenwärme dem Azorischen, ja selbst dem Can= tabrischen Meere mittheilen. Fast 30 Jahre vergingen, ehe diese Hoffnung des großen Mannes erfüllt wurde, da zwischen La Condamine's und meiner Expedition jene Weltgegenden nur in botanischer und astronomisch= geographischer Hinsicht durch Ruiz und Pavon, wie durch Alessandro Malaspina's Begleiter durchforscht worden waren."

„Das erste Geschäft eines reisenden Physikers, wenn er nach langer Abwesenheit in Gebirgsgegenden an die Meeresküste gelangt, ist die Bestim= mung der Barometerhöhe und der Temperatur des Wassers. Ich war mit letzterer beschäftigt in der Gegend zwischen Truxillo und Guaman, bei Callao de Lima und auf der Schifffahrt von Callao nach Guayaquil und Acapulco, in einer Strecke des stillen Meeres von mehr als 100 deutschen Meilen. Zu meinem größten Erstaunen fand ich das Meer an der Oberfläche unter Breiten, wo es außerhalb der Strömungen 26° bis 26°,5 ist, bei Truxillo,

---

1) Allg. Länder= und Völkerkunde. I. 575—593.

Ende September 16°,0, bei Callao, Anfang November 15,°5. Die Luft=
temperatur war in der ersten Epoche 17°,9, in der zweiten 22°,7, also (was
wichtig zu bemerken ist) 7° wärmer als der Ocean in der Strömung. Die
Luft konnte also nicht das Meer erkältet haben, und ohne noch eine nähere
Kenntniß von dem Klima von Lima oder der Epoche zu haben, in der die
Garua herrscht', d. h. in der die Sonne von einer Nebelschicht verschleiert
ist und Monate lang eine scharf begränzte rothgelbe mondartige Scheibe
darbietet, faßte ich schon in Truxillo, bei der ersten Annäherung an die Küste,
die seitdem durch viele Seefahrer bestätigte Ansicht, daß die peruanische Strömung eine Polarströmung sei, welche von hohen Breiten niedern zueilend,
den Hauptsinuositäten der Küste in N. N. W. Richtung folgt, und daß die
große Temperirtheit des peruanischen Küstenklima, ich kann sagen, die em-
pfindliche Kälte, welche man mitten in den Tropen und wenige Fuß über
dem Meeresspiegel erhaben in der sogenannten Wüste des Baxo-Peru erleidet, ihren Grund in der geringen Meereswärme und der gehemmten Wirkung der Sonnenstrahlen während der Garua (drei= oder viermonatlicher
Verschleierung der Himmelsdecke) hat."

„Die Strömung begünstigt dermaßen an diesen Küsten jede Fahrt von
Süd nach Nord, daß man leicht in 4—5 Tagen von Callao nach Guayaquil,
in 8—9 Tagen von Valparaiso nach Callao (Entfernung über 400 deutsche
Meilen) schifft, wenn man zu dem Rückwege, gleichsam stromaufwärts,
mehrere Wochen, ja in einzelnen Fällen Monate braucht. Auf meiner Fahrt
war die Temperaturerhöhung der kalten Strömung, wie ich mich dem Aequator näherte, bis 4½° s. B. nicht sehr bedeutend, kaum von 1°,2. Das
Meer zeigte, so lange wir in der Strömung waren, zwischen 21°,0 und 22°,5.
Die Besorgniß, daß trotz der großen Tiefe des Meeres an der peruanischen
Küste die Nähe der Küste selbst die Temperatur des Oceans könne modificirt
haben, wurde bald entfernt, da ich auf offenem Meere, 25—30 deutsche
Meilen von dem festen Lande entfernt, die Wasser auch noch 21°,0 wie
zwischen Callao und der Insel San Lorenzo fand. Die Strömung wendete
sich plötzlich bei dem Vorgebirge Cabo Blanco gegen Westen und wir ge-
riethen nun in wenigen Stunden von Wassern von 20°,4 — 20°,6 in Wasser
von 27°."

Die Wasser des peruanischen Küstenstromes gehen, wie man jetzt genau
weiß und wie man in allen Seekarten findet, von dem Polarmeere her gegen
Norden, wie schon Humboldt angenommen hat; in der Gegend des Aequators angekommen, wendet sich der Strom, indem er sich mit einer von Norden her kommenden, an der Küste von Californien passirenden Strömung,

die jedoch schwächer ist als die südliche, verbindet, nach Westen und bildet ein Analogon zu der Aequatorialströmung im Atlantischen Ocean, die vom Meerbusen von Guinea nach Amerika geht.

Unter allen Problemen, welche die Geographie heutzutage zu lösen hat, nehmen diejenigen, welche mit dem wissenschaftlichen Interesse auch zugleich ein praktisches von bedeutendem Gewichte verbinden, die ersten Plätze ein, und unter diesen Arbeiten sind wieder besonders jene zu erwähnen, welche sich die Auffindung oder Herstellung neuer Verkehrswege zur Aufgabe gemacht haben. Seit Jahrtausenden ist es eine ausgemachte Thatsache, daß unter den zweierlei Straßen, die dem Menschen zu Gebote stehen, dem Wasser = und dem Landwege, ersterer so bedeutende Vorzüge vor dem letzteren hat, daß man sogar gewohnt ist, die Zugänglichkeit oder Unzugänglichkeit irgend einer Gegend nach der Beschaffenheit der dahin führenden Wasserstraßen oder nach der Entfernung von denselben zu beurtheilen. Aus diesem Grunde waren mit verhältnißmäßig ganz unbedeutenden Ausnahmen sämmtliche Handelsvölker alter und neuer Zeiten Insel = oder Küstenbewohner.

Die gegenwärtige Vertheilung von Land und Meer auf der Erde bedingt nach der Zahl der (wenn man die beiden Eismeere auch zu den Oceanen rechnet) in dem bewohnbaren Theile der Erde befindlichen Oceane drei große Verkehrssysteme, das des atlantischen, des großen und des indischen Oceans.

Vor der Entdeckung von Amerika kannte man außer einem beschränkten Theile des atlantischen Systemes nur noch ein zweites, das indische, und das Bestreben, einen Wasserweg aus dem einen in das andere zu finden, hat, wie im nächsten Abschnitte gezeigt werden soll, zur Entdeckung des Weges um das Cap der guten Hoffnung und zur Entdeckung von Amerika geführt. Eine Folge dieser Entdeckungen war die Auffindung eines dritten oceanischen Beckens, des Beckens der Südsee.

Die Verbindung zwischen diesen drei Systemen, welche die Natur hergestellt hat, ist durchaus nicht allenthalben gleich ausgebildet. Am günstigsten sind die Verhältnisse für den Verkehr zwischen den Systemen des indischen und des großen Oceans, denn beide Meere hängen in zwei weiten Durchfahrten zusammen, von denen die eine dem Aequator nahe im indischen Archipelagus, die andere in der gemäßigten Zone südlich von Neuholland in durchaus nicht hohen Breiten und in einem wenigstens nicht sehr unruhigen Meere ist. Weitaus weniger günstig ist die Lage, wenn man die Verbindungen des atlantischen Oceans untersucht, und gerade für den nördlichen

Theil seiner Küste, für die europäisch=nordamerikanischen Länder sind die
Schwierigkeiten am allergrößten. Zwischen dem atlantischen und dem indi=
schen Becken gibt es, wie zwischen diesem und dem pacifischen, zwei Stellen,
an welchen ein Verkehr zwischen beiden Gebieten möglich ist, aber die eine
Straße zwingt uns zu einem ungeheuren Umwege um ganz Afrika, die an=
dere, das Gränzgebiet zwischen Afrika und Asien, ist durch Land unterbro=
chen. Zwischen dem atlantischen Ocean und dem stillen gibt es strenge ge=
nommen vier Straßen; von ihnen aber sind zwei, die durch das nördliche
Eismeer gehen (nordöstliche und nordwestliche Durchfahrt) für den Verkehr
nicht zu gebrauchen. Die dritte Straße, die um das Cap Horn oder durch
die Magellansenge, zwingt, wie die um das Cap d. g. Hoffnung, die Schiffe
zu einem noch größern Umweg, dem sie das Schlimme hinzufügt, daß die
Südspitze von Amerika von einem äußerst stürmischen Meere umgeben ist, in
welchem fast das ganze Jahr der Westwind weht, so daß man kaum um das
Cap herumkommen kann, während die Fahrt durch die Magellanstraße durch
Klippen höchst unsicher gemacht wird. Der letzte Weg, der noch bleibt, ist
nicht eine offene Wasserstraße, sondern wird durch Land unterbrochen, gerade
wie dieses bei der uns viel bequemer gelegenen Suezstraße der Fall ist.

So lange der ganze Westen im Besitze der spanischen Krone war, die
es sich zur Aufgabe machte, allen Verkehr, namentlich mit Fremden, mög=
lichst zu hintern, so lange ferner China und Japan ihre Gränzen jedem
Fremden absperrten, und Neuholland nichts als ein großer Behälter für
diejenigen war, die sich mit den englischen Gesetzen überworfen hatten, so
lange waren die weiten Gebiete des großen Oceans verödet und kaum ein
Paar Schiffe durchschnitten jährlich seine Wellen. All dieses hat sich ge=
ändert und den ersten Anstoß hiezu hat der Abfall der spanischen Kolonien
gegeben. Jetzt erst konnte man im Ernste daran denken, das, was die Natur
unvollendet gelassen, durch Kunst zu ersetzen und die Wasserstraße von dem
einen Ocean in den andern durch einen Kanal herzustellen, denn was hätte
früher ein solcher genützt, wenn er in ein ganz unbefahrenes Meer gemündet
hätte? Der Erste, der schon vor einem halben Jahrhundert auf diesen Um=
schwung aufmerksam machte, und die bisher bekannten Thatsachen sammelte
war Alexander von Humboldt. Er sagt[1]: „In einer Zeit, wo der
neue Continent die Schicksalsschläge, die Europa treffen und seine ewigen
Streitigkeiten benutzt und in der Civilisation reißende Fortschritte macht, in
einer Zeit, in welcher der Handel mit China und mit Nordwestamerika von

---

[1] Essai politique sur la Nouv. Espagne I. 12.

Jahr zu Jahr gewinnbringender wird, ist der Gegenstand, den wir hier im Allgemeinen erörtern, für die Lage des Handels und das politische Uebergewicht der Staaten vom allergrößten Interesse."

Seit dieser Zeit hat sich der Verkehr auf dem großen Ocean von Jahr zu Jahr gesteigert, und namentlich die Entdeckung der reichen Goldländer von Californien und Australien hat mächtig hiezu beigetragen. Damit hat sich die Nothwendigkeit eines in niedrigen Breiten von Amerika befindlichen Verbindungsweges wesentlich gesteigert, und wenn man auch noch nicht darüber einig geworden ist, wo der Kanal erbaut werden soll, so gibt man sich doch gegenwärtig alle Mühe, das Terrain zu studiren, um den möglichst geeigneten Platz für das große Werk ausfindig zu machen.

Soll irgendwo ein Kanal angelegt werden, so ist die erste Aufgabe die, bei sonst gleichen Vortheilen an Kosten möglichst zu sparen, und man wird daher, wenn man von dem einen Wassergebiete in's andere überzusetzen hat, einen Fluß möglichst weit hinauffahren, also die Natur möglichst weit benutzen. Oben angelangt, muß der Weg bis zu einem andern Flusse, der dem andern Gebiete angehört, künstlich fahrbar gemacht werden, und dann geht es in diesem wieder abwärts. Sind Höhendifferenzen zwischen den zu verbindenden Strecken vorhanden, so muß durch Schleusen nachgeholfen werden. Lebensfrage für einen Kanal bleibt stets die, ob in der Höhe hinlänglich Wasser vorhanden ist, ihn auch bei lebhaftem Verkehr zu speisen, und bei ihrer Verneinung kann von einem Kanale auch unter den sonst günstigsten Umständen nicht die Rede sein. Die Nothwendigkeit, an einem Kanale Schleusen anzubringen, ist stets ein Uebelstand, da die Unterhaltung des Bedienungspersonals große Kosten macht, und die Schleusen selbst einer Menge von Reparaturen unterworfen sind. Die Kanäle sind aus diesem Grunde in Beziehung auf Terrainverhältnisse viel schwieriger, als die Eisenbahnen, welche schiefe Ebenen, die bis zu 2 Procenten geneigt sind, ertragen können; dagegen gewährt ein bedeutender Kanal ohne Schleusen, auf dem größere Schiffe ohne umzuladen fahren können, große Vortheile, und ein Kanal durch Mittelamerika, der für Seeschiffe zugänglich ist, wäre trotz aller Eisenbahnen etwas sehr Wünschenswerthes.

Humboldt hat, soweit ihm die mexicanischen Archive das Material boten, bereits in seinem Essai politique sur la Nouvelle Espagne (I. 13) die verschiedenen Stellen bezeichnet, an denen sich die Wasser der zum atlantischen Ocean gehörenden Flüsse denen des pacifischen Systems außergewöhnlich nähern, und er bezeichnet nachstehende 0 Punkte, zu denen er in dem Atlas auch die Karten geliefert hat.

1) In 54° 37' n. B. nähern sich die Quellen des Friedensflusses oder Unigigah auf 7 Meilen denen des Tacutsché Tessé, den man für identisch mit dem Columbia hält. Der erste Fluß geht nach dem nördlichen Meere, nachdem er sich mit den Wassern des Sclavensees und des Malcasie verbunden, der andere fällt in das stille Meer. Beide Flüsse sind durch die Rocky Mountains getrennt, die sich 550 Toisen über die angränzenden Flächen erheben.

2) Unter 40° n. B. sind die Quellen des Rio del Norte oder Rio Bravo, der sich in den Meerbusen von Mexico ergießt, von den Quellen des zum pacifischen Systeme gehörenden Colorado durch ein gebirgiges Terrain von 12—13 Meilen Breite, eine Fortsetzung der Cordillere des Gerals getrennt.

3) Der Isthmus von Tehuantepec (16°—18° n. Br.), Verbindung der Quellen des Huasacualco (atl.) mit dem Rio Chimalapa (pacif.)

4) Verbindung des Sees von Nicaragua mit dem stillen Meere.

5) Isthmus von Panama.

6) Durchschnitt zwischen der Bai von Cupica und dem Rio Cauca.

7) Verbindung zwischen dem Rio Atrato (atl.) und dem Rio San Juan (pacif.)

8) Unter 10° f. B. 2 oder 3 Tagereisen von Lima sind die Quellen des (atlantischen) Rio Huanuco, der in den Rio Guallaga fällt, nur 4—5 Meilen von den Quellen des (pacifischen) Huauro entfernt.

9) Eine Verbindung in 45°—47° f. B. durch Vermittlung des Meerbusens von St. Georg.

Sehen wir bei diesen 9 Fällen von den ersten und den letzten 2 ab, so befinden sich die übrigen sämmtlich in Mittelamerika, und in neuerer Zeit ist bald diese, bald jene Route, natürlich mitunter mit den verschiedensten Abweichungen unter einander (von der Nicaraguaroute gibt es nicht weniger als achterlei Arten) vorgeschlagen worden; doch ist mit Ausnahme von No. 7. keine darunter, welche sich ohne alle Schleusen durchführen ließe.[1] Ueberall steht die Cordillere im Wege, und einen Kanal meilenweit durch sie hindurch zu führen, hat seine Schwierigkeiten. Die siebente Route ist die einzige, welche sich an einer Stelle befindet, an der die Cordillere ganz unterbrochen ist; sie befindet sich im nördlichsten Theile von Südamerika, da, wo dieses

---

[1] Eine ausführliche Arbeit über die verschiedenen Projecte, ihre Vor- und Nachtheile von Raumann findet sich in der Zeitschrift für allgemeine Erdkunde II. 1857.

an Mittelamerika anstößt. Diese zuerst von Humboldt in Europa bekannt gemachte Route wird dadurch gebildet, daß im Innern der Provinz Choco eine Schlucht den Rio San Juan und den Quitofluß verbindet. Ersterer geht in der Gegend von Cupica in's stille Meer, letzterer bildet mit dem Rio Andageda und dem Rio Zitara den Rio Atrato und fließt in das Antillenmeer. Ein thätiger Mönch, Pfarrer des Dorfes Navita, ließ durch seine Pfarrkinder in der Schlucht einen kleinen Kanal graben, und mit Hülfe dieses Kanals können schon seit 1789 mit Kakao beladene Kähne von dem einen Meere in's andere gelangen. Der Kanal kann jedoch nur in der Regenzeit benutzt werden. Wie also Humboldt gezeigt hat, ist bereits ein schiffbarer Weg vorhanden, der nur ausgeweitet zu werden braucht.

Humboldt hat dem Kanalprojecte auch noch in späterer Zeit seine Aufmerksamkeit zugewandt. So finden wir Mittheilungen von ihm in Berghaus' Hertha IX. 1827 und in The Journal of the R. Geographical Society XX. 1851. 2., sowie einen Brief an Kelley, der sich in den Proceedings of the R. Geographical Society 1856 und dann auch in den Nouvelles annales des voyages 1857 Januar befindet. In diesem Briefe betont er wieder vorzugsweise die Vortheile der Atratoroute, indem er sagt: „Das große Ziel, nach dem man meines Erachtens streben muß, ist ein Kanal, der die beiden Oceane verbindet, und weder Schleusen noch Tunnels hat. Wenn die Pläne und Profile veröffentlicht werden, so kann die Welt frei und offen die Vor- und Nachtheile eines jeden Wegs untersuchen und die Ausführung dieses großartigen Unternehmens, das für die civilisirten Bewohner beider Continente von Wichtigkeit ist, mag dann erfahrenen Ingenieuren anvertraut werden. Das Unternehmen wird bei Regierungen und Privaten Theilnahme finden. Ich halte nichts für das Wachsthum des Handels und die Freiheit internationaler Beziehungen für gefährlicher, als jede weitere Forschung dadurch abzuschneiden, daß man gebieterisch jedes Kanalproject verwirft. Eigens darum habe ich in meinem Essai politique de la Nouvelle-Espagne die ungeheure Arbeit erwähnt, mit der am Anfange des 17. Jahrhunderts unter der spanischen Regierung der Bergdurchschnitt an dem tunnelfreien Kanal von Huehuetoca ausgeführt wurde, und ich habe zu viel Vertrauen auf die Hülfsmittel, welche gegenwärtig zu Gebote stehen, als daß ich schon die Hoffnung aufgeben möchte. Ein Mann, der unter den Seefahrern einen wohlverdienten Ruhm genießt, der Capitain Fitz-Roy, sagt in einem Memoir of the Isthmus of Central-America: Die Vergleichung aller besser bekannten Routen zeigt, daß die Linie Atrato-Cupica die geeignetste sei für einen Kanal, die Panamalinie die passendste für eine Eisenbahn. — Der Offizier, der in neuester Zeit Cupica besuchte (der Lieutenant Wood von der k. Marine), machte in Beziehung auf die Orts= verhältnisse von Cupica und dem Naipi bekannt, daß er um 8 Uhr Mor= gens Cupica verließ, sich zu Fuß mit eingeborenen Führern zum Naipi be= gab, dort badete und Mittags wieder auf seinem Schiffe war. Den höchsten Punkt schätzt er auf 3—400 Fuß englisch."

Die Acten über den mittelamerikanischen Kanal sind noch nicht geschlossen, und es läßt sich daher nicht sagen, ob und auf welche Linie derselbe gebaut werde; aber es ist nicht unwahrscheinlich, daß die Wahl zu Gunsten derjeni= gen Route ausfällt, die Humboldt zuerst und schon vor 50 Jahren vor= geschlagen hat.

Der Mensch.

Die Arbeiten Humboldt's über den Menschen und seine Zustände sind äußerst mannhfaltig. So findet sich in den 3 Essais eine Fülle von stati= stischen Angaben: Handel, Gewerbe, Bevölkerungszahlen, Nationalvermögen, Besitz an edlen Metallen, kurz alles was zum Haushalte gehört, hat dort seine Stelle. Humboldt's Angaben werden zu jeder geschichtlichen Be= arbeitung der Zustände der von ihm bereisten Länder stets von hohem Werthe sein. Die Relation historique enthält Notizen über die Raceverhältnisse, Sitten und Eigenthümlichkeiten der Menschen in großer Zahl; noch viel be= deutender aber sind die Vues des Cordillères. In diesem großen Werke ist die Geschichte der rothen Menschen vor dem Eindringen der Europäer, soweit sie sich jetzt noch ermitteln läßt, abgehandelt, dort ist die Besprechung der alten Gebäude, der Zeitrechnung, Staatseinrichtungen u. s. w. stets in Verbindung mit den Verhältnissen der übrigen, namentlich der verschiedenen asiatischen Völker in einer zu gleicher Zeit ebenso gelehrten als anziehenden und interessanten Weise durchgeführt, daß es nur bedauert werden kann, daß dieses Werk der Natur der Sache nach (des um der dazu gehörenden Tafeln willen sehr hohen Anlaufspreises wegen) nicht in weiteren Kreisen seine Ver= breitung finden könnte.

Um das gegenwärtige Kapitel nicht allzusehr auszudehnen, sehe ich mich gezwungen, mich möglichst einzuschränken und aus diesem Grunde will ich namentlich das, was den weißen Menschen anbelangt, übergehen, es möge der oben (S. 120) gegebene Auszug aus dem Essai politique de la Nouvelle

19 *

Espagne genügen, ebenso will ich die ihn allein betreffenden statistischen Nachrichten nicht weiter berühren, und mich auf eine kurze Angabe dessen beschränken, was Humboldt über die Negerverhältnisse und über die Indianer sagt.

1. Der Neger.

Während die spanischen Kolonien des Festlandes sich fast ganz frei von
den Negern erhielten, so daß diese dort nur einen verschwindenden Bruchtheil
der ganzen Bevölkerung bilden, ist auf den Antillen der rothe Eingeborene
völlig verschwunden und seine Stelle durch den Neger besetzt, der dort theils
als Sclave, theils als freier Farbiger lebt.

Nach der geschichtlichen Darstellung Humboldt's[1] wurden auf Cuba
die ersten Neger (nicht über 300) im Jahre 1521 eingeführt, und im Ganzen bemühten sich die Spanier weniger um Sclaven als die Portugiesen.
Im 16. Jahrhundert war in Spanien der Sclavenhandel nicht frei, sondern
es gehörte ein königliches Privilegium dazu. Im Jahre 1790 wurde der
Sclavenhandel frei erklärt, 1817 nordwärts vom Aequator, 1820 gänzlich
verboten. Humboldt[2] schätzt die Zahl der Schwarzen, die von 1670—
1825 nach den Antillen gebracht wurden, auf nahezu 5 Millionen, während
in letzterem Jahre auf dem ganzen Archipel kaum 2,400,000 Neger lebten.
Das Verhältniß der Einwohner der einzelnen Racen, auf das im Falle eines
Krieges zwischen denselben ungeheuer viel ankäme, war im Jahre 1823 (in
Cuba 1825) nachstehendes:

Länder und deren Gesammtbevölkerung.	Procente der Gesammtbevölkerung an		
	Weißen.	freien Farbigen, Mulatten und Negern.	Sclaven.
Cuba (715,000)	46	18	36
Jamaika (402,000)	6	9	85
Englische Antillen überhaupt (776,500)	9	10	81
Sämmtliche Antillen (2,843,000)	17	43[3]	40
Vereinigte Staaten von Nordamerika (10,525,000)	81	3	16
Brasilien (4,000,000)	23	26	51

1) Relation historique III. 403.
2) Relation historique III. 453.
3) Die große Procentzahl welche diese Tabelle den freien Farbigen der Ge-
sammtantillen gibt, rührt davon her, daß Haiti, das einen freien Negerstaat bildet, mitgerechnet ist.

Sieht man von den Vereinigten Staaten ab, in denen bekanntlich die Schwarzen nur im Süden an Zahl-bedeutend sind, so daß man hier eigent- lich den Süden von dem Norden trennen sollte, und wo auch durch die be- deutende Einwanderung sich seit 1825 alle Zahlenverhältnisse geändert haben, so zeigt sich, da in den andern Ländern wenigstens kein so bedeuten- der Wechsel vorgekommen ist, daß im Falle eines Sclavenaufstandes Cuba am günstigsten gestellt wäre. In dem französischen Theile von St. Do- mingo (Haiti) war 1789, also kurz vor dem Sclavenaufstande, das Verhält- niß: 8 Procente Weiße, 5 freie Farbige und 87 Sclaven, und dieser abnorme Zustand hat denn auch zu den schauderhaften Ereignissen geführt, deren Schauplatz jene Insel war, und die mit der Bildung freier Negerstaaten endigten. Diesen Katastrophen am nächsten wären die englischen Antillen, wenn nicht die britische Regierung der Revolution durch eine rechtzeitige Emancipation der Neger vorgebeugt hätte, wobei noch berücksichtigt werden muß, daß die Spanier den Sclaven gegenüber viel mildere Herren sind, als Engländer und Nordamerikaner, und daß es in spanischen Kolonien einem Schwarzen eher möglich ist frei zu werden. Dieses ergibt sich schon aus obiger Tabelle, denn während auf Cuba ein freier Farbiger auf 2 Sclaven trifft, war das Verhältniß in Jamaika 1 zu 9, in Nordamerika 1 zu 5.

Es ist über die Negersclaverei schon viel geschrieben und gestritten worden, denn sie ist eine Angelegenheit, welche die Interessen einer Unzahl von Menschen berührt. Humboldt hatte in Amerika, namentlich in Cuba Gelegenheit sie kennen zu lernen und es dürfte daher sein Ausspruch darüber nicht ohne Interesse sein. Er sagt:[1] „Ich habe den Zustand der Schwarzen in Ländern gesehen, wo Gesetze, Religion und nationale Gewohnheit sich vereinen, um ihr Loos zu mildern und doch habe ich bei meiner Abreise von Amerika denselben Abscheu vor der Sclaverei gefühlt, den ich schon in Europa gehabt hatte. Vergebens haben geistreiche Schriftsteller, um die Grausamkeit der Institution durch geistreiche Wortklauberei zu verdecken, die Worte Negerbauern der Antillen, Unterthänigkeit der Schwarzen und patriarchalischer Schutz erfunden; es heißt das nur die edlen Eigenschaften des Geistes und des Gedankens entheiligen, wenn man mit Hülfe von nichtigen Vorwürfen oder Spitzfindigkeiten einen Unfug vertheidigt, der die Menschlichkeit beleidigt und empört. Glaubt man sich des Mitleidens entschlagen zu können, wenn man den Zustand der Schwarzen mit dem der Leibeigenen des Mittelalters, oder mit der Lage vergleicht, unter

1) Rel. hist. III. 446.

der noch jetzt einige Klassen im Norden und im Osten von Europa seufzen? Diese Vergleiche, diese Wortkünste und die hochmüthige Verdrießlichkeit, mit denen man selbst die Hoffnung auf eine allmählige Milderung der Sclaverei zurückweist, sind in der Zeit, in der wir leben, unnütze Waffen. Die großen Umwälzungen, welche der Continent von Amerika und der Antillenarchipel seit dem Beginne des 19. Jahrhunderts durchmachten, wirkten auf die Ideen und die allgemeine Denkungsweise in den Ländern selbst, in denen die Sclaverei besteht, und beginnen sie zu ändern. Viele Verständige, und bei der Ruhe der Zucker- und Sclaveninseln interessirte Männer fühlen, daß man durch freie Uebereinkunst mit den Eigenthümern, durch Maßregeln, die von mit den Ortsverhältnissen bekannten Leuten ausgehen, einer Krise entgehen könne, deren Gefahren sich durch Indolenz und Halsstarrigkeit nur vermehren."

Eine Abhülfe gegen die Sclaverei, die er als eines der größten Uebel der Menschheit bezeichnet, sucht Humboldt auf dem Wege der Gesetzgebung; er hält dafür, daß zunächst die Koloniallandtage dafür zu sorgen hätten, daß ein Sclave sich leichter frei machen könne. Von der häufig benützten Ausrede, man solle die Zeit und die fortschreitende Civilisation wirken lassen, will er nichts wissen. Er sagt: „Die Zeit wird einen Einfluß auf die Sclaven ausüben, aber auch zugleich auf die Beziehungen zwischen den Bewohnern der Inseln und des Continentes und auf die Ereignisse, die man nicht wird bemeistern können, wenn man sie in einer apathischen Unthätigkeit abgewartet hat. Ueberall, wo die Sclaverei schon länger eingeführt ist, haben die Fortschritte der Civilisation auf die Behandlung der Sclaven viel weniger Einfluß, als man ihnen gerne zuschreiben möchte. Die Civilisation eines Volkes erstreckt sich selten auf eine große Anzahl von Individuen, sie reicht nicht bis zu denen, die an den Arbeitsplätzen in unmittelbarer Berührung mit den Schwarzen sind. Die Eigenthümer, unter denen mir sehr menschliche bekannt sind, schrecken vor den Schwierigkeiten zurück, die sich in den großen Plantagen darbieten, sie zaudern die hergebrachte Ordnung zu stören, wenn sie Neuerungen einführen, die, weil sie nicht allgemein, nicht von den gesetzgebenden Körpern und was noch wirksamer wäre, von der öffentlichen Meinung unterstützt sind, ihren Zweck verfehlen und das Schicksal derer, denen man helfen wollte, verschlimmern würden. Solche Betrachtungen halten das Gute bei Leuten auf, deren Ansichten die wohlwollendsten sind und die die barbarischen Einrichtungen beklagen, deren traurige Erbschaft ihnen zugefallen ist. Mit den Umständen vertraut, wissen sie, daß, um den Zustand der Sclaven wesentlich zu ändern, um sie allmählig zum Genusse der Freiheit zu bringen, ein fester Wille der Ortsbehörden und ein Zusammenhelfen aller begüterten und verständigen Bürger und endlich ein allgemeiner Plan nöthig sind, in dem alle Möglichkeiten einer Unordnung und die Mittel ihnen zuvorzukommen vorausgesehen sind. Ohne dieses Zusammengehen wird die Sclaverei mit allen ihren Schmerzen und Leiden wie im alten Rom sich erhalten neben der Feinheit der Sitten, den so gerühmten Fortschritten der Aufklärung und aller Zeichen von Civilisation. Daß sie vorhanden ist, bildet einen Anklagepunkt für diese, und ist eine stehende Drohung, sie zu verschlingen, wenn der Tag der Rache angebrochen sein wird."

In der Zeitschrift für allgemeine Erdkunde von 1856 erwähnt Humboldt, daß der Essai politique sur l'île de Cuba, welcher außer in der Relat. hist. III. chap. XXVIII auch gesondert veröffentlicht wurde, später in's Spanische und aus diesem von Trasher in Nordamerika in's Englische übersetzt worden sei, daß aber in dieser letzteren Uebersetzung das 7. Capitel des Essai, das von der Sclaverei spricht (und dem auch obige Sätze entnommen wurden), obwohl in dem spanischen Texte enthalten, ganz und gar weggelassen worden sei. Er beschwert sich dabei über diese Unterschlagung seiner Aeußerungen von Gefühlen gegen die unterdrückten Schwarzen, die jetzt nach 30 Jahren noch ebenso lebhaft seien, als zur Zeit der Abfassung des Essai.

Auch im Kosmos' findet Humboldt Gelegenheit, sich gegen die Sclaverei auszusprechen. Er sagt: „Mit Freude setzen wir hinzu, daß dieser Genuß (der freien Natur) auf den Landgütern des Plinius durch den widrigen Anblick des Sclavenelendes minder gestört war. Der reiche Mann war nicht bloß einer der gelehrtesten seiner Zeit, er hatte auch, was im Alterthum wenigstens selten ausgedrückt ist, rein menschliche Gefühle des Mitleids für die unfreien unteren Volksklassen. Auf den Villen des jüngeren Plinius gab es keine Fesseln, der Sclave als Landbauer vererbte frei, was er erworben."

2. Der Indianer.

Unter den verschiedensten Stämmen der Ureinwohner von Amerika herrscht nach Humboldt in ihrem Aeußeren eine große Uebereinstimmung; sie deuten alle auf einen gemeinsamen Ursprung hin.

Ihre Farbe ist dunkel, kupfrig, die Haare sind schlicht, der Bart schwach, der Wuchs untersetzt, die Augen in die Länge, die Augenwinkel gegen die Schläfe in die Höhe gezogen, die Backenknochen hervorspringend, die Lippen

1) II. 24.

dick und ein Ausdruck von Gutmüthigkeit um den Mund sticht ab gegen einen finstern wilden Blick. Es ist dem europäischen Ankömmling schwer, die Individuen von einander zu unterscheiden, doch bieten die einzelnen Stämme sehr leicht zu erkennende Merkmale. Die Eingeborenen von Mexico sind dunkler, als die Bewohner der heißen Gegenden von Südamerika. Während bei den Völkern der weißen Race die mehr oder weniger dunkle Farbe der Haut weniger dem Einflusse der Abstammung als dem des Klimas zu= zuschreiben ist, verschwindet diese Einwirkung fast vollständig bei den Ame= rikanern, wie auch bei den Negern. Es gibt unter den Völkern des neuen Continentes solche, die wenig gefärbt, sich den Arabern oder Mauren nähern. So sind z. B. die Anwohner des Rio Negro dunkler, als die des untern Orinoco, obwohl erstere ein weniger heißes Land bewohnen. In den Wäldern von Guyana, besonders bei den Orinocoquellen leben mehrere Stämme, die so weiß sind, wie die Mestizen, obwohl sie sich nie mit Europäern vermischt haben und ringsum von schwarzbraunen Völkerschaften umgeben sind. Die Bewohner der Hochebenen von Mexico sind dunkler als die Bewohner von Quito und Neugranada, obwohl sie ein analoges Klima haben. Der nackte Indianer hat dieselbe Farbe, wie der bekleidete, und die von der Kleidung bedeckten Körpertheile des letzteren sind nicht, wie dieses bei uns der Fall ist, heller als die dem Einflusse der Luft und der Sonne ausgesetzten. Bolney hatte von einem Häuptling der Miamis in Nordamerika gehört, daß die Kinder der Indianer im Lande weiß wie die Europäer zur Welt kommen, und daß die Erwachsenen erst an der Sonne und durch das Fett, sowie durch die Kräuter, womit sie sich einreiben, braun werden, sowie auch daß die Weiber am Gürtel, wo sie stets bekleidet sind, weiß bleiben. Humboldt widerspricht diesem, wenigstens was die Stämme anbelangt, die er selbst ge= sehen hat.[1] Er versichert, daß bei diesen die Kinder niemals weiß geboren werden, und daß auch die indianischen Caziken, die in einer gewissen Wohl= habenheit leben, und auch im Innern ihrer Wohnungen bekleidet bleiben, allenthalben (mit Ausnahme der Handfläche und der Fußsohle) gleichmäßig rothbraun seien. Der Bart der Indianer ist im Allgemeinen schwach, doch kann er durch fleißiges Rasiren stärker gemacht werden, wie Humboldt am Orinoco bei den Caripeintianern beobachtete, wo die Sacristane zu diesem

1) In Rel. hist. III. 157 gibt H. den Cetimestanum der Tschugazen als einen solchen an, dessen Kinder weiß zur Welt kommen; in der Einleitung zu den Vues pittoresques VII. jedoch erklärt er die Bewohner der Polarkreisgegenden von Amerika für eine andere Race.

Mittel ihre Zuflucht ergreifen, um dadurch mehr ihren Herren, den Kapuzinern, ähnlich zu werden. Die mexicanischen Indianer haben etwas mehr Bart, als andere, sie tragen in der Nähe der Hauptstadt sogar kleine Schnurrbärte.

Die mexicanischen Indianer, wenigstens diejenigen, die unter europäischer Herrschaft stehen, erreichen in Folge ihrer mäßigen Lebensweise ein hohes Alter. Reisende, die nur nach dem Gesichte der Indianer urtheilen, sind zwar versucht zu glauben, es gebe nur wenig alte Leute unter ihnen; doch ist es im Allgemeinen schwer, über das Alter derselben eine richtige Auskunft zu erhalten, da sie selbst nie wissen, wie alt sie sind, und die Pfarrregister in jenen heißen Ländern alle 20—30 Jahre von den Termiten aufgefressen werden. Das Haar der Indianer wird nie oder selten grau, der Mangel an Bart bringt an und für sich ein jugendliches Aussehen hervor, und die Haut hat wenig Neigung, Runzeln zu machen. Man kann leicht Leute, namentlich Frauen treffen, die 100 Jahre alt sind, und dieses Alter ist noch dazu in sofern ein glückliches, da die mexicanischen, wie die peruanischen Indianer ihre Muskelkräfte bis zum Tode behalten. Mißgestalten sind äußerst selten; Humboldt sagt, daß er nie einen buckeligen oder nur äußerst selten einen hinkenden oder einarmigen Indianer gesehen habe. Auch der Kropf kommt selbst in Gegenden, wo er zu Hause ist, nie bei Indianern und selten bei Mestizen vor.

Von dem Lande der Esquimos bis zur Magellansstraße haben die amerikanischen Sprachen, wenn auch in ihren Wurzeln grundverschieden, so zu sagen dieselbe Physiognomie, sie mögen nun ausgebildete, wie die mexicanische, die der Incas, oder vollkommen barbarische sein, und diese Uebereinstimmung der Idiome weist, wenn nicht auf einen gemeinsamen Ursprung, doch wenigstens auf eine ungemeine Analogie in den intellectuellen Fähigkeiten dieser Völker hin.

Ueberall in der neuen Welt findet man eine Menge von Zeiten und Formen in den Zeitwörtern, eine künstliche Einrichtung, um voraus, sei es durch ein eingeschaltetes Suffixum, oder sei es durch Beugung der persönlichen Fürwörter, welche die Endung des Zeitwortes bilden, die Natur und die Beziehungen des Subjects und Prädicats anzugeben, oder anzuzeigen ob letzteres belebt oder unbelebt, männlich oder weiblich, in der Einheit oder Mehrheit sei. Dieser allgemeinen Einrichtung zufolge kommt es vor, daß Idiome, die nicht ein Wort gemeinschaftlich haben, wie z. B. die mexicanische und die Quichuasprache, sich untereinander gleichen, und dadurch ganz von den Töchtersprachen des Lateinischen abweichen. Es erlernt auch ein Amerikaner leichter eine andere amerikanische Sprache, als die spanische. In den Wäldern des Orinoco sah Humboldt unter den rohesten Indianern solche, die zweier bis dreier Sprachen mächtig waren. Als die Jesuiten noch an der Spitze der Orinococmissionen standen, führten sie in denselben ein paar der weiter ver= breiteten Sprachen als Umgangssprachen ein, und bei consequenter Durch= führung dieses Systems wäre möglich gewesen, daß nach und nach die Un= zahl von Idiomen sich auf einige wenige reducirt hätten, allein die den Jesu= iten nachfolgenden Kapuziner sind hievon abgegangen. Jetzt fällt es den Missionären schwer, sich nur einen Dolmetscher zu verschaffen, um sich ihren Untergebenen verständlich zu machen.

Die Reihenfolge der Wörter in denjenigen amerikanischen Sprachen, die noch eine gewisse Frische erhalten haben, ist folgende: Zuerst kommt der von dem Zeitwort regierte Casus, dann das Zeitwort und endlich das persönliche Fürwort. Der Gegenstand, auf den vorzugsweise die Aufmerksamkeit gerichtet werden soll, kommt voraus. Statt „Mit Dir bin ich glücklich", würde der Amerikaner sagen: Dir mit glücklich bin ich. Unter den Beispielen aus der Chaymassprache, die Humboldt anführt[1], sind: punpuec topuchemaz, du bist fett von Körper, wörtlich: Fleisch (pun) für (puec) Fell (topuche) du sein (maz); quenpotupara quoguaz, „ich kenne ihn nicht," wörtlich „ihn kennend nicht ich sein"; quenepra quoguaz, „ich habe ihn nicht gesehen", wörtlich „ihn sehend nicht ich sein."

In den Sprachen des indogermanischen Stammes werden die verschie= denen Umstände, die sich an Haupt=, Zeit= und andere Wörter knüpfen, durch Declinationen und Conjugationen angegeben, während andere dasselbe Ziel durch Anhängen anderer Worte erreichen, und zu diesen gehören auch die amerikanischen. Die Declinations= und Conjugationsendungen können aber recht leicht von in früherer Zeit üblichen Anhängseln abstammen z. B. amav= issem, amav=eram, pot=ero u. s. w. Es können auch noch andere Wörter an einander hängen, wie z. B. meinetwegen, wohin, woher, par-ce-que. Bekannt ist, daß alle deutschen Fragewörter mit W anfangen. Ist dieses W nicht vielleicht ein Ueberrest eines alten Wortes? Die amerikanischen Sprachen beruhen jedoch vorzugsweise auf solchen Verbindungen, die noch so lose sind, daß die Trennung alsbald möglich wird, wie das obige punpuec topuche= maz zeigt.

Humboldt[2] sagt hierüber: „Man glaubte bei der Vergleichung der

1) Itel. histt. 1. 453.
2) Itel. hist. I. 486.
3) Friedrich Schlegel, Sprache und Weisheit der Indier 44—60.

Sprachen 2 Klassen derselben unterscheiden zu können: die einen, in ihrer Organisation vollkommeneren, sind freier und rascher in ihrer Bewegung und
zeigen eine innere Entwickelung durch Flexion, während die andern unge-
schmeidiger und der Vervollkommnung weniger fähig nur ein rohes Zusammenfügen kleiner Formen oder angehängter Partikeln zeigen, wobei jede die
Physiognomie beibehält, die sie besitzt, wenn sie allein steht. Diese äußerst
geistreiche Ansicht ist unrichtig, wenn man annimmt, daß es polysyllabe Idiome ohne Beugung gebe, oder daß diejenigen, die sich wie aus einem innern
Kerne organisch entwickeln, gar keinen äußerlichen Zuwachs durch Suffixe
und Affixe erleiden, welchen Zuwachs wir schon öfters als Agglutination oder
Incorporation bezeichnet haben. Viele Formen, die wir jetzt für Flexionen
der Wurzel halten, waren vielleicht ursprünglich Affixe, von denen nur ein
oder zwei Consonanten übrig geblieben sind. Es ist mit den Sprachen, wie
mit allem Organischen in der Natur; nichts steht ganz für sich, nichts ist
dem andern völlig unähnlich. Je weiter man in ihren innern Bau eindringt,
desto mehr schwinden die Contraste, die auffallenden Eigenthümlichkeiten.
Es ist damit wie mit den Wolken, die nur von weitem scharf umrissen erscheinen."

Für am meisten ähnlich mit den amerikanischen Sprachen hält Humboldt unter den europäischen die baskische, welche sein Bruder Wilhelm
von Humboldt bearbeitet hat.

Humboldt schätzte die Zahl der Eingebornen in Mexico auf 2 Fünftheile der ganzen Bevölkerung, doch waren sie nicht allenthalben in gleicher
Zahl vertreten, ja man fand sie in den innern Provinzen fast gar nicht.
Das alte Mexico hatte sich nur bis zum 21. Grade erstreckt, und die Gebiete jenseits desselben dienten den wenig zahlreichen nomadischen Stämmen
der Chichimelen und Otomiten zum Aufenthalt. Wie die Jägerstämme in
Nordamerika zogen sich diese vor den verdringenden weißen Einwanderern
zurück, und man findet sie daher nicht mehr da, wo sie früher waren, während die Ackerbau treibenden Nachkommen der eigentlichen Mexicaner an
der Stelle blieben, und den Druck der Eroberer über sich ergehen ließen.
Das Land zwischen dem 14. und 21. Breitegrade führte nach Humboldt's[1]
Darstellung in früherer Zeit den Namen Anahuac und umfaßte außer dem
Aztekenreiche, dessen letzter Herrscher Montezuma war, noch die Republiken Tlaxcallan und Cholollan, sowie die Königreiche Tezcuco
und Mechuacan. Der Name Mexico bedeutet in der Aztekensprache Aufenthaltsort des Kriegsgottes Mexitli oder Huitzilopochtli. Aehnlich

---

1) Essai pol. de la Nouv. Espagne I. S u. 78.

wie Europa bei der Völkerwanderung wurde Anahuac von Zeit zu Zeit von aus Norden kommenden Völkerschaften überschwemmt; zuerst erschienen um 648 die Tolteken, dann 1170 die Chichimeken, 1178 die Nahualtleken, 1196 die Acolhuen und Azteken.

Diese Stämme behaupteten aus dem Norden gekommen zu sein. Sie betrachteten ihre Zustände als die Copie von etwas, was anderswo existirte, und ihre Städte benannten sie nach denen der Landstriche (Quehuetlapallan oder Tlapallan, Amaquemecan und Aztlan oder Teo-Acolhuacan), die sie verlassen hatten.

Die Tolteken führten den Anbau des Mais und der Baumwolle ein, erbauten Städte und Straßen, sowie auch die Pyramiden, deren Seiten genau nach den Himmelsgegenden gerichtet sind, sie kannten die Hieroglyphen und verstanden Metalle zu gießen und harte Steine zu schneiden.

Woher diese Völkerzüge kamen, ist ein ungelöstes Problem. Humboldt hält es nicht für unmöglich, daß die Tolteken oder die Azteken ein Theil der Hiongnu, derjenigen Nation, die unter dem Namen der Hunnen Europa verwüstete, sein könnten, die den chinesischen Geschichtschreibern zufolge unter der Anführung des Punon auswanderten und sich in Nordsibirien verloren. Daraus, daß die Amerikaner die Cerealien nicht kannten, schließt er, daß, wenn sie je aus Asien stammten, sie die Nachkommen von Nomaden oder von Hirtenstämmen sein müßten, was jedoch jedenfalls auf längst vergangene Zeiten zurückführen würde, denn bei der Eroberung von Amerika kannten die Einwohner nur den Mais, keine unserer Getreidearten, die in der alten Welt seit undenklichen Zeiten angebaut werden; auch hatten sie kein Milchvieh.

Als Folge dieser verschiedenartigen Einwanderungen ist der Umstand zu betrachten, daß die indianische Bevölkerung von Mexico eine sehr gemischte ist. Es gibt mehr als 20 Sprachen daselbst, die nicht etwa als besondere Dialekte eines einzigen Idioms zu betrachten sind, sondern von einander wenigstens ebenso abweichen, wie das Deutsche und das Griechische. Am meisten verbreitet ist die Sprache der Azteken.

Ueber die geistigen Fähigkeiten der Indianer läßt sich schwer ein Urtheil abgeben, da selbst in den ehemaligen Culturstaaten der jetzt lebende Rest durch Jahrhunderte langen Druck verkümmert ist. Als die Europäer eindrangen, war ihr Schwert zunächst gegen die gebildetere wohlhabende Klasse gerichtet, vor allem aber wütheten sie schon aus religiösem Fanatismus gegen die Bewohner der Teocallis oder Gotteshäuser, gerade gegen diejenigen, die man als die Träger aller Kenntnisse des Volkes ansehen konnte. Die in-

rianischen Frauen, die noch etwas Vermögen gerettet hatten, zogen vor, sich
mit den Eroberern zu verheirathen, und nicht bei ihrem verachteten Stamme
zu bleiben, und so ist von diesem zuletzt beinahe nichts übrig, als die untersten
Schichten der früheren Bevölkerung. Diese hatten schon unter der mexicanischen Regierung unter dem Drucke einer tyrannischen Feudalherrschaft
keine hohe Bildung erlangt und sind bei der scharfen Trennung zwischen
ihnen und den Europäern, da noch dazu in den Hieroglyphen alle ihre Bil-
dungsmittel verbrannt wurden, natürlich auch nicht voran gekommen.

Der mexicanische Indianer zeigt mit seinem Phlegma einen auffallenden Contrast gegen den lebhaften Neger: er ist ernsthaft, melancholisch und
schweigsam, so lange nicht berauschende Getränke auf ihn eingewirkt haben.
Dieser Ernst ist besonders bei den Kindern bemerkbar, die in einem Alter
von 4 bis 5 Jahren viel intelligenter und entwickelter sind, als die Kinder
der Weißen. Der Mexicaner liebt es, seinen unbedeutendsten Handlungen
einen geheimnißvollen Anstrich zu geben, seine heftigsten Leidenschaften spiegeln sich nicht auf dem Gesichte ab und es hat etwas Schreckhaftes, wenn
man ihn plötzlich von vollkommener Unthätigkeit zur heftigen ungezügelten
Handlung übergehen sieht. Der Eingeborene von Peru hat mehr Sanftmuth; die Thatkraft des Mexicaners artet in Härte aus.

Wie alle Völker, die lange unter geistlichem und weltlichem Despotismus geseufzt haben, hängen auch die Amerikaner mit außerordentlicher Zähigkeit an ihren Gewohnheiten, Gebräuchen und Meinungen, an welchen letzteren auch die Einführung des Christenthums weiter nichts geändert hat, als
daß es die Ceremonien eines blutigen Cultus durch die Symbole einer
menschenfreundlichen Religion vertauschte. Wie alle unterdrückten halb-
barbarischen Völker wechselten die Mexicaner, ohne sich jedoch darum weiter
zu ändern, mit den Herrschern auch die Namen ihrer Gottheiten. Die Einführung eines nominellen Christenthums wurde sogar erleichtert durch die
Analogien, die sich zwischen der altmexicanischen Mythologie und den christlichen Symbolen ziehen ließen. So wurde der heilige Adler der Azteken
alsbald in den heiligen Geist umgewandelt. Schon Cortez benützte die
mexicanischen Sagen zu seinem Vortheil. Es galt nämlich dort die Regierung des fabelhaften Königs Quetzalcoatl, eines weißen, bärtigen Mannes, als das goldene Zeitalter von Anahuac.[1] Wie bei den Griechen unter
Saturnus, lebten damals Menschen und Thiere in Frieden, die Erde
brachte von selbst die reichsten Ernten hervor, die schönsten Vögel erfüllten

1) Humboldt, Vues des Cordillères 29.

die Luft mit herrlichem Gesange. Aber der große Geist Tezcatlipoca, der mexicanische Brahma, gab Quetzalcoatl einen Trank, der ihn unsterblich machte, ihn aber zugleich zwang, auf Reisen zu gehen, um ein entlegenes Land Tlapallan zu besuchen. Er soll sich hiebei nach Osten gewandt haben. Nachdem er in Cholula 20 Jahre hindurch die ihm angebotene Regierung geführt hatte, ging er an die Mündung des Flusses Goasacoalco, wo er verschwand, nachdem er den Cholulanern hatte verkünden lassen, daß er in einiger Zeit wieder zurückkehren werde, um sie auf's neue zu regieren und ihr Glück zu erneuern. Darum glaubte man in Mexico, als die Spanier an der Ostküste landeten, in ihnen die Nachkommen jenes Heiligen zu sehen. Darum sagte auch der König Montezuma zu Cortez: „Wir wissen aus unsern Büchern, daß wir, ich und alle, die dieses Land bewohnen, hier nicht unsern Ursprung haben, sondern als Fremde sehr weit hergekommen sind. Wir wissen auch, daß der Anführer unserer Voreltern auf eine Zeitlang in sein erstes Vaterland zurückgegangen, und wieder gekommen ist, um die, welche sich hier niedergelassen hatten, zu besuchen. Er fand sie mit den Weibern dieses Landes verheirathet, mit einer zahlreichen Nachkommenschaft und in Städten wohnend, die sie erbaut hatten. Die Unsrigen wollten ihrem alten Herrn nicht mehr gehorchen, und so kehrte er allein zurück. Wir haben immer geglaubt, daß seine Nachkommen einst wieder von diesem Lande Besitz nehmen würden. Bedenke ich also, daß Ihr daher kommt, wo die Sonne aufgeht, und daß wir Euch, wie Ihr versichert, bekannt sind, so kann ich nicht zweifeln, daß der König, der Euch gesandt hat, unser natürlicher Herr sei."

Durch diese Umstände unterstützt, hatten die Missionäre leichtes Spiel, sie duldeten nicht nur, sondern unterstützten sogar in gewissem Grade die Durcheinandermengung der indianischen Traditionen mit den christlichen Ideen, überredeten die Mexicaner, daß das Evangelium vor alter Zeit schon in Amerika gepredigt worden sei, und suchten seine Spuren im aztekischen Ritus auf.

Trotz des leichten Uebergangs zum Christenthum ist nach Humboldt die Bekehrung der Indianer nur eine äußerliche, und dieselben kennen von der Religion auch nur die äußeren Formen des Cultus.

Die Indianer, welche gegenwärtig die Städte und das flache Land von Mexico bewohnen, sind theils Nachkommen der alten Bauern, theils die Ueberreste einiger vornehmen alten Familien, die statt sich mit den Spaniern zu verbinden, es vorzogen, mit eigener Hand das Land zu bebauen, das ihre Ahnen einst durch ihre Vasallen bearbeiten ließen. Diese verschiedene Abstammung war noch zu Humboldt's Zeit von politischer Bedeutung, da die spanischen Gesetze zwischen tributpflichtigen Indianern und Adeligen oder Caziken unterschieden. Die letzteren hatten die Vorrechte des castilianischen Adels, ohne jedoch davon besondern andern Gewinn zu haben, als die Respectsbezeugungen der niedrigern Indianerklassen. Der indianische Adel war so ungebildet als das Volk, und trug in der Ausübung des Cazikenamtes mehr dazu bei, dessen Lage zu verschlimmern, als sie zu verbessern.

Als die Spanier Mexico eroberten, fanden sie das Volk bereits im Zustande der tiefsten Erniedrigung und Armuth, den steten Begleitern des Despotismus und der Feudalherrschaft. Der Kaiser, die Fürsten, der Adel und der Clerus (die Teopixqui) besaßen alles fruchtbare Land allein, die Statthalter der Provinzen erlaubten sich ungestraft alle Gewaltthätigkeiten, der Bauer war unterdrückt. Die großen Straßen wimmelten von Bettlern und der Mangel an vierfüßigen Hausthieren zwang Tausende von Indianern den Dienst von Saumthieren zu versehen. Durch die Eroberung wurde während des 16. und 17. Jahrhunderts der Zustand des untern Volkes noch bedauernswerther; man schleppte den Landmann zum Bergbau, ließ ihn das Gepäck der Soldaten nachtragen, und nahm ihm sowohl liegendes als bewegliches Eigenthum. Die Familien der Eroberer (Conquistadoren) erhielten das Land als Lehen und der Indianer wurde vollkommen an die Scholle gebundener Sclave. Erst im 18. Jahrhundert hat sich dieser Zustand etwas gebessert, weil nach dem Aussterben der Conquistadoren-Familien die Lehen eingezogen wurden. Ebenso wurde eine weitere drückende Einrichtung, die Repartimientos, aufgehoben. Nach dieser schrieb der Corregidor von Zeit zu Zeit, besonders aber bei dem Antritte seines Amtes den Verkauf von Waaren aus, welche die Indianer um einen von dem Corregidor bestimmten Preis übernehmen mußten. Wenn nun dabei einen halbnackten Indianer irgend ein Toilettartikel oder ein sonst für ihn ganz unbrauchbarer Gegenstand traf, so mußte er ihn nichtsdestoweniger kaufen. Hat sich jedoch auch die Lage der Eingeborenen etwas gebessert, so lebt dennoch die große Mehrzahl davon in großem Elend; auf die unfruchtbaren Strecken verwiesen, von Hause aus, noch mehr aber in Folge ihrer politischen Stellung indolent, leben sie in den Tag hinein. Nur selten findet man wohlhabende Indianer, doch haben jetzt einige auch einen für ihren Stand colossalen Reichthum.

Außer dem einen Mittelpunkte von Civilisation in Mexico trafen die Spanier bei ihrer Ankunft in Amerika noch einen zweiten, den Staat der Inca's in Peru, die auf der Höhe der Andeskette von Quito bis weit in das jetzige Chili hinein einen großen Staat gegründet hatten. Die Inca's, deren erster Manco-Capac, ein weißer Mann wie Quetzalcoatl, war, nann-

ten sich Abkömmlinge der Sonne und hatten dort ein hierarchisch-despoti-
sches Regierungssystem eingeführt, das noch viel weiter ging als das zu
Mexico. Die Glieder der jeweilig unterworfenen Stämme wurden unter
die Dörfer der alten Provinzen vertheilt, mußten dort bleiben und die Lan-
desprache erlernen. Der Inca war ausschließlicher Eigenthümer des Landes, welches er den Einzelnen jedesmal auf ein Jahr überließ; die Einwohner waren Leibeigene und über sie wurde mit dem Boden, den sie bewohnten,
verfügt. Am Anfange des 16. Jahrhunderts unsrer Zeitrechnung, also um
die Zeit der Entdeckung von Amerika, war der Staat im Verfallen, Erbfolge-
streitigkeiten erschütterten ihn und die von dem einen der Prätendenten herbei-
gerufenen Spanier unter Pizarro (1531) hatten leichtes Spiel, das mor-
sche Reich umzuwerfen. Die Weißen wurden nun Herren des Landes, be-
nahmen sich aber gegen die Eingeborenen in einer Weise, welche sogar genügte,
sie ihre früheren Leiden vergessen zu machen. Hier wie in Mexico erhielten
die Conquistadoren ihre Lehen (Encomiendas), auch hier benützte der Corregidor die Repartimientos zur Plünderung der Rothen.

Ein drittes Civilisationscentrum trafen die Spanier ebenfalls auf einer
Hochebene, auf der von Bogota oder wie sie jetzt heißt von Bolivia. Als ihr
Anführer, der Adalantado Gonçalo Ximenez de Quezada, der Eroberer, 1537 vom Magdalenenstrome herauskam, war er von dem Unterschiede
überrascht, den er zwischen dem Bildungszustande der Bergvölker und den
wilden Horden traf, welche die heißen Gegenden von Tolu, Mahates und
Santa Martha durchirrten. Dort fand er die Muyscas, Guanes, Muzos
und Colimas in Gemeinden vertheilt, mit Landbau beschäftigt und in Baum-
wolltücher gekleidet, während die Wilden der niedrig gelegenen Ebenen nackt,
ohne Industrie und ohne Künste waren. Auch in den Sagen von Bogota
spielte ein weißer bärtiger Mann eine Hauptrolle. „In den ältesten Zeiten,"
lesen wir bei Humboldt[1], „ehe noch der Mond die Erde begleitete, erzählt
die Mythologie der Muyscas- und Mozcasindianer, lebten die Bewohner des
Plateaus von Bogota als Barbaren, nackt, ohne Ackerbau, ohne Gesetze, ohne
Religion. Plötzlich erschien aber ein Greis unter ihnen, welcher aus den
Ebenen östlich der Cordilleren von Chingasa kam, und von einer andern
Race zu sein schien, als der der Eingeborenen, indem er einen langen, starken
Bart trug. Er war unter drei verschiedenen Namen bekannt, nämlich Bo-
chica, Nemquetheba und Zuhé. Dieser Greis lehrte die Menschen
gleich Manco-Capac, sich zu bekleiden, Hütten zu bauen, die Erde zu be-

---

1) Vues des Cordillères p. 20.

arbeiten und sich in Gesellschaft zu vereinigen. Bei sich hatte er eine Frau, welcher die Tradition gleichfalls drei Namen gibt, und zwar Chia, Yube= cahguaha und Huhthaca. Dieses Weib, das außerordentlich schön, aber auch eben so boshaft war, arbeitete ihrem Manne in Allem, was er zum Glück der Menschen unternahm, entgegen. Durch ihre Zauberkünste machte sie den Fluß Funzha anschwellen, dessen Wasser das Thal von Bogota über= schwemmten. In dieser Fluth kamen die meisten Einwohner um, und nur einige retteten sich auf die Spitze der benachbarten Gebirge. In seinem Zorn hierüber verjagte der Greis die schöne Huhthaca weil von der Erde; sie wurde zum Mond, der von da an unsern Planeten bei Nacht beleuchtet. Endlich zerriß Bochica, sich der auf den Gebirgen umherirrenden Menschen erbarmend, mit mächtiger Hand die Felsen, welche das Thal auf der Seite von Canoas und Tequendaua schließen, ließ die Wasser des Sees von Funzha durch diese Oeffnung abfließen, vereinigte die Völker aufs neue im Thale von Bogota, baute Städte, führte die Anbetung der Sonne ein, ernannte Ober= häupter, unter welche er die geistliche und weltliche Macht vertheilte, und zog sich am Ende zurück." Als sich nämlich die verschiedenen Stämme um die Obergewalt stritten, schlug Bochica vor, man solle als Zaque oder Sou= verän den seiner Gerechtigkeit und Weisheit wegen berühmten Huncahua wählen. Dieß geschah und Huncahua regierte 250 Jahre und unterwarf sich das Land von den Savanen San Juan de los Llanos bis zu den Ber= gen von Oson. Bochica unterwarf sich strengen Büßungen und lebte 2000 Jahre (100 Muhscacheten). Er verschwand auf geheimnißvolle Weise zu Ireca, östlich von Tunja, welche Stadt, einst die volkreichste, von Huncahua gegründet und Hunca genannt wurde, woraus die Spanier Tunja machten.

Die Regierungsform in Bogota war ähnlich der, wie sie jetzt in Japan ist. Während die Incas von Peru in sich die höchste geistliche und weltliche Gewalt vereinigten, wurden in Bogota von vier Stämmen die Hohenpriester gewählt. Diese Nachfolger des Bochica sollten seine Tugenden und seine Heiligkeit erben, Ireca war die heilige Stadt der Muhscas, wie Cholula der Azteken; dorthin wurde gewallfahrtet, während der weltliche Herrscher zu Tunja residirte. Auch dieser Staat konnte sich gegen die eindringenden Spa= nier nicht halten, Ximenez de Quezada eroberte das Land; doch ist die Geschichte dieses Theiles von Amerika durchaus noch nicht so aufgehellt, als zu wünschen wäre.

Die Bewohner der Antillen, welche Columbus antraf, waren, wie auch die Einwohner von Nordamerika und die des niedrigen Theiles von

Südamerika, Wilde. Die Antillenbewohner sind jetzt verschwunden, die Ver=
folgungen, denen sie unter den Europäern ausgesetzt waren, haben sie ver=
tilgt. Die Einwohner von Nordamerika haben sich vor den eindringenden
Weißen immer mehr nach Westen und Norden zurückgezogen, und ihre An=
zahl ist eine bedeutend geringere geworden. Die Wilden von Südamerika
sind numerisch ebenfalls bedeutend geschwächt. So lange die Europäer sie
kennen, hat ihr Culturzustand sich nicht wesentlich geändert; doch glaubt
Humboldt[1] annehmen zu dürfen, daß sie und auch die Nordamerikaner
früher etwas, wenn auch wenig höher gestanden seien als jetzt. Sie theilen
sich in Stämme, die unter einander in fast beständiger Fehde liegen. Hum=
boldt[2] zählt deren für den von ihm bereisten Theil von Südamerika über
200 auf.

Während seines Aufenthaltes in Amerika, namentlich in Mexico, hat
Humboldt äußerst umfassende Forschungen über den Bildungszustand der
alten Einwohner angestellt; die Resultate seiner Untersuchnngen hierüber
sind vorzugsweise in dem Essai politique sur le royaume de la Nouvelle
Espagne und in den Vues des Cordillères enthalten.

Wenn auch die Bestrebungen sowohl der Gelehrten der neueren Zeit,
als auch verschiedener anderer Männer, die seit drei Jahrhunderten Amerika
besuchten und über die Ergebnisse ihrer Reisen Bericht erstatteten, nicht ohne
Frucht gewesen sind, so ist doch leider allem Anschein nach kaum eine Hoff=
nung vorhanden, die vielen dunkeln Stellen in der früheren Geschichte von
Mexico aufzuhellen, da zwei große Unglücksschläge die Quellen, aus
denen man Licht schöpfen könnte, bis auf ein Minimum verringert haben.
Der erste derselben ist der Umstand, daß der Bischof Zumaraga, vom
Franziskanerorden, in seinem Eifer, die christliche Religion auszubreiten, um
den Indianern die Erinnerung an die Vergangenheit zu nehmen, alles zu
zerstören unternahm, was auf die Geschichte, Alterthümer und Gottesdienst
der Eingeborenen Bezug hatte. Was Zumaraga entging, sammelte im
vorigen Jahrhundert der mailändische Ritter Boturini Beuaducci,
welcher eigens zu dem Zwecke nach Amerika kam, um die mexicanischen Al=
terthümer zu studiren. Als er das Land bereiste und die Monumente unter=
suchte, war er so unglücklich, das Mißtrauen der Regierung rege zu machen.
Man beraubte ihn aller seiner Sammlungen und führte ihn 1736 als Staats=
gefangenen nach Spanien. Dort erklärte ihn der König allerdings für un=

1) Rel. hist. III. 175.
2) Rel. hist. III. 173.

schuldig, aber seine Sammlungen wurden in den mexicanischen Archiven so schlecht verwahrt, daß nicht mehr der achte Theil derselben vorhanden ist. Humboldt glaubt übrigens, daß trotz dieser beiden Unglücksfälle noch einiges Material in Amerika sein könne; um dieses aber zu bekommen, müsse ein Reisender die indianische Sprache verstehen und sich das Vertrauen der Eingeborenen zu gewinnen wissen, was bei deren scheuer Zurückhaltung keine leichte Sache sei.

Unter den Mitteln, welche in Beziehung auf die Cultur eines Volkes großen Einfluß üben, muß sicherlich die Art und Weise, wie man es versteht, durch sinnliche Darstellungen in einem Menschen beabsichtigte Ideen zu erwecken, das was wir mit Schreiben erreichen, eine hervorragende Rolle spielen.

Die Schreibkunst ist nicht, der Minerva gleich, vollkommen ausgebildet dem Hirne eines einzigen Menschen entsprungen. Man kann wohl in den Büchern lesen, der Phönizier Taut habe die Buchstaben erfunden, allein diese Erzählung, die übrigens wenig verbürgt ist, dürfte sich im höchsten Falle auf eine Verbesserung des bisherigen Verfahrens beschränken.

Ueberlegt man die Art und Weise, in welcher wohl in frühester Zeit ein Mensch einem andern die Mittheilung irgend einer Thatsache gemacht haben kann, so muß man auf die bildliche Darstellung des Ereignisses als das nächstliegende Mittel verfallen. Die Darstellung zweier mit einander ringender Menschen, eines brennenden Hauses u. s. w. muß jeden Beschauer auf den Gedanken bringen, daß hier von einem Kampfe, von einem Brande die Rede sein müsse. Setzt man so von einer Reihe von Begebenheiten die merkwürdigeren nach einander hin, so kann man dazu gelangen, eine ganze Geschichte zu erzählen. Es ist dabei eine fortlaufende Darstellung gar nicht nöthig, wie auch in unsern Schauspielen sehr häufig in den einzelnen Acten nur die Hauptmomente einer Geschichte gegeben werden, und es dem Zuschauer überlassen bleibt, den Zusammenhang der einzelnen Acte selbst zu denken. Da nicht jeder Mensch Maler sein kann, und die bildliche Darstellung eines Objectes möglicherweise sehr schwierig ist, muß es bei einer größeren Verbreitung der Darstellungsmethode dazu kommen, daß man einzelne Figuren auswählt, die conventionell dieses oder jenes zu bedeuten haben, und auf diese Weise ist vor uralter Zeit die Hieroglyphenschrift entstanden. Es bedeutet z. B. die Zeichnung einer Pyramide die Stadt Memphis. Machte man nun die Contouren eines Mannes hin, und setzte zwischen diese und die Pyramide die Umrisse von ein paar Füßen, so wußte man, daß der Mann zu gehen hatte; ob von Memphis weg oder ob dorthin, erkannte man an der

20*

Stellung der Füße. War es ein Mann von Ansehen, so gab man ihm einen Stock in die Hand, einen Sclaven konnte man mit einer Kette versehen.

Einen Schritt weiter mußte die Darstellungskunst machen, als man conventionell irgend ein Zeichen annahm, welches diesen oder jenen Gegenstand vorstellen sollte. Hätte man z. B., um bei obigem Beispiele stehen zu bleiben, festgesetzt, daß ein verticaler Strich einen Mann, ein horizontaler die Stadt Memphis und ein schräger das Gehen bezeichnen soll, so könnte man durch die Zeichnung ˙/ — oder |\ — angeben, daß ein Mann nach oder von Memphis weggehe. Das Zeichen ♄, das wir in unsern Kalendern haben, bedeutet einen Mann mit einer Sense (Saturn), das Zeichen ♃ dagegen stellt einen Mann mit einem Scepter (Jupiter) vor. Wir haben eine ähnliche Einrichtung in unsern Ziffern. Anstatt z. B. die Zahl Neun durch so viele Punkte anzugeben, als wir Einheiten anzeigen wollen, machen wir einfach das Zeichen 9. Man kann nun eine Gruppirungsweise, einen Schlüssel, feststellen, nach der man die Zeichen verknüpft, um die verschiedensten Nebenbegriffe damit zu verbinden. So kann bei den Ziffern das Zeichen 1 je nach der Verbindung mit andern die Zahl 1, 10, 100 u. s. w. vorstellen. So sollen die Chinesen 80,000 verschiedene Zeichen haben, die mit Hülfe von 214 Schlüsseln gelöst werden können und mit denen sie für ihre Sprache ausreichen. Da nicht jeder Mensch alle 214 Schlüssel lernt, können auch die einzelnen Chinesen nicht alle ihre Schriften lesen; der Schuhmacher kennt aber den Schlüssel seines Handwerks, und liest alles was dasselbe anbelangt.

Alle diese Darstellungsarten bezwecken einzig und allein durch die Art der Zeichnung auf das Auge des Betrachters in der Weise zu wirken, daß in ihm irgend ein Gedanke rege wird; sie sind daher unabhängig von dessen Sprache. Die oben angegebenen Zeichen: Ein Mann geht nach Memphis, kann man lesen, sowie man weiß, was der horizontale, der verticale Strich u. s. w. bedeuten. Ebenso geht es mit den Ziffern. Wer die Zeichen kennt und den Schlüssel in Beziehung auf die Stellung weiß, braucht die Sprache des Schreibers nicht zu verstehen und er weiß, wie viele Einheiten derselbe meint. Man nennt diese Zeichen symbolische.

Ihnen gegenüber stehen die phonetischen Zeichen, die in gewisser Beziehung auf das Ohr des Lesenden wirken. Wenn man z. B. die Worte: Eichhorn, Falkenstein, Lindau, Augsburg durch Zeichen ausdrücken wollte, so wäre bei dem ersten derselben das Zeichen oder die Abbildung einer Eiche mit der eines Hornes zu verbinden. Ein Deutscher, der diese Zeichen

ließt, würde auf das Wort Eichhorn kommen, ein Franzose oder ein Russe
gewiß nicht.

Die Nothwendigkeit, gelegentlich auch Namen durch Zeichen auszudrücken
zu müssen, hat schon bei den alten Aegyptiern darauf geführt, in der Wahl
der Zeichen auch auf den Klang des Namens Rücksicht zu nehmen, und das
zu beachten, was die einzelnen Theile des Namens oder der ganze Name in
der Sprache des Schreibenden bedeuten. Der Umstand, daß bei wilden oder
im Zustande der ersten Entwicklung befindlichen Völkern die meisten Namen
auch nebenbei etwas bedeuten (man vergleiche die alten deutschen Familien-
und Städtenamen), haben diese Vorstellungsweise sehr erleichtert. Die sogenannten sprechenden Wappen, deren Figuren sich auf den Namen beziehen,
z. B. das Wappen von München (ein Mönchlein), dann die heutzutage so
häufig vorkommenden Rebus sind Anwendungen dieses Systemes.

So lange ein Volk abgesondert von allen übrigen bleibt, werden sich
auch seine Namen nicht sehr viel ändern, wenn aber einmal der Verkehr mit
den Fremden eintritt, so mischen sich auch bald fremde Namen ein. So würde
es bei vielen unsrer Taufnamen schwer sein, sie etwa so zu zerlegen, wie man
Lindau u. s. w. bezeichnen kann. Aus diesem Grunde hat man sich schon
frühe genöthigt gesehen, seine Zuflucht zu einem andern Mittel zu nehmen.
Man zerlegte die zu bestimmenden Namen in verschiedene Töne, und suchte
für jeden derselben ein besonderes Zeichen. Meistens nahm man hiezu die
Zeichen von Thieren u. s. w., deren Benennung mit demselben Laute begann,
wie der fragliche Ton verlangte. Dadurch kam z. B. im Hebräischen für
den Laut A das Zeichen des Stieres in Gebrauch, weil dessen Name mit A
(Aleph א) beginnt, B (Bet ב) Haus, G (Gimel ג) Kameel u. s. w. Eine
Anwendung einzelner Zeichen für die verschiedenen in einem Worte vorkommenden Laute findet man schon in den Hieroglyphen, wenigstens in denen der
späteren Zeiten, und diesem Umstande ist es auch vorzugsweise zu danken,
daß es in neuerer Zeit (Young, Champollion u. s. w.) gelungen ist,
die Hieroglyphen zu entziffern. Man fand nämlich am Anfange dieses
Jahrhunderts zu Rosette in Oberägypten einen Stein mit einer Inschrift,
worin angegeben war, daß dem König Ptolemäus gewisse Ehrenbezeu-
gungen dargebracht worden seien, und daß man die Nachricht von dieser
Thatsache in hieroglyphischer, demotischer und griechischer Schrift der Nachwelt übergeben wolle. Die Inschrift enthielt eine Anzahl von Eigennamen,
wie Ptolemäus, die, weil sie nicht von ägyptischem Ursprung waren, in der
dortigen Sprache nichts bedeuteten, und hieroglyphisch nicht in der oben erwähnten Weise ausgedrückt werden konnten. Eine genaue Vergleichung zeigte,

daß allemal an einem der Stelle, welche in der griechischen Schrift einen Eigennamen enthielt, entsprechenden Orte der Hieroglyphen eine größere Anzahl
von Zeichen eingeklammert war. Dieses und der Umstand, daß man beide
Inschriften vergleichen konnte, haben dann die Möglichkeit geboten, die Hieroglyphen zu lesen.

Das Bestreben, das eben angeführte Princip nicht nur auf die Namen,
sondern auf die Gesammtheit dessen, was man darstellen will, anzuwenden,
hat endlich die ph o n e t i s ch e Schreibweise in's Leben gerufen, deren wir uns
jetzt bedienen. Man zerlegte die in den verschiedenen Sprachen vorkommenden Worte in Töne und gab jedem derselben ein besonderes Zeichen, die bei
dem Schreiben nach Bedürfniß hinter einander gesetzt werden. Diese Methode empfiehlt sich durch ihre Einfachheit, und sie hat darum auch die größte
Verbreitung finden können; dagegen hat sie gegenüber der symbolischen
Schreibweise, welche letztere von der Sprache ganz unabhängig ist, den Nachtheil, daß eine Schrift nur von dem gelesen werden kann, der die Sprache, in
der sie abgefaßt ist, versteht. Die beiden Schreibweisen verhalten sich zu
einander wie die Pantomime zu dem Worte, während die Taubstummen-
sprache, die zum größten Theile aus in allen Sprachen verständlichen Geber-
den besteht, für den Rest aber den einzelnen Buchstaben entsprechende Zeichen
zu Hülfe nimmt, die Stelle der gemischten Schrift einnimmt.

Die Peruaner bedienten sich zur Zeit der Entdeckung von Amerika einer
von den vorstehenden ganz verschiedenen Art der Darstellung; sie hatten
mehrfarbige Fäden, die Quippu's, in denen sie verschiedenartige Knoten an-
brachten und die dann die Stelle einer Schrift vertraten. Soviel mir bekannt, ist die Kunst die Quippu's zu entziffern ganz verloren gegangen. Nach
H u m b o l d t [1] hatten auch die Völker von Anahuac vor Einführung der Hieroglyphen Quippu's (hier Nepohualtzitzin genannt), von denen noch B o l u -
r i n i ächte gehabt haben soll, auch waren diese Quippu's in sehr alten Zeiten
bei den Chinesen im Gebrauche. Unser Forscher erörtert in demselben Kapitel die Frage, ob in Amerika schon vor der Entdeckung durch Columbus
phonetische Zeichen üblich waren, und verneint dieselbe dann. Es waren
zwar C o u r t de G a b e l i n und Dr. S t i l e s der Ansicht, es sei eine phöni-
zische, also phonetische, Inschrift gefunden worden; doch widerspricht H u m -
b o l d t. Man hatte nämlich auf einem Felsen bei Dighton, 12 Meilen südlich von Boston, eine Inschrift entdeckt, die für phönizisch angesehen wurde.
Die Eingeborenen daselbst hatten eine alte Ueberlieferung, der zufolge

---

1) Vues des Cordillères 69.

Fremde, die in hölzernen Häusern schifften, den Fluß Taunton hinaufgefahren seien. Nachdem diese Fremden die rothen Menschen besiegt, gruben sie Züge in den Felsen, die heutzutage von dem Wasser des Flusses bedeckt sind. Humboldt sagt, daß die Abbildungen dieser Züge ganz denen ähnlich seien, die man in Norwegen und andern scandinavischen Ländern vielfach sehe. Dieser Aeußerung zufolge wäre anzunehmen, daß diese Zeichen Runen seien, die dann wahrscheinlich von der Zeit der ersten Entdeckung Amerika's durch die Normänner herrühren würden. Andere noch weniger verbürgte Nachrichten, die Humboldt erwähnt, will ich übergehen.

Außer einigen Darstellungen von Sonne, Mond und Sternen nebst einigen andern Zeichen im Orinoco und Sonnendarstellungen in Peru, fand Humboldt ächte, nach einem bestimmten Systeme gearbeitete Hieroglyphen in Mexico, die ihm zufolge bei den alten Einwohnern in hohem Grade im Gebrauche waren. Er findet einen Unterschied der mexicanischen Hieroglyphen von den ägyptischen darin, daß erstere mehr individualisirten, während letztere auch allgemeine Sätze ausdrücken konnten. So sagt er:[1] „Die berühmte Inschrift von Theben, welche Plutarch und Clemens von Alexandrien anführen, und die einzige[2], deren Erklärung auf uns gekommen ist, drückte in den Hieroglyphen eines Kindes, eines Greisen, eines Geiers, eines Fisches und eines Nilpferdes, folgende Sentenz aus: Ihr, die ihr geboren seid, und sterben müßt, wisset, daß der Ewige die Unverschämtheit verabscheut. — Um dieselbe Idee auszudrücken, würde ein Mexicaner den großen Geist, Teotl, dargestellt haben, wie er einen Verbrecher von sich jagt; gewisse Charaktere, die er über die beiden Köpfe gesetzt hätte, würden hinreichend gewesen sein, das Alter des Kindes und des Greisen anzuzeigen; er hätte die Handlung individualisirt; aber der Styl seiner Hieroglyphenmalerei würde ihm kein Mittel geboten haben, dieses Gefühl von Haß und Rache im Allgemeinen auszudrücken."

Die aztekischen Völkerschaften hatten Hieroglyphen für Wasser, Erde, Luft, Wind, Tag, Nacht, Mitternacht, Wort und Bewegung; sie hatten solche für die Zahlen, die Tage und Monate des Sonnenjahrs, und die Zeichen gaben, wenn sie dem Gemälde einer Begebenheit beigesetzt wurden, auf eine sehr scharfsinnige Weise an, ob die Handlung bei Tag oder bei Nacht vorgegangen war, welches Alter die Personen hatten, und welche von ihnen am meisten geredet hatte. Für die Namen findet man bei den Mexicanern

---

[1] Vues des Cordillères 63.
[2] Damals war die Entzifferung der Hieroglyphen noch unbekannt.

auch phonetische Zeichen. Die wörtliche Uebersetzung von Axajacatl ist Wassergesicht, für Ilhuicamina, Pfeil, der den Himmel durchdringt. Um daher die Könige Ilhuicamina und Axajacatl darzustellen, verband der Maler die Hieroglyphen des Wassers und des Himmels mit der Figur eines Kopfes und eines Pfeils. Die Namen der Städte Macuilxochitl, Quauhtinchan und Tehuilojoccan bedeuten: fünf Blumen, Haus des Adlers und Ort der Spiegel, und um diese drei Städte anzuzeigen, malte man eine Blume, die auf fünf Punkten stand, ein Haus, aus welchem ein Adlerskopf hervorragte und einen Spiegel von Obsidian.

Humboldt[1] macht auch auf die künstlerische Ausführung der Hieroglyphen aufmerksam.

Man erblickt in den mexicanischen Gemälden ungeheuer große Köpfe, unmäßig dicke Körper und Füße, die durch die Länge der Zehen den Vogelkrallen ähnlich sind. Die Köpfe sind immer im Profil gezeichnet, aber das Auge ist so gestellt, als ob man die Figur von vorn ansehe.

„Trotz der großen Unvollkommenheit ihrer Hieroglyphenmalerei," sagt Humboldt, „ersetzte den Mexicanern der Gebrauch dieser Malereien indeß doch den Mangel an Büchern, Handschriften und alphabetischen Charakteren; zu Montezuma's Zeiten waren viele tausend Menschen mit Malen beschäftigt, indem sie entweder ganz neue Gemälde anfertigten, oder schon vorhandene copirten. Ohne Zweifel trug die Leichtigkeit, womit man das Papier aus Mangueh- (Agave) Blättern machte, mit zum häufigen Gebrauche der Malerei bei. Das Papierschilf (Cyperus papyrus) gedeiht auf dem alten Continente nur an feuchten, gemäßigten Orten; die Mangueh dagegen wächst in den Ebenen und auf den höchsten Gebirgen, in den heißesten Gegenden der Erde, sowie auf den Plateau's, wo das Thermometer bis auf den Gefrierpunkt fällt, gleich gut. Von den mexicanischen Handschriften (Codices mexicani), welche sich erhalten haben, sind einige auf Hirschhäute, andere auf baumwollenes Tuch und auf Manguehpapier gemalt. Sehr wahrscheinlich ging der Gebrauch der gegerbten völlig zubereiteten Häute bei den Amerikanern wie bei den Griechen und andern Völkern des alten Continents dem des Papieres voran; wenigstens scheinen die Tolteken die Hieroglyphenmalerei bereits in der früheren Epoche angewendet zu haben, als sie noch die nördlichen Provinzen bewohnten, deren Klima den Anbau der Agave nicht gestattet."

---

1) Vues des Cordillères 67.

„Bei den Völkern von Mexico waren die Figuren und symbolischen Charaktere nicht auf besondern Blättern angebracht. Was auch immer der Stoff war, aus dem sie bestanden, so hatten sie doch selten die Bestimmung, Rollen zu bilden, sondern man faltete sie beinahe immer im Zickzack auf ganz besondere Weise, etwa so, wie das Papier an unsern Fächern. Zwei Täfelchen von leichtem Holz waren an die Enden geklebt und zwar das eine unten, das andere oben, so daß das Ganze, wenn es zusammengeschlagen war, die vollkommenste Aehnlichkeit mit unsern gebundenen Büchern hatte. Aus dieser Art von Einband ersieht man, daß man, wenn eine mexicanische Handschrift wie unsre Bücher geöffnet wird, zugleich nur die Hälfte der Charaktere, nämlich diejenigen sehen kann, die auf derselben Seite der Haut oder des Manguehpapieres stehen. Um alle Blattseiten zu durchgehen, (wenn man anders die verschiedenen Falten eines Streifens, der oft 12—15 Meter lang ist, Blattseiten nennen darf) muß man die ganze Handschrift einmal von der linken nach der rechten und ein zweitesmal von der rechten nach der linken Seite ausbreiten. In dieser Rücksicht haben die mexicanischen Malereien die größte Aehnlichkeit mit den siamesischen Handschriften auf der kaiserlichen Bibliothek zu Paris, welche gleichfalls zickzack gefaltet sind."

Den Untersuchungen Humboldt's zufolge sind in Europa nur sechs Sammlungen mexicanischer Hieroglyphen, nämlich die vom Escurial, die in Bologna, Veletri, Rom, Wien und Berlin. Diese geben Kunde theils über Zeitrechnung, theils über kirchliche Gebräuche und Geschichte der Mexicaner. Die Zeitrechnung war eine sehr einfache und dabei sehr genaue. Das bürgerliche Jahr, das um die Zeit der Wintersonnwende begann, war ein Sonnenjahr zu 365 Tagen; es war in 18 Monate mit je 20 Tagen eingetheilt, hinter denen dann, wie im neufranzösischen Kalender, 5 Schalttage kamen. Wer an einem dieser 5 Schalttage geboren wurde, konnte sich sein ganzes Leben hindurch als Unglückskind betrachten. Die Monate hatten noch wochenähnliche Eintheilungen zu 5 Tagen, an dem einzelnen Tage unterschied man 8 gleiche Theile. Dreizehn Jahre zu 365 Tagen gaben einen kleinen Cyclus, viermal 13, d. i. 52 Jahre, einen großen, an dessen Ende 13 Tage eingeschaltet wurden.

Humboldt erwähnt, daß nach Gama nach dem Ende eines 52jährigen Cyclus nur 12½ Tage eingeschaltet worden seien, so daß in dem einen alle Jahre in der Nacht, im andern am Tage begannen, was noch genauer wäre. In diesem Falle kämen in 408 Jahren 100 Schalttage zweiter Ordnung, die also unsern Schalttagen entsprechen, zum Vorschein, während unser gregorianisches Jahr deren in 400 Jahren 97, in 408 Jahren also fast ganz 99 hat und das (ungenauere) Jahr des julianischen Kalenders in 409 Jahren 102 bekommt. Der Schluß einer 52jährigen Periode war für Mexico stets eine sehr kritische Zeit, da man jedesmal fürchtete, es möge um diese Zeit die Sonne nicht mehr aufgehen und die Erde ein Tummelplatz böser Geister werden, die die Menschheit vernichten. Man dachte sich eine Art Untergang der Welt, man glaubte, die Frauen würden sich bei dieser Gelegenheit in Tiger verwandeln und den bösen Geistern beistehen, und darum wurden dieselben um diese Zeit sorgfältig eingesperrt. Alle Feuer wurden ausgelöscht. In den letzten Tagen zog die Priesterschaft mit allen Götzen auf den Berg Huixachtecatl; dort wurde ein Mensch geopfert, in seine Brustwunde ein Holz gesteckt, ein anderes Holz durch Reiben daran entzündet. Mit dem Gelingen dieses Experimentes begann auch die Hoffnung auf eine weitere Frist von 52 Jahren wieder aufzuleben; man zündete mit dem Feuer einen Scheiterhaufen an, dessen Flammen man in großer Entfernung sehen konnte, und stationsweise trugen Boten das neue Feuer im Lande herum.

Neben der bürgerlichen Zeitrechnung gab es in Mexico noch eine kirchliche, in der kleinere Perioden von 13 Tagen eine Hauptrolle spielten. Nach je 13 Jahren stimmten beide Kalender wieder zusammen, die Einschaltung am Ende eines 52jährigen Cyclus betrug eine Kirchenperiode und außerdem gaben 260 Tage 20 Kirchenperioden und 52 bürgerliche Viertelsmonate zu 5 Tagen. Dadurch wurden die Zahlen 5, 13, 20 und 52 für die Mexicaner besonders bedeutungsvoll.

Nach den Ueberlieferungen und Hieroglyphen[1] der Mexicaner hatte die Erde von Zeit zu Zeit Katastrophen durchzumachen, die namentlich für die Menschen sehr verderblich waren, da diese jedesmal fast ganz von der Erde vertilgt wurden, denn es rettete sich von ihnen nur ein einziges Paar, je nach Umständen in einer Höhle oder in einem Baumstamme, während die übrigen theils umgebracht, theils in Vögel, Affen oder Fische verwandelt wurden. Hiezu trugen theils elementare Ereignisse, theils böse Geister, theils in Tiger verwandelte Frauen bei. Jedesmal erlosch hiebei die Sonne, und nach wiederhergestellter Ruhe nahm eine neue Sonne den Platz der alten ein. Zur Zeit der Entdeckung von Amerika regierte bereits die vierte Sonne, die 752 unsrer Zeitrechnung erschien; man zählte also das vierte Zeitalter der Erde. Da die früheren Katastrophen alle am Ende eines 52jährigen Cyclus eingetreten waren, glaubte man, es werde auch das nächstemal der

1) Humboldt, Vues des Cordillères 201 u. ff.

Termin eingehalten, und darum war auch das Ende jeder dieser Perioden, wie oben angegeben, von so großer Bedeutung. Die mexicanische Eva wurde als eine Frau mit einer Schlange abgebildet.

Bei den Muyscas in Bolivia waren Tag und Nacht in je 2 Theile gesondert; dann hatten sie eine Art von Wochen zu 3 Tagen, größere Perioden zu 4 Wochen und zweierlei Jahre, das bürgerliche zu 20 Monaten (à 12 Tagen), das kirchliche zu 37. Zwanzig kirchliche oder 37 bürgerliche Jahre machten einen Cyclus. Nebenbei war noch ein Bauernjahr üblich, das sich nach den Regenzeiten richtete.

Die großen Bauwerke der Mexicaner waren Pyramiden (Teocallis), von denen einige, wie z. B. die große Pyramide von Cholula, schon aus der voraztekischen Zeit stammen. „Diese Gebäude," sagt Humboldt[1], „obschon von sehr verschiedener Größe, hatten doch alle einerlei Form, sie waren Pyramiden von mehreren Absätzen, deren Seiten sich genau nach der Mittags- und der Parallellinie des Ortes richteten. Der Teocalli erhob sich mitten auf einem viereckigen, mit einer Mauer eingefaßten Raum, der mit dem Peripolos der Griechen verglichen werden kann, und Gärten, Springbrunnen, die Wohnungen der Priester und manchmal auch Waffenmagazine einschloß, indem jeder mexicanische Göttertempel ein fester Ort war, wie der des Baal Berith, welcher von Abimelech verbrannt wurde. Eine große Treppe führte auf den Gipfel der abgestumpften Pyramide. Oben auf dieser Plattform standen eine oder zwei thurmartige Kapellen, in denen die colossalen Bildsäulen der Gottheit, welcher der Teocalli gewidmet war, aufgestellt wurden. Diesen Theil des Gebäudes muß man als den wesentlichsten ansehen; es ist der Naos oder vielmehr der Secos der griechischen Tempel. Hier war es auch, wo die Priester das heilige Feuer unterhielten. Wegen der besondern Form des Gebäudes konnte der opfernde Priester von einer großen Menge Menschen gesehen und die Procession der Tropixqui (Priester) die Treppen auf- oder niedersteigen, von Weitem wahrgenommen werden. Das Innere des Gebäudes diente zum Begräbnißort der Könige und der angesehensten Mexicaner."

„Unmöglich kann man die Beschreibungen Herodot's und Diodor's von Sicilien von dem Tempel des Jupiter Belus lesen, ohne die Aehnlichkeit dieses babylonischen Monuments mit den Teocalli's von Anahuac auffallend zu finden."

[1] Vues des Cordillères 24.

Nicht blos im alten Anahuac findet man Gebäude, die auf eine frühere
Cultur schließen lassen; auch die nördlichen Provinzen von Mexico und die
Vereinigten Staaten besitzen deren in großer Anzahl, obwohl die in der
Nähe wohnenden Indianer nicht zur Annahme berechtigen, als hätten sie
oder ihre Vorfahren dazu beigetragen. Man findet Denkmale, die an die
Pyramiden von Anahuac erinnern, sowie auch andere, die keine Verwandtschaft mit den Aztekengebäuden haben. Es ist allen Anzeichen nach wahrscheinlich, daß in früherer Zeit der Norden von Amerika oder doch Theile
desselben in einem höheren Culturzustande gewesen seien, als die Europäer bei der Entdeckung von Amerika ihn trafen; aber jetzt noch mit
einiger Sicherheit auszumitteln zu wollen, welche Ereignisse jene alte Civilisation getroffen und zerstört haben, welche Wanderungen der einzelnen Völker und Stämme dort stattgefunden haben, das wird wohl stets eine unge-
löste Aufgabe bleiben.

Humboldt, dessen im Essai polit. d. Nouv. Esp. ausgesprochene Ansicht
über die Wanderungen der alten Stämme ich oben angedeutet habe, kommt
in der Rel. hist. III. Note A. des Cap. 26. wiederholt auf diese Frage zurück und prüft sowohl die Notizen der verschiedenen amerikanischen Forscher
über dortige Baudenkmale, als auch die große Anzahl von Hypothesen über
den Ursprung der alten Völker. In Beziehung auf die mexicanischen Völker
sagt er S. 155: „Wohin soll man diese Metropole der Colonieen von Anahuac verlegen, diese officina gentium, welche 5 Jahrhunderte hindurch Stämme
südwärts schickt, die sich verstehen, sich als Verwandte betrachten? Asien
nördlich vom Amur, da, wo es Amerika am nächsten liegt, ist ein barbari-
sches Land, und nimmt man (was geographisch möglich ist) eine Wanderung
von Südasien über Japan, Taralan, die Kurilen und Aleuten von Südwest
nach Nordost (von 40°—55° B.) an, wie soll man glauben, daß bei einer
so langen, so leicht zu unterbrechenden Wanderung die Erinnerung an die
Einrichtungen der Metropole sich so lebhaft und frisch erhalten konnten?
Die cosmogonischen Mythen, Pyramiden, Kalender u. s. w., alles weist
auf Asien hin, während die Frische der Erinnerungen, die Eigenthümlichkeiten, welche in anderer Beziehung die mexicanische Bildung zeigt, darauf
hindeuten, daß zwischen 36° und 42° B. in Nordamerika ein altes Reich
existirte. Man kann die kriegerischen Denkmale in den Vereinigten Staaten
nicht untersuchen, ohne an das erste Vaterland der civilisirten Völkerschaften
von Mexico zu denken.“

Unser Gelehrter ist nicht abgeneigt, diesen alten Stammsitz in den
Alleghanies zu suchen, wo nach Hedwalter noch im 16. Jahrhundert ein

Volk wohnte, das in Städten lebte, und an Bildung allen Stämmen Nord=
amerika's weit überlegen war.

Diese Alleghanier, von denen auch das Gebirge seinen Namen hat,
wurden von den Lenni=Lenapen (Delawaren), die von Westen kamen und
sich mit den Mengwis (Irolesen) verbunden hatten, geschlagen: als sie
gegen Süden flohen, sammelten sie nach jeder Schlacht die Leichen ihrer Ver=
wandten in Tumulis, dann gingen sie gegen den Mississippi und man weiß
nicht, was aus ihnen geworden ist.

Ein Gegenstand lebhafter Meinungsverschiedenheit ist in neuerer Zeit
die Frage, ob das gegenwärtige Menschengeschlecht von Einem Paare ab=
stammen könne, so daß die Verschiedenheiten, die man jetzt wahrnimmt, nur
als die Folge äußerer Einflüsse zu betrachten sind, oder ob unter Zugrunde=
legung mehrerer ursprünglichen Paare die Verschiedenheit schon in der Natur
der Sache begründet sei. Es dürfte interessant sein, die Ansicht Hum=
boldt's hierüber, sowie über die amerikanische Race insbesondere zu kennen.
Er sagt[1]: „Die Stämme Amerika's bilden, mit Ausnahme der Anwohner
des Polarkreises, eine einzige Race, die sich durch Schädelbildung, Haut=
farbe, dünnen Bart und schlichte Haare auszeichnet. Die amerikanische
Race steht in sehr merkbaren Beziehungen mit den mongolischen Völkern, zu
denen die einst unter dem Namen der Hunnen bekannten Abstämmlinge der
Siong=nu, die Kalmuken und Buräten gehören. Neuere Untersuchungen
haben sogar gezeigt, daß nicht nur die Bewohner von Unalaska, sondern
auch mehrere südamerikanische Völkerschaften, durch die Bildung ihrer Schä=
delknochen einen Uebergang von der amerikanischen zu der mongolischen Race
bilden. Hat man dereinst die dunkeln Männer von Afrika und das Ge=
wirre von Stämmen, welche das Innere und den Nordosten von Asien
inne haben, und welche von systematischen Reisenden mit den Namen der
Tartaren und Tschuden bezeichnet werden, näher untersucht, so werden die
Racen des Kaukasiers, Mongolen, Amerikaners, Malayen und Negers we=
niger isolirt dastehen und man wird in der großen Familie des Menschen=
geschlechtes einen einzigen Typus erkennen, der nur modificirt ist durch Um=
stände, welche vielleicht für immer verborgen bleiben werden."

„Wenn die Sprache auch nur schwach auf die alte Communication
zwischen der alten und neuen Welt hinweist, so zeigt sich doch diese Verbin=
dung unzweifelhaft durch die Kosmogonien, Bauwerke, Hieroglyphen und
Einrichtungen der asiatischen und amerikanischen Stämme."

1) Vues des Cordillères. Introduction VII.

Im Kosmos' finden wir die Stelle: „Indem wir die Einheit des
Menschengeschlechtes behaupten, widerstreben wir auch jeder unerfreulichen
Annahme von höheren und niederen Menschenracen. Es gibt bildsamere,
höher gebildete, durch geistige Cultur veredelte, aber keine edleren Volks-
stämme. Alle sind gleichmäßig zur Freiheit bestimmt; zur Freiheit, welche in
roheren Zuständen dem Einzelnen, in dem Staatenleben bei dem Genuß
politischer Institutionen der Gesammtheit als Berechtigung zukommt."

In dieser Weise wußte der große Mann das Resultat seiner gelehrten
Untersuchungen mit den Gefühlen seines edlen Herzens zu vereinen!

1) I. 355.

Dritter Abschnitt.

Humboldt's vorgerückte Jahre.

1828 — 1859.

———

A. Seine Thätigkeit im Allgemeinen.

Während die Jünglingsjahre Humboldt's vorzugsweise den Eindruck machen, daß es dem strebenden Manne zunächst darum zu thun war, durch Zahl und Mannchfaltigkeit seiner Beobachtungen den Schatz menschlichen Wissens zu bereichern, und dabei das Aufstellen von Theorien mehr in den Hintergrund gestellt wurde, hat das Mannesalter bereits mehrere Fälle, in denen Humboldt selbständig den Grund zu einem neuen Gebäude legte, wie z. B. bei der Pflanzengeographie, oder die Arbeiten anderer Forscher mit den seinigen verbindend, das Facit aus denselben zog und die Natur von einem höhern allgemeineren Standpunkte zu betrachten lehrte, wie dieses unter andern seine Arbeit über die geographischen Verhältnisse von Südamerika zeigt. In dem nunmehr folgenden dritten Abschnitte seines Lebens sehen wir die eigenen Beobachtungen zwar nicht verdrängt; aber weitaus vorherrschend ist das Bestreben, das gewonnene Material zusammenzufassen, ein Streben, dessen Gipfelpunkt die Bearbeitung des Kosmos bildet. Charakteristisch für diesen Abschnitt sind die große Zahl von Arbeiten anderer Forscher, welche ihre Resultate zuerst Humboldt brieflich mittheilten, worauf dieser erst sie veröffentlichte, denn sie zeigen, daß in ihm in gewisser Beziehung die Fäden sich vereinigten, durch welche die Arbeiten der über die ganze Erde zerstreuten Gelehrten zu einem einheitlichen Ganzen verbunden werden sollten. Besonders reich an solchen Mittheilungen sind die Poggendorff'schen Annalen.

Nachdem Humboldt seit seiner Rückkehr aus Amerika sich nur ausnahmsweise aus Paris entfernt hatte, kehrte er 1827 in seine Vaterstadt Berlin zurück, um dort seinen bleibenden Wohnsitz aufzuschlagen.

Dieser Vorsatz wurde zunächst durch eine Reise nach Sibirien unterbrochen.

Schon lange hatte Humboldt den Wunsch gehegt, das Innere von Asien zu bereisen; das russische Ministerium Romanzow hatte ihm schon 1812 eine Reise nach Tübet vorgeschlagen, doch wurde dieselbe durch den französischen Feldzug gegen Rußland vereitelt. Ueber die nächste Veranlassung zur Reise von 1829 sagt Humboldt selbst[1] Folgendes:

„Ich glaube die Dankbarkeit, die ich dem erhabenen Monarchen, auf dessen Befehl ich die Reise in das asiatische Rußland unternommen und ausgeführt habe, nicht auf eine würdigere Weise an den Tag legen zu können, als indem ich einfach erzähle, was diese Reise veranlaßte und wie edel und freisinnig die Mittel zur Erreichung wissenschaftlicher Zwecke dargeboten wurden. Im Sommer des Jahres 1827, als ich eben erst nach einem langen Aufenthalte in Frankreich in mein Vaterland zurückgekehrt war, wurde ich von dem kais. russ. Staats- und Finanzminister, Herrn Grafen von Cancrin, aufgefordert, ihm meine Ansichten über den Nutzen einer baldigst in Curs zu setzenden Platinmünze aus den Erzeugnissen des Urals und über das gesetzliche Verhältniß des Werthes dieser Münze zu einem der beiden andern Metalle mitzutheilen. Ich war schon in früherer Zeit von dem spanischen Gouvernement officiell veranlaßt worden, denselben Gegenstand zu bearbeiten; auch wurde während des Wiener Congresses von Privatpersonen den versammelten Monarchen der Antrag gemacht, aus dem amerikanischen Platin eine in allen Staatscassen anzunehmende Münze schlagen zu lassen. Die Besorgnisse, die ich dem Grafen von Cancrin im Herbste des Jahres 1827 äußerte, sind (und es ist mir eine besondere Freude, es hier auszusprechen zu müssen) durch mehrjährige Erfahrung bei sehr gemäßigter Emission der Platinmünze und bei der weiten Ausdehnung des Kaiserreichs nicht gerechtfertigt worden: indessen hatte die freimüthige Discussion über eine wichtige staatswirthschaftliche Frage nicht das ehrenvolle Vertrauen gemindert, das mir geschenkt war. Kaum hatte ich in dem Laufe jenes Briefwechsels der Hoffnung erwähnt, sobald es meine Lage gestatten würde, auf einer Sommerreise den Ural zu besuchen, dessen geognostische Constitution gewiß viele Vergleichungspunkte mit der Andeskette von Neugranada darbieten müßte, als ich bereits (unter dem 5./17. Dec. 1827) durch den Herrn Finanzminister, der unablässig so viele wissenschaftliche Unternehmungen und Institute in das Leben

1) Rose, Mineralogisch-geognostische Reise nach dem Ural, dem Altai und dem Kaspischen Meere. Vorrede.

gerufen hat, von den allerhöchsten Befehlen Sr. Maj. des Kaisers Nico=
laus in Kenntniß gesetzt wurde, laut deren meine Reise in größerer Aus=
dehnung und nach den sorgfältigsten Vorbereitungen, auf alleinige Kosten der
Krone ausgeführt werden sollte. Diese Nachricht erweckte in mir auf das
lebhafteste die alte, angeborene Reiselust. So sehr ich mich aber auch freute,
wieder auf einer Landreise einen so großen Erdstrich zu durchwandern, so
konnte ich doch wegen des Wunsches, meine öffentlichen Vorlesungen über die
physische Weltbeschreibung im Winter und Frühjahr 1829 zu voll=
enden, nicht sogleich von jenen großartigen, meine Freiheit übrigens auf keine
Weise beschränkenden Anerbietungen Gebrauch machen. Die Bitte um Auf=
schub fand leicht Gehör, und der Herr Graf v. Cancrin schrieb mir unterm
6./20. März 1825, Se. kaif. Maj. habe durch eigenhändige Confirmation
genehmigt, daß es ganz von meinem eigenen Ermessen abhängen solle, die
Expedition nach dem Uralgürtel und nach Tobolsk erst im Jahre 1829 an=
zutreten, und meine gelehrten Freunde, die Professoren Ehrenberg und
G. Rose als Begleiter mitzubringen; auch bleibe mir selbst überlassen, ob
ich in den nächstfolgenden Jahren meine Excursionen nach dem Araral oder
andern südlichen Gegenden Rußlands ausdehnen wolle. Für die Sicherheit
und Schnelligkeit der zu unternehmenden Reise hatte der Herr Finanzminister
mit der zartesten Sorgfalt die zweckmäßigsten Veranstaltungen getroffen.
Ein eigenes, mir im Winter 1829 kurz vor meiner Abreise von Berlin zu=
gefandtes Pro Memoria enthielt die Bestimmungen über die für die Expedition
bereits angefertigten Wagen, über die Zahl der Postpferde auf jeder Station
(meist 15—20), über die Wahl eines Feldjägers oder Couriers, über die ge=
räumigen Wohnungen, die überall in Bereitschaft gehalten werden sollten,
über die militärische Bedeckung, wo sie der Gränze nahe erforderlich wäre,
u. f. w. Ein sehr ausgezeichneter Bergbeamter, zweier Sprachen, der deut=
schen und französischen, gleich mächtig, sollte uns auf der ganzen Reise be=
gleiten, und ich erfülle eine angenehme Pflicht, indem ich diesem unserm Be=
gleiter, dem Herrn Oberhüttenverwalter, jetzt Berghauptmann, v. Men=
schenin hier den Ausdruck meines Dankes öffentlich erneuere."

„Das Pro Memoria, dessen ich eben erwähnte, schloß mit den denkwür=
digen Worten: Es hängt ganz von Ihnen ab, in welchen Richtungen und
zu welchem Zwecke Sie diese Reise ausführen wollen; der Wunsch der Re=
gierung ist einzig der, den Wissenschaften förderlich zu sein. So viel Sie
können, werden Sie dabei dem Bergbau und dem Gewerbfleiße Rußlands
Nutzen schaffen."

Die schmeichelhaften Verheißungen, die Humboldt und seinen Be=

21

gleitern gemacht worden waren, wurden von der russischen Regierung auf's
glänzendste erfüllt. „Ueberall," sagt Rose, „war für ein möglichst schnelles
Fortkommen auf das zweckmäßigste gesorgt; auf allen Berg= und Hütten=
werken wurden wir erwartet, gleich nach unserer Ankunft mit allem Sehens=
werthen bekannt gemacht und auf den Excursionen von den Beamten der
Werke auf das gefälligste begleitet. Auf diese Weise blieb uns keine Zeit
ungenutzt, wir konnten die Gegenstände viel schneller kennen lernen, als unter
andern Umständen möglich gewesen wäre, und haben so in dem kurzen Zeit=
raum von noch nicht 6 Monaten den Ural fast 6 Breitegrade, von Bogos=
lowsk bis Orsk, und den Altai von Barnaul bis zur mongolisch=chinesischen
Gränze am Irthsch bereist; wir haben Astrachan besucht und das caspische
Meer beschifft."

Wohl niemals wurde eine Reise zu wissenschaftlichen Zwecken unter so
günstigen Verhältnissen ausgeführt. Ich habe mich auch bei meiner Einlei=
tung zu derselben länger aufgehalten, um dabei den Unterschied zeigen zu
können, der zwischen der amerikanischen und der asiatischen Reise Hum=
boldt's stattfand. Welcher Abstand besteht nicht zwischen der auf den In=
dianernachen ausgeführten Fahrt auf dem Orinoco und der nach Sibirien!

Die Abfassung des historischen Berichtes über die Reise übernahm auf
Humboldt's Wunsch G. Rose, der ihn zugleich mit den Resultaten der
Beobachtungen aus dem Gebiete der Mineralogie und Geognosie und damit
verflochten veröffentlichte. Humboldt selbst gibt im 3. Bande seiner Asie
centrale p. 599 einen kurzen Bericht wieder, welchen 1530 Cuvier der
Akademie zu Paris als deren Secretair veröffentlicht hat, und welchen ich hier
einschalten will.

„In einer der Octobersitzungen hat Herr v. Humboldt, eines der
acht auswärtigen Mitglieder der Akademie der Wissenschaften, in Kürze die
Hauptergebnisse der Reise mitgetheilt, die er unter den Auspicien Sr. Maj.
des Kaisers von Rußland, begleitet von den Herren Ehrenberg und Gu=
stav Rose, in die Gold= und Platinbergwerke des Ural, in die Silberminen
des Altai, die Gränzen der chinesischen Dzungarei und an das caspische
Meer gemacht hat. In dem einzigen Jahre 1829 wurden in diesen Theil
des alten Continents vier sehr bemerkenswerthe wissenschaftliche Expeditionen
unternommen: die Humboldt's nach Sibirien, die des jüngeren Parrot
auf den Gipfel des Ararat, welchen er mit Obsidian bedeckt und 405 Meter
höher gefunden hat als den Montblanc, die Kupffer's auf den Trachytberg
Elbrus im Kaukasus, der eine Höhe von 5637 Meter erreicht, und endlich
die große Reise von Hansteen, Due und Adolph Ermann, welche

unternommen wurde, um die magnetischen Linien von Petersburg bis Kamtschatka zu bestimmen."

„Herr v. Humboldt schiffte sich zu Rischnei-Nowgorod auf der Wolga
ein, um nach Kasan zu fahren und die tatarischen Ruinen von Bolgari zu
besuchen. Von da begab er sich über Perm nach Katharinenburg, das an
dem asiatischen Abhang des Ural, einer mächtigen Bergkette liegt, die aus
mehreren nahezu parallelen Gliedern besteht, deren höchste Gipfel kaum
16—1700 Meter erreichen. Der Ural geht, wie die Anden, von den dem
Aralsee nahen Tertiärgebilden bis zu den Grünsteinen am Eismeere fast
ganz in der Richtung des Meridians. Während eines Monats untersuchte
Herr v. Humboldt die centralen und nördlichen Theile des Ural, berühmt
durch das reiche angeschwemmte Land, welches Gold und Platin führt, die
Malachitbrüche von Gumeschewskoi, den großen magnetischen Berg Blagodad,
die bekannten Topas- und Berylllager von Murzinsk. Bei Rischni-Tagilsk,
einer Gegend, die sich mit Choco in Südamerika vergleichen läßt, fand man
eine Platinstufe von 8 Kilogrammen Gewicht. Von Katharinenburg ging
die Reise über Tjumen nach Tobolsk am Irtysch und von da über Tara, die
Steppe von Baraba, welche wegen des Stiches von unzähligen Insecten
aus der Familie der Tipula[1] gefürchtet ist, nach Barnaul an dem Ufer des
Ob, an den romantischen See von Kolywan und zu den bedeutenden Silberminen von Schlangenberg. Ribbersk und Zyrianowski, die an dem Südwest-
abhange des Altai liegen. Der höchste Gipfel des Altai, von den Kalmuken
Iyiktu[2] (Gottesberg) oder Alastu (kahler Berg) genannt, erreicht beinahe die
Höhe des Pics von Teneriffa. Die jährliche Silberausbeute der Minen von
Kolywan beträgt 17,000 Kilogramme oder 70,000 Mark. Von Ribbersk
gegen die kleine Festung Ustkamenogorsk kamen die Reisenden bei Buchtar-
minsk an die Gränze der chinesischen Dzungarei, wo sie sogar die Erlaubniß
erhielten, die Gränze zu überschreiten und den mongolischen Posten Baty
oder Khoni-mailathu zu besuchen. Dieser Posten ist im Innersten von Asien,
nördlich von dem Tzaisansee gelegen und hat nach Humboldt eine Länge
von 81½°, ist also nahezu im Meridian von Benares."

„Auf dem Rückwege von Khoni-mailathu nach Ustkamenogorsk sahen die
Reisenden an den einsamen Ufern des Irtysch, auf einer Strecke von mehr

---

1) Schnacken.
2) Mose I. 595 bezeichnet als höchsten Berg des Altai die Bjeluoha, welche
nach Staatsrath Gebler 11000 Fuß hoch sein soll, was nahezu die Höhe des
Pic von Teneriffa (nach Humboldt, Rel. hist. I. 153. 11424') ist.

als 5000 Metern den Granit in faſt horizontale Schichten getheilt und über einen Schiefer ausgegoſſen, der theils unter 85° geneigt iſt, theils ganz ver= tical ſteht. Von der Feſtung Uſtkamenogorsk aus ging der Weg über Semi= palatinsk und Omsk durch die Steppe der mittleren Horde der Kirgiſen an den Koſakenlinien von Iſchim und Tobol vorbei gegen den ſüdlichen Ural. Dort iſt bei Miask ein kleiner Bezirk, in welchem nur wenige Zolle unter der Oberfläche 1826 drei Stufen von gediegenem Golde gefunden wurden, von denen zwei ein Gewicht von 6, die dritte ein Gewicht von 10 Kilogram= men hatten. Den ſüdlichen Ural entlang begaben ſich die Reiſenden bis zu den ſchönen Steinbrüchen von grünem Jaspis bei Orsk, wo der fiſchreiche Jaik die Kette von Oſt nach Weſt durchbricht, worauf ſie über Guberlinsk nach Orenburg fuhren, einer Stadt, welche trotz der geringen Entfernung vom caspiſchen Meere, nach den ein ganzes Jahr hindurch gemachten Ba= rometerbeobachtungen von Hofmann und Helmerſen ſchon 37 Toiſen über der Meeresfläche liegt. Darauf beſichtigten ſie die reiche Steinſalzgrube Iletzk, welche vereinſamt in der Steppe der kleinen Kirgiſenhorde iſt, dann Uralsk, den Hauptort der uraliſchen Koſaken, wo dieſe vermittelſt Haken Nachts Störe von 4½—5 Fuß aus dem Waſſer (Wolga) ziehen, die deut= ſchen Kolonien am linken Ufer der Wolga im Gouvernement Saratow, den großen Salzſee Elton in der Steppe der Kalmüken und gingen über Sarepta (einer ſchönen Kolonie der mähriſchen Brüder) nach Aſtrachan. Der Haupt= zweck dieſes Ausflugs an das caspiſche Meer waren die Analyſe des Waſſers deſſelben, welche Roſe übernahm, Barometerbeobachtungen correſpondirend mit ſolchen von Orenburg, Sarepla und Kaſan, und endlich die Sammlung von Fiſchen dieſes Binnenmeeres, um das Werk von Cuvier und Balen= ciennes über die Fiſche zu bereichern. Von Aſtrachan kehrten die Reiſen= den über den Iſthmus, der bei Tſchinskaya den Don von der Wolga trennt, durch das Land der donſchen Koſaken, über Woroneje und Tula nach Mos= kau und Petersburg zurück."

Der Ural iſt berühmt wegen ſeiner Goldbergwerke oder Goldſeifen. Daß im Urgebirgsgeſtein Gold enthalten ſei, kann gerade keine Seltenheit genannt werden, iſt ſogar eher eine allgemeine Erſcheinung; aber die Reich= haltigkeit des Goldes in einer beſtimmten Menge des zu verarbeitenden Ma= terials bedingt die Rentabilität der Arbeit. Wollte man das Geſtein wie es iſt auf Gold verarbeiten, ſo würde wohl in den meiſten Gegenden der Erde, wo jetzt Gold gewonnen wird, der Betrieb eingeſtellt werden müſſen, da er die Koſten nicht lohnen würde. In der Regel ſammelt man das Gold da, wo die Natur zu deſſen Ausſcheidung ſchon das Meiſte gethan hat. So im

Ural, in Californien und Australien. Die Gesteine, aus denen ein Gebirge zusammengesetzt ist, sind wohl hart, aber nicht unverwüstlich, denn durch die Verwitterung, diesen eigentlichen Zahn der Zeit, werden sie fort und fort an der Oberfläche zerbröckelt und der Schutt wird durch die Regengüsse in die Tiefe geführt. Dort werden die einzelnen größeren Brocken eher liegen bleiben, die feineren aber weiter fortgeschwemmt werden, und nur dann sich früher absetzen, wenn sie ein bedeutendes specifisches Gewicht besitzen. Dieser Fall ist der des Goldes. Es bleibt früher liegen, und eine große Masse von Sand wird von ihm durch die Natur entfernt. Im Laufe der Jahrhunderte bilden sich größere Lager, und der Mensch, der den von der Natur eingeschlagenen Weg, die Abschwemmung mit Wasser fortsetzt, vollendet in den Goldseifen nur, was jene begonnen. Darum werden auch alle Goldlager mit der Zeit erschöpft, und es wird für den Ural, für Californien so gut eine Zeit kommen, wo die Ausbeutung nicht mehr lohnt, als sie für das frühere Goldland Spanien bereits vorhanden ist. Das Silber wird im Gegensatze zum Golde der größern Masse nach durch Hüttenarbeit, d. i. dadurch gewonnen, daß man das Erz im Innern des Berges aufsucht, und die Minen sind darum nachhaltiger. Die reichsten Silberminen scheint Rußland im Altai zu haben.

Bei dem Berichte über die amerikanische Reise Humboldt's habe ich einige Fragmente aus dessen Schriften wiedergegeben; es möge mir gestattet sein, hier aus der sibirischen Reise nach dem Rose'schen Werke eine Notiz zu bringen. Ich erwähne die Entdeckung von Diamanten im Ural, die sich unmittelbar an die Reise knüpfte.

„Herr v. Humboldt," sagt Rose [1], „hatte in seinem geognostischen Werke über die Lagerung der Gebirgsmassen in beiden Hemisphären auf die merkwürdige Analogie des gemeinschaftlichen Vorkommens von Mineralien aufmerksam gemacht, die in den verschiedensten Erdstrichen gleichartig das Gerölle von Platin und von Goldsand charakterisiren, so daß in Brasilien z. B. zu Corrego das Lagens Gold, Platin, Palladium und Diamanten, bei Tejuco Gold und Diamanten, am Rio Abaete Platin und Diamanten vorkommen. Diese Ideen der Association von Mineralien hatten in ihm, und wie er ausdrücklich in den Fragmens asiatiques (II. 593) erwähnt, schon viel früher (seit 1926) in unserm Freunde, Herrn Prof. v. Engelhardt in Dorpat und in Herrn Mamyscheff, vormaligem Director der Gorobla-godatischen Hüttenwerke, die lebhafteste Hoffnung zur Auffindung von Dia-

1) A. a. O. 1. 353.

manten im Ural erregt. Wenn wir nach einem Seifenwerke kamen und den Goldsand mikroskopisch untersuchten, um die Begleiter des Goldes und des Platins kennen zu lernen, und aus ihnen Schlüsse auf die ursprüngliche Lagerstätte des Goldes zu machen, so richteten wir hiebei unsere Aufmerksamkeit ganz besonders auf das Vorkommen von Diamanten. Wir ließen stets eine gewisse Menge des Sandes nur so weit waschen, daß die leichtern staubartigen Theile entfernt wurden, und der gröbere zurückbleibende Theil Sand dadurch erkenntlicher ward, denn treibt man die Concentration zu weit, so werden mit dem Quarz die leichtern nicht metallischen Substanzen weggeschwemmt und es bleibt mit dem Golde und dem Platin nur Magneteisenerz oder zuweilen Chromeisenerz zurück. Bei diesen fortgesetzten mikroskopischen Untersuchungen glückte es uns, Krystalle zu finden, die in dem Goldsande vom Ural noch nicht gekannt waren, aber indem sie sich mit den Diamanten in dem Goldsande von Brasilien finden, unsere Aufmerksamkeit in steter Spannung erhielten. So entdeckten wir gleich auf den ersten Seifenwerken, die wir besuchten, und später fast auf allen übrigen, kleine Zirkone, die durch ihren starken demantartigen Glanz uns häufig täuschten und in Rischne-Tagilsk Anatas. Aber unser eifriges Suchen nach Diamanten im Ural blieb ohne Erfolg und obschon am westlichen Abhange des Gebirges unsere Begleiter Graf Polier und Herr Schmidt den 5. Juli die merkwürdige Entdeckung machten, so erhielten wir die Nachricht doch erst den 3. September in Miask, als wir in der Zwischenzeit einen großen Theil von Sibirien bis Buchtharminsk und Ribberst bereist hatten. Der Graf Polier sandte Herrn v. Humboldt von Rischni-Nowgorod aus durch Herrn Schmidt einen der aufgefundenen Diamanten zum Geschenk[1] mit der Bitte, vor unserer Ankunft in Petersburg die Entdeckung nicht zu veröffentlichen, weil er selbst noch nicht die russischen Edelsteine dem Herrscher des Landes überreicht hatte.“

Graf Polier, auf dessen Gütern der erste Diamant gefunden wurde und der unsre Reisenden bis zum Ural begleitet hatte, sagt in einem an Humboldt gerichteten Berichte über den Hergang der Entdeckung[2]: „Der

---

1) Dieser Diamant befindet sich jetzt in der k. mineralogischen Sammlung zu Berlin. Herr v. Humboldt hielt, als wir unsere Expedition antraten, die Entdeckung der uralischen Diamanten für so wahrscheinlich und nahe, daß er, indem er sich bei J. M. der Kaiserin beurlaubte, scherzend sagte: „er werde nicht ohne die russischen Diamanten vor der Monarchin wieder erscheinen.“ Zufälliger Weise hatte bei unserer Rückkehr im Monat November nur der Kaiser die Polier'schen Edelsteine gesehen, und Herr v. Humboldt hatte die Freude, der Kaiserin den jetzt in Berlin aufbewahrten Diamanten als den ersten zu zeigen. R.

2) Rose a. a. O. 357.

5. Juli kam ich mit Herrn Schmidt, einem jungen Freiberger Mineralogen, dem ich die Direction der Werke anvertrauen wollte, in dem Seifenwerke an und denselben Tag wurde in dem mir vorgelegten Goldsande und zwischen einer Menge von Eisenkieskrystallen und Quarzstücken der erste Diamant des Urals entdeckt. Er war den Tag vorher durch einen Knaben von 14 Jahren, Namens Paul Popoff aus dem Dorfe Kalinskoje, aufgefunden worden. Dieser Knabe war bei dem Seifenwerke angestellt, und da denjenigen eine Belohnung zugesichert war, welche auffallende Steine finden würden, so hatte er sich beeilt, seinen Fund dem Aufseher zu geben, der aber, einem so kleinen Steine keine Wichtigkeit beimessend und denselben für einen Tjelschelomeß (vollwichtigen Stein, Topas) haltend, ihn zu den andern Mineralien, die er mir überreichte, gelegt hatte. Seine Durchsichtigkeit war vollkommen, und dies allein, verbunden mit seinem Glanze, hätte uns bewiesen, daß es ein Diamant sei, selbst wenn seine Krystallisation mit abgerundeten Flächen uns noch den mindesten Zweifel gelassen hätte, daß die Prophezeiung des Herrn v. Humboldt eingetroffen wäre. Drei Tage darauf fand ein anderer Knabe einen zweiten, und einige Tage nach meiner Abreise von dem Seifenwerke schickte man mir einen dritten, der größer als die beiden andern zusammengenommen war."

Den vorstehenden Hergang der Auffindung uralischer Diamanten hat Humboldt später wiedergegeben[1] und noch eine Stelle aus Helmersen's Voyage hinzugefügt, die hier ihren Platz finden möge.

„Westlich von Kuschwa," sagt Helmersen, auf dem europäischen Abhange des Ural befindet sich der Distrikt von Bisersk, der durch die im Juni 1829 gemachte Auffindung von Diamanten in den Wäschen von Krestovostewischenskoi, die der Frau Fürstinn Butera, gebornen Fürstinn Schakowski, wiederverehelichten Gräfinn Polier gehören. Von jener Zeit an bis zum Jahre 1831 sind in der Grube von Adolfskoi 41 Diamanten gefunden worden. Da man an dieser Stelle weiter keine mehr entdeckt hat, verbreiteten sich unter mehreren Einwohnern des Ural Zweifel an der Existenz der russischen Diamanten; man glaubte sich sogar zu der Annahme berechtigt, der Steiger, welcher 1829 die Wäschen leitete, habe heimlich brasilische Diamanten in den goldhaltigen Sand von Adolfskoi geworfen. Ich glaube dieses Gerüchts erwähnen zu müssen, weil es während meines Aufenthaltes in dem dortigen Gebirge in meiner Gegenwart öfters laut wurde, aber der Ungrund dieser Beschuldigung und dieses aus Mißgunst hervorgehenden Argwohns hat sich in neuerer Zeit erwiesen. Man weiß, daß 1831 in der Nähe von

---

1) Asie centrale III. 520 u. ff.

Jekatherinenburg in den Wäschen des Herrn Major 2, 1838 bei Kuschwa 4 und 1839 im Districte von Werkhne=Uralsk in der goldführenden Alluvion von Uspenslaya, die dem Generallieutenant Gemthschujnikoff gehört, 1 Diamant gefunden wurden. Der Ural liefert daher, wenn auch bisher in geringer Menge, an vier von einander um 600 Werste entfernten Punk=ten Diamanten. Es ist nicht zu zweifeln, daß man eines Tags dahin kom=men wird, das wirkliche und hauptsächliche Lager dieser kostbaren Substanz, das sie in Fülle liefernde Nest zu finden. Als ich mich darüber verwunderte, daß die Arbeiten in der Grube von Arolskoi am Ufer des Flüßchens Po=lubennaya, des Nebenflusses der Koiwa, ausgesetzt worden seien, belehrte mich der dermalige Director des Werks, Herr Graube, daß das goldführende Sandlager jetzt erschöpft und daß die bisher gefundenen Diamanten zu klein seien, um die Kosten zu decken. Herr Graube zweifelte durchaus nicht an der Wahrheit der Entdeckung uralischer Diamanten, und that dieses um so weniger, als während seines Aufenthaltes daselbst 1833 ein Diamant in dem Sande der Grube von Arolskoi gefunden wurde. Herr Schmidt (einer der Reisegefährten des Herrn v. Humboldt) ist seit längerer Zeit todt und der junge Popoff, der 1829 den ersten Diamanten gefunden hat, arbeitet nicht mehr in jenem Theile des Uralgebirges."

Man kann sonach als sicher annehmen, daß es im Ural Diamanten gibt, wenn es sich auch zur Zeit nicht verlohnt, sie zu suchen. Die oben erwähnten Zweifel an der Wahrheit der Entdeckung uralischer Diamanten sind auch in Deutschland geäußert worden, weshalb ich der vorstehenden Entgegnung einen Platz einräumen zu müssen glaubte.

Der Theil des russischen Reiches, der zwischen dem Ural und dem cas=pischen Meere liegt, ist derjenige, welcher einem großen, wenn nicht dem größ=ten Theile des Kaiserstaates ein unentbehrliches Lebensbedürfniß, das Salz, liefert. Dieses Gebiet, welches Humboldt mit seinen Gefährten durch=reiste, ist, wenn auch wohl nicht so eben als die Llanos in Amerika, doch eines der flachsten in dem weiten Raume des russischen Reiches, es ist die Steppe oder die Nachbarschaft derselben, die zum Theil dem unter russischer Oberho=heit stehenden Chane der kleinen Horde der Kirgisen unterthänig ist.

Die Resultate der Reise Humboldt's, Rose's und Ehrenberg's finden sich veröffentlicht in:

Humboldt, Fragmens de géologie et de climatologie asia=tiques. Paris. 2 vol. in=8°. 1831.

Reise nach dem Ural, dem Altai und dem caspischen Meere auf Befehl Sr. Majestät des Kaisers von Rußland im

Jahre 1829 ausgeführt von A. v. Humboldt, G. Ehrenberg und G. Rose.

Mineralogisch-geognostische Reise nach dem Ural, dem Altai und dem kaspischen Meere von Gustav Rose. 1. Bd. Reise nach dem nördlichen Ural und dem Altai. Berlin 1837. 8. 2. Bd. Reise nach dem südlichen Ural und dem kaspischen Meere; Uebersicht der Mineralien und Gebirgsarten des Ural. Berlin 1842. 8. Humboldt, Asie centrale. Recherches sur les chaines de montagnes et la climatologie comparée. 3 vol. 8. Paris 1843.

Das Werk Rose's enthält den Bericht über die sämmtlichen mineralogischen und geologischen Beobachtungen, sowie auch die Erzählung der Reiseergebnisse, bildet also in dieser Beziehung ein Analogon zu Humboldt's Relation historique über die amerikanische Reise.

Das Humboldt'sche Werk Asie centrale, ist eigentlich eine vermehrte zweite Auflage der Fragmens de géologie etc., weshalb ich mich hier zunächst auf dessen Besprechung beschränken will.

Humboldt sagt in der Einleitung zu der Asie centrale: „In diesem Werke habe ich es versucht, die Früchte meiner Studien über Centralasien zu vereinigen; ich untersuchte den gegenwärtigen Stand unsres Wissens, die Grundlagen unsrer Karten und die Richtungen, welche den Unebenheiten des Bodens auf der Oberfläche eines großen Continentes angewiesen wurden. In der Erhebung der Massen, in der Ausdehnung und Richtung der Gebirgssysteme und deren gegenseitiger Stellung gibt es hervorragende Eigenthümlichkeiten, die seit dem grauen Alterthume einen Einfluß auf die gesellschaftlichen Zustände des Menschen ausgeübt haben, sei es, daß sie bei ihm die Neigung zu seinen Wanderungen bestimmt, und den Fortschritt seiner geistigen Cultur befördert oder gehemmt haben."

„In der Arbeit, die ich vor einer langen Reihe von Jahren begonnen habe, war es mein Hauptaugenmerk, die wesentlichen Züge anzugeben, nach denen es der Natur gefallen hat, die Verschiedenheiten in Boden, Klima und Producten hervorzubringen. . . . Das Buch, das ich eben veröffentliche, umfaßt in den 2 ersten Bänden Betrachtungen über die Bergketten und die großen geologischen Charaktere, durch die sie sich auszeichnen; im dritten Bande sind Untersuchungen über die Klimatologie von Asien und den Erdmagnetismus. Wie ich im orographischen Theile häufig die Analogien und Gegensätze hervorgehoben habe, die zwischen Asien, den Cordilleren des neuen Continents oder den Alpen von Europa, das nur eine halbinselförmige Verlängerung von Asien ist, bestehen, so habe ich auch bei der Klimatologie des letzteren Welttheils allgemeine Untersuchungen angestellt, welche sich auf die Gestalt der Isothermen, und die Ursachen ihrer Biegung erstreden, sowie über die Höhe des ewigen Schnees in beiden Hemisphären unter Vergleichung der Gränze, die derselbe am Kaukasus, auf beiden Abhängen des Himalaja, in Mexico und in den Andes von Bolivia einhält. Vier Tafeln zeigen unter genauer Angabe der 3 Coordinaten der Breite, Länge und Höhe die mittleren Temperaturen des Jahres, der 4 Jahreszeiten, des kältesten und wärmsten Monats in allen bekannten Theilen der Erde vom $74^{63}/_4$ nördl. bis zum $53^{0}1/_2$ südl. Breite. Diese Tafeln, von einem ausgezeichneten Physiker, Herrn Mahlmann nach den neuesten Beobachtungen zusammen= gestellt, umfassen 315 Orte; sie sind die numerischen Elemente der positiven Meteorologie, Elemente, die wie diejenigen, auf welchen unsre astronomi= schen Tabellen beruhen, sich von Tag zu Tag mit Hülfe strengerer Methoden und genauerer Instrumente vervollkommnen."

Wenn auch die die asiatische Reise unmittelbar betreffenden Schriften an Umfang die amerikanischen Reisewerke Humboldt's weitaus nicht er= reichen, so ist doch seine Productivität, was den Umfang der übrigen Arbei= ten anbelangt, in dem letzten Abschnitte seines Lebens kaum geringer gewe= sen, als im zweiten. Wir besitzen eine größere Anzahl von kleineren Notizen Humboldt's, in denen er über die Werke Anderer Bericht erstattete, na= mentlich finden sich diese zahlreich in den Schriften der Pariser Akademie und zeigen wie die bereits erwähnten Beiträge zu den Poggendorff'schen Annalen den lebhaften Verkehr des Gelehrten mit den Vertretern sämmtli= cher Zweige der Wissenschaft; doch will ich mich hier zunächst darauf be= schränken, die bedeutenderen seiner eigenen Werke anzugeben. Dieselben sind:

Ueber die allgemeinen Gesetze der stündlichen Schwan= kungen des Barometers. Pogg. Ann. XII. 1828. (Auch Rel. hist. III.)

Ueber die Mittel, um die Ergründung einiger Phäno= mene des tellurischen Magnetismus zu erleichtern. Pogg. Ann. XV. 1829.

Beobachtungen der magnetischen Intensität und Incli= nation auf der Reise nach und in Amerika. Pogg. Ann. XV 1829. (Auch Rel. hist. III.)

Ueber die bei verschiedenen Völkern üblichen Systeme von Zahlzeichen und über den Ursprung des Stel= lenwerthes in den indischen Zahlen. Crelle, Journ. f. Mathematik IV. 1829.

De l’inclinaison de l’aiguille aimantée dans le nord de
l’Asie et des observations correspondantes des variations horaires faites en différentes parties de la
terre. Ann. ch. phys. XLIV. (Auch Pogg. Ann. XVIII. 1830.)
Ueber die Bergketten und Vulcane von Innerasien und
einen neuen vulcanischen Ausbruch in der Andeskette. Ann. ch. phys. XLV. (Auch Pogg. Ann. XVIII. 1830.)
Tableau statistique de l’Ile de Cuba pour les années
1825—1829. Paris 1. Vol. 8. 1831.
Examen critique de l’histoire de la géographie du nouveau
continent, et des progrès de l’astronomie nautique
aux XV° et XVI° siècles. Paris 1814—1836 1. Vol. in Fol.
(Auch 5 Vol. 8.) Deutsch von J. L. Ideler. 3 Bnd. 8. Berlin 1836.
Ueber die Temperatur der Ostsee. Pogg. Ann. XXXIII. 1834.
Ueber einige electromagnetische Erscheinungen und den
verminderten Luftdruck unter den Tropen. Pogg. Ann.
XXXVII. 1836.
Geognostische und physicalische Beobachtungen über die
Vulcane von Quito. Pogg. Ann. XLIV. 1838. Auch in den
Kleineren Schriften.
Ueber Schwankungen der Goldproduction mit Rücksicht
auf staatswirthschaftliche Probleme. Deutsche Viertel-
jahrsschrift 1838. 4. Heft.
Versuch die mittlere Höhe der Continente zu bestimmen.
Pogg. Ann. LVII. 1842. (Auch in der Asie centrale l. und umge-
arbeitet in den Kleineren Schriften.)
Sur la température des eaux fournies par les puits ar-
tésiens de Neusalzwerk en Westphalie. Compt. rend.
XVIII. 1843.
Ueber die Höhe des ewigen Schnees auf beiden Abhängen
des Himalaja. Pogg. Ann. LXII. 1914. (Auch in der Asie cent. III.)
Notice sur un aérolithe tombé le 14. Juillet 1847 à Brau-
nau (Bohême). Compt. rend. XXV. 1847.
Sur l’apparition périodique des étoiles filantes du 13.
au 15. Novembre. Compt. rend. XXIX. 1849.
Ueber die ältesten Karten des Neuen Continents und den
Namen Amerika. Ghillany: Geschichte des Seefahrers
Martin Behaim 1852.

Kleinere Schriften 1. Bd. Geognostische und physikalische Erinnerungen. Stuttgart 1954. 8.

Atlas der Kleineren Schriften 1. Bd. Stuttgart 1854. 4.

Lettre à M. Elie de Beaumont, sur les sociétés de mé-
téorologie et les observations météorologiques.
Compt. rend. XL. 1855.

Sur quelques phénomènes de la lumière zodiacale.
Compt. rend. XLI. 1855.

Kosmos, Entwurf einer physicalischen Weltbeschreibung. Berlin, Stuttgart und Tübingen in 8. 1. Bd. 1845; 2. Bd. 1847; 3. Bd. 1850;
4. Bd. 1. Abth. 1958.

Das Werk Examen critique etc. ist der Text zum Atlas géographique
et physique, von dem bereits oben S. 110 die Rede war; es gehört daher
noch zu denjenigen Arbeiten Humboldt's, die er an seine amerikanische
Reise anknüpfte. Wenn sich hieraus auch ergibt, daß die Besprechung dieses
Buches eigentlich in den vorigen Abschnitt gehört hätte, so möge die Verset-
ung in den jetzigen dritten darin seine Entschuldigung finden, daß die Vollendung des Werkes doch etwas zu weit (bis 1839) in die gegenwärtige Periode hineinreicht, als daß ich sie leicht hätte in die früheren verlegen
können.

Ueber den Inhalt des Humboldt'schen Buches soll in dem Kapitel
„Geschichte der Geographie" gesprochen werden, dessen größten Theil er ausmachen wird; am Schlusse des Kapitels werde ich aber noch einige Bemer-
tungen über die Untersuchungen beifügen, welche Humboldt über die Geschichte der geographischen Kenntnisse von Asien angestellt hat, und die, als
in der Asie centrale enthalten, entschieden dem dritten Abschnitte angehören.
Um nun die geographisch-historischen Arbeiten nicht trennen zu müssen, habe
ich vorgezogen, auch die Studien über Amerika hieher zu verlegen.

Humboldt hat in seinem Examen critique etc. Theile der Ent-
deckungsgeschichte Amerikas behandelt, er gibt nicht die vollständige Geschichte, sondern nimmt manche Gegenstände als bekannt an, um sein
Augenmerk mehr auf andere weniger klare Punkte werfen zu können. Ursprünglich beabsichtigte er sein Werk auf nachstehende 4 Abschnitte auszudehnen:

1) Von den Ursachen, welche die Entdeckung der Neuen Welt vorbereitet und herbeigeführt haben.

2) Von einigen Thatsachen, welche sich auf Columbus und Amerigo Vespucci, sowie auf die Data der geographischen Entdeckungen beziehen.

3) Von den ersten Karten der Neuen Welt und von der Epoche, in welcher man den Namen Amerika vorgeschlagen hat.

4) Von den Fortschritten der nautischen Astronomie und Kartenzeich=nenkunst in dem 15. und 16. Jahrhundert.

Leider hat er die Arbeit nicht vollendet; dieselbe ist nur bis zum Schlus=se des 2. Abschnittes gediehen, in dem übrigens auch einige Gegenstände des dritten eingeschlossen zu sein scheinen. Unter dem Titel „Ueber die ältesten Karten des Neuen Continents und den Namen Amerika," den man als mit dem Titel des 3. Abschnittes gleichbedeutend betrachten kann, hat Hum=boldt später (1852) die Abhandlung in Ghillany's Werke (Siehe S. 331) veröffentlicht, doch ist dieselbe in Beziehung der Ausführlichkeit eher als ein Auszug des fehlenden 3. Abschnittes zu betrachten. Es war ursprünglich Humboldt's Plan,' noch einen weiteren Band zu veröffentlichen; die Papiere dazu hat der Verstorbene seinem Freunde, Herrn Professor Busch=mann vermacht.

Die Kleineren Schriften enthalten größtentheils unveränderte Ab=drücke früherer in wenig verbreiteten Schriften enthaltener Abhandlungen. Hier findet sich z. B. die Arbeit Humboldt's und Gay=Lussac's über die Zusammensetzung der Luft, sowie die Abhandlung von den Isothermen (letztere jedoch unter Hinzufügung neuerer Temperaturtabellen), von welchen beiden bereits im vorigen Abschnitte die Rede war. Zwei Aufsätze, wovon der eine die nächtliche Zunahme der Intensität des Schalles, die andere die mittlere Höhe der Continente bespricht, und wovon ersterer bereits in den Annales de chimie et de physique von 1820 (siehe oben S. 125), letzterer in der Asie centrale I. und Pogg. Ann. LVII. erschienen war, hat der Ver=fasser umgearbeitet. Den Rest bilden eine Abhandlung über das Hochland von Quito, eine Abhandlung über die Reise von La Condamine und Bou=guer nach dem Pichincha und die Expedition des Herrn Wisse in's Innere des Pichincha, eine Abhandlung über das Hochland von Bogota und die Berichte über den Humboldt=Bonpland schen und den Boussin=gault'schen Versuch den Chimborazo zu besteigen.

Die Ansichten der Natur erschienen im Jahre 1849 in dritter Auflage mit bedeutenden Aenderungen in den den einzelnen Kapiteln beigege=benen wissenschaftlichen Zusätzen, in denen neben der Berücksichtigung der übrigen neueren Ergebnisse der Wissenschaft namentlich die Früchte der sibi=rischen Reise ihren Beitrag geleistet haben.

1) v. Martius, Denkrede auf A. v. Humboldt 35.

„Ich übergebe am späten Abend eines vielbewegten Lebens dem deutschen Publikum ein Werk, dessen Bild in unbestimmten Umrissen mir fast ein halbes Jahrhundert lang vor der Seele schwebte. In manchen Stimmungen habe ich dieses Werk für unausführbar gehalten, und bin, wenn ich es aufgegeben, wieder, vielleicht unvorsichtig, zu demselben zurückgekehrt." Mit diesen Worten beginnt Humboldt die Vorrede zu dem Werke, das er gewissermaßen als den Schlußstein seiner früheren Arbeiten betrachtete, dem Kosmos. Er wollte der deutschen Nation ein literarisches Denkmal hinterlassen, auf das sie in späten Jahren noch mit Stolz hinblicken könne. Werke naturwissenschaftlichen Inhaltes altern im Allgemeinen sehr schnell, denn bei dem regen Eifer, der jetzt allenthalben dem Studium der Natur zugewandt wird, bringt jeder Tag neue Thatsachen, neue Theorien und nicht lange dauert es, so zeigen sich fühlbare Lücken in dem Buche. Diesem Schicksale wird auch der Kosmos nicht entgehen, aber dann wird er einen historischen Werth bekommen, denn aus ihm wird man wie an einem Gränzsteine sehen, wie weit das Wissen unsrer Tage gereicht, welche Ansichten in den verschiedensten Zweigen der Naturwissenschaft die prädominirenden gewesen seien. Dieses Umstandes war der Meister sich wohl bewußt, und daraus dürfte sich die an Aengstlichkeit gränzende Vorsicht erklären, mit der er an die Arbeit ging. Schon der Titel hat ihm schwere Mühe gekostet.[1]

„Ich fange," schreibt er am 21. Oct. 1834, also 11 Jahre vor dem Erscheinen des 1. Bandes,[2] „den Druck meines Werkes (des Werkes meines Lebens) an. Ich habe den tollen Einfall, die ganze materielle Welt, alles was wir heute von den Erscheinungen der Himmelsräume und des Erdenlebens, von den Nebelsternen bis zur Geographie der Moose auf den Granitfelsen wissen, alles in einem Werke darzustellen, und in einem Werke, das zugleich in lebendiger Sprache anregt und das Gemüth ergötzt. Jede große und wichtige Idee, die irgendwo aufglimmt, muß neben den Thatsachen hier verzeichnet sein. Es muß eine Epoche der geistigen Entwickelung der Menschheit (in ihrem Wissen von der Natur) darstellen. Die Prolegomena sind meist fertig, der ganz umgearbeitete, von mir freigehaltene, aber an demselben Tage dictirte Discours d'ouverture, das Naturgemälde, die Anregungsmittel zum Naturstudium im Geiste unserer Zeit, dreierlei: 1) Poésie descriptive und

---

[1] Briefe an Varnhagen. 4.
[2] Kosmos 20. Der Wiederabdruck dieser Stelle wird mir hoffentlich nicht verargt werden.

lebendige Schilderung der Naturscenen in modernen Reiseberichten, 2) Land=
schaftsmalerei, Darstellung, sinnliche, einer erotischen Natur, wann sie entstan=
den, wann sie Bedürfniß und hohe Freude geworden, warum das leiden=
schaftliche Alterthum sie nicht haben konnte, 3) Pflanzungen, Gruppirung
nach Pflanzenphysiognomik, (nicht botanische Gärten); Geschichte der physi=
schen Weltbeschreibung, wie die Idee der Welt, des Zusammenhangs aller
Erscheinungen, den Völkern durch den Lauf der Jahrhunderte klar geworden
ist. Diese Prolegomena sind die Hauptsache, und enthalten den generellen Theil,
ihm folgt der specielle. — Die Einzelnheiten geordnet, (ich lege Ihnen einen
Theil eines tabellarischen Registers bei). Weltraum — die ganze physische
Astronomie — Unser fester Erdkörper, Inneres, Aeußeres, Electromagnetis=
mus des Innern. Vulcanismus, d. h. Reaction des Innern eines Planeten
auf seine Oberfläche. Gliederung der Massen. Eine kleine Geognosie —
Meer — Luftkreis — Klimate — Organisches — Geographie der Pflanzen
— Geographie der Thiere — Menschenracen und Sprache — deren dann
physische Organisation (Articulation der Töne) von der Intelligenz (deren
Product, Manifestation die Sprache ist) beherrscht wird. In dem speciellen
Theile alle numerischen Resultate, die genauesten wie in Laplace exposition
du système du Monde. Da diese Einzelnheiten nicht derselben literarischen
Darstellung fähig sind, als die allgemeinen Combinationen des Naturwissens,
so wird das nur Factische nur in kurzen Sätzen fast tabellarisch geordnet, so
daß z. B. über Klimate, über Erdmagnetismus der fleißige Leser in wenigen
Blättern alle Resultate zusammengedrängt finden muß, die ein Studium
vieler Jahre nur liefern würde. Die Formähnlichkeit (literarische Uebereins
stimmung) mit dem allgemeinen Theile wird vermittelt durch kleine Einlei=
tungen zu jedem speciellen Kapitel. Otfried Müller hat in seiner vortreff=
lich geschriebenen Archäologie dieselbe Methode so glücklich befolgt."
  „Ich habe gewünscht, daß Sie, hochverehrter Freund, einen deutlichen
Begriff von meinem Unternehmen durch mich selbst erhalten möchten. Es ist
mir nicht geglückt, das Ganze in einen Band zusammenzudrängen, und doch
würde es in dieser Kürze den großartigsten Eindruck hinterlassen haben. Ich
hoffe, daß 2 Bände das Ganze fassen. Keine Note unter dem Texte, aber
hinter den Kapiteln Noten, welche ganz ungelesen bleiben können, die aber
solide Erudition und mehr Einzelnheiten enthalten. Das Ganze ist nicht,
was man gemeinhin physikalische Erdbeschreibung nennt, es begreift
Himmel und Erde, alles Geschaffene. Ich hatte vor 15 Jahren angefangen,
es französisch zu schreiben, und nannte es Essai sur la physique du Monde.
In Teutschland wollte ich es anfangs das Buch von der Natur nennen,

wie man dergleichen im Mittelalter von **Albertus Magnus** hat. Das ist alles aber unbestimmt. Jetzt ist mein Titel: **Kosmos, Entwurf einer physischen Erdbeschreibung von A. v. H. Nach erweiterten Umrissen seiner Vorlesungen in den Jahren 1527 und 1528.**[1] **Bei Cotta.** Ich wünschte das Wort Kosmos hinzuzufügen, ja die Menschen zu zwingen, das Buch so zu nennen, um zu vermeiden, daß man nicht H.'s physische Erdbeschreibung sage, was denn das Ding in die Klasse der Rittersacker'schen Schriften werfen würde."

Aus dem Vorhergehenden erhellt, daß **Humboldt** sich dessen wohl bewußt war, was er im Kosmos gab, und überblickt man das reiche Programm des Werkes, so wird man es leicht erklärlich finden, warum das Buch, das neben seinem wissenschaftlichen Werthe zu gleicher Zeit ein Muster deutschen Styles ist, ein so außerordentliches Aufsehen machte. Der Kosmos ist ein Denkmal deutscher Wissenschaftlichkeit und wir Deutsche haben alle Ursache, darauf, als eine Zierde unserer Literatur, stolz zu sein.

Es ist Humboldt nicht gelungen, das Ganze, wie er ursprünglich beabsichtigte, in 2 Bände zusammenzubringen, denn der allgemeine Theil allein nimmt diesen Raum ein; ein dritter Band enthält das Specielle des uranologischen Theiles, ein vierter war für das Specielle der Erde bestimmt. Leider hat der Verfasser den letzten Theil nicht zur Vollendung bringen können, wenigstens hat er die Veröffentlichung nicht erlebt, wenn, wie bald nach seinem Tode in den Zeitschriften versichert wurde, diese noch zu erwarten steht. Das, was veröffentlicht ist, geht bis zum Abschlusse der Besprechung der Reaction des Erdinnern auf die Oberfläche, des Vulcanismus, und es fehlen sonach, wenn wir das obige Programm zu Grunde legen, die Gegenstände von der „Gliederung der Massen" an. Wahrscheinlich ist ein größerer Theil des fehlenden Restes der Pflanzengeographie gewidmet.

Der Kosmos enthält der Natur der Sache nach nicht neue Forschungen, er ist eine Zusammenstellung dessen, was man bisher erfahren; wenn aber das Werk dadurch einen etwas compilatorischen Charakter bekommt, so ist nicht zu übersehen, daß sein Zweck zunächst der ist, das bisher Gesonderte zu vereinen und in seinem Zusammenhange als Ganzes darzustellen. Hiezu kommt noch als durchaus nicht zu vernachlässigender Umstand der, daß der Verfasser des Kosmos — die rein astronomischen Forschungen höchstens ausgenommen — in erster Reihe dazu beigetragen hat, die einzelnen Gegenstände

---

1) Dieser letzte Satz ist bei der Herausgabe des Buches weggeblieben.

auf die Höhe zu erheben, in der wir sie jetzt sehen. Allenthalben konnte Humboldt sagen: Quorum magna pars ego fui.

Auch hier, wie in den beiden ersten Abschnitten, will ich den vorliegenden Stoff in einzelne Kapitel absondern; ich sehe mich jedoch auch hier wieder, ja mehr noch als früher, in die Nothwendigkeit versetzt, verwandte Gegenstände aus einander zu reißen, so daß die neue Eintheilung hier um so mehr als widernatürlich erscheinen könnte, als bei Humboldt mit seinen vorschreitenden Jahren die Gränzen der sogenannten Zweige der Naturwissenschaft sich mehr und mehr verwischten, da er die einzelnen seiner Untersuchung vorliegenden Objecte nicht mehr mit den Augen des Physikers, des Geologen, des Geographen u. s. w. betrachtete, sondern sie vom allgemeinen wissenschaftlichen Standpunkte, gewissermaßen von allen Seiten zugleich auffaßte. Die Absonderung der einzelnen Theile halte ich im Interesse der Uebersichtlichkeit für nothwendig, obwohl der Natur der Sache nach manche Mißstände damit verbunden sind, und ich wähle daher nachstehende Kapitel, als die hervorragendsten Gegenstände behandelnd, aus.

1) Meteorologie,
2) Geographie,
3) Geschichte der Geographie,
4) Geologie,
5) Magnetismus.
6) Die Zahlzeichen.

Wie sich nicht anders erwarten läßt, findet man in den Humboldt'schen Werken an vielen Stellen die Besprechung von Gegenständen aus der Astronomie, und ein großer Theil des ersten, sowie fast der ganze dritte Theil des Kosmos sind der Sternenwelt gewidmet. Theils sind die Gegenstände gemischt, insofern sie von atmosphärischen Zuständen abhängige Erscheinungen der Sterne, wie Funkeln, scheinbares Schwanken derselben sind, oder (wie dieses namentlich in den Observ. astronomiques des amerikanischen Reisewerkes der Fall ist) die geographische Ortsbestimmung zum Zwecke haben, theils sind sie auch rein astronomisch und von den atmosphärischen Zuständen der Erde unabhängig, wie die Notizen über die Sternschnuppen (Rel. hist. I. 617 u. ff.). Den Haupttheil bilden die Besprechungen der Astronomie im Kosmos, doch sind diese nicht die Resultate der Forschungen Humboldt's; sie sind eine Zusammenstellung der bisherigen Errungenschaften der Astronomie. Man könnte allerdings aus den astronomischen Gegenständen ein eigenes Kapitel bilden; doch glaube ich dasselbe aus dem Grunde übergehen zu können, weil gerade die Hauptsache, die Abhandlungen im

22

Kosmos, sich weniger durch ihre Neuheit, als durch die Art der Darstellung auszeichnet, die eben ihrer Eigenthümlichkeit wegen in Kürze nicht wiedergegeben werden kann.

B. Humboldt's Arbeiten über einzelne Gegenstände.

Meteorologie.

Die Arbeiten Humboldt's über Meteorologie, von denen mir in diesem Abschnitte zu berichten übrig bleibt, umfassen fast ausschließlich den Wassergehalt und die Wärme der Luft, und finden sich in den Fragmens asiatiques II. und in dem dritten Bande der Asie centrale.

Die große Entfernung Centralasiens von bedeutenden Wasserflächen gibt sich darin zu erkennen, daß die Luft eine sehr geringe Menge von Feuchtigkeit enthält. Je nachdem die Wärme der Luft eine höhere oder eine niedrigere ist, kann die Menge des in einem bestimmten Raume möglicherweise enthaltenen Wasserdunstes eine verschiedene sein (vergl. S. 181), und man kann dieselbe ihrem wirklichen Werthe nach angeben (absolute Feuchtigkeit), man kann aber auch die gefundene Wassermenge mit der vergleichen, die der Temperatur zufolge vorhanden sein könnte, ohne in tropfbar-flüssiger Form ausgeschieden zu werden (relative Feuchtigkeit). Humboldt fand am 5. August 1829 Mittags 1 Uhr in der Steppe Platowskaja die kleinste bisher beobachtete relative Feuchtigkeit ($^{16}/_{100}$).[1] Die Feuchtigkeit der Luft nimmt in Sibirien von West gegen Ost in der Weise ab, daß, während Moskau jährlich 205 Regentage hat, in Kasan 90, in Irkutzk nur 57 beobachtet werden.

Nachdem Humboldt an die Umstände, denen Europa die im Verhältniß zu seiner Breite sehr hohe Mittelwärme verdankt und von denen bereits oben S. 166 die Rede war, erinnert hat, bespricht er die Temperaturverhältnisse Asiens, von dem Europa eigentlich nur eine westlich gerichtete Halbinsel vorstellt. Wenn sich, wie oben gezeigt wurde, für Europa eine große Anzahl von Umständen vereint, die mittlere Wärme zu erhöhen, und die Extreme der Temperatur einander zu nähern, so ist von dem allen in

---

1) Asie centrale III. 87.

Asien nichts zu finden. Europa ist gegliedert und gestattet dem Meere bis tief in sein Inneres leichten Zutritt, es ist dem Westwinde ausgesetzt und ein warmer Wasserstrom des Oceans erhöht nicht nur seine Temperatur, sondern verhindert auch, daß das Eis an seiner Nordküste sich festsetzt, die noch dazu keine sehr hohe Breite erreicht, da sie nur wenig über den Polarkreis hinausgeht.

Die Strecke, auf welcher Asien in hohe Breiten geht, ist weitaus größer, als bei Europa, ja ersteres reicht zwischen der Mündung des Jenissei und der Lena bis zum 75. Grade, seine nördliche Küste berührt allenthalben die Wintergränze des Polareises, und selbst die Sommergränze des letzteren entfernt sich von ihr nur an wenigen Stellen und da nur für kurze Zeit. Die durch kein Gebirge gehemmten Nordwinde fegen über offene Ebenen hinweg und treffen im Westen vom Baikalsee bis zum 52. Grade der Breite und westlich vom Bolor bis zum 39.° und 36.° eine mit Schnee bedeckte Eisfläche. Diese Fläche verlängert in gewissem Sinne den Continent nördlich bis zum Pole und nordöstlich bis zu der Region des Maximums der Kälte, die nach Brewster im 79.°, nach Ermann im 87.° östl. Länge sein soll. Während Europa sich gegenüber die heißen Tropenländer Afrika's hat, ist im Süden von Asien nur eine kleine Zahl unbeträchtlicher Inseln unter dem Aequator, der Rest ist eine weitaus weniger erwärmende Wasserfläche, und statt gegliedert zu sein, wie Europa, ist Asien zusammenhängendes, im Westen von dem erwärmenden Ocean abgeschnittenes Festland, das sich im Innern zu bedeutenden Hochebenen erhebt.

Das Resultat dieser Wirkungen ist eine Erniedrigung der Temperatur, ein Südwärtsgehen der Isothermen, dabei aber ein ausgesprochenes Continentalklima, d. i. eine große Differenz in der Wärme der einzelnen Jahreszeiten.

„Nirgends," sagt Humboldt[1], „sah ich so prächtige Trauben, als in Astrachan, an dem Gestade des caspischen Meeres (jährliche Mittelwärme 10°,2) und eben dort, ja noch weiter im Süden, an der Mündung des Terek (in einer Breite, wie die von Avignon und Rimini) sieht man das hunderttheilige Thermometer oft auf 25—30 Grade unter Null fallen. Auch in Astrachan, wo bei Sommern, so heiß, wie die der Provence und der Lombardei, die Vegetation durch künstliche Bewässerung auf einem salzgetränkten Boden unterstützt wird, muß man im Winter die Reben tief in der Erde vergraben. Derselbe Umstand des excessiven Klima's macht auch in Ame-

---

1) Asie centrale III. 32.

rika, nördlich vom 36. Breitengrade, die Erzeugung trinkbaren Weins ſo
ſchwierig."

Im Gegenſatze hiezu zeigt ſich im ruſſiſchen Amerika wieder eine Ab=
ſtumpfung der Jahreszeiten. In Roß gedeiht der Oelbaum, obwohl die
dortige Jahreswärme kaum höher iſt, als die von Paris; aber die Winter
ſind dort im Mittel um 6 Grade wärmer. Doch iſt in derſelben Breite
(38¹/₂°) in Südeuropa die Jahreswärme 17°—18°, d. h. 6° höher, als
in Roß. Höchſt auffallende Beiſpiele des Unterſchieds von Inſel=, Küſten=
und Continentalklimaten bilden Nova=Zembla, Jakutſk (62°1') und Uſtjanſk
an der Mündung der Jana (70°55'). An beiden letzteren Orten iſt die
Temperatur in den kälteſten Monaten unter —40° C. In dem continen=
talen Jakutſk fällt in vielen Jahrgängen und für mehrere Tage das Thermo=
meter auf —53° und —54°, ja am 25. Januar 1829 ſank es bis —58°.
Alle Jahre gibt es nach Ermann dort 60 Tage, deren Mitteltemperatur
unter dem Gefrierpunkte des Queckſilbers (—39°) iſt. Doch iſt trotz glei=
cher Wintertemperatur die mittlere Jahreswärme in dem an der Küſte gele=
genen Uſtjanſk (—16°,6) um 9° unter der von Jakutſk. Im Vergleiche
zu dieſen Wintern iſt der von Nova=Zembla ein milder genannt worden,
denn das Queckſilber gefriert dort ſelten und auf der Weſtküſte vielleicht gar
nie. Während dagegen in Uſtjanſk die Sommerwärme bis 0°,2 ſteigt, be=
trägt ſie in Nova=Zembla unter derſelben Breite nur 2°,1—3°,6, und hier
iſt vielleicht nach Winter Harbour und Igglulit diejenige Gegend,
in der die Sommer am kälteſten und darum der Entwicklung der Vegetation
am wenigſten günſtig ſind.

Die Abnahme der Jahreswärme gegen Oſten hin, die zugleich mit
dem Auseinandertreten der Jahreszeiten ſich bemerklich macht, zeigen ganz
deutlich die von Humboldt[1] angegebenen Data:

	Breite	Höhe	Wärme
Moskau	55°46'	67'	4°,7
Kaſan	55°55'	6'	1°,9
Slatuſt (im Ural)	55°11'	164'	0°,2.

Gegen den Aequator zu werden die Unterſchiede zwiſchen den Mittel=
wärmen verſchiedener Längen, folglich auch die Krümmungen der Iſothermen
allmälig geringer, und letztere dem Aequator mehr parallel. Eine Verglei=
chung, die Humboldt zwiſchen der Wärme von Macao, Havanna und
Rio=Janeiro, alle 3 in der Nähe der Wendekreiſe gelegen, anſtellt, gibt

---

1) Asie centrale III. 59 u. ff.

für das asiatische Macao noch ein Minus von 1° bezüglich Rio=Janeiro und 3° bezüglich der (durch die Strömungen des mericanischen Busens) ab= norm erwärmten Havanna; aber doch sind die Unterschiede nicht mehr sehr bedeutend, und eine Zusammenstellung von 10 asiatischen Orten, die inner= halb 0 und 1° liegen, zeigt ein Mittel von 26°,9, während Humboldt die Mittelwärme dieser Zone nicht über 27°,7 schätzt.

Nach Besprechung dieser Eigenthümlichkeiten Asiens wendet sich unser Gelehrter zum Allgemeinen; er betrachtet die Ursachen der Krümmungen der Temperaturcurven, und hierin haben wir vorzugsweise einen Unterschied zwischen der im vorigen Abschnitte angeführten Abhandlung über die Iso= thermen zu suchen. Dort hat er sich zunächst damit beschäftigt, den wirkli= chen Stand der Temperaturvertheilung über die Erdoberfläche, die Gestalt der Isothermen zu untersuchen. Seine Arbeit fand außerordentlichen Bei= fall und allerwärts war man bestrebt, die Unvollkommenheiten der ersten Humboldt'schen Isothermen zu verbessern, d. i. durch möglichst viele an Ort und Stelle gemachte Beobachtungen Material herbeizuschaffen, und da= durch mehr Gewißheit über den Gang der Curven zu erhalten, denn da Humboldt bei dem ersten Entwurfe an genauen Daten sehr beschränkt war, mußte er sich genöthigt sehen, seine Linien mitunter durch weite Strecken fortzusetzen, von denen man noch keine Wärmemessungen hatte. Es war daher nothwendig, an möglichst vielen, über die ganze Erde zerstreuten Punk= ten zu beobachten, und so aus den Beobachtungen den Gang der Tempera= turcurven, den Humboldt nur im Allgemeinen angeben konnte, besser im Detail auszuarbeiten. Nunmehr konnte Humboldt daran gehen, statt der jetzt bekannten Gestalt der Curven, die Ursachen ihrer Krümmungen auf= zusuchen. Hiezu hat er schon 1827 in der oben S. 166 angeführten Ab= handlung den Anfang gemacht, hat dort die hauptsächlich wirkenden Um= stände untersucht und Anwendungen auf die Temperaturverhältnisse von Europa gemacht. In den Fragmens asiatiques, noch mehr ausgeprägt in der Asie centrale III. kommt die weitere Ausarbeitung des dort begonnenen Werkes.

Nimmt man zunächst einen Zustand der Erdoberfläche an, der so ge= artet ist, daß die Linien gleicher Wärme, seien sie Isothermen, Isotheren oder Isochimenen, alle dem Aequator parallel werden, so bekommt man für ihre einzelnen Punkte Temperaturen, die wenigstens bei dem jetzigen Zu= stande der Wärme des Erdinnern ganz von der astronomischen Lage und der Stellung der Sonne abhängen; man bekommt das von Mairan sogenannte Solarklima (s. o. S. 145). In der Wirklichkeit findet aber noch eine Menge von Einflüssen statt, die dieses Solarklima modificiren, und daraus das wirkliche Klima machen. Soll daher dieses letztere a priori bestimmt werden, so wird nothwendig sein, alle diese Einflüsse zu untersuchen, den Werth derselben, oder mit andern Worten, ihr Gewicht, zu bestimmen, und dann gegen einander abzuwägen. Eine strenge Durchführung dieser Arbeit wird allerdings für jetzt, wahrscheinlich auch für die Zukunft, ein frommer Wunsch bleiben; aber es ist jedenfalls zu wünschen, daß man unter gegenwärtigen Umständen thut, was sich thun läßt, und mit dieser Aufgabe sehen wir denn auch Humboldt beschäftigt.

Elemente, welche die Temperatur erhöhen, also die Temperaturcurve dem Pole nähern, sind in der gemäßigten Zone: die Nähe einer Westküste, der Umstand, daß die Gestaltung eines Landes viele Halbinseln und Binnenmeere bietet; die Stellung eines Theils eines Continents sei es gegen ein eisfreies Meer, das sich über den Polarkreis hereinerstreckt, sei es gegen eine beträchtliche Ländermasse, die zwischen denselben Meridianen, aber der Breite nach unter dem Aequator oder unter einem Theile der Tropenzone liegt; das Vorherrschen von Winden, die aus Süd und West an dem westlichen Rande eines Continentes der gemäßigten Zone eintreffen; Bergketten, die als Schirm gegen Winde dienen, welche aus kältern Gegenden kommen; Seltenheit von Sümpfen; Entholzung von dürrem, sandigem Boden; großes Vorherrschen der Heiterkeit des Himmels im Sommer; die Nähe eines Meeresstromes, welcher Wasser herbeiführt, das wärmer ist, als das der umgebenden Meere.

Erkältende Umstände, die also die Isothermen gegen den Aequator biegen, sind: die Erhebung eines Ortes über die Meeresfläche bei Abwesenheit sich weit erstreckender Hochebenen; die Nähe einer Ostküste bei hohen und mittleren Breiten; Mangel an Buchten in den Umrissen eines Landes, das sich gegen den Pol zu (ohne Zwischentreten offenen Meeres) bis zum ewigen Eise erstreckt, oder zwischen seinen Meridianen in der Gegend des Aequators ein Meer und kein Festland besitzt; Bergketten, deren Richtung den Zutritt warmer Winde erschwert; Nähe freistehender Berge, an deren Seiten die Nacht über Winde herabkommen; große Waldungen; Häufigkeit von Sümpfen, da diese bis mitten in den Sommer hinein kleine unterirdische Gletscher bilden; ein im Sommer umzogener Himmel, der die Einwirkung der Sonnenstrahlen auf den Erdboden hemmt; ein heiterer Himmel im Winter, weil er die Ausstrahlung der Wärme erleichtert.

Wie man sehr leicht sehen kann, sind die erwärmenden Ursachen fast sämmtlich bei dem Klima von Europa thätig, während in Asien das Gegen theil stattfindet, und wir haben daher in letzterem Welttheile eine bedeutende Krümmung der Isothermen gegen den Aequator zu erwarten, was von der Beobachtung in der That bestätigt wird.

In der Besprechung der einzelnen Wirkungen sehen wir Humboldt zunächst mit den Beziehungen zwischen Land und Wasser beschäftigt.

Untersucht man die Wirkung einer größeren Wassermasse, so zeigt sich, daß vermöge der Gleichförmigkeit der Oberfläche und der Regelmäßigkeit der Gestalt derselben auch eine Gleichförmigkeit der Sonnenwirkung ange- strebt werden muß, und darum werden auch die Wärmecurven auf weiten Meeren weniger von deren Normalzustande, dem Parallelismus mit dem Aequator abweichen, wenn auch in Folge von (zunächst durch die Gestaltung des Landes verursachten) Strömungen im Meere die vollständige Regelmä- ßigkeit nicht erreicht wird. Das Wasser ist für die Sonnenstrahlen zum Theil durchdringbar. Fallen Strahlen auf Wasser, so wird ein Theil derselben die Oberfläche erwärmen und sich dabei erschöpfen, während der durch diesen Verlust immer schwächer werdende Rest die Temperatur der tiefer liegenden Schichten erhöht. Vergleicht man damit das Land, so findet sich, daß, weil die Substanzen, aus denen der feste Boden zusammengesetzt ist, die Sonnen- strahlen nicht durchlassen, letztere sich an der Oberfläche sammeln und ihre ganze Wirkung auf derselben concentriren müssen, wodurch eine bedeutendere Erhöhung der Temperatur erzielt wird, aber auch eine um so größere Ab- kühlung bei Nacht und im Winter, denn es muß, wie man bei jedem Ofen sehen kann, das was schneller warm wird, auch schneller erkalten. Zwischen Wasser und Land ist derselbe Unterschied, wie zwischen 2 Körpern von un- gleicher Dicke und es folgt hieraus, daß die Temperaturschwan- kungen, sowohl tägliche als jährliche, auf dem Lande größer sein müssen, als auf dem Wasser. Hiebei ist abgesehen von der Ver- schiedenheit des Absorptions= und Strahlungsvermögens der verschiedenen Körper. Ihre Wirkung ist eine Erhöhung der oben erwähnten, wechselt aber auf dem Lande mit den die Oberfläche zusammensetzenden festen Körpern.

Die Einwirkung der Temperaturverhältnisse des Wassers auf die des Landes muß um so größer werden, je größer die Begränzungslinie der bei- den im Verhältnisse zu der Masse des Landes ist. Jede Wirkung in der Na- tur ist am mächtigsten da von wo sie ausgeht, und nimmt ab, wenn die Ent- fernung wächst. Nahe an dem Feuer ist es, wie allgemein bekannt, wärmer, als weit davon, denn die Wärmewirkung geht vom Feuer aus, und so ist es allenthalben. Wenn nunmehr ein Land so gestaltet ist, daß von keinem Punkte desselben die Entfernung von der Küste sehr groß ist, so muß sich die

Wirkung des Wassers stärker verspüren lassen, als in einem compact gebil=
deten Continente, dessen Inneres weit ab von jedem Meere liegt. Je zerris=
sener also ein Land ist, je mehr es von der Gestalt eines Kreises, derjenigen
Figur, die bei sonst gleicher Fläche die kleinste Peripherie hat, abweicht, also
je größer im Verhältnisse zu seiner Fläche seine Küstenlinie ist, um so mehr
wird sich die Wirkung des Meeres, sei sie, welche sie wolle, im Innern ver=
spüren lassen. Unter allen Welttheilen ist Europa am meisten durchbrochen.
Nach der Bestimmung Humboldt's[1] hat Europa die Küstenlänge 3,03,
Asien 2,41, Afrika 1,35, Neuholland 1,44, Südamerika 1,69 und Nord=
amerika 2,89, während jedes dieser Gebiete nur die Küstenlänge 1 hätte,
wenn es vollkommen kreisförmig wäre. Daraus folgt, daß die Gestalt
Europas von der des Kreises unter allen übrigen Welttheilen am weitesten
abweicht.

Die Einwirkung des Meeres auf das Land muß daher in Europa
jedenfalls am größten sein. Welcher Art ist aber diese Wirkung? Ein
kalter Körper neben einen warmen gestellt, erkältet den letzteren, ein
warmer neben einem kalten erwärmt diesen. Das Meer ist im Sommer
kälter als das Land, im Winter wärmer, es wird daher das Land im Som=
mer abkühlen, im Winter erwärmen, es wird also die extremen Jahreszeiten
abstumpfen, und wir bekommen so den Unterschied zwischen Continental= und
Küsten= oder Inselklima. Europa hat vorherrschend das erstere, Asien, wenig=
stens das nördliche, vorherrschend das letztere.

„Eine Insel, eine Landzunge, ein Küstenstrich,“ sagt Humboldt[2], „die
an eine große Wassermasse gränzen, welche im Winter eine beträchtliche
Menge der im Sommer empfangenen Wärme behält, in der die erkalteten
Theilchen nach unten sinken, und deren Oberfläche, so lange man nicht über
70°—75° Breite hinausgeht, sich nicht mit Eis überzieht, folglich auch keine
Schneelager bildet, wird bei sonst gleichen vorherrschenden Winden, ja sogar
bei vollkommener Ruhe der Luft, ein viel mehr gemäßigtes Klima, mildere
Winter und kühlere Sommer und im Ganzen eine etwas höhere Jahres=
wärme haben, als das Innere großer Continentalmassen. Das Eigenthüm=
liche des Continentalklimas ist die Analogie mit denjenigen Klimaten,
welche Buffon wegen des großen Unterschiedes der Jahreszeiten excessive
genannt hat, und diese Analogie nimmt zu mit der Breite, sowie auch in der
gemäßigten Zone beider Continente mit der östlichen Lage.

1) Asie centrale III. 142.
2) Fragmens II. 457. Asie centrale III. 146.

Humboldt nimmt, wie aus Vorstehendem erhellt, an, daß die Mittelwärme eines Küstenortes durch das nahe Meer etwas höher werde, und die
Wirkung des Wassers ist ihm zunächst derjenigen analog, welche ein Körper,
der sich schwierig erwärmt und schwer erkaltet, auf einen andern ausübt, bei
dem beide Vorgänge sehr rasch eintreten; doch dürfte hier die Erhöhung der
Wärme des Landes durch das Meer, vorausgesetzt, daß man von allen Strömungen absieht, nur eine sehr geringe sein, denn unter gleicher Breite ist die
Wirkung der Sonnenstrahlen auf Wasser und Land der gleichen Einfalls-
winkel wegen gleich, und es muß die Mittelwärme beider auch gleich sein,
denn nur die Schwankungen beider um das Mittel sind verschieden. Sind
aber die Mittel gleich, so muß das Land im Sommer durch das Meer um
nahezu denselben Werth erkältet werden, um den es im Winter erwärmt wird,
auch wenn man die Verschiedenheit des Absorptions- und Emissionsvermö-
gens in Rechnung zieht, und die bloße Nähe reicht daher zur Erklärung der
Erscheinung, daß die Meeresküsten wärmer sind als das Binnenland, nicht
aus. Humboldt dürfte wohl etwas zu wenig Werth auf die latente Wärme gelegt haben, welche wenigstens nach meinem Dafürhalten hier eine bedeutende Rolle spielt. Wenn nämlich eine große Wasserfläche der Einwirkung
der Sonnenstrahlen ausgesetzt ist, so wird ein Theil des Wassers verdampfen; um aber aus der tropfbarflüssigen Form des Wassers in die luftför-
mige des Wasserdampfes übergehen zu können, wird eine große Menge von
Wärme erfordert, die, so lange die Luftform bleibt, nicht auf das Gefühl, nicht
auf das Thermometer wirkt und darum latent heißt. Verdunstet also im
Meere viel Wasser, so wird ersterem eine große Menge von Wärme entzogen, die zur Bildung des Wasserdampfes verwendet wird, und wenn dieser
Wasserdampf über das Land geführt als Regen herniederfällt, also die tropf-
bare Gestalt wieder annimmt, so wird die latente Wärme frei, dient also zur
Erhöhung der Landwärme auf Kosten der des Wassers, und die Wasserdämpfe sind daher in gewissem Sinne die Verpackung, in welcher das Land Wärme erhält. Das Wasser wird in tropfbarflüssiger Gestalt in den Flüssen
wieder dem Meere zugeführt, aber die Wärme ist geblieben oder hat eine andere Verwendung gefunden. Darum muß die mittlere Wärme des Landes
größer sein, als die des Meeres und diejenige Halbkugel der Erde, auf welcher mehr Land ist, die nördliche, wird wärmer sein, als die wasserreiche Süd-
hälfte, wie dieses auch von der Erfahrung bestätigt wird. In der Nähe des
Meeres ist größerer Niederschlag tropfbarflüssigen Wassers zu erwarten, als
im Binnenlande, das Meer wirkt in der Nähe stärker als in der Ferne, also
ist dort eine höhere Temperatur. Wo viele Niederschläge sind, da muß es

auch viele Wolken geben. Diese verhindern aber im Sommer das Eindringen der Sonnenstrahlen, im Winter dagegen und in der Nacht zu großes Aus= strahlen von Wärme, die von der Erde weg in den Weltraum geht, und in Asien ist der Winter aus demselben Grunde kälter, als bei uns die hellen, heiteren Nächte,eine niedrigere Temperatur bringen, als die trüben.

Während eisfreies Meer zur Erhöhung der Wärme des Landes bei= trägt, übt mit Eis bedecktes im Sommer den entgegengesetzten Einfluß aus, denn um das Eis in Wasser umzuwandeln ist wieder Wärme erforderlich, die ohne die fühlbare Temperatur zu erhöhen auf so lange verschwindet, als das Wasser nicht wieder fest wird. Werden Eisberge an eine Küste geführt, so werden sie, indem sie schmelzen, letzterer eine große Menge von Wärme ent= ziehen. Geht der Wasserdunst der Luft im Winter in Schnee über, so wird zweimal latente Wärme frei, das einemal diejenige, welche gebunden wurde, als das Wasser aus dem Dunste, und das anderemal diejenige, die gebunden wurde, als das Eis aus dem Wasser sich bildete, und die Winter wären da= her ohne Schneefall viel kälter; aber im Frühjahr muß, wenn der Schnee weggeschmolzen werden soll, viel Wärme dazu verwendet werden, denn erst das Schneewasser, nicht der Schnee läuft ab, und nur diejenige Wärme bleibt als Reingewinn, welche das ablaufende Flußwasser weniger hat als der her= beigekommene Dampf. Im Schnee macht der Winter Schulden, welche das Frühjahr bezahlen muß.

Vergleicht man die Mittelwärme verschieden weit vom Ocean entfern= ter, aber unter gleicher Breite gelegener Orte, so ergibt sich:[1]

Amsterdam	52° 22' Br.	11°, 9
Warschau	52° 14' „	8°, 2
Kopenhagen	55° 41' „	7°, 6
Kasan	55° 45' „	3°, 1

Correspondirende Orte, welche das Auseinandertreten der extremen Jahreszeiten zeigen, sind:

Pesth	47° 29' Br.	10°,6 m. W.	(— 0°, 6 und + 21°, 4)
Nantes	47° 13' „	12°, 0 „ „	(4°, 7 und 18°,8)
Wien	48° 12' „	10°, 3 „ „	(0°, 4 und 20°, 7)
St. Malo	48° 39' „	12°, 1 „ „	(5°, 7 und 18°,9)
Kasan	55° 48' „	3°, 1 „ „	(—16°,6 und 18°, 8)
Edinburg	55° 57' „	8°, 8 „ „	(3°, 7 und 14°, 6)

---

1) Fragmens II. 462.

Durch Vergleichung einer großen Anzahl von innerhalb der Tropen angestellten Temperaturbeobachtungen fand Humboldt, daß die dortige mittlere Luftwärme im Binnenlande um 2°, 2 höher sei, als über dem Meere (und der oben ausgesprochenen auf Anwendung der Lehre von der latenten Wärme beruhenden Theorie zufolge muß dieses auch stattfinden). Wird nun die über dem tropischen Lande erwärmte Luft in höhere Breiten geführt, so muß sie dort auch stärker wirken. Das Land ist aber wie auf der Erde allenthalben so auch in den Tropen ungleich vertheilt, denn setzt man die ganze Fläche zwischen den Tropen, die nicht vom Meere eingenommen wird, gleich 1000, so fallen davon 461 Theile auf Afrika, 301 auf Amerika, 124 auf Neuholland und den indischen Archipel und 114 auf Asien. Auf Amerika und Afrika kommen mithin zusammen 762 Theile, die zwischen 132³/₄ Graden der Länge eingeschlossen sind, während auf den Rest von 227¹/₄ Graden nur 238 Theile treffen. Darum muß die gemäßigte Zone, da sie durch die Winde, unter denen wieder die Südwestwinde die Hauptrolle spielen, Luft aus den Tropen bekommt und dadurch erwärmt wird, wo und soweit sie unter dem Einflusse des Maximums des tropischen Festlandes steht, wärmer sein, als an den übrigen Theilen, und die vorzugsweise begünstigte Parthie ist der Westen des alten Continents.

Sehr große Aufmerksamkeit schenkte Humboldt den Einwirkungen der Bodenbeschaffenheit auf die Temperaturverhältnisse. Bekanntlich geht die Wärme von einem Körper auf einen anderen mit ihm in Berührung stehenden oder von einem Körpertheile auf einen andern durch sogenannte Leitung über, indem auf der einen Seite die Temperatur steigt, während sie auf der andern abnimmt, und dieser Vorgang dauert so lange, als noch ein Wärmeunterschied vorhanden ist. Dieser Austausch von Wärme findet Schritt für Schritt in der Weise statt, daß alle dem wärmern Körper, den wir als Quelle der Wärme nehmen wollen, näheren Theile immer wärmer sind, als die entfernteren. Neben dieser Leitung der Wärme giebt es noch die Mittheilung derselben durch Strahlung, die darin besteht, daß von der Wärmequelle nach allen Richtungen hin und im Allgemeinen geradlinig etwas ausgeht, was die in dem Wege befindlichen Gegenstände je nach der Temperatur der Quelle mehr oder weniger erwärmt. Die wenigstens für die Erde intensivste Wärmequelle ist die Sonne, von deren Strahlen die Temperatur der Erdoberfläche abhängt. Von diesen Sonnenstrahlen war im Vorhergehenden als von einem allgemein bekannten Gegenstande wiederholt die Rede; es möge mir jedoch gestattet sein, hier in Kürze einige Sätze über die Wärmestrahlung überhaupt und namentlich über das verschiedene Verhält-

niß der Körper hiezu anzuführen. Alle Körper strahlen beständig nach allen
Richtungen hin Wärme aus; sie bekommen aber auch wegen dieser Allgemeinheit dieses Phänomens fort und fort von allen Seiten her wieder Wärme und da die Menge der ausgesandten Strahlen, also die Ausgabe, mit
wachsender Erkaltung abnimmt, muß jedesmal, so lange die Verhältnisse sich
gleich bleiben, ein Gleichgewichtszustand zum Vorschein kommen, in dem Einnahme und Ausgabe sich gegenseitig aufheben. Solange der Körper mehr
ausgibt als einnimmt, so lange erkaltet er; aber indem er erkaltet, wird die
Ausgabe geringer und mit ihr auch der Verlust; es muß endlich dazu kommen, daß beide, Einnahme und Ausgabe, sich das Gleichgewicht halten. Dasselbe findet statt, wenn ein Körper sich durch Mehreinnahme erwärmt, denn
in Folge der durch die Mehreinnahme erhöhten Temperatur wird die Ausgabe größer und größer. Das Verhalten der Körper gegen die von außen kommenden Strahlen ist ein sehr verschiedenes. Wie es Körper gibt, welche den
Lichtstrahlen den Durchgang gestatten (durchsichtig sind), so gibt es auch Stoffe,
welche den Wärmestrahlen gegenüber dasselbe Verhalten beobachten (diatherman sind). Beide Klassen fallen im Allgemeinen mit einander zusammen. Unter allen irdischen Stoffen am meisten diatherman sind die Luftarten
und darum wird es möglich, daß die Wärmestrahlen ohne vollständig in der
Atmosphäre absorbirt zu werden, noch auf deren Boden gelangen können.
Da nun die Atmosphäre nur den kleineren Theil der Sonnenstrahlen für
sich behält, muß ihre Erwärmung offenbar geringer ausfallen, als wenn sie
alle behielte; dieser durchgehende Rest aber kann auf Gegenstände fallen,
welche weniger uneigennützig das, was sie bekommen, zur Erhöhung der eigenen Wärme benützen. Auf diese Weise kann es kommen, daß die Temperatur von auf dem Grunde des Luftmeeres liegenden Gegenständen höher ist,
als die der Luft, obwohl letztere zwischen ihnen und der Sonne, der Wärmequelle, ist. Dieser Umstand ist ein charakteristischer Unterschied zwischen der
Wärmestrahlung und Wärmeleitung, denn bei letzterer ist, wie bereits erwähnt,
jedesmal der der Wärmequelle nähere Gegenstand auch der wärmere. Die
auf einen athermanen, d. i. einen für die Wärmestrahlen undurchdringbaren
Körper fallenden Strahlen werden von diesem nicht sämmtlich absorbirt und
zur Temperaturerhöhung benützt, sondern zum Theil reflectirt, und gehen zu
andern irdischen Gegenständen oder durch die Atmosphäre zurück in den
Weltraum. Der absorbirte Theil, also das was nach der Reflexion noch
bleibt, ist wieder für die verschiedenen Körper verschieden: schwarze oder
dunkle Gegenstände absorbiren mehr als hellfarbige, rauhe mehr als glatte.
Ein schwarzer, rauher Gegenstand, der neben einem hellen, glatten in ganz

gleicher Weise der Sonne ausgesetzt ist, wird daher stärker erwärmt werden, als letzterer; ja bei einem und demselben Körper findet ungleiche Erwärmung statt, wenn man durch partielles Anstreichen, Rauhmachen oder Glätten die Oberfläche ändert. Dieselben Gegenstände, welche die Wärmestrahlen leicht aufnehmen, strahlen die Wärme unter sonst gleichen Umständen auch leichter wieder aus: in der Nacht und im Winter geben sie mehr Wärme ab, und wie die Ausgabe der Einnahme entgegengesetzt ist, wird auch im Gegensatze zu der oben erwähnten Erscheinung ein an der Erdoberfläche gelegener guter Ausstrahler um mehrere Grade kälter werden können, als die Luftschichten über ihm. Der Verlust, den die Erde durch Wärmestrahlung gegen den Weltenraum erleidet, ist bei klarem Himmel stärker als bei bewölktem, denn im letzteren Falle senden die Wolken den größten Theil der Strahlen zurück.

Unsere Erdoberfläche ist aus den mannigfaltigsten Stoffen zusammengesetzt; bald ist der Boden mit Wald bedeckt, bald findet man auf weiten Strecken nichts als kahlen Sand oder niedrige Kräuter. All diese Verschiedenheiten üben wieder ihre Einflüsse aus, und darum wird, abgesehen von den bereits erwähnten Wirkungen, die Temperatur bald erhöht, bald erniedrigt. Humboldt hat dieselben wenigstens für die größere Flächen bedeckenden Substanzen untersucht, und ist dabei auf die bereits oben angeführten Resultate gekommen.

Ueber die Einwirkung der Höhen sagt er:[1] „Das Relief oder die polyedrische Gestalt der Erdoberfläche wirkt (unter bloßer Berücksichtigung der Gestaltung und mit Ausschluß der Wirkung von Farbe, Vegetation u. s. w.) auf das Klima durch die größere oder geringere Erhebung über die Normalebene des Oceans, durch die Neigung der Abhänge und die verschiedene Stellung gegen die Sonnenstrahlen, durch die Schatten, welche einzelne Theile in den verschiedenen Tages- und Jahreszeiten auf andere werfen, durch Ungleichheit der nächtlichen Strahlung, je nachdem der Boden sich gegenüber einen mehr oder weniger klaren und von Nebeln und Wolken entblößten Himmel hat. Vermöge der Wärmestrahlung dunkler Gegenstände von großer Oberfläche, die in die Atmosphäre hineinragen, erwärmen die Berge die ihnen nahen Luftschichten und dieses verursacht Strömungen, die häufig von den erkältenden Wirkungen großer Wolkenschatten unterbrochen werden. Die Hochebenen wirken wegen der Gleichförmigkeit ihrer Oberfläche und ihrer Ausdehnung wie Zwischenstufen. Directe Beobachtungen haben

---

1) Fragmens II. 527.

mich gelehrt, daß unter den Tropen in der Andescordillere Hochebenen von 25 Quadratmeilen die Mittelwärme der Luft um 1°,5—2°,3 über diejenige erheben, welche man bei gleicher Höhe an steilen Bergabhängen findet. Würde sich das Meeresniveau durch eine außergewöhnliche Erdumwälzung beträchtlich erniedrigen, so würden die gegenwärtigen Ebenen und Plateaux an Wärme abnehmen."

Nach diesem geht Humboldt[1] auf ein Thema über, das wir bereits im vorigen Abschnitte S. 160 u. S. 165 kennen gelernt haben und das eine Art von Lieblingsgegenstand gewesen zu sein scheint, auf die Höhe der Schneegränze. Nachdem er angeführt, daß Bouguer in seiner Figure de la terre die Schneelinie als mit derjenigen Höhe zusammenfallend betrachtet hatte, in welcher die mittlere Wärme 0° sei, führt er die oben S. 160 angedeutete Theorie weiter aus, und findet, daß die Höhe der Sommergränze des Schnee's, also diejenige, die man gewöhnlich als die wirkliche Schneegränze betrachtet, das Resultat der entgegengesetzten Wirkungen des Sommers und des Winters sei. Die Anzahl von Toisen, um welche der Schnee im Sommer zurückgedrängt wird, hängt weder von der Wärme des Sommers allein, noch von der des wärmsten Monats, sondern von einer ganzen Menge von Umständen ab. Unter diesen spielen die Hauptrolle die Menge und der Zusammenhang des im Winter gefallenen Schnees, die Gestalt, Nacktheil und Entfernung naher Hochebenen, die Gestaltung der Gipfel, Richtung der Winde, mehr oder minder continentale Lage des Ortes, die Menge in der Nähe befindlicher Schneelager und endlich heiterer oder trüber Himmel.

Bei dieser großen Menge von Wirkungen kann es sehr leicht kommen, daß der Ort, an dem die Schneegränze am höchsten steigt, nicht unter dem Aequator selbst liegt, und daß überhaupt die Regel, wonach die Schneegränze mit zunehmender Breite niedriger wird, nicht ohne Ausnahmen ist. Hierauf kam Humboldt bereits 1816, als die Messungen von Webb aus dem Himalaya bekannt wurden, und er hat schon in den im 2. Abschnitte angeführten Abhandlungen auf die Einwirkung des Hochlandes von Tübet hingewiesen. Im Jahre 1826 hat Pentland auch in Bolivia die Schneegränze höher gefunden, als Humboldt unter dem Aequator. Im 3. Bande der Asie centrale S. 360 findet sich eine Tabelle verschiedener Schneegränzen mit Angabe der jeweilig an der Meeresküste stattfindenden Jahres- und Sommerwärmen, der nachstehende Angaben entnommen sind.

Nördl. Norwegen, Küste (71 1/4° n.) 370'.

1) Fragmens II. 533. Asie centrale III. 239.

Inneres Norwegen (70°—70 1/4° n.) 550'; (67°—67 1/2° n.) 650'.

Island, Osterjökul (65° n.) 450'.

Inneres Norwegen (60°—62° n.) 800'.

Albanlette in Sibirien (60° 55' n.) 700'.

Nördl. Ural (zweifelhaft) (59° 40' n.) 750'.

Kamtschatka, Vulcan von Scheveluitsch (56° 40' n.) 820'.

Unalaschka (53° 44' n.) 550'.

Altai (49 1/4°—51° n.) 1100'.

Alpen (45 3/4°—46° n.) 1390'.

Kaukasus, Elbruz (43° 21' n.) 1730'.

    Kasbek (42° 42' n.) 1660'.

Pyrenäen (42 1/2°—43° n.) 1400'.

Ararat (39° 42' n.) 2216'. (?)

Argäus in Kleinasien (38° 33' n.) 1674'.

Bolor (37 1/2° n.) 2660'.

Aetna (37 1/2° n.) 1490'.

Sierra Nevada de Grenada in Spanien (37° 10' n.) 1750'. (?)

Hindu-Kho (34 1/2° n.) 2030'.

Himalaya, Nordabhang (30 3/4°—31° n.) 2600'; Südabhang 2030'.

Mexico (10°—19 1/4° n.) 2310'.

Abyssinien (13° 10' n.) 2200'.

Sierra Nevada de Merida in Südamerika (8° 5' n.) 2335'.

Vulcau von Tolima in Südamerika (4° 46' n.) 2307'.

Vulcan von Puracé in Südamerika (2° 18' n.) 2405'.

Aequator bei Quito 2475'.

Andes von Quito (0°—1 1/2° f.) 2470'.

Chili (14 1/2°—18° f.) östl. Cordillere 2490'; westl. 2897'.

Chili, Portillo und Vulcan von Peuquenes (33° f.) 2300'.

Chili, Küste (41°—44° f.) 940'.

Magellansstraße (53°—54° f.) 560'.

Auf diese Tabelle verweisend sagt Humboldt[1]: „Die Tafel zeigt die verschiedenen direct gemessenen Punkte, durch welche die Curve des ewigen Schnees sich hinzieht. Diese Punkte sind vom 71° n. bis zum 54° f. Breite über die Erdoberfläche zerstreut. Die Zahlenelemente, welche den einfachen Beziehungen der Breite zu widersprechen scheinen, thun dieses keineswegs in Beziehung auf die zusammengesetzten Normen der Isotheren, des Grades

---

1) Asie centrale III. 314.

der Trockenheit und Durchsichtigkeit der Luft, der Ausstrahlung naher Hochebenen, der Anhäufung der Berge, ihrer Masse und der Neigung ihrer Abhänge. Wir sehen, daß die Schneelinie in der Neuen Welt sich sehr langsam gegen das Nordende der Tropenzone (Mexico) senkt und an der
Südgränze unter dem trockenen Klima von Chili und Bolivia sich sogar
erhebt."

„Die mächtige Kette des Himalaya hat in der Mitte zwischen beiden
Abhängen unter 30° n. Br. eine Höhe der Schneelinie, die nur wenig hinter
derjenigen zurücksteht, welche man in Mexico unter 19° der Breite beobachtet.
Der Argäus in Kleinasien, im Norden der Tauruskette, hat unter gleicher
Breite wie der Bolor eine 1000 Toisen niedrigere Schneegränze! Der Kau-
kasus und die Pyrenäen liegen in nahe derselben Breite, aber die bedeutende
Sommerhitze in Asien treibt den Schnee um nahe 300 Toisen höher hinauf.
Die immerwährenden Nebel am Südende von Amerika drücken den Schnee
eben soweit herab, als in der Nordhalbkugel (in Norwegen) eine 15° höhere
Breite. Das Innere der scandinavischen Halbinsel und deren Küste, die
nördlichen tibetanischen und die südlichen inzwischen Abhänge des Himalaya,
die Ost- und die Westcordillere von Bolivia und Chili zeigen unter fast ganz
gleichen Breiten die auffallendsten Unterschiede in der Höhe der Schneelinie.
Die Kunde, die wir uns von der Physik der Erde so wie auch von der Einwirkung erworben, welche die Uebereinanderlagerung von so vielen Ursachen
auf die Vertheilung der Wärme und Dünste in den höheren Regionen der
Atmosphäre ausüben, setzt uns in den Stand, zum großen Theile das zu erklären, was die auf- und absteigende Reihe der numerischen Elemente in der
Tafel von Schneegränzen als eine scheinbare Ausnahme zeigt. In den Augen
des Physikers giebt es nichts Zufälliges als das, was für jetzt noch sich
der Vergleichung mit wohlbekannten Thatsachen zu entziehen weiß."

Die Wirkung von Luft und Wasser ist auf ein Verwischen der Temperaturunterschiede gerichtet. Die kälteren Länder werden durch die Strömungen beider Flüssigkeiten erwärmt, die wärmeren dafür mehr abgekühlt,
denn sowohl Luft als Wasser in eine andere Gegend geführt bringen die
Temperatur ihrer Heimath mit und indem sie sich im neuen Lande erwärmen
oder abkühlen, müssen sie letzterem Wärme entweder entziehen oder bringen.

Im vorigen Abschnitte glaube ich gezeigt zu haben, daß Humboldt
seine nächste Aufmerksamkeit dem Auffinden der Art und Weise, wie die
Wärme über die Erdoberfläche vertheilt sei, sowie dem Verfahren, wie dieselbe gefunden und in der zweckmäßigsten Weise dargestellt werden könne, zu-

gewandt habe. Nachdem dieses geschehen, wandte er sich der neuen Aufgabe zu, die Ursachen dieser Erscheinungen zu erforschen. Den größten Theil seiner damaligen Arbeit bilden die Temperaturverhältnisse von Europa. Im gegenwärtigen Abschnitte sehen wir dieses Aufsuchen der Ursachen der Wärmeverschiedenheiten in den Vordergrund gerückt, und theils durch Anwendung der früher festgestellten Principien, theils durch Einführung neuer sehen wir das, was wir früher in seinen Grundzügen kennen gelernt haben, nunmehr zu dem stattlichen Gebäude einer vergleichenden Klimatologie erwachsen. Dieser Fortschritt wurde dadurch möglich, daß seit dem Erscheinen der Abhandlung über die Isothermen die Beobachtungen sich bedeutend vervielfältigt haben, wozu gerade die genannte Schrift darum wesentlich beitrug, weil sie die Mittel und Wege angegeben hat, wie dem Gange der Wärme im Verlaufe von Tag und Jahr, sowie dem Auffinden des Mittels am besten auf die Spur zu kommen sei.

Weil die Wärme eines gegebenen Ortes der Mannichfaltigkeit der Ursachen wegen sich nicht a priori bestimmen läßt, und man darum genöthigt ist, diese Ursachen erst aus den Beobachtungen herzuleiten, so muß fortgesetzte Beobachtung für die Erweiterung unserer Kenntnisse von großer Bedeutung sein, und Humboldt hat sie darum auch neben seinen andern Arbeiten nicht vergessen. In seiner Abhandlung von 1817 finden wir eine Tabelle von 57 Orten, deren Temperaturverhältnisse nach Jahr, Jahreszeiten, kältestem und wärmstem Monat, nebst Angabe von Breite, Länge und Meereshöhe verzeichnet sind. Humboldt hat sie in 6 Gruppen gesondert, indem er alle diejenigen vereinigte, welche sich in den Zonen einer jährlichen Mittelwärme von 0°—5°, 5°—10° u. s. w. und endlich über 25° befinden. In der Asie centrale finden wir 4 von Mahlmann zusammengestellte Tabellen mit den Beobachtungen von 311 Orten, und in den Humboldt'schen Tafeln, die sich bei den kleineren Schriften (1853) befinden, ist die Zahl bereits auf 508 angewachsen. Es ist leicht einzusehen, daß mit diesen Daten sich die Wärmecurven besser construiren lassen als mit den ursprünglichen 57.

Wird an einem und demselben Orte längere Zeit hindurch beobachtet, so gleichen sich die abnormen Mittelwärmen einzelner Jahre nach und nach aus, und man bekommt darum auch die Mittelwärme eines Ortes, d. i. den Durchschnitt mehrerer Jahre, genauer. Auch in dieser Beziehung bieten die neueren Tabellen einen Fortschritt gegen die früheren, und hieraus erklären sich die Abweichungen in den Mitteltemperaturen einzelner Orte. So hat Kasan, oben S. 346, nach der Redaction von 1931 3°,1, S. 340 nach der Redaction von 1843 1°,9, nach der Redaction von 1853 2°,1 Jahreswärme. Auch die Differenzen zwischen den Tabellen auf S. 105 und S. 351 beruhen auf später gemachten genaueren Bestimmungen.

— —

Geographie.

Dasjenige Land, dessen räumliche Verhältnisse Humboldt in unserm 3. Abschnitte zunächst zum Gegenstande seiner Forschungen machte, war, wie sich von selbst versteht, Innerasien.

Obwohl seit der grauen Vorzeit die Bewohner dieser Länder mit denen Europas in eine und zwar für letztere bisweilen durchaus nicht erwünschte Berührung gekommen sind, obwohl man seit geraumer Zeit einige allgemeine Vorstellungen über die dortigen Länder hat, so ist man doch noch weit entfernt, das innere Asien so genau zu kennen, als man sich über das Relief des doch erst seit noch nicht 4 Jahrhunderten entdeckten Amerika Rechenschaft geben kann. Der Umstände, welche dieses veranlaßt haben, sind gar mancherlei; sie liegen theils in der Natur des Landes, theils in der seiner Bewohner. Wenn an und für sich jedes Land, das eine große Continentalmasse hat, weniger leicht durchforscht werden kann, als eines, dessen zerrissene Küsten den Schiffen fremder Nationen mannigfache Annäherungspunkte gestatten, von denen der Landweg in's Innere nicht mehr so bedeutend ist, so wird diese Schwierigkeit noch erhöht, wenn die hydrographischen Verhältnisse so gestaltet sind, daß man auf den Flüssen vom Meere in's Binnenland aufwärts dringend einen großen Theil des Landes nicht erreichen kann. So ist dieses bei Asien. Da die in den Ocean mündenden Flüsse Amerikas rückwärts durch fast das ganze Land verfolgt und die Gränzen der Flußgebiete wegen ihrer geringen Höhe an vielen Punkten leicht überschritten werden können, ist auch das ganze Land zugänglicher geworden. Vier Ströme sind es vorzugsweise, welche das Eindringen in's Binnenland von Südamerika erleichtern: der Magdalenenstrom, der Orinoco, der Amazonenstrom und der La Plata; in Nordamerika finden wir den Missisippi und den St. Lorenz mit seinen Seen. Bei den meisten kann man, ohne merklich zu steigen, von dem einen in's Gebiet des andern gelangen, und alle Expeditionen gehen von der Küste auf diesen Strömen landeinwärts. Auf der Westküste Amerikas gibt es keinen größeren Strom; aber von Osten aufsteigend gelangt man nahe an das westliche Gestade, ehe die Anden ein Hinderniß in den Weg legen. Im Allgemeinen sind Gebirge der Erforschung hinderlicher, da in ihnen die Wasserſtraßen fehlen; aber gerade die Hauptkette Amerikas iſt ſo ſchmal und ſo nahe an der Weſtküſte, daß dadurch Entdeckungsreiſen jedenfalls möglichſt erleichtert werden. Roſtförmige, d. i. vielgliedrige breite Gebirge leiſten viel mehr Widerſtand, und darum iſt auch das Parimegebirge in Südamerika am längſten unerforſcht geblieben, iſt es zum Theil jetzt noch. Ein weiteres Hinderniß der Erforſchung eines Landes iſt eine Lage unter hohen Breiten, wo die Küſten durch das Eis unzugänglich werden. Aus dieſem Grunde iſt auch das nördliche Nordamerika noch nicht genau durchforſcht, obwohl die, ſoviel man bisher kennen gelernt hat, vielfach gekrümmte Küſtenlinie in niedrigerer Breite ungemein vertheilhaft wäre. Neben dieſen natürlichen Hinderniſſen bereiten die etwaigen Feindſeligkeiten der Einwohner noch künſtliche!

Doch gehen wir jetzt auf Aſien über. Beſchränken wir uns zunächſt auf den innern Theil deſſelben, ſo zeigt ſich, daß demſelben der Vortheil der Flußverbindungen abgeht, den Amerika beſitzt. Centralaſien iſt mit den Küſten nur zum geringſten Theile durch Flüſſe verbunden; faſt durchgängig münden die Flüſſe in Binnenſeen, die, wie der größte derſelben, das caspiſche Meer, auf ihrer Oberfläche ſoviel Waſſer verdampfen, als die Zuflüſſe bringen, und ſo entſteht eine große Anzahl von untereinander ganz unabhängigen Waſſerſyſtemen. Man kann zu Schiffe von keinem in das andere gelangen; faſt ganz Centralaſien iſt dadurch abgeſperrt, ein Gebiet ſowohl vom andern als auch vom Ocean getrennt, und diejenigen Bezirke, zu denen man zu Schiffe gelangen könnte, wie z. B. das Gebiet des gelben Fluſſes, ſind durch die Mißgunſt der Herren des Landes, der Chineſen, verſchloſſen. Außerdem tragen die Zahl der Gebirgsketten, Wüſten und Steppen ihren Theil dazu bei, die Länder noch unzugänglicher zu machen.

Die günſtigſte Zeit, Centralaſien zu bereiſen, war die zweite Hälfte des 13. Jahrhunderts, als während der Mongolenherrſchaft alle jene Gegenden vom öſtlichen Europa bis an das chineſiſche Meer unter einem und demſelben Herrſcher vereinigt waren. Damals war es, als der Benetianer Marco Polo und chriſtliche Mönche wie Plano Carpini, Simon von Saint=Quentin, Rubruquis, Bartholomäus von Cremona und Aſcelin, halb Miſſionäre, halb Diplomaten, ſich in die entſernteſten Gegenden von Aſien wagten. „Der verderbliche Einfall der Mongolen,“ ſagt Humboldt[1], „welche das öſtliche Europa überſchwemmten und durch Polen bis über die Oder vordrangen, wo endlich die Schlacht bei Wahlſtatt (am 9. April 1241) ihre Kräfte ſchwächte und dadurch weitern Unternehmungen eine

---

1) Examen critique etc. Deutſche Ueberſ. I. 80.

23 *

Gränze setzte, veranlaßte diese außerordentlichen Wanderungen, auf denen die mönchische Diplomatik sich hinter dem Schleier der Frömmigkeit und der Belehrungssucht verbarg. In jenem denkwürdigen Zeitraume, welcher zwischen dem Tode des Tschingis und Kublarchan verfloß, bewahrte das große mongolische Reich, welches soeben unter die Nachkommen des Begründers getheilt worden war, durch die Supremarie der Dynastie der Juan, welche am äußersten Ende der bekannten Welt ihren Herrschersitz hatte, noch eine gewisse Einheit und Art von innerem Zusammenhang."

„In dieselbe Zeit fallen auch die Reisen des Venetianers Marco Polo und seiner Brüder in's Innere von Asien."

Im vorigen Jahrhundert besuchte Pallas einen Theil von Innerasien, doch ohne, wie Humboldt zeigte, über die Vertheilung der dortigen Berge klare Ansichten zu erlangen, da er alle dortigen Gebirge von einem Mittelpunkte, dem Bogdo-Oola, strahlenförmig ausgehen ließ, was sich nicht bestätigt hat.[1] Pallas vertrat hier die Ansicht, welche zuerst Buache bekannt gemacht hat, und von der bereits oben S. 269 die Rede war.

Hippokrates hatte (de aëre et aquis) von den Ebenen Scythiens gesagt, daß sie ohne von Bergen gekrönt zu sein, sich verlängern und bis in die Constellation des Bären erheben. Daraus und aus nicht genug sorgfältigem Studium der Schriften Marco Polo's hat sich in der zweiten Hälfte des vorigen Jahrhunderts die Ansicht gebildet, daß ganz Innerasien eine ununterbrochene ungeheure Hochebene sei, eine Ansicht, die noch dadurch begünstigt wurde, daß man seit alter Zeit den Stammsitz der Menschheit in das innere Asien verlegte. Dort muß, so schloß man, das Wasser zuerst abgelaufen sein, und darum muß es dort höher liegende Gegenden geben, als anderwärts. Diese Theorie ist eine Consequenz der damals fast allgemein herrschenden neptunistischen Lehre von den Ueberschwemmungen und dem festen Krystallisationskern der Erde, durch welchen letztere ein für allemal ihre Gestalt bekam, während nach der schon S. 19 erwähnten Hutton'schen Theorie, die aber erst am Ende des vorigen Jahrhunderts bekannt wurde, das Innere der Erde feuerflüssig ist und in der einen Zeit da eine Erhebung der Erdoberfläche sich befinden kann, das anderemal dort.

Der Erste, dem diese allgemeine Erhebung im Innern Asiens verdächtig wurde, war Humboldt, der schon in den Jahren 1816 und 1820[2]

---

1) Humboldt, Asie centrale, Introduction XXII.
2) Mémoire sur les montagnes de l'Inde. Ann. de ch. et de phys. III und XIV.

seine Bedenken äußerte. Wie bereits erwähnt, nimmt die Wärme bei zunehmender Höhe ab, und die Pflanzen bedürfen zu ihrem Gedeihen einer gewissen Menge von Wärme. Da es nun bekannt war, daß im Innern von Asien an manchen Orten die Rebe, Baumwollenstaude sowie auch der Granatbaum gepflegt werde, fand Humboldt bei der Vergleichung, daß jene Gewächse in den großen ihrem Standorte zugewiesenen Höhen unmöglich die ihnen nöthige Wärme bekommen könnten, und sein Schluß, daß jene Höhen nicht so groß sein können, als man glaubte, fand auch in der Folge seine vollkommene Bestätigung. Es gibt Hochländer in Asien, aber nicht ganz Centralasien ist ein Hochland.

Seit jener Zeit verfolgte Humboldt mit Aufmerksamkeit jeden Fortschritt in der Kunde Innerasiens. Die bedeutendsten Verdienste erwarb sich hiebei Klaproth, der nicht nur selbst in Asien Reisen machte, sondern auch bei seiner Kenntniß der chinesischen Sprache und Literatur die Schätze derselben zugänglich machte, Schätze die um so bedeutender sind, als die Chinesen besondere Freunde von Geographie und Statistik, wenigstens ihres Landes, sind. Die Vortheile, die aus der Kenntniß der übrigens noch nicht gehörig bekannten chinesischen Forschungen erwuchsen, erachtete Humboldt für fast größer als die der Entdeckungen der neueren europäischen Reisenden, da die Strecke, über welche die Forschungen der letzteren sich ausdehnen, weit aus kleiner ist.

Humboldt hat nach seiner asiatischen Reise die Geographie Asiens wiederholt bearbeitet. Wir finden seine Resultate in der Abhandlung über die Bergketten und Vulcane von Innerasien in Pogg. Ann., in den Fragmens de géologie etc., in der Asie centrale und endlich im Auszuge in den Ansichten der Natur (3. Aufl. I. 92); den ersten drei Schriften sind auch Karten beigegeben. In den Fragmens wie auch in der Asie centrale befindet sich eine große Anzahl von Noten Klaproth's, woraus hervorgeht, daß die beiden Gelehrten in lebhaftem Verkehr gestanden sind. Doch starb Klaproth 1835, erlebte also die Asie centrale und die neue Auflage der Ansichten der Natur nicht mehr.

Es gibt im Innern von Asien vier Gebirgssysteme, welche nahezu wie die Parallelkreise von Ost nach West laufen; sie sind der Altai oder Goldberg (50°—52½° Br.), der Thian-schan oder das Himmelsgebirge (40²,⁰—43° Br.), der Kuen-lün (35½°—36° Br.) und der Himalaya, der jedoch nur östlich vom 80. Grade der Länge (von Paris) dem Aequator parallel ist, westlich davon aber von Südost nach Nordwest gehend sich mit dem vorhergehenden Gebirgsstocke verbindet. Am wenigsten weit nach Westen geht der

Altai, der lange ehe er den Ural schneiden würde, der aralocaspischen Niederung weicht, die, wie Humboldt aus dem nördlich sich fortziehenden Seen-
system schließt, in der vorhistorischen Zeit eine Verbindung zwischen dem caspischen Meere und dem nördlichen Ocean herstellte. Die zweite Kette, das
Himmelsgebirge, hört auf der Karte der Asie centrale im 65. Grade der
Länge auf, reicht also ebenfalls nicht bis zum caspischen Meere; doch ist
Humboldt nicht abgeneigt, den Kaukasus als eine Fortsetzung der Spalte
zu betrachten, aus der der Thian-schan aufgestiegen ist. Unter allen vier
Ketten ist diese die einzige, in welcher noch gar kein Gipfel gemessen wurde;
als ihr höchster Berg gilt der Bogdo-Oola. In dieser Kette befinden sich
thätige Vulcane, dadurch merkwürdig, daß sie weit vom Meere mitten im
Innern eines großen Continents liegen. Der Kuen-lün, nach seiner Verbindung mit dem Himalaya in seiner westlichen Fortsetzung Hindu-kho genannt, ist, wenn man seine westliche Verlängerung, den persischen Elbruz und
den Demavend hinzurechnet, nach der amerikanischen Cordillere das längste
Gebirge der Erde. Weiter im Westen ginge seine Verlängerung quer durch
das mittelländische Meer. Auch dieses Gebirge hat Vulcane theils im Osten
und dann weit vom Meere entfernt, wie sich aus chinesischen Berichten ergibt,
theils im Westen im Demavend am caspischen Meere. Der höchste im Hindu-
kho gemessene Gipfel, nordwestlich von Dschellalabad, hat 3164 T. Höhe;
westlich gegen Herat erniedrigt sich die Kette bis 400 T., steigt aber nördlich
von Teheran im Vulcan von Demavend wieder bis 2295 T. an. Der Himalaya enthält die höchsten Berge, die man auf der Erde kennt, und die noch
weit den Riesen der Andes, den Chimborazo, übertragen.

Als Humboldt 1804 nach Europa zurückgekommen war, kannte man
noch keine genaue Messung irgend eines Gipfels aus dem Himalaya oder
Hindu-kho und daher galt der Chimborazo lange Zeit als der höchste Berg
auf der Erde. Erst im Jahre 1820 verbreitete sich in Europa die Nachricht, daß der Himalaya noch weit höhere Gipfel habe als die Andes und
man schrieb dem Thawalagiri eine 1040 Toisen, also 6240 Fuß größere Höhe
zu als dem nach Humboldt 3350 Toisen hohen Chimborazo; doch wurde
ihm später eine noch größere, aber nicht näher bestimmte, Höhe zugewiesen,
als sein Nachbar, der 4106 Toisen hohe Kinchinjinga haben sollte, wie dieses
Humboldt in seinen Ansichten der Natur (I. 117) bemerkt. Seitdem heißt
es, daß der Mount Everest der höchste unter allen gemessenen Bergen sei und
4535 1/2 Toisen[1] erreiche. Auch in Amerika wurde dem Chimborazo die

---

[1] Petermann, Geogr. Mittheilungen 1856. S. 379.

Oberhoheit bestritten; nach Pentland's[1] Messungen sollten der Sorata und der Illimani ihn um 598 und 403 Toisen übertreffen, doch sind beide Messungen später beträchtlich reducirt worden, so daß der Chimborazo in seinem Range blieb. Uebrigens hat Pentland doch den Pic Sahama für um 871 Fuß höher als den Chimborazo und für um 796 Fuß niedriger als den Aconcagua, letzteren also um 1667 Fuß den Chimborazo überragend erklärt.[2]

Außer den vorstehenden Parallelketten gibt es in Asien noch eine große Anzahl von meridianartigen, die vom Cap Comorin, der Insel Ceylon gegenüber, bis zum Eismeere in ihrer Stellung alternirend zwischen 61° und 75° Länge (von Paris) von SSO. nach NNW. oder S. nach N. streichen. Zu diesem System der Meridiankelten gehören die Ghates, die Solimankette, der Palarasa, der Bolor und der Ural. Die Unterbrechung des Reliefs der Meridianerhebungen ist so gestaltet, daß jede Kette erst in einem Breitengrade anhebt, welchen die vorhergehende nicht erreicht hat, und daß alle abwechseln. So ist, wenn man von N. nach S. geht, der Ural, der in etwa 50° Breite sein Ende erreicht, im Westen, während dafür im östlichen Asien das Thiangangebirge annähernd von 50° bis 40° geht. Nun erhebt sich wieder im Westen (45°—35°) der Bolor u. s. w. Alle diese Meridiangebirge sind jedoch weitaus nicht so bedeutend als die vier Parallelketten.

Durch die zwei Hauptrichtungen der Gebirge in Asien scheint ein Gitter angedeutet zu sein, wie Buffon es als Grundlage der Gebirgsvertheilung auf der ganzen Erde annahm, doch fehlt, wenn man die Karte betrachtet, an der Vollständigkeit des Gitters noch sehr viel, weil unter den Bezeichnungen Parallel= und Meridiankelten nur die annähernde Richtung zu verstehen ist, und die Ketten der beiden Directionen sich in den wenigsten Fällen schneiden. Am besten ausgebildet ist das Gitter unter dem 70° der Länge, wo die Bolorkette den Thian=schan und den Kuen=lün, den ersteren unter dem 40°, den letzteren unterm 35°—36° der Breite nahezu senkrecht schneidet.

Die Erhebung des Landes zwischen dem Berggitter ist verschieden, doch zeigt sich eine Art von Treppe gegen den Raum, der sich zwischen dem Hima= laya und dem Kuen=lün befindet. Eine geringe Höhe hat alles Land im Nordwesten, ein großer Theil desselben, die Gegend des caspischen Meeres, ist sogar niedriger als die Meeresfläche. Die Wüste Gobi hat eine mittlere Höhe von 400—600 Toisen und Tübet endlich wird von Humboldt aus

1) Annuaire du Bureau des Longitudes pour 1830, p. 320 u. 323.
2) Humboldt, Ansichten der Natur. 3. Aufl. I. 78 u. 342.

den ihm zu Gebote stehenden Beobachtungen als im Mittel nicht ganz 1600 Toisen hoch geschätzt. Es ist jedoch Tübet ebensowenig als die Gobi un= unterbrochenes Flachland, sondern von wenn auch nicht sehr bedeutenden Höhenstrichen und Senkungen durchzogen, und beide Länder können daher nicht so strenge als Hochebenen betrachtet werden, wie das Hochland von Peru.

Das Land zwischen dem Quen=lün und dem Thian=schan, östlich vom Thian=schan, ist fast ganz unbekannt und Europäern nahezu unzugänglich, da jeder derselben, wenn man ihn erwischt, hingerichtet wird. Bekanntlich ist Adolph Schlagintweil vor wenigen Jahren von diesem Schicksal ereilt worden. Burnes[1] erzählt, daß man nicht nur das Signalement, sondern sogar das Porträl jedes verdächtigen Reisenden in die Städte von Oberturkistan schicke und beisetze: Wenn dieser Mensch die Gränze passirt, so gehört sein Kopf dem Kaiser, seine Habe euch, d. i. dem, der ihn ergreift. Das Porträt Moorcroft's schmückte ebenfalls die Mauern von Jarkand, und der englische Typus soll dabei so gut ausgedrückt gewesen sein, daß das Bild jedem seiner Landsleute gefährlich war, welcher sich auf die Ostseite des Bolor wagte.

Der Norden und der Süden Asiens sind gegenwärtig im Besitze zweier europäischen Staaten, Rußlands und Englands, und beide Besitzungen sind zum großen Theile, nämlich vom äußersten Osten bis an die Bolorkette hin, durch die chinesischen Staaten getrennt, die sich zwischen sie hineinschieben, und soweit sie reichen, allen Verkehr hemmen. Alle Communication zwischen beiden Staatensystemen muß daher westlich von diesem Gebirge stattfinden.

„Seit Jahrhunderten," sagt Humboldt[2], „geht der Verkehr zwischen Nord und Süd nur durch das bactrische Tiefland, durch die Niederung, welche zwischen Balkh und Astrabad, wie zwischen Taschkend und der truch= menischen Landenge den Aralsee und den Osten des caspischen Meeres ein= faßt. Dort ist ein Streifen von zum Theile sehr fruchtbaren Gegenden, durch welche der Orus seinen Lauf nimmt, ein Streifen, der von jeher in eine An= zahl von kleinen feindlichen Staaten zerbrökelt sich längs des westlichen Ab= hanges des Bolor von Süd nach Nord, vom Hindu=tho bis zu den Weide= ländern des Sarasu und des Turgay hinzieht. Es ist dieses der Weg von Delhi, Lahore und Kabul nach Khiwa und Orenburg, die große Straße, auf der dereinst die Mongolenmacht nach Indien vordrang. Diese asiatische Nie= derung, von der wir sehr neue und genaue Messungen besitzen, setzt sich zwei= felsohne auch am westlichen Ufer des caspischen Meeres fort, aber wenn

---

1) Humboldt, Asie centrale I. 30.
2) Asie centrale I. 31.

man über Tebris und Eriban von dem 6—700 Toisen hohen Plateau von Persien gegen Tiflis herabsteigt, begegnet man der Kette des Kaukasus, die beide Meere nahezu berührt und im Dudapasse eine sehr besuchte Militär=straße von 7530 Fuß Höhe besitzt. Nördlich von der kaukasischen Mauer, in den Ebenen zwischen dem Don, der Wolga und dem Jaik (Fluß Ural) ist nach Göbel die Bodenoberfläche an mehreren Stellen, wie z. B. in Sarep=ta, Tschernojar, um den Bogdoberg herum und bei den Salzseen von Ka=mysch=Samara noch 60—80 Fuß unter dem mittleren Niveau des schwar=zen Meeres. Nach Britisch=Indien und dem Pendschab vermitteln 2 an Länge und Richtung verschiedene Straßen den Verkehr zwischen Nord und Süd. Die eine kürzere geht durch die Thäler des Djihun und des Sir, über die Schneekette des Hindu=Kho, über Fyzabad und Kall nach Peischawer und Kabul, die andere macht einen großen Umweg über Georgien und das Araratplateau über Tebris, Kasbin und Teheran nach Herat und Kandahar; sie umgeht den Hindu=Kho und zieht sich allmälig von den hohen und dürren Ebenen Persiens in westöstlicher Richtung gegen Altok und zu den Ufern des Indus. Auf dieser Route umgeht man das caspische Meer auf seiner südlichen Seite und trotzdem daß zwischen Lahore und Herat gegenwärtig mehrere rivalisirende Mächte sind,[1] erlegt sie doch die Länge des Wegs durch den größeren Vortheil, daß, weil sie durch einen größeren Staat, durch Per=sien führt, die politischen Beziehungen sich vereinfachen. Die angegebenen Länder lassen sich als die Vermittelungsstellen für friedlichen Verkehr be=trachten, aber auch als die Thore für feindliche, stationenweise vordringende Einfälle, und die Zeit der letzteren datirt nicht sehr weit zurück. Beide Stra=ßen sind seit 30 Jahren mit immer zunehmendem Eifer untersucht worden und man darf sich Glück wünschen, daß der Zweck dieser allerdings etwas myste=riösen Forschungen nur erreicht werden konnte, indem er zugleich der astro=nomischen Geographie und der Physik der Erde im Allgemeinen wesentliche Dienste leistet. Allerdings sind selbst in Beziehung auf die äußere Gestal=tung des Bodens in Persien und Kandahar, wie in Maveralnahar oder der großen Bucharei überhaupt, besonders zwischen dem westlichen Abhang des Bolor und den kleinen Ketten von Asferah und Karatagh noch Lücken aus=zufüllen; aber der Westen, ganz muselmännisch, läßt sich doch nicht mit den alten Ansichten vergleichen, die früher darüber in Europa verbreitet waren,

---

1) Seitdem Humboldt dieses geschrieben hat, ist ein Theil, die Silh's, von den Engländern unterjocht worden; es sind daher nur noch die Völkerschaften Afghanistan's zwischen Persien und Indien.

oder mit Centralasien, wo vom Nordabhange des Himalaya bis zum Altai China seine ausschließende in Dunkel gehüllte Politik verfolgt."

Von der britischen Seite sowohl als von der russischen sind in neuerer Zeit mancherlei Versuche gemacht worden, in das für jeden Europäer fast unzugängliche Innere zu gelangen. Vom Süden aus kam man nur wenig über den Kuen=Lün, doch liegt Kaschgar, wo Schlagintweit hingerichtet wurde, noch nördlich von demselben nahe an dem Thian=schan. Während dort Gebirge sich hemmend dem Vordringen widersetzen, ist die russisch=chine= sische Grenze, in einer Länge von 1000 Stunden, großentheils offen. Die Tiefländer zwischen dem Thian=schan und dem Altai, welche den Regierungs= bezirk von Ili und die Dzungarei einschließen, sind im Westen nicht durch Gebirge abgesperrt, wie das Land zwischen dem Thian=schan und dem Kuen= lün durch die Bolorkette. Die Ebenen der chinesischen Dzungarei gehören zum Bassin des Alaktugul und des Balkhasch und sind westlich mit der Steppe der mittleren Kirgisenhorde verbunden. Dieser Umstand erleichterte Reisen von der russischen Gränze zwischen Tobol, dem Ischim und dem obern Irtysch in die südlichen Gegenden des Innern. Das zahlreiche Hir= tenvolk der Kirgisen, von dem eine Horde auf chinesischem Gebiete ist, dient in dem in neuerer Zeit so lebhaften Binnenhandel als Zwischenglied. Hum= boldt[1] sagt, daß die großen Märkte von Rußland und Sibirien allmälig im innern Asien sehr berühmt geworden seien, daß das Verlangen nach den Producten europäischer Industrie auf unerwartete Weise zugenommen habe und daß die Asiaten allenthalben directen Verkehr suchen. Die Caravanen der Bucharei gehen nicht nur bis Astrachan, Orenburg und Troizk; auch in die kleineren Orte an der Gränze, die Humboldt besuchte, kam eine An= zahl derselben. Die Handelshäuser dieser kleinen Städte erhalten Verbin= dungen mit Bochara, Kokand und Taschkend, und knüpfen sie, indem sie dabei lauter (dunkelfarbige) Asiaten benützen, mit Centralasien und Kaschmir an.

Die Beziehungen der Russen zu Centralasien sind dem Vorstehenden zufolge in sofern günstiger, als doch wenigstens ein Verkehr vorhanden ist, der im Süden soviel wie ganz fehlt; doch kommen dabei nur die Asiaten heraus, nicht aber die Europäer hinein, denn die Verschiedenheit der Farbe und Gesichtszüge würde sie alsbald verrathen. Als Humboldt die rus= sisch=chinesische Gränze bereiste, erhielt er von den dortigen Behörden eine Anzahl von Itinerarien, nach welchen die Caravanen auf ihren Wegen sich richten, und diese hat er in den Fragmens asiatiques und in deren zweiten

1) Asie centrale I. 39.

Auflage, der Asie centrale, veröffentlicht und commentirt. Man bekommt durch diese Itinerarien einen Begriff von den Entfernungen einzelner Städte, von etwaigen Seen, Flüssen, Bergen u. f. w. und sie müssen eben so lange als Quellen für die Völker- und Länderkunde Asiens dienen, bis man auf wissenschaftliche Forschungen gegründete Beobachtungen bekommt. Es ist dieses zwar nur ein trauriger Behelf, aber zur Zeit fast das einzige Hülfsmittel. Auch die Nachrichten in den chinesischen Schriften geben Aufschluß über manchen Gegenstand, der ohne sie ganz dunkel bliebe, doch lassen sie noch sehr viel zu wünschen übrig, da von einer Beobachtungsweise, wie sie die Wissenschaft verlangt, keine Rede sein kann; sie beruhen mehr auf Wahrnehmungen als auf Beobachtungen.[1]

Ein weiteres Eingehen in die Humbolt'sche Bearbeitung der geographischen Verhältnisse im Speciellen, Nomenclaturen, Vergleichungen einzelner Berichte u. f. w. würde uns zu weit führen; es möge genügen die allgemeinen Umrisse des Landes angegeben zu haben, wie sie sich nach Humboldt herausstellen. Dagegen kann ich es nicht unterlassen, die Vergleichungen anzuführen, die der große Gelehrte zwischen den einzelnen Welttheilen aufstellt, denn gerade diese Arbeit, welche man nur unternehmen kann, wenn man wie Humboldt mit den Verhältnissen der verglichenen Gegenden vertraut ist, das ist es was seine Untersuchungen besonders charakterisirt, denn er verlor sich nicht im Detail, und vergaß das Große nicht über dem Kleinen.

„Ueberblickt man", sagt er[2], „die Ebenen und Niederungen von Asien im Ganzen, so zeigt sich, daß in diesem Theile der alten Welt ebenso wie in Amerika die außerordentliche Ausdehnung und der Zusammenhang seiner Flächen von fast größerer Bedeutung ist, als die absolute Höhe seiner Berge. Allerdings kann Asien wegen der Stellung seiner großen Erhebungen, die der Richtung der Breitekreise parallel sind, nicht wie die Pampas von Buenos-Ayres und die Savanen von Louisiana und Canada das seltsame Schauspiel zeigen, daß Ebenen an dem einen Ende Palmen und Bambusgewächse nähren, während das andere einen großen Theil des Jahres mit Schnee und Eis bedeckt ist. Die sibirischen Steppen setzen sich allerdings südlich durch die Weideländer der Kirgisen zwischen dem Aral und dem

1) In den letzten Jahren ist es Semenew gelungen, von Norden her den Thian-schan zu erreichen, den er als ein an Großartigkeit die Alpen weit übertreffendes Gebirge schildert. (Zeitschr. f. allg. Erdkunde, N. Folg. III.)
2) Asie centrale I. 93.

Ballaschsee fort, sie reichen also von der Mündung des Obi durch die große Bucharei bis zum Oberlaufe des Djihoun oder Oxus und enden so zu sagen am Nordabhange des Hindu-Kho, wenn überhaupt unter 36° der Breite zwi= schen Meschid, Herat und Murgob eine deutlich ausgeprägte Kette existirt. Es wäre jedoch schwierig, diese durch Aharesme und Maveralnahar fortge= setzte sibirische Steppe für mit den südlicheren Ebenen von Khorasan und Afghanistan unmittelbar verbunden zu erklären. Die Steppen und Wüsten der großen Bucharei erheben sich nämlich beträchtlich gegen Süd und Südost, das Land wird hügelig und ändert seinen Charakter. Die Höhen der Bucha= rei und von Balkh werden auf 190—290 Toisen geschätzt, und Burnes hält die Wüste von Turkestan sogar für höher als 300 Toisen. Jenseits des Hindu-Kho oder vielmehr jenseits der Gränze von Turkestan und Persien beginnen die Hochebenen von Khorasan und Irak-Ajemi."

„Die geologische Bildung von Asien gestattet nicht jenen leichten Ver= kehr zwischen Nord und Süd, der in den Ebenen des neuen Continentes den Reisenden überrascht und die Natur verschönert, indem er südliche Pflanzen= formen in Gegenden vorrücken läßt, die man kaum noch gemäßigt nennen kann. Dieses Durcheinander von Formen bringt im Aussehen der Wälder des neuen Continents einen Wechsel noch in Breiten hervor, wo in der alten Welt schon die traurige Einförmigkeit von einer kleinen Anzahl von Nadel= hölzern, Kätzchentragenden und andern geselligen Pflanzen, die Oberhand gewonnen hat. In Asien wagen die Tropenvögel von Hindostan keine wei= ten Wanderungen in hohe Breiten, wie dieses in Amerika jährlich die Coli= bris thun, die auf der einen Seite gegen Obercanada, auf der andern gegen die Magellanstraße ziehen. Der Tiger allein, ohne von seiner Schönheit, seiner Stärke und seiner sonstigen Wildheit zu verlieren, findet sich von der Insel Ceylon und dem Cap Comorin an bis jenseits des Altai, sogar mitten in Sibirien unter Breiten, wie die von Oxford und Berlin. In Europa ist der Löwe, wenn man sich je auf historische Erinnerungen einläßt,[1] 12 Grade weiter südlich geblieben. In der alten Welt trennen die Richtung der Berg= ketten, die besondere Gestaltung von Centralasien, das mittelländische Meer und die Küstencordillere des Atlas Klimate und Producte, in der neuen da= gegen sind Verhältnisse des Klimas und die Lebensumstände, ohne selbst die Menschenracen auszunehmen, mehr geneigt, sich zu vermischen und in der Richtung der Meridiane weite Räume zu durchwandern."

---

1) Aus den altgriechischen Sagen, in denen häufig Löwen eine Rolle spielen, wird auf die ehmalige Anwesenheit dieser Thiere in Griechenland geschlossen.

Auf diese Gegensätze zwischen den Niederungen läßt Humboldt einen Vergleich zwischen den Gebirgszügen beider Welten folgen. Nachdem er den Typus der Gebirge in Amerika, wie er ihn in der Esquisse géognostique dargestellt und von dem bereits oben S. 275 die Rede war, im Wesen wiederholt und wie dort auch hier Europa in den Vergleich hineingebracht hat, betrachtet er Asien und sagt darüber:[1] „Wenden wir unsere Blicke auf den asiatischen Continent, so finden wir dort die Uebereinanderlagerung der Massen bedeutend weniger einfach. Oestlich vom Meridian der großen Krümmung des tübetanischen Flusses Dzangbo[2] jenseits einer Linie, die sich durch den Khukhunoor, das Land der Ordos und die Einbiegung des Hoangho gegen Khankhai, also von Südsüdwest nach Nordnordost zieht, zeigt die Erdoberfläche eine außerordentlich unregelmäßige Structur. Westlich von dieser Linie lassen sich die Grundzüge leichter erkennen: es herrscht dort eine merkwürdige Gleichförmigkeit in der Richtung der großen Bergsysteme. Die Ländererhebungen behalten ihren Gang in außerordentliche Entfernungen bei und der Hauptrichtungen sind vorzugsweise zweierlei. Die beträchtlichsten Ketten folgen im Allgemeinen den Breitekreisen und damit auch der Längenaxe des asiatischen Continents; sie sind der Altai, das Himmelsgebirge oder Thian-schan, der Kuen-lün und Hindu-kho, der Taurus und der Himalaya. Die andern Gebirge laufen meridianartig von Nord nach Süd. Solche sind: der Ural, das goldführende Kusnezkgebirg, der Bolor, die Solimanskette."

Nachdem sich in Europa die Ansicht, daß die Erde eine Kugelgestalt habe, die neben den verschiedenen andern Formen, in welche die Theorie die Erde gezwängt hatte, schon im Alterthume von Zeit zu Zeit aufgetreten war, allgemeine Geltung verschafft hatte, war es zuerst Huyghens, der gegen Ende des 17. Jahrhunderts den Satz aufstellte, die Erde sei nicht eine vollkommene Kugel, sondern an den Polen abgeplattet, oder mit andern Worten ein Rotationsellipsoid, wie man es durch Umdrehung einer Ellipse um die kleinere Axe erhält. Er stützte seinen Satz auf die Thatsache, daß wegen der Centrifugalkraft die Wirkung der Schwere am Aequator kleiner sein müsse, als am Pole, und setzte das Verhältniß des von Pol zu Pol gemessenen Durchmessers zu einem von einem Punkte des Aequators zu dem ihm diametral gegenüber liegenden genommen, wie 578 zu 577, nahm also eine

1) Asie centrale I. 99.
2) Unter 95° östl. v. P.

Abplattung von $\frac{1}{578}$ an. Nach ihm setzte Newton (1698) dieses Verhältniß gleich 230 zu 229, und Clairault (1737) bestimmte mit Hülfe der mittlerweile vervollkommneten Mathematik das Verhältniß wie 310 zu 309. Die Clairault'sche Rechnung stützt sich auf die Annahme, daß die einzelnen Schichten, aus denen man die Erde zusammengesetzt sich denken kann, in ihren Bestandtheilen gleichförmig seien, zieht also die Ungleichheit einer einzelnen Schichte wie der uns zugänglichen obersten Schichte der Oberfläche nicht in Betracht. Nun besteht aber diese aus Wasser und Land, von denen letzteres dichter ist als ersteres, und bei der ungleichen Vertheilung beider wäre darum eine beträchtliche Abweichung der wirklichen Abplattung von der theoretischen denkbar. Nichtsdestoweniger ist der Unterschied keinesswegs bedeutend, denn der wirkliche Werth der Abplattung beträgt im Durchschnitte nahezu $\frac{1}{300}$ und es folgt daraus, daß die Wirkung dieser Verschiedenheit klein ist. Wäre das Wasser in Beziehung auf den festen Theil sehr bedeutend, das Meer also sehr tief, so würde es, als vollkommen beweglich, die Abplattung $\frac{1}{310}$ anzunehmen sich bestreben und die Länder am Pole überschwemmen. Aus diesen Umständen schloß nun Laplace[2], daß die durchschnittliche Tiefe des Meeres nicht viel bedeutender sei, als die mittlere Höhe des Landes, und daß beide nur ein kleiner Theil der Größe sein können, um welche der Aequatorialdurchmesser der Erde deren Axe überragt (nach Bessel's Annahme der Abplattung 131256 par. Fuß). Die mittlere Höhe des Landes über dem Meere schätzte Laplace nicht über 1000 Meter.

Diese Untersuchung Laplace's war es, welche Humboldt veranlaßte, die Resultate der Theorie mit denen der Beobachtung zu vergleichen, und er veröffentlichte diese Arbeit zuerst in der Asie centrale und dann gänzlich umgearbeitet in den kleineren Schriften. Er suchte dabei die Entfernung des Meeresniveau's von der Fläche, bis zu welcher das die Erdtheile Europa, Asien und Amerika zusammensetzende Material reichen würde, wenn es allenthalben gleichmäßig vertheilt wäre, und setzte, da eine solche Bestimmung nur eine annähernde, nie eine genaue sein kann, diejenige Gränze fest, über welche hinaus das Material nicht reichen würde, also das Maximum, das man dem Lande beimessen darf.

Humboldt theilte die Oberfläche der genannten Erdtheile in Tiefländer, Hochebenen und Gebirge. Die Niederungen unterscheiden sich von den Hochebenen nur dadurch, daß ihre mittlere Oberfläche weniger weit vom

---

1) Nach Bessel $\frac{1}{299}$, nach Bowditch $\frac{1}{301}$, nach d'Rudalssen $\frac{1}{300}$.
2) Mécanique céleste V. 13.

Meeresniveau entfernt ist, und der ganze Unterschied ist nur ein relativer. Beide lassen sich als Prismen von bestimmter Höhe und Basis denken. Kennt man diese beiden Größen, so erhält man durch Multiplication beider mit einander das Volumen, und es ist eine ganz einfache Rechnung, zu bestimmen, wie hoch das Prisma bei demselben Rauminhalte sein würde, wenn seine Basis so groß wäre, als die Oberfläche des ganzen Erdtheils. Die Gebirge betrachtete Humboldt als liegende dreiseitige Prismen, deren Basis die vom Gebirge eingenommene Area, deren Höhe die des Kammes ist. Während ein Verticalschnitt der vorigen Prismen jedesmal ein Viereck ist, stellt derjenige der Gebirgsprismen, senkrecht auf der Axenrichtung der Kette genommen, ein Dreieck dar, und das Volumen des Gebirgsprismas ist also gleich dem halben Producte von Höhe und Basis. Auch dieses Volumen würde als über den ganzen Erdtheil zu einem überall gleich hohen Prisma, dessen obere und untere Fläche congruent, dessen Seitenflächen also senkrecht sind, vertheilt gedacht. Die Wirkung einer Hochebene ist hiebei der größeren Basis wegen auch bei geringerer Höhe weil beträchtlicher, als die der Gebirge.

Die Berechnung des Volumens ist sehr einfach, wenn man Höhe und Basis kennt; aber es ist sehr schwierig, die letzteren zu bestimmen. Darum hat auch Humboldt seine Resultate nur als Näherungswerthe angegeben. In das Detail seiner Untersuchung einzugehen, würde uns viel zu weit führen; ich will mich daher darauf beschränken, hier nur seine Resultate anzuführen und einige Höhenangaben von Hochebenen beizufügen, die man in seinen Schriften zerstreut findet.

	Oberfläche in Quadratmeilen.	Höhe in par. Fuß.
Deutschland	20400	1168
Frankreich	17100	828
Spanien	13800	2190
Ganz Europa	304000	636
Asien	1340000	1090
Nordamerika	607000	702
Südamerika	571000	1082
Ganz Amerika	1175000	876
Alle 3 Erdtheile	2626000	947 [1].

1) Diese Resultate stehen in den kleineren Schriften S. 116 und S. 138. In Asie centrale I. 151 sind die Zahlen dieselben.

Höhen von Hochebenen nach Humboldt sind:

	par. Fuß.
Auvergne	1044
Süd-Bayern	1560
Spanien	2190
Mysore	2760—3060
Caracas	2890
Persien	3600—4200
Gobi	4000
Becken von Kaschmir	5022
Popayan	5100
Abyssinien (Tzanasee)	5700
Südafrika (Orangefluß)	6000
Nilgherries	6360
Abyssinien (Axum)	6600
Mexico	7020
Arabien, Kandahar u. Belutschistan	7900
Quito	8940
Provinz de los Pastos	9600
Tübet	10800—12000
Titicaca	12060

Humboldt hat in seine Berechnung der mittleren Höhe der Continente nur Europa, Asien und Amerika eingeschlossen, weil blos diese soweit bekannt sind, um nur annähernde Schätzungen zuzulassen. Afrika und Neuholland erlauben auch dieses nicht. Afrika ist, soviel man davon kennt, südlich von der Sahara wahrscheinlich großentheils Hochland oder Gebirge, die Sahara ist Tiefland, und es wäre möglich, daß die mittlere Höhe in Afrika den größten Werth hat. Neuholland ist, soweit man es kennt, großentheils Tiefland, und beide Welttheile zusammen würden vielleicht ein Resultat geben, das von dem der übrigen drei nicht viel abweicht.

Die Humboldt'sche Bestimmung der mittleren Höhe der Continente, die nur etwa 300 Meter angibt, weicht weit von der Laplace's ab, der sie viel weiter, wenn auch nicht über 1000 Meter reichen läßt. Humboldt sagt darüber[1], daß er über diese Verschiedenheit der Resultate betroffen gewesen sei und Poisson um seine Ansicht hierüber befragt habe, worauf ihm dieser antwortete, daß die Data, auf die sich Laplace gestützt hatte, nicht

---

1) Asie centrale I. 155. Kleinere Schriften 441.

genügen, um für das Verhältniß der Meerestiefe zu dem Ueberschuße des Aequatorialdurchmessers der Erde über die Axenlänge eine gewisse Gränze festzusetzen.

Wenn die mittlere Höhe der Continente bedeutend geringer ist, als La= place glaubte, so ist dafür die mittlere Tiefe der Oceane wahrscheinlich be= trächtlich größer. Humboldt[1] führt an, daß Sabine, Lenz, Mau= chope und Beechey das Senkblei bis zu 900 und 1000 Meter ausgewor= fen haben, ohne Grund zu sinden, und daß dieses zuerst dem Capitän Bé= rard bei 2600 Metern gelungen sei. Im südatlantischen Ocean sondirte Lieutenant Walsh (1849) 32086 Fuß tief, ohne Grund zu finden, dagegen erreichte Roß[2] in 15° s. Br. des atlantischen Meeres den Boden bei 25596 Fuß. Die größte bis jetzt erreichte Tiefe ist die von Denham[3], der (30. Oct. 1852) ebenfalls im südatlantischen Ocean den Boden bei 43380 Fuß fand, und unter Voraussetzung, daß der Kintschinjinga im Himalaya mit 26439 par. Fuß der höchste Gipfel sei, ergab sich Humboldt als Höhen= differenz beider Punkte 69819 Fuß oder etwas über 3 deutsche Meilen, etwas mehr als die Hälfte des Erddurchmesserunterschiedes.[3]

Die Tiefe des Oceans ist ohne allen Zweifel eine bedeutend größere, als die Höhe des Landes über dem Meere, obwohl man bisher nur den nord= atlantischen Ocean bis zum Aequator genauer kennt. Das Project, Europa mit Nordamerika von Irland aus durch einen Telegraphen zu verbinden, hat es als nothwendig erscheinen lassen, den Grund zu sondiren, und die New York, New Foundland and London Telegraph Company übersandte Humboldt das Resultat dieser Sondirung in einem 25 Fuß langen Pro= file, von dem derselbe der Gesellschaft für allgemeine Erdkunde in Berlin Kunde ertheilte, und welche es in ihrer Zeitschrift veröffentlichte. Der Boden des Oceans ist an der fraglichen Stelle, wie man ihn, die Tiefe abgerechnet, für dergleichen Unternehmungen nicht besser wünschen könnte, da er bei völlig ruhigem Wasser ohne alle Felsen mit weichem Schlamme bedeckt ist und in Betracht der großen Ausdehnung die Unebenheiten verhältnißmäßig klein sind, weshalb ihm auch der Name Telegraphenplateau beigelegt wurde. Die mittlere und fast durchgängige Tiefe ist nach den auf dem Schiffe Arctic

---

1) Kleinere Schriften 443.

2) Humboldt, Berichte der Berl. Akademie 1853. 140.

3) Humboldt hat diesen Gegenstand zuletzt 1853 bearbeitet. Seit dieser Zeit hat sich nach den Messungen von Waugh ergeben, daß der Kintschindjinga dem Mount Everest, der 27212' hat, nachsteht. Obige Differenz wäre daher um 600' größer. S. oben S. 359.

unter Lieutenant Berryman angestellten Sondirungen 6000 Fuß, die tiefste Stelle 11653. Weiter nach Süden zeigt sich nach der von Maury' angefertigten Karte nahe der Mitte des atlantischen Oceans zwischen den Bermudas und den Azoren eine Tiefe von 5000 und mehr Faden, die sich weiter südlich zwischen Amerika und Afrika wieder zu 4000 verringert. Der südatlantische Ocean scheint der eben angeführten Messung Denham's zufolge tiefer zu sein als der nördliche, und wohl ist es auch der große Ocean, von dem ich jedoch keine Messungen kenne. Es läßt sich hieraus dadurch schließen, daß die über seichten Stellen langsamer gehenden Fluthwellen auf dem großen Ocean am raschesten vorwärts schreiten. Auch die durch Erdbeben erzeugten Wellen werden zu Tiefenbestimmungen benützt. Am 23. Dec. 1954 ereignete sich zu Simoda in Japan ein Erdbeben, welches das Scheitern der russischen Fregatte Diava zur Folge hatte. Nach 12 Stunden 16 Minuten kam die Welle in dem 4900 engl. Meilen von Simoda entfernten San Franzisco, in 12 Stunden 39 Minuten in dem 5200 Meilen entfernten San Diego in Californien an und hieraus berechnete Bache' für den stillen Ocean eine Tiefe von 14—18000 Fuß.

Geschichte der Geographie.

Die Ereignisse, welche eine dauernde Wirkung auf den Zustand der Völker ausüben, oder in der hergebrachten Ordnung der Dinge eine wesentliche Veränderung hervorbringen, folgen sich nicht immer mit gleicher Raschheit; es gibt Zeiten, die wenn auch eine nicht größere Zahl von Jahren umfassend als andere, für die Nachwelt doch eine ungleich höhere Wichtigkeit haben. Es ist als wenn das Rad der Zeit hin und wieder schneller liefe, ein andermal wo nicht stehen bleibe, doch sich wenig fortbewege. Vergleichen wir z. B. die politische Geschichte Europa's in den letzten hundert Jahren, so wird zugegeben werden müssen, daß den Ereignissen von 1799—1815 eine

---

1) Explorations and Sailing Directions to accompany the Wind and Current Charts. Auch Zeitschrift für allg. Erdkunde 1853.
2) Nautical Magazine January 1856 und Petermann, Geogr. Mitthlg. 1856.

weit größere Bedeutung zugeschrieben werden müsse, als den 30 Jahren vor oder nach dieser Epoche. Ganz in gleicher Weise wie bei den politischen Ereignissen geht es auch in wissenschaftlicher Beziehung, ja sogar in den einzelnen Wissenschaftszweigen. Niemand wird läugnen können, daß die Entdeckungen der letzten hundert Jahre an Zahl wie an Bedeutung denen irgend eines früheren Jahrhunderts weit überlegen seien.

Für die Geographie, wenigstens soweit sie sich mit der Lehre von der Vertheilung des Festen und Flüssigen über die Erdoberfläche beschäftigt, ist das Zeitalter der größten Ansammlung von Entdeckungen bereits vorüber; es fällt so ziemlich in das Jahrhundert von 1450—1550 und ihre drei Glanzpunkte, die Entdeckung von Amerika durch Christoph Columbus (1492), die Umsegelung von Afrika durch Basco da Gama (1497—1499) und die erste Reise um die Welt unter Fernao del Magelhaës oder Magellan und nach dessen während der Reise erfolgtem Tode unter Sebastian b'Elcano (1519—1522), fallen in das mittlere Dritttheil der Entdeckungsperiode.

Seit diesen Entdeckungen ist keine so außerordentliche Bereicherung der Geographie mehr erfolgt, denn die Auffindung von Neuholland durch Abel Taßmann (zwischen 1615 und 1642) hat einen bei weitem geringeren Einfluß auf uns geäußert und gegenwärtig bleibt, soweit es die Umrisse der Landmassen anbelangt, nur eine geringe Nachlese, die Auffindung irgend eines Inselchens übrig, da die Erdoberfläche zu sehr durchforscht ist, als daß ein größeres Land bisher hätte entgehen können. Eine allenfallsige Auffindung in der nächsten Nähe der Pole liegender Massen, die Durchforschung der dortigen Meerengen, Durchfahrten u. s. w. ist wohl wissenschaftlich von Interesse, kann aber nicht wohl von praktischer Bedeutung werden.

Die italiänischen Republiken, die bis zum Anfange der oben angegebenen Epoche die ersten Seefahrer Europa's, die vorzüglichsten Handelsleute gewesen waren, verloren um jene Zeit ihre Bedeutung, da das Vordringen der Türken ihnen Stück für Stück die Emporien ihrer Thätigkeit, die sich hauptsächlich auf die Levante beschränkt hatte, entriß. Im atlantischen Ocean hatten sich die Schiffer während des ganzen Mittelalters unheimlich gefühlt; man erzählte sich von seiner Dunkelheit, von seiner Unzugänglichkeit und getraute sich nur in der Nähe der europäischen Küste vom Mittelmeer aus die nordeuropäischen Häfen zu besuchen. Als nun die Italiäner ihr Ansehen verloren, ging die Thätigkeit zur See zunächst auf die Portugiesen, dann auf ihre Nachbarn die Spanier über. Man wagte sich nach und nach weiter hinaus in das offene Weltmeer und entdeckte dabei die in demselben befindlichen Gruppen der Canarien, Azoren und der Capverdischen Inseln. Die Portugiesen erreichten Guinea und immer südwärts dringend die Südspitze von Afrika. Neben dem Gewinne, den sie aus dem Handel mit den afrika= nischen Stämmen zogen, lag ihnen stets der Wunsch am Herzen, durch Um= schiffung von Afrika und unmittelbaren Verkehr mit Indien sich die Gewürze und andere werthvolle Waaren zu verschaffen, die man bisher nur über Alexandrien und unter schweren Zöllen erhalten konnte. Einen großen An= theil an diesen Fortschritten der Portugiesen hatte der Infant Heinrich der Seefahrer, so genannt nicht nach seinen Seefahrten, denn er hat nie eine gemacht, sondern wegen der großen Unterstützung, die er den Seefahrern zu Theil werden ließ. Die portugiesischen Bestrebungen sind zunächst der Zer= störung des Wahnes zu verdanken, der im Mittelalter lange herrschte, und dem zufolge man glaubte, Afrika schließe im Süden wieder an Asien an und das indische Meer sei in ähnlicher Weise abgesperrt wie das mittelländi= sche. Während hiebei das Augenmerk zunächst auf die afrikanischen Ent= deckungen gerichtet war, von denen Alles Glück hoffte, fehlte es nicht an Leu= ten, die nach Westen wiesen und gestützt auf die herrschend gewordene Ansicht von der Kugelgestalt der Erde die Ansicht aussprachen, es müsse leicht durch= führbar sein, direct d. i. quer über den Ocean westwärts fahrend an die Ost= küsten von Asien zu gelangen, wobei ihnen der allgemein verbreitete Glaube, daß die Erde viel kleiner sei, als sich später herausstellte und daß Ostasien sich viel weiter gegen Westeuropa erstreckte, sehr zu statten kam. Man dachte sich Ostasien von Westeuropa nicht einmal so weit entfernt, als es Ost= amerika in der That ist.

Unter denjenigen Männern, welche zu den thätigsten Anhängern dieser Theorie gehörten, ist besonders Christoph Columbus (Cristobal Co= lon), ein Genuese von Geburt, zu nennen, der nachdem er ein bewegtes Leben, das ihn 1477 bis nach Island (Thule) und darüber hinaus führte, durchgemacht hatte, mit dem Hofe zu Lissabon wegen Ausführung des Pro= jectes in Unterhandlung trat.

Colon's Vorschlag fand keinen Beifall in Portugal, weßhalb er sich (1486) nach Castilien wandte. Dort herrschten Isabella und Ferdi= nand und waren eben im Kampfe mit den Mauren von Granada, während dessen Dauer sie sich nicht leicht in ein so gewagtes Unternehmen einlassen konnten. Columbus war 1491 bereits daran, sich nach Frankreich zu wenden, als nach dem Falle von Granada trotz des hohen Finderlohnes, den er forderte, dennoch ein Vertrag zu Stande kam. Man versprach ihm für den Fall des Gelingens für seine Person und seine Nachkommen die Erhe=

bung in den Adelstand mit dem Prädicat Don, die Würde eines atlantischen Admirals mit dem Genusse aller Vorrechte der Almiranten von Castilien, welche im Range nur den Kronfeldherrn nachstanden, Macht und Titel eines Vicekönigs in den entdeckten Ländern mit dem Rechte, für alle Aemter der künftigen Herrschaften drei Bewerber vorzuschlagen, den Zehnten der Kroneinkünfte aus den Entdeckungen, endlich nach Belieben ein Achtel Antheil an dem Kronbetrieb der etwaigen Handelsmonopole. Man sieht hieraus, daß Columbus seine Interessen durchaus nicht vergessen hat.

Am 3. August 1492 verließ er mit 90 Mann auf 3 Schiffen den castilischen Hafen Palos und erreichte am 12. October eine Insel Guanahani (jetzt Watlings-Insel, nicht wie man früher glaubte das jetzige Cat Island), die er in San Salvador umtaufte. Mit der Entdeckung dieser Insel war auch die Entdeckung der übrigen Antillen und von Amerika überhaupt gemacht.

Die unmittelbare Folge des ersten Besuches der Europäer war die Entdeckung der jetzigen Inseln Rum-Kay, Long-Island, Cuba, Haiti und Jamaika. Die Menschen, welche die Inseln bewohnten, waren Wilde von rother Hautfarbe und im Besitze von Gold, welches die Habgier der Spanier nicht wenig reizte.

Nachdem der Admiral, dessen eines Schiff gescheitert war, einen Theil seiner Mannschaft als Besatzung eines neuerrichteten Forts zurückgelassen hatte, trat er am 16. Januar 1493 die Rückreise an und erreichte Europa am 4. März. Alsbald nach seiner Rückkehr suchten Ferdinand und Isabella von Castilien bei dem Papste Alexander VI. um die Bestätigung ihrer Besitzthümer im Westen des Oceans nach, um die Portugiesen von der Concurrenz auszuschließen. Der Papst erließ eine Bulle, welche den Spaniern die im Westen des Oceans zu erobernden Inseln und Festländer zuerkannte, insoweit bereits vorhandene Rechte anderer christlicher Fürsten (Portugals) nicht beeinträchtigt würden, und zog, um jede weitere Streitigkeit zu vermeiden, auf der Karte eine Gränzlinie durch den Ocean von einem Pole zum andern. Ursprünglich sollte dieser trennende Meridian (raya) 100 Leguas westlich von den capverdischen Inseln liegen; doch wurde diese Entfernung durch einen Staatsvertrag zwischen Portugal und Spanien auf 370 Leguas festgesetzt.

Die zweite Reise nach dem neuen Lande (1493) machte eine große Menge von Ansiedlern mit, auch wurden die europäischen Hausthiere dorthin gebracht, da man bei der ersten Expedition kein Säugethier dort gefunden hatte, das größer als ein Hase war, und unter den mitgenommenen Thieren befanden sich auch Hunde — zur Jagd auf die Indianer. Bei der Ankunft in Haiti

fand man die Besatzung in Folge ihres Benehmens gegen die Eingeborenen
erschlagen, die Einwanderer fanden das Paradies nicht, das Columbus in
seiner Freude über die Entdeckung verheißen hatte; es kam zu Mißhelligkeiten
unter den Spaniern, zu Streitigkeiten mit den Indianern, bei denen natürlich diese den Kürzeren zogen und fürchterliche Grausamkeiten zu erdulden
hatten. Die Ausgaben der neuen Colonie überstiegen weit ihre Einnahmen
und da man in Spanien lieber das Entgegengesetzte gesehen hätte, konnte es
an Zerwürfnissen nicht fehlen. Den Sturm zu beschwören ging Columbus nach Spanien zurück, und verstand es, dort nicht nur seine alten Privi-
legien bestätigen zu lassen, sondern sogar noch neue hinzuzufügen, die ihm
den dritten Theil der ganzen Beute zusprachen und alle Privatentdeckungen
verboten. Auf der dritten Fahrt (1498) kam er in die Gegend der Orinoco-
mündung, also an das Festland, und schloß aus der Größe des Stromes
ganz richtig, daß hier ein Continent sein müsse. Nach der Ankunft auf Haiti
setzten sich die alten Mißverhältnisse fort. Columbus und seines Bruders
Bartolomeo Verfahren gegen ihre Untergebenen, sowie theilweise auch ihre
Habsucht, zogen ihnen deren Haß und die Verläumdung am Hofe zu. Um
die Finanzen der Colonie zu verbessern hatte der Admiral die Eingeborenen
als eine Art Bodenreichthum, als Erwerbsquelle betrachtet und eine Parthie
derselben zum Verlaufe nach Europa gesandt. Darüber war die Königinn
Isabella empört: sie befahl, daß die Indianer zurückgeschickt würden, und
Columbus war in Ungnade gefallen. Es wurde Befehl ertheilt, ihn nach
Spanien zu rufen und man brachte ihn in Ketten zurück. Das war es
nun nicht, was die spanischen Monarchen wollten, die Ketten fielen alsbald,
es wurde Columbus auch (1502) an die Spitze einer neuen Expedition gestellt, welche zur Aufgabe hatte, ganz nach Asien hinüber zu gehen und die Erde
zu umsegeln. Bei dieser Gelegenheit kam er nach Honduras und an die jetzige
Moskitoküste; aber die Durchfahrt wurde aus dem einfachen Grunde nicht
gefunden, weil in Mittelamerika keine vorhanden ist. Die Schiffe der Expedition gingen nach und nach zu Grunde und mit genauer Noth kam Columbus nach San Domingo und von da nach Spanien zurück, wo er am
21. Mai (Himmelfahrtstag) 1506 verschied. Sein Sohn Don Diego
Colon wurde nach seinem Tode der zweite Admiral von Indien, erbte aber
außer dem Titel zunächst einen Proceß um das Vicekönigthum von Indien,
da der Fiscus das Recht der Krone, richterliche Aemter, wie das Vicekönigthum ist, zu verleihen bestritt. Man verdankt diesem Processe eine große
Anzahl werthvoller auf die Entdeckung von Amerika bezüglicher Urkunden.
Diego Colon († 1526) erlebte das Ende des Processes nicht; seine Wittwe

schloß für den minderjährigen Sohn Don Louis einen Vergleich, in dem sie auf die streitigen Ansprüche verzichtete, wogegen der Majoratserbe zum Herzog von Veragua, Markgrafen von Jamaika, zum indischen Admiral und später zum Generalcapitän von Española ernannt und mit einer jährlichen Rente von 10000 Ducaten abgefunden wurde, während der Staatsschatz die Apanagen für die Geschwister übernahm. Mit Don Diego, dem vierten Admiral und Neffen des Don Louis, erlosch 1576 die directe legitime Linie Columbus.[1]

Der große Entdecker starb in der festen Ueberzeugung, nicht etwa einen neuen Welttheil, sondern Theile des östlichen Asiens gefunden zu haben. Die Entdeckung neuen Landes war ihm stets nur Nebensache; ihn beschäftigte ausschließlich der Gedanke an einen Weg zu den Ländern der Specereien (Asien). Von Südamerika kannte man zwar bei seinem Tode schon einen großen Theil der Nordküste, und der Portugiese Cabral, der (1500) auf dem Wege nach Indien (um das Cap) an und für sich einen westlichen Curs eingeschlagen hatte und von der Aequatorialströmung noch weiter nach Westen getrieben worden war, hatte die Küste von Brasilien entdeckt. Aus deren bedeutender Ausdehnung mußte man auf den Gedanken kommen, daß man mit einem neuen Continente zu thun habe, und dieser führte auch in der That den Namen Land des heiligen Kreuzes, allein man dachte sich diese Ländermasse gegen Indien etwa so gelegen, wie sich das Verhältniß von Neuholland später wirklich herausgestellt hat. Auch von den nördlichen Theilen von Nordamerika kannte man schon weite Küstenstrecken. Bereits um das Jahr 1000 waren die Normannen von Island aus über Grönland, Neufoundland und Neuschottland bis in die Gegend des jetzigen Boston vorgedrungen, doch hatte sich die Kunde hievon wieder verloren, aber um die Zeit von Columbus (1497) hatte eine englische Expedition unter dem Venetianer Giovanni Gaboto oder Caboto (John Cabot der Engländer) die Küste von Labrador entdeckt. Peschel[2] hält es nicht für unmöglich, daß eine portugiesische Expedition unter Gaspar Cortereal, welche 1501 verloren ging, das erste Opfer war, welches die sogenannte nordwestliche Durchfahrt forderte.[3]

1) Die verschiedenen historischen Thatsachen über Colon sind Oscar Peschel's Geschichte des Zeitalters der Entdeckungen entnommen.
2) A. a. O. 333.
3) Eine vollständige Zusammenstellung der verschiedenen Entdeckungsreisen nach Amerika findet sich in Kunstmann: Die Entdeckung Amerika's. München, 1859.

Als die Grundzüge von Humboldt's Ansichten über die wichtigen geographischen Entdeckungen charakterisirend dürfen wir wohl nachfolgende Stelle ansehen, die sich im 1. Bande S. 31' findet. Er sagt: „Man darf nicht vergessen, daß Behaim, Columbus, Vespucci, Gama und Magellan Zeitgenossen von Regiomontanus, Paolo Tosca- nelli, Rodrigo Faleiro und andern berühmten Astronomen waren, welche ihre tieferen Einsichten den Schifffahrern und Geographen ihrer Zeit mittheilten. Die großen Entdeckungen auf der westlichen Halbkugel waren kein Werk des Zufalls. Es würde ungerecht sein, den ersten Keim dazu in jenen instinctmäßigen Dispositionen der Seele suchen zu wollen, denen die Nachwelt oft das zuzuschreiben geneigt ist, was eine Frucht des Genies und langen Nachdenkens war. Columbus, Cabrillo, Gali und so viele andere Seefahrer bis auf Sebastian Biscayo, welche sich in den Anna- len der spanischen Marine ausgezeichnet haben, waren für das Zeitalter, in welchem sie lebten, Männer von bewundernswürdiger Bildung. Die Ur- sache, weshalb sie so denkwürdige Entdeckungen gemacht haben, ist die, weil sie richtige Begriffe von der Gestalt der Erde und von der Länge der Ent- fernungen hatten, welche zu durchlaufen waren*; weil sie verstanden, die Arbeiten ihrer Vorgänger zu benutzen und anzuwenden; die in den verschie- denen Zonen herrschenden Winde zu beobachten; die Variationen der Mag- netnadel zu messen, um nach ihnen die Richtung des Weges zu bestimmen und zu verbessern; praktisch stets die am wenigsten unvollkommenen Metho- den anzuwenden, welche die Mathematiker damaliger Zeit angegeben hatten, um ein Schiff durch die Einöde des Meeres zu steuern. Die nautische Astro- nomie mußte nothwendigerweise so lange in der Kindheit bleiben, als der Gebrauch der Spiegelsextanten und der Seeuhren unbekannt war. Die Schifffahrtskunde ist in so hohem Grade von der Ausbildung der mathema- tischen Wissenschaften und der Vervollkommnung der optischen Instrumente abhängig, daß wegen dieser nahen Verbindung ihre Fortschritte nur langsam sein können, und häufigen Stillstand erleiden. Die Kunstgriffe der Steuer- kunde, welche auf den großen Seefahrten des Columbus, Gama und Magellan angewendet worden sind, und die uns so überaus unsicher er- scheinen müssen, hätten die Bewunderung nicht blos der phönizischen, cartha- gischen oder griechischen Seefahrer, die in dieser Beziehung kaum in Betracht

---

1) In den Citaten aus diesem Werke ist stets die Uebersetzung von Jlliger gemeint.
2) Bei Columbus war letzteres nicht ganz der Fall.

kommen dürften, sondern selbst der geschicktesten Piloten erregt, welche Castilien, die baskischen Provinzen, Dieppe und Benedig im 13. und 14. Jahrhundert aufzuweisen hatten. Von diesem Zeitpunkte an findet man Spuren
verschiedener Methoden zur Längenbestimmung, welche mit den heutigen fast
identisch sind und deren Anwendung mit der äußersten Mühe und Sorgfalt
gesucht wurde, aber wegen der Unvollkommenheit der zur Messung der Zeit
und der Winkelabstände erforderlichen Instrumente mußten sie der Anwendung völlig unbrauchbar erscheinen."

Die Ansicht, daß es nicht unmöglich sei, daß es noch Länder auf der
Erde gebe, die mit unserm Continente nicht zusammenhängen, ist eine uralte,
sie geht sogar in eine Zeit zurück, in der die Theorie, unsere Erde sei eine von
den Wassern des Oceanus umflossene Scheibe, noch in der Blüthe stand. Man
verlegte damals, wie Humboldt zeigt (I. S. 48), an den Rand der Scheibe
die Inseln der Seligen, die Hyperboräer und das Land der gerechten Aethio-
pen. Man glaubte, die Scheibe neige sich der üppigen Tropenvegetation
wegen etwas gegen Süden, und der damaligen Ansicht nach war die Gegend,
in welche wir jetzt den Nordpol verlegen, nicht etwa in die Mitte, sondern an
den nördlichen Rand der Scheibe gesetzt. Bei dieser Theorie konnte nicht daran
gedacht werden, daß man bei einer Reise, deren Richtung fortwährend dem
Aequator parallel wäre, in einem Kreise herumgeführt würde. Es zeigen
sich jedoch schon frühe Spuren, daß die Erde für eine Kugel gehalten wurde;
die Pythagoräer sowie Aristoteles sprechen sich entschieden dafür aus, und
seit dieser Zeit ist die Möglichkeit die Erde zu umkreisen als mit der Theorie
wenigstens eines Theiles der Naturforscher zusammenstimmend zu betrachten.
Ob diese Umschiffung auch praktisch ausführbar sei, blieb lange dahin gestellt;
man begegnete Zweifeln, ob der Ocean allenthalben schiffbar sei, ob man die
Erde allenthalben bewohnen könne. Die glücklichen Fahrten der Portugiesen
hatten diese Zweifel gelöst; doch bedurfte es nichtsdestoweniger noch eines
genialen Mannes, um das zur Reise zu bringen, was die früheren Jahrhunderte vorbereitet hatten.

Humboldt hat in dem ersten Abschnitte seines Werkes diese Verhältnisse untersucht und die verschiedenen Stellen, die sich in den von Columbus und seinen Zeitgenossen herrührenden Documenten finden mit demjenigen verglichen, was aus den früheren Schriften der Alten, wie auch
der spätern Zeit vorhanden war. Das ganze Werk trägt sowohl in Beziehung auf die Reichhaltigkeit des Materials als auch in Beziehung auf die Art,
wie dasselbe benützt wurde, allenthalben den Stempel der tiefsten Gelehrsam-
keit, wie auch des ausdauerndsten Fleißes.

Es läßt sich die Geschichte der Geographie ähnlich einem andern Geschichtswerke in der Weise behandeln, daß man die Reihenfolge der Entdeckungen, die in den verschiedenen Epochen gemacht wurden, angibt, und zu gleicher Zeit die damit verbundenen Vorgänge schildert. Hat man die Beurtheilung der Thaten eines hervorragenden Mannes sich zur Aufgabe gemacht, so genügt diese Behandlung noch nicht, denn es ist durchaus nicht gleichgültig, welche Ideen seine Zeit beherrschten, und es kann mitunter als Zufall erscheinen, was bei näherer Betrachtung sich als Erfolg lange dauernder Anstrengungen vieler Männer erweist; es kann aber auch das Umgekehrte stattfinden. Darum kann man sich auch die Frage stellen: Was hat diesen oder jenen Mann zu seinen Arbeiten veranlaßt? Welcherlei waren die Ansichten jener Zeit?

Die beiden erwähnten Arten von Geschichtschreibung verhalten sich etwa so, wie wenn man das einemal bei einer kunstreichen Maschine sich darauf beschränkt, die verschiedenen Verrichtungen zu schildern, die man an derselben wahrnimmt, während man auch weitergehen und das Räderwerk untersuchen kann, wodurch man erst in den Stand gesetzt wird, sich zu erklären, warum dieses oder jenes gerade so wie beobachtet und nicht anders kommen konnte. Für diese letztere Art von Untersuchungen hat, so weit es sich um die Geschichte der Geographie handelt, Humboldt, wie allgemein anerkannt wird, den Anfang gemacht.

Ein Geschichtswerk, dessen Schwerpunkt auf den Quellen und deren Benutzung beruht, in Kürze wieder zu geben, so daß der Leser des Auszuges sich etwa ein Bild des Ganzen machen kann, ist eine vollkommene Unmöglichkeit. Ich muß mich daher darauf beschränken, hier anzugeben, daß Humboldt in seiner Schrift alle Stellen der Classiker, Ueberlieferungen früherer Fahrten in den Ocean und Sagen von bewohnten Eilanden in den Kreis seiner Besprechung bringt und daraus den Schluß zieht, daß alle diese Umstände, namentlich aber die Schrift de Imagine Mundi des Karbinals Pierre d'Ailly (Petrus de Alyaco) und der Briefwechsel mit dem italienischen Astronomen Toscanelli im höchsten Grade anregend auf Columbus gewirkt haben, daß aber, wenn auch der Gedanke an eine Umschiffung der Erde durchaus nicht neu war, die Kühnheit der That, die Art ihrer Ausführung und die Gabe, die Natur um sich zu beobachten und aus den Beobachtungen Schlüsse zu ziehen, ihn zu einem der größten Männer aller Jahrhunderte machen. Da Columbus in seinen früheren Jahren Island besucht hatte, war in dem Fiscalprocesse die Frage aufgeworfen, ob nicht Columbus etwa dort durch die obenerwähnten Fahrten der Normannen Nachrichten von dem amerikanischen Lande bekommen haben könnte, wodurch dann im Bejahungsfalle die Ansprüche der Erben Colon's hätten angestritten werden können. Humboldt zeigte, daß eine derartige Nachricht jedenfalls auf die Pläne des Columbus keinen begünstigenden Einfluß geäußert hätte, da es diesem niemals darum zu thun war, neues Land zu entdecken, eine Sache, auf die er nur ganz untergeordneten Werth legte, sondern darum, den Seeweg nach Ostindien, dem Land der Specereien, in einer andern Richtung zu suchen, als es die Portugiesen thaten, und daß er in dem festen Glauben gestorben sei, nicht etwa in einem neuen Welttheil, sondern nach Indien gekommen zu sein.

Ein Gegenstand, mit dem sich Humboldt in 2. und 3. Bande seines Werkes vorzugsweise beschäftigte, ist das Verhältniß Columbus zu Amerigo Vespucci, dem Manne, welcher Veranlassung zu dem Namen Amerika war und dem Las Casas [1] 40 Jahre nach seinem Tode vorwarf, durch Fälschung zu einer unverdienten Berühmtheit gekommen zu sein, ein Vorwurf, dem man auch heutzutage noch hin und wieder begegnet. Dieser Amerigo [2] wurde zu Florenz geboren, und stammte aus einer angesehenen und wohlhabenden Familie ab. Theils auf spanischen theils auf portugiesischen Schiffen hatte er, jedoch nie als Anführer, sondern in der Stellung als Pilote 4 Reisen unternommen, wobei er auf der ersten (1197 nach Humboldt II. 320 u. 423, 1499 nach Peschel S. 309) in die Gegend des heutigen Guyana kam.

Die Berichte über die 4 Reisen des Vespucci fanden eine weit größere Verbreitung als die des Columbus. Vor dem Jahre 1507 waren über die Entdeckungen nur ein Brief von Columbus und einer von Vespucci gedruckt worden, und die Berichte über die vier Schifffahrten des Letzteren waren die ersten populären Schilderungen der Neuen Welt. Diese wurden aus dem Italiänischen in's Lateinische, wieder rückwärts ins Italiänische u.s.w. übersetzt und dadurch ziemlich verdorben. Der Name Amerika wurde, wie Washington Irving in seinem Life of Columbus nachweist und dem Humboldt beistimmt, zuerst von einem Freiburger, Namens Martin Waltzemüller (Walbseemüller), der sich nach der damaligen Sitte den gräcisirten Namen Hylacomylus oder Ilacomylus, auch Ylacomylus beigelegt hatte, und von dem Humboldt glaubt, daß er am Gym-

1) Peschel, a. a. O. 409.
2) Humboldt leitet (II. 324) den Namen von Amalrich ab, welcher Name durch die Longobarden nach Italien kam.

nasium zu St. Dié in Lothringen Geographie lehrte, im Jahre 1507 vorge=
schlagen. Sein Werk: Cosmographiae Introductio cum quibusdam Geometriae ac Astronomiae principiis ad eam rem necessariis. Insuper quatuor Americi Vespucii navigationes. Ex Sancti Deodati Oppido 1507
fand eine sehr große Verbreitung und erlebte mehrere Auflagen. Hylaco=
mylus errichtete kurz vor 1507 in St. Dié eine Buchhandlung und be=
schäftigte sich gleichzeitig mit der kritischen Untersuchung einer griechischen
Handschrift des Ptolemäus und mit der Herausgabe der 4 Reisen des
Vespucci.

„Um den Zusammenhang dieser Beschäftigungen und die Beziehungen
zu verstehen," sagt Humboldt, „in denen sie zu dem wachsenden Ruhme
des Florentiner Seefahrers standen, muß man sich daran erinnern, daß
Lothringen während der Regierung Renatus II., Enkels von René I.
d'Anjoule Bon, der Mittelpunkt äußerst wichtiger geographischer Arbeiten
war. René II. führte die Titel eines Königs von Jerusalem und Sicilien,
Herzogs von Lothringen, und Grafen von Provence; aber in Wirklichkeit
besaß er nur Lothringen, welches er von seiner Mutter Yolanda, Gemah=
lin des Grafen Friedrich von Vaudemont ererbt hatte. Während der
35 Jahre seiner Regierung, besonders seitdem der Fall Karls des Küh=
nen seinem Lande Ruhe gewährte, beschützte er die Gelehrten und begün=
stigte aufmunternd geographische Forschungen, und da er in der Zeit der
großen Entdeckungen zur See lebte, so fand er ohne Unterlaß Gegenstände,
mit denen er seine thätige Neugier zu nähren vermochte. Vespucci stand
mit ihm in Briefwechsel und wir ersehen aus der Kosmographie des Hyla=
comylus selbst, daß er dem König René die Berichte über seine 4 Reisen
widmete. Der Freigebigkeit des Herzogs von Lothringen verdankt man eine
der berühmtesten Ausgaben des Ptolemäus, nämlich die Straßburger
vom Jahre 1513. Die alte und neue Geographie waren damals eng ver=
bunden. Gleichwie man in unsern Tagen vielleicht zum Nachtheile der
Wissenschaft geraume Zeit hindurch die neuen Entdeckungen auf dem
Gebiete der Naturgeschichte dem Systema naturae des Linné hinzufügte,
so wurden seit 1486 den Ausgaben des Ptolemäus Karten vom neueren
Europa beigegeben, und seit dem Jahre 1508 Karten von Amerika. Dies
war für die neu erfundenen Künste der Buchdruckerei und Kupferstecherei ein
willkommenes Mittel, zu gleicher Zeit dem Geschmacke der Gelehrten und
den Wünschen der Neugierigen und Liebhaber zu genügen; auch war dies

1) Krit. Unters. II. 363.

einer der Beweggründe, die Ausgaben der Geographie des Ptolemäus zu vervielfältigen, so daß mehr als 20 innerhalb des Zeitraumes von 1475—1552 erschienen, bisweilen sogar mehrere in Einem Jahre. Man fügte dem Ptolemäus kleine kosmographische Abhandlungen bei, und Alles, was den Alten unbekannt war, wurde unter der unbestimmten Benennung: regiones extra Ptolemaeum zusammengefaßt."

In II. 371 des Humboldt'schen Werkes finden wir: „Der Ptolemäus vom Jahre 1522, bearbeitet von einem zu Metz ansässigen Gelehrten mit Karten von der Hand des Geographen von St. Dié ausgestattet, kann mit demselben Rechte wie der Ptolemäus vom Jahre 1513 als eine Arbeit betrachtet werden, welche Lothringen zu verdanken ist. Der Herausgeber der 4 Briefe des Vespucci, Hylacomylus, verwechselte den Florentiner Seefahrer mit dem Genueser, gleichwie in unsern Tagen viele Personen, welche sich für die Entdeckungen einer nordwestlichen Durchfahrt interessiren, die berühmten Namen Parry und Roß zu verwechseln pflegen. Vespucci, dessen Ruhm durch eine so bedeutende Anzahl von Werken verherrlicht wird, verdunkelte seit dem Erscheinen seiner dritten Reise, welche mit den Abbildungen der südlichen Sternbilder geziert war, auf geraume Zeit den Ruf des Christoph Columbus. Dieselbe Ausgabe des Ptolemäus vom Jahre 1522, die erste, welche den Namen Amerika auf einer ihrer Karten darbietet, gewährt den überzeugendsten Beweis von diesem Uebergewicht, dessen Veranlassung weder in Ränken, noch in boshafter Scheelsucht, sondern in einem natürlichen Zusammentreffen von Umständen, die ich im Vorhergehenden übersichtlich darzustellen bemüht gewesen bin, aufzusuchen ist. Kein Wort findet sich über Christoph Columbus in der Vorrede von Thomas Aucuparius, wohl aber eine übertriebene Lobrede auf Vespucci: Non inferiori commendatione digni sunt, qui post Ptholomeum incredibili ingenii indagine ad novas terrarum et insularum lustrationes pervenerunt. Quorum omnium imprimis et non vulgari celebrandus est honore Americus ille Vesputius, Americae terrae, quam hodie Americam, Novum Mundum vel Quartam Mundi partem vocant, aliarumque novarum adjacentium vicinarumque insularum egregius et nobilissimus inventor, visitator et primus hospes. Mit dieser hochtrabenden Lobrede stehen andere Theile des Textes und der Karten in dem allersonderbarsten Widerspruche. Mit der Welttafel, welche die Benennung primus inventor et hospes darbietet, ist eine aus der Ausgabe vom Jahr 1513 wiederholte Karte verbunden, auf welcher man in der Mitte von Südamerika mit großen Buchstaben die folgenden Worte liest: Haec terra cum adjacentibus insulis inventa est per Columbum Januensem ex mandato regis Castellae." [1]

Nachdem wir gesehen haben, daß Humboldt gezeigt hat, wie der Name von Amerika eigentlich nur durch Verwechslung des Entdeckers mit demjenigen, dessen Schrift am meisten bekannt wurde, entstanden ist, wollen wir auf seinen Beweis, daß Vespucci an diesem Irrthum durchaus schuldlos sei, übergehen. Wir können uns darauf beschränken, daß Humboldt nachwies, daß Vespucci sowohl mit Columbus selbst, als auch mit dessen Sohne Don Fernando, dem Geschichtschreiber seines Vaters, stets im besten Einvernehmen gestanden sei, und daß es diesen nie eingefallen ist, den Amerigo einer Betrügerei zu beschuldigen. Humboldt sagt (II. 357): „Wir wissen aus dem letzten Briefe des Columbus, welcher auf uns gekommen, daß 14 Monate vor seinem Tode, am Schlusse des Februar 1505, Vespucci und Columbus noch in den engsten freundschaftlichen Verhältnissen standen." In dem in dem Ghillany'schen Werke über Behaim befindlichen Aufsatze bespricht Humboldt die Anschuldigung, mit der der Bischof Las Casas gegen Amerigo austral, wonach dieser die Entdeckung Amerikas fälschlich sich zugeschrieben hätte, und sagt (S. 7): „Kritischer und nicht ewig verwechselnd, was Andere dem Amerigo zuschreiben, verfuhr des Columbus Sohn, Don Fernando, der sich doch überall sonst so eifersüchtig auf den Ruhm seines Vaters zeigt. Auffallend genug ist es, daß jener Mangel aller Anschuldigung des Amerigo im Munde des Don Fernando Colon dem eifernden Bischof selbst unerklärlich scheint und daß dieser Umstand ihn doch nicht in seinem Irrthum wankend macht. Ich finde Lib. I. cap. 164 pag. 825 die merkwürdige Stelle: „Amerigo glaubte um so leichter zu betrügen, als er in lateini-

---

1) Hylacomylus und seine Nachfolger mögen einen Unterschied zwischen der Entdeckung des Festlandes und der Inseln von Amerika gemacht haben, eine Unterscheidung, der man noch heutzutage mitunter begegnet. Allein auch hier gebührt der Ruhm dem Columbus, der die Entdeckung 1498 machte, wenn man die Reise, deren Geschichtschreiber (nicht Anführer) Vespucci war (s. oben S. 379.) auf 1499 setzt; doch sagt Humboldt ganz richtig (II. 315), daß es ganz gleichgültig sei, wer zuerst das Cap Paria gesehen habe, denn die Entdeckung gehört demjenigen, der auch nur den kleinsten Theil Landes zuerst gesehen habe.

Uebrigens steht der im Texte angezogene Satz: Haec terra etc. in der Ausgabe des Straßburger Ptolemäus von 1513 (Humboldt, Atlas géogr. et phys. No. 37) als Bemerkung innerhalb der Umrisse des südamerikanischen Continents.

scher Sprache (was, wie ich oben bewiesen, ganz falsch ist ·H.¹)) und weit außerhalb Spanien an den König Renatus von Napolis schrieb, wo Niemand war, der ihm widersprechen konnte. Um so mehr setzt es mich in Erstaunen, daß Fernando Colon, Sohn des Admirals, der doch ein Mann von so gutem Verstande und vieler Bedachtsamkeit war, und der, wie ich bestimmt weiß, die oft genannten (vier) Navegaciones des Amerigo selbst besaß, nichts von dem Diebstahl und der Usurpation, welche Amerigo Vespucci gegen seinen erlauchten Vater begangen, gemerkt hat." Ebenso verwundert hätte der Bischof über das Stillschweigen des Petrus Martyr de Anghiera sein können, eines innigen Verehrers und persönlichen Freundes von Christoph Columbus, dessen Oceanica 24 Jahre früher (1533) erschienen, als der Bischof sein amerikanisches Geschichtswerk vollendete. Petrus Martyr, der so streng die Anmaßungen von Catamosto rügt, spricht nur mit Lob von Amerigo Vespucci und von dessen Neffen."

Aus dem Vorstehenden läßt sich entnehmen, daß Vespucci mit Grund einer Betrügerei nicht beschuldigt werden kann. Auch Peschel², obwohl er annimmt, daß ein literarischer Betrug stattgefunden habe, gibt zu, daß man sich wohl hüten müsse, gegen Vespucci ein entehrendes Urtheil zu fällen.

Die Resultate der Untersuchungen, welche sich in der Abhandlung in Ghillany's Werke finden, hat Humboldt selbst (S. 11) auf die Beantwortung nachstehender Fragen reducirt:

1) Welches ist die älteste Karte von Amerika unter den gezeichneten?

2) Wann und durch wen ist vorgeschlagen worden, dem Neuen Welttheil den Namen Amerika zu geben?

3) Welches ist die älteste gestochene Karte des Neuen Welttheils ohne den Namen Amerika?

4) In welchem Jahre ist zuerst eine Karte mit dem Namen Amerika erschienen?

Er beantwortet die Fragen in folgender Weise:

ad 1. Die älteste Karte des Neuen Welttheils, die bisher unter den gezeichneten Karten aufgefunden wurde, ist die des Juan de la Cosa von 1500, die ich im Jahre 1832 erkannt und theilweise zuerst edirt

1) Der Urtext ist italiänisch. (S. o. S. 379.)
2) A. a. O. 405.

habe.[1] Bis 1832 wurden für die ältesten Karten von Amerika gehalten zwei in der vortrefflichen Militärbibliothek zu Weimar aufbewahrte Welttafeln von 1527 und 1520. Die letztere, ein Werk des großen Kosmographen Diego Ribero, ist im Jahre 1795 von Sprengel und Güssefeld publicirt worden.

ad 2. Der Vorschlag, dem Neuen Welttheil den Namen Amerika zu geben, ist von Martin Waltzeemüller (Hylacomylus) aus Freiburg im Breisgau gebürtig, Lehrer der Geographie am Gymnasium zu St. Dié in Lothringen, 1507 ausgegangen, ganz ohne Theilnahme und Wissen des Amerigo Vespucci. Der Vorschlag ist enthalten in der ersten anonymen, dem Kaiser Maximilian Namens des Gymnasium Vosagense zu St. Dié gewidmeten Ausgabe des Werkes: Cosmographiae Introductio cum quibusdam Geometriae ac Astronomiae principiis ad eam rem necessariis. Insuper quatuor Americi Vespucii Navigationes. Am Ende liest man: Finitum VII. Kal. Maji anno supra sesquimillesimum VII.

ad. 3. Die erste gestochene Karte von einem Theile des Neuen Continents, aber ohne den Namen Amerika, ist die von Ruysch gezeichnete und der Römischen Ausgabe des Ptolemäus von 1508 (correcta a Marco Benevenutano et Joanne Cotta) angehängte Weltkarte.

ad 4. Die erste gestochene Karte des Neuen Welttheils mit dem Namen Amerika ist die Weltkarte des Petrus Apianus 1520, welche der Camers'schen Ausgabe des Solinus von 1522 beigegeben ist. Auch auf dem merkwürdigen Globus, den in demselben Jahre 1520 (mit pecuniärer Unterstützung seines Freundes Johann Seyler's) zu Bamberg Johann Schöner zeichnete, und der gegenwärtig in der Nürnberger Stadtbibliothek aufgestellt ist, liest man die Benennung Amerika. Unter allen Ausgaben der Geographie des Ptolemäus ist, wie schon der Baron Waldenaer bemerkt hat, die Straßburger Ausgabe von Laurentius Phrisius im Jahre 1522 edirt, die erste, welche auf dem Orbis typus universalis juxta hydrographorum traditionem den Namen Amerika enthält. Es ist überaus merkwürdig, daß diese Ausgabe von 1522 auch diejenige ist, in welcher (Liber VIII. cap. 2) der Martinus Hylacomylus (Waldseemüller) jam pie defunctus als Zeichner und Bearbeiter eines großen Theiles der zu dieser Ausgabe gehörigen Karten

---

1) Eine Copie dieser Karte findet sich im Atlas géogr. et phys. No. 33; auch in Ghillany's Werke.

genannt wird. Laurentius Phrisius, zu Colmar geboren, war im
Dienst des Herzogs von Lothringen und lebte zu Metz, also St. Dié
nahe. Er konnte sich schon dieser Nähe wegen nicht zuschreiben, was dem
Hylacomylus gehörte. Er sagt deshalb mit großer Freimüthigkeit in
der oben bezeichneten Stelle der Ausgabe von 1522: Et ne nobis decor
alterius elationem inferre videatur, has tabulas a Martino Ilacomylo
pie defuncto constructas et in minorem quam prius unquam fuere for-
mam redactas esse notificamus. Huic igitur et non nobis, si bonae sunt,
parem et custodiam in caelesti Ierarchia ... Caetera vero quae se-
quuntur nos perfecisse scias. Man kann also mit großer Sicherheit
annehmen, daß der deutsche, aber in Lothringen lebende Gelehrte, der die
Benennung Amerika zuerst vorschlug, dieselbe auch in eine Karte des
Ptolemäus von 1522 (2 Jahre nach der des Apianus im Solinus
von Camers) eingetragen habe.

Den vorstehenden Forschungen über die Geschichte der Geographie, in
denen es sich zunächst um Amerika handelt, hat Humboldt noch weitere
über Asien beigesellt, die sich in der Asie centrale befinden. Zwar begegnet
man in den ersten beiden Bänden dieses Werkes allenthalben historischen Notizen über die einzelnen in Rede stehenden Gebiete; doch sind es besonders
zwei Stellen, in denen sie sich zu größeren Abhandlungen gruppiren. Die
eine dieser Stellen ist Bd. 1. S. 101—164. Man findet dort eine Besprechung derjenigen Gebiete, die auf den neueren Karten mit den Namen Turkestan, Persien und Afghanistan belegt werden, ohne jedoch dabei Abstecher
nach Indien, Westchina oder rückwärts nach Kleinasien zu vermeiden. In
jener Gegend zwischen dem caspischen Meere und Indien haben seit alter
Zeit die verschiedensten Völker ihre Straße gehabt, dort ging der Weg der
Heere von Alexander dem Großen bis in die neuen Zeilen. In den
Werken der Geographen des Alterthums bis zur Jetztzeit gibt es nun eine
große Anzahl von Stellen, die sich auf jene Länder beziehen; der Eine dachte
sich dieses oder jenes Gebirge an dieser oder jener Stelle, und gab ihm die eine
Richtung, während ein Anderer beides änderte; ein und derselbe Name
wurde verschiedenen Gegenständen angehängt, dagegen bekam dasselbe Object gelegentlich verschiedene Namen, die mitunter nur so lange von einander
abweichen, als man ihre Abstammung nicht kennt, während sie bei genauerer
Untersuchung nur Uebertragungen derselben Bezeichnung in eine andere
Sprache sind.

Alle diese Verhältnisse hat Humboldt untersucht, und gerade solche
Gelegenheiten sind es, in denen sich der Reichthum seiner Sprachkenntnisse,

sowie seine Erfahrungen in der alten und neuen Literatur verbunden mit
hohem kritischen Scharfsinne auf's glänzendste bewährten. Solche Arbei=
ten eignen sich jedoch nicht dazu, eine gedrängte Uebersicht geben zu lassen,
mir wenigstens ist dieses nicht gelungen.

Eine zweite historische Abhandlung befindet sich im 2. Bande S. 137
—296; sie bespricht die nördlich von der vorigen gelegene aralo=caspische
Gegend. Auch hier gibt es wieder eine große Anzahl von Quellen zu ver=
gleichen; aber während im Süden kein Grund zur Annahme vorhanden ist,
als habe sich in den historischen Zeiten im Relief des Bodens eine wesent=
liche Aenderung zugetragen, ist etwas Derartiges im Norden wirklich erfolgt.
So haben sich im caspischen Meere Inseln erheben, während andere sich
langsam senkten und alte Bauwerke an der Küste der Halbinsel von Baku,
die in neuerer Zeit mit Sorgfalt untersucht worden sind, deuten auf Oscil=
lationen des ganzen Bodens, sei er von Wasser bedeckt oder nicht, hin. Die
Gegend von Chiwa ist häufig Erdbeben ausgesetzt, und Humboldt[1] ist
geneigt, der Ansicht Meyendorf's beizustimmen, daß vor 500 Jahren
ein Erdbeben den Lauf des Amu (Oxus) in Unordnung gebracht habe.
Humboldt hat auch diese Reliefänderungen in den Kreis seiner Untersu=
chungen gezogen und kommt dabei zu dem Schlusse, daß, während in den
vorhistorischen Zeiten die ganze aralo=caspische Niederung mit dem Eismeere
zusammenhing, zur Zeit des Hecatäus und des Herodot, sowie des
macedonischen Zuges der heutige Aralsee eine abnorme Erweiterung des
Oxus bildete, der in den nunmehr trocken liegenden scythischen Golf, einen
östlichen Ausläufer des caspischen Sees, mündete. In späterer Zeit trennte
sich der Oxus durch Bifurcation in zwei Arme, von denen der eine in den
Aralsee, der andere in den Caspisee ging, und das Bett dieses letzteren Ar=
mes finden die Reisenden der neueren Zeit (seit dem 16. Jahrhundert)
trocken; der Oxus geht jetzt ganz in den Aral, und es ist daher eine Tren=
nung jener Gegend in zwei Wassersysteme erfolgt.

Die geographisch=historischen Arbeiten zeigen die ungewöhnliche Belesen=
heit Humboldt's, sie zeigen seine Bekanntschaft mit der Literatur der Geo=
graphie von der ältesten bis zu unserer Zeit. Seine Schriften über die Ent=
wicklung der geographischen Kenntnisse von Amerika und von Asien sind An=
wendungen dieser seiner Kenntnisse auf specielle Länder; eine weitere An=
wendung aber hier nicht auf diese oder jene Gegend, sondern zur Entwick=
lung des Ganges, wie die Menschheit nach und nach dazu gelangt ist, die

---

[1) Asie centrale II. 255.

Form der Erde, Vertheilung des Festen und Flüssigen zu überbliden, finden wir im zweiten Bande des Kosmos, dessen größere Hälfte auch eine Geschichte der geographischen Kenntnisse genannt werden könnte.

Geologie.

Im vorigen Abschnitt habe ich gezeigt, in welcher Weise die Uebereinanderlagerung der Sedimentgesteine benutzt werden kann, um das relative Alter der einzelnen Schichten festzustellen, und habe darauf hingewiesen, in welcher Weise Humboldt dazu beigetragen habe, die Frage, wie die einzelnen Formationen auf einander folgten, zu beantworten. Auf diese Grundlage stützt sich eine der glücklichsten Ideen, welche die Geologie bereichert haben, und die in den Beginn unseres dritten Abschnittes fällt. Diese Idee ist das Mittel, auf welches Elie de Beaumont[1] verfiel, um das relative Alter nicht der Schichten, sondern der Gebirgszüge zu bestimmen.

Die Theorie Elie de Beaumont's setzt die Reihenfolge der einzelnen Schichten, d. h. ihre Uebereinanderlagerung, als bekannt voraus, und benutzt außerdem ein neues Bestimmungsmittel, die Neigung der Schichten, von der bereits oben (S. 240) gesprochen wurde. Als Grundlage gilt der Satz, daß jede Schichte sich horizontal niedergeschlagen habe, und daher, wenn die Beobachtung eine geneigte Schichte zeigt, die Ursache dieser Neigung erst später gewirkt haben könne. Die Veranlassung, daß eine Schichte geneigt sein kann, ist eine örtliche Erhebung derselben. Liegt z. B. irgend eine Schichte horizontal und es wirkt von unten her ein hinlänglich starker Druck, so wird im Allgemeinen die Folge sein, daß die Schichte zerreißt und eine Spalte zum Vorschein kommt. Dort steigt nun das, was, sei es mittelbar oder unmittelbar, gedrückt hat, hervor und die auseinander gerissenen Theile der Schichte werden sich zu dessen beiden Seiten aulagern, sie werden aber da am höchsten sein, wo sie geschoben worden sind, und dort, wo kein Druck mehr stattfand, ihr altes Niveau haben; sie müssen daher geneigt sein. Auf diese Weise entstehen die Gebirge, die Richtung der Spalte ist die der Kette, das, was die Spalte füllt, ist, wie die Beobachtung zeigt, krystallinisches Gestein, zu dessen beiden Seiten sich die Schichten, welche ihre Köpfe gegen die Spalte neigen, in der Weise aneinander reihen, daß die vorher

---

1) Annuaire du Bureau des Longitudes pour 1830. Als Auszug eines Schreibens des Verfassers an A. v. Humboldt. Pogg. Ann. XVIII. 1830.

25 *

oberſten nunmehr die äußerſten, d. i. von dem kryſtalliniſchen Geſteine entfernteſten werden. Es entſteht diejenige Form, welche bereits oben (S. 241) beſchrieben wurde, und bei Gebirgen die Norm iſt. Wenn nun eine Schichte bei der Hebung eines Gebirges eine Neigung erhalten ſoll, ſo muß ſie offenbar vorher da ſein; ſie iſt alſo, wenn man ſie irgendwo an einem Gebirge geneigt beobachtet, älter als das Gebirge, und letzteres iſt jünger, als die jüngſte der von ihm gehobenen Schichten. Auf der den der Spalte, dem nunmehrigen Gebirgskamme, abgewendeten Seite kann nach der letzten geneigten Schichte A eine nicht geneigte, alſo horizontale, B beobachtet werden. In dieſem Falle läßt ſich der Zeitpunkt der Hebung noch genauer beſtimmen, denn er iſt nun nach der Bildung von A und vor der von B zu ſetzen, und ein Gebirge, das auch B gehoben hat, muß jünger ſein, als das vorhergehende. Kurz, je mehr Schichten gehoben ſind, um ſo ſpäter iſt die Hebung erfolgt.

Zu der Abhandlung von Elie de Beaumont hat Arago[1] einen Commentar veröffentlicht und dabei der Altersfolge nach folgende vier Formationen unterſchieden: Der Dolithen oder Juralalk, die Formation von Grünſand und Kreide, die Tertiärgebilde, das ältere aufgeſchwemmte Land. „Von den vier Flötzgebirgen, die wir unterſchieden haben,“ ſagt er, „erſtrecken ſich drei, und zwar die oberſten, der Erdoberfläche zunächſt liegenden, bis zum Fuße der Gebirge von Sachſen, der Cote d'Or und von Forez; nur ein einziges, der Juralalk, zeigt ſich aufgerichtet. Mithin ſind das Erzgebirge, die Cote d'Or und der Mont Pilas in Forez nach der Bildung des Juralalks und vor der Bildung der drei übrigen Flötzgebirge aus der Erde hervorgetreten. An dem Abhange der Pyrenäen und der Apenninen finden ſich zwei Gebirgsarten aufgerichtet, nämlich der Juralalk und die Formation des Grünſands und der Kreide; die Tertiärformation und das aufgeſchwemmte Land, welche darauf liegen, haben ihre urſprüngliche Horizontalität behalten. Die Pyrenäen und Apenninen ſind alſo jünger als die beiden durch ſie gehobenen Gebirgsarten, der Juralalk und Grünſand, dagegen älter als die Tertiärformation und das aufgeſchwemmte Land.“ Auf gleiche Weiſe zeigt Arago, daß die Alpen ſich nach der Tertiärformation und vor dem aufgeſchwemmten Lande gehoben haben, der Ventour dagegen noch nach dieſem letzteren.

Auf Grund des Satzes, daß die Anweſenheit einer Schichte, welche Petrefacten von im Meere lebenden Geſchöpfen enthält, darauf hinweiſt,

---

1) Annuaire 1830. Pogg. Ann. XVIII. 1830.

daß an der Stelle, an der sie sich befindet, zur Zeit ihrer Bildung ein Meer gewesen sein müsse, daß aber ihr Fehlen Land andeute u. s. w., kam Elie de Beaumont nach und nach darauf, für die jeweilige Vertheilung von Land und Wasser in den verschiedenen Perioden unseres Planeten Karten zu entwerfen. Man findet diese Karten in Vogt's Lehrbuch der Geologie und Petrefactenkunde, das nach der Geologie von Elie de Beaumont bearbeitet ist.

Schon Werner hatte erkannt, daß in einem und demselben Districte alle Erzgänge, welche gleiche Zusammensetzung haben, auch in paralleler Richtung streichen, und daraus geschlossen, daß diese parallelen Gänge Spalten seien, die sich zu derselben Zeit geöffnet und gefüllt hätten, und daß man demnach in einem Erzdistricte ebensoviel verschiedene Epochen der Gangbildung unterscheiden könne, als verschiedene Streichungslinien der Gänge vorhanden seien.

Da die Berglleiten im Großen ebenfalls Risse der Erdrinde sind, durch welche sich die hebenden Gesteinsmassen nach der Oberfläche hin Bahn brachen, so läßt sich schließen, daß der Parallelismus[1] dieser größeren Spalten ebenfalls auf eine Gleichzeitigkeit der Entstehung hindeute, während eine abweichende Richtung auch die Ungleichzeitigkeit der Hebung nachweisen dürfte.

Auf Grund dieser Schlüsse kam Elie de Beaumont auf ein weiteres, zur Altersbestimmung der Erhebungen führendes Kriterium, auf den Parallelismus der Richtungen. Zu diesem Zwecke spannte er auf einem Globus einen Faden in einer einem Gebirge parallel laufenden Richtung und suchte dazu die andern Parallelspalten. Er fand z. B. daß, wenn man einen Faden vom Nordcap bis zum Cap-Blanc in Marocco spannt und diesen über das atlantische Meer bis zur Höhe von Montevideo verlängert, dieser Faden parallel ist den Cordilleren von Brasilien und Norwegen, ebenso wie der Hauptlinie der spanischen Küste vom Cap de Gates bis zum Cap de Creus und der Streichungslinie der westlichen Alpen von Marseille bis Zürich, und hieraus schloß er auf die Gleichzeitigkeit der Hebung aller dieser Gebilde.

In Europa sind bisher etwa 20 solcher Hebungsrichtungen beobachtet

---

1) Streng mathematisch genommen, ist ein Parallelismus der Gebirgsleiten wegen der Kugelgestalt der Erde nicht möglich; die Erde müßte eine Tafel sein. Wenn jedoch die Verlängerungen zweier Berglleiten sich an zwei einander diametral gegenüberstehenden Punkten schneiden würden, und wenn beide von den Schnittpunkten, durch die bloß ihre Verlängerungen führen, weit entfernt sind, kann man sie als einander parallel betrachten, und dieses ist der Parallelismus im Sinne Beaumont's. So kann man z. B. zwei Meridiankreisstücke, die in der Gegend des Aequators sind, als parallel annehmen.

worden, und der vorstehenden Theorie zufolge sind eben so viele Hebungen, also
eben so vielerlei Alter der europäischen Gebirge und Länder zu unterscheiden.

Fragen wir nach der Tragweite, welche den beiden angeführten Kriterien Beaumont's zur Bestimmung des Alters eines Gebirges zuzuschreiben sei, so ergibt sich auf den ersten Blick, daß diese Altersbestimmung vermittelst der Gebirgsrichtung darum leichter zu bewerkstelligen ist, weil man
diese schneller finden kann, als die Schichtenneigungen beobachtet sind. Es
können auch an der einen Kette ein Paar anlagernde Schichten fehlen, die
an der correspondirenden Kette vorhanden sind, und die Hebungszeit genauer
feststellen. Nichtsdestoweniger hat die Bestimmung nach der Schichtenstel-
lung den Vortheil, daß man das, was man durch sie erfährt, sicher weiß,
was von der Bestimmung durch den Parallelismus nicht gesagt werden kann.
Wie bei dem Menschen eine Narbe, die Stelle einer ehemaligen Hautwunde,
leicht wieder aufbricht, so bekommen auch die durch Hebungsgebirge ausgefüllten Spalten, diese Narben der Erdkruste, leicht neue Risse, und es können daher verschieden alte Gebirge gleiche Richtung haben. So zeigt Bogt[1],
daß die wenigen Grade Unterschied, welche zwischen den Systemen der Nie-
derlande und der Tatra, des Longmynd und der Westalpen, des Teméré
und der Vendée sind, mehr auf der Art der Bestimmung, als auf wirklicher
Kreuzung beruhen, obwohl die drei Systeme ganz verschiedenaltrig sind. Da
die neueren Hebungen immer mehr alle Risse treffen mußten, so konnte bei
ihnen ein Riß in seiner Fortsetzung in einen andern treffen und nach dessen
Richtung fortlaufen, und darum läßt sich auch bei den jüngeren Gebirgen
der Parallelismus weniger gut verfolgen, als bei den ältern, was natürlich
auch wieder die Altersbestimmung unsicher macht.

Von der vorstehenden Methode Elie de Beaumont's, das relative
Alter zu bestimmen, sehen wir schon in den 1831, also ein Jahr später, er-
schienenen Fragmens asiatiques Anwendungen, welche Humboldt zur Bestimmung der von ihm beobachteten Gebirge machte. So sagt er:[2] „Zeugen
von Erhebungen und Marksteine für das relative Alter der Gebirge, die ich
bei Cundinamarca in den Anden der neuen Welt gesehen habe, sind jene
mächtigen Sandsteinbildungen, die sich von den Ebenen des Magdalena und
des Meta fast ohne Unterbrechung auf Hochebenen von 14—1600 Toisen
erheben, sind die mit gold-, diamant- und platinreichen Lagen in Beziehung
stehenden Knochen von vorsündfluthlichen Thieren (so berühmt in den Nie-

berungen der Kama und des Irtysch) auf dem Rücken der Kette des Ural, und den Höhen von Berezowsk und Jekaterinburg."

Auf diesen Gegenstand kommt Humboldt später[1] nochmals zurück, indem er sagt: „Die Höhe der Uralkette ist so wenig beträchtlich, wenn man sie mit den hohen Bergen vergleicht, welche die Elephanten heutzutage, wie z. B. nach den Beobachtungen von Rüppel in Abyssinien, überschreiten, daß keine Rücksicht wegen des Klima's der Annahme entgegengesetzt werden könnte, daß die auf dem Ural gefundenen Knochen von Dickhäutern[2] herrührten, welche von der asiatischen Seite auf die europäische hinübergingen. Doch scheinen sie mehr an die allgemeine Erscheinung der Ablagerungen geknüpft zu sein, die man in den Ebenen findet, und die auf heftige Zerstörungen hindeuten, welchen die Uralfelsen ausgesetzt waren. Im Osten des Thales des Irtysch und seiner Nebenflüsse und westlich vom Thale der Kama zeigen die Ablagerungen ungeheure Niederlagen von Dickhäuterknochen, die durch fließendes Wasser zusammengeschwemmt wurden. Auf dem Rücken der weiten Meridiankette, welche die Gebiete des Irtysch und der Kama scheidet, findet man Stellen derselben Knochenablagerungen, und diese sind gemengt mit Sand, in welchem sich Goldkörner, Platin und noch mit ihren Kanten versehene Bruchstücke der nahen Felsen befinden. Es wird daraus sehr wahrscheinlich, daß durch das Aufbringen der ganzen Uralkette ein Theil der Diluvialgebilde, die einst Asien und Europa verbanden, zu einer Höhe von 900—1200 Fuß über den Ocean erhoben wurde. Ich glaube sogar, daß die Erhebung des Ural später ist, als die Abwärtsbewegung der caspischen Gegenden, daß sie später erfolgte, als die Entstehung der quaternären Formation von Kalk, die mit Cardium edule bewachsen, den Aralsee, die Küste von Balu, Tarki, Derbend und Tuktaragan umgibt. Der Ust-Urt, der den Ausläufer des Ural bildet, paßt so gut zum übrigen Theile der Meridionalkette, daß es bei seiner geringen Höhe wenig wahrscheinlich wäre daß eine Erhebung sich auf der Laudenge erhalten hätte, wenn der Ural älter wäre, als das große Ereigniß des Untersinkens des Bodens in dem westlichen Theile von Innerasien."[3]

---

1) Asie centrale II. 506.

2) Dickhäuter sind diejenige Ordnung der Säugethiere, welcher das Schwein, der Elephant, das Rhazhorn, Flußpferd u. s. w. angehören. In der Vorwelt waren sie weitaus stärker vertreten, als jetzt, wo sie eher durch die Wiederkäuer ersetzt sind.

3) Auch E. de Beaumont ist (Asie centr. III. 546) nicht abgeneigt, im Ural eine sehr späte Erhebung anzunehmen.

Humboldt hat, wie Vorstehendes zeigt, aus der Erhebung in einer sehr späten, also uns sehr nahen, wenngleich vorhistorischen Zeit, das relative Alter des Ural bestimmt; er hat aber auch den Satz vom Parallelismus auf diejenigen Gegenden angewendet, die selbst zu besuchen ihm nicht vergönnt war. Es finden wir folgende Sätze:[1] „Betrachtet man den alten Continent mit Rücksicht auf seine allgemeinen Höhenverhältnisse, so findet man einen gebirgigen Theil, dessen gegenwärtiges Relief jünger ist, als die allgemeine Erhebung, die Bildung der Hochebenen, wenn man die große Masse, die sich fast ununterbrochen zwischen 8° und 54° n. B. ausdehnt, zusammenfaßt. Diese Richtung von Südwest nach Nordost zeigt sich nicht nur in den Umrissen und der Gestalt von ganz Europa; sie wiederholt sich auch sehr häufig in den Berginstemen und dem Streichen der europäischen Felsen. Das Innere von Asien ist unzweifelhaft unter demselben Einflusse gestanden, dieses ist sogar hier in noch größerem Maße der Fall gewesen. Verfolgt man die Nordgränze des allgemeinen Reliefs der asiatischen Gebirge, so sieht man, daß dasselbe in dem Maße gegen Norden sich mehr ausdehnt, als man östlich vorwärts geht. Bereits anderwärts habe ich darauf aufmerksam gemacht, daß die mächtige Anschwellung des Continents unter der Form von Hochebenen, die sich von Persien bis in die mongolische Gobi ausdehnen, einer nach N. 60° O. gerichteten Axe folgt. Diese Richtung deutet auf eine der ältesten Revolutionen, welche die Decke der Continente erlitten hat, hin; sie zeigt sich auch in Systemen (Westmoreland und Hundsrück) von Erhebungen der Schichten, denen Elie de Beaumont den ersten Rang anweist, weil sie vor allen anderen die Trilobiten, Productus und Spiriferen enthaltenden Uebergangsgebirge gehoben hat."

Wie man sieht, erklärt Humboldt die Erhebung der Hauptmasse des europäisch-asiatischen Continents für eine sehr alte und bringt sie vermöge des Parallelismus der Richtungen in Verbindung mit den ältesten Erhebungen Europa's. Wiederholt macht er in der Asie centrale darauf aufmerksam, daß sich zuerst die Flächen erhoben haben, und dann erst die Gebirge darauf. Ist die Erhebung von Asien wirklich so alt, so hat dieser Welttheil seit jener Zeit aus dem Meere herausgeragt und es ist daher nicht möglich, daß daselbst jüngere Meeresbildungen vorkommen. Es wäre jedoch hier auch möglich, daß bei der Erhebung des jetzigen Continentes ein alter Riß, der allerdings dagewesen sein kann, wieder aufgesprungen ist. Jedenfalls ist es etwas schwierig, anzunehmen, daß eine Bergkette, wie wir sie im Himalaya sehen, ohne alle

---

[1] Asie centrale I. 55.

jüngeren Bildungen wäre, welche gerade sehr vieles, wo nicht das meiste zur Größe oder wenigstens zur Mächtigkeit unsrer größeren europäischen Gebirge, wie der Alpen, beigetragen haben, während die scandinavischen Gebirge sowie der Ural sie allerdings entbehren.

Neben den Erhebungen der Gebirge hat Humboldt seine Aufmerksamkeit vorzugsweise auf den Vulcanismus und die damit verbundenen Erscheinungen gerichtet; er ist in Beziehung auf diese als eine der ersten Autoritäten zu betrachten. Seine Ansichten über den Vulcanismus finden sich in den Fragmens asiatiques (I. I u. ff.) und in der Asie centrale (I. 43 u. ff), und theils da es mir darum zu thun sein muß, vorzugsweise die Ansichten darzulegen, von welchen er ausging, theils auch, weil diese seine Ansichten auch gegenwärtig allgemein gültig sind, möge es mir erlaubt sein, sie hier zu wiederholen.

„Die vulcanischen Erscheinungen gehören bei dem gegenwärtigen Stande unsers Wissens nicht der Geognosie allein an; betrachtet man sie in der Gesammtheit ihrer Beziehungen, so sind sie eines der bedeutendsten Phänomene in der Physik der Erde. Die thätigen Vulcane erscheinen als das Ergebniß einer fortdauernden Verbindung des flüssigen Erdinnern mit der Atmosphäre, der Hülle der verhärteten und oxydirten Kruste unsres Planeten. Lavaströme entspringen wie intermittirende Quellen von geschmolzenen Steinen und ihre über einander gehäuften Laven scheinen unter unsern Augen im Kleinen die Bildung der krystallinischen Gesteine verschiedener Zeiten zu wiederholen. Auf dem Raume der Cordilleren der Neuen Welt wie im Süden von Europa und im Innern von Asien zeigt sich eine innige Verbindung zwischen der chemischen Wirkung der eigentlichen Vulcane und der der Salsen. Selbst diejenigen Vulcane, welche Steine (Laven die nach dem Austritte erstarren) hervorbringen, weil ihre Gestalt und ihre Lage d. i. die geringere Höhe ihres Gipfels oder Kraters, und die geringere Mächtigkeit ihrer nicht in Plateaus eingeschlossenen Seiten den Austritt geschmolzener erdiger Massen gestatten, sind in Verbindung mit den Salsen oder Schlammvulcanen im Südamerika, Italien, in der Krim und am caspischen Meere. Letztere werfen zuerst Steinblöcke, speien Flammen und saure Dämpfe, dann in einem ruhigeren und zu beschränkt aufgefaßten Stadium bringen sie schlammigen Thon, Naphtha und irrespirable Gase (mit Kohlensäure vermengten Wasserstoff und sehr reinen Stickstoff) hervor. Die Thätigkeit der Vulcane im engern Sinne des Wortes zeigt denselben Zusammenhang zwischen bald langsamen, bald raschen Bildungen. Diese sind Lager von Gyps und wasserfreiem Steinsalz, welche Naphtha, Schwefeleisen und mitunter, wie bei Rio Gualaga östlich der Andes von Peru, beträchtliche Mengen von Bleiglanz enthalten. Die Vulcane stehen in Verbindung mit Warmquellen, mit der Ablagerung von Metallen, die zu verschiedenen Zeiten von unten nach oben gehend sich in Gängen, Haufen, Stockwerken, oder in dem durch sie veränderten Gesteine, das sie durchdringen, ansammeln. Mit der vulcanischen Thätigkeit sind auch die Erdbeben verbunden, deren Wirkungen nicht immer rein dynamisch sind, da gleichzeitig mit ihnen auch chemische Vorgänge, Entwicklungen von unathembaren Gasen, Rauch und Lichterscheinungen verbunden sind. Hieher gehören auch die Erhebungen von Inseln, Bergen oder Küsten, Erhebungen, die bald plötzlich erfolgen, bald so langsam, daß sie erst nach geraumer Zeit beobachtet werden können."

„Dieser innige Zusammenhang zwischen so vielen verschiedenen Erscheinungen, die Betrachtung der vulcanischen Thätigkeit als Wirkung des Erdinnern auf die äußere Rinde, die festen Schichten, welche es umgeben, hat in letzter Zeit eine große Menge von geognostischen und physikalischen Problemen aufgehellt, die man für unlösbar gehalten hatte. Analogie mit genau beobachteten Thatsachen, genaue Untersuchung von Erscheinungen, die gegenwärtig in den verschiedenen Theilen der Erde vorgehen, bringen uns allmählig dahin, zu ahnen (nicht indem wir jede einzelne Bedingung feststellen, sondern indem wir die Gesammtheit des Auftretens der Erscheinung in's Auge fassen), was in Zeiten vorgegangen ist, die weit über die historischen hinausreichen. Der Vulcanismus wechselt nach den Stadien der fortschreitenden Abkühlung des Erdinnern, wegen der Verschiedenheit des Aggregatzustandes (tropfbarflüssigen oder festen), in dem es sich befindet. Diese Wirkung von innen nach außen ist gegenwärtig sehr geschwächt; sie ist jetzt auf eine kleine Anzahl von Stellen beschränkt, unterbricht ihre Thätigkeit, wechselt weniger ihren Platz und ist in den chemischen Vorgängen sehr vereinfacht, da sie nur rings um kleine kreisförmige Oeffnungen oder über wenig beträchtlichen Längsspalten Felsen hervorbringt, und auf weite Strecken nur dynamisch wirkt, indem sie die Erdkruste in gerader Richtung oder in Bezirken (Kreisen gleichzeitiger Schwingungen) erschüttert, die durch eine lange Reihe von Jahrhunderten dieselben bleiben. In den Zeiten, welche dem Menschengeschlechte voraus gegangen sind, wirkte das Erdinnere auf eine Kruste von geringerer Mächtigkeit; damals mußte es einen Einfluß auf die Luftwärme ausüben und die ganze Erde für Geschöpfe bewohnbar machen, die man jetzt für ausschließlich tropisch betrachtet. Seitdem in Folge der Wärmestrahlung und des Erkaltens der Oberfläche die Stellung unsers Planeten zu einem Centralkörper (der Sonne) maßgebend geworden ist, bestimmen sich danach fast ausschließlich die Klimate der verschiedenen Breiten."

„In der Urzeit war es auch, wo die elastischen Flüssigkeiten, oder die
vulcanischen Kräfte, mächtiger als jetzt, sich durch die oxydirte und wenig feste
Kruste des Planeten Luft machten, damals war es, wo sie diese Kruste durch-
brachen und nicht nur Gänge, sondern auch Massen von unregelmäßi-
ger Gestalt und großer Dichtigkeit (eisenhaltige Basalte, Melaphyre, Metall-
anhäufungen) dazwischen setzten. Diese Stoffe kamen in die Kruste, nachdem sie bereits fest geworden und ihre Abplattung geregelt war. Die Be-
schleunigung, welche die Pendelschwingungen an mehreren Punkten der Erde
erfahren, zeigt aus diesem Grunde häufig eine größere Abplattung, als diese
aus der Combination der trigonometrischen Messungen und aus der Theorie
der Mondsbewegung sich ableiten läßt.“

Diese Sätze dürften genügen, um zu zeigen, daß Humboldt einer der
ausgesprochensten Anhänger der vulcanistischen Theorie war, und bei dem
großen Ansehen, in dem seine Ansichten unter allen Naturforschern standen,
war sein Einfluß auf die Fortbildung dieser Doctrin ein äußerst bedeutender.
Dazu kam noch die Thätigkeit eines andern, Humboldt seit seiner Jugend-
zeit innigst befreundeten Mannes, Leopold's von Buch, der einer der
größten Geologen aller Zeiten, wie Humboldt in der Werner'schen
Schule gebildet, ursprünglich Anhänger des Neptunismus gewesen war, nach
Untersuchung der Vulcane in der Auvergne aber zum Vulcanismus übertrat.
Durch die Vereinigung beider Männer wurde der Vulcanismus oder Pluto-
nismus in einer Weise zur Herrschaft erhoben, daß von Neptunismus lange
Zeit hindurch fast keine Rede mehr war.

Die Vulcane hauchen sowohl während ihrer Eruptionen als auch zur
Zeit ihrer sogenannten Ruhe fast fortwährend Wasserdämpfe aus. Diese
Thatsache nun, sowie auch der Umstand, daß man lange Zeit keine andern
Vulcane kannte, als solche, die in der Nähe des Meeres liegen, führte nun
folgerecht zu der Annahme, durch einen der vielen Risse, die bei den verschiedenen Hebungen sich nicht wieder ganz schlossen, könne Wasser von außen in
das Innere bringen und komme dort mit den daselbst befindlichen glühend
flüssigen Massen in Berührung. Sollte dieses der Fall sein, so muß das
Wasser alsbald eine sehr hohe Temperatur annehmen, welche die Siedhitze
weit übersteigt, und damit das Bestreben, sich in Dampf zu verwandeln, in
hohem Grade hervortreten. Wenn die Dämpfe den Weg, auf welchem sie
als Wasser eingetreten sind, nicht zurückfinden, so werden sie einen andern
Ausweg suchen, und bis sie ihn gefunden haben, im Innern der Erde längere
oder kürzere Zeit herumkollern, und weil sie ihr Bestreben sich auszudehnen
nicht aufgeben, muß dieses auf der Oberfläche als Erderschütterung oder

Erdbeben gefühlt werden; es können dabei auch die unterirdischen Ge= räusche vorkommen, die man bei heftigen Erdbeben so häufig wahrnimmt. Damit vereinigt sich der Umstand, daß es bei starken Erdbeben nicht selten ist, daß man die Felsen sich spalten und Wasserdämpfen den Austritt gestatten sieht. Je länger die Dämpfe sich nicht entfernen können, um so verheerender werden die Erdbeben sein. Als gewöhnlicher Austrittsort dient irgend ein Vulcan, der einen unvollkommen geschlossenen Communicationsweg zwischen der Oberfläche und dem Innern darstellt, und wenn die innern Spannungen auf diese Weise nach= gelassen, so hat die Erdoberfläche wieder Ruhe. Aus diesem Grunde sieht man den Ausbruch eines Vulcans als den besten Vorboten des Aufhörens der Erdbeben an. Die Dämpfe, welche endlich im Vulcane den Weg ge= funden haben, auf dem sie austreten können, werden auf dem Wege dahin noch geschmolzene Massen des Erdinnern antreffen und diese theils mitreißen, theils vor sich herschieben. Diese glühende Flüssigkeit, die Lava, tritt daher durch die Mündung des Vulcans, den Krater, heraus, wenn es ihr nicht ge= lingt, eine Seitenöffnung im Vulcan zu machen, erkaltet dann und erstarrt zu Stein. Wenn der Vulcan sehr hoch ist und seine Seiten so fest sind, daß sie nicht durchbrochen werden können, so kann der Fall eintreten, daß die Dämpfe nicht vermögen, die Lava, die ihnen im Wege steht, bis zum Krater empor zu heben, sie müssen sich also durch dieselbe hindurch arbeiten und weil dieses schwerer geht, so müssen auch die Erdbeben eine bedeutend erhöhte In= tensität erlangen.

Diese Lehre erscheint so einfach, daß man glauben sollte, es lasse sich gar nichts dagegen einwenden, allein sie leidet an dem Fehler, daß sich doch nicht recht gut einsehen läßt, warum, wenn das Wasser an einer Stelle in das Innere gelangt und dort in Dampf verwandelt wird, der dadurch ent= standene Druck sich nicht alsbald dadurch geltend macht, daß die eingesperr= ten Stoffe sich durch dieselbe Oeffnung wieder entfernen. Diese Oeffnungen müßten eine Einrichtung haben, wie sie als Ventile an unsern Pumpen an= gebracht sind, und durch welche flüssige Stoffe wohl hin, aber nicht zurück können. Eine solche Einrichtung ist doch nicht wohl annehmbar. Andererer= seits ist es wohl denkbar, daß die drückenden Substanzen ihren Weg nach den Vulkanen leicht finden, wenn letztere den Oeffnungen im Meere nicht sehr fern sind; allein je größer diese Distanz wird, um so schwieriger wird dieses sein. Zugegeben noch, die Dämpfe finden ihren Weg, so sollte man glau= ben, daß die Erschütterung in der ganze Länge dieser Straße bemerkbar wäre, so daß man aus den Erdbeben auf der Oberfläche auf die Höhlen im Innern schließen könnte. Doch dem ist nicht also. Humboldt war es, ter zunächst auf die Vulcane im Pinnenlande aufmerksam machte, und also, obgleich er einer der ersten Anhänger des Vulcanismus war, die oben erwähnte Theorie des Vulcanismus schwieriger machte. Die Vulcane, von denen er spricht, erwähnt er in seiner Asie centrale; sie sind in Asien und, wenn auch nicht so weit vom Meere entfernt als die asiatischen, in Amerika. Er hat die Vulcane nicht entdeckt, aber die allgemeine Aufmerksamkeit darauf gelenkt und die vorhandenen Nachrichten darüber gesammelt.

Die vulcanischen Oeffnungen Innerasiens sind der Peschau, die Solfatare von Urumtsi und der Vulcan zwischen Turfan und Pidjan; sie gehören sämmtlich dem Thiän-schan an. Der erstere, wahrscheinlich in 42° 25' oder 42° 35' der Breite gelegen, hatte wirkliche Laraausbrüche vom Jahre 89 bis zum 7. Jahrhundert unserer Zeitrechnung. Er zeichnet sich dadurch aus, daß er große Mengen von Salmiak[1] aushaucht, die beträchtlicher zu sein scheinen als dieses bei den europäischen Vulcanen der Fall ist, wozu aber auch der Regenmangel und die Trockenheit in Asien beitragen mag. Die Einwohner des Landes bezahlen ihren Tribut an den Kaiser von China oft in Salmiak. Der Berg soll voll von Höhlen und Spalten sein. Im Frühling, Sommer und Herbste sind diese Oeffnungen so mit Feuer erfüllt, daß der Berg während der Nacht wie mit Tausenden von Lampen beleuchtet erscheint. Alsdann kann kein Mensch sich nähern; im Winter dagegen, wenn der Schnee das Feuer gelöscht hat, sammeln die Eingebornen den Salmiak, zu welchem Zwecke sie sich ganz nackt ausziehen. Das Salz soll sich in den Höhlen in Gestalt von Stalaktiten vorfinden, was die Einsammlung schwierig mache.

Die Solfatare von Urumtsi ist eine kreisförmige Fläche zwischen den Städten Urumtsi und Ili, welche 9—10 Meilen im Umfange hat. Von ferne erscheint sie weiß wie Schnee und aus ihrer Mitte erheben sich fortwährend Aschenwolken. Wirft man einen brennbaren Gegenstand hinein, so erhebt sich alsbald eine Flamme und in kurzer Zeit ist er zu Asche verbrannt; bei dem Hineinwerfen eines Steines sieht man sogleich einen dichten, lange dauernden schwarzen Rauch aufsteigen. Kommt ein Mensch oder ein vierfüßiges Thier aus Unvorsichtigkeit auf diesen Boden, so sinkt er nach einigen Schritten unter, wie wenn er in eine Grube fiele, und verschwindet für immer. In diesem Lande liegt im Winter der Schnee bis

---

1) Dieses Salz wurde früher über Armenien nach Europa gebracht. Durch Verstümmelung der Bezeichnung Sal armenicus soll das Wort Salmiak entstanden sein.

zu 10 Fuß hoch, aber auf der Solfatare bleibt niemals auch nur die geringste Spur.[1]

Der Bulcan bei Turfan ist ein isolirter Bergkegel nahe der Thian-schankette, 180 Meilen östlich vom Pe-schan. Auch hier wird Salmiak ge-sammelt.[2]

Auch im Kuen-lün soll, 240 Meilen vom Ocean, eine vulcanische Er-scheinung vorkommen, eine Feuerhöhle in dem Hügel Chinkhiu. Humboldt erwähnt, daß Julien eine Notiz darüber in einem chinesischen Buche Yuen-ischong-li gefunden habe.

Zu diesen Vulcanen Innerasiens kommt noch einer in der Mantschu-rei[3] (wahrscheinlich in 49 1/2° Br. und 120° östl. L. v. P.), der im Jahre 1721 Schlacken und Lava auswarf, und dessen Entfernung vom Meere Humboldt zu ungefähr 105 geogr. Meilen schätzt.

Wiederholt, sowohl in den Fragmens als auch in der Asie centrale, kommt Humboldt auf die ihrer großen Oberfläche nach einzige Depression des caspischen Meeres und seiner Umgebung unter das Niveau des Meeres zurück. Es gibt zwar noch anderwärts auf der Erde Stellen, die, obwohl trockenes Land, doch niedriger liegen als das Meer; ja der Spiegel des todten Meeres ist sogar 223 Toisen[4] unter dem Niveau des Mittelmeeres, wäh-rend der Spiegel des caspischen Meeres nur 12,7 Toisen[5] niedriger liegt als der des schwarzen; aber in solcher Ausdehnung wiederholt sich dieses Phänomen nicht wieder auf der Erde. Dieses Becken ist bei Tobolsk nur durch eine geringe Erhebung von dem Gebiete des Eismeeres getrennt, bei deren Entfernung das caspische Meer einen Busen des letzteren bilden würde, wie es das weiße Meer gegenwärtig thut. Die Salzseen, die sich um das caspische Meer herumlagern, machen es Humboldt wahrscheinlich, daß in früherer Zeit hier ein großes Binnenmeer gewesen sei, das aus Mangel an entsprechendem Zuflusse so lange kleiner wurde, bis die Einnahme der Aus-

---

1) Semenow gibt (Zeitschrift für allg. Erdkunde. Neue Folge, III. 436) an, er habe von Augenzeugen gehört, die Solfatare von Urumtsi sei ein conischer Berg von geringer Größe, der beständig raucht und ganz isolirt in einiger Ent-fernung vom Hochgebirge steht.

2) Auf der den Fragmens asiatiques beigegebenen Karte sind auch nördlich vom Thian-schan, zwischen diesem und dem Altai Salmiakhöhlen (Cavernes de sel ammoniac) angegeben; diese sind aber auf der Karte der Asie centrale weg-gelassen.

3) Kosmos IV. 456.

4) Rußegger'sche Messung. Humboldt, Asie centrale III. 550.

5) Asie centrale II. 308.

gabe durch Verdunstung entsprach. Auch zwischen dem Thian-schan und dem
Kuen-lün vermuthet Humboldt nach den chinesischen Nachrichten ein solches nun bis auf ein paar kleine Salzseen ausgetrocknetes Binnenmeer. Er
hält[1] die Entstehung der Niederung für eine nothwendige Folge der Erhebung der übrigen Hochländer von Asien, für ein dem dortigen Plus des Bodens entsprechendes Minus. Diese Aushöhlung hält er für ein Kraterland, das jedoch eher dem Hipparchus, Archimedes und Ptolemäus im
Monde oder etwa Böhmen zu vergleichen ist, als den Kegeln und Kratern
der Vulcane. Wenn jedoch Humboldt der caspischen Niederung mit dem
Namen Kraterland den rein vulcanischen Ursprung nicht beigemessen haben
will, so nimmt er dennoch[2] an, daß selbst noch in den historischen Zeiten
mancherlei Aenderungen im Relief vorgekommen seien, was also wieder auf
den Vulcanismus zurückführt. (Man vergleiche oben S. 380.)

In seiner Ansicht über den vulcanischen Charakter eines Theiles wenigstens der caspischen Niederung wurde Humboldt durch die Anwesenheit
von Salsen bestärkt. Diese Salsen oder Luftvulcane sind Stellen, die verschiedene Gase aushauchen, unter denen namentlich das (brennbare) Kohlen-
wasserstoffgas eine Hauptrolle spielt und mit denen oft ein Thonschlamm
zum Vorschein kommt, was auch zu dem Namen Schlammvulcane Veranlassung gegeben hat. Humboldt hat schon in Amerika bei Turbaco bei
Carthagena einen solchen Schlammvulcan, der Stickstoff aushaucht, gesehen
und beschrieben.[3] Seit Humboldt (April 1801) bis zu Acosta (Ende
Decembers 1850) sind diese Schlammvulcane von Naturforschern nicht mehr
besucht worden. Letzterer bemerkte, daß die Kegel einen bituminösen Geruch
verbreiten, daß etwas Erdöl auf der Wasserfläche der kleinen Oeffnungen
schwimme und daß man auf jedem der Schlammhügel das ausströmende Gas
entzünden könne, was die Entwicklung von Kohlenwasserstoff sicher anzeigt.
Humboldt[4] bleibt entschieden dabei, daß zu seiner Zeit hiervon nichts zu
bemerken gewesen sei, daß sich also der Zustand jener Vulcane geändert haben
müsse, was auch bei den Salsen der Halbinsel Taman vorgekommen sein
müsse, da zwischen den älteren Beobachtungen Parrot's (1811) und den
späteren Göbel's (1834) derselbe Unterschied vorwalte, denn Ersterer
konnte die aufsteigenden Blasen nicht entzünden, was aber Letzterem gelang.

---

1) Fragmens 193.
2) Asie centrale II. 295.
3) Rel. hist. III. 560.
4) Kosmos IV. 280.

Am Schlusse des 2. Bandes seiner Asie centrale führt Humboldt einen Brief von Lenz an, der die großen Gasvulcane am caspischen Meere bespricht. Dort befinden sich bei Baku auf der Halbinsel Abscheron Luftquellen, deren Gase fortwährend brennen. Wie lange dieses her sei, läßt sich nicht sagen: die indischen Feueranbeter, die sich dort angesiedelt haben, behaupten, daß das Feuer schon seit Erschaffung der Welt existirt, doch ist dieses natürlich nicht so genau zu nehmen. Auch im Innern von China gibt es Gasquellen, wie Humboldt nach Klaproth und Julien[1] berichtet. Diese oft sehr tiefen Quellen werden gebohrt und bringen bald Salzwasser, bald Gas und Salzwasser, bald Gas allein. Das Gas dient dabei als Brennmaterial zum Einsieden der Soole. Manchmal stößt man beim Bohren der Brunnen auch auf Kohlen. Ebendaselbst veröffentlicht Humboldt auch Berichte der genannten Gelehrten über die Vulcane von Japan.

Ueber die asiatischen Erdbeben sagt Humboldt[1]: „Wie allenthalben in den beiden Continenten scheinen die Erdbeben auch in Centralasien entweder linear zu sein, oder von bestimmten Mittelpunkten nach allen Richtungen sich fortzupflanzen. Die linearen Bewegungen folgen meistens der Richtung der großen Ketten, indem sie entweder auf beiden Abhängen fortgehen, oder indem sie nur auf einer Seite bleiben, und so die Richtung der Spalte angeben, aus der sich einst das Gebirge erhob. So gehen die südamerikanischen Erdbeben bald am Littorale, bald auf der Ostseite der Andes oder auf dem Nordabhange der Küstenkette von Venezuela hin. In Innerasien dagegen fühlt man die Bewegung gleichzeitig auf beiden Seiten des Thianschan, von Hami und Turfan gegen Bokhara hin bis in die Niederungen von Turan. Erdbebenmittelpunkte sind die Gegend des Baikalsees, besonders aber der Thian-schan, dessen Bezirk noch über den Himalaya hinausreicht, und auch der Durchschnitt des Bolor mit dem Himalaya und Kuen-lün, sowie auch die Kreuzung des ersteren mit dem Thian-schan, scheinen als solche angenommen werden zu müssen. Von dem Thian-schan gelangt man, sich etwas südwärts ziehend, gegen Westen zum Ararat, der als weiteres Centrum erscheint und von da der Länge des vulcanischen Mittelmeerbassins nachziehend nach Lissabon und zum Archipel der Azoren, und erhält so einen Erschütterungsbezirk, der wie ein der Breite des Mittelmeeres nahe gleiches Band über 120 Längengrade sich hinzieht. Die dem Aequator nahe parallele Richtung dieses Streifens ist eine rein zufällige und von der Umdrehungsaxe

1) Asie centrale II. 519.
2) Asie centrale II. 107.

der Erde unabhängig, und der Streifen ist daher in gleichen Rang mit denen zu stellen, die unter andern Richtungen an andern Punkten der Erde gefunden werden."

Nach der Veröffentlichung der Asie centrale hat Humboldt die Reaction des Innern der Erde auf ihre Oberfläche ausführlich noch im Kosmos Bd. I., namentlich aber in Bd. IV. besprochen.

Die Grundlagen beider Arbeiten sind dieselben, wie die schon öfter besprochenen.

Das Innere unserer Erde befindet sich trotz der Erkaltung der Oberfläche im feurigen Flusse, wie dieses sowohl die Temperaturzunahme, die man findet, wenn man in Bergwerke hinabsteigt, als auch die Thermen, tief aus der Erde heraufsteigende und die dortige Wärme heraufbringende Quellen beweisen und diese innere glühende Flüssigkeit übt ihre Einwirkung auf die Oberfläche aus. Diese offenbart sich a) blos dynamisch, durch Erschütterungswellen (Erdbeben); b) durch die den Quellwassern mitgetheilte, erhöhte Temperatur, wie durch die Stoffverschiedenheit der beigemischten Salze und Gasarten (Thermalquellen); c) durch den Ausbruch elastischer Flüssigkeiten, zu Zeiten von Erscheinungen der Selbstentzündung begleitet (Gas= und Schlammvulcane, Naphthafeuer, Salsen); d) durch die großartigen und mächtigen Wirkungen eigentlicher Vulcane, welche (bei permanenter Verbindung durch Spalten und Krater mit dem Luftkreise) aus dem tiefsten Inneren geschmolzene Erden, theils nur als glühende Schlacken ausstoßen, theils gleichzeitig wechselnden Processen krystallinischer Gesteinbildung unterworfen, in langen, schmalen Strömen ergießen.

Die wesentlichen Charaktere der Erdbeben sind: Räumliche Veränderung, Erschütterung, Hebung und Spaltenerzeugung; ihnen gesellen sich gelegentlich bei: Gas= und Dampfemanationen und unterirdisches Getöse. Bei ihnen ist zu unterscheiden der ursprüngliche Impuls, wahrscheinlich ein Stoß von unten, und das wellenartig sich fortpflanzende Nachklingen des Bodens ringsumher. Unstreitig liegt den Erdbeben und den vulcanischen Ausbrüchen eine und dieselbe Ursache zu Grunde, aber die Intensität der einen ist nicht immer der der andern proportional. Humboldt unterscheidet in Beziehung auf den Wirkungskreis dreierlei Arten von Erdbeben.

„Um von denjenigen Erschütterungen zu beginnen" sagt er, [1] „welche auf den kleinsten Raum eingeschränkt sind, und offenbar der Thätigkeit eines Vulcans ihren Ursprung verdanken; so erinnere ich hier zuerst daran, wie,

----

1) Kosmos IV. 229.

26

nächtlich im Krater des Vesuvs am Fuße eines kleinen Auswurfskegels sitzend, den Chronometer in der Hand (es war nach dem großen Erdbeben von Neapel am 20. Juli 1805 und nach dem Lavaausbruch, der 17 Tage darauf erfolgte) ich sehr regelmäßig alle 20 oder 25 Secunden unmittelbar vor jedem Auswurf glühender Schlacken eine Erschütterung des Kraterbodens fühlte. Die Schlacken, 50—60 Fuß emporgeschleudert, fielen theils in die Eruptionsöffnung zurück, theils bedeckten sie die Seitenwände des Kegels. Die Regelmäßigkeit eines solchen Phänomens macht die Beobachtung gefahrlos. Das sich wiederholende kleine Erdbeben war keineswegs bemerkbar außerhalb des Kraters: nicht im Atrio del Cavallo, nicht in der Einsiedelei del Salvatore. Die Periodicität der Erschütterung bezeugt, daß sie abhängig war von einem bestimmten Spannungsgrade, welchen die Dämpfe erreichen müssen, um in dem Inneren des Schlackenkegels die geschmolzene Masse zu durchbrechen. Ebenso als man in dem eben beschriebenen Falle keine Erschütterungen am Abfall des Aschenkegels des Vesuvs fühlte, wurde auch bei einem ganz analogen, aber viel großartigeren Phänomen: am Aschenkegel des Vulcans Sangai, der südöstlich von der Stadt Quito sich bis zu 15984 Fuß erhebt, von einem sehr ausgezeichneten Beobachter, Herrn Wisse, als er sich (im December 1849) dem Gipfel und Krater bis auf 1000 Fuß näherte, kein Erzittern des Bodens bemerkt; dennoch waren in der Stunde bis 267 Explosionen (Schlackenauswürfe) gezählt worden."

„Eine zweite, unendlich wichtigere Gattung von Erdbeben ist die sehr häufige, welche große Ausbrüche von Vulcanen zu begleiten oder ihnen voranzugehen pflegt: sei es, daß die Vulcane, wie unsre europäischen, Lavaströme ergießen, oder, wie Cotopaxi, Pichincha und Tunguragua der Andeskette, nur verschlackte Massen, Asche und Dämpfe ausstoßen. Für diese Gattung sind vorzugsweise die Vulcane als Sicherheitsventile zu betrachten, schon nach dem Ausspruche Strabo's über die lavaergießende Spalte bei Lelante auf Euböa. Die Erdbeben hören auf, wenn der große Ausbruch erfolgt ist."

„Am weitesten verbreitet sind aber die Verheerungen von Erschütterungswellen, welche theils ganz untrachytische, unvulcanische Länder, theils trachytische, vulcanische wie die Cordilleren von Südamerika und Mexico durchziehen, ohne irgend einen Einfluß auf die nahen Vulcane auszuüben. Dies ist eine dritte Gruppe von Erscheinungen und die, welche am überzeugendsten an die Existenz einer allgemeinen Ursache, welche in der thermischen Beschaffenheit des Innern unsres Planeten liegt, erinnert. Zu dieser dritten Gruppe gehört auch der, doch seltene Fall, daß in unvulcani-

schen und durch Erdbeben wenig erschreckten Ländern, auf dem eingeschränk=
testen Raume, der Boden Monate lang ununterbrochen zittert, so daß man eine
Hebung, die Bildung eines thätigen Vulcans zu besorgen anfängt. So war
dies in den piemontesischen Thälern von Pelis und Clusson, wie bei Pignerol
im April und Mai 1805; so im Frühjahr 1829 in Murcia, zwischen Ori=
huela und der Meeresküste, auf einem Raum von kaum einer Quadratmeile.
Als im Innern von Mexico, am westlichen Abfall des Hochlandes von Me=
choacan, die cultivirte Fläche von Jorullo 90 Tage lang ununterbrochen er=
bebte, stieg der Vulcan mit vielen Tausenden ihn umgebender, 5—7 Fuß
hoher Kegel (los hornitos) empor, und ergoß einen kurzen aber mächtigen
Lavastrom. In Piemont und in Spanien dagegen hörten die Erderschüt=
terungen allmählig auf, ohne daß irgend eine Naturbegebenheit erfolgte."

Humboldt bemerkt,[1] daß man die Erdbeben, welche mit den Vulca=
nen nicht in einem nachweisbaren Zusammenhange stehen, im Gegensatze zu
denen, bei welchen dieses der Fall ist, den vulcanischen, plutonische
nenne; doch hält er diese Bezeichnung in Hinsicht auf allgemeinere Ansichten
über Vulcanicität nicht für passend.

Wenn die meteorischen Wasser auf den Boden fallen, so werden sie, da
letzterer nur ausnahmsweise wasserdicht ist, in größerem oder geringerem
Maaße in denselben eindringen und wenn dieses auf einer Anhöhe geschieht,
so wird es im Thale im Allgemeinen nicht an einer Stelle fehlen, an der das
Wasser als Quelle wieder zum Vorschein kommt. Das Terrain, welches
unterirdisch von ihm durchlaufen wird, muß irgend eine Temperatur haben,
es wird dieselbe der durchrieselnden Flüssigkeit mittheilen, und aus der Wär=
me der Quellen wird sich daher auch die des Bodens bestimmen lassen. Von
der Anwendung dieser Beobachtungen ist bereits oben (S. 163 und 166)
gesprochen worden; allein es knüpft sich hieran noch ein anderer Gegenstand
von Interesse. Der Punkt, an dem das Quellwasser austritt, muß nicht der
tiefste im ganzen Laufe des Wassers sein; es ist nach hydrostatischen Gesetzen
nur nothwendig, daß die Ausflußstelle niedriger sei, als diejenigen, an denen
das Meteorwasser in seine Kanäle eindrang, und der Weg kann, ehe er zu
Tage führt, vorher sich weit in die Tiefe gesenkt haben. In der Tiefe nimmt
aber die Wärme zu, und solche Quellen, die sehr weit heraufkommen, haben
daher eine höhere Temperatur, als die mittlere der Ausflußstelle ist: sie sind
Thermen. Solche Quellwasser haben oft einen großen Umweg gemacht,
sie sind möglicherweise an einem weit entfernten Orte eingedrungen und ihr

---

[1] Kosmos IV. 228.

Wasserreichthum ist daher unabhängig von den Regenverhältnissen der Ausflußstelle. Daß die Warmquellen aus großen Tiefen kommen müssen, läßt
sich daraus schließen, weil alle artesischen Brunnen ein um so wärmeres
Wasser geben, je tiefer sie gebohrt sind; einer Zunahme der Tiefe um
91—99 Fuß entspricht eine Wärmesteigerung von 1° des hunderttheiligen
Thermometers.[1] Einer der tiefsten artesischen Brunnen ist der zu Neusalzwerk, von dem (vergl. S. 331) Humboldt der Akademie zu Paris Bericht
erstattete. Aus dem Innern der Erde kommen verschiedene Stoffe in die
Höhe, wie z. B. Kohlensäure, Schwefelwasserstoff u. s. w. Diese können auf
ihrem Wege dem Wasser einer Quelle begegnen, und letzteres wird dadurch
zur Mineralquelle; doch ist dabei nicht zu übersehen, daß das Quellwasser sich auf seinem Wege auch noch mit andern Stoffen beladen kann,
und daß darum nicht jede Mineralquelle mit der vulcanischen Wirkung in
Verbindung ist, während jede Therme unter dem Einflusse dessen steht, was
die vulcanischen Erscheinungen veranlaßt. Zu den vulcanischen Mineral-
quellen gehören diejenigen, welche Salzsäure und Schwefelsäure führen, und
wir verdanken Humboldt ein paar Abhandlungen über solche Quellen.
(Des eaux chargées d'acide muriatique, Analyse d'eau du Rio Vinagre s. oben
S. 124 und 125.)

Während die Erdbeben noch von keiner Temperaturerhöhung begleitete
rein dynamische Erscheinungen sind, beobachtet man das Durchwirken der
Centralwärme durch die Kruste bereits an den Thermen. An den Warmquellen kann man niemals eine Temperatur beobachten, die höher ist, als die
Siedhitze des Wassers; dagegen gehen die Salsen oder Schlammvulcane
bereits weiter, denn sie gerathen bisweilen in einen Ausnahmezustand, in
dem sie durch Ausbruch von Feuersäulen sich den Vulcanen nähern. So fand
1839 in der oben erwähnten Salse von Turbaco ein mächtiger mit Erder-
schütterungen verbundener Flammenausbruch statt, und es blieb als Rest ein
den Salsen ähnlicher Gasvulcan. Auch bei andern derartigen Gebilden
sind derlei Erscheinungen beobachtet worden.

„Wenn wir nun", sagt Humboldt[2], „einen letzten Blick auf die Art
vulcanischer Thätigkeit werfen, welche sich durch Hervorbringen von Däm-
pfen und Gasarten, bald mit, bald ohne Feuererscheinungen offenbart, so
finden wir darin bald große Verwandtschaft, bald auffallende Verschiedenheit
der aus den Erdspalten ausbrechenden Stoffe: je nachdem die hohe Tempe-

---

1) Kosmos IV. 237.
2) Kosmos IV. 266.

ratur des Inneren, das Spiel der Affinitäten modificirend, auf gleichartige oder sehr zusammengesetzte Materien gewirkt hat. Die Stoffe, welche bei diesem geringeren Grade vulcanischer Thätigkeit an die Oberfläche getrieben werden, sind: Wasserdampf in großem Maaße, Chlornatrium, Schwefel, ge- schwefelter und geschwefelter Wasserstoff, Kohlensäure und Stickstoff; Naphtha (farblos, gelblich oder als braunes Erdöl); Borsäure und Thonerde der Schlammvulcane. Die große Verschiedenheit dieser Stoffe, von denen jedoch einige (Kochsalz, Schwefelwasserstoffgas und Erdöl) sich fast immer begleiten, bezeugt das Unpassende der Benennung Salsen, welche aus Italien stammt, wo Spallanzani das große Verdienst gehabt hat, zuerst die Aufmerk- samkeit der Geognosten auf das lange für so unwichtig gehaltene Phänomen im Modenesischen zu leiten. Der Name Dampf- und Gasquellen drückt mehr das Gemeinsame aus. Wenn viele derselben als Fumarolen zwei- felsohne in Beziehung zu erloschenen Vulcanen stehen, ja besonders als Quellen von kohlensaurem Gas ein letztes Stadium solcher Vulcane charakte- risiren; so scheinen dagegen andere, die Naphthaquellen, ganz unabhängig von den wirklichen, geschmolzene Erden ausstoßenden Feuerbergen zu sein. Sie folgen dann, wie schon Abich am Kaukasus gezeigt hat, in weiten Strecken bestimmten Richtungen, ausbrechend auf Gebirgsspalten: sowohl in der Ebene, selbst im tiefen Becken des caspischen Meeres, als in Gebirgs- höhen von fast 8000 Fuß. Gleich den eigentlichen Vulcanen vermehren sie bisweilen plötzlich ihre scheinbar schlummernde Thätigkeit durch Ausbruch von Feuersäulen, die weit umher Schrecken verbreiten. In beiden Continenten, in weit von einander entfernten Weltgegenden, zeigen sie dieselben auf ein- ander folgenden Zustände; aber keine Erfahrung hat uns bisher berechtigt zu glauben, daß sie Vorboten der Entstehung wirklicher, Lava und Schla- den auswerfender Vulcane sind. Ihre Thätigkeit ist anderer Art: vielleicht in minderer Tiefe wurzelnd und durch andere chemische Processe bedingt."

Das höchste Stadium der Reaction des Erdinnern auf die Oberfläche sehen wir in den wirklichen Vulcanen, solchen Oeffnungen der Erde, durch die nach Humboldt' neben den Gasarten auch feste, stoffartig verschiedene Massen in feuerflüssigem Zustande, als Lavaströme, oder als Schlacken, oder als Producte der feinsten Zerreibung (Asche) aus ungemessener Tiefe an die Oberfläche gedrängt werden. Humboldt spricht sich gegen den alten Sprachgebrauch aus, demzufolge man die Wörter Vulcan und Feuer- berg für synonym hält, weil sich dadurch der Begriff vulcanischer Erschei-

---

1) Kosmos IV. 269.

nungen zu sehr an das Bild von isolirten Kegelbergen mit kreisrunder und ovaler Oeffnung an der Spitze knüpft, während in der Wirklichkeit große Flächen von mehreren tausend Quadratmeilen als ein einziger Vulcan, dem eine größere Anzahl von Oeffnungen zu Gebote steht, betrachtet werden können.

Solche Vulcane sind der mittlere Theil des mexicanischen Hochlandes zwischen dem Pic von Orizaba, dem Jorullo und den Küsten der Südsee; Centralamerika; die Cordilleren von Neugranada und Quito zwischen dem Vulcan von Puracé bei Popayan, dem von Pasto und dem Chimborazo; das Isthmusgebirge des Kaukasus zwischen dem Kasbegl, Elbruz und Ararat. Grundlage der Humboldt'schen Theorie ist die Annahme, daß da und dort in den untern Lagen der Erdkruste sich eine Spalte befinde, durch welche der Verkehr zwischen innen und außen vermittelt wird. In dem ganzen Bereiche dieser Spalten ist der größte Theil oberflächlich zugedeckt, ohne jedoch dem Ganzen die ursprüngliche Festigkeit geben zu können; einzelne Stellen sind offen oder doch viel schwächer verbunden und dort ist es, wo zunächst der Ausbruch erfolgt; wenn auch allenthalben die Möglichkeit vorhanden ist, daß eine neue Oeffnung sich bildet. An den eine offene Straße bildenden Orten wird theils durch Hebung von früher horizontalen Schichten, die in ähnlicher Weise vor sich geht, wie sie, wie oben (S. 387) angegeben, bei der Bildung von Gebirgen stattfindet, theils durch das von unten heraufkommende oben liegenbleibende Material eine Erhöhung, ein Feuerberg gebildet, der zwar eine verschiedenartige Gestalt haben kann, die jedoch in der Regel die Kegel- oder Glockenform ist.

Die Höhe der Feuerberge ist sehr verschieden; sie schwankt zwischen dem 700 Fuß hohen Vulcane der japanesischen Insel Kosima und dem Sahama in Bolivia, der sich bis zu 20870 Fuß erhebt. Ebenso verschieden wie die Gestalt ist die Häufigkeit der Ausbrüche, die von der Höhe des Vulcans durchaus keine Abhängigkeit zeigt.

Den deutlichsten Fingerzeig für den Ausbruch der Vulcane aus Spalten geben die sogenannten Reihenvulcane, d. i. solche Feuerberge, die in größerer oder geringerer Anzahl in einer nur wenig gebogenen Linie hintereinander stehen. So unterscheidet Humboldt in Südamerika und Centralamerika bis Mexico 5 Reihen, von denen die 4 südlichen fast ganz der Richtung der Andes folgen, während die mexicanische sie quer durchsetzt. Nachdem er dann die Vertheilung der Feuerberge über die Erde untersucht, kommt er (S. 446) zu folgender Zusammenstellung.

Lage der Gruppe.	Sie enthält Vulcane im Ganzen	noch entzündete
I. Europa	7	4
II. Inseln des atlantischen Meeres	14	8
III. Afrika	3	1
IV. Asien, das continentale	25	15
a) westlicher Theil und das Innere	11	8
b) Halbinsel Kamtschatka	14	0
V. ostasiatische Inseln	60	54
VI. südasiatische Inseln	120	56
VII. indischer Ocean	0	5
VIII. Südsee	40	26
IX. Amerika, das continentale	115	53
a) Südamerika	56	26
α) Chili	24	13
β) Peru und Bolivia	14	3
γ) Quito und Neugranada	18	10
b) Centralamerika	29	18
c) Mexico, südlich vom Rio Gila	6	4
d) Nordwestamerika, nördlich vom Gila	24	5
X. Antillen	5	3
in Summa	407	225

Als entzündet, also noch thätig, gelten in dieser Tabelle alle diejenigen Vulcane, welche noch Dämpfe ausstoßen, oder historisch gewisse Eruptionen gehabt haben im 19. oder in der letzten Hälfte des 18. Jahrhunderts, obwohl, wie dieses z. B. bei dem Vesuv beobachtet wurde, in einzelnen seltenen Fällen ein Berg nach einer Jahrhunderte langen Pause wieder aufbrechen kann. Am dichtesten unter allen Gegenden der Erde stehen die Feuerberge im indischen Archipelagus und die einzige Insel Java hat mehr thätige Vulcane (28) als das 7 mal längere Südamerika. Denkt man sich die Südsee durch die Behringsstraße und den Parallel von Neuseeland und Südchili begränzt, so fallen in das Becken und um dasselbe her (in seiner continentalen asiatischen und amerikanischen Begränzung) von den 225 entzündeten Vulcanen der Erde 198 oder nahe ⅞. Die den Polen nächsten Vulcane sind nach unserer jetzigen geographischen Kenntniß: in der nördlichen Hemisphäre der Vulcan Esk auf der kleinen Insel Jan-Mayen, lat. 71° 1' und long. 9° 51' w. v. P.; in der südlichen Hemisphäre der röthliche, selbst bei Tage sichtbare Flammen ausstoßende Mount Erebus.

Auch im Kosmos kommt Humboldt (so namentlich I. 253. IV. 452) auf den im Vorstehenden schon öfter erwähnten Umstand, daß die Vulcane meistens in der Nähe des Meeres sind, ein Umstand, der einen Wink über die Ursache geben kann, die dem zeitweiligen Ausbrechen der Eruptionen zu Grunde liegen mag. Er sagt an dem letzteren Orte:

„Die große Frequenz der Vulcane auf den Inseln und in dem Littoral der Continente hat früh die Geognosten auf die Untersuchung der Ursachen dieser Erscheinung leiten müssen." Nachdem er hierauf die Theorie von dem Eindringen des Meerwassers besprochen, fährt er fort: „Mechanische oder vielmehr dynamische Ursachen, seien sie gesucht in der Faltung der oberen Erdrinde und der Erhebung der Continente, oder in der local minderen Dicke des starren Theils der Erdkruste möchten meiner Ansicht nach mehr Wahrscheinlichkeit gewähren. Man kann sich vorstellen, daß an den Rändern der aufsteigenden Continente, welche jetzt die über der Meeresfläche sichtbaren Littorale mit mehr oder minder schroffen Abhängen bilden, durch die gleichzeitig veranlaßten Senkungen des nahen Meeresgrundes Spalten verursacht worden sind, durch welche die Communication mit dem geschmolzenen Innern befördert wird. Auf dem Rücken der Erhebungen, fern von jenen Senkungsarealen des oceanischen Beckens ist nicht dieselbe Veranlassung zum Entstehen solcher Zertrümmerung gewesen. Vulcane folgen dem jetzigen Meeresufer in einfachen, bisweilen doppelten, wohl auch dreifachen parallelen Reihen. Kurze Querjoche verbinden sie, auf Querspalten gehoben und Bergknoten bildend. Häufig (keineswegs immer) ist die dem Ufer nähere Reihe die thätigste, während die fernere, mehr innere, erloschen oder dem Erlöschen nahe erscheint. Bisweilen wähnt man nach bestimmter Richtung in einer und derselben Reihe von Vulcanen eine Zu- oder Abnahme der Eruptionshäufigkeit zu erkennen; aber die Phänomene der nach langen Perioden wieder erwachenden Thätigkeit machen dieses Erkennen sehr unsicher."

Humboldt hat, wie sich aus Vorstehendem ergibt, sich wohl gehütet, die Ursache anzugeben, welche die vulcanischen Erscheinungen zunächst veranlassen; er hat sich damit begnügt, die Umstände zu bezeichnen, unter denen sie zumeist eintreten, und es bleibt daher den späteren Untersuchungen anheim gegeben, das primum movens zu finden.

Der Vulcanismus oder Plutonismus, als dessen entschiedener Anhänger Humboldt zu betrachten ist, hat, wie bereits erwähnt, während der ersten vier Decennien dieses Jahrhunderts den Neptunismus fast vollständig verdrängt. Lassen wir die Laven und die Sedimentgesteine, über deren Ursprung wohl nie ein Zweifel war, da wir sie noch täglich vor unsern Augen sich bilden sehen, aus dem Spiele, beschränkten wir uns also auf die vor den historischen Zeiten entstandenen krystallinischen Gesteine, so beginnt die Meinungsverschiedenheit mit der Entstehung des Basaltes. Der Streit wurde zu Gunsten der Vulcanisten entschieden, weil es gelang, den Ursprung von Basalten aus ehemaligen Kratern nachzuweisen. Die verschiedenen Analogien zwischen Basalten, Doleriten, Trappen u. s. w. veranlaßten die nunmehr erstarkten Vulcanisten auch diese Bildungen für sich in Anspruch zu nehmen. Darauf kamen die übrigen Gesteine, Granit, Porphyr, Serpentin u. s. w. an die Reihe. Bei diesen ist aber von einem Krater, aus dem die Stoffe ausgeflossen sein könnten, nicht eine Spur zu sehen, und die ganze Art des Auftretens veranlaßte die Annahme, daß diese Gesteine nicht als flüssige Laven, sondern als eine Art Brei, nicht aus Kratern, sondern aus weiten Spalten hervorgedrungen seien, und man nannte diese Gesteine zum Unterschiede von den andern plutonische. Sehr befördernd für die Ansicht von der früheren wenigstens theilweisen Flüssigkeit des Granits war die oben S. 323 erwähnte Beobachtung Humboldt's über das Auftreten dieses Gesteins am Orthsch. Bei den plutonischen Gebilden ist wie bei den vulcanischen die Thätigkeit des Wassergottes eine völlig unbedeutende; alle Flüssigkeit wird mit Hülfe ungeheurer Hitze, die sich nach und nach verlor, zu Stande gebracht. Hier findet sich ein schwacher Punkt der plutonistischen Lehre, denn so zusammenhängend, so consequent sie auch in physikalischer Beziehung ist, so kann dieses nicht mehr gesagt werden, wenn man auch die chemischen Verhältnisse berücksichtigt. So z. B. besteht der Granit aus dreierlei verschiedenen Mineralien, aus Quarz, Feldspath und Glimmer. Erhitzt man nun ein Stück Granit, so schmilzt zuerst der Glimmer, dann der Feldspath, der Quarz aber ist so schwerflüssig, daß man ihn in größeren Massen zu schmelzen nicht vermag. Dieser Mißstand läßt sich übrigens nicht als Einwurf gegen den Plutonismus betrachten, denn er wird durch die einfache Annahme, es sei eben früher noch heißer gewesen als in unsern besten Hochöfen, gehoben. Wir wollen aber jetzt annehmen, der Granit sei mit Hülfe von einer fürchterlichen Hitze glücklich in einen Brei umgewandelt, und es handle sich nun um das Erkalten. Für das Fortgehen der Wärme haben wir nicht zu sorgen, aber zu was wird der Brei erhärten, wird er Granit werden? Aller Wahrscheinlichkeit nach nicht. Angenommen, die drei Mineralien trennen sich wieder bei dem Erkalten, so wird zuerst der schwerflüssige Quarz die feste Gestalt annehmen, dann der Feldspath und endlich der Glimmer, und da die beiden letzteren länger flüssig waren, wird sich zuerst der Quarz seinen Platz ausgesucht haben, und die beiden Gefährten nehmen diejenigen Stellen ein, die er übrig gelassen. Betrachtet man aber ein Stück Granit, so findet sich der umgekehrte Fall, denn aus der Bildung der Glimmer= und Feldspath= krystalle ergibt sich, daß sie sich frei zusammenfügen konnten, während der Quarz nur die leeren Stellen z w i s ch e n den andern Krystallen einnimmt. Es mußten daher zuerst diese vorhanden sein, ehe der sich nach ihnen richtende Quarz kommen konnte. Diesen Mißstand suchten die Plutonisten durch einen Analogieschluß zu entfernen, denn man weiß, daß das Wasser, das un= ter gewöhnlichen Umständen bei 0° gefriert, im luftverdünnten Raume und in der Ruhe bis zu 10°—12° unter 0 erkältet werden kann, ohne daß es darum fest wird; allein es ist kaum anzunehmen, daß es bei der ersten Bil= dung des Granites auf der Erde besonders ruhig zugegangen sei und ein verminderter Luftdruck war sicherlich nicht vorhanden. Außerdem fragt es sich, warum diese Umstände gerade auf den Quarz und nicht auch auf seine Gefährten gewirkt haben sollen.

Es ist auch nicht der Beobachtung entgangen, daß die vulcanischen Ge= steine keinen Quarz enthalten, der bei den plutonischen eine so große Rolle spielt. Bei den Laven findet man sehr häufig glasartige Gebilde, die soge= nannten Obsidiane, die als ein sicheres Zeichen vormaliger Schmelzung be= trachtet werden können, in den Graniten ist noch nie ein Uebergang in Glas beobachtet worden.

Unter Umgehung des Plutonismus hat F u ch s [1] im Jahre 1838 eine Theorie der Erdbildung oder vielmehr der Bildung ihrer Oberfläche entworfen. Die Erde ist nach ihm früher aus amorphen unkrystallisirten Stoffen bestanden, durch deren Uebergang in den Zustand der Krystallisation mancherlei Wärme= und Lichtentwicklungen, sowie chemische Processe erfolgten. Es ist die F u ch s = sche Lehre mehr eine Geologie vom chemischen Standpunkte zu nennen, wäh= rend der Plutonismus eher physikalisch ist. Lange war seine Schule nicht nur isolirt, sondern auch so ziemlich ignorirt. In neuerer Zeit haben B l u m [2] und B i s ch o f f [3] nachgewiesen, daß eine Menge von Mineralien, die man früher als nur durch das Feuer entstanden glaubte, sich auch ganz kalt auf nassem Wege bilden können. Dadurch ist aber der ganze Gegenstand höchst complicirt geworden, da man nicht mehr weiß, wie ein Mineral sich gebildet habe, denn je mehr Bildungsweisen möglich sind, um so mehr wird es schwie= rig sein, die rechte zu finden.

---

1) Gesammelte Schriften 199.
2) Die Pseudomorphosen des Mineralreichs 1843 und Nachtrag zu den Pseu= domorphosen 1847.
3) Lehrbuch der chemischen und physikalischen Geologie.

Im Allgemeinen scheint gegenwärtig der neue Neptunismus im Vorschreiten zu sein, besonders seitdem die Hauptträger des Plutonismus, Buch
und Humboldt, todt sind, und es ist nicht unmöglich, daß der Plutonismus einen Theil seiner Gesteine, wie den Granit u. s. w., als geraubtes
Gut wieder hergeben muß.

Wie weit dieses gehen wird, und wie lange der Streit noch dauert, ist
eine Frage der Zukunft; doch dürfte wohl schwerlich von dem Vulcanismus
im engeren Sinne, also dem eigentlichen Gegenstande Humboldt's weit
abgegangen werden, und es ist recht gut möglich, daß man am Ende für den
Granit und die verwandten Gesteine eine Entstehungsart annimmt, die von
der gegenwärtigen Annahme, sie seien im breiartigen Zustande herausgekom-
men, abweicht, daß aber die Theorie sich geltend macht, sie seien n ach ihrer
Bildung von unten in die Höhe geschoben worden, so daß dann das flüssige
Innere auf den Granit und dieser erst auf die Sedimentgesteine gedrückt
hätte.

Der Magnetismus.

Als Humboldt nach seinem langjährigen Aufenthalte in Paris nach
Berlin zurückgekehrt war, um dort seinen definitiven Wohnsitz zu nehmen,
widmete er sich mit größtem Eifer den Beobachtungen des Erdmagnetismus.
Zur Erreichung größtmöglicher Genauigkeit und um die Wirkung des Erdmagnetismus rein zu bekommen, mußte alles Eisen aus der Nähe des Instrumentes entfernt werden; es wurde daher in dem Garten des Stadtrathes
Mendelssohn-Bartholdy ein eigenes Haus erbaut, in dem sich gar
kein Eisen befand, da sogar das Schloß aus Kupfer gemacht war. Dort wurde
nun regelmäßig beobachtet, ja am 31. Januar und am 25. März 1829
wurde stündlich der Gang der Declinationsnadel untersucht und gleichzeitig
geschah dasselbe von Reich in einer Grube des Freiberger Bergwerks. Das
Resultat' war eine analoge Bewegung der Freiberger und der Berliner Nadel, ohne daß sich darum kleinere, ohne Zweifel von Localeinflüssen herrührende abweichende Bewegungen verkennen ließen.

Nachdem dieses erkannt war, setzte Humboldt besondere Beobach-
tungstermine fest, an denen von 4 Uhr Morgens bis Mitternacht des andern
Tages an verschiedenen Stationen zugleich wenigstens einmal stündlich be-

---

1) Pogg. Ann. XV. 1829.

obachtet werden sollte. Die festgesetzten Tage waren: 20. März, 4. Mai,
21. Juni, 6. August, 23. September, 5. November und 21. December, und
in den Kreis der mit einander verbundenen Stationen wurden jetzt außer
Berlin und Freiberg noch Nicolajew und Kasan gezogen. Das Resultat
dieser Beobachtungen[1] war ein analoges Verhalten der Magnetnadel an
allen Stationen sowohl bei der regelmäßigen als auch bei der unregelmäßigen, durch Störungen und Nordlichter veranlaßten Bewegung, und so war
es nun erkannt, daß die magnetischen Erscheinungen nicht blos von Localverhältnissen abhängig sind, sondern daß die jeweiligen Zustände der ganzen
Erde, oder doch eines großen Theiles derselben sich in der Bewegung der
Nadel eines gegebenen Ortes abspiegeln, ein Resultat, zu dessen Erzielung
Humboldt unmittelbar thätig war. Es versteht sich wohl von selbst, daß
Humboldt seine Reise nach Sibirien dazu benutzte, Beobachtungen über
den Magnetismus der Erde anzustellen. Die Ergebnisse sind, wie bereits
erwähnt, in dem Anhange zum 3. Bande der Rel. hist., dann in Pogg. Ann.
XVIII. 1830 niedergelegt.

Indessen waren aber auch andere Gelehrte nicht müssig geblieben; auch
von anderer Seite war man so eifrig bemüht, zu dem Aufbau der Lehre vom
Erdmagnetismus beizutragen, daß die ersten 10 Jahre unsres Abschnittes
mit Recht zu den für den genannten Zweig wichtigsten Epochen gezählt werden können.

Fast gleichzeitig mit Humboldt, nämlich von 1828—1830 bereiste
der für den Magnetismus unermüdlich thätige Hansteen einen großen
Theil von Sibirien eigens zu dem Zwecke, um das dortige Verhalten des
Erdmagnetismus näher kennen zu lernen. Die Vereinigung seiner eigenen
Beobachtungen mit denen Humboldt's, de Rossel's, Sabine's,
Franklin's, Ermann's u. s. w. setzte ihn in den Stand, im Jahre
1833 die erste Intensitätskarte[2] der ganzen Erdoberfläche zu construiren,
in der also diejenigen Punkte mit einander zu Isodynamen verbunden
sind, welche eine gleiche magnetische Intensität besitzen. Auf dieser Karte ist
wie bisher diejenige Intensität als Einheit angenommen, die Humboldt
in Peru im magnetischen Aequator gefunden und in seiner mit Gay-Lussac verfaßten Abhandlung von 1806 gleich 1 gesetzt hatte, obwohl diese Einheit nicht das Minimum der bisher auf der Erdoberfläche gefundenen Intensität ist. Als nämlich Humboldt auf seiner amerikanischen Reise sich dem

---

1) Pogg. Ann. XIX. 1830.
2) Pogg. Ann. XXVIII. 1833.

magnetischen Aequator näherte, fand er, daß die Intensität des Erdmagnetismus mehr und mehr abnahm und in dem Aequator selbst einen kleinsten Werth erreichte. Diesen Werth setzte er in der erwähnten Abhandlung als Einheit. Weil damals außer seinen Beobachtungen noch keine andern gemacht oder veröffentlicht waren, so konnte man noch nicht wissen, ob die Intensität an allen Theilen dieses Aequators dieselbe, oder ob sie nicht an andern größer oder geringer sei. Die Beobachtungen Sabine's zeigten, daß von Brasilien östlich bis über Borneo hinaus die Intensität geringer sei, als in Peru und daß das absolute Minimum sich wahrscheinlich in der Gegend von St. Helena befinde. Hätte Humboldt schon im Jahre 1806 von diesen Beobachtungen, die jedoch erst 14 Jahre später gemacht wurden, gewußt, so ist nicht zu zweifeln, daß er dann die Intensität von St. Helena gleich 1 gesetzt hätte, allein das war nicht möglich und obwohl man später fand, daß die Humboldt'sche Einheit nicht, wie man anfangs geglaubt hatte, den geringsten Werth der Intensität darstelle, so wurde sie doch beibehalten, wird es zum Theil auch jetzt noch, da dadurch die Vergleichung von aus verschiedenen Zeiten stammenden Karten bedeutend erleichtert wird. Die Unterschiede, die sich bei Benutzung verschiedener Einheiten ergeben, sind etwa dieselben, die man erhält, wenn man eine Reihe von ungleich schweren Körpern nach Pfunden des einen oder des andern Staates abwiegt: die Zahlen werden jedesmal anders, wenn ein anderes Pfund genommen wird, aber, und dieses ist die Hauptsache, das gegenseitige Verhältniß der Zahlen bleibt sich immer gleich, wenn man stets dem einmal genommenen Pfunde treu bleibt.

Wenn es unter den jetzigen Umständen praktisch von geringem Interesse ist, ob man diese oder jene Größe des Magnetismus als Einheit der Intensität setzt, so läßt sich dieses nicht von der wissenschaftlichen Seite behaupten. Gesetzt es sei einmal irgend eine Größe als Maaßeinheit angenommen, so kann man bei ihr bleiben, und alles nach demselben Maaßstabe richten, so lange man das Urmaaß oder gute Copien desselben besitzt. Humboldt hat den Magnetismus am Aequator bestimmt, hat dabei gefunden, daß seine Nadel eine bestimmte Anzahl von Schwingungen in 10 Minuten machte, hat beobachtet, daß die Zahl dieser Schwingungen mit der Entfernung vom Aequator zunahm, und hat endlich die Nadel unversehrt nach Paris zurückgebracht. Mit dieser Nadel wurden nun andere verglichen und mit diesen konnte nun auf Grund der Vergleichung so gut beobachtet werden, wie mit der Humboldt'schen. Wenn eine Magnetnadel einrostet oder bedeutend erhitzt wird u. s. w. so ist die Möglichkeit vorhanden, daß der Magnetismus in ihr sich dabei ändert, und es kann daher wohl vorkommen, daß sie an einem Orte, wo sie vorher, wir wollen setzen 100 Schwingungen in einer gewissen Zeit machte, nunmehr nur 80mal schwingt. Es entspricht dieses etwa dem Falle, wenn man einen Maaßstab mit auf eine Reise nimmt, und unterwegs denselben beschädigt oder ihn abbricht. Humboldt hat seine Nadel von seiner Reise glücklich nach Paris gebracht, und dort zeigte dieselbe, als man sie wieder schwingen ließ, daß an ihr sich nichts geändert habe. Dieses war strenge genommen ein Glücksfall, denn hätte Humboldt seine Nadel auf der Reise beschädigt oder gar verloren, so hätte man hinterher alle seine Intensitätsmessungen nicht mehr gebrauchen können.

Da eine Magnetnadel ihren magnetischen Zustand leicht ändert und eine und dieselbe Nadel, wenn sie von ihrem Magnetismus etwas verliert, unter sonst ganz gleichen Umständen langsamer schwingt, mußten stets wieder Vergleichungen angestellt werden, und ein Reisender, der irgend eine Expedition unternahm, lief immer Gefahr, daß unterwegs in seiner Nadel etwas vorgehe, was alle seine Messungen unrichtig machte, wenn er nicht ganz genau wußte, wann und wo die Aenderung vor sich gegangen sei. Es erhellt hieraus, von welcher Bedeutung es sein muß, jederzeit sein Instrument untersuchen zu können. Es ist aber denkbar, wenn auch nicht wahrscheinlich, daß alle Nadeln, die wir gegenwärtig haben, durch irgend einen Umstand, ihren Magnetismus ändern. Sollte dieses einmal der Fall sein, so wäre alles, was bisher geschehen, mit dem Folgenden nicht mehr zu vergleichen, und man müßte von vorn anfangen.

Hieraus ergibt sich das Bedürfniß, jederzeit den Zustand seines Instrumentes untersuchen und allenfallsige Aenderungen auffinden zu können. Diesem Mangel hat Gauß' abgeholfen, dessen Verdienste um die Verbesserung der Beobachtungsinstrumente ich hier übergehen will. Gauß lehrte, wie man aus der Einwirkung einer Nadel auf eine andere unter dem Einflusse des Erdmagnetismus stehende berechnen könne, was von den beobachteten Erscheinungen der Erde, was der Nadel zuzuschreiben sei: man ist daher niemals der Unsicherheit ausgesetzt, mit einer Nadel zu beobachten, die sich möglicherweise geändert hat, und der Reisende braucht nicht mehr zu fürchten, am Schlusse seiner Expedition seine sämmtlichen Arbeiten wegwerfen zu müssen.

---

1) Intensitas vis magneticae terrestris ad mensuram absolutam revocata in Comm. recent. Soc. Golling. VIII. 1832—1837, deutsch in Pogg. Ann. XXVIII. 1833.

Weiß man, wieviel bei einer beobachteten Wirkung dem Erdmagnetis=
mus zuzuschreiben sei, so bleibt noch die Frage offen, welche Einheit man für
diesen nehmen, d. i. nach welchem Maaße derselbe zu messen sei. Wollte man
hier wieder diejenige Wirkung als Einheit nehmen, welche in Peru gefunden
wird, so bleibt der Mißstand, daß die magnetische Kraft sich fortwährend
ändert, und die von Humboldt beobachtete dort längst nicht mehr zu fin=
den ist. Würden daher einmal alle Nadeln verloren gehen, so wären alle
bisherigen Untersuchungen unbrauchbar, denn es wäre der Maaßstab ver=
loren gegangen. In analoger Weise geht es mit alten Meilenmaaßen:
man findet gelegentlich in alten Schriften Distanzangaben, die auf Meilen
reducirt sind, deren Länge wir entweder gar nicht oder nur ungenau kennen,
und darum können wir auch von den Zahlen selbst keinen Gebrauch machen.
Darum ist es auch nothwendig, eine Einheit aufzusuchen, die man wieder
auffinden könnte, wenn man auch längere Zeit nicht mehr beobachten würde,
und diese Einheit ist die absolute im Gegensatze zu der (wie die Hum=
boldt'sche) willkürlich angenommenen relativen. Auch diese hat (in der
nämlichen Abhandlung) Gauß gefunden.

Man beurtheilt die Größe einer Kraft aus der Wirkung, die sie hervor=
bringt, und wenn die Kraft eine Bewegung eines Körpers verursacht, so muß
die Kraft um so größer sein, je bedeutender die Masse des bewegten Körpers
und je größer die Geschwindigkeit ist, die derselbe in gegebener Zeit erlangt.
Gauß berechnete nun aus den Schwingungen der Magnetnadel die Kraft,
welche nothwendig ist, diesen Effect hervorzubringen, und setzte als Einheit
des Magnetismus diejenige fest, welche im Stande ist, einem 1 Milligramm
schweren Körper nach einer Einwirkung von einer Secunde eine Geschwin=
digkeit von 1 Millimeter zu geben. Solange man nun weiß, was ein Milli=
gramm und ein Millimeter sind, kennt man auch die Größe der Kraft, die
Gauß als Einheit setzte.

Hansteen hat, wie bereits S. 266 gezeigt, beobachtet, daß die Erschei=
nungen des Erdmagnetismus sich mit einiger Genauigkeit durch die Annahme
erklären lassen, daß die Erde so wirke, als ob in ihrem Innern 2 im Laufe
der Jahrhunderte kreisende Magnete wären. Mit dieser Theorie ließen sich
die fortwährenden periodischen Schwankungen, die man nach und nach besser
kennen lernte, nicht gut erklären, denn sie reichte nur für die secularen Aen=
derungen aus. Darum wurde (namentlich von Moser[1]) der Satz verthei=
digt, der Sitz des Erdmagnetismus sei nicht im Innern, sondern an der

1) Pogg. Annalen XXVIII. 1833 und XXXIV. 1835.

Oberfläche des Planeten. Es wurde dabei besonders darauf hingewiesen, daß aller Erfahrung nach das Innere der Erde sehr heiß sei, und daß, weil die Hitze den Magnetismus schwächt, das Erdinnere unmöglich bedeutende magnetische Kraft besitzen könne.

Diese Ansicht schließt sich namentlich sehr gut an die periodischen Aenderungen an. Untersucht man z. B. die Declination, so zeigt sich, daß bei uns ihr Nordende von Morgen bis zum Mittage von Osten nach Westen geht, und von da an sich (im Ganzen) rückwärts bewegt. Wenn Morgens die Sonne im Osten steht, so sind die östlich gelegenen Länder, die schon eine vorgerückte Tageszeit haben, wärmer als die westlichen, die noch Nacht haben. In letzteren ist darum der Magnetismus stärker, und das (bei uns dominirende, weil seinem Pole näher) Nordende der Nadel geht westlich; von Mittag an sind die westlichen Länder wärmer und die Nadel geht wieder nach Osten zurück. Im Süden der Erde dominirt das Südende und verursacht eine analoge, aber entgegengesetzte Bewegung der Nadel. So kommt man auf einen Zusammenhang zwischen Wärme und Magnetismus.

Einen äußerst bedeutenden Einfluß auf die Thätigkeit zur Erforschung des Erdmagnetismus hatte die obenerwähnte Beobachtung Humboldt's und Reich's von der Analogie der Bewegung zweier an entfernten Stationen befindlichen Nadeln. Es möge mir gestattet sein, hier einige Sätze zu wiederholen, welche Gauß, einer der größten Mathematiker unsers Jahrhunderts und selbst einer der ersten Förderer der Lehre vom Erdmagnetismus, ausgesprochen hat.[1] Nachdem er angeführt, daß Arago in Paris Störungen im Gange der Magnetnadel an denselben Tagen wahrgenommen, an denen anderwärts Nordlichter beobachtet worden waren, sagt er: „Die Unregelmäßigkeiten in den Aeußerungen des Erdmagnetismus, deren häufiges Vorkommen besonders auch Herr v. Humboldt bei seinen zahlreichen Beobachtungen der täglichen und stündlichen Bewegungen der Magnetnadel wahrgenommen hatte, erhielten hiedurch ein eigenthümliches Interesse. Wenn gleich jene Bemerkungen durchaus nicht dazu berechtigten, alle unregelmäßigen Bewegungen als gleichzeitig mit Nordlichtern zu betrachten, und die Möglichkeit noch nicht ausschlossen, daß viele, vielleicht die meisten nur von localen Ursachen herrührten, so ließ sich doch kaum verkennen, daß nicht selten große und fernhin wirkende Naturkräfte dabei im Spiel sind, deren Kenntniß, wenn auch noch nicht in Beziehung auf ihre Quelle, sondern zu-

---

1) Resultate aus den Beobachtungen des magnetischen Vereins im Jahre 1836. Einleitung.

nächst nur in Beziehung auf die Verhältnisse ihrer Wirksamkeit und Verbreitung einen würdigen Gegenstand der Naturforschung darbietet. Obenhin und auf gut Glück gemachte Wahrnehmungen können uns diesem Ziele nicht näher bringen: um es zu erreichen, müssen viele solche Erscheinungen im genauen Detail an vielen Orten gleichzeitig verfolgt und nach Größe und Zeit scharf gemessen werden. Dazu sind aber vorgängige bestimmte Verabredungen zwischen solchen Beobachtern, denen angemessene Hülfsmittel zu Gebote stehen, wesentlich nothwendig. Der berühmte Naturforscher, dem unsre Kenntniß des Erdmagnetismus so viele Bereicherung verdankt (Humboldt) hat auch hier zuerst Bahn gebrochen. In Göttingen wurden die Terminbeobachtungen zum erstenmal am 20. und 21. März 1834 vollständig angestellt, wozu corresprondirende blos aus Berlin bekannt geworden sind: aber in Göttingen war von 10 zu 10 Minuten, in Berlin nur von Stunde zu Stunde beobachtet. Gleichwohl zeigten diese Berliner Aufzeichnungen mehrere ziemlich beträchtliche Bewegungen, die man in den Göttinger Beobachtungen wiederfand, während diese letzteren in den Zwischenzeiten eine große Menge anderer Bewegungen zu erkennen gaben, welche natürlich in Berlin ganz ausfallen mußten. Die Frage, ob ein kleinerer oder größerer Theil der in Göttingen wahrgenommenen Schwankungen blos local gewesen sei, blieb daher noch ohne Entscheidung. Allein schon der nächste Termin am 4. und 5. Mai führte eine solche Entscheidung herbei. Die Zwischenzeiten wurden noch enger genommen, nämlich von 5 zu 5 Minuten, wodurch die Resultate noch bedeutend schärfer ausgeprägt erschienen. Herr Sartorius, der an den Beobachtungen vom Märztermine in Göttingen thätigen Antheil genommen, und sich für eine mehrjährige nach Italien zu unternehmende Reise mit einem dem Götting'schen ganz ähnlichen, nur in kleineren Dimensionen gearbeiteten Apparate versehen hatte, beobachtete mit diesem sorgfältig und vollständig in engen Zwischenräumen den Maitermin in Waltershausen (in Bayern, etwa 20 Meilen von Göttingen entfernt). Hier zeigte sich nun eine wirklich überraschend große Uebereinstimmung nicht nur in der größeren, sondern auch fast in sämmtlichen kleineren in kurzen Zeitfristen wechselnden Schwankungen, so daß in der That gar nichts übrig blieb, was man localen Ursachen beizumessen befugt gewesen wäre."

Um die kleineren Schwankungen des Magnetes an den verschiedenen Beobachtungsstationen vergleichen zu können, wurde beschlossen, allenthalben von 5 zu 5 Minuten zu beobachten, dafür aber die Dauer und Zahl der Termine zu beschränken. Die Dauer wurde auf 24 Stunden festgesetzt, als Termine die Zeit vom letzten Sonnabend des Januar, März, Mai, Juli,

September und November Mittags (Göttinger mittlerer Zeit) bis zum
darauffolgenden Sonntag Mittags bestimmt. Auf dieser Grundlage consti-
tuirte sich der magnetische Verein und bereits 1836 konnte Gauß als Stationen desselben angeben: Altona, Augsburg, Berlin, Bonn, Braunschweig,
Breda, Breslau, Cassel, Copenhagen, Dublin, Freiberg, Göttingen, Green-
wich, Halle, Kasan, Krakau, Leipzig, Mailand, Marburg, München, Neapel,
Petersburg und Upsala. Alle diese Orte sind in Europa gelegen, und
es handelte sich darum, auch außereuropäische Stationen zu bekommen.
Hier war es vorzugsweise Humboldt, dessen einflußreiches Wort die Regierungen Rußlands, Englands und der Vereinigten Staaten dazu bewog,
allenthalben magnetische Observatorien zu gründen, und bald wurde an den
entlegensten Punkten der Erde dem Gange der Magnetnadel nachgespürt.
Welch große Bedeutung hiebei Humboldt beigelegt wurde, geht schon daraus hervor, daß, wie man sich leicht aus dem Inhalte der Poggendorff'schen
Annalen überzeugen kann, ein großer Theil der Beobachtungsresultate zuerst
brieflich ihm mitgetheilt wurde, so daß wir in ihm einen Brennpunkt sehen,
in dem die in den verschiedensten Theilen der Erdoberfläche gemachten Erfahrungen sich sammelten.

Durch diese vereinten Bestrebungen ist die Wissenschaft gegenwärtig in
den Besitz einer außerordentlichen Menge von Erfahrungen gesetzt, und man
kennt jetzt die magnetischen Zustände unsrer Erde mit einem bedeutenden
Grade von Genauigkeit; doch ist man trotz alle dem noch weit entfernt, zu
wissen, woher diese Wirkungen stammen, warum das alles so sein müsse.
Man kennt das Wesen des Magnetismus noch nicht, man weiß bisher nur
die Art, wie er sich äußert.

Es besteht ein inniger Zusammenhang zwischen Magnetismus und namentlich Licht, Wärme und Elektricität, und die neueren Forschungen lehren
von Tag zu Tag mehr Berührungspunkte derselben erkennen. In jedem
Augenblicke geht auf unsrer Erde eine Anzahl elektrischer Processe vor sich,
findet eine unendliche Menge von Wärmedifferenzen und Temperaturverän-
derungen statt. Mit den verschiedensten dieser Umstände kann ein magne-
tischer Vorgang verknüpft sein, und dieses wird um so wahrscheinlicher, da
man gefunden hat, daß nicht allein das Eisen, sondern (bei Anwendung
sehr starker Magnete) auch die übrigen Stoffe unter dem Einflusse des Magnetismus stehen. Bedenkt man nun, daß bei der vielfachen Complication
der Erscheinungen ein Losschälen dessen, was dem Magnetismus eigenthümlich ist, äußerst schwierig werden muß, daß ferner sich aus der großen
Strecke, über die eine magnetische Erscheinung sich verbreitet, geschlossen wer-

ten muß, der Erdmagnetismus sei das Gesammtresultat einer Menge von
Vorgängen, die innerhalb eines großen Raumes, wo nicht der ganzen Erde,
vor sich gehen: so ist es wohl nicht zu verwundern, daß man zur Zeit nicht
im Stande ist, eine allen Ansprüchen genügende Theorie des Erdmagnetismus zu geben. Die Männer der Wissenschaft müssen sich zunächst darauf
beschränken, durch genaue Feststellung der Thatsachen eine solche Theorie
vorzubereiten und hierin war in den vergangenen sechzig Jahren, wie ich im
Vorstehenden gezeigt zu haben glaube, Alexander von Humboldt einer
der verdienstvollsten Gelehrten.

Die Zahlzeichen.

In der in Crelle's Journal für Mathematik enthaltenen Abhandlung
Humboldt's: Ueber die bei den verschiedenen Völkern üblichen Systeme
von Zahlzeichen und über den Ursprung des Stellenwerthes in den indischen
Zahlen, erwähnt der Verfasser, daß er über diesen Gegenstand schon im
Jahre 1819 in der Académie des inscriptions et belles-lettres einen Vor-
trag gehalten habe, der jedoch nur in einem sehr kurzen Abdruck veröffentlicht worden sei, er habe dann seine Arbeit vervollständigt und publicire
nunmehr deren Hauptresultate, da er nicht hoffen dürfe, Muße genug zu
finden, sie in ihrer ganzen Ausdehnung herauszugeben.

Hat man sich daran gewöhnt, irgend ein Zeichen als den Repräsentanten irgend einer gewissen Menge von Einheiten zu betrachten, so wird
selbst ein wenig ausgedehnter Gebrauch desselben nachweisen, daß man mit
einem einzigen Zeichen nicht ausreicht; man muß deren mehrere nehmen.
Die Anzahl der üblichen Zeichen kann nur eine beschränkte sein, wenn sie
überhaupt eine praktische Anwendung haben soll, und weil man daher nie
so viele anwenden kann, als verschiedene Zahlen denkbar sind, so muß irgend
eine Gruppirungsmethode erdacht werden, um mit Hülse derselben auch
solche Mengen von Einheiten ausdrücken zu können, für die besondere Zeichen nicht vorhanden sind. Wir haben hier denselben Fall, wie bei der Verbindung von Hieroglyphen oder Buchstaben zu Wörtern und Sätzen, von
welcher bereits oben (S. 307 u. ff.) gesprochen wurde.

Untersuchungen über die Zahlensysteme können zwei verschiedene Richtungen verfolgen; sie können sich mit den Formen der angewandten Funda-
mentalzeichen beschäftigen, wie man die verschiedenen Alphabete vergleichen
kann, sie können aber auch ihr Augenmerk auf die Art der Gruppirung bezie-

27 *

und dieser letztere Punkt ist es zunächst, den Humboldt unabhängig von dem Aussehen der einzelnen Zeichen verfolgte.

Das Uebergehen von einer Einheit auf die nächst höhere oder das Zählen hat sämmtliche Völker zur Aufsuchung gewisser Ruhepunkte geführt, indem sie je eine bestimmte Anzahl von Einheiten in Gruppen zusammenfaßten, und von der Menge dieser Gruppen auf die Bedeutung größerer Mengen von Einheiten schlossen. Hier macht Humboldt darauf aufmerksam, daß allenthalben die Zahl der Finger und Zehen als natürliche Ruhepunkte benutzt wurden; aber die einen Völker hielten stille, wenn die Zahl der Finger einer Hand erschöpft war, machten also Gruppen von 5, andere verwendeten beide Hände, hatten also 10, und noch andere zogen auch die Füße herbei und machten somit Gruppen von 20. Diese letztere Art war die herrschende im neuen Continent; die Mimacas zählten bis 10 und das Zahlwort 10 war gleichlautend mit Fuß, worauf Fuß eins, Fuß zwei kam und 20 war ein Händchen. Auch bei den Basken und den kymrischen (galischen) Stämmen des alten Continents, sowie bei den Mandingas in Afrika kommt dieses vor. Humboldt leitet das französische quatre-vingt davon ab und erzählt, daß er in der westlichen Bretagne noch die Zählungsweise zweimal- und dreimalzwanzig gefunden habe, die im Französischen nicht üblich ist. Die Römer gingen nach 5 und nach 10, hatten daher außer 1 besondere Zeichen für 10, 10mal 10 und 10mal 10mal 10, dann für 5, 5mal 10 und 5mal 10mal 10. Im Aztekischen dagegen gibt es ein Zeichen für 20, eine Fahne, für 20mal 20 eine Feder (mit Goldkörnern gefüllt, in einigen Provinzen als Münze benutzt), und für 20mal 20mal 20 ein Säckchen (mit 8000 Cacaobohnen gefüllt, ebenfalls im Tauschhandel vorkommend) und außerdem durch Eintheilung der Fahne in 4 Fächer, die zum Theil colorirt sind, halb-, viertel- oder dreivierteimal 20.

„Wenden wir," sagt Humboldt, „unsern Blick auf den Ursprung der Zahlen, so finden wir, daß in aufgehäuften Steinchen oder auf den mit Augeln bedeckten Schnüren der Rechenbretter, Zahlen mit großer Regelmäßigkeit transitorisch geschrieben und gelesen wurden. Die Eindrücke, welche diese Operationen hinterließen, haben überall auf die früheste Zahlengraphik eingewirkt. In den historischen, rituellen und negromantischen Hieroglyphen der Mexicaner, die ich bekannt gemacht, werden die Einheiten bis 19 (das erste einfache Gruppenzeichen ist 20) als große, runde, farbige Körner nebeneinander gestellt, und was sehr merkwürdig ist, die Rechnung geht von der Rechten zur Linken, wie die semitische Schrift. Man bemerkt diese Folge deutlichst bei 12, 15, 17, wo die erste Reihe 10 enthält, und die zweite nicht ganz ausgefüllt ist. In den ältesten hellenischen Monumenten, in den Italischen Sepulcralinschriften, bei den Römern und Aegyptern sind die Einheiten durch senkrechte Linien bezeichnet. Diese Punkte und Striche, 9 oder 19 an der Zahl, in der denaren oder Vicesimalscala des alten und neuen Continents sind die rohesten aller Bezeichnungen im Systeme der Juxtaposition. Man zählt dann die Einheiten mehr als man sie liest. Das Fürsichbestehen, gleichsam die Individualität einzelner Gruppen von Einheiten als Zeichen, fängt erst an in den Buchstabenzahlen der semitischen und hellenischen Stämme oder bei den Tübetanern und Indern, die durch einzelne ideographische Zeichen 1, 2, 3, 4 ausdrücken. Im altpersischen Pehlwi zeigt sich ein merkwürdiger Uebergang von der rohen Juxtaposition von Einheitszeichen zur isolirten Existenz zusammengesetzter ideographischer Hieroglyphen. Der Ursprung der ersten 9 Ziffern durch Zahl der Einschnitte oder Zähne liegt hier vor Augen; 5—9 sind sogar bloße Verschlingungen der Zeichen 2, 3 und 4, ohne Wiederkehren des Zeichens von 2. In den nicht indischen Systemen des Devanagari, persischen und arabisch-europäischen Ziffern sind nur in 2 und 3 Contractionen von 2 und 3 Einheiten zu erkennen; gewiß nicht in den höhern Ziffern, welche in der indischen Halbinsel auf die sonderbarste Weise von einander abweichen." [1]

Zur Verbindung der einzelnen Gruppenzeichen befolgten die verschiedenen Völker verschiedene Systeme. Humboldt [2] zählt nachstehende auf:

1. Juxtaposition; blos additiv bei Buchstabenzahlen und eigentlichen Ziffern. So Indier, Römer, Griechen bis zu der Myriade, semitische Stämme, Mexicaner und der größte Theil der Pehlwiziffern.

2. Vervielfachung und Verminderung des Werthes durch darüber oder darunter gesetzte Zeichen. Nach dieser Methode bedeutete bei den Griechen ein Strich unter dem Zahlzeichen dieselbe Zahl mit 1000 multiplicirt, z. B. γ, = 3000, δ, = 4000, ein senkrechter Strich oben gab einen Bruch an, dessen Zähler die Einheit, dessen Nenner die notirte Zahl war, z. B. $\gamma' = \frac{1}{3}$, $\delta' = \frac{1}{4}$; war der Zähler von 1 verschieden, so schrieb man den Nenner

---

1) Mein Freund, Herr Professor Zolt hat mich darauf aufmerksam gemacht, daß unsere Ziffern, namentlich wenn man ihre Gestalt auf alten Inschriften vergleicht, viele Aehnlichkeit haben mit folgenden Zeichen, welche Theile eines Quadrats mit eingezeichneten Diagonalen (⊠) sind:

1 Z 3 ⋈ 5 ⊿ 7 ⊠ oder ⋈ Y □

2) A. u. C. 221 ff.

wie einen Exponenten an, z. B. $\gamma^\delta - {}^3/_4$.[1] Bei den Chinesen bedeuten horizontale Striche oben einen Factor, mit dem die bezeichnete Zahl zu multipliciren, horizontale Striche unten bedeuten zu addirende Größen. Stellt z. B. χ 10 vor, so ist $\overline{\chi} - 20$, $\underline{\chi}$ 12.

3) Vervielfachung des Werthes durch Coëfficienten. Diese Methode ist eine Anwendung des eben erwähnten, von den Chinesen in verticaler Richtung angewandten Principes in einer horizontalen Reihe, welche bei den Griechen, Armeniern und den tamulisch redenden Bewohnern des südlichen Ostindien benutzt wurde. So βMv 20000 und $aMv\beta$ 10002.

4) Vervielfältigung und Verminderung aufsteigend und absteigend, durch Abtheilung von Zahlschichten, deren Werth sich in geometrischer Progression vermindert. Außer der Anwendung dieses Systems bei Apollonius und Archimedes führt hier Humboldt eine auch bei uns noch übliche Bezeichnungsweise der alexandrinischen Astronomen an. Sie hatten Schichten, in denen dieselben Zahlen abnehmend die Werthe von 1, $\frac{1}{60}$, $\frac{1}{60.60}$ und $\frac{1}{60.60.60}$ erhielten. Ptolemäus betrachtete den 360. Theil des Kreisumfanges, den Grad als Ganzes, der 60. Theil des Grades, die Minute, erhielt das griechische Bruchzeichen, einen Strich (´), die Secunde, als Bruchtheil des Bruches, bekam 2 Striche (″) und die Tertie 3 (‴); die Ganzen oder Grade haben später das Zeichen (°) bekommen, das bei Ptolemäus und Theon noch fehlt.

Von diesen Methoden unterscheidet sich unser sogenanntes indisches System dadurch, daß es keine Gruppenzeichen kennt, sondern die Gruppen durch die Stelle angibt, die es den einzelnen Zeichen anweist. Wir gruppiren die Einheitenmenge, die wir angeben wollen, nach Potenzen von 10 und geben durch Ziffern an, wie oft die eine oder die andere Gruppe 10, 100, 1000... genommen werden müsse. Welche Gruppe wir meinen, dafür nehmen wir kein eigenes Gruppenzeichen, wie etwa die Griechen in βMv 20000, wo β Zahlzeichen, Mv Gruppenzeichen ist, sondern geben die gemeinte Gruppe einfach durch die dem Zahlzeichen angewiesene Stelle an.

---

1) Diese Benutzung der Striche ist die des Diophantus. Humboldt sagt hiezu in einer Anmerkung: „Der Strich, der zu den Buchstaben oben hinzugefügt wird, bloß um anzuzeigen, daß sie als Zahlen gebraucht werden, muß nicht mit dem Fractionszeichen verwechselt werden. Auch ist derselbe in den älteren mathematischen Handschriften eigentlich nie senkrecht, sondern horizontal, und daher mit dem Fractionszeichen nie zu verwechseln.

„In der einfachen Herzählung der verschiedenen Methoden," sagt Humboldt[1], „welche Völker, denen die indische Positionsarithmetik unbekannt war, angewandt haben, um die Multipla der Fundamentalgruppen auszudrücken, liegt, glaube ich, die Erklärung von der allmäligen Entstehung des indischen Systems. Wenn man 3568 perpendiculär und horizontal durch Indicatoren schreibt ⅜ ⁸/ᶜ ⅞⅞, so erkennt man leicht, daß die Gruppenzeichen M, C.. weggelassen werden können. Unsre indischen Zahlen sind aber nichts anderes als die Multiplicatoren der verschiedenen Gruppen. An diese alleinige Bezeichnung durch Einheiten (Multiplicatoren) erinnert ohnedieß der Suanpan mit seinen aufeinanderfolgenden Schnüren der Tausende, Hunderte, Zehner und Einheiten. Diese Schnüre zeigten in dem gegebenen Falle 3, 5, 6 und 8 Kugeln. Hier ist kein Gruppenzeichen sichtbar. Die Gruppenzeichen sind die Stellen selbst, und diese Stellen (Schnüre) sind mit den Einheiten (Multiplicatoren) gefüllt. Auf beiden Wegen, der figurativen (schreibenden) und palpabeln (belastenden) Arithmetik gelangt man also zur indischen Position. Ist die Schnur leer, die Schicht im Schreiben offen, fehlt eine Gruppe (ein Glied der Progression), so wird die Leere graphisch durch den Hieroglyphen des Leeren, einen unausgefüllten Kreis: Sunya, Sifron, Tzsiphra ausgefüllt."

Ob das einfache indische Positionssystem seinen Weg in die Abendländer durch den Aufenthalt des gelehrten Astronomen Rihan Muhammed ebn Achmet Albiruni in Indien, wie Sedillot glaubt, oder durch maurische Zollbeamte an der nordafrikanischen Küste und den Verkehr der italiänischen Kaufleute mit diesen Zollbeamten gefunden habe, läßt Humboldt unentschieden. Für eben so ungewiß hält er es, ob das Positionssystem trotz des Alters der indischen Cultur schon zur Zeit des macedonischen Feldzugs dort bekannt war, da Alexander der Große nicht bis zu den cultivirteren Völkern Indiens vordrang, was erst bei Seleucus Nicator der Fall war, der bis zum Ganges kam. Da noch dazu in Indien neben dem Positionssysteme noch andere üblich waren, wie z. B. das tamulische, welches den Stellenwerth nicht kannte, so hält er es nicht für unmöglich, daß Alexander und seine Nachkommen bei ihrem temporären Vorbringen nicht mit Nationen in Contact kamen, bei welchen die Positionsmethode ausschließlich vorherrschte.

---

1) K. a. O. 226.

Schluß.

Am Eingange der vorstehenden drei Abschnitte, in welche ich das Leben Alexander's v. Humboldt theilen zu müssen glaubte, habe ich eine Charakteristik gegeben, welche die Unterscheidungsmerkmale der drei Epochen in Kürze angibt. Mit den zunehmenden Lebensjahren Humboldt's sehen wir ein wachsendes Bestreben, den reichen Schatz von Erfahrungen, in dessen Besitze wir ihn finden, zu ordnen und die scheinbar isolirt stehenden Thatsachen zu vereinen, ein Bestreben, dessen Höhenpunkt wir im Kosmos finden.

Vergleicht man die einzelnen Abschnitte mit einander, so findet man, daß der erste von den folgenden sich weit mehr unterscheidet, als diese beiden unter sich und es ließe sich nicht ohne innere Begründung der Satz durchführen, daß er sich zu ihnen etwa so verhalte, wie das Vorspiel eines Dramas zu dessen Acten.

Im ersten Abschnitte sehen wir in Humboldt den talentvollen und eifrigen Jünger der Wissenschaft, der durch glückliche Verhältnisse begünstigt schon früh den Umgang der berühmtesten Männer seiner Zeit genießt. Die Anregung, welche diese Gelehrten, die Vertreter der verschiedensten Fächer auf ihn ausübten, zeigt sich wie im Spiegelbilde in den Arbeiten seiner Jünglingsjahre, denn Abhandlungen über Geologie und Meteorologie, beschreibende Botanik und Anatomie, Pflanzen= und Thierphysiologie, Physik und Chemie kommen im buntesten Wechsel darin vor.

Bekanntlich haben die jungen Leute an den Gymnasien, und wie diese Bildungsanstalten alle heißen mögen, eine Reihe von Gegenständen zu erlernen, deren Kenntniß ihnen im praktischen Leben von mancherlei Nutzen sein kann, die aber doch mit den eigentlichen Fachwissenschaften in einem etwas losen Zusammenhange stehen. Etwas Aehnliches sehen wir bei Humboldt, aber während ein Anderer froh ist, seine Examina hinter sich zu haben, und sich nun frisch daran macht, von dem Erlernten möglichst viel in möglichst kurzer Zeit zu vergessen, sehen wir bei Humboldt auch in seinen späteren Jahren noch die Nachklänge seines früheren Studiums. So bilden die Abhandlungen über die elektrischen Fische eigentlich eine Fortsetzung der

Unterfuchungen über die Reizbarkeit der Muskel- und Nervenfaser. Man verliert die Kenntniß irgend eines erlernten Gegenstandes um so leichter, je geringer der Schaden des Verlustes ist, man vergißt ihn um so früher, je geringer die Meisterschaft war, die man sich erworben hatte.

Von den drei für einen bemerkenswerthen Fortschritt wesentlichen Factoren, der Fassungsgabe, dem Gedächtnisse und dem Fleiße, soll Humboldt in seinen Knabenjahren, in denen er körperlich viel zu leiden hatte, des ersteren nicht allzuviel gehabt haben [1], doch trat in dieser Beziehung bei Zeiten eine vortheilhafte Neuerung ein, während der zweite, das Vermögen sich an einzelne Thatsachen zur rechten Zeit zu erinnern, ihm wenigstens von dem Beginne seiner wissenschaftlichen Thätigkeit an in hohem Grade eigen war. Daß er einen außerordentlichen Fleiß gehabt haben müsse, geht schon aus seinen ersten Schriften hervor, wenn man die große Menge der verschiedenen Werke berücksichtigt, die darin citirt sind, und mit denen er sich doch vertraut gemacht haben muß. Bald, namentlich in den Versuchen über die gereizte Muskel- und Nervenfaser gut bemerkbar, gesellte sich noch ein weiteres Moment zu den drei genannten, nämlich der persönliche Umgang mit den größten Männern seiner Zeit, deren befruchtende Ideen in dem für alles Erhabene begeisterten jungen Manne die schönsten Keime entwickeln halfen.

Humboldt mag wohl mit Privatprüfungen wenig zu thun gehabt haben; dafür machte er in seinen ersten Werken öffentliche Examina, in denen er das Erlernte mit seinen neuen Forschungen vereinigte. Die Gelehrten, mit denen er umging, gehörten den verschiedensten Zweigen der Wissenschaft an, und er, fast gleich von Allen angeregt, versuchte sich im Fache eines jeden. Nur auf diese Weise läßt es sich erklären, wie Humboldt noch ehe er 30 Jahre alt war, so ganz heterogene Gegenstände bearbeiten konnte. Selbst in der gegenwärtigen Zeit, in der doch so manche Lücke ausgefüllt ist, die vor 60 Jahren noch die einzelnen Fächer trennte, und in der diese Zweige einander wenigstens viel näher gebracht sind, als sie es damals waren, erscheinen manche der Gegenstände, die Humboldt bearbeitete, als vollkommen von einander unabhängig, wie z. B. die systematische Botanik, die in der Flora Fribergensis, und die Physiologie der Thiere, die in den Versuchen über die gereizte Muskelfaser vertreten ist.

Bis zur Reise nach Amerika finden wir bei Humboldt eine Art von Gleichberechtigung aller Zweige wenigstens der Naturwissenschaften; von einem eigentlichen Fache ist hier nicht die Rede, wohl aber ist dieses der Fall

---

[1] Klenke, Alexander v. Humboldt, 2. Aufl. 10.

von dem Antritte der Reise an, denn nun sehen wir alsbald die physische Erdbeschreibung im Vordergrunde, und diese können wir als das eigentliche Fach Humboldt's, das er als seinen Lebensberuf erwählte, betrachten. Die Arbeiten Humboldt's aus dem ersten Abschnitte verhalten sich daher zu denen der folgenden etwa so wie die Früchte der Studienjahre zu denen der Praxis.

Doch was ist die physische Erdbeschreibung? Durch einfache sinnliche Wahrnehmung wird uns Kunde von einer großen Anzahl von Thatsachen, die in der Welt rings um uns vor sich gehen und deren einfache Notirung uns zunächst obliegen wird. Bereits oben (S. 5) habe ich angedeutet, daß mit der einfachen Constatirung der Thatsachen noch nicht Alles geschehen sei, sondern daß man noch den Zusammenhang der einzelnen Erscheinungen unter sich aufzusuchen habe. Diesen zweiten Theil der Arbeit wollen wir nun wieder in zwei verschiedene Aufgaben sondern. Genauere Untersuchung und Vergleichung zeigt, daß alle Erscheinungen einer bestimmten Ordnung unterliegen und es ergibt sich daher die Nothwendigkeit, diese zu suchen und festzusetzen, wie eine Aenderung in den Nebenumständen einen Wechsel in der beobachteten Erscheinung selbst hervorbringt. Ist dieses geschehen, so bleibt als letzte Arbeit das Aufsuchen der Ursache, warum dieses oder jenes so und nicht anders geschehen könne.

Die Objecte sinnlicher Wahrnehmung sind nicht allenthalben auf der Erde dieselben, denn wenn z. B. an der einen Stelle das Auge, so weit es reicht, nichts als eine einförmige Ebene wahrzunehmen vermag, wird es an einem andern Orte durch die kühnen Formen hoch in die Luft sich erhebender Berge überrascht, oder der vorher feste Boden macht den beweglichen Wogen des weiten Oceans Platz. An dem einen Orte der Erde fühlen wir eine unerträgliche Hitze, während wir an dem andern Alles aufbieten müssen, um durch künstliche Mittel unsre Glieder vor dem Erstarren zu schützen. Gleiche Verschiedenheit beobachten wir in der Vertheilung der organischen Geschöpfe u. s. w., und indem wir die Charaktere der einzelnen Punkte der Erde in jeder dieser Beziehungen feststellen, beschäftigen wir uns mit einem Zweige der physischen Erdbeschreibung, die uns die Aenderungen lehrt, welche unsre sinnlichen Wahrnehmungen erfahren, wenn wir von dem einen Orte der Erde zum anderen gehen.

Alles, was in der Welt vorgeht, ist gewissen unabänderlichen Normen, Gesetzen unterworfen. Lassen wir einen Körper im luftleeren Raume fallen, so verhalten sich die in gleichen auf einander folgenden Zeiten zurückgelegten Strecken wie die Zahlen 1, 3, 5 u. s. w. Macht der Körper in der ersten

Secunde den Weg 1, so wird er in der zweiten einen dreimal, in der dritten einen fünfmal so großen zurücklegen. Die Wirkung, die ein Pol eines Magnetstabes auf einen Pol eines andern ausübt, nimmt (sei sie anziehend oder abstoßend) ab, wie das Quadrat der Entfernung wächst, sie beträgt daher in der Entfernung 2 den vierten, in der Entfernung 3 den neunten Theil dessen, was sie in der Entfernung 1 zeigte.

Die Ergründung der vorstehenden Normen sind Aufgaben aus der Physik. Die so gefundenen Gesetze sind allgemein gültig für die ganze Erde; aber neben ihnen gibt es noch etwas Anderes. Denn auch die Zunahme der Fallräume (wenn man die dem Erdschwerpunkte zunächst liegenden Stellen etwa ausnimmt) überall demselben Gesetze gehorcht, so ist dafür der Raum, der in der ersten Secunde zurückgelegt wird, in den einzelnen Breiten verschieden. Ebenso ist zwar die erwähnte Einwirkung der Magnetpole auf einander überall zu beobachten, aber die Magnetnadel wird, wenn sie sich frei nach allen Richtungen wenden kann, an irgend einem Orte der Erde eine bestimmte Stellung auswählen; sie wird eine gewisse Declination und Inclination zeigen. Beides ändert sich im Allgemeinen, wenn man einen andern Beobachtungsort wählt, diese Aenderung wird in irgend einer Norm vor sich gehen, und das Aufsuchen dieser Norm ist eine Aufgabe der physischen Erdbeschreibung.

Analog dem vorhergehenden Beispiele läßt sich der Zusammenhang und der Unterschied, also das Verhältniß der übrigen Zweige der Naturwissenschaften zur physischen Erdbeschreibung durchführen und letztere sucht daher die Normen auf, nach denen die Erscheinungen der Natur an den verschiedenen Punkten der Erde wechseln. Was allenthalben auf der Erde dasselbe bleibt, gehört der Physik, Mineralogie u. s. f. an, was aber an den verschiedenen Punkten sich ändert, gehört zur physischen Erdbeschreibung.

Hieraus erhellt, daß die physische Erdbeschreibung von den übrigen Zweigen der Naturwissenschaften wesentlich verschieden ist; aber nichtsdestoweniger beruht sie darauf, denn wie will man die Unterschiede zwischen der Flora des einen Landes und der des andern festsetzen, ohne, was die Botanik verlangt, die einzelne zu kennen? Würde jemand die Aenderungen der magnetischen Erscheinungen in den einzelnen Gegenden der Erde untersuchen wollen, ohne die Gesetze zu kennen, denen die Magnetnadel überall gehorcht, wie z. B. die Beziehungen zu in der Nähe besindlichem Eisen oder Stahl, das Verhalten zu elektrischen Strömen oder zur Wärme, so würde er schon rücksichtlich der Behandlung seiner Instrumente in tausend Irrthümer verfallen.

Wer also die gesammte physische Erdbeschreibung fördern will, muß gleichzeitig Physiker, Botaniker, Geologe u. s. w. sein, und das finden wir bei
Humboldt. Er hat dasjenige naturwissenschaftliche Fach erwählt, welches
die meisten Vorkenntnisse erfordert, soviel nämlich, als alle andern zusammen.

Wenn ich eben gesagt habe: die gesammte physische Erdbeschreibung
— so ist dieses absichtlich geschehen, denn einen Theil derselben bedarf der
Forscher jedes einzelnen Faches. Jede Pflanze gebraucht zu ihrem Gedeihen
gewisse äußere Einflüsse; sie kann nicht leben, wenn man ihr das Wasser,
das Licht, eine bestimmte Menge von Wärme u. s. w. entzieht. Verfolgen
wir nun aufmerksamen Blickes die Reihenfolge der Erscheinungen, etwa bei
einer Pflanze, so wird deren Samen sich in der Nähe der Mutterpflanze an-
siedeln und die Folge wird sein, daß nunmehr eine größere Fläche mit Exemplaren derselben Art versehen ist. In der nächsten Generation setzt sich dieses fort und der bedeckte Boden wird immer größer; aber wenn dieses so
fortgeht, so ändert sich bei steter Ausdehnung der Gränzen nach und nach der
Boden, es ändert sich die Wärme, kurz es tritt ein Wechsel in den äußern
Verhältnissen ein und die Pflanze, die am ursprünglichen Standorte im üppigsten Gedeihen war, prosperirt weniger in der neuen Heimath, ihr Gedeihen
wird zuletzt zur Unmöglichkeit und sie hört auf. Darum hat jedes Gewächs
nur einen bestimmten Bezirk oder gewisse Localitäten, an denen es fortkommen kann. Da wo eine Pflanze ist, kann keine andere sein. Setzen wir
mehrere derselben neben einander hin, und überlassen wir sie sich selbst, so
werden sie den Boden unter sich theilen. Sagen die äußern Umstände allen
in gleicher Weise zu und besitzen die Pflanzen gleiche Zähigkeit oder Lebens-
fähigkeit, so wird es sich zunächst darum handeln, welche Art zuerst ein ge-
wisses Stück Boden besetzt hat, und das Terrain wird ein Durcheinander der
verschiedenen sich das Gleichgewicht haltenden Gewächse zeigen. Aendern
sich nun in einiger Entfernung die äußern Einflüsse, so werden diese der einen
Art weniger zusagen als der andern, und letztere bekommt nunmehr die Oberhand, um vielleicht eine Strecke weiter einer dritten Pflanze Platz zu machen. So
geht dieser Wechsel über die ganze Erde hin. Es ist nun eine rein botanische Aufgabe, die Eigenthümlichkeiten der Flora eines gegebenen Landstriches
anzugeben, ihre einzelnen Formen zu bezeichnen und sie zu beschreiben. Geht
aber der Botaniker weiter und fragt: warum ist diese Pflanze wohl da und
nicht an jenem zweiten Orte vertreten, so muß er die Beantwortung seiner
Frage von der physischen Erdbeschreibung erwarten, die ihm sagen wird,
welche äußern Umstände sich geändert haben, und wir sehen daher die Botanik abhängig von einzelnen Theilen der letzteren Wissenschaft. Ich erinnere

nun an die dreifache Aufgabe, welche, wie ich oben erwähnte, der Naturfor= scher zu lösen hat. Während in den beiden ersten Theilen die physische Erd= beschreibung auf den einzelnen Disciplinen beruht, ist sie in der dritten das Band, das sie alle umschließt. Die physische Erdbeschreibung ist das Dach, das zwar auf den Säulen des Gebäudes ruht, aber sie auch zugleich verbin= det, sie ist aus diesem Grunde jedem einzelnen Zweige unentbehrlich, und darauf beruht der wohlthätige Einfluß, den ihr Meister Humboldt auf die gesammten Naturwissenschaften ausübte, denn mit der Gesammtheit aller Zweige der Naturwissenschaften bekannt wie kein Zweiter, wußte er am besten die Verbindungsglieder derselben aufzufinden.

Welchen Nutzen die Vergleichung der auf der ganzen Erde vorkommen= den Erscheinungen, die zunächst Aufgabe der physischen Erdbeschreibung ist, biete, zeigt ganz deutlich die Geschichte der Geologie. Das eigenthümliche Auftreten der Basalte in Deutschland war die Ursache, daß man dieselben lange Zeit für Gebilde des Wassers hielt, und erst die Vergleichung mit den Basalten der Auvergne brachte diese Theorie zum Wanken: es trat die vul= canistische an die Reihe, die ihrerseits wieder durch Humboldt's Beobach= tungen in Südamerika ausgebildet wurde. Wie weit wären wir noch zurück in der Ableitung der Gesetze der Meteorologie, wenn nicht die Beobachtung der Passate und der meteorologischen Phänomene der Tropen überhaupt den Schlüssel dazu gegeben hätten? Hier begegnen wir abermals Humboldt, der auf den entlegensten Punkten der Erde seine Beobachtungen angestellt hat. Aus dem Vorkommen einiger Pflanzen in Asien schloß er auf die Unmöglich= keit der großen Erhebungen, die man früher dort annahm (vergl. S. 357) und so benutzte er die Erfahrungen der Botanik zur Ausbildung der Geo= graphie.

Verfolgt man den Gang, den eine abstracte Wissenschaft, wie etwa die Mathematik, beobachtet, um denjenigen, der sich ihrem Studium widmet, mit dem bekannt zu machen, was sie bereits errungen hat, so zeigt sich, daß unter Voraussetzung irgend eines bekannten Satzes ganze Reihen anderer abgeleitet werden können, von denen immer der nachfolgende mit dem vorausgehenden so in Zusammenhang gebracht werden kann, daß wir ihn als seine Folge be= trachten dürfen. Es läßt sich das Ganze so einrichten, daß es einer Kette nicht unähnlich wird, bei der immer das eine Glied als von dem vorhergehen= den abhängig betrachtet werden kann. Anders ist dieses bei den Naturwis= senschaften. Zwar ist es nicht unmöglich, daß dereinst die die Welt zusam= mensetzenden Stoffe oder Elemente sich auf einige wenige von einander spe= cifisch verschiedene reduciren, daß es nur ein paar Kräfte gibt, deren Wirkung

auf die materielle Substanz diese veranlaßt, sich zu bewegen und so eine Erscheinung, einen Vorgang zu Stande zu bringen, und wir hätten auch so das
Ganze auf nur wenige Axiome zurückgeführt; aber Alles in der Natur wirkt
nach den ihm gegebenen Gesetzen gleichzeitig durcheinander und die verschiedenen Naturerscheinungen bieten nicht das Bild einer Kette, sondern eines
Netzes, in dem jede Masche nicht allein mit der vorausgehenden und der
nachfolgenden, sondern auch mit den seitlich stehenden verbunden und von
ihnen abhängig ist. Dadurch wird jede Naturerscheinung mit allen übrigen
in Zusammenhang gebracht, und weil alle Verschiedenheiten der Materie sowohl als auch der Kräfte zusammenwirken, erscheint das ganze All, das wir
mit Welt bezeichnen, als ein vielgliedriger wunderbarer Bau, der trotz der
äußersten Verschiedenheit seiner einzelnen Vorgänge seine Einheit und Größe
bewahrt.

Die Darstellung dieses Alls ist es, was Humboldt in seinem Kosmos beabsichtigte; wir finden daher, daß er am Ende seines Lebens das von
ihm bearbeitete Fach weiter ausdehnte, da er früher sich zunächst auf die Erde
beschränkt hatte, denn im Kosmos ist auch die Welt der Sterne eingeschlossen,
und wir haben also in ihm eine physische Weltbeschreibung, im Unterschiede
von der Erdbeschreibung, die in den übrigen Werken Humboldt's den
ersten Platz einnimmt.

Etwas Aehnliches wie von den naturwissenschaftlichen Arbeiten Humboldt's läßt sich auch von den historischen sagen, die sich bis zu einem gewissen Grade als ein zweites Fach betrachten lassen. Die Aufgabe, die er
sich auf diesem Felde gesetzt hat, ist nicht die politische Geschichte, sondern die
Geschichte der Geographie; aber gerade dieser Zweig ist es wieder, der zu
denen gehört, welche am meisten Vorkenntnisse erfordern. Geschichtliche
Werke in der Art und Weise bearbeitet, wie wir sie von Humboldt durchgeführt sehen, erfordern einen Mann, der zu gleicher Zeit Philologe, Physiker, Astronom und Geograph ist, denn ein anderer wüßte jedenfalls die
Quellen nicht zu verstehen, oder da, wo naturwissenschaftliche Gegenstände,
wie Magnetismus, Ortsbestimmung u. dgl. zu besprechen sind, nicht zu behandeln. Nur dann, um hier einen Fall anzuführen, wenn man zu gleicher
Zeit Historiker und Botaniker ist, wird es möglich, das Roherz, das in alten
Quellen vorkommt, in Münze zu verwandeln, und die fast zufälligen Bemerkungen alter Schriftsteller über da und dort beobachtete Gewächse von der
pflanzengeographischen Seite aus zu verwenden.

Ich habe soeben angeführt, daß Humboldt in seinem letzten Werke,
dem Kosmos, das ganze All in seinem Zusammenhange, soweit er bisher

aufgefunden wurde, zusammengefaßt hat. Im zweiten Bande dieses Werkes gab er die allmälige Entwicklung der Lehre von der Betrachtung der Natur als einem einigen Ganzen, also die Geschichte seines Gegenstandes, und da in derselben die Geschichte der Geographie wieder eine Hauptrolle spielt, finden wir im Kosmos nicht nur die Resultate seiner naturwissenschaftlichen, sondern auch seiner historischen Forschungen vereinigt, und beide bilden zusammen wieder ein einiges Ganzes. Der Kosmos ist daher für beide Fächer Humboldt's (wenn man die Theilung gelten lassen will) als Abschluß zu betrachten.

Es bliebe nun übrig, nachzuweisen, wie weit die Wissenschaft eines jeden der im Vorstehenden besprochenen Gegenstände bis jetzt gediehen sei, doch glaube ich, da die jeweiligen Lücken dem aufmerksamen Leser selbst auffallen müssen, mich eines Weiteren enthalten zu dürfen. Nehmen wir die 3 Stufen der Wissenschaft: einfache Constatirung der Thatsachen, Auffindung der Normen, nach denen dieselben sich regeln, und Feststellung der Ursachen, die den Normen zu Grunde liegen, als Ausgangspunkte an, so zeigt sich, wenn wir 2 Gegenstände, etwa die Geographie und die Verbreitung der Wärme herausheben, folgender Unterschied. Am weitesten zurück ist zur Zeit noch die Geographie, denn sie geht kaum über die erste Stufe hinaus. Wir sind genöthigt, die Umrisse des festen Theiles der Erdoberfläche, sowie seine Niveauverhältnisse als etwas Gegebenes anzunehmen. Ueber die Gesetzmäßigkeit der Vertheilung von Wasser und Land, von Höhe und Tiefe, und über die Ursache, warum gerade da eine Niederung ist und nicht anderswo, davon wissen wir soviel wie nichts. Betrachten wir dagegen die Wärme, so zeigt sich eine weitaus bessere Entwickelung des Gegenstandes. Die Constatirung der Wärmeverhältnisse einzelner Punkte führte Humboldt auf die Isothermen und auf das Gesetz, nach dem die Wärme gegen die Höhe zu abnimmt, also auf die Normen der Wärmevertheilung, und wie sich aus seiner Asie centrale ergibt, haben wir ihm auch eine Abhandlung über die Ursachen zu verdanken, welche bei der Vertheilung der Isothermen thätig sind. Die Lehre von der Vertheilung der Wärme ist jedoch noch nicht zur völligen Reife gediehen, und die Hauptschuld hieran trägt die geringe Entwicklung der Lehre von den Normen, nach denen das Relief der Erde sich regelt, das Zurückbleiben der geographischen Kenntnisse. Im Zustande voller Entwicklung sollte die Lehre von der Wärmeverbreitung es möglich machen, ohne vorausgegangene Beobachtung, die irgend wo zu einer Zeit vorhandene Wärme anzugeben, wie die Astronomie auch die jeweilige Stellung eines beliebigen Sternes angibt; aber daß dieses Ideal nicht erreicht wird, daran trägt zu-

nächst der Umstand Schuld, daß man auch das Gesetz, nach dem das Relief
der Erde gebildet ist, nicht kennt.

Der Gedanke, daß alle Naturerscheinungen unter einander im Zusam=
menhange stehen, ist nicht neu, denn wir finden ihn schon bei den Systemen
der altgriechischen Philosophen; aber während diese glaubten, nach Zugrunde=
legung einiger einfachen Sätze alles Uebrige durch Vernunftschlüsse daraus
ableiten zu können, sehen wir bei Humboldt den entgegengesetzten Weg:
er versuchte stets Hand in Hand mit der Erfahrung erst die Normen zu er=
mitteln, nach denen die Naturerscheinungen eintreten, um damit möglich zu
machen, die wirkenden Ursachen abzuleiten. Wohl mag der erstere Weg der
bequemere, der einfachere sein, der letztere ist dafür sicherer. Wer bürgt da=
für, daß die angenommenen Ursachen auch die richtigen sind, und wie sieht
es mit den Schlüssen aus, wenn man von falschen Prämissen ausgeht? Selbst
angenommen, man habe durch einen glücklichen Wurf den innern Zusammen=
hang der Dinge wirklich errathen, muß nicht der erste Fehler, und wie leicht
ist ein solcher gemacht, alles Nachfolgende unrichtig machen? Muß man sich
nicht alsbald verirren, sowie man im Labyrinthe der Erscheinungen den Ari=
adnefaden der Erfahrung verliert? Der Erfolg gestattet uns die Antwort
auf diese Fragen. Bisher sind noch alle naturphilosophischen Systeme ohne
eine Frucht getragen zu haben zersplittert, während das, was uns von den
Problemen der Naturerscheinungen enträthselt hat, einzig und allein der Be=
obachtung zu verdanken ist.

Ich habe im Vorstehenden oft Gelegenheit gehabt, darauf hinzuweisen,
wie durch übertriebene Anwendung an und für sich vorzüglicher Leistungen
so manche irrthümliche Ansicht sich in die Wissenschaft eingeschlichen hat, und
daß, nachdem der Irrthum erkannt wurde, sich leicht eine Neigung zu erken=
nen gab, von den aus diesen Leistungen abgeleiteten Schlüssen nicht nur die
irrthümlichen wegzustreichen, sondern noch einige berechtigte dazu. Etwas
Aehnliches scheint mir auch bei der Philosophie stattzufinden. Durch die
Werke des unsterblichen Kant veranlaßt, hatten die Deutschen am Ende des
vergangenen und am Anfange dieses Jahrhunderts eine Vorliebe für die
idealistische Philosophie gefaßt, deren übertriebene Anwendung auf die Na=
turwissenschaften zum großen Theile die Schuld trägt, daß bei den bedeuten=
den Entdeckungen der damaligen Zeit die Deutschen nicht in der Weise ver=
treten sind, die man sonst zu gewahren gewohnt ist. Dafür ist in der gegen=
wärtigen Zeit bei den manchsachen Widersprüchen zwischen den Ergebnissen
der Philosophie und den Ansichten der empirischen Naturforscher, die Philo=
sophie wohl etwas mehr in Mißcredit gekommen, als ihr gebührt.

Humboldt's Ansicht von der Naturphilosophie gibt wohl folgende
Stelle[1] am besten an: „Der Inbegriff von Erfahrungskenntnissen und eine
in allen ihren Theilen ausgebildete Philosophie der Natur (falls eine
solche Ausbildung je zu erreichen ist) können nicht in Widerspruch treten,
wenn die Philosophie der Natur, ihrem Versprechen gemäß, das vernunft-
mäßige Begreifen der wirklichen Erscheinungen im Weltall ist. Wo der
Widerspruch sich zeigt, liegt die Schuld entweder in der Hohlheit der Speculation, oder in der Anmaßung der Empirie, die mehr durch die Erfahrung
erwiesen glaubt, als durch diese begründet wird."

Neben der Vorliebe für die Philosophie hatten wir damals in Deutschland die Blüthezeit unsrer großen Dichter Schiller und Göthe, und der
namentlich durch Ersteren angeregte schwärmerische, stets in höheren Regionen sich aufhaltende Idealismus paßte wenig zu der ruhigen und kalten
Ueberlegung, welche die empirische Naturforschung erheischt. Humboldt
war von Anfang an ein Anhänger dieser letzteren und wenigstens in seinen
Schriften hat stets der Verstand den Vorrang vor dem Gefühle.

Die ersten Urtheile, welche Humboldt und Schiller gegenseitig über
einander fällten, waren daher nicht günstig. Während Humboldt's Bruder
Wilhelm Schiller's und Göthe's poetische Erzeugnisse bewunderte,
tadelte Alexander den Ersteren als einen, der entlehnte Gedanken
in unleidlichem Bombast kleide und studirte von Letzterem nur die
Schriften, welche die Mit- und Nachwelt übersah, nämlich dessen naturwissenschaftliche Arbeiten.[2] Ueber das Urtheil Schiller's über Humboldt
finden wir in v. Martius Denkrede auf den letzteren folgende dem 4. Bande
des Schiller-Körner'schen Briefwechsels entnommene Sätze. „Körner
schreibt an Schiller aus Dresden am 21. Juli 1797: Alexander v.
Humboldt ist mir ehrwürdig durch den Eifer und Geist, mit dem er sein
Fach betreibt. Für den Umgang ist Wilhelm genießbarer, weil er mehr
Ruhe und Gutmüthigkeit hat. Alexander hat etwas Hastiges und Bitteres,
das man bei Menschen von großer Thätigkeit häufig findet. Hierauf gibt
Schiller aus Jena unter dem 6. August 1797 folgende auffallende Antwort: Ueber Alexander habe ich noch kein rechtes Urtheil; ich fürchte
aber, trotz aller seiner Talente und seiner rastlosen Thätigkeit wird er in seiner Wissenschaft nie etwas Großes leisten. Ich kann ihm keinen Funken

---

1) Kosmos I. 69.
2) Memoiren Alexander v. Humboldt's. I. Lief. S. O. Leipzig. 1860,
bei Schäfer.

eines reinen objectiven Interesse abmerken — und wie sonderbar es auch
klingen mag, so finde ich in ihm, bei allem ungeheuren Reichthum des Stoffs
eine Dürftigkeit des Sinnes, die bei dem Gegenstande, den er behandelt, das
schlimmste Uebel ist. Es ist der nackte, schneidende Verstand, der die Natur,
die immer unfaßlich und in allen ihren Punkten ehrwürdig und unergründ=
lich ist, schamlos ausgemessen haben will, und mit einer Frechheit, die ich
nicht begreife, seine Formeln, die oft nur leere Worte und immer nur enge
Begriffe sind, zu ihrem Maaßstabe macht. Kurz, mir scheint er für seinen
Gegenstand ein viel zu grobes Organ und dabei ein viel zu beschränkter Ver=
standesmensch zu sein; er hat keine Einbildungskraft, und so fehlt ihm nach
meinem Urtheil das nothwendigste Vermögen zu seiner Wissenschaft — denn
die Natur muß angeschaut und empfunden werden in ihren einzelnsten Er=
scheinungen, wie in ihren höchsten Gesetzen. Alexander imponirt sehr Vie=
len, und gewinnt in Vergleichung mit seinem Bruder meistens, weil er sich
geltend machen kann. Aber ich kann sie dem absoluten Werthe nach gar
nicht mit einander vergleichen: so viel achtungswürdiger ist mir Wil=
helm."

    „Darauf entgegnete Körner: Dein Urtheil über Alexander v.
Humboldt scheint mir doch fast zu streng. Sein Buch über die Nerven
habe ich zwar nicht gelesen, und kenne ihn fast nur aus dem Gespräch —
aber gesetzt, daß es ihm auch an Einbildungskraft fehlt, um die Natur zu
empfinden, so kann er doch, däucht mich, für die Wissenschaft Vieles leisten.
Sein Bestreben, Alles zu messen und zu anatomiren, gehört zur scharfen
Beobachtung und ohne diese gibt es keine brauchbaren Materialien für den
Naturforscher. Als Mathematiker ist es ihm auch nicht zu verdenken, daß er
Maaß und Zahl auf Alles anwendet, was in seinem Wirkungskreise liegt.
Indessen sucht er doch die zerstreuten Materialien zu einem Ganzen zu ord=
nen, achtet die Hypothesen, die seinen Blick erweitern, und wird dadurch zu
neuen Fragen an die Natur veranlaßt. Daß die Empfänglichkeit seiner
Thätigkeit nicht das Gleichgewicht hält, will ich wohl glauben. Menschen
dieser Art sind immer in ihrem Wirkungskreise zu beschäftigt, als daß sie
von dem, was außerhalb vorgeht, große Notiz nehmen sollten. Dies gibt
ihnen das Ansehen von Härte und Herzlosigkeit."

    „Es wäre müßig," sagt v. Martius' über diese Briefe, „in Kör=
ner's Sinne den großen Gelehrten gegen den großen Dichter zu vertheidi=
gen. Außerordentliche Thaten haben das Schiefe, Unrichtige und Ungerechte

---

1) A. a. O. S. 5.

in diesem Urtheile (das Humboldt selbst [Briefwechsel mit Varnhagen S. 289] wie eine augenblickliche Aufwallung übersah) bereits gerichtet."

„Dagegen ist es nicht ohne Interesse nachzuspüren, wie es wohl kam, daß Humboldt einen so ungünstigen Eindruck auf Schiller machte. Es begegnet uns hier eine tiefe Ungleichartigkeit der geistigen Naturen, Realität und Idealität im schneidenden Gegensatze. Aber gerade in dieser scharfen Ausprägung Beider gründet Beider außerordentliche Wirkung auf Mit- und Nachwelt. In Humboldt culminirte schon damals, bevor er noch das Weltganze zu überblicken Gelegenheit gehabt hatte, das mathema= tische Element. Er rang nach Gesetzen, die er in Maaß und Zahl anschaute. In Schiller, dem philosophischen Dichter, thronte die Idee, er rang nach der Ursache. Humboldt schätzte im Wissen von jeder Ein= zelheit einen Fortschritt, er beherrschte schon damals Vieles und das Mannch= faltigste mit einer wunderbaren Gedächtnißkraft. Er strömte diesen Reich= thum in blendendster Energie aus. Er verlangte nur nach dem, was zu wissen möglich. Er hatte bereits einem wichtigen Administrationszweig (dem Berg= und Hüttenwesen der fränkischen Fürstenthümer Ansbach und Baireuth) als oberster Leiter vorgestanden. Vielartige praktische Kenntnisse, Amt und äußere Lebensstellung gewährten ihm gesellige Sicherheit, Bestimmt= heit des Ausdrucks, Schärfe des Urtheils, wie sie dem speculativen Dichter voll Feuer und Empfindung noch nie entgegengetreten waren. Schiller war ohne mathematische Bildung; er verehrte im All ein unnahbares Räthsel, er faßte alle Strahlen des Wissens, die er von der Natur empfing, in der Idee des Organismus, zumal in der des Geistes, der diesen belebt und individualisirt. So darf es uns nicht wundern, daß ihn Alexander v. Humboldt's vielseitiges mit mathematischer Bestimmtheit ausgeprägtes, mit Superiorität ausgesprochenes Wissen beengte, ja verletzte."

„Aber als sehr bedeutsam für die Geschichte von Humboldt's Bil= dungsgang mögen wir es hinnehmen, wenn der tief und fein fühlende dichte= rische Denker ihm „bei allem ungeheuren Reichthum des Stoffes Dürftigkeit des Sinnes" zuschreibt. Wir können nicht wohl annehmen, daß Schiller hierunter etwas Anderes gemeint habe, als den Mangel an übersinnlicher Vertiefung in das Object, an philosophischer Bewältigung der Thatsachen, deren er aus exacter Forschung bereits einen reichen Schatz gesammelt hatte."

„Es ist aber der Naturforscher zuvörderst auf die sinnliche Vertiefung in das concrete Object angewiesen, dann mit vielartiger Einsicht bereichert, als Naturgelehrter, auf die Verarbeitung, und die harmonische Verket=

tung der Thatsachen, ohne sich an einen speculativen Abschluß unserer Erkenntniß zu wagen: in sofern mochte Schiller's Urtheil zumal damals eine
gewisse Berechtigung haben. Es war dies nämlich die Zeit, in welcher man
begann den Abschluß unserer Kenntnisse von natürlichen Dingen aus der
Speculation zu erwarten. Von diesem Zwecke aber hat sich Humboldt's geistiger Lebensgang immer entschiedener abgewendet, obwohl er
ihm schon unter dem früheren Eindrucke der „Naturphilosophie" eine Realität zuerkannte. An der äußerlichen Sinnesbethätigung Humboldt's,
concreten Objecten gegenüber, konnte Schiller wohl schon damals nicht
zweifeln, Humboldt hatte sich bereits auf dem Felde der passiven, wie der
activen (experimentellen) Beobachtung bewährt. Allerdings aber erprobte
sich der Naturforscher Humboldt erst später in einer Schule einzig in
ihrer Art."

Die Richtung, welche Schiller an Humboldt so wenig gefallen,
hat Letzterer sein ganzes Leben hindurch beibehalten, und gerade sie war es,
die seine großen Erfolge bewirkte; ängstlich vermied er es, der Phantasie die
Zügel schießen zu lassen, und sich dadurch von dem Boden der kalten Wirklichkeit zu entfernen, und bewahrte sich auf diese Weise vor einer Menge von
Irrthümern.

Humboldt hat zwar keine rein mathematischen Untersuchungen veröffentlicht; doch läßt sich aus der Anlage seiner Arbeiten, aus der Leichtigkeit,
mit der er gelegentlich mathematische Formeln handhabte, sowie aus seinem
Bestreben, einzelne Sätze durch den mathematischen ähnliche Formeln auszudrücken, leicht schließen, daß in seiner Denkungsweise nach dem oben citirten
Ausdrucke des Herrn v. Martius das mathematische Element culminirte. Die Aufgabe des Mathematikers in den Naturwissenschaften ist
es, die Normen aufzusuchen, nach denen eine größere oder geringere Klasse
von Naturerscheinungen vor sich geht, und hat er ein solches Gesetz entdeckt,
so bleibt ihm übrig, durch Annahme einer den Impuls gebenden und in
einer ganz bestimmten Weise wirkenden Kraft die beobachteten Erscheinungen
mit dieser Kraft in den Zusammenhang von Wirkung und Ursache zu bringen.
Je weniger von einander verschiedene Kräfte nothwendig sind, um die größt-
möglichste Anzahl von Erscheinungen daraus abzuleiten, um so mehr wird der
Mathematiker sich befriedigt fühlen und sein Ideal wird erreicht sein, wenn
ein ganzes Gebiet in der Natur, oder am Ende die sämmtlichen Naturerscheinungen sich als ein Mechanismus darstellen lassen, dessen Räder nur
durch eine oder ein paar in ganz bestimmter Weise wirkender Kräfte getrieben werden. Zu diesem Ziele ist Laplace in seiner Mécanique céleste für

die Astronomie gelangt, und nach dem gleichen strebt der Physiker auf seinem Gebiete.

Soll eine Kraft der Mathematik zugänglich sein, so muß sie ganz mechanisch nach irgend einem Gesetze wirken; gänzlich unfaßbar für mathematische Formeln ist die Lebenskraft, die wie mit einer Art von Bewußtsein nach einem bestimmten Ziele ringend von vielen Naturforschern als in den Geschöpfen der organischen Welt thätig angenommen wird, und von der oben bereits gesprochen wurde. Die Annahme der Lebenskraft in der gegenwärtigen Fassung widerspricht dem mathematischen Sinne so, daß ihre Gegner vorzugsweise in den Reihen der Mathematiker zu finden sind. Humboldt sagt:[1] „Um die Erscheinungen dem Calcul zu unterwerfen, wird die Materie aus Atomen (Moleculen) construirt, deren Zahl, Form, Lage und Polarität die Erscheinungen bedingen soll. Die Mythen von imponderablen Stoffen[2] und von eigenen Lebenskräften in jeglichem Organismus verwickeln und trüben die Ansicht der Natur. Unter so verschiedenartigen Bedingnissen und Formen des Erkennens bewegt sich träge die schwere Last unseres angehäuften nur jetzt so schnell anwachsenden empirischen Wissens."

Der Umstand, daß aus den Eigenschaften und Zuständen der Materie (der eben erwähnten Zahl, Gestalt und Anordnung der Atome) die Erscheinungen abgeleitet werden, hat der ganzen Schule den Namen „Materialismus" gegeben und dieser hat, was wohl kaum geläugnet werden kann, die mathematische Behandlung der Naturwissenschaften auf's Wesentlichste gefördert. Setzen wir den Fall, derselbe Materialismus, der in der Astronomie so glücklich angewandt wurde, daß er dort alleinherrschend ist, derselbe sei auch in den übrigen Zweigen, namentlich auf dem Gebiete der organischen Welt durchführbar und eines Tages durchgeführt, so würde die ganze Schöpfung dadurch zu einer Maschine, die von selbst fortginge, und das Eingreifen eines höheren Wesens, dieser Lebenskraft des Weltalls, würde dadurch überflüssig, ja sogar schädlich, und es wird daher mit vollem Rechte gesagt, daß der Materialismus in seinen äußersten Consequenzen direct zum Atheismus führe. Man pflegt als Kriterium, ob Jemand Materialist sei, oder nicht, das anzunehmen, ob er auf die Frage: Gibt es eine Lebenskraft? mit Nein antwortet oder mit Ja. In diesem Sinne genommen war also Humboldt Materialist. Dieses, sowie auch der Umstand, daß er vorzugsweise den ruhigen Verstand walten zu lassen liebte, hat ihn häufig den Vorwürfen

---

1) Kosmos I. 67.
2) Lichtstoff, Wärmestoff u. s. w. S. oben S. 67.

ausgesetzt, daß seine Religiosität nicht zum besten bestellt sei und wie wir aus seinem Briefwechsel mit Varnhagen sehen können, hat es auch nicht an Versuchen gefehlt, ihn eines Besseren zu belehren.

Es möge hier genügen anzuführen, daß Humboldt in seinen wissenschaftlichen Arbeiten sich nicht über den Gegenstand ausgesprochen hat, und daß er unterließ in seine wissenschaftlichen Arbeiten fromme Betrachtungen einzuschließen, genügt noch nicht anzugeben, was er über Religion gedacht habe. Man begegnet häufig einem Vorwurfe, der Humboldt darum gemacht wird, daß im ganzen Kosmos das Wort „Gott" nicht vorkomme. Das Werk Humboldt's ist zum größten Theile naturwissenschaftlichen Inhalts und vergleicht man die übrigen Schriften desselben Faches, die nicht ausdrücklich für den Schulunterricht bestimmt sind, so wird man finden, daß das Wort „Gott" in denselben ebenso selten ist, als in juristischen und medicinischen Schriften. Man kann also den gedachten Vorwurf dem Kosmos nicht mit größerem Rechte machen, als andern naturwissenschaftlichen Werken. In dem zweiten Bande, dem historischen Theile, kommen die Worte Gott, der Herr, der Schöpfer, nicht nur einmal, sondern wiederholt vor (S. 26. 30. 46. 47. 48., wenn Humboldt in Citaten den Einfluß religiösen Sinnes auf den Eindruck beschreibt, den die Natur auf den Beschauer macht, und die Art der Citate sowohl als die ganze Haltung der Besprechung lassen sicherlich keine ungünstigen Urtheile über Humboldt's Religiosität zu. So finden wir (S. 26): „Die christliche Richtung des Gemüthes war die, aus der Weltordnung und aus der Schönheit der Natur die Größe und Güte des Schöpfers zu beweisen. Eine solche Richtung, die Verherrlichung der Gottheit aus ihren Werken, veranlaßte den Hang nach Naturbeschreibungen. Die frühesten und ausführlichsten finden wir bei einem Zeitgenossen des Tertullianus und Philostratus, bei einem rhetorischen Sachwalter zu Rom, Minucius Felix, aus dem Anfang des dritten Jahrhunderts. Man folgt ihm gerne im Dämmerlichte an den Strand bei Ostia, den er freilich malerischer und der Gesundheit zuträglicher schildert, als wir ihn jetzt finden. In dem religiösen Gespräch Octavius wird der neue Glaube gegen die Einwürfe eines heidnischen Freundes muthvoll vertheidigt."

Es wird stets die Aufgabe des Mathematikers sein, daß er mit Zugrundelegung von möglichst wenig Kräften auszukommen sucht; wenn er aber darum sich mit dem Satze nicht befreunden kann, daß in jedem organischen Körper eine besondere und noch dazu so verschieden wirkende Kraft thätig sei, so braucht er darum jene letzten Consequenzen nicht zu ziehen. Bei

dem jetzigen Stande der Wissenschaft als sicher vorauszusetzen, alles in der
Natur sei nichts als das Räderwerk einer Maschine, gehört zu den Anma=
ßungen der Empirie, gegen die Humboldt in dem oben (S. 432) ange=
führten Satze sich aussprach.

Es ist bemerkt worden [1], daß Humboldt in keiner der von ihm bear=
beiteten Doctrinen sich durch eine große, weit hinaus wirkende Entdeckung
verewigt hat.

Die Bereicherungen der Naturwissenschaften, die man mit dem Namen
Entdeckungen bezeichnet, lassen sich, den (S. 426) angegebenen Aufgaben
der Naturwissenschaften gemäß, in drei verschiedene Klassen eintheilen: man
kann eine vorher unbekannte Thatsache beobachten, man kann eine neue Norm
auffinden, die einer Reihe von Thatsachen zu Grunde liegt, oder man kann
auch eine in bestimmter Weise wirkende Kraft entdecken, die an der schon be=
kannten Norm Schuld ist. Die Wichtigkeit der gemachten Entdeckung ist ab=
hängig von der größeren oder geringeren Menge von Folgerungen, die sich
daran knüpfen. Eine wichtige Entdeckung der ersteren Art war die oben er=
wähnte Beobachtung, die Galvani an seinen Fröschen machte, denn ihr
folgte eine so bedeutende Vermehrung der positiven Wissenschaften, daß die
Lehre der Elektricität sich seitdem ganz umgewandelt hat. Copernicus
entdeckte (von Neuem), daß die Erde um die Sonne und nicht letztere um die
Erde geht, während Keppler die Curve, in welcher, und die Geschwindig=
keit, mit welcher die Planetenbewegung vor sich geht, auffand. Beide Männer
haben ihre Namen verewigt durch die Entdeckung von Normen. Newton
erkannte in der Schwerewirkung den Einfluß, den die materiellen Theile der
Schöpfung auf einander ausüben und gab mit ihr die Ursache an, warum
die Gestirne sich so, wie es beobachtet wird, bewegen; er fand also den Grund
zu dem von Copernicus und Keppler erkannten Gesetze.

Betrachten wir Humboldt's Wirken von diesem Standpunkte aus,
so zeigt sich alsbald, daß sich keine Entdeckung von solcher Tragweite an sei=
nen Namen knüpft. Wir verdanken ihm zwar der Entdeckungen eine große
Zahl. Schon in seinen Jünglingsjahren fand er die Einwirkung des Chlor=
wassers auf keimende Samen, fand den magnetischen Berg im Fichtelgebirge.
Im zweiten Abschnitte seines Lebens begegnen wir der Entdeckung der Ver=
schiedenheit der Intensität des Erdmagnetismus, der Strömung kalten Was=
sers im stillen Ocean. Im dritten Abschnitte gesellten sich hiezu die Auffin=
dung und Feststellung der magnetischen Strömungen u. s. w., doch sind alle

---

1) Deutsche Vierteljahrsschrift 1860. I. 306.

diese Entdeckungen nicht von der Tragweite der vorgenannten. Nennt man dagegen eine bedeutende Entdeckung diejenige Arbeit, an welche sich eine große Anzahl anderer heftet, bei der nach dem Vorgange eines einzelnen Mannes anderen Gelegenheit geboten wird, der Wissenschaft ersprießliche Dienste zu leisten, so haben wir Humboldt sehr wichtige zu verdanken. Ist nicht die ganze Pflanzengeographie eine Entdeckung Humboldt's? Welche Bedeutung haben die Isothermen, die wir ihm verdanken, in der Wissenschaft? Humboldt war namentlich ein Meister, wenn es sich darum handelte, den Blick von der einzelnen Erscheinung auf das Allgemeine auszudehnen; er lehrte zuerst die Natur an der Hand der Erfahrung vom höheren Standpunkte zu betrachten, was die Naturphilosophie ohne jene so oft vergebens versucht hat, und er hat dieser Art der Auffassung Bahn gebrochen. Besonders glücklich war er in der graphischen Darstellung verwickelter Verhältnisse. Die Isothermen, die Zeichnung der der Höhe nach über einander gelagerten Pflanzenregionen, die Verticaldurchschnitte einzelner Länder sind seine Entdeckung.

„Immer und überall," sagt v. Martius in seiner Denkrede auf Humboldt, „strebte er, sich zu umfassenden, das Mannichfache einheitlich gestaltenden Begriffen zu erheben. Weil er aber einen ungewöhnlichen Reichthum der mannichfaltigsten Kenntnisse besaß, und ihn in einem stupenden allzeit schlagfertigen Gedächtnisse zur Verfügung hatte, so suchte seine Beobachtung neue oder selten berücksichtigte Seiten an dem Objecte, und auf dieser Vielseitigkeit, die sich auch dem Verborgensten zuwendet, beruht eines seiner größten und eigenthümlichsten Verdienste. Und wie er mit seiner gleichsam vielfacettirten Empfänglichkeit aus der Natur das Verschiedenartigste aufnahm, so auch aus der Literatur. Im Besitze der altklassischen und der modernen Wissenschaftssprachen, selbst dem Persischen und dem Sanskrite nicht fremd, von einer reichen Belesenheit, förderte er das Verlorene, das Vergessene aus den abstrusesten Schachten. Rastlose Rührigkeit im Suchen, und sinniges Behagen im Finden stempelten den gedächtniß- und urtheilskräftigen Geist zu einem Polyhistor, dergleichen vielleicht vor ihm noch nie unter den Sterblichen erschienen war.

Druck von J. B. Hirschfeld in Leipzig.

www.ingramcontent.com/pod-product-compliance
Lightning Source LLC
Chambersburg PA
CBHW030327120726
47901CB00007B/1702